KNAUR

CHRISTOPH LODE

DIE SCHWERT CHRONIK

ROMAN

DER GESANDTE DES PAPSTES

KNAUR

Besuchen Sie uns im Internet:
www.knaur.de
Facebook: https://facebook.com/KnaurFantasy/
Instagram: @KnaurFantasy

Überarbeitete Neuausgabe Mai 2020
Knaur Taschenbuch

Ein Imprint der Verlagsgruppe
Droemer Knaur GmbH & Co. KG, München

Covergestaltung: Nele Schütz Design, München
Coverabbildung: Nele Schütz Design unter Verwendung von
shutterstock/Paul Fleet (Schwert), Oleg lasten (Ornament),
HorenkO (Hintergrund), blue pencil (Rahmen)
Satz: Adobe InDesign im Verlag
Druck und Bindung: GGP Media GmbH, Pößneck
ISBN 978-3-426-52624-8

2 4 5 3 1

»Der Teufel ließ sich sogar herbei, Antonius als
Weib zu erscheinen. Dieser aber dachte an Christus und
erstickte die glühende Kohle seines Wahns.«

– Aus der *Vita Antonii* von Athanasios,
Bischof von Alexandria

Kapitel 1

Oberlothringen, Frühjahr 1303

Das Mädchen regte sich unter der Decke und murmelte etwas. Ein unverständlicher Seufzer, in dem ein vages Unbehagen mitschwang. Die junge Frau stammte aus dem Dorf und war recht hübsch anzusehen mit ihren blonden Locken und dem runden, fröhlichen Gesicht.

Raoul von Bazerat dachte an die letzte Nacht, als sie mit ihm ausgelassen um das Feuer getanzt hatte. Im Schein der Flammen war sie ihm hübscher erschienen als im kalten Licht des Morgens, mit verquollenem Gesicht und übel riechendem Atem. Aber so erging es ihm immer. Jeden Tag dasselbe Gesicht zu sehen, dieselbe Stimme zu hören, dieselben Lippen zu schmecken – an einem Morgen wie diesem fragte er sich, wie sein Bruder das nur ertrug.

Weil er eben Jacques ist, dachte Raoul und lachte in sich hinein. *Der gute, alte, langweilige Jacques.* Sein Bruder war mit Lysanne verheiratet, der Tochter eines Edelfreien aus dem Moseltal. Schön, aber genauso langweilig wie ihr Gatte. Raoul wünschte ihnen alles Glück der Erde und dankte gleichzeitig dem Herrn, dass ihm als Zweitgeborenem ein solches Leben erspart blieb.

Vorsichtig, um das Mädchen nicht zu wecken, schlug er die grobe Decke zur Seite und stand auf. Es war kalt in seiner Kammer, das Feuer im Kamin seit einigen Stunden erloschen. Er hob seine Hose vom Boden auf, Beinkleider aus weichem Leder, schlüpfte hinein und streifte sein Wams über. Während er die hölzernen Knöpfe schloss, ging er zum Fenster. Noch kältere Luft strömte hinein, als er die Läden aufklappte – so kalt, dass sein Atem Wölkchen bildete. Der Winter war kraftlos und schneearm gewesen, doch es schien, als wolle er im April nachholen, was er in den Monaten zuvor versäumt hatte. Schnee lag keiner auf den bewaldeten Hügeln, aber Raoul hielt es für möglich, dass in den nächsten Stunden welcher fiel. Der Wind roch danach.

Vielleicht war es die kalte Luft, vielleicht aber auch der Gedanke an einen möglichen Wintereinbruch, die seinen Rachen reizten. Raoul hustete derart heftig, dass er sich auf dem Fenstersims abstützen musste, bis der Anfall vorüber war. *Himmel, wann hört das endlich auf?*, dachte er. Der Husten war das Überbleibsel eines leichten Fiebers vor fünf Wochen. Blaise, der Leibarzt der Familie, hatte ihm, bevor er nach Speyer abgereist war, geraten, weniger zu feiern, früher ins Bett zu gehen und eine Weile die Hände von den Mädchen zu lassen. Blaise hatte zu lange die Heilkunst der Sarazenen studiert, um noch zu glauben, Krankheiten seien der gerechte Lohn für Sünden. Aber als der alte Arzt auf sein Pferd aufgestiegen war, hatte Raoul ein Aufflackern von Schadenfreude in den dunklen Augen gesehen. Er konnte Blaises Gedanken förmlich hören: *Das hast du jetzt davon, du Schürzenjäger. Wie oft habe ich gesagt, dass du dir ein Beispiel an deinem Bruder nehmen sollst?* Raoul hatte das getan, was er meistens mit Blaises Ratschlägen tat: sie ignoriert. Blaise war nicht nur der Arzt der Familie, sondern auch ihr Kaplan. Alle um ihn herum sollten wie Mönche leben, damit die alte Krähe nicht ständig daran erinnert wurde, was sie verpasste.

Nicht mit mir, dachte Raoul. *Ein Ritt durch die Hügel hilft so gut wie ein Tag im Bett. Ich sollte den Bogen mitnehmen. Es dürfte nicht schwer sein, Wildschweine zu finden …* Er atmete die frostige Morgenluft ein und musste wieder husten. Diesmal war es nicht ganz so schmerzhaft, aber als er dem Fenster den Rücken kehren wollte, sah er etwas auf dem Sims glitzern: zwei winzige Rubine auf dem grauen Stein. Raoul berührte sie und betrachtete seine Fingerkuppe. Blut.

Leiser Zorn regte sich in ihm. Zum Teufel damit! Er würde ausreiten und heute Abend ein heißes Bad nehmen, und spätestens übermorgen war der verfluchte Husten verschwunden.

»Geht es dir gut?«

Erschrocken fuhr er herum. Das Mädchen stand nackt neben dem Bett und sah ihn forschend an.

Schnell verrieb er das Blut zwischen den Fingern. »Alles in Ordnung.« Er lächelte. »Was du mit mir angestellt hast, steckt man in meinem Alter eben nicht mehr so leicht weg.«

Das Mädchen erwiderte das Lächeln, aber es lag Unsicherheit darin. »Es ist kalt. Komm wieder ins Bett.«

»Nein. Ich reite aus.«

»Dann nimm mich mit.«

Raoul wusste, was der flehende Unterton zu bedeuten hatte. Er hasste es, wenn es so kam. Dabei hatte es so gut angefangen … so unbeschwert. Aber er hätte es wissen müssen, denn das Mädchen war erst siebzehn oder achtzehn, ein Alter, in dem man sich leicht verliebte. »Es ist Sonntag. Hast du niemanden, der auf dich wartet?«

»Es ist mir egal, wer auf mich wartet. Ich will bei dir bleiben.«

»Du gibst nicht so leicht auf, wie?« Er setzte sich auf den Hocker und zog seine Stiefel an. Plötzlich spürte er eine Hand, die durch sein Haar fuhr. Die junge Frau setzte sich, nackt, wie sie war, auf seinen Schoß und nahm sein Gesicht in die Hände. Sie lächelte spöttisch.

»Was ich heute Nacht getan habe, kann ich wieder tun. Oder reichen dafür Eure Kräfte nicht aus, mein Gebieter?«

Unwillkürlich musste er lachen. *Wenigstens versuchte sie es nicht mit Tränen und Vorwürfen.* »Mit meinen Kräften ist alles in Ordnung. Pass auf!« Er hob sie hoch und warf sie aufs Bett, wo sie kreischend landete. Gelächter und Geschrei erfüllten das Zimmer, als sie miteinander rangelten.

Sie alberten eine Weile herum, doch Raoul achtete darauf, dass nicht mehr daraus wurde. Als er genug hatte, setzte er sich auf und suchte seinen linken Stiefel, der während der Rauferei in den Kissen verloren gegangen war. Das Mädchen kauerte am Kopfteil des Bettes und zog die Decke zum Kinn. Es beobachtete jede seiner Bewegungen.

»Versprich mir, dass wir uns wiedersehen.«

Raoul blickte aus dem Fenster. Die Sonne beschien die Hänge hinter dem Anwesen, die Felsen auf den Hügelkämmen, die Tannen und Fichten und vertrieb allmählich die Kälte. Es war ein schöner Tag, zu schön für Tränen und gebrochene Herzen, und er wollte, dass es so blieb. Der Preis dafür war eine Lüge, aber was sollte er anderes tun? Er hatte der jungen Frau niemals etwas anderes in Aussicht gestellt als diese eine Nacht. Wenn sie sich mehr erhoffte … nun, dann war es ihre eigene Schuld.

Warum, bei allen Höllen, musste sie ihn nur in diese Lage bringen? Hätte sie die Nacht nicht einfach genießen und dann nach Hause gehen können?

Schließlich sagte er: »Versprochen.«

Sie drückte ihm einen Kuss auf die Wange und zog sich endlich an.

Kurz darauf führte Raoul sie über die schmale Holztreppe hinunter zum Vorhof aus gestampfter Erde. Das Wohnhaus war das einzige Gebäude von Bazerat, das – abgesehen vom hölzernen Dach und der Treppe – vollständig aus Stein bestand. Im Erdgeschoss waren die Unterkünfte des Gesindes, verschiedene Werkstätten und Lagerräume für das Feuerholz untergebracht. Im Obergeschoss wohnten die Mitglieder der Familie: Raoul, Jacques und Lysanne sowie deren Söhne. Die

Wände waren dick, die Fenster schmal, und außer der Holztreppe hatte der obere Stock keine Zugänge. Bazerat war in seiner mehr als hundertjährigen Geschichte noch nie angegriffen worden, aber sollte es einmal dazu kommen, würden sich die Familie in das leicht zu verteidigende Haus zurückziehen.

Die übrigen Gebäude umstanden den Platz: Blaises Haus, die Kornkammer, die Küche, deren Kamin dünne Rauchschwaden in den Morgenhimmel entließ, der Pferdestall, hinter dem der Bach floss. Für einen Ringwall hatte die Familie kein Geld; also umgab lediglich ein Zaun aus angespitzten Pflöcken das Landgut.

Bazerat lag in einem Seitental des Seilletals, zwei Wegstunden südlich von Metz. Einige Täler weiter westlich gehörten bereits zur französischen Krone. Es war eine liebliche Gegend mit ausgedehnten Wäldern und Weinbergen an den Hängen der felsigen Hügel. Raoul und Jacques waren Ritter von Herzog Friedrich, aber seit Raouls Ritterschlag vor zehn Jahren hatte er sein Schwert nicht mehr in den Dienst seines Lehnsherrn stellen müssen. Zum einen war das Herzogtum von größeren Kriegen verschont geblieben, zum anderen waren die Bazerats zwar treue, aber unbedeutende Vasallen.

Als Raoul und das Mädchen die Treppe herabstiegen, waren die anderen Bewohner des Landguts schon lange auf den Beinen. François, der älteste der Waffenknechte, hob gerade das Vorderbein eines Pferdes hoch. Es lahmte seit einigen Tagen. Jacques untersuchte den Huf nach Ursachen. Die anderen Soldaten und die Mägde und Knechte warteten am Tor. Sie wollten zum Dorf, um dort die Sonntagsmesse zu hören.

Raoul küsste das Mädchen zum Abschied. Es sollte ein flüchtiger Kuss werden, aber das Mädchen vergrub seine Hand in seinem Haar und schob ihm die Zunge in den Mund, sodass sich die Angelegenheit länger hinzog als beabsichtigt.

Schließlich löste er sich von ihm. »Jetzt geh«, sagte er lächelnd. »Ich will nicht warten, bis dich deine Brüder mit Gewalt holen kommen.«

»Bis heute Abend«, flüsterte es ihm zu, dann entfernte es sich mit wiegenden Hüften. Raoul war nicht entgangen, dass die Gruppe am Tor zu ihnen gesehen hatte. *Gut, sie sollen ihren Spaß haben.* Er tat, als starre er dem Mädchen auf den Hintern, und ließ sich nach hinten in einen Haufen Heu fallen, was bei den Knechten Gelächter und anzügliche Bemerkungen hervorrief. Raoul wischte sich das Heu von der Kleidung und ging zu Jacques.

Sein Bruder sprach mit Jean, seinem jüngsten Sohn. Der Sechsjährige hielt den Bogen in den Händen, den Raoul für ihn gemacht hatte. Er schoss damit auf alles, das ihm in die Quere kam – Steine, Vögel, streunende Katzen –, und war bereits erstaunlich treffsicher. Raoul liebte ihn und Gerard wie seine eigenen Söhne. Gerard diente als Page am Hof in Nancy und kam nur an Weihnachten und Ostern nach Bazerat. Er geriet ganz nach seinem Vater: genauso ernst und pflichtbewusst, weshalb er oft für zwölf oder dreizehn gehalten wurde, obwohl er noch keine elf war. Jean würde erst nächsten Sommer Page werden, aber er redete schon jetzt von nichts anderem mehr. Mit seinem Temperament hielt er das ganze Anwesen auf Trab, und jede Art von Gefahr zog ihn magisch an. Die Tage im Jahr, an denen er keine aufgeschlagenen Knie und Ellbogen hatte, waren die seltene Ausnahme.

Als der Junge ihn entdeckte, schrie er »Onkel Raoul!« und stürmte auf ihn zu. Raoul riss Jean hoch in die Luft und nahm ihn auf den Arm.

»Beim heiligen Kreuz, du wirst schwer, kleiner Meisterschütze. Dein Onkel kann dich bald nicht mehr tragen.«

»Gehst du heute jagen, Onkel Raoul? Nimmst du mich wieder mit?«

»Mal sehen … Hast du mit dem Bogen geübt, wie ich es dir gesagt habe? Ich kann keinen Gehilfen gebrauchen, der nichts vom Bogenschießen versteht.«

»Ich übe jeden Tag!«, verkündete der Junge. »Ich treffe das Auge auf zehn Schritt!«

»Sehr gut«, sagte Raoul und setzte Jean ab. »Wenn das so ist, darfst du mitkommen.«

Jean brach in wilden Jubel aus, der allerdings nur so lange währte, bis sein Vater sich zu ihnen gesellte. »Du kannst heute nicht auf die Jagd gehen«, sagte Jacques. »Deine Mutter möchte, dass du Sachen für den Sommer anprobierst. Geh zu ihr. Sie wartet schon.«

Der Junge stapfte missmutig davon. Raoul war der Meinung, dass Jacques zu streng mit Jean umsprang. Sie stritten oft deswegen, doch jetzt war nicht der richtige Zeitpunkt, wieder damit anzufangen. Zwar sah Jacques streitlustig aus, aber offensichtlich aus anderen Gründen.

»Wer war dieses Mädchen?«, fragte er.

»Ein Mädchen aus dem Dorf.«

»Hat es auch einen Namen?«

»Margerit … nein, warte … Anne.« Raoul lachte. »Herrgott, Jacques, glaubst du, ich merke mir all die Namen? Verlang nicht das Unmögliche von mir.«

Jacques konnte diesem Scherz nichts abgewinnen. »Du spielst mit diesen Mädchen. Du brichst ihnen das Herz. Kümmert dich das nicht?«

Sein schlechtes Gewissen regte sich erneut. »Ich spiele mit niemandem«, erwiderte Raoul gereizt. »Anne, oder Margerit, wusste von Anfang an, woran sie bei mir war. Ich habe ihr nichts versprochen, das sie nicht auch bekommen hat.«

»Sicher. Daran zweifle ich nicht«, sagte sein Bruder ruhig. Er war einunddreißig Jahre alt, drei Jahre älter als Raoul, und sein schwarzes Haar war bereits von einigen grauen Strähnen durchsetzt. Im Gegensatz zu Raoul, der es kurz trug, fiel es Jacques bis auf die Schultern. Sie kamen beide nach ihrem Vater: blaue Augen, hell wie Eiskristalle, am Kinn einen kurzen Bart, der jede Woche sorgfältig geschnitten wurde, ein schlankes Gesicht. Raoul hatte außerdem die vorspringenden Wangenknochen ihrer Mutter geerbt, wodurch sein Gesicht fast hager wirkte. Er selbst hielt es für durchschnittlich, obwohl viele Frauen anderer Meinung zu sein schienen.

»Du solltest heiraten«, fuhr sein Bruder fort. »Weiber, Turniere, Feste … soll das ewig so weitergehen?«

»Du hörst dich an wie Blaise.«

»Er hat recht. Du benimmst dich wie ein frühreifer Page. Willst du mit dem Erwachsenwerden warten, bis du sechzig bist?«

Raoul grinste. »Ein Langweiler in der Familie genügt, Jacques …« Er wollte seinen Spott noch weitertreiben, aber ein neuer Hustenanfall hinderte ihn daran. Erleichtert stellte er fest, dass er diesmal kein Blut spuckte.

Der Ärger in Jacques' Gesicht verschwand augenblicklich. So war es immer: Sie konnten streiten, bis sie kurz davor waren, sich zu schlagen, doch sowie Jacques glaubte, sich Sorgen um Raoul machen zu müssen, war sein Unmut wie weggeblasen. »Blaise ist heute Morgen zurückgekommen. Er soll dich untersuchen. Sicher kennt er ein Mittel, das dir hilft.«

»Es ist nichts«, erwiderte Raoul ungehalten. »Nur ein Husten. Er wird schon verschwinden.«

»Wie lange geht das jetzt schon? Einen Monat? Geh zu ihm«, beharrte sein Bruder.

»Himmel, Jacques, du wirst von Jahr zu Jahr schlimmer! Na schön, ich gehe zu Blaise. Aber erst heute Abend. Nach meinem Ausritt. Gönnst du mir wenigstens diesen Spaß? Oder hast du Angst, ich würde das Pferd nur *benutzen?*« Raoul ließ ihn stehen und ging zu den Stallungen, wütend auf

Jacques, den verdammten Husten, das Mädchen, die ihm mit vereinten Kräften den Morgen verleidet hatten.

Das Mädchen – Anne oder Margerit oder wie auch immer es hieß … Er durfte nicht vergessen, François anzuweisen, es nicht zu ihm vorzulassen, sollte es noch einmal beim Tor auftauchen.

Es war früher Abend, als er zurückkehrte. Raoul galoppierte den Weg zum Anwesen hinauf, rief François und Hughes, die am Tor in der Sonne saßen, einen Gruß zu und schwang sich aus dem Sattel, bevor das Pferd zum Stehen gekommen war. Raoul überließ einem Knecht das Tier und wies ihn an, die Jagdtasche zur Küche zu bringen. Seine schlechte Laune vom Morgen war vergessen. Er hatte zwei Frischlinge geschossen. Das Wetter hatte gehalten, und im Lauf des Nachmittags war es immer wärmer geworden. Raoul fühlte sich prächtig … bis er entdeckte, dass in den Fenstern von Blaises Haus, die einen Monat lang dunkel gewesen waren, Licht brannte. Ihm fiel das Versprechen wieder ein, das er Jacques gegeben hatte. *Zum Teufel mit Jacques' überflüssigen Sorgen,* dachte er, doch sein Bruder würde ihn nicht in Ruhe lassen, bis er mit Blaise gesprochen hatte. Also öffnete Raoul die Tür, zog unter dem niedrigen Balken den Kopf ein und betrat das Haus des Arztes.

Blaise lebte seit über fünfunddreißig Jahren auf dem Anwesen. Das Bistum schickte ihn einst, um der Familie Bazerat als Kaplan und Arzt zu Diensten zu sein. Als Raouls Vater ins Heilige Land gezogen war, um gegen die Sarazenen zu kämpfen, hatte Blaise ihn begleitet. Die beiden Männer waren enge Freunde geworden, und bald hatte sich der Kaplan nicht mehr nur um das gesundheitliche und seelische Wohl der Familie gekümmert, sondern auch die Erziehung von Gerards Söhnen übernommen. Dass Raoul sich nicht nur auf den

Umgang mit Schwert, Lanze und Bogen verstand, sondern auch lesen konnte und Latein beherrschte, war Blaises Verdienst.

Das Innere des Hauses bestand aus einem einzigen Raum, der bis zum Dachgebälk reichte; ein ewiges Halbdunkel, in das kaum Tageslicht drang. Staub lag in Ecken und Winkeln, auf Truhen, Hockern, Tischen und erfüllte die Luft. Blaise war ein reinlicher Mensch, doch vor seiner Abreise vor einem Monat hatte er den Mägden verboten, während seiner Abwesenheit zu putzen. Er fürchtete, ungeschickte Hände könnten seine kostbaren Schriften in Mitleidenschaft ziehen. Der Arzt besaß davon eine beeindruckende Sammlung: Etwa drei Dutzend Bücher standen in den Regalen, darunter Texte aus dem Morgenland, von denen es im Reich höchstens ein Dutzend Exemplare gab. Seine Kenntnisse der arabischen Sprache waren es auch, die ihn nach Speyer geführt hatten. Im Auftrag des Erzbischofs hatte er dort ein Buch über Heilkunst übersetzt.

Raoul konnte die Lichtquelle in dem Labyrinth aus Büchergestellen nirgendwo ausmachen, also ging er zum hinteren Teil des Raumes, wo Blaise zu arbeiten pflegte. Regale voller Tiegel, Fläschchen und Steintöpfe bildeten die Wände des schmalen Flurs, den er entlangging. Es roch nach Minze, Kampfer, scharfem Pfeffer, Kamille und anderen Dingen, deren Namen Raoul nicht kannte. Die trockene, staubige Luft ließ ihn husten. Kaum war der Anfall vorüber, stand Blaise vor ihm.

»Raoul«, sagte er. Es war ihm schwergefallen, das Landgut für mehrere Wochen zu verlassen. Aber das hieß nicht, dass er sich beim Anblick von Raoul zu einem Lächeln hinreißen ließ. Sein knochiges Gesicht schien zu einem solchen Ausdruck nicht fähig zu sein.

»Blaise, du alte Krähe! Komm her!«

Raoul umarmte seinen Lehrer voller Wiedersehensfreude.

Dabei fragte er sich unwillkürlich, ob der Kaplan im letzten Monat um Jahre gealtert war, denn dessen Leib schien um einiges magerer, das Haar um einiges dünner als vor der Abreise zu sein. Der Ritt und die Arbeit in Speyer mussten ihm zugesetzt haben.

Sie gingen zu einem Tisch voller Schriftstücke. Zwei dicke Talgkerzen brannten dort. Raoul erkundigte sich nach der Reise, aber der Kaplan ging nicht darauf ein. Er nahm einige Pergamente vom Hocker und bedachte Raoul mit einem kurzen, aber durchdringenden Blick.

»Was ist das für ein Husten? Bist du wieder krank gewesen?« Blaise hielt nichts von müßigem Geschwätz; er kam immer sofort zur Sache.

Raoul setzte sich. »Es ist derselbe Husten wie bei deiner Abreise.«

»Derselbe Husten seit fünf Wochen? Gütiger Gott, wieso bist du nicht zu einem Arzt gegangen?«

»Du warst fort, weißt du noch?«

»Ich bin nicht der einzige Arzt im Herzogtum. Du hättest nach Metz reiten können«

»Hätte mir ein Arzt in Metz einen anderen Rat gegeben, als mich auszuruhen und ein Keuschheitsgelübde abzulegen?«

»Nein. Aber wenn du dafür bezahlt hättest, hättest du es vielleicht eher geglaubt als aus dem Mund deines alten Lehrers.« Der Kaplan setzte sich. Er trug ein weites Gewand aus grobem Tuch, in dem seine dürre Gestalt nahezu verschwand. Er sah müde aus, erschöpft von den Wochen im Skriptorium und den Tagen auf dem Rücken seines Esels. »Entkleide dich«, wies er Raoul an. »Ich muss dich untersuchen.«

Raoul unternahm einen letzten Versuch. »Blaise, ich bin kein alter Mann, bei dem jedes Wehwehchen gleich das Ende bedeutet. Gib mir eins von deinen Wundermitteln, und ich verspreche dir, es zu nehmen, bis der Husten weg ist.«

Blaise stand auf. Der Klang seiner Stimme duldete keinen Widerspruch. »Ausziehen. Das Wams genügt.«

Seufzend öffnete Raoul die Knöpfe. Er musste sitzen bleiben, während Blaise ihn mit seinen immer noch scharfen Augen musterte. Der Blick des Kaplans blieb kurz an der langen Narbe unter dem Schlüsselbein hängen. Vermutlich dachte Blaise an den Tag, als Raoul zwar verwundet, aber als frischgebackener Ritter heimgekehrt war. Während der Kämpfe gegen Raubritter, die in den Vogesen ihr Unwesen trieben, hatte Raoul nicht nur erfahren, wie es sich anfühlt, wenn einem Stahl in den Körper drang, sondern auch, was es heißt, einen Mann mit eigenen Händen zu töten.

»Du hast abgenommen«, stellte Blaise fest. »Isst du zu wenig?«

»Der Winter ist vorbei. Ich sitze nicht mehr nur faul herum.«

Der Kaplan betastete seinen Hals, den Kiefer, das Schlüsselbein. »Tut das weh?«

»Nein.«

»Hattest du noch einmal Fieber?«

»Nein, Blaise. Es ist alles in Ordnung. Es ist nur ein Husten.«

»›Nur ein Husten‹ gibt es nicht. Alles hat eine Ursache.« Blaise stellte ihm eine Reihe von Fragen, die Raoul alle verneinte. Schließlich setzte sich der alte Mann wieder an den Tisch und schwieg.

»Was denkst du?«, fragte Raoul. »Muss ich mit einer Glocke herumlaufen, damit sich alle rechtzeitig vor mir in Sicherheit bringen können?«

Blaise reagierte auf den Scherz mit einem missbilligenden Blick. »Meine größte Sorge war, dass du den Schwund hast. Aber nichts deutet darauf hin. Es scheint sich um eine harmlose Reizung des Rachens zu handeln.«

»Gut. Das beruhigt mich.« Raoul nahm sein Wams und wollte es überstreifen, doch der Kaplan sagte:

»Wir sind noch nicht fertig.«

»Was denn noch? Du weißt doch jetzt, woran es liegt.«

»Du bist genau so ein Dummkopf wie dein Vater. In Akkon hat er mir einmal verboten, ihm zu helfen, als ihm ein Pfeil im Bein steckte.«

Raoul grinste. »Wir Bazerats sind eben robust.«

»Töricht wäre das passendere Wort.« Blaise zog eine Kiste unter dem Tisch hervor und nahm einen kupfernen Trichter heraus. »Versuch zu husten«, sagte er und horchte Raouls Rücken ab.

Er kam der Aufforderung nach, was ihm nicht schwerfiel. Der nachgeahmte Husten rief auf der Stelle einen echten hervor. Er hielt die Hand vor den Mund und betrachtete sie. Blut glitzerte auf seinem Handteller, mehr als am Morgen.

Schneidend fragte Blaise: »Seit wann hast du das? Warum hast du mir nichts davon gesagt?«

»Seit heute Morgen«, antwortete Raoul und schloss sein Wams. »Nach dem Aufwachen.«

Wortlos nahm Blaise seine Hand und betrachtete das Blut. Der Griff der knochigen, aber äußerst kräftigen Finger um sein Handgelenk schmerzte Raoul. Er war Jacques zuliebe hergekommen, weil er es nicht ertrug, wenn andere sich Sorgen um ihn machten – Sorgen, die er für maßlos übertrieben hielt. Doch als er die Dunkelheit in Blaises Augen bemerkte, beschlich ihn zum ersten Mal ein Gefühl der Beunruhigung. »Was habe ich, Blaise? Was ist das für eine Krankheit?«

Blaise gab ihm ein Tuch für das Blut. Er bemühte sich vergeblich um einen sachlichen Ton. »Es ist noch zu früh, darüber zu spekulieren. Ich muss nachlesen, bevor ich dir eine Antwort gebe.«

»Aber du hast einen Verdacht, nicht wahr?«

Die Kieferknochen des Kaplans mahlten. »Mir sind nur wenige Krankheiten bekannt, die sich durch blutigen Auswurf bemerkbar machen. Eine ist der Schwund. Aber die typischen Anzeichen der Weißen Pest fehlen bei dir. Vielleicht treten sie in den nächsten Tagen auf, aber das wäre unwahrscheinlich.«

»Und die anderen? Wie heißen die anderen Krankheiten?«

Blaise sank unmerklich in sich zusammen. Er rieb sich mit Daumen und Zeigefinger die Augen. »Wie gesagt, es ist zu früh. Lass mich bei ibn-Sina und Galenos nachlesen. Alles andere wäre …« Er wollte aufstehen, doch Zorn wallte in Raoul auf, und er packte seinen alten Lehrer am Arm.

»Ich habe ein Recht darauf, es zu erfahren!«

Blaise verharrte einen Moment reglos, und sein stechender Blick haftete an Raoul. Dann sank er langsam zurück auf die Bank. »Am ehesten kommt *karkinos* infrage«, sagte er leise.

Raoul ließ ihn los. Sein Mund und sein Rachen wurden trocken. »Was bedeutet das?«

»Es ist ein fressendes Geschwür.« Blaise stockte, und sein Adamsapfel bewegte sich. »Ein Geschwulst, das immer weiter wächst und den Leib von innen aufzehrt. In deinem Fall sitzt es in der Lunge und zerstört sie, weitaus rascher als der Schwund.«

Raoul stand auf. Das Zimmer, die Regale, die Kerzen – alles schwankte vor seinen Augen. Er spürte, wie das Kribbeln wiederkam. Langsam und unaufhaltsam stieg es seinen Rachen hinauf. Er glaubte, nicht mehr atmen zu können. »Was heißt ›rasch‹?«

»Das weiß der Herr allein. In sechs Monaten. In einem Jahr, wenn er dir gnädig ist.«

»Aber es ist nur ein Verdacht.«

»Ja. Allerdings ein sehr wahrscheinlicher.«

In sechs Monaten … einem Jahr, hallte es in Raoul nach. In der Nische wurde es wärmer und wärmer, als dehne sich der Kerzenschein wie Fieberglühen aus. Er musste hinaus. Wenn er blieb, in diesem Irrgarten voller Staub und totem Wissen, erstickte er. Raoul machte einen Schritt nach hinten und stieß dabei den Hocker um. Blaise sagte etwas, doch er hörte die Worte nicht mehr. Er war schon auf dem Weg nach draußen.

Reine, kühle Abendluft umfing ihn auf dem Hof. Raoul atmete tief ein. Als seine Knie nachzugeben drohten, stützte er sich mit beiden Händen auf dem Regenfass neben der Tür ab. Ein konturloses Gesicht ohne Augen, ohne Mimik starrte ihn aus dem dunklen Wasser an.

Ein fressendes Geschwür ... immer weiter wächst, bis es deine Lunge aufgezehrt hat ... sechs Monate ... ein Jahr ...

Er tauchte seine Hände in das Fass und spritzte sich Wasser ins Gesicht. Ihm war übel.

Er hörte knirschende Schritte neben sich. Blaise sagte nichts, sah ihn nur an.

Raouls Stimme klang so rau, als hätte er wochenlang kein Wort gesprochen. »Wann weißt du, ob dein Verdacht zutrifft?«

»Ich muss beobachten, wie sich die Krankheit entwickelt. Lungenkrankheiten sind tückisch. Bei jedem verlaufen sie anders. Möglich, dass ich ...«

»*Wann,* Blaise?«, fiel Raoul ihm ins Wort.

»Es wird mindestens eine Woche dauern.«

Raoul richtete sich auf. Wasser tropfte von seinem Gesicht ins Fass. Neuer Zorn regte sich in ihm. »Erst verkündest du mein Todesurteil, und jetzt soll ich eine Woche warten, bis du dich entschieden hast, ob du dich vielleicht irrst?«

»Ich habe dir gesagt, dass es zu früh ist, darüber zu sprechen.«

»Es geht um mein Leben. Verstehst du das?«

»Wir können nichts tun, bevor wir nicht mehr wissen. Zorn hilft dir nicht weiter. Nutze die Zeit, um deinen Schöpfer um ein gnädiges Geschick zu bitten.«

Diese priesterlichen Floskeln klangen wie Hohn in seinen Ohren. Noch bevor er begriff, was er tat, packte er Blaise am Kragen und stieß ihn von sich, sodass der Kaplan zu Boden fiel. Dann fuhr er herum, ging zu den Ställen und scherte sich nicht darum, ob er Blaise verletzt hatte. Er wollte nur noch fort. Rufe hallten aus der Richtung des Tores – sein Bruder, François und Hughes, die alles mit angesehen hatten. Als sie auf ihn zukamen, schritt Raoul schneller voran. Er stieß Jacques zur Seite und lief weiter zum Tor, wo Hughes ein Pferd an den Zügeln hielt. Dann saß er im Sattel, und Hughes rannte neben ihm her, brüllend, ehe er stolpernd der Länge nach stürzte. Raoul preschte durch das Tor, ritt, bis das Anwesen hinter ihm verschwand, bis ihn nur noch Felsen und Bäume umgaben. Er hielt erst an, als er eine Hügelkuppe in den Wäldern erreichte, weit entfernt von jedem Dorf und jedem menschlichen Gesicht, umfangen nur von Schatten und Stille. Dort schwang er sich aus dem Sattel und stieg auf den höchsten Punkt. Die Sonne ging unter, ihr vergehendes Licht gab Himmel und Wolken die Farben von Glut und Asche. Sein Atem ging hastig und rau; der Husten folgte sofort. Einen Moment später glitzerte es rot im Gras, und Raoul malte sich aus, dass es keine Tropfen von Blut, sondern winzige Stückchen seiner Lunge waren. So würde es weitergehen, immer weiter, bis nichts mehr davon übrig war, wenn Blaise sich nicht irrte. Und Raoul wusste, dass der alte Kaplan sich bei solchen Dingen niemals irrte.

Raoul machte sich erst weit nach Mitternacht auf den Rückweg, als er sicher sein konnte, dass Jacques und alle anderen längst schliefen. Nach dem Vorfall vor Blaises Haus wusste das ganze Anwesen, was geschehen war, und er hätte es nicht ertragen, Gesichter voller Sorge und Mitleid zu sehen. Da das Tor bei Einbruch der Dunkelheit geschlossen wurde, schlug er in der Talsohle einen halb vergessenen Trampelpfad ein. Als das Brombeergestrüpp zu dicht wurde, trieb Raoul das Pferd durch den Bach, die Böschung hinauf und über den brachliegenden Acker. Der Zaun dort war in einem schlechten Zustand; morsche Pfähle ragten krumm und schief aus dem Boden. Raoul fand eine Lücke, stieg ab und führte das Pferd hindurch.

Der Pferdeknecht hatte sich wie jede Nacht in den Schlaf getrunken; die Weinflasche im Schoß und das Kinn auf der Brust, kauerte er auf seinem Hocker hinter der Stalltür. Raoul versorgte das Pferd, ohne ihn zu wecken, und ging zum Haupthaus. Vor Blaises Haus blieb er stehen. Sein Zorn auf den Kaplan war ebenso schnell vergangen, wie er gekommen war, und es tat ihm leid, dass er ihm Gewalt angetan hatte. Raoul beschloss, ihn trotz der späten Stunde um Verzeihung zu bitten. Doch als er vor der Tür stand, wusste er, dass er es nicht konnte. Ihm war ein hauchdünner Schleier von Hoffnung geblieben, und mit dem Kaplan zu reden bedeutete, dass dieser zerriss.

Morgen ist früh genug, dachte er und lenkte seine Schritte die Treppe des Haupthauses hinauf. Der Saal war leer und still, die Fackeln waren erloschen, im großen Kamin glühten die letzten Scheite. An den Säulen hingen die Geweihe mächtiger Hirsche, des Wappentiers der Bazerats. Die ersterbende Glut zeichnete ihre Schatten verästelt an die Gewölbedecke. Der Geruch von Fleisch, Bratfett und Bier hing noch in der Luft. Raoul sah das Nachtmahl vor sich: Schweigen, verstohlene Blicke zu seinem leeren Stuhl, Lysanne, die mühsam die Tränen zurückhielt, Jean, der nicht verstand, was vor sich ging, und unruhig auf seinem Sitz herumrutschte, Mägde, die Fleisch und Brot abräumten, das kaum angerührt worden war. Seine Verzweiflung wurde schier übermächtig.

Vor seiner Kammer stand ein Lehnstuhl, der dort nicht hingehörte. Jacques saß zusammengesunken darauf und schlief, an den Füßen noch die lehmverkrusteten Reitstiefel. Offenbar war er durch den Wald geritten und hatte ihn vergeblich gesucht. Schließlich war er zurückgekehrt, um seinen Bruder hier zu erwarten. *Der gute, alte, langweilige Jacques,* dachte Raoul, öffnete die Tür fast geräuschlos und schloss sie ebenso leise hinter sich.

Er zog seine Stiefel aus und legte sich aufs Bett – dasselbe Bett, in dem er mit dem Mädchen die Nacht verbracht hatte: eine Erinnerung aus einem anderen Zeitalter. Lange starrte er in die Dunkelheit. War er jemals so müde gewesen? Die letzten Stunden hatten all seine Kraft geraubt. Trotzdem wollte der Schlaf nicht kommen. Immer wenn ihm die Augen zufielen, schreckte er hoch, mit rasendem Herzen und der Gewissheit, dass im nächsten Augenblick etwas Furchtbares geschehen würde. Irgendwann stand er auf, zog den Hocker zum Fenster und setzte sich. Er sah zu, wie der Mond langsam über die Hügel zog. Die Schwärze der Nacht wich dem ersten Licht des Tages, in dem das Dach von Blaises Haus genauso grau wirkte wie die Flanken der Hügel und die Konturen des Waldrandes. Ihm kam der Gedanke, dass er die wenige Zeit, die ihm noch blieb, vielleicht festhalten oder wenigstens in die Länge ziehen konnte, wenn er für immer hier sitzen blieb und jede Bewegung vor seinem Fenster, jeden Wechsel von Licht und Schatten genau beobachtete.

Eine Gestalt erschien am Tor, gehüllt in einen groben Mantel. Als sie die Kapuze zurückschlug, sah Raoul die blonden Locken und das runde, hübsche Gesicht, blass von der durchwachten Nacht. Die Augen des Mädchens suchten sein

Fenster, und Raoul entdeckte keinen Zorn darin, nur die Frage, warum er nicht gekommen war, so wie er es versprochen hatte.

François, der von allen Bewohnern Bazerats immer als Erster auf den Beinen war, stapfte zum Tor. Harsche Worte fielen. Das Mädchen weinte und rief Raouls Namen, worauf der alte Soldat das Tor aufriss und das Mädchen anherrschte, zu verschwinden. Es versuchte, an ihm vorbeizukommen, doch François stieß es zu Boden. Bitterkeit und Hass lagen plötzlich in seinem Blick, ehe es aufstand und davonlief.

Sophie, dachte Raoul. *Ihr Name ist Sophie.*

Kurz darauf kam der Schlaf, und er träumte von einem Tunnel, den er hinabrutschte, ohne etwas dagegen tun zu können, hilflos, ausgeliefert, einer Dunkelheit entgegen, die ihn lockte und rief und verhöhnte.

Als er aufwachte, stellte er fest, dass er in seinem Bett lag. Er war nackt, seine Kleider lagen ordentlich auf dem Hocker. *Jacques,* dachte er. Sein Bruder hatte ihn den ganzen Tag schlafen lassen; der Himmel vor dem Fenster war von violetten Streifen durchsetzt. Abend. Fast Nacht.

Es war ein Moment der Leere, ohne einen klaren Gedanken. Ein Teil von Raoul wusste, wie wertvoll dieser Augenblick war, und er versuchte ihn so lange wie möglich festzuhalten. Aber schon bald kam die Erinnerung an den gestrigen Tag, und mit ihr Verzweiflung und Schmerz. Doch diesmal ließ er nicht zu, dass er davon überwältigt wurde. Er setzte sich auf und überlegte, was er unternehmen konnte.

Zu Blaise gehen. Ja, das musste er als Erstes tun.

Er zog sich an und verließ sein Zimmer. Der große Saal wurde von Fackelschein und dem Kaminfeuer erleuchtet, und die Bewohner Bazerats saßen beim Essen zusammen. Jacques, Lysanne und Jean teilten sich das kalte Fleisch, das vom Sonntag übrig war. Die Waffenknechte und das Gesinde kauerten in den Fensternischen und verzehrten Erbsenbrei und Brot, das sie in Milch tauchten. Ein Blick genügte Raoul, um die gedrückte Stimmung wahrzunehmen. Als er den Saal betrat, verstummten sämtliche Gespräche. Eine junge Magd mit schmalem Gesicht und spitzer Nase, die seit Jahren in ihn verliebt war, fing an zu schluchzen.

»Wo ist Blaise?«, fragte Raoul in die Stille hinein.

Jacques war aufgestanden. »In seinem Haus. Er wollte allein essen …« Er wollte noch etwas sagen, suchte nach Worten, doch Raoul war bereits zur Tür gegangen.

Blicke aus mehr als einem Dutzend Augenpaaren folgten ihm.

»Was ist los mit euch?«, fragte er mürrisch. »Übt ihr schon für meine Trauerfeier?«

Nun brach auch Lysanne in Tränen aus.

Allmächtiger, sei mir gnädig, dachte er, als er die Tür zuwarf und die Treppe hinabstieg. Das Schicksal, das Blaise ihm prophezeit hatte, war schon schlimm genug. Aber diese bleierne Hoffnungslosigkeit um ihn herum war einfach zu viel.

Er stapfte über den menschenleeren Hof und klopfte bei Blaise an. Kurz darauf wurde die Tür geöffnet. Der Kaplan hielt eine Öllampe, deren Flamme im Wind zitterte, und blickte ihn schweigend an, das Gesicht ernst wie immer, aber ohne einen vorwurfsvollen Ausdruck darin. Schließlich nickte er nur und ging voraus ins Halbdunkel.

Sie schritten zur Nische, in der sie gestern gesessen hatten. Statt der Unordnung aus Pergamenten lagen nun zwei in Leder gebundene Folianten auf dem Tisch. Blaise setzte sich und wartete.

Raoul wusste, dass der Kaplan bei all seiner Strenge nicht nachtragend war, dennoch fiel es ihm schwer, zu sprechen. Er kam sich wegen seines Verhaltens wie ein Narr vor.

»Es tut mir leid. Ich wollte dir nichts antun. Es ist nur … es ist …«

»Ich weiß«, sagte Blaise ungewöhnlich sanft. »Setz dich.«

Raoul kam der Aufforderung nach, obwohl es ihm schwerfiel. Die Unruhe, die ihn seit dem Aufwachen erfüllte, wurde immer quälender, und er verspürte den Drang, auf und ab zu gehen. Er räusperte sich. »Ich habe über alles nachgedacht, was geschehen ist. Ich will genau wissen, was mit mir geschieht … wie wahrscheinlich es ist, dass ich sterbe.«

Blaise warf einen kurzen Blick zu den beiden Büchern, in denen er vermutlich den ganzen Tag gelesen hatte. Raoul kannte sie, so oft hatte sein Lehrer davon erzählt. Es waren das *kitab al-shifa* und das *al-qanun al-tibb,* die bedeutendsten Werke des persischen Arztes ibn-Sina. Das *Buch des Heilens* und der *Kanon der Medizin* in lateinischen Abschriften. Krankheiten und Heilmittel, die darin nicht zu finden waren, waren nirgendwo zu finden. »Der blutige Husten bedeutet, dass deine Lunge zerfällt«, erklärte der Kaplan. »Wie ich dir sagte, ist die wahrscheinlichste Ursache ein fressendes Geschwür – oder der Schwund oder eine Krankheit, die ich nicht kenne. Aber die Folge ist in allen Fällen dieselbe. Nur bleibt dir bei der einen Krankheit mehr Zeit, bei der anderen weniger.«

Raoul nickte stumm. Mit belegter Stimme sagte er: »Angenommen, es ist ein Geschwür – was kannst du dagegen tun?«

»Nichts«, antwortete Blaise schlicht. »Alles, was ich habe, sind Kräuter, die deinen Husten lindern können und die Schwäche, die dir bald zusetzen wird, verringern.«

»Und ein Wundarzt? Ich habe gesehen, wie sie Geschwüre aufschneiden, die auf den Armen und in den Achseln sitzen.«

»Aber deines wächst in der Lunge. Nicht einmal der fähigste Arzt am Hof des Sultans wäre dazu in der Lage. Wenn blutiger Husten auftritt, ist das Geschwür bereits so groß, dass alle Hoffnung vergeblich ist.«

Raoul schloss die Augen und fasste sich an die Stirn. Seine Haut glühte. Er war gekommen, um vernünftig über alles zu sprechen. Aber es war so schwer. Jedes Wort von Blaise brachte neue Verzweiflung. »Warum ich?«, flüsterte er. »Warum musste es mich treffen?«

Blaises Stimme klang behutsam, voller Liebe. »Das weiß Gott allein.«

In den nächsten Tagen ging Raoul allen aus dem Weg. Nacht für Nacht schlief er nur wenige Stunden, verließ im Morgengrauen das Haus, ritt durch die Wälder bis zum Einbruch der Dunkelheit und kehrte zurück, wenn seine Familie, Blaise und die Bediensteten bereits schliefen. Er wusste, dass er die Zeit, die ihm noch blieb, mit Jacques und Lysanne und Jean verbringen sollte, doch ihre Niedergeschlagenheit, ihre Furcht und ihr Mitgefühl riefen ihm immer wieder aufs Neue in Erinnerung, was ihm bevorstand. Jacques versuchte mehrere Male, mit ihm zu sprechen. Aber Raoul wich ihm aus. Einmal machte er einen Scherz über seinen baldigen Tod, der seinen Bruder so sehr in Wut versetzte, dass sie sich beinahe schlugen. Von da an ließ Jacques ihn in Ruhe.

Der Husten verschlimmerte sich, und die Krankheit begann, von seinen Kräften zu zehren. Eines Abends verfolgte er ein Reh durchs Unterholz. In der Hand den Bogen, hastete er einen langen Hang hinauf, was ihn früher lediglich etwas außer Atem gebracht hätte. Jetzt musste er alsbald aufgeben, weil sein Brustkorb sich anfühlte, als würde er bersten. Jede Nacht quälten ihn Albträume. Zwei Wochen nach ihrem ersten Gespräch sagte Blaise, er habe keinen Grund mehr, seine Einschätzung, dass in Raouls Lunge ein fressendes Geschwür wachse, zu ändern. Raoul hatte selbst nicht mehr daran geglaubt, trotzdem überkam ihn danach eine abgrundtiefe Verzweiflung. Eine leise Hoffnung war geblieben, alles könne sich doch noch als Irrtum erweisen, doch nun war es eine unumstößliche Tatsache.

Zwei Tage schloss er sich in seinem Zimmer ein, aß nichts, schlief kaum, dämmerte dahin.

Ich erlebe nicht mehr, wie Jean Page wird. Gerard als Knappen erlebe ich auch nicht mehr. Nur noch einen Sommer, ein Osterfest, ein Weihnachten. An meinem dreißigsten Namenstag bin ich vielleicht schon ein halbes Jahr unter der Erde …

Irgendwann, es war Nacht, verließ er das Haus. Er wusste, dass er ein mitleiderregendes Bild abgab, unrasiert und hohlwangig, wie er war, in verschwitzten Kleidern, die er seit Tagen ununterbrochen trug, und war froh, niemandem zu begegnen. Er schob sich durch die Lücke im Zaun und ging zu einem Pfad, der sich zwischen Felsen und Buschwerk den Hang hinaufwand. Wolken verdeckten die Sterne, und es war so dunkel, dass er kaum etwas sah.

Auf der Hügelkuppe erstreckte sich eine Wiese bis zum Waldrand. Hohes, regenfeuchtes Gras strich Raoul um die Beine, als er zu dem Stein ging, der das Grab seiner Eltern markierte. *Gerard von Bazerat und Christine von Bazerat, In manus tuas, Domine,* stand darauf. Raoul kniete nieder und bat seine Eltern stumm um Verzeihung für sein heruntergekommenes Aussehen.

Seine Mutter war eine schöne, fröhliche Frau gewesen, die sich das Haar zu einem langen Zopf geflochten hatte und einen unerschöpflichen Vorrat an Liedern und Geschichten besaß. Sie war jung gestorben, an einem Fieber, das ihren zierlichen Körper so sehr auszehrte, bis ihr Herz vor Erschöpfung aufhörte zu schlagen. Es war ihr letzter Wunsch gewesen, auf diesem Hügel begraben zu werden, unter sich das Tal, in dem sie die glücklichsten Jahre ihres Lebens verbracht hatte. Raouls Vater hätte wegen seiner Verdienste im Heiligen Land in der Cathédrale St-Étienne in Metz seine letzte Ruhestätte finden können, doch er wollte neben seiner Frau liegen, die Gott ihm so früh genommen hatte.

Raoul war schon lange nicht mehr hier gewesen. Er dachte oft an seine Eltern, trotzdem kam er nur ungern zu ihrem Grab. Es führte ihm vor Augen, dass alles, was er noch von ihnen hatte, Erinnerungen waren und dass sie für immer fort waren.

So wie ich es bald sein werde, dachte er. Wer würde sich an ihn erinnern, wenn sein Tod erst einmal einige Jahre zurücklag? Jacques, Lysanne und Blaise. Jean und Gerard, aber sie waren noch jung. Für sie wäre er bald nur noch ein Schatten in ihrem Gedächtnis. *Onkel Raoul? Er hat mir Bogenschießen beigebracht, nicht wahr? Nein, ich weiß nicht mehr, wie er aussah …*

Diese fünf, mehr nicht. Keine Ehefrau, keine Kinder, keine Weggefährten aus Kriegen. Und woran würde man sich erinnern? Die Liste seiner Taten war kurz. Ein unwichtiger Feldzug gegen Raubritter, denen früher oder später ohnehin Winter und Hunger ein Ende gemacht hätten. Alles, was sein Leben ausgemacht hatte, Liebeleien mit Töchtern von Bauern und fahrenden Händlern, der Sieg bei einem Turnier, bedeutete auf einmal nichts mehr. Wie viel wertvoller war da Jacques' Leben! Er hatte zwei Söhne gezeugt, die einmal Ritter des Herzogs werden und dafür sorgen würden, dass der Name von Bazerat weiterlebte. Er hatte die Ländereien der Familie vergrößert und neue Äcker angelegt, die die Bewohner des Tals ernährten. Oder sein Vater! Ein Kreuzritter, der bis ans Ende der Welt gereist war, um die Christenheit in Palästina mit seinem Leben zu verteidigen. Und dabei klüger geworden war, weil er begriffen hatte, dass es falsch war, das

Wort Gottes mit dem Schwert zu verbreiten. Sie beide hatten Spuren hinterlassen, die einer Erinnerung würdig waren. Und Raoul? Nichts davon. Vergeudete Jahre voller Sünden und Belanglosigkeiten.

Und jetzt war seine Zeit beinahe vorbei.

Raoul schaute den verwitterten Grabstein an. *Was soll ich tun, Vater?*

Einige Tage später wusste er die Antwort. Er kam von einem langen Ausritt zurück und ging zu seinem Bruder, der in seinem Gemach Schriftstücke durchsah. Als Jacques die Tür hörte, blickte er auf. Das lange Haar hatte er am Hinterkopf zusammengebunden. Er sagte nichts. Seit ihrem Streit hatten sie nicht miteinander gesprochen.

»Was machst du?«, fragte Raoul.

»Die Urkunden unserer Pächter ordnen. Die Steuer ist bald fällig.«

Raoul setzte sich zu Jacques an den Tisch. Er fühlte sich unwohl. Sie stritten oft und vertrugen sich in kurzer Zeit wieder. Aber es war noch nie vorgekommen, dass sie sich tagelang aus dem Weg gingen.

»Ich gehe fort«, sagte er langsam. »Ich verlasse Bazerat.«

Jacques legte die Pergamente beiseite. »Was hast du vor?«

»Ich gehe nach Rom. Ich will an den Gräbern der Apostel um die Vergebung meiner Sünden bitten.«

Sorge blitzte in den Augen seines Bruders auf. Falls er noch zornig auf Raoul gewesen war, so war es augenblicklich vergessen. »Der Weg nach Rom ist weit und nicht ohne Gefahren. Hast du dir das gut überlegt?«

»Schau mein Leben an«, sagte Raoul bitter. »Siehst du daran irgendetwas, das eines Ritters würdig ist? Wenigstens am Ende will ich etwas tun, das tugendhaft ist. An das man sich erinnert.«

Einen Moment hatte Raoul gehofft, sein Bruder würde ihm widersprechen, würde ihn darauf hinweisen, dass es sehr wohl Dinge gab, auf die er stolz sein konnte. Aber Jacques tat nichts dergleichen. *Warum sollte er auch?*, dachte Raoul voller Zorn auf sich selbst.

Sein Bruder lehnte sich zurück. Seine Rechte lag reglos auf dem Tisch. »Mir wäre es lieber, du würdest den Rest deiner Zeit mit uns verbringen. Aber ich verstehe deine Entscheidung. Vater hätte sie gutgeheißen.«

Ja, dachte Raoul, *das hätte er.* Es tat gut, das aus Jacques' Mund zu hören.

»Wann willst du aufbrechen?«

»So bald wie möglich. Dann werde ich vor Einbruch des Winters zurück sein.«

Sie wussten beide, dass es nicht in seiner Hand lag, ob er dieses Versprechen halten konnte.

Der Abschied fand im Morgengrauen statt und war schlimmer, als Raoul geglaubt hatte. Alle waren da: Jacques, Lysanne, die einen betreten dreinschauenden Jean an der Hand hielt, Blaise, François und die anderen Soldaten, Knechte und Mägde – eine Reihe von traurigen Gesichtern vor dem Tor. Alles hüllte sich in Schweigen.

Raoul hielt sein Pferd an den Zügeln. Er trug einen blauen Waffenrock mit dem silbernen Hirschen der Bazerats auf Brust und Rücken und hatte sein Schwert umgegürtet. Zwar galt er als Pilger, doch er wollte als Ritter in Rom einziehen.

»Sieh dich vor, wenn du die Alpen überquerst«, sagte Jacques. »Dort soll es Unruhen geben. Der Papst führt Krieg gegen die Katharer.«

Raoul brachte ein Lächeln zustande. »Es geht nie ohne Ratschläge, nicht wahr?«

Jacques erwiderte das Lächeln. »Natürlich nicht. Du bist

mein kleiner Bruder.« Er umarmte ihn. »Glück auf deinem Weg.«

Blaise war vorgetreten und gab Raoul einen Lederbeutel. »Mehr von den Kräutern. Der Vorrat sollte für einige Wochen reichen. Du weißt, wie sie zubereitet werden?«

»Du hast es mir fünfmal erklärt. Lebwohl, du alte Krähe. Und gib auf Jean acht. Wenn ich fort bin, ist niemand mehr da, der dem Jungen etwas Anständiges beibringt.« Raoul umarmte den Kaplan, der bei so viel Zuneigung steif wie ein Brett wurde.

»Leb wohl, mein Junge«, sagte Blaise würdevoll. Dabei zitterte seine Stimme unmerklich.

Raoul schwang sich in den Sattel und ließ den Blick über die Dächer Bazerats schweifen, über die grünen Hügel, die Baumkronen und die schiefergrauen Felswände. Er dachte an seinen ersten Abschied von diesem Tal, an jenen Tag, als er an der Seite seines Vaters nach Nancy aufgebrochen war, um für zwölf Jahre der Obhut des Herzogs übergeben zu werden. Damals hatte er keinen Funken Angst gespürt, nur unbändige Freude. Er hätte alles für diese kindliche Gewissheit gegeben, dass das, was er tat, das einzig Richtige war.

Raoul schob diesen Gedanken fort, rief »Ho!«, riss das Pferd herum, kehrte Bazerat, den traurigen Abschiedsgesichtern, seinem alten Leben den Rücken und ritt davon.

Kapitel 2

Kastanien und Pinien säumten den Weg, und hinter den Baumkronen erstreckten sich die sanften, von Buschwerk gesprenkelten Hügel, die die Landschaft seit vielen Tagen prägten. Raoul begegnete kaum jemandem, außer einem Eselskarren und einigen Bauern mit Schaufeln und Hacken auf den Schultern. Er hatte die alte Römerstraße verlassen, um dem Meer näher zu sein. Es lag hinter der Hügelkette, keine halbe Meile von ihm entfernt. Die salzige, frische Luft tat ihm gut. Er musste immer noch husten, aber seit zwei Tagen war der Husten frei von Blut.

Die Gegend, durch die er ritt, wurde Latium genannt und gehörte zum Kirchenstaat, dem Reich des Papstes. Raoul hatte die Nacht in einer Pilgerherberge verbracht und von den Mönchen erfahren, dass Rom nicht mehr fern war; zwölf Wegstunden zu Fuß, die Hälfte zu Pferd. Am frühen Nachmittag würde er sein Ziel erreichen. Er kam zu einer Weggabelung und nahm die Abzweigung, die ins Landesinnere führte. Die Bäume lichteten sich bald und gaben den Blick frei auf das Hügelland vor den Gipfeln der Sabiner Berge im Osten.

Rauch stieg hinter der Hügelkuppe auf und zerfaserte im Wind. Es war nicht der Rauch eines Herdfeuers, sondern schwarzer, öliger Rauch, wie ihn nur ein größeres Feuer hervorbringen konnte, dem nicht nur Holz als Nahrung diente. Raoul war dieser Anblick inzwischen vertraut. Er hielt an und überlegte, ob er den Weg verlassen sollte, um nicht mit ansehen zu müssen, was hinter dem Hügel geschah. Doch ein Umweg kostete ihn möglicherweise Stunden.

Sein grauer Hengst schnaubte, und seine Nüstern waren aufgerissen. Er witterte das Feuer.

Raoul tätschelte ihm den Hals. »Ruhig, mein Guter. Wir halten uns hier nicht auf.« Er folgte weiter dem Weg, der zuerst durch eine Senke führte und dann erneut anstieg. Die Kastanien und Pinien auf den Hängen waren Reihen gepflegter Olivenbäume gewichen. Häuser aus grauem Stein krönten den Hügel.

Jacques hatte mit seiner Warnung nicht übertrieben. Es waren unruhige Zeiten im Land hinter den Alpen; Papst Bonifatius ging seit einigen Monaten unerbittlich gegen die Katharer vor, eine Bewegung, die der Kirche immer schon ein Dorn im Auge war. Hin und wieder hatte Raoul in seiner Heimat Katharer gesehen. Sein Vater, der als glühender Christ ins Heilige Land aufgebrochen und nach zwei Jahren des Kampfes gegen die Sarazenen voller Zweifel heimgekehrt war, hatte ihn gelehrt, dass Anhänger jeder Religion Respekt verdienten. Die Katharer, die in kleinen Gruppen durch das Land zogen, waren seltsame Gestalten, die meisten zerlumpt wie Bettler. Sie nannten sich *veri christiani*: die wahren Christen, hielten Gottesdienste unter freiem Himmel und in ihrer Muttersprache ab und betrachteten die strikte Hierarchie der Kirche Roms als Teufelswerk, ohne jedoch mehr zu unternehmen, als gegen sie zu predigen. Sie blieben unter sich und lebten von dem, was das Land hergab. Raoul hielt sie für harmlos. Die Kirche hingegen sah in ihnen eine Bedrohung ihrer Grundfesten und ging mit allen Mitteln gegen sie vor. Vor hundert Jahren hatten sich Papst und König von Frankreich zusammengeschlossen und die Hochburgen der Katharer im Languedoc vernichtet. Die Reste der Bewegung hatten sich daraufhin im Heiligen Römischen Reich ausgebreitet.

Diese Eintracht zwischen dem Heiligen Stuhl und dem

französischen Königshaus gehörte jedoch längst der Vergangenheit an. Von einem Spielmann aus Paris, einem Weggefährten beim Ritt durch die Alpen, hatte Raoul erfahren, dass sich die einstigen Freunde Philipp von Frankreich und Papst Bonifatius zerstritten hatten und einen gefährlichen Zwist austrugen. Beide beanspruchten die Position des mächtigsten Mannes des Abendlandes. Philipp hetzte sein Volk gegen den Papst auf, indem er verbreitete, Bonifatius praktiziere schwarze Magie und verschleudere die Reichtümer der Kirche zu seinem Vergnügen. Diese Gerüchte waren nicht neu – selbst im abgelegenen Bazerat hatte Raoul davon gehört. Doch der Mund eines Königs verlieh ihnen beträchtliches Gewicht, sodass der Papst gezwungen war, zu handeln. Er schrieb eine Bulle, in der er Philipps Ansprüche verurteilte, und ließ seine Truppen für den Krieg bereit machen, um die Macht der Kirche zu demonstrieren.

Die Leidtragenden waren die Katharergemeinschaften in der Toskana und in Latium. Seit Florenz war Raoul an einem halben Dutzend niedergebrannter Dörfer vorbeigekommen, Siedlungen von Katharern oder Sympathisanten der Bewegung, die Bonifatius' Soldaten zum Opfer gefallen waren. Manche wehrten sich, doch sie waren den schwer bewaffneten Kriegsknechten nicht gewachsen und wurden niedergemacht, ohne Rücksicht, ob Mann oder Frau, Kind oder Greis. Viele töteten sich von eigener Hand, um der Gefangennahme zu entgehen. Wem dies nicht gelang, der kam auf den Scheiterhaufen. Raoul hatte oft Hinrichtungen gesehen: Mörder, Vergewaltiger und Wegelagerer, die vor der Cathédrale St-Étienne in Metz gehenkt oder enthauptet wurden. Der Anblick berührte ihn schon lange nicht mehr. Doch Verbrennungen waren etwas anderes. Die Opfer schrien, dass einem das Blut gefror, und sie schrien lange, ehe sie endlich durch Rauch und Hitze das Bewusstsein verloren. Bei Florenz war er zum ersten Mal Zeuge dieser Art von Hinrichtung geworden, und leider nicht zum letzten Mal. Auch in Siena und Orvieto waren Katharer verbrannt worden, in Orvieto zwei Dutzend gleichzeitig. Raoul hatte gehofft, so nah bei Rom gebe es weder Katharer noch Scheiterhaufen. Doch die Rauchfahne belehrte ihn eines Besseren.

Als er das Dorf schließlich erreichte, hörte er Gesang. Es schien ein Choral zu sein, aber Raoul war nicht sicher, denn die Stimme des Sängers klang schrill und atemlos. Die Straße war menschenleer, auch in den Gebäuden zu beiden Seiten – gedrungene Bauernhäuser aus Feldsteinen mit winzigen Fenstern – schien sich niemand aufzuhalten. Die Bewohner standen auf einer zertrampelten Wiese vor einer kleinen Kirche weiter unten im Tal. Die Menschenmenge betrachtete gebannt das Schauspiel vor der kleinen Kirche, sodass niemand auf Raoul achtete, der den Hügel herunterritt.

Acht Scheiterhaufen waren in einem Halbkreis aufgeschichtet und zerlumpte Gestalten an die Pflöcke gebunden worden: sechs junge Männer, ein alter mit wirrem weißem Haar und eine hochschwangere Frau. Der erste Haufen brannte bereits, und der Verurteilte darauf sang den Choral. Seine Stimme überschlug sich fast, aber er geriet nur ins Stocken, wenn ihn der Rauch husten ließ. Raoul bewunderte den Mann für seine Todesverachtung. Er fragte sich, ob auch er so viel Mut aufbringen würde, wenn sein Ende kam.

Den anderen Verurteilten sah er an, dass sie nicht aus diesem Holz geschnitzt waren. Der Kopf der Frau war nach vorne gefallen; sie hatte das Bewusstsein verloren. Der Alte hielt die Augen geschlossen und betete stumm mit bebenden Lippen. Auf der Hose seines Nachbarn bildete sich ein dunkler Fleck, und ein anderer ruckte in den Fesseln hin und her in dem aussichtslosen Versuch, sich zu befreien.

Der Gesang wurde zu Schreien der Qual, als die Flammen den Mann einhüllten. Ein Waffenknecht hielt eine Fackel an den zweiten Holzhaufen. Das ölgetränkte Reisig fing knisternd Feuer. »Morra!«, schrie der Verurteilte, ein gut aussehender Mann von höchstens zwanzig Jahren. »Du stinkendes Stück Aas! Du verhurter, verlogener Hundesohn. Der Aussatz soll dich holen. Deine Gedärme sollen verrotten.« Er spuckte in Richtung der Kirche, dann reckte er den Kopf so weit nach vorne, wie die Ketten es zuließen, und brüllte der Menge zu: »Seht ihn euch an! Es bereitet ihm Lust, uns brennen zu sehen. Später im Hurenhaus wird er an uns denken, wenn er seinen gesalbten Schwanz in eine fette Dirne –« Ein Stein traf ihn an der Brust und brachte ihn zum Verstummen. Jemand in der Menge schrie »Ketzer!«, und ein Hagel aus Unrat und Steinen ging auf den Verurteilten nieder. Die Waffenknechte schritten ein und drängten die aufgebrachte Menge mit ihren Lanzenschäften zurück.

Raoul blickte zur Kirche, wo das Ziel der Beleidigungen stand. Der Mann trug die scharlachrote Soutane eines Kardinals und stand mit vor dem Bauch gefalteten Händen auf der Treppe, umgeben von sechs Waffenknechten. Er war groß und stämmig und hatte ein breites Gesicht, das keinerlei Regung zeigte. Sein Schädel war kahl, bis auf einige graue Haare an den Schläfen und am Hinterkopf, die bis in den Nacken fielen. Er flüsterte dem Hauptmann der Soldaten etwas zu, worauf dieser dem Fackelträger befahl, eiligst alle Scheiterhaufen zu entzünden.

Entgegen seinem Vorsatz hatte Raoul an der Wiese angehalten. Ein Soldat, der neben dem Reisewagen des Kardinals am Wegesrand Wache hielt, musterte ihn gelangweilt. Der Mann trug einen grünen Waffenrock und stützte sich auf seine Pike. Er kaute auf etwas herum und schob es von einer Backe in die andere.

Die Dorfbewohner jubelten jedes Mal, wenn ein weiterer Scheiterhaufen in Flammen aufging.

Raouls Pferd tänzelte unruhig und schnaubte wieder. »Du hast ja recht«, murmelte Raoul. »Wir haben hier nichts verloren.«

Plötzlich sirrte etwas durch die Luft, und der Soldat neben dem Wagen brach lautlos zusammen. Aus seiner Stirn ragte ein gefiederter Schaft.

Der Hengst war kein Schlachtross. Er witterte Tod und Gefahr, wieherte und stieg auf die Hinterbeine. Raoul umklammerte den Hals des Tieres, verlor aber dadurch die Zügel, und das Pferd brach aus und preschte über die Wiese.

Armbrustbolzen schwirrten durch die Luft. Überall schrien die Dorfbewohner voller Panik. Raouls Pferd galoppierte mitten in die Menge und bäumte sich abermals auf. Die Menschenmasse teilte sich vor ihm wie Wasser an einem Felsen. »Nein!«, schrie Raoul, »Ho!«, doch in dem Moment hielt sich ein alter Mann an seiner Hose fest. Raoul verlor den Halt und rutschte seitlich aus dem Sattel. Mit seinen Händen fing er den Sturz ab. Der Alte war fort, ebenso sein Pferd, das über die Felder hinter der Kirche jagte. Ein Bolzen steckte in seiner Flanke.

Ein weiterer Soldat wurde getroffen; das Geschoss riss den Mann von den Füßen und schleuderte ihn nach hinten. Raoul konnte leicht der Nächste sein. Er blieb liegen und hielt nach Deckung Ausschau. *Da, der Reisewagen!* Geduckt lief er los und warf sich hinter das Fuhrwerk.

Der Verurteilte, der den Kardinal beschimpft hatte, lachte irre. Die Menge war auseinandergestoben; niedergetrampelte Körper lagen auf der Wiese, unter ihnen die scharlachrote Gestalt des Kardinals. Etwa die Hälfte der Soldaten war gefallen oder schwer verwundet. Die restlichen hatten sich um ihren Hauptmann geschart und hinter einer niedrigen Mauer an der Straße Deckung gesucht. Aus einem Wäldchen kam eine Horde Männer und Frauen gerannt, die ebenso zerlumpt waren wie die Verurteilten. Einige hatten Armbrüste, Schwerter und Äxte, aber die meisten waren mit Sensen, Dreschflegeln und Heugabeln bewaffnet.

Der Kardinal regte sich. Der Hauptmann bemerkte die Bewegung und brüllte zwei seiner Männer an, seinen Herrn zu schützen.

Außer Raoul schien niemand die zweite Schar zu bemerken, die sich von den Feldern her näherte. Sie würde die Kirche vor den Waffenknechten erreichen.

Raoul wollte nichts als fliehen, fort von diesem Kampf, der ihn nichts anging. Doch wenn er das tat, überließ er den Kardinal seinem Schicksal. Leise fluchend gab er sein Versteck auf und hastete über die Wiese.

Der Kardinal hatte sich auf Hände und Knie aufgerichtet. Er war bleich und sah Raoul aus verschleierten Augen an. Raoul half ihm auf. Der Mann war schwer. Glücklicherweise konnte er stehen, wenngleich er schwach auf den Beinen war.

»Zur Kirche!«, befahl Raoul.

Der Kardinal folgte ihm ohne Widerstand. Sein Blick fiel auf den toten Soldaten, der die Feuer entzündet hatte. »Die Fackel ist ausgegangen«, murmelte er und wollte stehenbleiben. Raoul zerrte ihn die Stufen der Kirche hinauf. Als sie drinnen waren, stieß er die Tür zu und legte den schweren Balken vor, kurz bevor die Katharer die Kirche erreichten. Dann erklangen Schreie und das Klirren von Waffen.

Wie Raoul vermutet hatte, versuchten die Katharer nicht, in die Kirche einzudringen. Sie waren gekommen, um ihre Glaubensbrüder zu befreien, und hatten kein Verlangen, den Kardinal zu ermorden. Er sorgte dafür, dass sich sein Schützling auf einer Kirchenbank niederließ. Der Geistliche war verwirrt, aber er schien unversehrt zu sein. Offenbar hatte er versucht, zum Reisewagen zu gelangen, war in der Menschenmenge von seinen Gardisten getrennt worden und gestürzt. Er konnte dem Herrn danken, dass er nicht zu Tode getrampelt worden war.

Rom war für seine Kirchen berühmt, aber, so dachte Raoul, ganz gewiss nicht wegen dieser. Das Gotteshaus bestand wie die Häuser der Siedlung aus grauen Feldsteinen und bot Platz für höchstens fünfzig Menschen, wenn sie eng zusammengedrängt standen. Dunkle Balken trugen ein löchriges Dach; im halb offenen Glockenturm führte eine hölzerne Wendeltreppe nach oben. Eine Kanzel gab es nicht, nur einen schmucklosen Altar vor einer Nische mit einer kleinen Figur der Heiligen Jungfrau. Der Priester schien sich entweder irgendwo zu verstecken oder war mit den anderen geflohen. Raoul trat zu einem schmalen Bogenfenster, das einen Blick auf die Wiese freigab. Ein stechender Schmerz in seiner Brust erschwerte ihm das Atmen, wie immer nach körperlicher Anstrengung. *Heute Nacht werde ich das alles bitter bereuen,* dachte er.

Die beiden Soldaten und zwei Katharer lagen erschlagen vor der Kirche. Die anderen Katharer hatten irgendwoher Wasser beschafft und versuchten, die Feuer zu löschen. Die Verurteilten, deren Scheiterhaufen noch nicht gebrannt hatten, waren fort.

Wegen der Schmerzen atmete Raoul flacher. Er dachte an seine Medizin in den Satteltaschen und fluchte im Stillen. Er ging zu einem anderen Fenster und sah, dass auf der Straße ein heftiger Kampf tobte. Die Waffenknechte waren den Katharern zwar zahlenmäßig unterlegen, aber weitaus besser bewaffnet. Sie hatten schon drei Katharer niedergestreckt und noch keine eigenen Verluste erlitten.

Raoul bemerkte eine Bewegung am Rand der Siedlung. Die Dorfbewohner kamen zurück, nun ebenfalls mit Sensen, Äxten und Mistgabeln bewaffnet.

Der Kardinal war wieder bei Sinnen und trat neben Raoul an das Fenster. Wortlos beobachtete er das Geschehen. Er war zwischen vierzig und fünfzig und hatte harte, blaugraue Augen. Er schien ein Mann zu sein, der sehr genau auf sein Äußeres achtete, denn er war glatt rasiert, seine grauen Haare und Fingernägel waren sauber geschnitten. Raoul dachte an die Beleidigungen des Katharers und konnte sich schwerlich vorstellen, dass sie der Wahrheit entsprachen. Das schwerste Laster, zu dem dieser Mann fähig schien, war der gelegentliche Genuss eines Bechers Wein. Der Gedanke, dass er ein Hurenhaus aufsuchte, erschien ihm abwegig.

Das Herannahen der Dorfbewohner veranlasste die Katharer, sich zum Wald zurückzuziehen. Ein halbes Dutzend von ihnen blieb tot oder schwer verletzt auf der Wiese zurück. Der Hauptmann machte keine Anstalten, die Flüchtenden verfolgen zu lassen. Er besann sich stattdessen auf seine Aufgabe und eilte mit seinen Männern zur Kirche. »Eminenz!«, rief er. »Eure Heiligkeit!«

»Wir sollten die Tür öffnen«, sagte der Kardinal auf Toskanisch, das Raoul dank seiner Lateinkenntnisse einigermaßen verstand. »Der gute Francesco scheint schon ganz krank vor Sorge um mich zu sein.«

Raoul half ihm, den schweren Balken zu entfernen. Die Kirchentür wurde aufgerissen, und der Hauptmann sowie drei seiner Soldaten stürmten mit blanken Schwertern herein. Der Anführer der Waffenknechte war ein junger Mann, höchstens fünfundzwanzig Jahre alt. Den Kinnbart schien er in dem Bemühen zu tragen, älter auszusehen.

»Der Herr sei gepriesen! Ihr seid wohlauf.«

»In der Tat«, erwiderte Kardinal Morra. »Was allerdings nicht dein Verdienst ist.«

Der Hauptmann nahm die Rüge nicht wahr, denn seine Aufmerksamkeit galt Raoul. Er richtete die Schwertspitze auf

Raouls Brust. »Wer ist das?«, fragte er scharf. »Hat er Euch etwas angetan?«

»Nimm dein Schwert herunter, du Narr«, herrschte Morra ihn an. »Dieser Mann hat mir das Leben gerettet, während du es vorgezogen hast, dich mit dem Ketzergesindel herumzuschlagen.«

Francesco senkte die Klinge. Raoul atmete unhörbar aus und nahm die Hand vom Schwertknauf. Der Hauptmann fuhr sich mit der Zungenspitze über die Oberlippe. »Wir griffen sie an, um Euch zu schützen, Eminenz. Ich konnte nicht ahnen, dass es so viele –«

»Über deine Unfähigkeit, die Lage richtig einzuschätzen, unterhalten wir uns später«, fiel der Kardinal ihm ins Wort. »Jetzt mach den Wagen fertig. Ich muss den Heiligen Vater unverzüglich über den Vorfall informieren.«

Als die Waffenknechte fort waren, traten Morra und Raoul ins Freie. Die Sonne war herausgekommen und beschien die ausgetretenen Stufen der kurzen Treppe. Die Dorfbewohner teilten sich in Gruppen auf und suchten die Gegend nach den geflohenen Katharern ab. Der Priester der kleinen Kirche, ein schmächtiger Mann mit schlechten Zähnen, entschuldigte sich unterwürfig und wortreich bei Morra für den Angriff, als wäre er persönlich dafür verantwortlich.

»So nah an Rom«, sagte Morra, als sich der Priester endlich entfernt hatte. »Die Seuche der Häresie breitet sich schneller aus als die Pest. Es grenzt an ein Wunder, dass Katharer und Waldenser noch nicht vor den päpstlichen Palästen auf und ab spazieren.« Er wandte sich Raoul zu. Seine Gesichtsfarbe war blass. Er schien nicht oft an die Sonne zu kommen. »Ich hatte noch gar keine Gelegenheit, meinem Retter zu danken, Herr …«

»Raoul von Bazerat.«

»Bazerat«, wiederholte der Kardinal. »Ihr seid Franzose?«

Raoul entging das Misstrauen in Morras Stimme nicht. Franzosen, womöglich Gefolgsleute König Philipps, waren in diesen Tagen nicht gern in Rom gesehen. »Ich komme aus Oberlothringen«, erklärte er ... und musste husten. Geschwind zog er ein Tuch hinter dem Gürtel hervor und führte es zum Mund. Blutstropfen glitzerten auf dem hellen Stoff.

Morra musterte ihn argwöhnisch. Raoul kannte diese Blicke; während seiner Reise hatte er sie hundertfach gesehen. Im besten Fall lag Vorsicht darin, im schlimmsten Ekel und Furcht. »Eine Lungenschwäche«, sagte er. »Habt keine Sorge, es ist nicht ansteckend.«

Der Kardinal nickte und sah zum Reisewagen. Francescos Leute hatten die Pferde eingespannt. »Seid Ihr auf dem Weg nach Rom?«

»Ja.«

»Dann seid heute mein Gast.«

Der Wagen rollte eine Weile durch die ländlichen Hügel, bis er schließlich in eine gut befestigte, von sauber geschnittenen Zypressen gesäumte Straße einbog. Auf einem Obelisken las Raoul die Worte *Via Aurelia*, und das lärmende Treiben verriet, dass sie sich auf einer bedeutenden Handelsstraße befanden: Ochsenkarren mit Kohle, Melonen oder müden Arbeitern auf den Pritschen fuhren neben Sänften wohlhabender Kaufleute und Würdenträger der Stadt, Morras Wagen überholte Soldaten des Kirchenstaats, Bauern, Tagelöhner, wandernde Handwerker und Scharen von Männern, Frauen und Kindern aus allen Ländern des Abendlandes, die wie Raoul nach Rom kamen, um die Gräber der Apostel auf dem Vatikanischen Hügel aufzusuchen.

Morra sprach nicht viel. Nachdem sie einige Höflichkeiten ausgetauscht hatten, versank der Kardinal in Schweigen und machte sich Notizen auf einer Wachstafel. Raoul störte ihn nicht; er interessierte sich ohnehin mehr für das, was sich vor den Wagenfenstern abspielte. Gelegentlich sah er in der Ferne das blaue, glitzernde Band des Tiber und, wenn die Straße eine Kurve beschrieb, für einen Augenblick unzählige Türme verschiedenster Formen und Bauweisen, die ein Meer von Dächern überragten. Aufregung erfasste ihn bei dem Gedanken, dass sein Ziel zum Greifen nah war: Rom, das Herz der Christenheit.

Auf einer Anhöhe vor der Ewigen Stadt stockte der Verkehr. Morra schien an dergleichen gewöhnt zu sein und setzte seine Arbeit ohne Unterbrechung fort. Raoul reckte den Kopf aus dem Fenster und sah, dass das Stadttor am Fuß der Anhöhe zu eng war für die Masse von Fußgängern, Reitern und Wagen, die gleichzeitig hinein- und hinauswollten. Soldaten mussten in das Gedränge eingreifen, was man ihnen mit Beschimpfungen und Flüchen dankte.

Raouls Ärger über die Verzögerung verflog schlagartig beim Anblick der Stadt, die sich vor ihnen ausbreitete. Rom war die gewaltigste Kapitale, die er je gesehen hatte; Metz und Nancy wirkten dagegen wie Bauerndörfer. Die Geschichten über die Vielzahl der Kirchen waren nicht übertrieben. Jedes Viertel, jede Straße schien ein eigenes Gotteshaus zu haben, hinzu kamen Paläste, weiß schimmernd in der Mittagssonne, riesige Badehäuser, Aquädukte aus der Zeit der Kaiser, ausgedehnte Plätze, Abertausende Wohnhäuser und im Zentrum, wie ein Auge, das Kolosseum. Rauch aus unzähligen Kaminen stieg gemeinsam mit dem Lärm von Werkstätten, Marktausrufern, blökendem Vieh, fluchenden Händlern, die mit ihren Karren nicht vorankamen, zu einem Himmel auf, der so blau und wolkenlos war, als würde Gott über der Wohnstatt seines Stellvertreters nicht den kleinsten Makel dulden.

Die Soldaten leisteten gute Arbeit, und wenig später rollte der Wagen durch das Tor. Raoul nahm jede Einzelheit in sich auf, und schon bald regte sich leise Enttäuschung in ihm. Aus der Nähe besehen verlor Rom seinen Glanz. Die schimmernden Paläste erwiesen sich nicht selten als heruntergekommene Bauten, in denen nur noch Bettler und Tauben hausten. Auch viele gewöhnliche Wohnhäuser waren verlassen und verfielen, dasselbe galt für die Verwaltungsgebäude der Kirche. Überfüllt waren nur die Hauptstraßen und die Brücken über den Tiber; in vielen Gassen, an denen sie vorbeikamen, sah Raoul keinen einzigen Menschen, nur hin und wieder einen streunenden Hund. Er erinnerte sich an das, was der französische Spielmann berichtet hatte: Sieben Kreuzzüge hatten Rom zur Ader gelassen, sodass vom Reichtum früherer Jahrhunderte kaum noch etwas übrig war. Zwar hatte Papst Bonifatius' Jubeljahr vor drei Jahren zahllose Pilger in die Ewige Stadt gelockt und der florierende Ablasshandel Unmengen von Gold in die Schatzkammern des Lateranpalasts gespült. Doch hatte dies bei Weitem nicht ausgereicht, die Kosten von zweihundert Jahren Krieg reinzuholen.

Die Viertel um das Forum, der eigentliche Stadtkern, waren in einem besseren Zustand und ließen die vergangene Pracht Roms erahnen. Morras Anwesen lag auf einem niedrigen Hügel, am Rand eines ummauerten Gartens. Es war groß und demonstrierte Macht, aber auf eine schlichtere Weise als die Häuser anderer Kirchenherren, die Raoul auf dem Weg durch die Stadt gesehen hatte. Der Wagen fuhr durch einen Torbogen in einen Innenhof ein, den ein zweistöckiger Säulengang umlief. Der Weg bildete ein Kreuz; Eingänge führten zu den vier Flügeln des Hauses. Auf den nicht gepflasterten Teilen des Hofs wuchsen duftende Rosenhecken und ausladende Orangenbäume.

Morra sorgte dafür, dass Raoul ein Gästezimmer bekam,

bevor er weiter zum päpstlichen Palast fuhr. Der Kardinal schien nichts von Prunk zu halten. Das Innere des weitläufigen Gebäudes war von einer schlichten Schönheit. Ein minderjähriger, schweigsamer Diener namens Marco bereitete ein Bad vor, während sich der Gast seines Herrn mit süßem toskanischem Wein und frischem Obst stärkte. Marco nahm Raouls Waffenrock zum Waschen mit und legte ihm ein weißes Leinenhemd und eine Hose aus weichem Leder hin, wofür er ihm dankbar war. Er hätte sich unwohl gefühlt, seinem Gastgeber in vor Schmutz starrender Reisekleidung gegenüberzutreten.

Sein Zimmer war für hohen Besuch gedacht und entsprechend ausgestattet. Neben dem breiten Bett mit dem Baldachin aus dunkelgrüner Seide stand ein Apparat, von dem Raoul schon gehört hatte, den er aber zum ersten Mal sah: ein Spiegel. Er stieg aus dem Waschzuber, entfernte das Tuch von der polierten Kupferplatte in dem Holzgestell und betrachtete sich darin. Fünf Wochen waren seit seinem Aufbruch von Bazerat vergangen. Die schwindende Zeit ließ sich inzwischen auch an seinem Gesicht ablesen. Schatten lagen unter seinen Augen. Seine Haut wurde zusehends blasser, trotz der Maisonne, der er jeden Tag ausgesetzt gewesen war. Die schwarzen Haare und der kurze Kinnbart hoben die Blässe noch hervor. Und nicht nur das Gesicht zeigte Spuren der Krankheit. Seine Schultern waren kantig, unter den Brustmuskeln zeichneten sich leicht die Rippen ab.

So jäh kam der Zorn über ihn, dass er für einen Herzschlag versucht war, den Spiegel zu zerstören. *Du verdammter Narr, was hast du geglaubt zu sehen?*, dachte er und warf das Tuch über die Kupferplatte. Plötzlich war ihm das Zimmer mit seinen massiven Steinwänden und den geschwärzten Deckenbalken zu eng. Hastig zog er sich an und verließ das Anwesen.

Massen von Menschen drängten sich durch die verwinkelten Gassen unterhalb des Vatikanischen Hügels. Auf einen Einheimischen kamen zehn Ausländer. Raoul sah Franzosen, Engländer, Kastilier, Portugiesen und Leute aus allen Teilen des Heiligen Römischen Reichs; er hörte sämtliche Sprachen, die er kannte, und viele, die ihm vollkommen fremd waren. So mannigfaltig wie ihre Herkunft war auch die Standeszugehörigkeit der Pilger: Herrisch dreinblickende Ritter und Edelleute waren ebenso zu sehen wie Unfreie, Bürger und Mönche und Nonnen der verschiedensten Orden. Doch bei aller Verschiedenheit einte diese Menschen der Wunsch, in der Basilika auf der Hügelkuppe zu beten. Nicht wenige hatten die weite Reise nach Rom nur aus dem einzigen Grund auf sich genommen, ihr Ansehen in der Heimat zu vermehren. Die meisten jedoch waren voller Verzweiflung oder Sehnsucht, sie wurden von alten Sünden oder neuen Krankheiten gequält und erhofften sich Linderung durch die mächtige Präsenz des Heiligen Geistes. Raoul reihte sich in den Pilgerstrom ein und fühlte sich etwas weniger einsam.

Die fünfschiffige Basilika, die auf dem Grab des Apostels Petrus stand, beherrschte das Leonische Viertel mit seinen Herbergen, Garküchen, Brunnenhäusern, Handwerksstuben und Läden wie ein in Stein verewigtes Gebet. Eine gewaltige Treppe führte zu dem Prachtbau hinauf. Auf jeder Stufe drängten sich Männer und Frauen, murmelten ihr *oratio dominica* oder Ave-Maria und stiegen die nächste Stufe hinauf, um sich erneut niederzuwerfen. Einmal am Tag musste ein Pilger diesen mühsamen Weg zurücklegen, dreißig Mal im Monat, damit er von allen Sünden reingewaschen wurde. So hatten es ihm die Mönche der Pilgerherberge bei Siena erklärt.

Raoul suchte sich einen schattigen Platz neben einem

Brunnen und beobachtete das Geschehen. All die Zweifel vom Tag seines Aufbruchs waren wieder da. Er war nach Rom gekommen, um ein besserer Mann zu werden. Doch als er zur Basilika aufblickte, sah er nur eine Treppe und ein Bauwerk, das alt und leer erschien, als habe die Last der Tränen die Fundamente über die Jahrhunderte ausgehöhlt. Wie sollte er hier etwas finden, das er nicht auch an jedem anderen Ort hätte finden können?

Reiß dich zusammen und versuch es wenigstens! Selbstmitleid hilft dir auch nicht!

Er zog das Kreuz aus seinem Hemdkragen, ein Geschenk seines Vaters zu seinem zehnten Namenstag, und küsste das Silber, ehe er sich seinen Weg durch das Gedränge bahnte und auf der ersten Stufe niederkniete.

Am frühen Abend saß er im Hof einer überfüllten Taverne und löschte seinen Durst mit einem Krug kühlem Brunnenwasser. Den Lärm um sich herum, die Hitze der vielen Leiber bekam er kaum mit. Er hatte gebetet, ein *oratio dominica* für jede Stufe, bis seine Knie schmerzten und seine Kehle ausgedörrt war … und geschehen war nichts. Vielleicht war es zu früh, etwas zu erwarten; schließlich lagen noch neunundzwanzig Tage vor ihm. Doch wenn er an den bevorstehenden Monat dachte, an die endlosen, immer gleichen Stunden auf der Treppe unter der Basilika, verspürte er keine Hoffnung, sondern nur ein Gefühl der Sinnlosigkeit.

Geduld. Er musste Geduld haben, so schwer es ihm auch fiel. Gleich am ersten Tag aufgeben hätte der Raoul getan, den er in Bazerat zurückgelassen hatte. Er war nicht der Erste, der an diesem Ort Schmerzen, Hoffnungslosigkeit und Zweifel erfuhr.

Müde brachte er den Krug zu dem verwitterten Becken,

in das Wasser aus dem Maul eines Fischwesens plätscherte, und wandte sich zum Ausgang, als er das Mädchen bemerkte.

Eine schwarzhaarige Schönheit mit dunklen, warmen Augen, in einem schlichten Gewand, unter dem sich aufregende Rundungen erahnen ließen. Sie musste ihn beobachtet haben, denn als sein Blick ihrem begegnete, lächelte sie.

Seine Erschöpfung war augenblicklich vergessen. Das Mädchen war nicht von hier, das sah er an seiner Kleidung. Vielleicht eine Französin oder Neapolitanerin. Es stand bei einer Gruppe von drei jungen Männern, wahrscheinlich seine Brüder.

Raoul lehnte sich an eine der Holzsäulen, die die Decke trugen, und musterte das Mädchen. Es sah zu ihren Brüdern, rollte mit den Augen und deutete ein Gähnen an. Er musste lachen. Sie war schön und hatte Witz – ganz nach seinem Geschmack.

Er warf einen verstohlenen Blick zu den drei Männern, die eine lautstarke Diskussion führten. Es sollte nicht schwer sein, das Mädchen unbemerkt von ihnen fortzubringen, an einen Ort, wo sie alleine sein und sich kennenlernen konnten. Raoul kannte dieses Spiel. Er hatte es oft genug gespielt. Und es war genau das, was er nach diesem seltsamen Tag brauchte.

Im Blick des Mädchens lag eine deutliche Aufforderung. Raoul schob sich durch die lärmende Menge und steuerte einen Seiteneingang an, wo kaum Gedränge herrschte. Das Mädchen verstand, was er vorhatte, und entfernte sich unauffällig von ihren Brüdern.

Er wartete in einer halbdunklen Gasse hinter dem ummauerten Hof der Taverne. Ein öliges Rinnsal floss in einer Kerbe im Pflaster, es stank nach saurem Wein und Urin. Der üble Geruch, die warme, drückende Luft und der plötzliche

Hustenreiz führten dazu, dass die Vorfreude augenblicklich verflog. *Was bei allen Höllen tue ich hier?* Er hatte geglaubt, er hätte sein altes Leben in Bazerat zurückgelassen, doch es war ihm gefolgt und lauerte hinter jeder Ecke.

Er warf einen Blick in den Schankraum. Das Mädchen kam in dem Gedränge nur langsam voran. Raoul ging die Gasse hinunter, fort von der schäbigen Taverne und einem weiteren Mädchen ohne Namen. Rom war eine Stadt wie jede andere und er immer noch der gleiche Narr.

Als er Morras Palast erreichte, sprach der Kardinal gerade mit Francesco, dem Hauptmann seiner Leibgarde. Er musste eben erst zurückgekommen sein, denn die Pferde des Wagens waren noch nicht ausgespannt worden. Morra bemerkte ihn.

»Ah, mein junger Gast. Ich hoffe, Ihr habt Euch während meiner Abwesenheit nicht gelangweilt.«

»Keineswegs«, sagte Raoul. Er hatte gehofft, Morra erst morgen anzutreffen, wenn er ausgeruht und besserer Stimmung war. Doch sich jetzt zurückzuziehen hätte seinen Gastgeber vor den Kopf gestoßen.

»Ich sehe, Marco hat Euch saubere Kleidung gebracht«, stellte Morra fest. »Hat er auch an das Bad und die Speisen gedacht?«

»Er hat es an nichts fehlen lassen.«

»Sehr gut. Marco ist ein anständiger Junge. Einer der wenigen, so scheint es, die sich noch die Mühe machen, meine Anweisungen ordentlich auszuführen.«

Francesco hatte seinen Helm unter den Arm geklemmt. Sein Gesicht war wie aus Stein gehauen.

»Lasst uns einige Schritte gehen«, sagte der Kardinal.

»Erlaubt Ihr, dass ich mich zurückziehe?«, fragte Francesco steif.

»Tue, wonach auch immer dir der Sinn steht, solange du mir nur aus den Augen gehst.«

Der Hauptmann stolzierte davon.

»Ein unerträglicher Tölpel«, sagte Morra, als sie durch den Garten schlenderten. »Wenn er sich Mühe gibt, kann er gerade einmal seinen Namen schreiben. Eben genau das, was man von einem Sizilianer erwartet.«

Eine mit eisernen Spitzen besetzte Mauer umgab die Anlage, die Raoul an einen Klostergarten erinnerte. Seine Schritte knirschten auf dem Kies des Pfads, der sich durch die Kräuter- und Blumenbeete wand. Bänke und Vogeltränken standen auf den Rasenflächen. Über den Dächern jenseits der Mauer sah er das Kolosseum. Wie im Haus war auch hier der Lärm der Stadt nur sehr gedämpft zu hören.

»Er ist recht jung für einen Hauptmann«, erwiderte Raoul mehr aus Höflichkeit denn aus wirklichem Interesse.

»Bis vor drei Monaten war er ein gewöhnlicher Soldat. Aber dann zog ein Großteil meiner Männer mit den päpstlichen Truppen in den Kampf gegen die Ketzer, und ich benötigte einen neuen Befehlshaber. Francesco war das kleinste Übel. Aber reden wir nicht mehr von ihm.« Der Kardinal sah Raoul an. »Ich habe mit meinem Stallmeister gesprochen. Er wird Euch morgen zu meinem Gestüt bringen, wo Ihr einen meiner Zuchthengste auswählen könnt.«

»Ich danke Euch, Eminenz.«

»Das ist das Mindeste, was ich tun kann, um Euren Verlust auszugleichen.«

»Da wäre noch etwas«, sagte Raoul. »In den Satteltaschen war meine Medizin. Ich brauche bald Ersatz.«

»Natürlich«, entgegnete Morra. »Mein Leibarzt wird sich darum kümmern.«

Eine Weile gingen sie schweigend nebeneinanderher. Der Garten war größer, als es zunächst den Anschein gehabt hatte. Hinter einer mannshohen Rosenhecke befand sich ein sanft abfallender Hang, an dessen Fuß eine kleine Kapelle aus dunklen Steinen stand. Die Beete waren terrassenförmig angelegt. Das Kolosseum war jetzt besser zu sehen; wuchtig überragte es die verwinkelten rotbraunen Dächer. Das Gebrüll der Fuhrleute drang von der Straße herauf.

»Erlaubt Ihr mir eine Frage?«, sagte Morra.

»Gewiss.«

»Hat Euch Eure … Krankheit nach Rom geführt?«

»Ich will an den Gräbern der Apostel um Vergebung meiner Sünden bitten.«

Der Kardinal warf ihm von der Seite einen Blick zu. »Eine einfache Lungenschwäche hat noch keinen Mann zu einer Pilgerfahrt aufbrechen lassen.«

»Es ist mehr als das«, erwiderte Raoul. »Ein Geschwür in der Lunge.«

Morras Blick blieb noch einen Moment an ihm haften, dann konzentrierte sich der Geistliche wieder auf den Weg. Er schwieg, was Raoul lieber war als Bemerkungen voller geheuchelter Anteilnahme, und sprach erst wieder, als sie die Kapelle erreichten. »Hier«, sagte er, »der einzige Ort in ganz Rom, an dem ein Kardinal zur Ruhe kommen kann.« Morra entriegelte die Tür. Die Luft drinnen war kühl und roch muffig. Raoul und der Kardinal bekreuzigten sich mit Weihwasser aus einem rissigen Alabasterbecken. Das Abendlicht fiel schräg durch eines der beiden Spitzbogenfenster auf eine Figur des heiligen Christophorus, die so weiß wie das Weihwasserbecken war. Eine Bank bot Platz für höchstens vier Personen. Raoul kniete neben Morra. Plötzlich ahnte er, dass der Kardinal ihn in einer bestimmten Absicht hergeführt hatte.

Nach einer Weile fragte Morra: »Seid Ihr ein gläubiger Mann, Bazerat?«

»Der nahende Tod kann alles aus einem Mann machen.«

Nicht ohne Mühe erhob sich Morra. »Eine ehrliche Antwort«, sagte er ächzend, als er sich auf die Bank setzte. »Aber besser, ein Mann findet am Ende seines Lebens zu Gott, als nie.« Er schloss die Augen und küsste ein kleines hölzernes Kreuz, das er sofort wieder im Kragen seiner Soutane verschwinden ließ.

»Warum sitzen wir hier, Eminenz?«, fragte Raoul.

»Langweile ich Euch?«

»Nein, verzeiht. Aber ich bin müde von der Reise. Wenn Ihr erlaubt, ziehe ich mich zurück. Ich möchte bei Anbruch des Tages auf dem Vatikanischen Hügel sein.«

»Ihr nehmt Eure Pilgerfahrt sehr ernst.«

»Natürlich.«

Kardinal Morra bedachte ihn mit einem längeren Blick. »Ich könnte Eure Suche nach Vergebung etwas erleichtern.«

»Wie?«

»Der Heilige Vater zählt mich zu seinen Vertrauten. Ich könnte veranlassen, dass er Euch einen Sündenablass gewährt.«

Trotz der Müdigkeit erwachte Raouls Interesse. »Was verlangt Ihr dafür?«

»Kommt«, sagte Morra und stand auf. »Ich möchte Euch etwas zeigen.«

Morras Gemach war ein hohes Zimmer, dessen Fenster einen Blick auf das stahlblaue Band des Tiber gewährten. Offene Schränke aus dunklem Holz enthielten Dutzende von Büchern. Zwei Truhen enthielten außerdem Aufzeichnungen; weitere Schriftstücke lagen auf einem großen Tisch. Der Rest des Zimmers war ebenso schlicht gehalten wie das ganze Haus. Der einzige Gegenstand, der einen Hinweis auf Morras Reichtum gab, war ein goldenes Kreuz an der Wand. Auf dem Tisch, in den Schränken und den Truhen herrschte ein ungeheures Durcheinander; offenbar gehörte der Kardinal zu jenen Männern, deren gepflegte Erscheinung sich nicht in ihrer persönlichen Umgebung widerspiegelte.

Es wurde allmählich dunkel. Kerzen erhellten das Zimmer. Morra bot Raoul einen der Lehnstühle an, verschwand im Nebenraum und kam kurz darauf mit einer Schriftrolle zurück.

»Was wisst Ihr über Athanasios von Alexandria?«, fragte er, als er sich setzte.

»Ich höre diesen Namen zum ersten Mal«, antwortete Raoul.

Der Anflug eines Lächelns erschien auf dem breiten Gesicht. »Das glaube ich nicht. Nicht wenn Ihr einen Hauslehrer hattet, der etwas taugte.«

»Ich fürchte, ich habe mich mehr für Bogenschießen als für Bücher interessiert, Eminenz.«

»Athanasios war nach der Christenverfolgung Bischof von Alexandria. Ihm verdanken wir die *Vita Antonii*. Die Lebensgeschichte des heiligen Antonius.« Morra legte eine Hand auf die Schriftrolle. »Dies ist der zweite Teil der Vita. Er galt fast tausend Jahre lang als verschollen, bis vor einigen Monaten das Original in den Besitz der Kirche gelangte. Der Heilige Vater wünscht, dass diese Kopie nach Jerusalem gebracht wird, zu einem Freund des Heiligen Stuhls. Einer meiner Leute ist damit beauftragt. Der Mann spricht vorzüglich Arabisch und kennt das Heilige Land, aber er ist nur ein Schreiber. Ich bezweifle, dass er den Gefahren einer solchen Reise gewachsen ist.«

»Ihr wollt, dass ich ihn begleite«, sagte Raoul langsam.

Der Kardinal nickte. »Gott hat Euch für diese Aufgabe nach Rom geschickt, Bazerat. Davon bin ich überzeugt. Ich habe um einen Ritter wie Euch gebetet.«

Unwillkürlich fragte Raoul sich, ob es vielleicht wirklich so war, wie Morra sagte. Möglicherweise hatten seine Krankheit, sein Selbsthass und seine Verzweiflung einzig und allein den Sinn gehabt, ihn nach Rom zu führen, damit er diese Aufgabe vollbrachte. Eine Reise ins Heilige Land im Dienst der Kirche – gäbe es eine würdigere Tat am Ende seines Lebens? Doch er zügelte seine innere Erregung. Er musste mehr wissen. »Ihr habt Soldaten. Wieso schickt Ihr nicht einen von ihnen?«

»Ihr wart doch Zeuge dieser jämmerlichen Darbietung heute. Francesco und seine Bande wären nicht einmal in der Lage, sich ohne Zwischenfälle ins eigene Schwert zu stürzen.« Er machte eine Pause. Als er weitersprach, war der verächtliche Tonfall verschwunden. »Außerdem gibt es noch eine andere Schwierigkeit. Der König von Frankreich lässt den Lateranpalast und die Häuser aller Kardinäle bespitzeln. Seine Informanten kennen jeden einzelnen meiner Männer. Sie würden es sofort erfahren, wenn einer von ihnen nach Jerusalem aufbräche, und dann wäre die Reise in höchstem Maß gefährdet.«

»Und was ist mit diesem Schreiber?«

»Er steht erst seit Kurzem in meinen Diensten. Ich habe dafür gesorgt, dass keiner der Spitzel Gelegenheit bekam, sich sein Gesicht einzuprägen.«

Raoul wies mit einem Kopfnicken auf die Pergamentrolle. »Warum sollte der König verhindern wollen, dass dieses Schriftstück nach Jerusalem gelangt?«

Morras Blick wurde hart. »Lasst es mich so ausdrücken: Philipp von Frankreich scheint die Absicht zu haben, dem Heiligen Vater auf jede erdenkliche Weise zu schaden. Auch wenn er selbst keinen Vorteil daraus gewinnt. Er hasst die Kirche.«

Die Antwort stellte Raoul nicht zufrieden. »Und der Heilige Vater? Was bezweckt er mit alldem?«

Der Kardinal schwieg einen Moment. »Ihr stellt viele Fragen«, sagte er.

»Mir bleiben nur noch wenige Monate. Ich will genau wissen, wofür ich meine Zeit aufwende.«

Morra rang sich schließlich zu einer Erklärung durch. »Die Schriftrolle enthält Hinweise auf das Versteck des Stabes des heiligen Antonius – eine Reliquie, die von großer Bedeutung für den Heiligen Vater ist. Mein Schreiber hat den Auftrag, sie gemeinsam mit unserem Verbündeten aufzuspüren.«

Raoul hatte gehört, dass der Lateranpalast Dutzende von Reliquien enthielt: Gebeine, Splitter vom Heiligen Kreuz, Fasern von Lazarus' Leichentuch, ganze Schatzkammern voll von Dingen, die Märtyrer aller Jahrhunderte besessen oder berührt hatten. Und nun verlangte es den Papst nach dem Stab eines Heiligen. Morras Erklärung war glaubhaft.

Es klopfte, und ein Mann kam herein.

»Ah, Matteo. Sehr gut«, sagte Morra. »Das ist Matteo Gaspare, mein Schreiber«, stellte er Raoul den Neuankömmling vor.

Gaspare begrüßte sie beide mit einer angedeuteten Verneigung und blieb respektvoll nahe der Tür stehen. Er war recht klein, trug ein weißes Hemd und Hosen aus grober Wolle und hatte ein mondförmiges, jungenhaftes Gesicht sowie kurze, rabenschwarze Locken. Sein Alter war schwer zu schätzen; er mochte vielleicht fünfundzwanzig Jahre alt sein.

Der Blick des Kardinals ruhte auf Raoul. »Begleitet Matteo nach Jerusalem, und ich werde dafür sorgen, dass Euch der Heilige Vater all Eure Sünden vergibt. Ganz gleich wie schwerwiegend sie sein mögen.«

Raoul horchte in sich hinein. Zum ersten Mal seit vielen Tagen verspürte er weder Zweifel noch Hoffnungslosigkeit. Was Morra ihm anbot, war so viel mehr als das, was er in

Rom zu finden erhofft hatte. Wenn ihm Erfolg beschieden war, konnte er in dem Wissen sterben, dass sein Leben nicht vergeudet gewesen war – dass er wie ein Ritter gehandelt hatte. Bei diesem Gedanken wusste Raoul, dass die Entscheidung längst gefallen war.

»Ich nehme Euer Angebot an, Eminenz.«

Kardinal Morra nickte zufrieden. »Damit erweist Ihr der Christenheit einen unermesslichen Dienst.«

Kapitel 3

Die Nachricht war solch ein ungeheurer Glücksfall, dass sich Harun ibn-Marzuq, Wesir von Sultan an-Nasir Muhammad, zu einem Gebet hinreißen ließ, sowie die Schritte des Boten verklungen waren. Er betete nur noch selten, ganz gewiss nicht so oft, wie es das Gesetz vorschrieb, aber dieser Brief war es wert, dass er sich auf dem kleinen Teppich in der Nische niederließ, obwohl sein Rücken rein gar nichts davon hielt.

Ein Geschenk Allahs, dachte ibn-Marzuq, als er wieder in den Kissen seines Gemachs saß und den Brief noch einmal las. *Allmächtiger, ich danke dir.* Die Mühen, die sein Vertrauter in Rom auf sich genommen hatte, um Quellen der Indiskretion in den Palästen der Kirchenherren zu erschließen, hatten sich endlich ausgezahlt. Dabei konnte von *Mühen* nicht einmal die Rede sein; ibn-Marzuq erstaunte es noch immer, wie gering die Hindernisse gewesen waren. Aber das Oberhaupt aller Christen und seine Kardinäle waren so sehr mit ihrem Zwist mit dem französischen Königshaus beschäftigt, dass sie nicht mit Angriffen von anderer Seite rechneten. Eine Unbedachtheit, die Rom gar nicht ähnlich sah. Und für wie wenig Gold so mancher gute Christ bereit war, die intimsten Geheimnisse seines Herrn preiszugeben! Das beste Beispiel war der Verfasser des Briefs, den ibn-Marzuq in den Händen hielt. Der junge Hauptmann begnügte sich mit einer Bezahlung, die einem Bruchteil seines Soldes entsprach. Es schien dem Sizilianer Lohn genug zu sein, einen verhassten Florentiner, wie Morra einer war, zu hintergehen.

Der Himmel über Kairo war von einem makellosen Azur.

Es war sehr heiß, aber der künstliche Teich unterhalb der Balustrade und die Dattelpalmen vor den Fenstern sorgten dafür, dass es in seinen Gemächern angenehm kühl blieb. Seine Sklaven hatten das Brunnenwasser parfümiert, und in den Zimmern roch es leicht und unaufdringlich nach Rosen. Es war ein guter Tag. Der Wesir dachte an das Gedicht, das er am Vormittag begonnen hatte. Es pries die Vielfalt der Kreaturen des Nildeltas und war recht vielversprechend; vielleicht würde er es heute Nacht beenden. Aber erst müsste er dafür sorgen, dass aus diesem guten Tag ein vollkommener werden würde.

Er schob das Pergament, das von der Reise über das Mittelmeer reichlich mitgenommen war, in den Ärmel seines Gewands aus indigofarbener Seide und machte sich auf den Weg zu den Gemächern des Sultans.

Es war früh am Abend, und die langen Flure der Zitadelle waren weitgehend menschenleer; die meisten Bewohner hielten sich draußen in den Gärten auf, wenn sie nicht schon längst zu ihren Häusern an der Küste geflohen waren, wo sich die Sommerhitze leichter ertragen ließ. Harun ibn-Marzuq war das nur recht. Er hatte nicht das geringste Verlangen, einem anderen Amtsträger zu begegnen, schon gar nicht diesem Schakal Abdul ed-Din. Ibn-Marzuq vermutete, dass ed-Din seit seiner Rückkehr aus Damaskus wieder gegen ihn intrigierte. Anders war seine Niederlage im Rat vor zwei Tagen nicht zu erklären. Dabei hatte er mit gutem Gold dafür gesorgt, dass sechs Wesire für seinen Vorschlag stimmen würden, die alte Moschee am Prophetentor abreißen zu lassen und an ihrer Stelle eine Karawanserei zu errichten. Doch war ed-Din offenbar noch ein wenig freigiebiger gewesen, denn plötzlich hatten sich vier der sechs daran erinnert, dass es kein anderer als der große Saladin gewesen sei, der einst den Bau der Moschee angeordnet hatte, und man könne doch unmöglich ein Gotteshaus dem Erdboden gleichmachen, das auf den strahlendsten aller Sultane zurückgehe – der bei allem Glanz selbstverständlich nicht ganz an den prächtigen an-Nasir Muhammad heranreiche, Allah segne ihn viertausendfach. Diese Heuchler! Ihnen allein hatte er zu verdanken, dass er zur Zielscheibe des Zorns mehrerer einflussreicher Baumeister geworden war, weil er nun sein teuer erkauftes Versprechen nicht einhalten konnte. Es hatte ihn einen weiteren Teil seines rasant schrumpfenden Vermögens gekostet, die Herren zu besänftigen – alles nur wegen Abdul ed-Din.

Harun ibn-Marzuq verfluchte sich dafür, dass er versäumt hatte, die Abwesenheit seines alten Feindes zu nutzen, um seine eigene Position zu stärken. Unverzeihlicherweise hatte er sich wieder einmal ablenken lassen. Da war diese Tänzerin gewesen, schwarzhaarig, glutäugig, mit Glöckchen an der Hüfte, die klimperten wie ein Loblied an die Sünde …

Wie dem auch sei, jetzt hatte er den Brief aus Rom. Es war nur ein zerknittertes Stück Pergament, aber es stellte alles in den Schatten, was sich Abdul ed-Din einbildete, je geleistet zu haben.

Er eilte ins Freie und huschte entlang der Arkaden, die den inneren Garten begrenzten. Er wollte nicht gesehen werden. Ein Wesir auf dem Weg zum Sultan, obwohl keine Ratssitzung anstand – das gab sofort Gerüchte. Glücklicherweise hielt sich nur Jada bint-Ghassan im Garten auf. Wie jeden Tag stand sie an der gleichen Stelle auf der Wehrmauer und blickte in die Ferne, über das Nildelta zu den Sanddünen der Wüste, schweigend, reglos, das nachtschwarze Haar vom Wind liebkost. Ladschin, der frühere Sultan, hatte sie an den Hof geholt. Obwohl sie schon einige Jahre in der Zitadelle lebte, wusste im Grunde niemand, wer sie wirklich war. Sie hatte keinen Mann, keine Kinder, nicht einmal einen Diener.

Verehrer hatte es genug gegeben – Jada bint-Ghassan war eine unfassbar schöne Frau –, aber sie hatte alle abgewiesen, bis schließlich niemand mehr versuchte, ihr den Hof zu machen. Sie gab sich als die letzte Prinzessin der Fatimiden aus, doch Harun ibn-Marzuq glaubte eher, dass sie eine Betrügerin war oder eine Verrückte. Eines Tages, so nahm er sich vor, würde er ihr Geheimnis ergründen.

Doch jetzt gab es weitaus wichtigere Dinge zu tun.

Ibn-Marzuq spürte, wie sein Atem schneller ging. Er war es nicht mehr gewohnt, längere Strecken zu Fuß und in Eile zurückzulegen; außerhalb der Zitadelle bewegte er sich nur noch in seiner Sänfte fort. Obendrein hatten Jahrzehnte des bequemen Palastlebens und seine Vorliebe für üppige Mahlzeiten dafür gesorgt, dass seine einst gertenschlanke Gestalt der Vergangenheit angehörte.

Eine breite Treppe führte zum großen Wohnturm hinauf. Einer der beiden Wachposten öffnete wortlos einen Türflügel und ließ ihn eintreten.

Im Innern des Turms war es still und genauso kühl wie in seinen eigenen Gemächern. Stellwände aus geflochtenem Schilf schufen Nischen. Zwei Balustraden aus Zedernholz umliefen den Raum, eine in sieben Ellen Höhe, die zweite unterhalb des Dachgebälks. Kupferbeschlagene Truhen standen auf dem Boden aus Schlangenstein, in dem sich ibn-Marzuqs Gestalt geisterhaft spiegelte. Abendlicht fiel durch die Fenster und verfing sich in den Vorhängen, die so leicht und durchscheinend waren wie blaue und orangefarbene Spinnweben.

Der Sohn des Himmels saß auf goldenen Kissen und schrieb. Als der Wesir näher kam, sah er auf.

»Mein Gebieter«, sagte ibn-Marzuq und warf sich nieder, das Gesicht zur Erde gewandt. Nach sechs Herzschlägen – vier waren für seinen Rang vorgeschrieben, doch sein Herz pochte so wild wie eine Kriegstrommel – erhob er sich mühsam. Den Protest seines Rückens ignorierte er.

»Harun«, sagte Sultan an-Nasir mit sanfter, melodischer Stimme. »Setz dich zu mir.«

Ibn-Marzuq kam der Aufforderung nach, achtete jedoch darauf, sich nicht in unangemessener Nähe niederzulassen. Es war eine große Ehre, dass er sich überhaupt setzen durfte, und er wollte zeigen, dass er sie zu würdigen wusste. Ein unbedarfter Besucher hätte den Eindruck gewonnen, außer den beiden Männern sei niemand im Raum, aber ibn-Marzuq wusste es besser. Hinter den Schilfwänden und Seidentüchern verbargen sich Männer, die in der Lage wären, ihn niederzustrecken, sowie die kleinste Bewegung seinerseits darauf hindeutete, dass er dem Sultan ein Leid antun wollte.

Al-Malik an-Nasir Muhammad trug ein Gewand aus goldenem Tuch, das am Kragen hochgeschlossen war und seinen schlanken Leib bis zu den Füßen verhüllte. Seine Haut hatte die Farbe dunklen Kupfers und war makellos, bis auf die kleine pfeilförmige Narbe über einer Augenbraue. Abgesehen von einem kurzen schwarzen Bart zwischen Unterlippe und Kinn war sein Schädel kahl geschoren. Er war ein Mann von neunzehn Jahren, aber seine Augen gewährten einen Blick auf eine Seele, die durch früh erfahrenen Verrat älter und reifer geworden war als die physische Gestalt des Herrschers der Mamelucken.

Die feingliedrigen Finger legten Pergamentrolle und Federkiel beiseite. »Die nächste Zusammenkunft des Rates ist erst in vier Tagen. Ich habe nicht erwartet, dich schon so bald wiederzusehen.«

Das war eine Anspielung darauf, dass ibn-Marzuq die letzte Ratssitzung wutentbrannt verlassen hatte. Der Wesir überging sie geflissentlich. »Ich komme wegen einer anderen Angelegenheit, mein Gebieter. Einer Eurer Informanten hat eine Nachricht geschickt. Aus Rom.« Er sagte nicht »meine Informanten«. Der Sultan sollte nicht daran zweifeln, dass niemand außer ihm selbst alle Fäden in der Hand hielt.

An-Nasir nahm den Brief entgegen. Er beherrschte die Sprache der Christenheit nicht ganz so gut wie ibn-Marzuq, aber immer noch gut genug für die ungelenken Sätze des Hauptmanns. »Unser Freund Morra sucht also nach dem Stab des Antonius.« Der Sultan blickte ibn-Marzuq an. »*Diesem* Stab?«

»Es gibt keinen anderen, mein Gebieter.«

»Weiß Morra, was es damit auf sich hat?«

»Alles spricht dafür«, sagte ibn-Marzuq. »Wenn er ihn nur für eine alte Reliquie hielte, würde er sich nicht solche Mühe machen.«

»Der Papst soll regelrecht besessen von Reliquien sein, hörte ich.«

Ibn-Marzuq nickte. »Aber üblicherweise lässt er sie einfach fälschen, anstatt sie vom Ende der Welt herbeizuschaffen.«

Der junge Sultan betrachtete das Pergament, dann hob er den Kopf. Ibn-Marzuq bemerkte die Beunruhigung, die in den grünen Augen aufflackerte. »Könnte Morra Erfolg haben?«

»Ja – wenn es wirklich der echte zweite Teil der *Vita Antonii* ist, den er besitzt. Aber ich zweifle kaum daran. Rom lässt seit Langem danach suchen. Es war nur eine Frage der Zeit, bis sie eines Tages darauf stoßen würden.«

An-Nasir saß in Gedanken versunken da; schließlich sagte er: »Wir dürfen nicht zulassen, dass Bonifatius über eine solche … Waffe verfügt. Er befindet sich in einer Lage, in der ihm ein Kreuzzug sehr gelegen käme. Mit dem Stab könnte er ihn mühelos entfesseln.«

Und mühelos gewinnen, dachte ibn-Marzuq.

»Die Johanniter setzen uns in Akkon zu«, fuhr der Sultan fort. »Die Ilkhane warten nur auf eine Schwäche von uns, um wieder im Osten zuzuschlagen. Ein weiterer Gegner wäre das Ende.«

»Es sollte ein Leichtes sein, Morra zuvorzukommen. Mit dem Stab in der Hand wärt Ihr unangreifbar, mein Gebieter.« *Und ich wäre derjenige, der Euch geholfen hat, den Stab zu bekommen,* dachte ibn-Marzuq. *Das sollte genügen, um meine Stellung ein für alle Mal zu sichern.*

An-Nasir verfiel abermals in Schweigen. Er erschien ibn-Marzuq wieder wie der Junge, der nach der Ermordung seines Bruders zum Sultan ausgerufen worden war und der verloren wirkte zwischen all den Emiren und Generälen: ein ganz normaler Knabe, der nie um die Macht gebeten hatte, mit der er plötzlich fertigwerden musste. »Wer ist dieser Battista, zu dem das Manuskript gebracht werden soll?«

»Cristoforo Battista«, antwortete ibn-Marzuq. »Ein venezianischer Kaufmann, der sich vor Jahren in Jerusalem niedergelassen hat. Ich habe ihn schon lange im Verdacht, für Rom zu arbeiten.«

Der junge Sultan faltete den Brief zusammen und gab ihn zurück. »Ist er käuflich? Haben wir etwas gegen ihn in der Hand?«

Ibn-Marzuq erinnerte sich daran, wie er Battista einmal in den Palästen des Emirs von Askalon getroffen hatte. Der Mann lebte wie ein Mönch und war obendrein vollkommen humorlos. »Weder noch. Ich fürchte, wir werden zu gröberen Methoden greifen müssen.«

»Kadar al-Munahid«, sagte der Sultan nach einer Pause. »Ist er wieder aus Nubien zurück?«

»Seit einigen Tagen.« Harun ibn-Marzuq zögerte. »Ich weiß nicht, ob al-Munahid der richtige Mann für eine solche Aufgabe ist, mein Gebieter.«

Der Wesir glaubte, ein unmerkliches Funkeln von Spott in an-Nasirs Augen zu erkennen. »Mein lieber Harun, hast du etwa Skrupel?«

Ibn-Marzuq zog es vor, zu schweigen. Seine Bedenken waren anderer Art: Er fürchtete sich vor al-Munahid, aber er hätte sich eher einen Finger abgeschnitten, als das seinen Sultan wissen zu lassen.

»Es gibt keinen Besseren für – wie hast du dich ausgedrückt? – *gröbere* Methoden. Rede mit al-Munahid. Gib ihm so viel Gold, wie er verlangt. Ich wünsche, dass er und seine Schakale gleich morgen nach Jerusalem aufbrechen, das Manuskript holen und den Stab suchen.«

»Die *Vita Antonii* ist in griechischer Sprache geschrieben. Ich bezweifle, dass al-Munahid in der Lage ist, sie zu lesen.«

»Es ist nicht notwendig, dass er sie liest.« Sultan an-Nasir lehnte sich in den Kissen zurück. »Denn du wirst ihn begleiten.«

Ibn-Marzuq öffnete den Mund, um etwas zu erwidern, dann klappte er ihn wieder zu. Die Aussicht, Kairo mit seinen Badehäusern, Banketten und Heeren von Sklaven verlassen und die nächsten Wochen auf dem Rücken eines Pferdes verbringen zu müssen – noch dazu inmitten einer Söldnereinheit –, entsetzte ihn zutiefst.

»Eine Reise wird dir guttun«, sagte der Sultan freundlich. »Oder bist du anderer Meinung? Ich bin sicher, Abdul ed-Din wird gern für dich einspringen.«

»Nein!«, sagte ibn-Marzuq und wiederholte dann leiser: »Nein.« Er neigte den Kopf nach vorne. »Es ist mir eine Ehre, mein Gebieter.«

»Sehr gut.« Der Sohn des Himmels lächelte. »Du wirst sehen, Jerusalem wird dir gefallen.«

Kapitel 4

Die »Elýsion« war ein byzantinisches Handelsschiff, ein Einmaster mit einem Lateinersegel und zwölf Mann Besatzung. Sie war im vorgelagerten Hafen Roms in der Tibermündung vertäut. Die einzige Kajüte hatte Matteo Gaspare nur bekommen, weil die beiden ursprünglichen Reisenden, ein römischer Kaufmann und sein Diener, kurzfristig abgesagt hatten; der Kaufmann war an der Cholera erkrankt.

Am Hafen herrschte wenig Betrieb. Das einzige Schiff außer der »Elýsion« war ein Zweimaster aus Aragonien am benachbarten Anlegesteg. Dunkelhäutige Männer, die sich zum Schutz gegen die Hitze Tücher um den Kopf gebunden hatten, löschten die Ladung: Holzkisten, die so schwer waren, dass sie nur zu zweit getragen werden konnten. Als einer der Seemänner auf der Laufplanke das Gleichgewicht verlor, fiel eine Kiste auf das Pflaster und brach auf. Eisenbarren kamen zum Vorschein. Unter den Flüchen ihres Kapitäns sammelten die beiden Träger die Barren wieder ein.

Francesco hatte Raoul und Gaspare an der Hafenmauer abgesetzt. Raoul trug die Seekiste mit seinen Sachen zur »Elýsion« hinauf und setzte sie auf dem schwankenden Deck ab. Hafenarbeiter schleppten Fässer und Stoffballen zu den Ladeluken, wo muskulöse Arme die Waren entgegennahmen. Seeleute mit nackten Oberkörpern machten das Schiff seeklar, angetrieben von den knappen Befehlen des Kapitäns, eines mageren Byzantiners mit kränklicher Gesichtsfarbe und kostbaren Kleidern, der nach vorne gebeugt, als leide er an Magenschmerzen, auf dem Achterkastell neben der Ruderpinne stand. Während Raoul darauf wartete, dass man ihnen ihre Kajüte zuwies, betrachtete er die Wolkenberge über dem offenen Meer und die Wellen, die sich schäumend an der Hafenmauer brachen. Es war seine erste Schiffsreise, und er versuchte sich vorzustellen, wie es sein mochte, wochenlang von nichts als Wasser umgeben zu sein. Seit dem Untergang der Kreuzfahrerstaaten liefen nur noch wenige Schiffe nach Palästina aus. Gaspare hatte drei Tage gebraucht, eine Überfahrt zu bekommen. Raoul war froh, dass die Zeit der Untätigkeit endlich vorbei war.

Der Wind pflügte durch die Locken des kleinen Italieners, als er in Begleitung eines Seemanns über das Deck kam. An einem Lederband um seinen Hals baumelte ein Futteral. Es enthielt das Manuskript. Morra hatte ihm eingeschärft, es niemals aus den Augen zu lassen. »Kommt«, sagte Gaspare, »er führt uns zu unserer Unterkunft.«

Raoul hob die Kiste hoch und folgte den beiden Männern unter Deck. Ihre Kajüte war eine enge, fensterlose Kammer, in der es nach Salz, Algen und feuchtem Holz roch. Raoul probierte seine Schlafliege aus und stellte fest, dass sie für Männer gemacht war, die zwei Handbreit kleiner waren, sodass er nur mit angewinkelten Knien hineinpasste.

Eine halbe Stunde später lief die »Elýsion« aus. Draußen vor der Küste füllte eine kräftige Brise das Segel und trieb das Schiff nach Südosten. Der günstige Wind hielt auch in den nächsten Tagen an, sodass sie alsbald Neapel passierten und weitere zwei Tage später die Straße von Messina erreichten, die Meerenge zwischen Italien und Sizilien. Raoul hielt sich die meiste Zeit des Tages an Deck auf. Die von Gaspare prophezeite Seekrankheit hatte ihn verschont, und er genoss den Anblick des Meeres. Gaspare vertrieb sich die Zeit, indem er den halben Tag verschlief, Zeichnungen von Seevögeln anfertigte oder mit einem der Seeleute würfelte. Er unterhielt sich mit den Männern fließend auf Griechisch.

Auf dem Ionischen Meer schlug das Wetter eines Nachts um. Raoul wurde aus dem Schlaf gerissen, als das Schiff in ein Wellental sackte. Er hielt sich an den Kanten der Liege fest, um nicht herausgeschleudert zu werden, bis das Schaukeln auf ein erträgliches Maß zurückgegangen war.

Die Laterne an der niedrigen Decke quietschte und spendete nur dämmriges Licht. Gaspare, der normalerweise den Schlaf eines Kleinkinds hatte und mit einer Lautstärke schnarchte, die Raoul einem Mann seiner Größe niemals zugetraut hätte, kauerte mit angezogenen Knien in der Ecke seines Schlaflagers und grinste. »Wenn Ihr jetzt nicht endlich seekrank werdet, vergesse ich alles, was ich über Seefahrt weiß.«

Raoul setzte sich auf. Benommen löste er den Deckel des Fasses, das im Boden verankert war, und trank eine Kelle Wasser. »Wie lange stürmt es schon?«

»Seit gut zwei Stunden.«

Übel wurde Raoul von dem Schwanken nicht, aber an Schlaf war trotzdem nicht mehr zu denken. Er spritzte sich etwas Wasser ins Gesicht und kauerte sich wie Gaspare in die Ecke seiner Schlafnische, um nicht ständig hin und her geworfen zu werden. Das Heulen und Pfeifen des Winds klang hier unten wie aus weiter Ferne.

Matteo Gaspare trug dieselbe Kleidung wie bei ihrer ersten Begegnung. Er wechselte sie nie und zog sie auch zum Schlafen nicht aus. Auch vom Waschen schien er nicht viel zu halten; jedenfalls hatte Raoul ihn noch nie dabei beobachtet. Davon abgesehen mochte er Gaspare, der, wie er erfahren hatte, aus Pisa stammte und Buchhalter für einen römischen Bildhauer gewesen war, bevor Morra ihn in seine Dienste genommen hatte. Schlechte Laune schien dem Toskaner fremd zu sein. Er erzählte den ganzen Tag Geschichten und war nicht so übertrieben unterwürfig wie andere Gemeine, wenn sie einen Edlen vor sich hatten.

Durch den Wetterumschwung hatte es in der Kajüte merklich abgekühlt. Raoul zog Rock und Hose an. Jetzt erst sah er, dass auf Gaspares Knien die geöffnete Schriftrolle lag. Der Toskaner legte sie beiseite, zog den Beutel mit ihren Vorräten unter der Liege hervor und löste die Schnüre. Nacheinander holte er Brot, getrocknetes Ziegenfleisch und zwei schrumplige Äpfel heraus. »Das ist alles. Wir sollten es gut einteilen. Denn wenn es aufgebraucht ist, heißt es morgens, mittags und abends Fisch. Einen Apfel?« Er sprach Französisch. Seit dem ersten Tag auf See unterhielten sie sich nur noch in Raouls Muttersprache. Gaspare hatte damit so wenig Mühe wie mit Latein und Griechisch.

Raoul ignorierte die angebotene Frucht und wies mit einem Nicken auf die Schriftrolle. »Darf ich das sehen?«

»Natürlich.« Der Toskaner zuckte mit den Schultern und biss in den Apfel.

Das Pergament war an beiden Enden ein Stück zusammengerollt; der Text, den Raoul vor sich sah, war ein Abschnitt aus der Mitte. »Ist das Griechisch?«

»Eine Übersetzung hätte zu viel Zeit gekostet, deswegen hat Seine Eminenz nur eine Abschrift anfertigen lassen. Aber das ist nicht weiter schlimm; Battista kann Griechisch. Er hat eine Weile in Konstantinopel gelebt.«

Cristoforo Battista war der »Freund des Heiligen Stuhls«, von dem Morra gesprochen hatte – jener Mann, dem Gaspare die Schriftrolle übergeben sollte. Ein Venezianer, der sich wie viele seiner Landsleute im Heiligen Land als Kaufmann betätigte.

Donner grollte in der Nacht, und die Laterne schaukelte, als die »Elýsion« von den Wellen gebeutelt wurde. Über ihnen erklang das Gebrüll eines Seemanns, der das Getöse zu übertönen versuchte.

»Christus«, murmelte Gaspare. »Mach, dass das alles gut ausgeht.« Er war aufgestanden und drehte die Laterne auf, während er sich schwankend auf den Beinen hielt. Goldenes Licht erfüllte die Kajüte.

Raoul wickelte die Schriftrolle weiter auf. Zwischen den unverständlichen Buchstaben erschien eine Zeichnung. Sie stellte ein prächtiges Zepter dar, in dessen kronenförmigem Kopf Rubine eingesetzt waren und das von einem himmlischen Strahlen umgeben war. »Was ist das?«, fragte er und hielt die Rolle hoch.

Gaspare hatte sich wieder gesetzt. »Antonius' Stab.«

In Morras Anwesen gab es eine umfangreiche Bibliothek. Raoul hatte die Tage vor ihrer Abreise genutzt, um dort seine Wissenslücken zu füllen, die in dem Gespräch mit dem Kardinal offenbar geworden waren. Der heilige Antonius hatte vor tausend Jahren als Einsiedler am Roten Meer gelebt, wo ihm Satan in Gestalt von Dämonen und schönen Frauen erschienen war, um ihn von seinem gottesfürchtigen, enthaltsamen Leben abzubringen. Antonius widerstand den Versuchungen, vollbrachte wundersame Heilungen und nahm andere Christen, die vor der Verfolgung durch Kaiser Diokletian geflohen waren, bei sich auf. Auf Bildern war er immer mit seinem Stab zu sehen – der sich allerdings beträchtlich von der Zeichnung in der Schriftrolle unterschied. »Ein bettelarmer Eremit soll ein Zepter aus Gold und Edelsteinen besessen haben?«

Gaspare hatte den Apfel samt Gehäuse verzehrt, schnippte den Stiel fort und wischte sich die Finger an der Hose ab. »In Wirklichkeit war es eher ein Krückstock. Aber Athanasios hat Antonius verehrt. Er scheint es für nötig gehalten zu haben, manche Einzelheiten an dessen Leben nachträglich zu verbessern. Das Manuskript ist voll von solchen Ausschmückungen.«

»Nach tausend Jahren wird von einem Krückstock nicht mehr viel übrig sein.«

»Wer weiß schon, was alles möglich ist. Wir sollten die Schriftrolle wieder verstauen. Die feuchte Luft ist schlecht für das Pergament.«

Raoul gab das Schriftstück Gaspare zurück, der es zusammenrollte, in das Futteral schob und dieses zu seinen anderen Sachen unter der Liege tat. Dann streckte sich der Toskaner auf der Liege aus, den Kopf auf die verschränkten Arme gestützt.

»Wo habt Ihr all diese Sprachen gelernt?«, fragte Raoul.

Gaspare grinste. »Griechisch und Latein bei den Dominikanern von Lucca.«

»Ihr wart Novize?«

»Zwei Jahre. Dann warfen sie mich hinaus. Ich hatte Schwierigkeiten mit der Gehorsamkeit.«

»Und Französisch und Arabisch?«

»Im Heiligen Land. Ich habe drei Jahre einem Ritter aus Toulouse gedient. In Akkon.«

Vor Erstaunen setzte Raoul sich auf. Akkon war vor zwölf Jahren gefallen, 1291. Also musste Gaspare wesentlich älter als fünfundzwanzig sein, wie Raoul bei ihrer ersten Begegnung geschätzt hatte. Es war schwer zu glauben, dass dieser Mann mit dem Mondgesicht schon dreißig oder zweiunddreißig Jahre sein sollte. »Mein Vater war ebenfalls in Akkon«, sagte er.

»Wie hieß er?«

»Gerard von Bazerat. Ihr könnt ihn nicht gekannt haben. Er hat das Kreuz einundsiebzig genommen und blieb nur zwei Jahre.«

»Zwei Jahre ist lange genug in Palästina«, sagte Gaspare. Er schloss die Augen, wohl um zu zeigen, dass er nicht mehr darüber reden wollte. Leise summte er eine Melodie.

Das Unwetter schien etwas nachgelassen zu haben, denn das Schiff schlingerte nicht mehr ganz so stark. Raoul legte sich hin und betrachtete die fleckige Decke. Sein Vater hatte ein Leben lang davon geträumt, Jerusalem einmal, nur ein einziges Mal zu betreten. Aber der Traum hatte sich nicht erfüllt. Zu seiner Zeit befand sich die Heilige Stadt schon lange in der Hand der Sarazenen. In den Jahren des Krieges hätte es für einen christlichen Ritter den Tod bedeutet, auch nur in ihre Nähe zu kommen. Was er wohl von der Reise seines Zweitgeborenen gehalten hätte? *Er wäre geplatzt vor Stolz und hätte mich gleichzeitig einen Narren genannt,* dachte Raoul schmunzelnd.

Die Planken der »Elýsion« knarrten und ächzten. Über ihnen ging jemand über das Deck. Die Schritte waren ein dumpfes, gleichmäßiges Klopfen.

»Was für Sünden waren es?«, fragte Gaspare unvermittelt.

Raoul sah ihn an. »Was?«

»Die Sünden, wegen denen Ihr nach Rom gekommen seid.«

»Warum wollt Ihr das wissen?«

»Nun … es interessiert mich eben.«

Raoul überlegte. »Nichts Bedeutendes. Schwarze Magie und Unzucht mit Geißböcken.«

Gaspare starrte ihn an, und langsam, ganz langsam formten seine Lippen ein Grinsen. »Unzucht mit Geißböcken«, murmelte er und lachte leise vor sich hin, bis er schließlich verstummte. Kurz darauf hörte Raoul das vertraute Schnarchen.

Er löschte das Licht und lauschte den Geräuschen des Schiffs in der unruhigen See. Irgendwann schlief auch er ein. In seinem Traum lag er wach in seinem Gemach in Bazerat, während draußen die Feuer niederbrannten und sich die letzten Dorfbewohner betrunken singend nach Hause aufmachten. Das Mädchen neben ihm schlief. Nur in seinen Umhang gehüllt, stieg er die kalten Stufen zur Kapelle hinunter und kniete vor dem Altar, doch die Worte des Gebets waren ebenso vergessen wie der Name des Mädchens. Er hustete, bis sich seine Eingeweide vor Schmerzen zusammenzogen, und in dem Blut auf dem hellen Stein wanden sich schwarze Maden, die bald in der eisigen Luft starben.

Kapitel 5

Nach zwölf Tagen auf See kam die Küste Palästinas in Sicht: ein dunstiger, rotbrauner Streifen in der Ferne. Der Mastbaum der »Elýsion« knarrte im scharfen Westwind. Der Seemann, der den ganzen Vormittag im Krähennest nach Land Ausschau gehalten hatte, kletterte flink wie ein Affe am Tauwerk nach unten und ging den anderen zur Hand, die das Schiff klar zum Einlaufen machten.

»Da.« Matteo Gaspare deutete auf einen Punkt am Küstenstreifen. »Askalon.«

Sie standen am Bug. Das Meer reflektierte die heiße Mittagssonne blendend hell, sodass Raoul die Augen zusammenkneifen musste. Die Mauern und Türme der Hafenstadt konnte er kaum erkennen, denn ihre Farbe unterschied sich nur geringfügig von der Landschaft.

»Zieht Euch um, bevor wir an Land gehen«, sagte Gaspare. »Ich habe unauffälligere Kleidung für Euch mitgenommen.«

Raoul sah an sich herunter. »Was ist an mir so auffällig?«

»Das Wappen. Es zeigt den Leuten, dass Ihr aus Europa kommt. Männer wie Euch haben sie nicht gerade in guter Erinnerung.« Gaspare biss eine faulige Stelle aus ihrem letzten Apfel und spuckte sie ins Meer. »Wir müssen wie harmlose Pilger aussehen, wenn wir unbeschadet nach Jerusalem kommen wollen.«

Die neue Kleidung war nicht nur unauffälliger als sein Waffenrock, sondern auch bequemer. Es war ein ärmelloser Überwurf aus grober Wolle, der bis zum Boden fiel und an der Hüfte von einem Strick zusammengehalten wurde. Darin und in den einfachen Sandalen ließ sich die Hitze leichter ertragen. Als Raoul wieder an Deck kam, näherte sich die »Elýsion« gerade der Hafenmauer Askalons. Das Hafenbecken war wesentlich kleiner als das an der Tibermündung, und die zwei Dutzend Schiffe darin drängten sich dicht an dicht. Die meisten waren Fischerboote, doch er sah auch Handelsschiffe aus verschiedenen Reichen am Mittelmeer, darunter einen Zweimaster aus Genua und eine Galeere aus Portugal.

Kurz darauf gingen sie an Land. Nach fast zwei Wochen auf See war es ein ungewohntes Gefühl, wieder festen Boden unter den Füßen zu haben. Ihre Ausrüstung hatten sie in Rucksäcke umgepackt; sein Schwert trug Raoul in eine Decke gewickelt auf dem Rücken. Die Meeresluft hatte ihm gutgetan. Der Husten war merklich zurückgegangen, und seit einer Woche blieb er von Albträumen verschont. Er war so voller Tatendrang, dass er die Erschöpfung kaum noch spürte. Gaspare und er riefen sich Scherze zu, als sie sich ihren Weg durch das Gedränge bahnten.

Die Hafenmauern gingen direkt in die Befestigungsanlagen über. Vor den Lagerhäusern, Garküchen und Herbergen herrschte ein lärmendes Durcheinander aus Seeleuten, Händlern, Reisenden und Arbeitern. Ein brüllendes Kamel wurde mit einem Kran auf ein Schiff befördert. Fässer, Kisten, Körbe, versiegelte Krüge und Tuchballen stapelten sich und warteten darauf, von Trägern fortgeschafft zu werden. Zwei Mameluckensoldaten, Männer mit roten Waffenröcken über den Ringelpanzern, Turbanen, aus denen silberne Helmspitzen ragten, und Lanzen in den Händen, befahlen einem einheimischen Kapitän mit barschen Worten, die eben abgeladenen Kisten zu öffnen, worauf der Mann zuerst die Hände Hilfe suchend gen Himmel reckte und dann unter lautstarkem Protest der Aufforderung nachkam. Und über allem lag der Gestank von ungewaschenen Körpern, Fisch, der in der Sonne verrottete, und dem Abwasser Askalons, das ins Meer floss.

Zielstrebig schlug Gaspare einen Weg ein, der an den rußgeschwärzten Mauern der Zitadelle vorbei zu einer belebten Straße ins Innere der Stadt führte. Je weiter sie sich vom Hafen entfernten, desto heruntergekommener sahen die quaderförmigen Häuser aus, desto weniger Menschen begegneten ihnen. Viele Gebäude standen leer, manche waren ausgebrannt oder teilweise eingestürzt, und in den Trümmern wuchs dürres Gestrüpp. Auch die Stadtmauer wies noch Spuren jener Kämpfe vor zwölf Jahren auf, als Sultan al-Ashraf zum vernichtenden Schlag ausgeholt hatte, um die Kreuzfahrer endgültig aus dem Heiligen Land zu vertreiben. Schutt türmte sich dort, wo Belagerungsmaschinen Breschen in die Mauer gerissen hatten. Bis auf die Grundmauern niedergebrannte Kasernen dienten als Gehege für Schafe und Ziegen. Türme waren abgetragen worden, um Baumaterial für beschädigte Häuser zu gewinnen.

In der Nähe eines unversehrten Stadttors fand Gaspare eine kleine Karawanserei, in der sie Vorräte und Wasser für die Reise und zwei Pferde kauften. Raoul wurde zum ersten Mal Zeuge, wie Gaspare Arabisch sprach, und seine Bewunderung für ihn wuchs. Denn was aus dem Mund des Toskaners kam, klang in seinen Ohren wie kehlige Krächzlaute, die keine Ähnlichkeit mit einer der Sprachen hatten, die er je in seinem Leben gehört hatte. Gaspare bezahlte mit Dirhams, fein geprägten arabischen Silbermünzen, von denen sie einen Beutel voll aus Rom mitgebracht hatten.

Unter den Arkaden der Karawanserei warteten sie, bis die größte Mittagshitze vergangen war, dann verließen sie Askalon auf den Rücken ihrer Pferde. Jenseits der Stadtmauern begann die Wüste, die, so erklärte Gaspare, von den Einheimischen Negev genannt werde. Ein Pfad, mehr eine von unzähligen Stiefeln und Hufen geschaffene Furche, zog sich schnurgerade durch das ockerfarbene Land, das nach einer halben Wegstunde in zerklüftete Hügel überging. Wind pfiff um die scharfkantigen Felsen und wehte den allgegenwärtigen Sand auf. Um sich davor zu schützen, schlang sich Raoul nach Gaspares Vorbild ein Tuch so um den Kopf, dass nur ein schmaler Schlitz für die Augen blieb.

Die Gegend war so gut wie menschenleer. Gelegentlich sahen sie Hütten, die dicht zusammengedrängt auf einer Hügelkuppe standen; manchmal begegnete ihnen ein Hirte mit seiner Ziegenherde. Die Tiere fraßen von den dornigen Büschen, die unerklärlicherweise an den Hängen wuchsen, obwohl Raoul schätzte, dass hier seit vielen Jahren kein Tropfen Regen gefallen war.

Gegen Abend kamen sie zu den verlassenen Ruinen eines Zollturms, an dem sich die Straße gabelte. Sie ritten nach Nordosten, Richtung Bethlehem. In einem ausgetrockneten Flussbett, einem Wadi, kam ihnen eine berittene Streifwache von sechs Mameluckensoldaten entgegen. Der Anführer, ein baumlanger Mann mit geöltem Bart, war schlechter Laune und hinderte sie am Weiterreiten. Raoul musste die Unterhaltung zwischen Gaspare und dem Hauptmann nicht verstehen, um zu wissen, worum es ging: Sie sollten ihr Gepäck öffnen und zeigen, was sie mit sich führten. Gaspare ließ sich nicht darauf ein, denn er wollte vermeiden, dass jemand die Schriftrolle zu Gesicht bekam. Der Disput endete jäh, als ein Dirham unauffällig von der schlanken Hand des Toskaners in die Pranke des Mamelucken wechselte, und sie konnten ihren Ritt fortsetzen. Raoul gewann den Eindruck, dass Gaspare nicht im Geringsten auf seine Hilfe angewiesen war. Morra schien die Fähigkeiten seines Schreibers zu unterschätzen.

Zwei Tage später, unter einer glühenden Abendsonne und einem Himmel wie Kupfer und Türkis, erblickten sie Jerusalem. Raoul zügelte sein Pferd auf einer Anhöhe. Auf der anderen Seite des Tals, eingefasst in sandfarbene Felsen und Ebenen, erhob sich die Heilige Stadt, der Ort von Christi Leiden und Tod. Das Herz der Welt lag auf den Ausläufern einer Hochebene, hinter der der Jordan in das Tote Meer mündete. Den Westen beherrschte die mächtige Davidsburg, den Osten das rechteckige Tempelviertel mit der schimmernden Kuppel des Felsendoms vor der olivgrünen Flanke des Ölberges. Dazwischen brodelnde Gassen voller Menschen, Häuser, winzige ummauerte Gärten, Zisternen mit glitzerndem Wasser, Türme, Kirchen, Synagogen, Moscheen, alles auf engstem Raum zusammengedrängt. Raouls Kehle war trocken und rau von Hitze und Flugsand, sein Rücken schmerzte vom Ritt – doch er spürte nichts davon, überwältigt vom Anblick, der sich ihm bot. Auch Gaspare, der immer zur Eile drängte, schwieg ergriffen und nahm die Pause ohne zu murren hin.

Raoul stieg ab, löste seine Geldbörse vom Gürtel und kniete am Wegesrand nieder. Er grub seine Hände in die lose, trockene Erde, ließ sie durch die Finger rieseln. *Heilige Erde*, dachte er. *Vater, wenn du nur hier sein könntest …* Er füllte etwas davon in seine Börse.

»Wofür ist das?«, fragte Gaspare vom Rücken seines Pferdes.

»Für das Grab meines Vaters«, antwortete Raoul. Für einen Augenblick wallte Sehnsucht nach Bazerat in ihm auf, nach Jacques und Blaise und all den anderen, so heftig, dass es ihm die Brust zuschnürte. Er richtete sich auf und blickte noch einmal zur Stadt im Tal. Es war gut, dass er hergekommen war. Gut und richtig. Es konnte nicht Gottes Wille sein, dass er Bazerat nie mehr sah.

Als er wieder im Sattel saß, fragte er: »Wohnt Battista in der Stadt?«

»Nein, zum Glück nicht.« Gaspare schirmte seine Augen vor der Sonne ab. »Sein Haus steht außerhalb. Es kann nicht mehr weit sein.«

»›Zum Glück nicht‹? Was bedeutet das?«

Sie setzten sich wieder in Bewegung und folgten weiter dem Weg auf dem Hügelkamm. Seit Bethlehem hatte das Treiben stetig zugenommen, und ihnen leisteten Hirten, Bauern, schwer bepackte Maultiere und Ochsenkarren Gesellschaft. Raoul und Gaspare hielten sich in der Mitte der Straße, die den Berittenen vorbehalten war.

»Christen sind in Jerusalem nicht gerne gesehen. Die Sarazenen haben das Massaker von tausendneunundneunzig nicht vergessen. Sie rächen sich jetzt, indem sie den christlichen Einwohnern immer neue Verbote auferlegen. Da, seht Euch diesen Mann an.« Gaspare wies auf eine Gestalt, die einen Karren voller Zitronen und Orangen schob. Außer Gesicht und Händen wurde alles von einer grauen Kutte verhüllt. »Ein Christ. Ein Gesetz zwingt ihn, in der Stadt diesen Umhang zu tragen. Erwischt man ihn in anderer Kleidung, wird er ausgepeitscht.«

Der Hügelkamm lief langsam ins Tal aus, durch das ein nahezu ausgetrockneter Bach rann. Eine Viertelmeile vor der Stadt führte die Straße an einem achteckigen Gebäude mit sandfarbenen, zinnenbewehrten Mauern vorbei. Es stand auf einem mehr als mannshohen Felsen; das breite Tor war über eine aufgeschüttete Rampe zu erreichen.

»Das ist es«, sagte Gaspare. »Battistas Haus.«

Im Innenhof empfing sie der Lärm einer kleinen Kamelkarawane, die sich gerade zum Aufbruch bereit machte. Die sechs Tiere waren schwer mit Körben und Kisten beladen und blökten, als auch noch Reiter in die Sättel stiegen. Raoul und sein Gefährte führten ihre Pferde zu den Tränken. Abgesehen von der Form ähnelte die Karawanserei jener in Askalon, nur dass diese sehr viel besser befestigt war. Das Hauptgebäude hatte eine massive, eisenbeschlagene Tür, schießschartenartige Fenster und einen Turm, auf dem zwei Männer mit Armbrüsten standen. Auf den Arkaden befand sich ein Wehrgang; auch hier sah Raoul Bewaffnete, die eindeutig keine Einheimischen waren, wenngleich sie die für dieses Land üblichen Kleidungsstücke und Waffen trugen. Venezianer wie Cristoforo Battista, vermutete er. Das Gleiche galt für die übrigen Menschen, die in den Werkstätten, Ställen und Lagerräumen unter den Arkaden ihre Arbeit taten. Die einzigen Araber waren die Männer auf den Kamelen, die sich gerade entfernten. Ein Junge sammelte die Dungklumpen auf und warf sie in einen Sack.

Als er an ihnen vorbeikam, hielt Gaspare ihn an. »Wo finden wir deinen Herrn?«, fragte er den Jungen auf Toskanisch.

»Dort drüben«, sagte der Junge mit gebrochener Heranwachsendenstimme und setzte seine Arbeit fort.

Cristoforo Battista stand vor dem Eingang des Hauptgebäudes und gab einem Bediensteten Anweisungen. Er war ein Hüne, eine Handbreit größer als Raoul und breiter an den Schultern, bartlos, dunkelblond und mit kantigem Kiefer, sodass Raoul sich fragte, ob der Mann deutsche oder dänische Vorfahren hatte. Dass Battistas Gesicht nicht grob und ungeschlacht wirkte, lag an den braunen Augen, denen nichts zu entgehen schien. Er trug ein bodenlanges Gewand aus schwerem, rotem Tuch mit golddurchwirkten Ärmelaufschlägen.

Der Bedienstete ging, und Battista erwiderte Gaspares Gruß mit einem knappen Nicken.

»Wir kommen aus Rom«, sagte der Toskaner. »Seine Eminenz Kardinal Morra schickt uns.«

Battistas Blick wurde hart. »Ich kenne keinen Kardinal Morra«, erwiderte er unwirsch. »Wenn Ihr nach einem Nachtlager sucht, wendet Euch an meine Leute.« Er wollte sich abwenden, als Gaspare murmelte:

»Wartet. Bitte. *Denn vergesse ich dich, Jerusalem, so verdorre meine Rechte.*«

Der Venezianer musterte erst Gaspare, dann Raoul. Der Argwohn zog sich nur langsam aus seiner Miene zurück. »Kommt ins Haus«, sagte er schließlich.

Sie folgten dem Hünen durch den halbdunklen Eingangsraum eine hölzerne Freitreppe hinauf bis zu einem Zimmer mit Fenstern, die auf die Heilige Stadt blickten. Der Raum enthielt nichts als einen aufgeräumten Schreibtisch, einen Schrank, zwei Wandteppiche mit rotstichigen Darstellungen der Lagunenstadt Venedig und einer Sitzecke in einem hellen Erker über dem Wehrgang. Dorthin führte Battista sie und forderte sie auf, in den geschnitzten Sesseln Platz zu nehmen.

Gaspares Bibelzitat hatte die Schärfe aus seiner Stimme verschwinden lassen. »Entschuldigt mein Misstrauen. Aber der Erfolg meiner Arbeit ist ganz von meiner Tarnung abhängig.« Ein junger Diener brachte eine Glaskaraffe mit goldenem Wein. Battista nahm drei Kupferbecher aus dem Glasschrank und füllte sie. »Er stammt aus meiner Heimat. Hier welchen zu bekommen ist nahezu unmöglich.«

Das Sonnenlicht zeichnete ein verschlungenes Rosengeflecht auf den Tisch: Schatten der Schnitzarbeiten in den Erkerfenstern. Der Wein war süß und kühl. Während Raoul daran nippte, fragte er sich, worin genau Battistas Arbeit bestand.

»Es ist ein Jahr her, seit ich Seiner Eminenz zuletzt begegnet bin«, fuhr der Venezianer fort. »Ich hoffe, es geht ihm gut.«

»Er erfreut sich bester Gesundheit.« Gaspare rührte seinen Wein nicht an. Er wartete, bis sich die Tür hinter dem Diener geschlossen hatte, bevor er das Futteral öffnete. »Hier ist eine Nachricht von ihm.«

Battista brach das Siegel und entfaltete das Pergament. Furchen bildeten sich auf seiner Stirn, während er las. »Der zweite Teil der *Vita Antonii?*«

Anstelle einer Antwort holte Gaspare die Schriftrolle hervor und legte sie auf den Tisch. Battista faltete den Brief zusammen und entrollte das Pergament. Die Art, wie er das Schriftstück betrachtete, deutete darauf hin, dass er Griechisch lesen konnte. Der Glanz in seinen Augen wurde ehrfürchtig.

»Beim Blut unseres Herrn«, flüsterte er. »Dann ist es also wahr.«

»Ja«, sagte Gaspare, »es ist wahr.«

Raoul beobachtete die beiden Männer und erkannte plötzlich, dass es um weit mehr ging als um eine verloren geglaubte Schriftrolle und eine alte Reliquie.

Cristoforo Battista ließ ihnen zwei kleine, aber saubere Unterkünfte im Dachgeschoss des Haupthauses herrichten. Obwohl sein Auftrag erfüllt war, wollte Raoul sich erst in einigen Tagen auf den Rückweg machen. Er brannte darauf, die heiligen Stätten Jerusalems zu sehen.

Als die Sonne schon hinter dem Ölberg versunken war, machten sich er und Battista auf den Weg. Die Pferde ließen sie zurück, denn nur Muslimen war es erlaubt, innerhalb der Stadtmauern zu reiten. Ihre Kleidung hatten sie gegen die schlichten Kutten eingetauscht, die für Christen vorgeschrieben waren. Gaspare war in der Karawanserei geblieben, müde von der Reise.

Am Jaffator unter der Davidsburg, dem westlichen Zugang nach Jerusalem, reihten sie sich in die Schlange aus Menschen, Karren und Maultieren ein. Vier Torwächter stützten sich gelangweilt auf ihre Lanzen. Die Muslime und Juden unter den Reisenden beachteten sie nicht; die Christen bedachten sie mit argwöhnischen Blicken und kontrollierten nicht selten deren Gepäck und Waren. Battista, der in der Kutte und mit seinem kurz geschorenen Haar wie ein Mönch wirkte, stellte eine steinerne Miene zur Schau. Die Soldaten kannten ihn und ließen ihn ungehindert passieren.

»Als Christ muss man heutzutage persönlich mit dem Emir bekannt sein, um nicht wie ein Landstreicher schikaniert zu werden«, erklärte er Raoul. »Das neueste Gesetz untersagt uns, Schweine zu halten. Es sei eine Beleidigung für jeden Muslim, unreine Tiere in der Nähe zu haben. Allmächtiger Gott! Ich frage mich, wann der Tag kommt, an dem sie uns Ostern und Weihnachten verbieten. Und dafür haben unsere Väter vor diesen Mauern ihr Blut vergossen.«

Battista machte seinem Hass auf die Mamelucken Luft, seit sie von der Karawanserei aufgebrochen waren. Raoul wünschte inzwischen, er wäre allein gegangen. Er kannte Männer wie den Venezianer zur Genüge; am Hof in Nancy begegnete man ihnen auf Schritt und Tritt. Ihr Gerede war immer dasselbe: Der Untergang der Kreuzfahrerstaaten und der Verlust von Jerusalem an die Sarazenen sei eine Schande für die Christenheit, gegen die endlich etwas unternommen werde müsse. Als Heranwachsender, für den alle Kreuzfahrer Helden waren, hatte Raoul gedacht wie sie. Doch sein Vater hatte ihn von dieser Torheit geheilt. Seine Geschichten vom Heiligen Land handelten nicht von Heldentum und Edelmut, sondern von Dummheit und Barbarei – von Männern, die glaubten, für Christus ins Feld zu ziehen, und nicht begreifen wollten, dass sie ihr Blut vergossen, damit ihre Fürsten, die Seerepubliken und die Templer immer reicher wurden.

Auf der Davidsstraße, die die Stadt grob in eine Nord- und Südhälfte teilte, schimpfte Battista auf Papst Coelestin, der es versäumt habe, nach dem Fall von Akkon zu einem neuen Kreuzzug aufzurufen. *Allmächtiger, wann hört das endlich auf?*, dachte Raoul und hörte nicht mehr hin. Stattdessen betrachtete er die Umgebung. Im Gegensatz zu Rom büßte Jerusalem seinen Zauber aus der Nähe besehen nicht ein. Die Stadt steckte so voller Leben, dass er kaum glauben konnte, dass sie vor nicht langer Zeit der Schauplatz unzähliger Grausamkeiten gewesen war. Sogar die Hauptstraßen waren so eng, dass überall Gedränge herrschte. In unregelmäßigen Abständen waren sie von Bogengängen überdeckt oder von kurzen Treppen unterbrochen. In den Erdgeschossen der Häuser befanden sich Läden, Teestuben, Bäder, Tischlereien und Schmieden. In den Lärm von Hämmern und Sägen mischten sich das Geschrei der Händler und das Blöken der Maultiere. Fliegenschwärme wurden von frischen Melonenhälften, in Honig eingelegten Feigen und getrocknetem Fleisch angezogen. In den Läden schimmerte kunstvoll gearbeiteter Kupfer- und Silberschmuck oder warteten Teppiche mit bunten, verschlungenen Mustern auf Käufer.

Raoul hatte den Venezianer gebeten, ihn zur Grabeskirche zu führen, die den Ort markierte, an dem Christus ans Kreuz geschlagen und begraben worden war. Jetzt, da die Hitze allmählich erträglich wurde, verließen viele Menschen ihre Häuser und drängten sich vor den Läden und Tavernen, sodass die beiden Männer noch langsamer vorankamen. Arabische Christen, Armenier, Juden und Muslime bewohnten jeweils eigene Viertel und vermieden es, die anderen Stadtteile zu betreten. Die Davidsstraße war der einzige Ort Jerusalems, an dem sie sich in großer Zahl begegneten.

Gerade als sie Richtung Norden einbiegen wollten, teilte sich die Menge für eine Sänfte, die von vier massigen Männern getragen wurde. Raoul und Battista traten an den Straßenrand, um die Sänfte vorbeizulassen. Raoul starrte die

Träger an, die purpurne Umhänge und Krummschwerter am Gürtel trugen, und vermutete, dass es Eunuchen waren, von denen sein Vater erzählt hatte: Sklaven ohne Zunge und ohne Männlichkeit.

Plötzlich öffnete sich der goldene Vorhang der Sänfte einen Spalt. Raoul sah das Gesicht einer Frau. Es war ebenmäßig bis zur Vollkommenheit, ungewöhnlich hellhäutig für eine Einheimische und bis zu den Wangenknochen von einem durchscheinenden Schleier bedeckt. Silberne Spangen hielten nachtschwarzes Haar zurück. Raoul hatte mit Dutzenden Frauen das Bett geteilt. Viele davon waren schön gewesen … doch keiner war es gelungen, ihn innerhalb eines Herzschlags so sehr in den Bann zu schlagen wie diese Frau.

»Wer ist das?«, fragte er, ohne den Blick von der Sänfte zu nehmen.

Battista unterbrach seine Schimpftirade. »Wieso interessiert Euch das?«, erwiderte er barsch.

Unter anderen Umständen hätte Raoul dieser Ton in Wut versetzt. Doch jetzt nahm er ihn gar nicht wahr. »Sagt mir ihren Namen.«

»Jada bint-Ghassan.«

»Lebt sie in Jerusalem?«

Battista war anzumerken, dass ihm das Interesse seines Begleiters für eine Muslima nicht gefiel. »Sie lebt am Hof des Sultans in Kairo. Sie ist eine Sarazenenprinzessin. Vor einigen Tagen kam sie nach Jerusalem, um den Emir zu besuchen.«

Der Ausdruck in ihren smaragdgrünen Augen war stolz. Doch als der Blick der Ägypterin den seinen traf, flackerte eine Regung darin auf, die Raoul verwirrte. Erschrecken lag darin, Trauer und Schmerz. Die Frau zog rasch den Vorhang zu. Unwillkürlich machte Raoul einen Schritt in ihre Richtung. Doch da sah er nur noch das leicht schwankende Dach der Sänfte über den Köpfen der Menge und wie es sich von ihm entfernte.

Jada bint-Ghassan, hallte es in ihm nach. Ihm schien es, als würde er aus einem Reigen unwirklicher Traumbilder aufwachen.

»Zur Grabeskirche geht es dort entlang«, schnarrte Battista und marschierte voraus.

Raoul betete in der Annenkirche, der Geißelungskapelle und den anderen Stationen von Jesu Weg zur Kreuzigung, doch es gelang ihm kaum, innere Ruhe zu finden. Immer wieder tauchte vor seinen Augen ein Gesicht wie aus Alabaster in einer purpurnen Sänfte vor ihm auf, weshalb er die Worte des Gebets vergaß und erneut beginnen musste.

Es war bereits Nacht, als sie zur Karawanserei zurückkehrten. Raoul nahm mit Battista und Gaspare ein Mahl ein, dann suchte er das Badehaus auf. Ausgiebig wusch er sich in dem Becken aus rotbraunen Ziegelsteinen und war zum ersten Mal seit ihrer Ankunft in Askalon frei von Staub, Schmutz und Sand. Auch Gaspare schien von dem Badehaus Gebrauch gemacht zu haben, zumindest deutete sein Geruch darauf hin – besser gesagt sein nicht vorhandener Geruch. Der Toskaner saß noch bei Battista. Raoul wusste, dass die beiden Männer seine Abwesenheit nutzten, um ungestört über die Schriftrolle und Morras Brief zu reden.

Raoul schlüpfte in seine Sandalen und ging die drei gesprungenen Stufen zum Innenhof hinauf. Am Tor brannten Fackeln, und die Fenster von Battistas Räumen waren erleuchtet; sonst war alles dunkel. Die etwa fünfzehn Bediensteten waren schon schlafen gegangen, abgesehen von den Waffenknechten, die auf den Wehrgängen ihre Runden machten. Ihre Schritte waren die einzigen Geräusche in der nächtlichen Karawanserei.

Während Raoul die Treppe zu ihrer Unterkunft hinaufstieg, dachte er abermals an Jada bint-Ghassan. Dass eine solch kurze Begegnung in den Straßen Jerusalems ausgereicht hatte, ihn viele Stunden zu verwirren, verärgerte ihn ein wenig. Doch er ertappte sich bei dem Gedanken, wie er die Ägypterin wiedersehen könnte.

Schlag sie dir aus dem Kopf. Ein Ritter aus Oberlothringen und die Tochter eines ägyptischen Edelmanns – eine lächerliche Vorstellung! Außerdem reist du in zwei Tagen ab …

Stimmen aus Battistas Zimmer holten ihn aus seinen Tagträumen.

»… ist unwichtig«, hörte er Gaspare sagen. »Nur eine Beschreibung des Stabes. Seine Eminenz bittet Euch, sie nach dem Lesen zu vernichten.«

»Ich werde sie dennoch sorgfältig lesen«, erwiderte Battistas Stimme. »Es ist nicht ausgeschlossen, dass er etwas übersehen hat.«

Raoul ging näher zur Tür. Licht fiel durch den Spalt. Er hörte das leise Knistern von Pergament.

»Doch, das ist es.« Wieder Gaspare. »Er hat sie von seinen fähigsten Übersetzern, Exegeten und Kabbalisten prüfen lassen. Wir brauchen den dritten Teil.«

Nach einem Moment des Schweigens fragte der Venezianer: »Wie kann Morra so sicher sein, dass er in Konstantinopel ist?«

»Die Familie des Mannes, der ihm diese Schriftrolle verkaufte, besaß einst die gesamte Vita. Den dritten Teil – den gefährlichsten – nahmen sie zu ihrer Niederlassung in Samarkand mit, weit weg vom römischen Kaiser. Dreihundert Jahre später flohen sie vor den Omajjaden nach Byzanz, wo ihr Besitz vom Kaiser Ostroms eingezogen wurde. Seine Eminenz vermutet, dass der dritte Teil noch immer in den kaiserlichen Archiven ist.«

»Der kaiserliche Palast Konstantinopels wurde im vierten Kreuzzug geplündert«, gab Battista zu bedenken.

»Es handelt sich um eine Schriftrolle wie diese«, sagte Gaspare. »Möglich, dass sie einfach übersehen wurde.«

Battista brachte noch einen Einwand vor, doch Raoul wurde von einem Geräusch aus dem Hof abgelenkt und trat ans Fenster. Im schwachen Fackelschein konnte er gerade noch erkennen, dass einer der Torwachen mit zuckenden Gliedern zu Boden ging. Aus den Augenwinkeln bemerkte er eine Bewegung auf dem Wehrgang: Ein Helm schimmerte im Mondlicht, eine Klinge blitzte auf. Gestalten löschten die Sterne aus, als sie über die Zinnen kletterten.

Raoul wirbelte zur Tür herum, stieß sie auf und schrie: »Wir werden angegriffen!«

Gaspare sprang von seinem Stuhl auf. »Was? Wer?« Battista hielt sich nicht mit Fragen auf. Er riss einen Vorhang zur Seite, und was er unten auf dem Hof sah, genügte ihm als Antwort.

»Im Schrank sind Waffen«, brüllte er. »Nehmt, was Ihr braucht!« Er raffte das Pergament auf dem Schreibtisch zusammen, warf die Schriftstücke in eine Kiste und ließ den Deckel zufallen.

Währenddessen hatte Raoul die Schranktüren geöffnet. Schwerter und Äxte hingen sorgfältig aufgereiht in dem Gestell. Er griff sich eine Klinge, die seiner eigenen ähnlich war, und eine kürzere für Gaspare. Auf der »Elýsion« hatte der Toskaner erzählt, dass er sich auf den Umgang mit dem Schwert verstand.

So verwirrt, wie er jetzt im Zimmer stand, wirkte er allerdings nicht im Geringsten kampferfahren. Als Raoul ihm das Schwert hinhielt, starrte er erst einen Moment darauf, bevor er es mit zitternden Händen entgegennahm.

Battista hatte sich mit zwei Äxten bewaffnet und stürmte

die Treppe hinunter. Raoul setzte ihm nach. Als er bemerkte, dass Gaspare ihnen nicht folgte, packte er ihn am Arm und zog ihn mit sich. Das endlich löste den Bann, und der Toskaner rannte an seiner Seite die Stufen hinunter.

Eine Tür flog auf, und ein dunkelhäutiger Mann stürzte brüllend herein, eine Fellkappe auf dem verfilzten schwarzen Haar, in der Rechten einen Säbel. Eine von Battistas Äxten wirbelte durch die Luft, durchschlug den Ringelpanzer und drang dem Angreifer in die Brust. Das Brüllen erstarb, als er zusammenbrach.

Mit einem dumpfen Schlag bohrte sich ein Armbrustbolzen zu Raouls Füßen in die Treppe. Er sprang seitlich hinunter, um aus dem Schussfeld zu kommen, das die offene Tür bot. Bevor Battista sie wieder zuwerfen und den schweren Balken vorlegen konnte, sah Raoul noch, dass es auf dem Hof von Männern wimmelte. Die meisten waren wie Mameluckenkrieger bewaffnet, trugen allerdings keine Uniformen. Einige hatten gar keine Ähnlichkeit mit den Soldaten des Sultans. Ein Mann, dessen Haut so schwarz wie Ebenholz war, zerrte eine kreischende Frau an den Haaren aus dem Gesindehaus. Von dem halben Dutzend Waffenknechten war nichts zu sehen und zu hören; offenbar waren sie allesamt erschossen worden, bevor sie den Feind auch nur gesehen hatten.

»Nach oben!«, brüllte Battista. »Verbarrikadiert die Tür zum Wehrgang!«

Die Eingangstür erbebte unter einem heftigen Schlag. »Was ist mit Euren Leuten?«, rief Raoul ihm zu.

»Wir können nichts für sie tun. Es sind zu viele.« Wieder erschütterte ein Stoß das massive Holz. Battista zog einen Balken unter der Treppe hervor und stemmte ihn schräg zwischen Tür und Boden.

Raoul hastete die Stufen hinauf. Gaspare stand noch dort,

wo der Bolzen eingeschlagen war. »Komm!«, rief Raoul, wartete aber nicht darauf, dass sein Gefährte sich rührte. Er wusste nicht, welche Tür Battista meinte, deshalb musste er jeden einzelnen Raum absuchen. In Battistas Zimmer griff er nach einer Wandfackel und nahm sich nacheinander die Zimmer vor, während von draußen das Geschrei der Bediensteten zu ihm drang. Entsetzen stieg wie Gift in ihm auf, und er zwang sich, nicht daran zu denken, was gerade auf dem Hof geschah. *Was wollen diese Männer, bei allen Heiligen?*, wirbelte es durch seinen Kopf. Die Antwort kam ihm augenblicklich: die Schriftrolle, natürlich. Eine andere Erklärung gab es nicht.

Endlich entdeckte er die fragliche Tür am Ende eines kurzen Ganges. Allerdings schienen auch die Angreifer sie inzwischen gefunden zu haben, denn ein Mann warf sich von außen dagegen und stolperte, getragen vom eigenen Schwung, in den Flur, als sie nachgab.

Der Feldzug gegen die Raubritter, bei dem Raoul mehr als einmal nur knapp dem Ende entronnen war, hatte ihn gelehrt, niemals zu zögern, wenn der Gegner eine Schwäche zeigte. Sein letzter Kampf auf Leben und Tod lag Jahre zurück, doch als der Sarazene vor ihm stand, war seine Erfahrung aus jener Zeit auf einen Schlag wieder da. Mitleidslos griff er den fremden Krieger an, bevor dieser wieder festen Stand finden konnte. Der Mann trug einen Turban und ein schimmerndes Panzerhemd, das bis zu den Knien fiel und bei jeder Bewegung rasselte. Schnell wie eine Natter zückte er seinen Langdolch und wehrte Raouls Hiebe ab, wurde jedoch zur Tür zurückgedrängt. Dort erschien ein zweiter Krieger, der mit seinem Speer nach Raoul stach.

Raoul wich zurück, was seinem Gegner die Zeit verschaffte, das Krummschwert zu ziehen und zum Angriff überzugehen. Der Gepanzerte focht wie ein Straßenräuber, ohne Finessen, nur mit roher Kraft. Raoul wäre ihm überlegen gewesen, hätte der Mann nicht mit Schwert *und* Dolch gekämpft. Er war es nicht gewohnt, auf zwei Klingen achten zu müssen, und geriet ins Hintertreffen. Schon hatte der zweite Krieger genügend Platz, um in das Gefecht einzugreifen. Verzweifelt schrie Raoul nach Gaspare, während er sich mühsam Schwert, Dolch und Speer vom Leib hielt.

Zu seiner Überraschung stürmte sein Gefährte keinen Herzschlag später auf den Speerträger zu. Raoul hatte keine Zeit, darauf zu achten, wie Gaspare sich schlug, denn sein verbliebener Gegner fiel nun noch wütender über ihn her. Mit gebleckten Zähnen führte er einige Hiebe aus. Raoul konnte sie alle abwehren, aber jedes Mal zischte der Dolch nur wenige Fingerbreit an seinem ungeschützten Bauch vorbei. Er wich zurück und schleuderte die Fackel. Damit hatte der Sarazene nicht gerechnet. Er riss beide Arme hoch, als ihn das brennende Ende im Gesicht traf, und öffnete damit seine Deckung. Raoul stieß ihm das Schwert in die Brust.

Für Gaspare verlief der Kampf weniger glimpflich. Er hatte sein Schwert verloren und wehrte den zuckenden Speer mit einem Hocker ab. Raoul, der Gaspares Not erkannte, durchschlug mit seinem Schwert den Speerschaft. Der Krieger ließ von Gaspare ab und riss ein Messer aus der Scheide, mit dem er allerdings weit weniger geschickt war. Raoul schmetterte ihm die flache Seite der Klinge auf den Handrücken, entwaffnete ihn und trat ihm in den Bauch. Sein Gegner brach in die Knie und krümmte sich keuchend.

Raoul glaubte, aus einem seiner Albträume zu erwachen. Würgender Zorn packte ihn, und er riss den Kopf des Mannes an den Haaren nach hinten und richtete seine Schwertspitze auf die bloße Kehle. Nur der Adamsapfel bewegte sich, sonst blieb der Mann vollkommen reglos. Trockene Lippen öffneten sich und gaben ein geflüstertes Wort frei: Allah. Seine dunklen Augen blickten Raoul ruhig an.

Der Zorn verging so jäh, wie er gekommen war. Raoul ließ den Krieger los und trat einen Schritt zurück, entsetzt über sich selbst. Der Dunkelhäutige sprang daraufhin auf die Füße und verschwand im Dunkel des Flurs.

»Danke«, murmelte Gaspare schwer atmend.

Polternde Schritte ließen Raoul herumfahren. Battista kam die Treppe herauf, bewaffnet mit der Axt. »Die Tür, schnell!«, brüllte er.

Raoul setzte sich in Bewegung, aber er kam zu spät. Weitere Krieger stürmten ihm entgegen. Schwerter funkelten im Feuer, als die Männer Raoul, Gaspare und Battista angriffen. Es entbrannte ein Kampf, der noch heftiger als der vorherige war. Raouls Gegner war kleiner als er und schien unter seinem Panzerhemd recht dürr zu sein, aber schon sein erster Hieb verriet, dass er über außergewöhnliche Körperkräfte verfügte. Er hatte ein schmales Gesicht und leicht eingefallene Wangen, schwarzes, straff nach hinten gebundenes Haar und nur noch ein Ohr. Vom anderen waren lediglich knorpelige Reste übrig. Die grauen Augen registrierten jede noch so kleine gegnerische Bewegung, und er führte sein gekrümmtes Schwert mit einer Genauigkeit, die alles übertraf, was Raoul je erlebt hatte.

Gaspare, Battista, die Schreie der Kämpfenden, das Klirren der Waffen, all das nahm Raoul nicht mehr wahr, denn seine Aufmerksamkeit gehörte allein diesem hageren Krieger und der silbrigen Klinge. Es half ihm nicht. Der erste Schlag ließ ihn taumeln, sodass er gegen das Geländer des Treppenabsatzes stieß. Holz knarrte und splitterte. Der zweite Hieb schlug ihm das Schwert aus der Hand.

Der dritte machte ihn leicht – so leicht, dass er flog.

Kapitel 6

Ich verlange, dass Ihr sie gehen lasst«, sagte Harun ibn-Marzuq scharf, während der Mongole den Gefangenen anbrüllte, sich nackt auszuziehen, und ihm dabei unter dem Johlen seiner Gefährten mit der Breitseite seiner Klinge auf die Waden schlug. Die wolfsähnlichen Hunde in der leeren Zisterne bellten wie tollwütig.

Kadar al-Munahid saß mit untergeschlagenen Beinen auf der Mauer und fuhr sorgfältig mit dem geölten Wetzstein über sein Schwert. Er hatte sein Panzerhemd gegen einen weißen Überwurf getauscht, der zu groß für seine magere Gestalt war. »Wir haben drei Männer verloren«, erwiderte er, ohne aufzusehen. »Sie sind wütend. Lasst ihnen ihr Vergnügen.«

»Vergnügen?« Ibn-Marzuq schrie jetzt. »Sie sind nicht wegen ihres Vergnügens hier. Sie haben einen Auftrag, einen Auftrag des Sultans. Ich lasse nicht zu, dass sie ihn mit ihren Rachegelüsten gefährden.«

Al-Munahid sah ihn an, und ein dünnes Lächeln umspielte seine Lippen. »Bitte erklärt mir, wie sie unseren Auftrag *hier* gefährden könnten.« Er machte eine Geste, die die Ruine einschloss. Sie befanden sich in einer alten Omajjaden-Festung in den menschenleeren Hügeln hoch über dem Jordantal, meilenweit von jeder Siedlung entfernt. Obendrein war es tiefste Nacht. Ibn-Marzuq wusste, dass sein Argument lächerlich war. Aber er wollte nicht so leicht aufgeben.

»Wenigstens das Mädchen.«

»Nein«, sagte al-Munahid und führte wieder den Wetzstein über den Stahl.

Bei allen Propheten, es musste doch etwas geben, was er tun konnte! Hilfloser Zorn war ein Gefühl, das Harun ibn-Marzuq schon viele Jahre nicht mehr empfunden hatte.

Inzwischen stand der junge Venezianer splitternackt in der kalten Nachtluft, seine Männlichkeit war klein und verschrumpelt. Er weinte und flehte in gebrochenem Arabisch um sein Leben. Als der Mongole ihn packte, versuchte er sich zu wehren, aber er war der rohen Kraft des Mannes nicht gewachsen und fiel in die Zisterne. Er schrie auf, als sich die Hunde auf ihn stürzten. Der Mongole grinste und entblößte dabei eine gewaltige Zahnlücke. Er warf sein Messer in die Grube und nahm das Silber der Männer entgegen, die wetteten, wie viele Hunde der Venezianer tötete, bevor er zerfleischt wurde. Ibn-Marzuq konnte sich den Namen des Mongolen nicht merken – irgendetwas Unaussprechliches mit einem U am Anfang –, aber er war schon vor einiger Zeit zu dem Schluss gekommen, dass er der Schlimmste der fünfzehnköpfigen Bande war.

Die junge Frau trug ihr Nachtgewand, in dem sie al-Munahids Männer aus dem Bett gezerrt hatten, und war bildhübsch mit ihren langen schwarzen Haaren und den dunklen verweinten Augen anzusehen. Noch kauerte sie unbehelligt in einer Ecke des fackelbeleuchteten Hofs, aber das würde sich ändern, sowie der Kampf – falls man es überhaupt so nennen konnte – in der Zisterne zu Ende war.

Ibn-Marzuq zwang sich zur Ruhe und wandte sich wieder zu al-Munahid um. Der Söldner hatte sein Schwert in die Scheide geschoben und zur Seite gelegt. Er zog den Pfropfen aus einem Weinschlauch und spritzte sich ungeniert einen roten Strahl in den Mund. Es stachelte ibn-Marzuqs Zorn an, dass dieser Mann hier etwas tun konnte, was er in Kairo nicht im Traum gewagt hätte.

»Nehmt einen Schluck«, sagte al-Munahid.

Ibn-Marzuq ignorierte den angebotenen Schlauch. »Das Mädchen wird unverzüglich freigelassen, oder ich unterrichte den Sultan davon.«

Al-Munahid verschloss den Schlauch wieder. Ibn-Marzuq fiel nicht zum ersten Mal auf, dass er, im Gegensatz zu seinen Männern, Maß halten konnte. »Glaubt Ihr wirklich, der Sultan schert sich um eine Ungläubige?«

»Ich werde ihm mitteilen, dass Ihr für den Auftrag ungeeignet seid.«

»Und wer sucht dann den Stab? Ihr allein?« Wieder dieses dünne Lächeln.

Ibn-Marzuq ließ sich davon nicht aus der Ruhe bringen. Jetzt wurde verhandelt. Damit kannte er sich aus. »Der Emir von Jerusalem hat genug Männer. Es wird ihm ein Vergnügen sein, mir eine neue Truppe zur Verfügung zu stellen.« Das war eine Lüge, eine gefährliche dazu. Denn der Emir hatte in den letzten Monaten gezeigt, dass seine Treue zu Sultan an-Nasir zu wünschen übrig ließ. Aber das waren Dinge, von denen ein Mann wie al-Munahid nichts wusste. Nichts wissen *sollte*.

Die eisengrauen Augen in dem schmalen, bartlosen Gesicht starrten ibn-Marzuq an. Der Söldner schien abzuschätzen, wie ernst die Drohung war. »Rashid!«, rief er. »Komm her.«

Der Söldner, der auf das Mädchen aufpasste, gehorchte. Er war Syrer wie sein Anführer, gedrungen, rotgesichtig vom Wein und dumm.

»Niemand rührt die Frau an«, befahl ihm al-Munahid. »Niemand, hörst du. Wenn ich einen von euch dabei erwische, wie er an ihr herumfingert, schneide ich ihm eigenhändig den Schwanz ab. Verstanden?«

»Aber warum?«, fragte Rashid enttäuscht. »Sie gehört uns. So war es immer –«

»Weil ich es sage«, unterbrach al-Munahid ihn barsch. »Jetzt geh mir aus den Augen. Und glotz mich nicht an wie ein Schaf!«

Rashid schlurfte wieder auf seinen Posten, der jetzt, ohne die Vorfreude, weit weniger reizvoll war. Einige der Männer an der Zisterne hatten die Unterhaltung verfolgt, und ihre Stimmung sank augenblicklich. Das Gebell der Hunde klang laut in der plötzlichen Stille.

Kadar al-Munahid kümmerte sich nicht um die unzufriedenen Gesichter seiner Männer. Er rollte eine Decke auf den gesprungenen Steinplatten vor den Mauerresten aus. »Legt Euch schlafen«, sagte er zu ibn-Marzuq. »Wir brechen morgen bei Sonnenaufgang auf.« Mit einer zweiten deckte er sich zu; seine Satteltaschen benutzte er als Kopfkissen.

Der Söldner hatte die Gabe, sowohl beim kleinsten Laut aufzuwachen als auch beim größten Lärm einschlafen zu können. Ibn-Marzuq vermutete, dass al-Munahid bereits schlief, als er die kurze Treppe auf der anderen Seite des Hofs hinaufging. Er zweifelte nicht daran, dass das Mädchen in Sicherheit war. Die Männer mochten allesamt Mörder und Vergewaltiger sein, aber das Wort ihres Anführers war für sie bindender als das des Sultans. Ihre Furcht vor al-Munahid brachte eine fast unheimliche Verehrung hervor, die ibn-Marzuq noch bei keinem Soldaten beobachtet hatte. Morgen würde er dafür sorgen, dass sie das Mädchen zu einem nahe gelegenen Dorf brachten, von wo es sich nach Jerusalem durchschlagen konnte. Der Sieg freute ihn, wenngleich er klein war. Er hatte sich damit einen Rest seiner Autorität bewahrt, die mit jeder Meile, die sie sich von Kairo entfernten, schrumpfte. Zum einen wussten die Söldner genau, dass der Einfluss des Sultans und somit auch seines Wesirs in dieser Wildnis kaum etwas bedeutete; zum anderen hatte ibn-Marzuq während der bisherigen Reise nicht die beste Figur gemacht. Als sie vor einer Woche von Kairo aufgebrochen waren, hatte er zum ersten Mal seit gut fünfzehn Jahren ein Pferd bestiegen, mit üblen Folgen für sein Hinterteil. Alles war wund gerieben. Er hatte versucht, sich nichts anmerken zu lassen, aber es war den Männern nicht verborgen geblieben. Einen Wesir zu verspotten, wagten sie zwar nicht, aber er sah die Verachtung in ihren Blicken.

Noch eine Woche unter diesen Dummköpfen, und ich verliere den Verstand, dachte er, als er die Ruinen eines länglichen Gebäudes durchquerte. Hier wurden die Söldner gepflegt, die Verletzungen davongetragen hatten. Von den drei Gefallenen abgesehen waren al-Munahids Schakale fast unversehrt aus dem Gefecht hervorgegangen. Nur hier und da gab es eine blutende Schnittwunde oder ein geprelltes Knie. Der Johanniter kümmerte sich um die Verletzten. Von allen Söldnern gab er ibn-Marzuq die meisten Rätsel auf: ein Christ mit schulterlangem, nussbraunem Haar, Bartstoppeln, einer kurzen Narbe, die sein Kinn zu spalten schien. Er sprach kaum ein Wort, lächelte aber stets. Nur al-Munahid wusste, warum der Mann von seinem Orden verstoßen worden war. Sein Name war Armin, aber alle nannten ihn nur »den Deutschen«. Er kämpfte wie ein Teufel und konnte es angeblich als Einziger mit al-Munahid aufnehmen. Bemerkenswert war sein Wissen über Heilkunst. Es reichte an das der besten Ärzte Kairos heran, obwohl sich seine Landsleute auf diesem Gebiet sonst nur durch ihre beeindruckende Rückständigkeit hervortaten.

Er hob den Kopf und lächelte verschlagen. Ibn-Marzuq strafte ihn mit Nichtachtung. Kurz darauf erreichte er die Überreste eines Rundturms, wo er sein Lager aufgeschlagen hatte, weit weg von al-Munahids Schakalen. Das Bellen und die Schmerzensschreie hatten ein Ende gefunden, sodass er hoffen konnte, bald einzuschlafen. Langsam gewöhnte er sich daran, nichts als eine Reitdecke zwischen seinem geschundenen Gesäß und dem harten Untergrund zu haben. Auch die Salbe, die er vorsorglich mitgenommen hatte – und jeden Abend heimlich benutzte –, half allmählich.

Doch er war noch zu aufgewühlt, um sich hinzulegen. Er ging zu den hüfthohen Resten der Turmmauer und ließ seinen Blick über die schwarzen Hügel schweifen. Die Nacht war sternklar. Obwohl der Jordan nicht weit entfernt war, hörte er kein Wasserrauschen, denn während des Sommers war der Fluss nur ein Rinnsal.

Viel war heute geschehen. Der Angriff auf Battistas Haus war besser verlaufen als erwartet. Ibn-Marzuq billigte Gewalt, wenn sie notwendig war und einem höheren Ziel diente. Um der Schriftrolle und der Briefe habhaft zu werden, mussten viele Bewohner der Karawanserei sterben – wenngleich er froh war, dass er das Gemetzel nicht hatte mit ansehen müssen. Er hatte weitab von dem Geschehen auf al-Munahid gewartet. Nicht notwendig dagegen war das, was die Söldner mit dem Gefangenen gemacht hatten. Das war pure Grausamkeit, die Lust an den Qualen anderer. So etwas verabscheute er zutiefst.

Keiner der Söldner hatte ihm sagen können, was mit Cristoforo Battista geschehen war. Nachdem al-Munahid die Schriftstücke an sich gebracht hatte, hatten sie sich zügig in die Hügel zurückgezogen und waren zu ihrem Lager in der Ruine geritten. Niemand hatte sich die Zeit genommen, die Leichen zu überprüfen. Ibn-Marzuq hoffte, dass Battista tot war, denn der Mann war ein brennender Fanatiker, der, wie er jetzt sicher wusste, für den Heiligen Stuhl arbeitete.

Ächzend ließ er sich auf dem Deckenlager nieder und holte die Schriftstücke aus seiner Satteltasche. Eine Kerze spendete ihm Licht. Er hatte das Bedürfnis, zu lesen, sich in Geschriebenes zu vertiefen, so wie er es immer tat, wenn ihm die Schlechtigkeit der Welt zu nahe kam. Die beiden Briefe hatte er schon kurz nach ihrer Rückkehr studiert. Kardinal Morra machte es ihm wirklich einfach. Der erste Brief verwies darauf, dass der dritte Teil der *Vita Antonii,* in dem der genaue Aufbewahrungsort des Stabes enthalten sein sollte, in Konstantinopel sei, in der Bibliothek von Kaiser Andronikos Palaiologos. Im zweiten Brief bat Morra den kaiserlichen Archivar, seinen Gesandten Zugang zu den Schriften zu gewähren.

Um seinen Rücken zu schonen, änderte er seine Sitzhaltung. Bei Allah, wie sehr er seine Wehleidigkeit verfluchte! Glücklicherweise war der Teil der Reise, den er zu Pferd bewältigen musste, bald zu Ende. Nach Konstantinopel reisten sie mit dem Schiff. Ibn-Marzuq war zwar kein großer Freund von Seefahrten, aber das war allemal besser, als von morgens bis abends im Sattel zu sitzen.

Im Licht der Kerze legte er die Schriftrolle aus und begann zu lesen. Es dauerte eine Weile, bis er sich in das förmliche Schriftgriechisch eingefunden hatte. Aber dann flog sein Blick nur so über die Zeilen. Er hatte schon unzählige Geschichten über den Stab des Antonius gehört, aber in einem Dokument der römischen Kirche davon zu lesen war mehr als erstaunlich.

Für die Söldner war er ein gelehrter Narr, der ihnen für die Suche nach einer alten, wertlosen Reliquie viel Gold in Aussicht stellte. Ibn-Marzuq ließ sie in dem Glauben. Solange sich ihre einfachen Gemüter ausschließlich mit dem Geld des Sultans beschäftigten, das bald in ihre Beutel fließen würde, stellten sie keine Fragen. Sorgen machte er sich nur um Kadar al-Munahid. Der Syrer war anders als seine Männer, nicht gebildeter, nicht weniger grausam, aber besonnener. Die anderen Männer flößten ibn-Marzuq zwar Angst ein, aber er konnte sich unter ihnen behaupten, indem er die

Maske des arroganten Hofbeamten aufsetzte. Al-Munahid dagegen ließ sich von dieser Maskerade nicht täuschen. Er konnte kaum lesen und schreiben, aber sein Verstand arbeitete genauso schnell und scharf wie ibn-Marzuqs. Vielleicht sogar noch schneller und schärfer. Eine bestürzende Erfahrung, dem Sohn eines Beduinen aus der Syrischen Wüste in jeder Hinsicht unterlegen zu sein. Und schlimmer noch, al-Munahid *wusste*, wie sehr er ibn-Marzuq verunsicherte. Es schien ihn zu amüsieren.

Nicht auszudenken, was geschieht, wenn er die Wahrheit erfährt, dachte der Wesir und strich das Pergament auf seinen Knien glatt, das sich immer wieder zusammenrollen wollte. Er nahm die Kerze auf und beleuchtete die Schrift, darauf bedacht, keinen Wachstropfen auf das Pergament fallen zu lassen.

Ehrfürchtig betrachtete er die Abbildung, die in den Text eingefügt war. Eine kunstvolle Miniatur, rubinrot und golden.

Der Stab des Antonius.

Suleymans Zepter.

Kapitel 7

Er war geflogen, weit und hoch und ohne einen Gedanken, dass es je zu Ende sein könnte. Doch als er seine Augen öffnete, sah er über sich nicht den endlosen Himmel, sondern eine rissige Zimmerdecke. Im Rücken spürte er Holz, dessen Härte von mehreren Lagen Decken abgemildert wurde.

Raoul blinzelte. Er erkannte seine Unterkunft in Cristoforo Battistas Haus wieder. Spärliches Licht fiel durch den Fensterschlitz. Während seiner Pilgerfahrt hatte er es sich zur Angewohnheit gemacht, gleich nach dem Aufwachen aufzustehen, um keine Zeit zu verlieren. Doch nun zwang ihn jäh einsetzender Schwindel, wieder auf die Pritsche zu sinken. Er griff zu seinen pochenden Schläfen und ertastete den rauen Stoff eines Verbands.

Schreie. Schwerterklirren. Ein brennender Mann … Raoul schloss die Augen, als die Bilder auf ihn einströmten. Drei Hiebe – mehr hatte der dürre Krieger mit den eisengrauen Augen nicht benötigt, um ihn … ja was? Raoul wusste nicht, was der Krieger mit ihm gemacht hatte, aber es kam ihm wie ein Wunder vor, dass er der wilden und unberechenbaren Klinge entgangen war.

Was ist mit den anderen? Mit Battista? Gaspare?

Wie eine Antwort auf seinen Gedanken öffnete sich die Tür, und der Toskaner kam herein, unversehrt. Er grinste, als er sah, dass Raoul wach war. »Wie geht es Euch?«

»Ich habe … Kopfschmerzen«, sagte Raoul mit belegter Stimme.

Gaspare zog den Hocker ans Bett. Er bückte sich nach

dem Wasserkrug und reichte ihn Raoul, der sich trotz der Schmerzen aufsetzte und trank. Augenblicklich fühlte er sich besser.

»Dankt dem Herrn, dass Euer Kopf überhaupt noch auf Eurem Hals sitzt«, sagte Gaspare. »Oder dass Ihr Euch nicht alle Knochen im Leib gebrochen habt.«

Raoul erinnerte sich. »Ich bin gefallen.«

»Die Balustrade hinunter auf den sechs Ellen tieferen Boden. Auf die Leiche eines Söldners, um genau zu sein. Was Euch vermutlich das Leben gerettet hat.«

Raoul schwieg. Außer der Kopfwunde hatte er keine tief greifenden Verletzungen davongetragen, aber er fühlte sich so kraftlos wie nach einem langen Fieber. »Wer war dieser Mann? Gegen den ich gekämpft habe?«

»Battista sagt, er heißt Kadar al-Munahid. Er ist der Anführer der Söldner.« Gaspare zog ein Tuch hinter dem Gürtel hervor und tränkte es mit Wasser. Raoul presste es sich auf die heiße Stirn.

»Ich habe noch niemals einen Mann so kämpfen sehen.«

»Und Ihr werdet es auch so bald nicht mehr«, sagte eine andere Stimme. Cristoforo Battistas hochgewachsene Gestalt verdunkelte für einen Moment das trübe Licht, als er das kleine Zimmer betrat. Er war ebenfalls unverletzt, von einem kurzen Schnitt an der Wange abgesehen. »Er gehört zu den besten Schwertkämpfern des Sultanats. Ich kenne nur wenige, die es mit ihm aufnehmen können.«

Raoul fiel wieder ein, wie Battista den Söldner mit einem geschickten Axtwurf niedergestreckt hatte, und fragte sich, warum ein venezianischer Kaufmann im Umgang mit Waffen geübt war. Aber das war nur eine von tausend Fragen, die ihm durch den Kopf gingen. Langsam, ohne eine hastige Bewegung stand er auf.

»Wo wollt Ihr hin?«, fragte Gaspare.

»Ich will wissen, was geschehen ist.« Er schob sich an Battista vorbei und ging zum Fenster, das auf den Hof wies. Blitze tanzten vor seinen Augen, aber er konnte stehen. Die Kopfverletzung schien nicht so schlimm zu sein, dass sie ihn tagelang außer Gefecht setzen würde.

Es dämmerte. Mehrere mit Segeltuch bedeckte Körper lagen im Innenhof der Karawanserei. Zwei Venezianer trugen die Leiche des Jungen, der am Vortag den Kamelmist aufgesammelt hatte, aus dem Wohngebäude und legten sie zu den anderen.

»Wie viele sind es?«, fragte Raoul.

»Zwölf.« Battistas Stimme war voller Zorn. Er blickte Raoul aus harten Augen an. »Warum habt Ihr den Söldner laufen lassen?«

Welchen Söldner?, wollte Raoul erwidern, aber dann sah er wieder den Moment vor sich, in dem er einen Kopf nach hinten riss und seine Klinge auf einen entblößten Hals richtete. »Ich töte niemanden ohne Grund.«

»Euer Mitgefühl ist bei diesen Heiden fehl am Platz! Oder glaubt Ihr etwa, er hätte Euch verschont?«

Raoul war zu erschöpft für einen unsinnigen Streit. »Wer waren die Männer?«

Battistas Kiefermuskeln zuckten, während er die beiden Männer beobachtete, die die Leiche des Jungen zudeckten. »Al-Munahid ist ein Söldner. Er leiht sein Schwert jedem, der genügend Gold hat. Seit zwei Jahren dient er dem Mameluckensultan. Vermutlich hat an-Nasir ihn beauftragt, die *Vita* zu stehlen.«

»Aber wie konnte er davon wissen?«, fragte Gaspare.

»Das interessiert mich nicht«, erwiderte Battista barsch. »Al-Munahid hat sie und basta. Und da er auch Morras Briefe hat, weiß er, dass er den dritten Teil in Konstantinopel suchen muss. Das ist alles, was für mich zählt.«

Raoul trat vom Fenster weg, denn die Morgenluft roch nach Blut. Er ahnte, was Battista beabsichtigte. »Ihr wollt die Söldner verfolgen.«

»Nein. Ich will vor ihnen in Konstantinopel sein.«

Raoul erinnerte sich an das Gespräch zwischen dem Venezianer und Gaspare, das er mit angehört hatte. Der zweite Teil der *Vita* war unwichtig; der dritte Teil war es, der zum Stab führte. Er fragte sich, welches Interesse der Sultan von Kairo an einer christlichen Reliquie hatte. Aber vermutlich lautete die Antwort nur: dasselbe wie Papst Bonifatius.

»Al-Munahid hat fünfzehn Mann«, sagte Gaspare langsam. »Wir sind nur zu zweit.«

»Es ist ein Auftrag des Heiliges Stuhls. Wenn Ihr zu feige seid, für die Christenheit einzustehen, geht nach Rom und erklärt Morra, warum Ihr zugelassen habt, dass der Stab den Heiden in die Hände fiel.«

»Ich bin nicht zu feige. Ich habe nur Bedenken.«

Battista bedachte den Toskaner mit einem Blick voller Verachtung. »Betet. Vielleicht verschwinden sie dann, Eure Bedenken.«

Gaspares Mund war eine dünne Linie. Ohne ein weiteres Wort wandte er sich ab und verließ das Zimmer.

Raoul hustete. Er hatte sein Tuch nicht, deswegen fing er die Blutstropfen mit der Hand auf. Er musste bald seine Medizin nehmen, denn die Anstrengungen der vergangenen Nacht hatten den Husten zweifellos verschlimmert. Als Battista zur Treppe gehen wollte, sagte er: »Ich begleite Euch.«

Der Venezianer musterte ihn. »Ihr seid verletzt. Ihr werdet uns nur aufhalten.«

»Es geht schon. Ich kann reiten.«

Battista dachte darüber nach, dann nickte er. »In Jaffa nehmen wir ein Schiff. Während der Überfahrt könnt Ihr

Euch ausruhen. Aber wenn sich Euer Zustand verschlimmert, vergeude ich keine Zeit damit, mich um Euch zu kümmern.«

»Ich komme schon zurecht«, erwiderte Raoul kühl.

»Dann packt Eure Sachen. In einer Stunde brechen wir auf.«

Sie nahmen die Straße Richtung Lydda, die in nordwestlicher Richtung von Jerusalem wegführte. Battista legte ein erbarmungsloses Tempo vor, sodass sie zur Mittagsstunde bereits ein Drittel des Weges hinter sich hatten. Raoul hatte keine Schwierigkeiten, mitzuhalten, wenngleich ihm seine Kopfverletzung zu schaffen machte. Aber auf seiner Reise nach Rom hatte es Tage gegeben, an denen es ihm schlechter gegangen war und er trotzdem einige Meilen zurückgelegt hatte.

Der Venezianer gönnte ihnen erst mittags eine Pause – weniger, um sich und seine Begleiter zu schonen, sondern um die Pferde nicht der Hitze auszusetzen. Sie rasteten in einer unbewohnten Anlage am Wegesrand, ein von zerbröckelnden Mauern umgebenes Areal, in dessen Zentrum sich ein Brunnen befand. Wände und ein löchriges Dach aus trockenen, bleichen Ästen schützten den kreisrunden Schacht vor Staub und Sand.

Gaspare pflockte die Pferde im Schatten zweier Dattelpalmen in einer Ecke des Hofs an, wo sich auch die steinerne Tränke befand. Dann ging er zum Brunnen und kam wenig später mit einem verbeulten, rostigen Kessel voller Wasser zurück. Er füllte die Tränke und nahm das restliche Wasser für ihre Schläuche. Raoul saß mit dem Rücken zur Mauer. Dankbar trank er..

Gaspare goss sich den Inhalt seines Schlauchs über Gesicht und Haare und setzte sich mit untergeschlagenen Beinen zu ihm. Seine schwarze Locken glänzten wie geölt. »Das Einzige, was gegen die Hitze hilft«, sagte er grinsend.

Raoul wickelte vorsichtig seinen Verband ab, um die Platzwunde nicht wieder zu öffnen. Al-Munahids Schwert hatte ihn über der Schläfe getroffen, glücklicherweise mit der flachen Seite. Vom Sturz hatte er lediglich Prellungen an Schulter und Hüfte davongetragen. Er tränkte ein Tuch und rieb sich das getrocknete Blut von der Stirn.

»Warum tust du dir das an?«, fragte Gaspare. Der Kampf in Battistas Haus hatte eine Verbundenheit zwischen ihnen geschaffen, daher hatten sie sich darauf geeinigt, auf die förmliche Anrede zu verzichten.

»Was meinst du?«

»Uns zu begleiten. Dein Auftrag war in Jerusalem zu Ende. Du könntest längst auf dem Rückweg nach Hause sein.«

Raoul wrang das Tuch aus. Der Staub zwischen seinen Beinen färbte sich rotbraun. »Die Schriftrolle ist weg. Also ist meine Aufgabe noch nicht abgeschlossen.«

»Du hast getan, was Seine Eminenz dir aufgetragen hat. Dass sie gestohlen wurde, ist nicht deine Schuld.«

»Ich habe Morra mein Wort gegeben. Daran bin ich gebunden, bis die *Vita* wieder in Battistas Händen ist.« Raoul fühlte sich besiegt. So wollte er nicht heimkehren. Und es gab noch einen anderen Grund, einen, den er allerdings verschwieg: Er wollte wissen, was hier vor sich ging … was es mit dem Stab auf sich hatte. Warum Männer wie Battista und Kadar al-Munahid dafür töteten.

Gaspares Gesicht zeigte Unverständnis, dass jemand freiwillig solche Mühsal auf sich nahm. Doch er schwieg und nahm noch einen Schluck aus dem Schlauch.

Raoul lehnte den Kopf an den Stein. Ein mannshoher Zacken der zerfallenen Mauer spendete ihnen Schatten. Das Fenster war ein rechteckiger heller Fleck auf dem Boden. Er blickte zu Battista, der sich ein Stück entfernt von ihnen gesetzt hatte, um in Ruhe beten zu können. Der Venezianer hatte die Hände im Schoß gefaltet, die Augen geschlossen, und war völlig in sich versunken.

»Warum haben ihn die Söldner nicht getötet?«

»Er hatte Glück, auch wenn er es nicht so sieht. Nachdem al-Munahid die *Vita* und die Briefe genommen hatte, zog er sich mit seinen Männern zurück. Ich war geflohen, als die Übermacht zu groß wurde, und hatte mich versteckt. Battista konnte sie nicht verfolgen, denn er wurde heftig von seinem Gegner bedrängt. Als er den Mann erschlagen hatte, waren die anderen schon fort.« Gaspare war bemüht, die Verbitterung über die Ereignisse aus seiner Stimme herauszuhalten, aber es gelang ihm nicht. Er tat Raoul leid. Raoul konnte sich entscheiden, ob er Battista folgte oder nicht. Gaspare hatte diese Wahl nicht; er musste dem Venezianer gehorchen, ganz gleich wohin dessen Weg führte.

»Wo hat er gelernt, so zu kämpfen?«, fragte Raoul.

Der kleine Toskaner holte Brot aus seinem Beutel. Es war von der Art, wie es in diesem Land gebacken wurde: rund, flach und von einer ähnlichen Farbe wie die Hügel ringsherum. Er zerteilte es mit den Händen und gab eine Hälfte Raoul. »Er war ein Ritter, bevor er in den Dienst der Kirche getreten ist. Ein Kreuzritter. Er war vier Jahre in Akkon, etwa zur gleichen Zeit wie ich.«

Ein Kreuzritter. Das erklärte so manches. »Kanntet ihr euch?«

»Ich kannte ihn, aber er mich nicht. Ich war nur ein gewöhnlicher –« Gaspare unterbrach sich, als Battista zu ihnen kam. Der Hüne setzte sich und nahm sich etwas Brot. Der stählerne Ausdruck in seinen Augen war seit dem Morgen nicht gewichen, und er wirkte nicht im Mindesten erschöpft von dem Gewaltritt.

»Al-Munahid wird ebenfalls den Seeweg nach Konstantinopel nehmen, vermutlich wie wir von Jaffa aus«, sagte er. »Es ist nicht ausgeschlossen, dass er damit rechnet, verfolgt zu werden. Wir müssen vorsichtig sein. Vielleicht lauert er uns in der Stadt auf.«

»Dann machen wir einen Bogen um Jaffa und nehmen in Arsuf ein Schiff«, schlug Gaspare vor.

»Damit verlieren wir einen halben Tag. Wir müssen das Wagnis eingehen. Wenn al-Munahid vor uns in Konstantinopel ist, ist der Stab für den Heiligen Vater verloren.«

Es war so heiß, dass Raoul den Tieren frühestens zur neunten Stunde zumuten wollte, sie weiter durch das unwegsame Land zu tragen. Doch Battista drängte zum Aufbruch, und so saßen sie schon eine Stunde später wieder in den Sätteln.

Die Eile rächte sich. Am nächsten Morgen, als das Meer in Sicht war, brach sich Gaspares Pferd das linke Vorderbein. Gaspare erlitt vom Sturz nur einige Schrammen, aber das Tier war nutzlos. Raoul tötete es am Wegesrand und ließ den Toskaner bei sich aufsteigen. Um nicht auch noch sein Pferd zu verlieren, ritten sie die restlichen Meilen nach Jaffa wesentlich im Schritt.

Die Stadt hatte große Ähnlichkeit mit Askalon. Sie verkauften die Pferde an einen Mietstall in der Nähe des Stadttores und machten sich durch die engen Gassen auf den Weg zum Hafen.

Dort wimmelte es von Soldaten. Raoul, Gaspare und Battista hielten sich unauffällig in einer Gasse zwischen zwei Lagerhäusern auf. Ein stinkendes Rinnsal floss in der Mitte der Gasse zu einem Rohr im Boden. Sie hielten sich im Schutz eines Stapels verrottender Kisten und beobachteten die Männer mit dem goldenen Halbmond auf ihren Schilden an der weiter unten liegenden Hafenmauer. Es war nicht viel los, und die Soldaten überprüften jeden Reisenden, der an Bord eines der Schiffe wollte.

»Sie wissen, dass wir kommen«, sagte Battista. »Dieser Hundesohn al-Munahid hat sie vorgewarnt.«

»Er scheint großen Einfluss zu haben«, sagte Raoul.

»Mit dem Siegel des Sultans könnte er ganz Palästina mit Veilchen bepflanzen. Kommt. Wir können hier nicht bleiben.« Battista führte sie den Weg zurück. Als sie an einer Garküche am Rand des jüdischen Viertels vorbeikamen, befahl er ihnen, dort zu warten, bevor er in der Menge verschwand.

Der kahle Raum war voller Männer, die in den Nischen kauerten und alle ein und dasselbe säuerlich riechende Linsengericht verzehrten. Der kleine und äußerst flinke Wirt hatte offenbar bemerkt, dass sie keine Juden waren, denn er bediente sie nicht und bedachte sie mit finsteren Blicken. Raoul saß auf der Steinbank in der letzten freien Nische und behielt durch den Fensterschlitz die Straße im Auge. Er sah Händler mit bepackten Eseln, Wasserträger und einen jugendlichen Taschendieb, der sich geschickt einem gestenreich mit seinen Freunden redenden Kaufmann annäherte – aber keine Soldaten.

Nach einer guten Stunde kam Battista zurück. Als sie die Garküche verließen und sich wieder durch die Menschenmenge kämpften, fragte Raoul: »Wo wart Ihr?«

»Bei einem Freund. Dem letzten treuen Diener unserer Kirche in dieser Stadt. Ich habe ihm eine Nachricht an Kardinal Morra gegeben, die er dem nächsten Schiff nach Rom mitgeben wird. Seine Eminenz muss wissen, was geschehen ist.« Battista trat einen Schritt zur Seite, um einem Ochsenkarren voller Melonen Platz zu machen. Der Mann auf der Pritsche rief ihm fröhlich etwas auf Hebräisch zu, bevor er wieder die Menschen beschimpfte, die ihm im Weg waren.

»Wusste Euer Freund, ob al-Munahid auch die Truppen der Städte weiter im Norden gewarnt hat?«

»Zwischen Jaffa und den benachbarten Küstenstädten verkehren täglich Dutzende von berittenen Boten. Er kann nicht über jede einzelne ihrer Nachrichten Bescheid wissen. Wir werden es selbst herausfinden müssen.«

Als sie erneut den Mietstall betraten, hatte der Händler ihre beiden Pferde bereits weiterverkauft. Ihnen blieb nichts anderes übrig, als drei neue Tiere zu erwerben. Battista zahlte für die beiden schwarzen Stuten und den mausgrauen Hengst einen überhöhten Preis, aber er wollte keine Zeit mit Feilschen verlieren. Außerdem war er ein reicher Mann. Seine Börse war auch nach dem ungünstigen Geschäft noch prall mit Dirhams gefüllt.

Arsuf erreichten sie, kurz bevor die Tore für die Nacht geschlossen wurden, machten aber dieselbe Feststellung: Der Hafen wurde überwacht, alle Reisenden, die ein Schiff nach Konstantinopel bestiegen, wurden gründlich geprüft. Wie in Jaffa fanden glücklicherweise an den Toren keine Überprüfungen statt, was nur dem Umstand zu verdanken war, dass sich auch nach Einbruch der Dunkelheit ein großer Strom von Menschen in die Stadt schob und die Soldaten zu träge waren.

»Erzählt mir von Kadar al-Munahid«, sagte Raoul am nächsten Tag, als sie an der Küste entlang Richtung Norden weiterritten. Die schlechte Straße zwang sie, ihr Tempo zu verlangsamen. Gaspare war etwas zurückgefallen, und Raoul hielt sein Pferd neben Battistas.

Der Hüne hatte den ganzen Morgen nur das Nötigste gesprochen. Raouls Aufforderung schien ihm lästig zu sein. »Er ist ein Heide und ein Mörder, genügt Euch das nicht?«, erwiderte er mürrisch.

»Ich will wissen, wer mich fast getötet hätte.«

Battista hatte die Zügel um seine Rechte geschlungen und hielt den Blick auf die Straße gerichtet. Als Raoul schon keine Antwort mehr erwartete, sagte der Venezianer: »Er stammt aus Syrien. In den letzten fünfzehn Jahren hat er an jeder wichtigen Schlacht im Königreich Jerusalem und dem Sultanat teilgenommen.«

»So alt sieht er gar nicht aus.«

»Er ist ein Beduine. Die Männer dieses Volkes können schon als Heranwachsende besser kämpfen als so mancher Ritter.« Zum ersten Mal lag Achtung in Battistas Stimme, während er von Muslimen sprach. »Später war er Kriegssklave in der Mameluckenarmee, bis er sich freikaufen konnte. Vor fünf Jahren hat er seine eigene Truppe aufgebaut. Die ›Schakale‹.«

Die präzise Antwort überraschte Raoul nicht. Er vermutete inzwischen, dass Battista aus keinem anderen Grund in Jerusalem war, als solche Nachrichten für den Heiligen Stuhl zu sammeln. »Können wir ihn besiegen?«

»Das weiß Gott allein.« Mehr sagte Battista nicht. Die Straße wurde besser. Er trieb seinem Pferd die Sporen in die Flanken und galoppierte voraus.

Am Abend schlugen sie ihr Lager in der Nähe eines Trümmerfelds auf, des einstigen Caesarea Maritima, das von den Mamelucken vor dreißig Jahren dem Erdboden gleichgemacht worden war. Zwar lebten Menschen in den Ruinen wie Maden in einem verrottenden Kadaver, aber einen Hafen gab es erst wieder in dem einige Meilen weiter nördlich gelegenen Haifa.

Die dortigen Truppen waren wachsamer als in Jaffa und Arsuf. Raoul, Battista und Gaspare beobachteten von einem Hügel aus, wie die Soldaten an den Stadttoren etwa jeden zehnten Reisenden überprüften. Battista murmelte einen leisen Fluch.

Gaspare hatte sich nach Art der Einheimischen ein weißes Tuch um den Kopf gebunden, das auch den Nacken bedeckte. Seine Oberlippe glitzerte schweißnass. »Es hat keinen Zweck. Da kommen wir in hundert Jahren nicht hinein.«

Battistas Pferd spürte den Zorn seines Reiters und tänzelte unruhig. Mit einem harten Ruck am Zügel brachte es der Venezianer zum Stehen. »Dann versuchen wir es eben in Akkon«, erwiderte er.

»Al-Munahids Vorsprung ist zu groß. Bei gutem Wind ist er in vier Tagen in Konstantinopel.«

»Soll das heißen, dass Ihr aufgeben wollt?«

»Nein«, antwortete Gaspare, eingeschüchtert von dem harten Blick. »Aber ich mache mir Sorgen.«

»Sorgen sind etwas für Feiglinge und Zauderer. Wenn es sein muss, reiten wir bis nach Kilikien. Gott will, dass wir den Stab bekommen.« Battista riss sein Pferd herum und galoppierte ins Tal.

»Kilikien«, murmelte Gaspare und wischte sich mit dem Handrücken den Schweiß von der Lippe. »Barmherziger Jesus, mach, dass der Mann Vernunft annimmt.« Dann setzte auch er sich in Bewegung.

Raoul hatte währenddessen getrunken. Er hatte Mühe, den Schlauch wieder zu verschließen, so sehr zitterte seine Hand. Als seine Gefährten im aufgewirbelten Staub kaum noch zu sehen waren, presste er seinem Pferd die Waden in die Flanken und folgte ihnen.

Das Stechen in seiner Brust versuchte er zu ignorieren.

Jada bint-Ghassan bewunderte die Entschlossenheit der drei Männer. In drei Tagen hatten sie viele Meilen zurückgelegt, trotz der Hitze und der dauernden Rückschlägen – und obwohl einer der drei krank war. Schwer krank sogar. Tagsüber verbarg er, wie schlecht es ihm ging, aber in der vergangenen Nacht hatte Jada sein Husten gehört, während er Wache hielt. Er hatte sich vom ersterbenden Feuer davongestohlen, um die anderen nicht zu wecken. Vor den Felsen, hinter denen sie sich versteckten, hatte er zusammengekrümmt gekniet und Blut gehustet. Als der Anfall vorüber war, schluchzte er plötzlich, ein leiser und trockener Laut, der ihr Herz rührte. Eine Weile kniete er reglos da, doch schließlich stand er mit einen Fluch auf den Lippen auf. Er stapfte zum Lager zurück und ließ Jada verwirrt zurück. Sie hatte so viele Menschen sterben gesehen, geliebte und verhasste, Freunde und Namenlose, und der Tod berührte sie schon lange nicht mehr. Was kümmerte sie da das Schicksal eines Ritters, dessen Namen sie nicht einmal kannte?

Es sind seine Augen, dachte sie nun, während sie ihm und seinen Begleitern von einer Anhöhe vor Haifa nachblickte. *Diese Ähnlichkeit* ... Es war ihr schon bei ihrer ersten Begegnung aufgefallen, in den Gassen von Jerusalem. Form und Farbe waren vollkommen anders, aber der Ausdruck war derselbe. *Dieselben Fragen. Dieselben Zweifel.*

Zorn stieg bei den unwillkommenen Erinnerungen in ihr auf. *Kümmere dich um deine Aufgabe!,* befahl sie sich und kehrte zu ihrem Pferd zurück, einer braunen Stute, die sie in einer Senke zurückgelassen hatte, um sie vor den Blicken der drei zu schützen. Der Hang war steil. Jada schlitterte in einer kleinen Lawine aus Steinen und Staub hinunter und schwang sich in den Sattel. Das Tuch vor Nase und Mund, der Turban sowie der schmutzig weiße Burnus ließen sie wie einen Beduinen aussehen. Jada trug diese Kleidung nicht wegen der Sonne – sie spürte die Hitze nicht –, sondern um nicht als Frau erkannt zu werden.

Die Senke enthielt nichts als verkrüppelte Büsche und Steine, unter denen sich Skorpione verbargen, und lief in die Ebene von Galiläa aus. Die drei Männer hatten die Mauern von Haifa passiert und waren nur noch als Staubwolke an der Küste zu sehen. Jada nahm die Verfolgung auf. Bei Tag hielt sie sich eine halbe Meile hinter ihnen, bei Dunkelheit manchmal nur einen Steinwurf. Sie hatte keine Furcht, dass die drei sie bemerken könnten.

Niemand wusste besser als ihr Volk, wie man nicht gesehen wurde.

Kapitel 8

Während der Verurteilte auf das Rad geflochten wurde, verzehrte der Stellvertreter Christi eine Orange. Die Schale war so sorgfältig entfernt worden, dass nur noch das reine Fruchtfleisch übrig war. Saft lief über das fliehende Kinn und troff auf das purpurfarbene Gewand. Morra erinnerte sich, wie einmal ein Diener ausgepeitscht worden war, weil der Heilige Vater einen weißen Schalenrest an seiner Orange entdeckt hatte. Seitdem nahmen die Diener diese Aufgabe sehr ernst – so wie sie peinlich darauf achteten, dass der Tisch neben dem geschnitzten Lehnstuhl stets mit den köstlichsten Speisen gedeckt war. Obwohl der Papst zur neunten Stunde am Nachmittag nur Obst zu verzehren pflegte – ein Rat seiner Leibärzte –, türmten sich dort eine Torte in Form des Kolosseums, dampfendes Gemüse, frisches Brot, Käse, gebratenes Ferkel mit Leberpastete gefüllt und drei Kapaune in Honig und Pfeffer. Bonifatius rührte nichts davon an, aber er schätzte es, die *Möglichkeit* dazu zu haben. Später kamen die Speisen in den Müll, und der Papst zog sich in den großen Saal zurück, wo ihn ein neues Festmahl erwartete – an dem er sich dann bis zum späten Abend gütlich tat. Kardinal Morra kannte einige der Spottlieder aus den Gassen Roms über die unersättliche Fressgier Bonifatius'. Sie waren äußerst treffend. Allerdings würden ihre Sänger sie so bald nicht wieder darbieten. Es sei denn, sie vertrieben sich die Zeit damit, die Lieder den Ratten in ihren Kerkerzellen vorzusingen.

Ein Säulengang umgab den Innenhof des päpstlichen Palasts. Bonifatius saß unter einem goldfarbenen Baldachin und beobachtete die Hinrichtung. Damit er nicht von den Schreien des Verurteilten belästigt wurde, hatte der Scharfrichter zwei Maßnahmen ergriffen: Zum einen spielte ein Harfner Lieder des Lieblingsmusikers Bonifatius', zum anderen war dem Mann die Zunge herausgeschnitten worden. Aber der junge Franzose wäre ohnehin nicht mehr in der Lage gewesen, zu schreien, denn er hatte schon vor geraumer Zeit das Bewusstsein verloren. Es wunderte Morra, dass er überhaupt den heutigen Tag erlebt hatte. Vorgestern, gleich nachdem er mit einer Würgeschlinge in der Hand im päpstlichen Gemach erwischt worden war, hatte man ihn mit Brandeisen gefoltert. Anders als sein Vorgänger, bei dem schon der Anblick der glühenden Zangen genügt hatte, gestand er erst nach einer Stunde, von König Philipp geschickt worden zu sein. Einer von Bonifatius' Leibärzten hatte den Franzosen die Nacht über am Leben erhalten, sodass er heute zur Erbauung des Heiligen Vaters auf das Rad geflochten werden konnte.

Morras Hände befingerten die Nachricht, die ihn vor einer knappen Stunde erreicht hatte, während er unter dem Säulengang voller Ungeduld auf das Ende des Schauspiels wartete. Im Kampf gegen die Ketzer war Morra gezwungen, eng mit der römischen Inquisition zusammenzuarbeiten, wodurch er häufig Zeuge von solchen Dingen wurde. Allerdings hatte er nie gelernt, Gefallen daran zu finden. Was die Qualen aus einem Mann machten, war entwürdigend, und bei dem Gestank von Blut, verbranntem Fleisch und Exkrementen drehte sich ihm der Magen um. Als er erfahren hatte, dass der Papst einer Hinrichtung beiwohnte, hatte er deshalb vorgesorgt und sich Duftwasser unter die Nase gerieben. Ein wertvoller Trick, den er von einem Henker der Inquisition erfahren hatte.

Schwert und Feuer – das sind saubere Methoden, dachte er mürrisch. *Und obendrein nicht so zeitraubend.*

Der Franzose ließ sich in der Tat Zeit mit dem Sterben. Als der Henker und seine Knechte endlich das große Wagenrad und die Leiche fortschafften, näherte sich Morra dem Baldachin. Damit der unerfreuliche Inhalt der Nachricht nicht auf ihn zurückfiel, hatte er sich seine Worte genau zurechtgelegt.

»Heiliger Vater.« Vor dem Lehnstuhl fiel er auf die Knie und küsste den dargebotenen Rubinring. Die Finger rochen nach Bratfett. Also hatte seine Heiligkeit genascht.

»Giuseppe, mein Freund. Was führt meinen liebsten Kardinal hierher?«

Morra erhob sich. Er war auf dem Rasen stehen geblieben, vor den beiden Stufen zum Säulengang, denn es wäre ungehörig gewesen, wenn er den sitzenden Papst überragt hätte. Bonifatius VIII., der eigentlich Benedetto Caetani hieß, war einst ein gut aussehender Mann gewesen, groß, muskulös, mit feingliedrigen Händen und einem markanten Gesicht. Die Gestalt, die jetzt vor Morra saß, hatte allerdings mit dem stolzen Kardinaldiakon aus seiner Erinnerung kaum etwas gemein. Bonifatius war aufgedunsen und hatte von der Gicht befallene Gelenke, sodass er nur mit der Hilfe zweier Diener gehen konnte. Der Kragen seiner Robe verschwand unter einer Hautfalte, das bartlose Gesicht war bleich und runzelig, und die rote Kappe verbarg die wenigen weißen Haare. Nur die Hände waren seltsamerweise noch genauso zart und schmal wie vor zwanzig Jahren. Im Grunde waren König Philipps Mühen überflüssig: Nicht mehr lange, und Bonifatius starb auch ohne sein Zutun.

Morra schob diesen lästerlichen Gedanken beiseite. »Neuigkeiten von Battista«, sagte er und hob das Pergament hoch. »Leider keine erfreulichen. Er ist in Schwierigkeiten.«

Die Lider des Papstes waren schwer. Trotz seiner Müdigkeit blickte er Morra aufmerksam an. »Hat er gefunden, wonach er für uns sucht?«

»Noch nicht, Eure Heiligkeit. Soldaten des Sultans haben ihn überfallen und die *Vita* gestohlen. Er reist gerade nach Konstantinopel, um ihnen zuvorzukommen.«

»Ach Giuseppe«, sagte Bonifatius seufzend. Die Stimme blieb freundlich und sanft, aber der Ausdruck in den wässrigen Augen wurde hart. »Giuseppe, Giuseppe. Sag mir, wie konnte das geschehen?«

»Ein Spitzel des Sultans muss von der *Vita* erfahren haben.«

»So scheint es, nicht wahr? Doch wer könnte es sein, der die Christenheit auf solch schändliche Weise an die Heiden verrät?«

Es war diese Frage, die Kardinal Morra schlimme Kopfschmerzen bereitete. »Möglicherweise einer von Battistas Männern. An-Nasir ist kein Narr. Vielleicht hat er Battistas Tarnung durchschaut und einen der Venezianer gekauft.«

»Unwahrscheinlich. Battistas Leute sind bessere Katholiken als mancher Priester. Vielleicht der Pisaner, der die *Vita* überbracht hat?«

»Gaspare? Nein, unmöglich.«

»Ach wirklich?« Bonifatius' Mundwinkel zuckten. »Seit wann bist du so vertrauensselig?«

»Das bin ich nicht«, erwiderte Morra kühl. »Ich weiß, was der Mann zu verlieren hat.« Um dem nächsten Stich vorzubeugen, fügte er hinzu: »Bazerat kommt auch nicht infrage. Er stirbt bald. Niemals würde er sein Seelenheil aufs Spiel setzen.«

»Sein Seelenheil. Wie schön«, sagte der Heilige Vater mit gespielter Wehmut. »Manchmal beneide ich die Jungen um ihren reinen, kindlichen Glauben.« Er bemerkte die Saftflecken auf seiner Brust und winkte mit Zeige- und Mittelfinger. Einer der beiden Diener, die fast unsichtbar im Schatten standen, eilte herbei und machte sich daran, den Saft abzutupfen. Bonifatius hob das Kinn, als würde er eine Rasur empfangen. »Wie ich hörte, gibt es unter deinen Bediensteten gewisse Unzufriedenheiten.«

Morra fluchte innerlich. »Einzelfälle, Ihr wisst doch, wie Diener sind. Man gibt ihnen mehr Geld, besseres Essen, größere Unterkünfte – und trotzdem schimpfen sie, sowie man ihnen den Rücken kehrt.«

Der Fleck war entfernt, und Bonifatius' Massen sanken wieder in sich zusammen. »Ich bin sicher, Nicolo hat noch nie ein böses Wort über mich verloren. Nicht wahr, Nicolo? Denn er weiß, was geschehen würde, wenn ich es erführe.«

Der Diener verneigte sich stumm und zog sich wieder in den Schatten zurück.

»Möglich, dass einige unter ihnen unzufrieden sind«, räumte Morra ein. »Aber deswegen würden sie unsere Pläne noch lange nicht den schlimmsten Feinden der Kirche preisgeben.«

»Die schlimmsten Feinde der Kirche sind die Ketzer, Giuseppe. Und Ketzerei ist allgegenwärtig. Dieser Narr auf dem französischen Thron beweist uns jeden Tag, dass nicht einmal Könige davor gefeit sind. Du solltest der Sache nachgehen. Ein Spitzel des Sultans im Haus von Kardinal Morra – es wäre doch zu peinlich, wenn das bekannt werden würde.«

O ja, dachte Morra. *Und obendrein ein gefundenes Fressen für diese Horde Hyänen, die sich Kurie nennt …* Er fragte sich, ob es nicht klüger gewesen wäre, die Angelegenheit ohne den Papst zu regeln. Aber er konnte nicht wissen, über welche Quellen Bonifatius verfügte. Er wäre nicht der erste Kardinal, der seine Stellung verlieren würde, weil er danach trachtete, sein Versagen zu verschleiern. Nein, es war besser, sich demütig zu geben und zu versuchen, den Schaden zu verringern. »Was soll wegen Battista geschehen, Eure Heiligkeit?«

Bonifatius hatte die Augen geschlossen. Seine Stimme

klang verschlafen. »Battista kümmert mich so wenig wie der Dreck an meinen Schuhsohlen. Mich interessiert einzig und allein das Zepter. Sorge dafür, dass ich es in meinen Händen halte, bevor Philipp zu anderen Mitteln greift, als unfähige Mörder auszusenden.«

»Gewiss.« Morra verneigte sich – aus Gewohnheit, denn der Papst konnte es schwerlich sehen. »Ich schicke noch heute meine besten Leute nach Konstantinopel.«

»Du hast mich missverstanden. Deine besten Leute sind nach wie vor in Norditalien. Da nur noch die dummen und faulen übrig sind, wird dir nichts anderes übrig bleiben, als selbst nach Konstantinopel zu reisen. Bring mir das Zepter, Giuseppe.«

Morras Soutane raschelte, als er sich abermals verneigte.

Wie es schien, war der Papst eingeschlafen, erschöpft von der aufreibenden Hinrichtung und dem Gespräch. Die Regeln am päpstlichen Hof verlangten von Besuchern, dass sie sich erst zurückziehen durften, wenn der Hausherr es gestattete. Morra beschloss, dieser Zwangslage zu entkommen, indem er noch einige Minuten wartete und sich dann leise entfernte. *Konstantinopel,* dachte er währenddessen. *Heilige Jungfrau Maria, steh mir bei!*

Die letzten Worte musste er versehentlich ausgesprochen haben, denn der Heilige Vater öffnete seine Lider einen Spalt. »Oh, ich bitte dich, mein Freund«, sagte er mit samtweicher Stimme. »Maria hat einen Sohn geboren, erinnerst du dich? Wie kann sie da eine Jungfrau gewesen sein?«

Kapitel 9

Der Regen trommelte auf das Deck, durchweichte die Segel und überzog die blaugrüne See mit winzigen, unbeständigen Kratern.

Kadar al-Munahid stand am Bug der »Fatimas Lächeln« und hatte seine Kapuze tief ins Gesicht gezogen. Wind zerrte an dem schweren Ledermantel. Er kam aus einem Land, in dem es nie regnete, und anfangs hatte er die Nässe auf der Haut genossen. Aber nach drei Tagen reichte es ihm. Es regnete, seit sie aus Athen ausgelaufen waren, wo eine Windstille sie tagelang festgehalten hatte. Das Wetter hatte so rasch umgeschlagen, wie er es noch nie erlebt hatte: innerhalb weniger Stunden von einer leichten Brise zu einem Sturm, in dem sie um ein Haar an einem der unzähligen Felsenriffe der Ägäis zerschellt waren. Einer seiner Männer, Rashid, war über Bord gegangen und ertrunken, weil er nicht auf den Kapitän gehört hatte und sich an Deck herumtrieb, während das Schiff von den Wellen gebeutelt wurde. Natürlich hatte der Tod dieses Dummkopfs in den Männern die Furcht geweckt, Allah sei gegen ihre Reise. Er selbst glaubte nicht an diesen Unsinn, aber er wusste, wie gefährlich Aberglaube sein konnte. Da Drohungen in solchen Fällen alles nur noch schlimmer machten, hatte er ihnen von den Hurenhäusern und Tavernen erzählt, von den drallen Dirnen und dem goldenen thrakischen Wein, die in Konstantinopel auf sie warteten. Die Aussicht auf Vergnügen war ein Mittel, das bei seinen Schakalen stets wirkte.

Konstantinopel … Durch den grauen Regenschleier konnte er in der Ferne die Türme der Seemauer erkennen, die Segel der Fischerboote und Handelsschiffe in den beiden Häfen, die Kuppel der Hagia Sophia über den Baumwipfeln. Konstantinopel war trotz ihrer Lage auf einer felsigen Halbinsel eine grüne Stadt, mit Gärten und Alleen, Brunnen und Zisternen. Der gleiche Anblick hatte sich ihm schon einmal geboten, allerdings war es ein heißer, trockener Tag gewesen und er ein eingeschüchterte Knabe von zwölf Jahren, der für den Preis eines Schweins den Besitzer wechselte. Wenn er damals gewusst hätte, was ihn im Haus seines neuen Herrn erwartete, wäre er noch verängstigter gewesen.

Basileios Lakapenos, dachte Kadar mit einem harten Zug um den Mund. *Ja, so hieß der alte Dreckskerl.* Er musste jetzt über siebzig sein, wenn ihm keiner seiner Sklaven ein Messer zwischen die Rippen gestoßen hatte. Kadar hatte viele Jahre nicht an ihn gedacht. Aber dank dieser verfluchten Schiffsreise war die Erinnerung zurückgekommen. In der letzten Nacht hatte er sogar von Lakapenos geträumt. Dabei träumte er nicht mehr, seit er vierzehn war.

Der Kapitän brüllte einen Befehl, und die Seeleute holten das vordere Segel ein. Kadar warf einen letzten Blick auf die grauen Türme und Dächer, bevor er gegen den Wind gestemmt zur Luke ging. Die »Fatimas Lächeln« war eine syrische Dau mit zwei Masten und einem schlanken, lang gezogenen Rumpf. Der vordere Teil enthielt Waren, die zum Verkauf in Konstantinopel bestimmt waren: Tuchballen, Amphoren mit Olivenöl, Waffen aus Damaskus, Fässer mit Gewürzen. Die Reisenden waren im hinteren Teil untergebracht; seine Männer in einem geräumigen Frachtraum, ibn-Marzuq und er in der einzigen Kajüte. Kadar wusste nicht, wie viel Gold der Wesir für die Überfahrt bezahlt hatte, aber vermutlich war es nicht wenig gewesen. Andernfalls hätte es der Kapitän vorgezogen, auch den zweiten Frachtraum mit Waren zu füllen.

Im Schiffsbauch schlug er seine Kapuze zurück. Es roch nach Schweiß, feuchten Kleidern und ungewaschenen Füßen. Die Männer dösten im dämmrigen Schein einer Laterne. Jene, die nicht zu sehr unter der Seekrankheit litten, wie Armin und der Mongole, flickten ihre Sachen oder würfelten. »Macht euch fertig«, sagte er. »In einer Viertelstunde sind wir da.«

Die Männer murmelten »Dem Himmel sei Dank« und »Allah sei gepriesen«, und Unruhe breitete sich aus. Kadar ging auf dem Mittelgang zwischen den Schlaflagern zur Tür am Ende des Raumes und öffnete sie.

Ibn-Marzuq fuhr herum. Vor ihm auf dem Tisch lag ein Pergament, das er mit der flachen Hand abdeckte. Er wirkte, als sei er bei etwas ertappt worden.

»Was schreibt Ihr da?«, fragte Kadar.

»Nichts«, erwiderte der Wesir mürrisch. »Es geht Euch nichts an. Was wollt Ihr?«

Also ein Gedicht. Ibn-Marzuq trug eine ganze Rolle davon mit sich herum. Er wollte nicht, dass jemand davon erfuhr, und verbarg sie sorgfältig. Durch Zufall hatte Kadar sie eines Abends gesehen. Die Vorstellung, dass dieser feiste Hofbeamte über Liebe und die Schönheit von Blumen schrieb, erheiterte ihn beträchtlich.

»Wir erreichen gleich Konstantinopel.«

»Gut.« Ibn-Marzuq rollte das Pergament zusammen und verstaute es mit dem Kohlestift in seinem Beutel. »Sagt Euren Männern, dass sie sich nicht zu sehr freuen sollen. Sowie ich die Schriftrolle habe, reisen wir wieder ab.«

»Und wie lange braucht Ihr dafür?«

»Wie lange wird es wohl dauern, in den Kaiserpalast zu spazieren, die Rolle zu holen und wieder zu gehen?«, fragte der Wesir barsch. Er räumte auch die anderen Schriftstücke auf dem Tisch fort. »Morgen früh verlassen wir Konstantinopel wieder.«

»Warum habt Ihr es so eilig?«, fragte Kadar.

Ibn-Marzuq bedachte ihn mit einem herablassenden Blick, der ihn vermutlich einschüchtern sollte. »Wir haben schon in Athen zu viel Zeit verloren. Ich werde keine weiteren Verzögerungen in Kauf nehmen, nur weil Ihr Euch amüsieren wollt.«

Als der Söldner seine Sachen gepackt hatte, ging er wieder an Deck. Die »Fatimas Lächeln« näherte sich dem Julianshafen.

Kadar wusste, dass ibn-Marzuq log – und das nicht zum ersten Mal. Der Wesir sorgte sich nicht darum, Zeit zu verlieren; trotz der Flaute vor Athen waren sie nur neun Tage auf See gewesen. Er wollte um jeden Preis vermeiden, dass Battista sie einholte. Aber warum war ibn-Marzuq so davon überzeugt, dass der Venezianer sie immer noch verfolgte? Warum setzte Battista diesen aussichtslosen Kampf fort, wenn es nur um eine alte Reliquie ging? Und was bewog den Sultan, so viel Gold dafür auszugeben, dass sie den Christen zuvorkamen? Kadar war seit über fünfzehn Jahren Söldner. Er hinterfragte die Beweggründe seiner Auftraggeber nicht. Aber etwas sagte ihm, dass es ratsam wäre, dieses Mal eine Ausnahme zu machen.

Langsam glitt das Schiff durch die Einfahrt in der Hafenmauer, begleitet von den Rufen der Seeleute und dem Kreischen der Möwen, die auf dem Tauwerk der Schiffe an den Anlegestegen hockten. Ibn-Marzuq war als Letzter an Deck gekommen. Er stand mit mürrischer Miene abseits der Männer am Bug. Er spielte immer noch den hochnäsigen Hofbeamten, obwohl er schon in Jaffa kaum in der Lage gewesen war, den Emir dazu zu bringen, seine Anweisungen auszuführen. Er hatte sich mit Gold behelfen müssen, damit der Mann die Häfen an der Küste für Battista sperren ließ. Und das, obwohl sie sich noch innerhalb des Sultanats befanden.

Hier in Konstantinopel war er ein Nichts, ohne Freunde und ohne Macht.

Und umringt von Schakalen, dachte Kadar und lächelte im Schatten seiner Kapuze.

Es kam ihm wie gestern vor, als Kadar al-Munahid durch die Straßen schlenderte. Die Häuser hatten sich kaum verändert; die meisten enthielten sogar noch die gleichen Läden, Tavernen oder Werkstätten wie vor neunzehn Jahren. Die Menschen trugen die gleiche Kleidung und redeten über die gleichen Dinge. Es kam ihm so vor, als sei die Zeit in Konstantinopel stehen geblieben – als hielten das Meer auf der einen und die gewaltige Theodosianische Landmauer auf der anderen Seite alle Veränderungen fern.

Dabei war Konstantinopel eine Stadt, die seit hundert Jahren im Sterben lag. Viele Häuser standen leer. Von vielen Kirchen und Amtsgebäuden standen nur noch Trümmer, seit sie von Kreuzfahrern und Venezianern 1204 geplündert worden waren. Die von Büschen und Gras überwucherten Ruinen gehörten ebenso zum Stadtbild wie die Hagia Sophia oder die allgegenwärtigen Zisternen und Aquädukte. Einst hatte eine halbe Million Menschen innerhalb der Stadtmauern gelebt, heute war es nur noch ein Zehntel davon. Ganze Stadtteile waren verlassen und verfielen – und niemand schien sich daran zu stören. Es lag an der Selbstverliebtheit der Byzantiner, die Kadar schon als Knabe beobachtet hatte. Diese Narren benahmen sich, als seien sie Auserwählte, die ein steingewordenes Paradies im Mittelpunkt der Welt bewohnten, blind dafür, dass ihre Zeit längst vorüber war.

Er hatte seine Männer in einem Hurenhaus am Hafen zurückgelassen und durchquerte die Stadt in Richtung des Hippodroms, der alten Pferderennbahn. Der Regen hatte aufgehört, und die Abendsonne schien durch die aufgerissene Wolkendecke, brachte die Kuppeln der Kirchen zum Glühen. Er fand das Haus auf Anhieb: Es stand an einem kleinen Platz, der vom achteckigen Turm eines heruntergekommenen Gotteshauses überragt wurde. Kadar rieb sich das verstümmelte Ohr, während er das Anwesen betrachtete. Es war zweistöckig, der Eingang wurde von zwei Greifen aus schimmerndem Porphyr flankiert. Er erinnerte sich an alles, an jedes einzelne Zimmer, sogar an den Moment, als er im Brunnen im Innenhof sein Spiegelbild betrachtet hatte, während er auf seinen neuen Herrn wartete. *Du kannst gar nichts tun,* hatte er damals gedacht. *Jetzt bist du genauso schwach wie deine Schwester.*

Auf den ersten Blick sah das Haus unbewohnt aus, aber dann bemerkte er eine Gestalt in einem Fenster. Er wandte sich zu einem Laden um, wählte einen Apfel aus und gab dem Jungen hinter den Auslagen eine Münze. Es war lange her, dass er Griechisch gesprochen hatte, aber nach kurzem Überlegen fielen ihm die richtigen Worte ein. »Wer wohnt dort?«

Der Junge folgte seinem Blick. Als er sich wieder Kadar zuwandte und ihn in der Menge der Kunden erstmals bewusst wahrnahm, flackerte in seinen Augen Furcht auf. Der Söldner hatte diese Wirkung auf viele Menschen. Es lag an seinen Augen. Wer ihren Blick auf sich spürte, wusste auf instinktive Weise, dass der hagere Mann einen ohne zu zögern töten würde, wenn es seinen Zwecken diente.

Der Junge senkte die Augen und fing an, das Obst zu sortieren. »Das Haus gehört einem Edelmann«, murmelte er. »Basileios Lakapenos.«

»Lebt er noch?«, fragte Kadar.

»Ja. Aber er ist schon ziemlich alt. Ohne die Hilfe seiner Diener kann er das Haus nicht mehr verlassen.« Als ein anderer Kunde rief, eilte der Junge davon, sichtlich erleichtert, das Gespräch beenden zu können.

Kadar biss in den Apfel und betrachtete Lakapenos' Haus. Er kniff die Augen zusammen, denn die tief stehende Sonne blendete ihn. An der Seite des Anwesens gab es eine kleine Pforte für die Küchenlieferanten, die früher nie verschlossen worden war, weil niemand wusste, wo sich der Schlüssel befand. Kadar hätte sein ganzes Silber darauf verwettet, dass sich daran auch nach neunzehn Jahren nichts geändert hatte.

Denn ein echter Byzantiner starb lieber, als seine Gewohnheiten aufzugeben.

»Wie heißt das Schriftstück?«

»*Vita Antonii*«, wiederholte Harun ibn-Marzuq geduldig. »Der dritte Teil.«

Der Archivar sah auf seine Liste, murmelte »Latein, Latein«, fuhr mit dem Finger die Zeilen nach unten und verkündete schließlich: »Ich finde es nicht.«

»Der Titel ist irreführend. Seht bei den griechischen Schriften nach.«

Der junge Byzantiner, der für einen Mann, der sich den halben Tag in dunklen Kellern aufhielt, eine erstaunlich gesunde Gesichtsfarbe hatte, runzelte die Stirn und blickte wieder auf das Pergament. »Ah, hier. Ganz hinten.«

Ibn-Marzuq war sich nicht sicher, ob der Archivar wusste, was er tat, als sie durch das Gewölbe gingen. Aber das bestätigte nur seinen ersten Eindruck von der kaiserlichen Bibliothek unter dem Blachernenpalast: Sie war in einem erbärmlichen Zustand, weil sich niemand mehr darum kümmerte. Dabei hatte sie eine Größe, die sich sehen lassen konnte. Regale und Bücherschränke füllten die Freiräume zwischen den Säulen aus, welche die Tonnengewölbe trugen, sodass fünf halbdunkle Flure entstanden. Ibn-Marzuq schätzte den Bestand von Schriftstücken auf mehrere Tausend. Doch die Art der Aufbewahrung tat ihm in der Seele weh. Durch die winzigen Fenster hoch oben in den Wänden kam nicht nur spärliches Abendlicht, sondern auch Regenwasser. Die Wände waren feucht, und die Prinzipien, nach denen die Bücher und Pergamente geordnet waren, schien nur der Archivar zu verstehen.

»Hier.« Der Byzantiner blieb zwischen einigen Büchertruhen am Ende des Ganges stehen und wirkte hilflos. »Nun ja. Eine ganze Menge.« Er kratzte sich am Nasenflügel. »Ihr müsst wissen, dass sich nicht sehr viele Leute für die alten Griechen interessieren. Möglich, dass sie im Lauf der Jahre ein wenig … durcheinandergeraten sind.«

Es sah eher danach aus, als hätte sich nie jemand die Mühe gemacht, sie zu ordnen. »Schon gut, ich helfe Euch«, sagte ibn-Marzuq und ging auf die Knie. Bei dem Inhalt der Kisten handelte es sich ausnahmslos um Schriftrollen. Im Licht der Öllampe nahmen er und der Archivar eine nach der anderen heraus und legten sie auf den Boden. Manche waren feucht und stanken nach Schimmelpilz, andere waren so brüchig, dass sie bei Berührung fast zerfielen.

Der dritte Teil der *Vita* war nicht darunter.

»Das kann nicht sein«, murmelte ibn-Marzuq. Er sah sich noch einmal alle Rollen an, auch jene, die sie aussortiert hatten, weil sie weitgehend unleserlich waren. Aber er fand sie nicht.

»Seid Ihr sicher, dass ein dritter Teil überhaupt existiert?«, fragte der Archivar. Er hatte sich auf eine umgedrehte Kiste gesetzt.

»Vollkommen«, antwortete ibn-Marzuq und dachte: *Bei solchen Dingen macht Rom keine Fehler.* »Könnte sie in einem anderen Teil des Gewölbes sein?«

Der Junge blickte auf seine Liste. »Nein, ausgeschlossen.

Vorne sind die Hebräer, die Araber und die neueren Schriften. Auf der anderen Seite nur Lateiner. Alle sechs Monate überprüfe ich die Bestände. Ein falsch zugeordnetes Schriftstück wäre mir aufgefallen.«

Ibn-Marzuq holte einen Dirham aus den Falten seines Gewandes. Er hatte schon so viel Silber gelassen, um in den Palast hineinzukommen, da kam es auf eine Münze mehr wahrlich nicht an. »Schaut Euch alles noch einmal gründlich an. Das Schriftstück muss hier sein.«

Das Angebot schien den Archivar ernstlich zu kränken, denn er rührte die Münze nicht an. »Ich sagte Euch doch, es kann nicht sein. Wenn sie nicht in diesen Kisten ist, ist sie nirgendwo.«

Ibn-Marzuq sah ein, dass es aussichtslos war, und steckte den Dirham wieder ein. Ächzend erhob er sich vom schmutzigen Boden. Also musste er wohl oder übel alles selbst durchsuchen, auch wenn es Tage dauerte – und den Jungen beleidigte.

Der Archivar nahm seine Lampe und stand ebenfalls auf. »Wahrscheinlich haben die Kreuzfahrer sie mitgenommen, wie fast alles hier. Bevor sie gekommen sind, war das kaiserliche Archiv dreimal so groß. Oder sie wurde vor der Plünderung fortgebracht.«

»Fortgebracht? Was heißt das?«

»Es gibt da eine alte Geschichte. Der damalige Archivar ahnte, was geschehen würde, und ließ die wertvollsten Schriftstücke zu einem geheimen Ort bringen. Leider fing er zu spät damit an. Als der Blachernenpalast von den Kreuzrittern beschossen wurde, starb er im Feuer, bevor auch nur ein Viertel der Schriften in Sicherheit war.« Der Junge machte sich daran, die Pergamentrollen wieder in die Kisten einzuräumen.

Ibn-Marzuq legte ihm die Hand auf die Schulter. »Wo ist dieser Ort?«

»Weiß ich nicht. Wahrscheinlich ist an der Geschichte sowieso nichts dran.«

»Hat niemand je versucht, ihn zu finden?«

»Heiliger Johannes, glaubt Ihr, der Basileus hat keine anderen Sorgen als alte Bücher? Vielleicht der Patriarch. Aber dieser Geizhals würde sich eher die rechte Hand abhacken, als andere an einem solchen Schatz teilhaben zu lassen.« Der Junge musterte ibn-Marzuqs Gesicht, seinen Bart, sein Gewand. »Und einen Sarazenen schon gar nicht.«

Kurz darauf stand Harun ibn-Marzuq wieder vor den Toren des Kaiserpalasts und nahm einige tiefe Atemzüge. Nach dem Aufenthalt in den muffigen Gewölben tat die vom Regen gereinigte Abendluft gut. Er war so müde wie zuletzt in Jaffa, als sie nach dem Gewaltritt vom Jordantal endlich das Schiff bestiegen hatten. Die ganzen Anstrengungen waren umsonst gewesen, von den Kosten ganz zu schweigen, und er fragte sich, ob er nicht besser auf das Wohlwollen des Sultans hätte verzichten und Abdul ed-Din diesen Auftrag überlassen sollen.

Er ging über die verkommene Prunkstraße zurück, die sich zwischen der Landmauer und dem Theodosius-Forum erstreckte. Dort, zwischen den zahllosen Kirchen und den Menschen in ihren bunten Kleidern, wurde ihm zum ersten Mal bewusst, wie fremd er in dieser Stadt der Christen war.

Ha, Stadt! Eher ein Mausoleum. Ein einziges, gewaltiges Grabmal, auch wenn die Leute hier es noch nicht wissen.

Er nahm sich vor, zu Hause in Kairo ein Gedicht darüber zu schreiben. *O Byzanz, du vergehende Narzisse …*

Als er bei ihrer Herberge im Hafenviertel ankam, war es bereits dunkel. Die Söldner, die betrunken im Schankraum grölten, waren schon von Weitem zu hören. Ibn-Marzuq hoffte, dass ihn der Lärm nicht beim Nachdenken und Schlafen störte. Denn beides war dringend notwendig, wenn sein Auftrag nicht hier und heute zu Ende sein sollte.

Zu seiner Überraschung kam ihm auf der Straße al-Munahid entgegen. Der Söldner schien das Gebäude durch einen Seiteneingang verlassen zu haben, denn die Tür zum Schankraum hatte sich nicht geöffnet. »Wohin geht Ihr?«, fragte ibn-Marzuq argwöhnisch.

»Einen alten Freund besuchen.« Al-Munahid lächelte dünn und verschwand in der Dunkelheit.

Sein Weg führte durch derart schmale Gassen, dass seine Schultern beinahe die Wände berührten, weiter durch zerfallene Häuser, Tunnel und stillgelegte Abwassergräben. Die Straßen des Hafenviertels mied al-Munahid, denn niemand sollte sich später an ihn erinnern können. Er hatte den Weg vorher nur einmal ausgekundschaftet, und obwohl er diesen Teil der Stadt kaum kannte, war sein Gedächtnis in solchen Dingen so geübt, dass er ihn jetzt, trotz der Dunkelheit, mühelos wiederfand.

Er endete in einer Gasse neben einem Badehaus aus roten Ziegelsteinen. Moosbewachsene Rohre ragten aus der Mauer. Es roch nach fauligem Wasser.

In der gegenüberliegenden Wand befand sich die Küchenpforte.

Der Platz vor Lakapenos' Haus war menschenleer, die Häuser dunkel und still. Die Ladenbesitzer waren ehrbare Leute, die zu dieser Stunde längst in ihren Betten lagen. Als er Schritte und ein leises Gespräch hörte, drückte sich Kadar an die Mauer. Zwei Gestalten überquerten den Platz. Er sah Lanzenschäfte und hörte das Klirren von Panzerhemden: Soldaten der Stadtgarde. Er wartete, bis sich die Wache entfernt hatte, und legte seine Hand auf den angerosteten Türknauf.

Er lächelte, als die Pforte sich geräuschlos öffnete. Lakapenos enttäuschte ihn nicht.

In der Küche roch es nach kaltem Bratenfett. Kadar schloss die Tür hinter sich und folgte dem Flur. Früher hatte Lakapenos' Sicherheit in den Händen der Zwillinge Alexios und Simeon gelegen, seinen Leibwächtern aus Thrakien. Simeon war nur noch ein Schatten in seiner Erinnerung, denn der schweigsame Mann hatte die Sklaven des Hauses nicht beachtet. Sein Bruder dagegen hatte es genossen, sie zu quälen, wenn sein Herr gerade nicht hinsah. Kadar erinnerte sich, wie Alexios ihn eines Abends im Genick gepackt und sein Gesicht in den Eimer mit den Speiseresten gedrückt hatte, weil er sich weigerte, nackt und auf allen vieren vor ihm auf und ab zu kriechen und wie ein Schwein zu grunzen. In der Nacht seiner Flucht hatte er dem Thraker zum Abschied sein Messer in die Kniekehle gestoßen. In den zahllosen Nächten danach, wenn er aus Furcht vor neuen Träumen nicht schlafen konnte, hatte er sich an Alexios' Schreie erinnert. Hoch und schrill hatte der Hüne geschrien, während er sich in seinem Blut wälzte. Wie ein Eunuch, der noch seine Zunge besaß. Für Kadar war es wie Musik gewesen, die die Nachtmahre vertrieb und den Schlaf brachte.

Er zog seinen Dolch und betrat den Innenhof. Im Mondlicht konnte er erkennen, dass das Anwesen in einem schlechten Zustand war. Wilder Wein wucherte an den Säulen und der Dachkante. Die tönernen Fliesen waren gesprungen, aus den Ritzen spross Unkraut. Der runde Brunnen, in dem er einst sein Spiegelbild betrachtet hatte, war leer. *Deine Vorliebe für Knaben hat dich offenbar ruiniert, alter Freund,* dachte Kadar, als er die Treppe hinaufstieg. Das Haus war weitläufig und verzweigt, doch den Weg zu Lakapenos' Schlafgemach hätte er auch mit verbundenen Augen gefunden. In den ersten Wochen nach seiner Ankunft war er ihn fast jeden Abend gegangen, begleitet von Michael, Lakapenos' Leibdiener, der ihm stets die Hand zwischen die Schulterblätter gelegt hatte. Dann verlor Lakapenos das Interesse an ihm, denn er hatte einen neuen Sklaven erworben, einen Jungen aus Libyen, der nicht so hohlwangig und hässlich wie er selbst gewesen war.

Kadar lächelte wieder. Seit jenem Tag hatte er es nie mehr bedauert, nicht wie seine Schwester Nadirah mit einem engelsgleichen Gesicht auf die Welt gekommen zu sein.

Eine Tür knarrte. Mit der fließenden Bewegung eines Schattens schob sich Kadar in einen abzweigenden Flur und presste sich mit dem Rücken gegen die Wand. Er hörte schlurfende, unregelmäßige Schritte näher kommen. Eine massige Gestalt humpelte an ihm vorbei, in der Hand einen Nachttopf.

Kadar erkannte ihn sofort. Der Kerl musste inzwischen fünfundvierzig Jahre alt sein, und Kadar hätte sich nie erträumt, ihn hier noch anzutreffen. Er trat aus seinem Versteck. »Dein Knie macht dir also immer noch zu schaffen, Alexios.«

Die Gestalt wirbelte herum, und der Nachttopf zersplitterte auf dem Boden. »Wer zur Hölle …« Alexios erstarrte, als Kadar näher kam und er dessen Gesicht im Mondlicht erblickte. »Du.«

»Wie schön, dass du dich erinnerst. Es wundert mich, dass der alte Hurenbock einen Krüppel wie dich nicht längst zum Teufel geschickt hat. Hatte er etwa Mitleid mit dir?«

Der Hüne hatte sich nur einen Herzschlag später wieder in der Gewalt und blickte Kadar lauernd an. »Was willst du?«

»Ich denke, das weißt du«, erwiderte der Söldner. Alexios' Schweiß roch nach Wein. Alles deutete darauf hin, dass er die letzten neunzehn Jahre meist in Gegenwart einer Amphore verbracht hatte. Das Gesicht war in der Dunkelheit nicht zu sehen, aber Kadar schätzte, dass es genauso aufgedunsen war wie der Rest des Mannes. »Wo ist dein Bruder?«

»Das geht dich einen Dreck an. Verschwinde, oder ich rufe die Stadtwache.«

Kadar lachte leise. »Allmächtiger, der starke Alexios ruft nach der Wache. Was ist los mit dir? Hat dich dein Mut verlassen, als du zum Krüppel wurdest?«

Alexios' Körper spannte sich an. »Weißt du, dass ich mir gewünscht habe, dass du zurückkommst? Neunzehn Jahre lang hab ich mir das gewünscht, du hässlicher Sohn einer Hure. Dieses Mal lasse ich dich grunzen wie eine Sau.«

Der Hüne war nicht nur fett geworden, sondern auch langsam. Bevor er Kadar ergreifen konnte, sprang der Söldner nach vorne, packte ihn an den Haaren und riss seinen Kopf nach unten. Alexios stöhnte nur dumpf, als ihm das Knie die Nase zerschmetterte. Er sackte zusammen, während das Blut zu beiden Seiten seines Munds herauslief. Kadar zog sein Messer mit einer einzigen Bewegung durch, und in der Kehle des Thrakers öffnete sich ein Spalt. Als Alexios zur Seite kippte, stellte ihm der Söldner einen Stiefel auf die Schläfe. Blut vermengte sich mit dem Urin aus dem Nachttopf.

»Schnelligkeit ist wichtiger als Größe und Kraft. Schnelligkeit und der Wille zu siegen. Du hast mir diese Lektion erteilt, Alexios, erinnerst du dich? Unten im Hof, als du schon einmal in deinem Blut lagst. Wie dumm von dir, denselben Fehler zweimal zu machen.«

Alexios' Mund öffnete sich wie bei einem gestrandeten Fisch. Es kam kein Laut heraus. Schließlich hörten seine Gliedmaßen auf zu zucken, und das Licht in seinen Augen erlosch. Kadar drehte ihn mit dem Stiefel auf den Rücken. Regungen, die über Hunger, Durst, Müdigkeit, das gelegentliche Verlangen nach einer Frau und das Gefühl des Triumphes nach einem siegreichen Kampf hinausgingen, waren ihm fremd. Aber beim Anblick des leblosen Alexios überkam ihn eine jähe, rauschartige Freude, die sein Herz wild zum Pochen brachte und ihn seine Umgebung mit ungekannter Klarheit wahrnehmen ließ. Alles war plötzlich neu und schön: das Mondlicht, der Mosaikboden, sogar der Geruch des Blutes.

In seinem Kampfrausch bemerkte er die andere Gestalt erst, als sie fortlief. Innerhalb eines halben Herzschlags kam er wieder zu sich und schleuderte den Dolch. Die Gestalt fiel keuchend zu Boden. Kadar hastete den Gang entlang, dann stand er über dem Verletzten und zog sein Messer heraus. Er hatte ihn zwischen den Schulterblättern getroffen. Er kannte den Mann nicht, vielmehr den Knaben von höchstens sechzehn Jahren. Der Junge bewegte sich, versuchte, fortzukriechen, aber Kadar sah auf einen Blick, dass sein Opfer keine zwei Schritte weit kommen würde. Er ließ ihn liegen und stieß die Türen zu den angrenzenden Räumen auf. Er kümmerte sich nicht mehr darum, leise zu sein. Er wollte zu Ende bringen, weshalb er gekommen war, bevor die Wache etwas mitbekam.

Kadar hatte schon viele Männer getötet, aber nie war es so süß, so befriedigend gewesen wie heute. Warum war er nicht schon vor langer Zeit nach Konstantinopel zurückgekehrt? Welche Freuden er all die Jahre verpasst hatte!

Er öffnete jene Tür, die er sich bis zum Schluss aufgespart hatte – genau dieselbe, durch die er zuletzt mit der weichen Hand des Leibdieners Michael auf seinen Schultern gegangen war.

Er sah dasselbe Bett, denselben Baldachin. Nur roch es nicht mehr nach Duftwasser, sondern nach altem Mann.

»Wer … wer seid Ihr?«, rief eine zittrige, angsterfüllte Stimme.

»Ein kleiner, unartiger Junge«, sagte Kadar und trat ein.

Er wäre nicht Wesir geworden, wenn er sich leicht entmutigen ließe. Und er hätte nicht dreißig Jahre bei Hof überlebt, wenn er nicht über eine gewisse Anpassungsfähigkeit verfügte.

»Bitte setzt Euch«, forderte der Bischof ihn auf. »Soll ich meinen Diener bitten, Euch Wein zu bringen?«

»Gerne.« Harun ibn-Marzuq ließ sich in einem geschnitzten Sessel nieder. Der Pavillon im Garten des Palasts bestand nur aus einem Dach aus Zedernholz, getragen von vier geschnitzten Balken. Durch den Vorhang aus Weinranken schimmerte die Sonne. »Mein letzter Becher Wein liegt Jahre zurück. Ihr könnt Euch nicht vorstellen, wie schwierig es in Kairo ist, welchen zu bekommen. Die Sarazenen verbieten alles, was uns teuer ist.«

Der Erzbischof von Konstantinopel nahm ihm gegenüber Platz. Er war ein grauhaariger Mann von durchschnittlicher Größe, dessen Gesicht in einer Menge nicht aufgefallen wäre. Seine Augen waren trüb, als schliefe er jeden Moment ein. Es hieß, er sei nur ein Handlanger des Patriarchen, nicht fähig, einen eigenständigen Gedanken zu fassen. Das kam ibn-Marzuq gelegen, allerdings hoffte er, dass der Mann ihm trotzdem die notwendigen Hinweise geben konnte. Denn in der byzantinischen Kirchenhierarchie noch eine Stufe höher zu gehen, wagte er nicht.

»Erzählt mir von Eurer Gemeinde«, sagte der Bischof. »Ist es für unsere Brüder und Schwestern unter dem Sultan wirklich so schlimm geworden, wie man sich erzählt?«

Ibn-Marzuq lehnte sich mit dem Becher zurück. »Einige meiner Glaubensbrüder wurden ausgepeitscht, weil sie es gewagt haben, eine öffentliche Messe zu lesen. Unsere Treffen halten wir im Geheimen ab, aus Furcht vor Spionen. Unsere Kirchen lässt der Sultan abreißen oder zu heidnischen Gebetsstätten umbauen. Wenn unser Glaube nicht so stark wäre … ich weiß nicht, was dann mit uns geschehen würde.« Diese Schilderung war maßlos übertrieben, doch verglichen mit den Gerüchten über das Schicksal der Christen im Sultanat vermutlich noch harmlos. Aber es war das, was alle hören wollten: die Geschichte der kleinen Gemeinschaft von Gläubigen, die von der heidnischen Mehrheit gequält und verfolgt wurde. Ibn-Marzuq hatte in der vergangenen Woche die Erfahrung gemacht, dass sie jedes Herz öffnete. Er hatte sie vielen erzählt, Priestern und Gelehrten, bis er schließlich hierher gelangt war. Und wie es schien, war auch der Bischof nicht gegen ihre Wirkung gefeit.

»Ich werde für Euch beten, dass ihr diese schwere Zeit der Prüfungen übersteht. Bitte, übermittelt Euren Brüdern und Schwestern meine Segenswünsche, wenn Ihr wieder in Kairo seid.«

»Das werde ich. Ich bin sicher, das wird ihnen Mut machen.« Ibn-Marzuq nahm einen Schluck von dem vorzüglichen Wein, der für den erlesenen Geschmack seines Gastgebers sprach. Er hatte seine Reisekleidung angelegt, denn diese war schlicht genug, dass man ihm die Rolle eines einfachen arabischen Christen abnahm. Aber sie machte auch nicht einen so ärmlichen Eindruck, dass der Bischof ihn gar nicht erst empfangen hätte. »Eminenz, lasst mich auf mein eigentliches Anliegen zu sprechen kommen. Es wäre eine große Hilfe für meine Gemeinde, wenn Ihr mir diese Schriftrolle zugänglich machen könntet.«

»Die Aufzeichnungen von Athanasios.« Der Bischof ließ den Wein in seinem Kelch kreisen.

»Wie Ihr wisst, hat er über den heiligen Antonius geschrieben, den Gründer unserer Gemeinde. Sie beide, Athanasios und Antonius, befanden sich in einer ähnlichen Lage wie meine Brüder und ich.« Ibn-Marzuq spielte auf die Christenverfolgung unter Kaiser Diokletian an. Er ging davon aus, dass der Bischof gebildet genug war, die Geschichte zu kennen. »Über ihre Erfahrungen aus dieser schweren Zeit zu lesen wäre für uns von unschätzbarem Wert.«

»Ich verstehe Euren Wunsch. Aber Athanasios' Aufzeichnungen befinden sich nicht im Besitz der Kirche von Konstantinopel. Ich fürchte, Ihr müsst Euch an Rom wenden.«

Diese Antwort hatte ibn-Marzuq befürchtet. »Meine Gemeinde ist arm. Eine weitere Reise können wir uns nicht leisten. Ich hörte, einige der Schriften aus dem Blachernenpalast wurden vor der Plünderung an einen geheimen Ort gebracht.«

»Ich kenne die Geschichte. Leider ist der einzige Mann, der möglicherweise weiß, wo der Ort ist, nicht bereit, sein Wissen mit anderen zu teilen.«

Ibn-Marzuq spürte sein Herz schneller klopfen. Seit einer Woche erntete er nichts als ahnungsloses Kopfschütteln. Der Bischof schien mehr zu wissen. »Wer ist dieser Mann?«

Zum ersten Mal flackerte in den Augen seines Gegenübers eine Regung auf, Ärger. »Ein reicher genuesischer Edelmann. Er besitzt die zweitgrößte Büchersammlung in Konstantinopel. Wir vermuten schon lange, dass er weiß, wo die verschollenen Schriften sind.«

»Wo finde ich ihn?«

»Er wohnt in Galata. Aber ihn aufzusuchen ist die Mühe nicht wert. Der Mann weigert sich beharrlich, das Versteck preiszugeben.«

»Bitte, nennt mir trotzdem seinen Namen.« Ibn-Marzuq berührte das silberne Kreuz an seinem Hals, das er in einem Tandladen am Theodosius-Forum gekauft hatte. »Vielleicht lässt er sich von der demütigen Bitte eines in Not geratenen Bruders erweichen.«

Kapitel 10

Der Wasserschlauch lag auf der anderen Seite des niedergebrannten Feuers und war doch unerreichbar fern.

Sei kein Narr. Nichts ist unerreichbar. Raoul fixierte die prall gefüllte Ziegenblase in der Hoffnung, allein die Kraft seines Willens würde ausreichen, sie herzubewegen. Dann stemmte er sich mit beiden Armen hoch. Im Gegensatz zu seinen Beinen schmerzten sie kaum; trotzdem knickten sie fast ein, ehe er sich in eine kniende Position gebracht hatte. Er blinzelte, bis das Flimmern vor seinen Augen vergangen war.

Aufstehen. Du musst aufstehen.

Wie durch ein Wunder schaffte er es beim ersten Versuch. Als er nicht mehr fürchten musste, vom Schwindelgefühl um sein Gleichgewicht gebracht zu werden, setzte er einen Fuß vor den anderen. Die Nächte waren kalt, deshalb hatte er in Stiefel und Kleidung geschlafen. Wams und Hose klebten an seinem Körper, ein Anzeichen für lebhafte Träume, an die er sich nicht erinnern konnte – was vermutlich großes Glück war.

Seit Akkon kannte er nur noch zwei Zustände nach dem Aufwachen. Der erste zeichnete sich durch Durst aus, ein brennendes Verlangen nach Wasser, damit sich seine Zunge nicht mehr wie ein in Sand gehülltes Fleischstück anfühlte. Der zweite, schlimmere Zustand bestand in einem ekelerregenden Geschmack im Mund. Nach Blut und … Fäulnis. Raoul konnte förmlich schmecken, wie er innerlich verrottete.

Endlich hatte er die Grube voller Asche und verkohlten Holzresten umrundet, griff nach dem Schlauch und trank.

Das kalte Wasser löste einen kurzen Husten aus, aber das war es wert, solange nur der Geschmack verschwand. Als er den Schlauch absetzte, bemerkte er, dass Gaspare ihn ansah. Der Toskaner war nicht eben erst aufgewacht, denn er hatte sich unter seiner Decke aufgesetzt und beobachtete Raoul aus Augen, die nicht schlaftrunken wirkten.

»Alles in Ordnung?«, fragte er.

»Ja. Ich hatte nur Durst.« Unwillkürlich blickte Raoul zu Battista. Es war der seltene Fall eingetreten, dass der Hüne länger schlief als sie. Raoul dankte dem Herrn, dass Battista nicht gesehen hatte, wie viel Kraft es ihn kostete, zum Wasserschlauch zu gelangen.

»Ich auch. Gib her.« Gaspare streckte die Hände aus und fing den Schlauch, den Raoul ihm zuwarf.

Raoul ließ sich auf dem flachen Felsen nieder, der ihr Lager an einer Seite begrenzte, wühlte in seinem Gepäck und brachte eine trockene Brotkante zum Vorschein. Er hatte keinen Hunger, aber Gaspare wäre beunruhigt, wenn er nichts aß.

»Wirf es weg«, sagte der Toskaner. »Wir haben uns was Besseres verdient.« Er leerte den Inhalt seines Rucksacks neben der Feuerstelle aus. Während Raoul seine Decke zusammenrollte, suchte Gaspare die Beutel mit den Zutaten zusammen, die er gestern einem Beduinen abgekauft hatte.

Raoul fühlte sich kräftiger und ging zu der kleinen Quelle, die zehn Schritte vom Lager entfernt zwischen den Felsbrocken entsprang und einen schmalen Bachlauf speiste, der sich über die steinige Schräge schlängelte und dann am Hang in die Tiefe stürzte. Dort zog er seine Kleider aus und wusch sich. Der Morgen war immer noch kalt, aber er genoss es, denn es würde bald sehr heiß werden.

Seit gestern befanden sie sich im Amanusgebirge, das sich, dem Küstenverlauf folgend, zwischen Syrien und Kleinasien erstreckte. Da sich die sand- und aschefarbenen Berggrate immer noch vor ihnen auftürmten, wusste Raoul, dass sie es noch nicht einmal zur Hälfte durchquert hatten. Nach den Gewaltritten der letzten zehn Tage kamen sie nur noch langsam voran, denn der Gebirgspfad wand sich um Schluchten oder Felswände herum und war steil und teilweise so schmal, dass sie hintereinander reiten mussten und Gefahr liefen, bei einem Fehltritt in die Tiefe zu stürzen.

Ihr Vorhaben, nördlich von Haifa ein Schiff zu finden, war gescheitert. Akkon wurde gerade von den Johannitern belagert. Sie hatten einen weiten Bogen um die Kämpfe gemacht und waren weiter nach Tyros geritten, wo eine Mameluckenwache, die offenbar auf ihr Kommen vorbereitet war, sie festnehmen wollte. Erst in der Nacht gelang es ihnen, die Soldaten abzuhängen. Nach diesem Vorfall wagte es Battista nicht mehr, sich den Küstenstädten zu nähern, und so hatten sie beschlossen, nach Kilikien zu reiten, dem Reich der Exilarmenier außerhalb des Sultanats.

Raoul spülte seinen Mund mit kaltem Quellwasser aus, bis der letzte Rest des üblen Geschmacks verschwunden war, und streifte sein Hemd über den feuchten Oberkörper. Er vermied es, sein Spiegelbild in dem kleinen Tümpel zu betrachten, denn er wusste, wie ungepflegt er aussah. Früher hatte er nur am Kinn einen kurzen Bart getragen; jetzt bedeckten schwarze Stoppeln Wangen, Oberlippe und Hals. Seine letzte Rasur lag eine Woche zurück, obwohl es früher undenkbar für ihn gewesen wäre, sich nicht jeden Tag den Bart zu schaben. Dass er jetzt darauf verzichtete, lag nicht nur daran, dass Battista sie Morgen für Morgen zur Eile antrieb; ihm fehlte schlicht die Kraft dazu. Bleierne Erschöpfung saß in jedem einzelnen Körperteil. Schon eine Kleinigkeit wie sich zu waschen weckte in ihm das Bedürfnis, sich wieder hinzulegen und zu schlafen.

Im Sattel hielt ihn nur noch sein Wille – und Zorn. Zorn auf sich und auf seine Schwäche. *Noch zwei verdammte Tage*, dachte er, als er zum Lager zurückging. *So lange wirst du wohl noch durchhalten*. Die Grenze war noch wenige Meilen entfernt. In einer der kilikischen Küstenstädte, so hoffte er, würden sie endlich ein Schiff nach Konstantinopel finden können. Dann könnte er sich ausruhen. Doch bis zu diesem Moment würde er seinen wahren Zustand vor seinen Gefährten verbergen.

Gaspare hatte Zweige in die Grube geworfen und ein Feuer in Gang gebracht. Er war zäher, als Raoul gedacht hatte, aber inzwischen war auch ihm die Erschöpfung anzusehen. Schatten lagen unter seinen Augen, und er hatte an Gewicht verloren. Seine gute Laune hatte er jedoch nicht eingebüßt. Auf einem glatten Stein, der in der Glut lag, buk er *khobz*, das ungesäuerte Brot der Beduinen, das aus Wasser, Mehl und Salz bestand und die Form eines flachen Kuchens hatte. Grinsend wies er mit seiner teigverschmierten Kelle auf Battista, der sich immer noch nicht regte. »Schau ihn dir an, unseren Kreuzritter. Wie ein junger Bursche nach seiner ersten Liebesnacht.«

Der Venezianer musste tief und fest schlafen, andernfalls hätte Gaspare nicht den Mut aufgebracht, so zu reden. Seit Haifa war Battista immer der Letzte gewesen, der sich nachts schlafen legte, und der Erste, der am Morgen auf den Beinen war. Vier Stunden Schlaf genügten ihm. Raoul hatte schon geglaubt, die Kraftreserven des Hünen seien unerschöpflich. Dass dem nicht so war, ließ ihn wieder ein wenig menschlich wirken, zumindest in körperlicher Hinsicht. Was seine seelische Verfassung betraf … Raoul hatte noch keinen Mann getroffen, dessen Wesen so unnachgiebig und zielgerichtet war. Wie eine Speerspitze aus Obsidian.

Mit der Kelle löste Gaspare das *khobz* von dem Stein und reichte es Raoul. Raoul pustete, bis der Fladen nicht mehr so heiß war, und biss ab, obwohl er immer noch keinen Appetit hatte. Aber er musste essen, wenn er die nächsten Stunden im Sattel überstehen wollte. Währenddessen ruhte sein Blick auf Battista. »Warum nimmt er das alles auf sich?«

Gaspare blickte verwirrt vom Feuer auf. Er hatte eine seiner belanglosen Geschichten erzählt, während der nächste Fladen buk, und war davon ausgegangen, dass Raoul zuhörte. »Was?«

»Diese Mühen, nur um eine Reliquie zu finden.«

Der Toskaner zuckte mit den Schultern. »Morra hat es ihm befohlen. Mehr Gründe braucht er nicht.«

Raoul aß das Brot auf.

»Noch einen?«, fragte Gaspare.

»Nein, danke.« Raoul schlug die Beine unter. Über den Gebirgsausläufern im Osten färbte sich der Himmel violett und rot. Es erstaunte ihn immer noch, in welch kurzer Zeit es in diesem Land hell wurde. »Erzähl mir vom Stab des Antonius«, forderte er seinen Gefährten auf.

»Warum? Du weißt doch schon alles.«

»Ich glaube allmählich, dass ich gar nichts weiß«, sagte Raoul schärfer. »Was ist so wichtig an einem tausend Jahre alten Gehstock, wenn sowohl der Papst als auch der Sultan bereit sind, dafür über Leichen zu gehen?«

»Männer wie sie töten schon für weitaus geringere Dinge.«

»Das ist keine Antwort, Matteo.«

Gaspare drehte die Kelle hin und her und schwieg. Nach einer Weile sagte er: »Der Papst glaubt, der Stab verleiht Zauberkräfte.«

Raoul lachte. »Zauberkräfte?«

»Ewiges Leben. Du hast gewiss gehört, dass er regelrecht besessen davon ist. Er ist fast siebzig. Der nahende Tod macht ihm Angst.« Der Geruch verbrannten Teigs erinnerte Gaspare an den zweiten Fladen. Fluchend kratzte er ihn vom Stein.

Raoul dachte über die Geschichte nach. Er hatte tatsächlich gehört, dass der Papst alles versuchte, sein Leben zu verlängern. Sieben Leibärzte beschäftigte er allein im Lateranpalast, und es wurde gemunkelt, er habe auch schon zu schwarzer Magie gegriffen, um den Tod hinauszuzögern. Allerdings vermutete Raoul, dass Gaspare ihm nur das erzählte, was er sich selbst zusammengereimt hatte. Morra hatte den Toskaner ganz sicher nicht in alle Hintergründe eingeweiht.

Blieb allerdings die Frage, warum sich auch der Sultan für den Stab interessierte.

Auf der anderen Seite des Lagers regte sich Battista. Gaspare warf Raoul einen beschwörenden Blick zu und raunte: »Ich habe dir nichts erzählt, hörst du?«

»Warum habt Ihr mich nicht geweckt?«, herrschte Battista den Toskaner an, während er seine Ausrüstung zu einem Bündel zusammenband.

Gaspare stand reglos da. In seinen Augen flackerte Furcht auf. »Ich dachte, es wäre besser –«

»Ich habe ihn davon abgehalten«, unterbrach ihn Raoul. Er konnte nicht mehr mit ansehen, dass Battista den Schreiber wie einen Leibeigenen behandelte. Es wurde von Tag zu Tag schlimmer. »Ich wollte Euch davor bewahren, vor Müdigkeit aus dem Sattel zu kippen.«

Der Blick des Hünen war kalt. »Haltet Ihr mich für solch einen Schwächling?«

»Nein. Nur für einen Mann, der ein wenig Ruhe gebraucht hat.« Plötzlich wallte Zorn in Raoul auf. »Herrgott, Battista, auf eine Stunde kommt es doch nicht an!«

»Ich glaube, Ihr begreift nicht, in welcher Lage wir uns befinden«, erwiderte Battista schneidend. Er stapfte zu seinem Pferd, sattelte es und schob sein Gepäck in die Satteltaschen.

Das Tier schnaubte bei der Berührung. »Löscht das Feuer. Wir brechen sofort auf.«

In Gaspares Gesicht war stumme Dankbarkeit zu lesen, als sie ihre Sachen packten. Kurz darauf ritten sie den Gebirgspfad entlang, weiter nach Norden, immer in Richtung der zerklüfteten Gipfel. Battista versuchte, die verlorene Stunde wettzumachen, indem er zu einer Eile antrieb, die am äußersten Rand dessen lag, was das unwegsame Gelände zuließ. Raoul hatte Mühe zu atmen, so sehr stach der Schmerz in seiner Brust. Gekrümmt saß er im Sattel, und abgesehen von gelegentlichen Hustenanfällen kam kein Laut über seine Lippen.

Gegen Mittag erreichten sie die Syrische Pforte, den wichtigsten Pass des Amanusgebirges. Die Sonne brannte heiß und blendend hell auf die kargen Sandsteinhänge; kein Baum, kein Busch bot Schatten. Salziger Schweiß lief Raoul in die Augen. Nur verschwommen nahm er die Umrisse seiner Gefährten am Ende der Schlucht wahr. Erst jetzt merkte er, dass sein Pferd in Schritt verfallen war. Er wollte es antreiben, um die beiden einzuholen, aber seine Schenkel weigerten sich, Druck auszuüben.

Die Hitze wurde immer schlimmer. Sie umschloss ihn wie eine Glocke und erstickte alle anderen Empfindungen. Irgendwann hörte er Gaspares Stimme. »Es ist zu heiß. Er braucht eine Pause.«

»Wir haben keine Zeit für eine Rast«, erwiderte eine zweite Stimme. »Drei Meilen von hier ist ein Bergdorf. Dort lassen wir ihn zurück. Beim Blut unseres Herrn, ich wusste von Anfang an, dass er zu schwach ist.«

»Ich brauche … keine … Rast«, flüsterte Raoul und ritt langsam an den beiden Schemen vorbei. Der Pfad führte bergab. Er spürte, wie sich sein Gewicht nach vorne verlagerte und er vom Pferd rutschte, ohne dass er etwas dagegen tun konnte. Er hörte noch einen warnenden Ruf, bevor er auf dem steinigen Boden aufschlug. Raoul hustete Staub aus und versuchte aufzustehen, aber er war zu erschöpft.

Hände packten ihn, drehten ihn auf den Rücken.

»Du musst aufstehen. Komm, ich helfe dir.«

»Nein ... es geht schon.« Wut packte Raoul, als Gaspare trotzdem nicht von ihm abließ. Jetzt war der Moment gekommen, vor dem er sich gefürchtet hatte: Er war auf die Hilfe anderer angewiesen und fiel ihnen zur Last. Er schlug Gaspares Arm zur Seite und kam schwankend auf die Füße.

Der Toskaner hatte sich abgewandt. »Wo wollt Ihr hin?«, rief er.

Raoul sah Battista den Hang hinaufklettern. »Hier in der Nähe müssen Hirten sein. Wir lassen ihn bei ihnen zurück.«

»Das ist nicht Euer Ernst.«

Battista stieg weiter den Hang hinauf. Gaspare lief ihm nach. »Also gut«, schrie er, während er an den Felsbrocken Halt suchte. »Wenn er zurückbleibt, dann bleibe ich auch. Habt Ihr gehört? Dann könnt Ihr allein nach Eurem verdammten Stab suchen!«

»Seid doch kein Narr.«

Mit zitternden Fingern öffnete Raoul die Satteltasche und holte den Schlauch hervor, der schlaff war, weil er nur noch wenig Wasser enthielt. Er ließ es sich über das Gesicht laufen und trank den Rest. Es war schal und warm und richtete nicht das Geringste gegen den brennenden Durst aus.

Gaspare war stehen geblieben. Seine Stimme bebte vor Zorn. »Ist das eines Kreuzritters würdig, Battista? Einen Gefährten, der Hilfe braucht, zum Sterben zurückzulassen?«

»Er wird nicht sterben.«

»Ach wirklich? Was, glaubt Ihr, machen die Hirten mit ihm, wenn wir fort sind? Die Leute hier in den Bergen sind Räuber. Ein Leben bedeutet ihnen wenig. Das eines Christen gar nichts.« Gaspare gab es auf. Mit einem Fluch wandte er sich ab und schlitterte den Hang hinunter.

Raoul lehnte an der Felswand und versuchte, regelmäßig zu atmen. Langsam, ganz langsam fühlte er sich besser. »Fünf Minuten«, murmelte er »Dann reiten wir weiter.«

»Bei allen Heiligen, ich bin umgeben von Narren«, erwiderte Gaspare. »Du reitest mit mir. Oder willst du wieder vom Pferd fallen?«

Neuer Zorn regte sich in Raoul, aber er war zu müde, um zu protestieren. Er schloss die Augen und genoss die Kühle im Schatten der vorspringenden Felsen. Als er sie wieder öffnete, kam Battista auf ihn zu.

»Er reitet mit mir«, sagte der Hüne knapp und schwang sich in den Sattel.

Kurz darauf klammerte sich Raoul an Battista, der das Pferd zurück auf den Pfad lenkte und im Trab den Hang hinunterritt. Niemand sprach. Links von ihnen stieg die Bergflanke steil auf, rechts lief sie in ein weites, schüsselförmiges Tal aus.

Weit vor ihnen, in der vor Hitze flirrenden Luft, erschienen Gestalten, schemenhaft wie Spiegelbilder auf einem vom Wind gekräuselten Teich: Reiter, Lanzenträger, ein Wald aus Bannern, ein ganzes geisterhaftes Heer, angeführt von einem Ritter in Silber und Blau. *Vater*, dachte Raoul. *Wie ist das möglich?*

Battista zügelte sein Pferd. »Eine Fata Morgana«, stellte er fest.

Gaspare stoppte seines neben ihnen. »So weit im Norden? In den Bergen?«

»Was ist das?«, murmelte Raoul, doch sosehr er seine Augen anstrengte, das Heer in der Ferne blieb unwirklich wie der Schatten von Rauch.

»Erinnerungen der Wüste.« Gaspare saß reglos im Sattel,

den Blick auf die Erscheinung gerichtet. »Die Träume der Dschinn, sagen die Beduinen.«

Battista trieb sein Pferd an, und bald erreichten sie die Talsohle. Das Heer war verschwunden. Und mit ihm der Geist von Gerard von Bazerat.

Raoul wachte auf und sah dunkles Holz über sich. *Schiffsplanken,* dachte er und drehte den Kopf. Eine angelaufene Laterne spendete dämmriges Licht. Er lag in einem zerwühlten Bett. Zuerst glaubte er sich wieder auf der »Elýsion«, aber dann stellte er fest, dass diese Kajüte recht geräumig war und zwei weitere Betten enthielt. Das war auf der »Elýsion« nicht so gewesen.

Über ihm knarrte das Holz, und eine Stimme klang gedämpft und unverständlich durch die Decke.

Langsam kamen die Erinnerungen an die letzten Tage zurück, doch sie waren verschwommen wie Träume: eine Ebene vor wolkenhohen Bergen, Flüsse, grüne Täler, ein Fischerdorf mit zusammengedrängten Häusern auf einer Landzunge und das fortwährende gleichmäßige Heben und Senken der Pferdemuskeln. An mehr erinnerte er sich nicht.

Doch – er hatte seinen Vater gesehen, den Kreuzritter. Aber er war nicht wirklich da gewesen. Wie hatte Matteo dieses Trugbild genannt? *Einen Traum der Dschinn.*

Allmächtiger, ich war kurz davor, den Verstand zu verlieren, dachte Raoul und setzte sich auf die Bettkante. Er musste lange gelegen haben, denn seine Glieder fühlten sich schwer an. Dafür war das Stechen in der Brust fort und sein Verstand so klar wie schon lange nicht mehr.

Er war nackt. Er hatte keine Ahnung, wer ihm die Kleider ausgezogen hatte. Raoul fand sie in der Seemannskiste unter seinem Bett. Sein Wams in den Farben der Bazerats und die Kleider, die er trug, seit sie in Askalon an Land gegangen waren. Beides war gewaschen worden. Er entschied sich gegen das Wams. Solange er nicht wusste, in wessen Gesellschaft er sich auf diesem Schiff befand, wollte er so unauffällig wie möglich sein.

Als er zur Tür gehen wollte, öffnete sie sich. Gaspare schob sie mit der Schulter auf, denn in den Händen hielt er eine Schüssel mit Wasser. Er grinste. »Glück gehabt. Ich hatte mich schon darauf gefreut, dich mit kaltem Wasser zu wecken.«

Raoul nahm ihm die Schüssel ab, in der ein Stück Seife schwamm. Der Toskaner trug die gleichen Kleider wie auf dem Ritt, und sein Geruch verriet, dass er es wieder nicht für nötig gehalten hatte, sich den Schmutz der Reise abzuwaschen. Aber Raoul vermutete, dass er selbst auch nicht besser roch. »Wie lange habe ich geschlafen?«

»Fast zwei volle Tage. Du warst völlig erschöpft.«

»Wo ist Battista?«, fragte Raoul, während er sich wusch.

»An Deck. Er glaubt, dass das Schiff an Fahrt gewinnt, wenn er es im Auge behält.«

Die »Tríton« war kleiner als die »Elýsion«, ein Einmaster mit Lateinersegel und schlankem Rumpf, der durch die Wellen pflügte. Die Seeleute, Männer mit kupferner Haut und schwarzen Haaren, verständigten sich in einer Sprache, die Raoul nie zuvor gehört hatte. Armenisch, vermutete er. Der Himmel war bewölkt; gelegentlich blitzte die Sonne auf. Weit und breit sah Raoul nichts als das Meer.

Er entdeckte den Venezianer am Bug, wo er sich mit einem bärtigen, korpulenten Mann, dessen spärliche Haare am Hinterkopf einen Pferdeschwanz bildeten, auf Griechisch unterhielt. Als Raoul hinzukam, endete die Unterhaltung gerade. Der Kapitän ging über das Deck und rief den Seeleuten Befehle zu.

Battista musterte Raoul mit seinen braunen, gefühllosen Augen. »Geht es Euch besser?«

Raoul nickte. Er stand in der Schuld dieses Mannes, und das gefiel ihm nicht sonderlich. »Ich danke Euch für das, was Ihr für mich getan habt.«

Der Hüne sagte nichts. Stattdessen blickte er wieder hinaus aufs Meer.

Nur nicht zu viel Herzlichkeit, dachte Raoul und trat neben ihn. In der Ferne konnte er einen Küstenstreifen erahnen.

»Zypern«, erklärte Battista. »Wenn der Wind weiterhin günstig ist, erreichen wir Konstantinopel in fünf oder sechs Tagen.«

»Besteht überhaupt noch die Möglichkeit, den Söldnern zuvorzukommen?«

»Der Kapitän sagte, vor einer Woche herrschte in der Ägäis Windstille. Dadurch hat al-Munahid zwei Tage verloren.«

Und das war alles, was Battista dazu zu sagen hatte. Al-Munahids Vorsprung musste inzwischen so groß sein, dass er zwei Tage mühelos verschmerzen konnte. Doch Raoul verzichtete auf diesen Einwand, denn es wäre zwecklos gewesen. Battista dachte gar nicht daran, dass er scheitern könnte. Diese Möglichkeit existierte für ihn nicht. Er würde erst dann aufgeben, wenn er tot war.

Jada galoppierte die Straße entlang und trieb das Pferd weiter an, obwohl das Tier fast am Ende seiner Kräfte war. Tarsus war nicht mehr weit, vielleicht noch eine Wegstunde entfernt. Von der letzten Anhöhe hatte sie die Türme der kilikischen Stadt bereits sehen können. Sie musste es schaffen, bevor die Nacht hereinbrach und die Stadttore geschlossen wurden.

In zwei Tagen hatte sie das Küstenland zwischen dem Amanusgebirge und Tarsus durchquert. Ein Gewaltritt, dem ihr Pferd nicht gewachsen war. Sie bereute, dass sie es nicht schon früher gegen ein ausgeruhtes getauscht hatte. Aber in

Mamistra hatte sie keine Zeit mit der Suche nach einem Pferdehändler und langwierigem Feilschen vergeuden wollen. Diesen Fehler würde sie nicht wiederholen. Von jetzt an würde sie alle ein oder zwei Tage – je nachdem, wie viel das Gelände den Tieren abverlangte – das erschöpfte Pferd gegen ein neues tauschen. Es war schwierig, den Landweg nach Konstantinopel in der gleichen Zeit zurückzulegen wie ein Schiff den Seeweg – aber nicht unmöglich; Kurierreiter des Sultans oder des Basileus durchquerten Kleinasien in weniger als zwei Wochen. Doch wenn ihr Reittier unterwegs vor Erschöpfung zusammenbrach, womöglich viele Meilen von der nächsten Stadt entfernt, saß sie fest … und das Zepter war verloren.

Die Straße führte durch eine winzige Ansammlung von Häusern aus rußfarbenem Stein. Zwei Männer, der eine mit einem Maultier, der andere mit einem Karren, unterhielten sich und blockierten deshalb den Weg. Jada stieß einen Fluch hervor und riss an den Zügeln, um ihr Tempo zu verringern. Die Männer bemerkten sie gerade noch rechtzeitig und sprangen zur Seite. Jada jagte an ihnen vorbei, hörte, dass sie ihr Beschimpfungen nachriefen. Zwei Herzschläge später lag die Siedlung bereits hinter ihr.

In Jerusalem hatte sie geplant, ibn-Marzuq und die Söldner zu verfolgen, nicht ahnend, wo deren Ziel lag. Als sie in Jaffa ein Schiff bestiegen, hatte Jada schon befürchtet, ihre Reise wäre zu Ende. Für einen Augenblick spielte sie mit dem Gedanken, sich auf dem Schiff zu verstecken. Aber beim Anblick des Meeres jenseits der Hafenmauer packte sie das Entsetzen, wie immer. Das Schiff lief ohne sie aus, und wegen der vielen Soldaten wagte sie nicht, sich nach dem Zielhafen zu erkundigen. Wenn sie wenig später nicht Battista begegnet wäre, hätte sie aufgeben müssen.

Dass der Venezianer und seine Gefährten keine Hafenstadt betreten konnten, kam auch ihr zugute. So konnte sie die drei Männer verfolgen, ohne fürchten zu müssen, das Ziel aus den Augen zu verlieren. Als sie endlich in Kilikien ein Schiff fanden, hatte Jada längst erfahren, wo der dritte Teil der *Vita* versteckt war: in Konstantinopel. Es war nicht leicht gewesen, an diese Nachricht heranzukommen. Abend für Abend hatte sie die Gefährten belauscht und dabei mehr als einmal ihre Entdeckung aufs Spiel gesetzt. Wäre einer der drei Beduine gewesen, hätte die Fata Morgana Jada gewiss verraten, und sie hätte dasselbe Schicksal erlitten wie ihre Mutter.

Als sie im letzten Licht des Tages über die Ebene jagte, vor ihr die mächtigen Mauern von Tarsus, dachte sie an das Zepter und an einen jungen Ritter, der so viel Leid auf sich nahm, um ein besserer Mann zu werden.

Wie vertraut ihr das war. Und wie sehr sie sich wünschte, es wäre nicht so.

Kapitel 11

Die Sonne schien auf den Julianshafen, als sie von Bord der »Tríton« gingen. Möwen kreisten über dem Wald aus Masten und stießen herab, wenn von einem der Fischerboote Abfall ins Wasser fiel. Im Schatten vor den Hafenbecken trugen Arbeiter einen lärmenden Wettstreit im Armdrücken aus.

Raoul und Gaspare warteten neben einem hölzernen Schiffskran auf Battista, der mit einer zerlumpten Gestalt redete. Der Bettler hatte keine Beine mehr, eine schmutzige Binde über einem Auge und kauerte in einem Karren vor einem Lagerhaus. Battista warf eine Kupfermünze in seinen rostigen Helm und ging zu den anderen zurück. »Er glaubt, dass er die Söldner vor ein paar Tagen gesehen hat. Aber er ist sich nicht sicher. Jeden Tag kommen Hunderte Reisende am Hafen an.«

»Was machen wir jetzt?«, fragte Gaspare, während sie zum Tor in der Wehrmauer gingen.

»Es bleibt alles beim Alten«, sagte der Venezianer mit finsterer Miene.

Zielstrebig führte er sie zur Mitte der Stadt, weil er sich in Konstantinopel auskannte. Raoul hatte erfahren, dass er nach dem Krieg zwei Jahre hier gelebt hatte. Sie mussten zu Fuß gehen. Ihre Pferde hatten sie in Kilikien verkauft, denn in der Eile hatte sich kein Schiff gefunden, das die Tiere mitgenommen hätte.

Konstantinopel war nicht so, wie Raoul es sich vorgestellt hatte. Er hatte eine Stadt erwartet, die all den Glanz und Prunk besaß, den Rom verloren hatte: Kirchen mit vergoldeten Kuppeln, Paläste aus Porphyr und Marmor mit weitläufigen Gärten, breite Straßen voller Leben und Wohlstand. Stattdessen sah er vernachlässigte Gotteshäuser, überwucherte Ruinen, hölzerne Amtsgebäude auf den Grundmauern zerstörter Hallen – und ebenso viele Bettler wie in jeder anderen Stadt. Erst auf dem Forum des Theodosius, einem großen Platz im Herzen der Landzunge, hatte er das Gefühl, in der Kapitale eines einstigen Weltreichs zu sein.

Battista wählte eine Herberge, die von den Mönchen eines nahen Klosters geführt und vornehmlich von Pilgern bewohnt wurde.

»Die Zimmer sehen aus wie Mönchszellen«, murrte Gaspare. Er prüfte sein Bett. »Natürlich, hart wie Granit. Wahrscheinlich müssen wir mitten in der Nacht aufstehen und beten. Gütiger Jesus, die eine oder andere Annehmlichkeit nach all den Anstrengungen wäre doch wohl nicht zu viel verlangt. Aber nichts gönnt er uns!«

»Es ist sein Geld«, sagte Raoul. »Er kann damit machen, was er will.« Er probierte seine Liege aus. Sie mochte hart sein, aber sie war dennoch eine Wohltat nach den Nächten in der engen, stickigen Kajüte der »Tríton«. Trotz des geringen Komforts hatte ihm die Überfahrt gutgetan: Er war wieder zu Kräften gekommen, und seine Kopfverletzung hatte endlich verheilen können.

Der Toskaner verstaute sein Gepäck unter dem Bett. »Zum Teufel mit seinem Geld. Er ist ein Schinder und Geizhals!«

»Schau, dafür gibt es einen Waschzuber.«

Gaspare funkelte ihn böse an.

Kurz darauf gingen sie weiter zum Blachernenpalast, dem Wohnsitz von Kaiser Andronikos: Ein Labyrinth aus Gebäuden erstreckte sich auf der Anhöhe über dem Goldenen Horn, fest verwachsen mit der Theodosianischen Landmauer. Noch nie hatte Raoul eine solch gewaltige Festungsanlage gesehen. Sie schirmte Konstantinopel zum Festland hin ab, eine doppelte Stadtmauer mit fast hundert vier-, sechs- und achteckigen Türmen und zahlreichen Toren. In neunhundert Jahren war es keinem Feind gelungen, sie zu überwinden. Selbst das Kreuzfahrerheer, das Konstantinopel vor hundert Jahren verwüstet hatte, war daran gescheitert und hatte die Stadt nur mithilfe der Venezianer, die vom Meer aus angriffen, einnehmen können.

Die Kämpfe hatten auch den Kaiserpalast schwer beschädigt; viele Teile waren bis heute nicht wieder aufgebaut oder lediglich durch Holzgebäude ersetzt worden. Da sie Morras Brief, der ihnen Einlass verschafft hätte, nicht mehr vorweisen konnten, nahm Battista den Hauptmann der Torwächter zur Seite und steckte ihm unauffällig einen Hyperpyron, eine byzantinische Golddrachme, zu. Raoul hatte gehört, dass die Moral der kaiserlichen Wache schlecht sei, weil die Männer weniger Sold bekämen als die spanischen Söldner, die den Rest des Heeres bildeten. Dennoch überraschte es ihn, dass der Hauptmann – immerhin ein vom Kaiser persönlich vereidigter Soldat – sie ohne ein weiteres Wort passieren ließ.

Ein von duftenden Magnolienbäumen gesäumter Kiesweg führte zu der Bibliothek, die sich im Keller eines leer stehenden Wohnturmes befand. Battista redete mit dem jungen Archivar. Da die beiden auf Griechisch miteinander sprachen, übersetzte Gaspare für Raoul. Es stellte sich heraus, dass die Schriftrolle schon lange nicht mehr in den Archiven des Blachernenpalasts war. Möglicherweise sei sie vor der Plünderung zu einem geheimen, in Vergessenheit geratenen Ort gebracht worden. Der Archivar bestätigte, dass sie nicht die Einzigen waren, die das Schriftstück suchten: Vor einigen Tagen habe schon einmal jemand nach ihr gefragt, ein arabischer Edelmann.

»Ein Mann aus al-Munahids Truppe?«, fragte Raoul, während sie zum Tor zurückgingen.

»Vielleicht ein Gelehrter, der sie begleitet. Ich bezweifle, dass auch nur einer von al-Munahids Schakalen fähig wäre, die *Vita* zu lesen.« Mit der neu gewonnenen Zuversicht ging Battista so zügig, dass die anderen Mühe hatten, mit dem großen Mann Schritt zu halten. »Aber sie haben sie noch nicht, das ist das Wichtigste.«

»Aber was nutzt das uns?«, erwiderte Gaspare. »Ein geheimer Ort, was für eine unheimlich genaue Auskunft. Gütiger Himmel, wir sind in der größten Stadt der Welt! Wie sollen wir hier etwas finden, das seit hundert Jahren verschollen ist?«

»Ich kenne einen Mann, der uns vielleicht helfen kann«, sagte Battista.

An einem kleinen Bootshafen am Nordufer der Stadt nahmen sie die Fähre nach Galata, einem Kastell auf der anderen Seite des Goldenen Horns, um das die genuesische Siedlung Pera gewachsen war. Die Sonne zwinkerte auf den Wellen, und Raoul konnte die mächtige Eisenkette dicht unter der Wasseroberfläche erkennen, die das Goldene Horn vom Bosporus trennte und für Schiffe sperrte. Die Winden befanden sich in gedrungenen, wehrhaften Türmen auf den salzverkrusteten Uferfelsen.

Die Fähre bestand aus Fässern, die eine rechteckige Stehfläche trugen, und lief an einer kleineren Sperrkette entlang. Ein Ochse am anderen Ufer zog sie langsam zum Festland. Außer Raoul und seinen Gefährten befand sich noch eine Gruppe von genuesischen Händlern und Handwerkern, die sich lautstark und gut gelaunt unterhielten, an Bord. Wie alle Fremden waren auch die Genuesen seit der Rückeroberung Konstantinopels durch die Byzantiner nicht mehr gern gesehen, sodass sie die Stadt nur noch zum Arbeiten besuchten und sich dann wieder in ihre abgeschlossenen Viertel zurückzogen.

»Die Rovellis sind eine alte genuesische Familie«, erklärte Battista. »Aber sie haben sich schon vor über hundert Jahren in Konstantinopel niedergelassen. Der Handel mit den Kreuzfahrerstaaten hat sie reich gemacht. Gregorio gehört zu den Gründern von Pera.«

»Dient er der Kirche?«, fragte Raoul.

Der Glanz in Battistas Augen wurde hart. »Gregorio? Nein. Der Mann ist weiter von Gott entfernt als ein Sarazene. Würde er in Rom leben, hätte er längst einen Ketzerprozess am Hals.«

»Wieso sollte er uns helfen wollen, wenn er so wenig von der Kirche hält?«

»Er schuldet mir seit vielen Jahren einen Gefallen.«

Ein Ruck durchlief die Fähre, als sie am Anlegesteg anstieß. Der Fährmann und sein Gehilfe vertäuten sie, sodass alle trockenen Fußes an Land gehen konnten. Das Ufer war nur ein schmaler, mit Bäumen bewachsener Streifen und wenigen Häusern; dahinter stieg es steil an. Das Kastell thronte auf einem Felsen über dem Goldenen Horn.

Die lärmenden Genuesen verschwanden in einer Taverne. Battista bog in eine Straße ein, die sich im Schatten der Festung den Hang hinaufschlängelte. Im Gegensatz zu Konstantinopel war Pera eine junge, wachsende Stadt voller Wohlstand. Die Häuser waren in vorzüglichem Zustand, viele Menschen auf den Straßen trugen kostbare Kleidung, statt Ruinen sah Raoul neue Wohnhäuser, Markthallen und Werkstätten.

Gregorio Rovellis Anwesen lag am Rand der Siedlung. Es war eine gelungene Mischung aus genuesischem und byzantinischem Stil. Eine niedrige Umfriedung schloss einen Garten mit Kirsch- und Olivenbäumen ein, in dessen Mitte ein hufförmiges Haus mit vergoldeter Kuppel stand. Marmorstatuen, Abbilder von Jupiter, Mars, Venus und anderen römischen Göttern, säumten den Weg zum Eingang, vor dem etwa zwanzig Menschen aufgeregt miteinander redeten.

»Was ist da los?«, fragte Gaspare, als sie sich dem schmiedeeisernen Tor näherten.

»Freunde von Rovelli, die sein neuestes ketzerisches Machwerk erörtern«, sagte Battista mit verächtlichem Unterton. »Er war sich noch nie dafür zu schade, andere mit seinen blasphemischen Gedanken anzustecken.«

»Nein, das glaube ich nicht«, sagte Raoul. Die Worte, die er aufgeschnappt hatte, »ermordet« und »Angriff«, deuteten nicht gerade auf ein philosophisches Streitgespräch hin. Von einer dunklen Ahnung erfüllt, öffnete er das Tor.

Ein Mann löste sich von der Gruppe und kam ihnen entgegen. Er war mager und klein, hatte ein unauffälliges Gesicht, silbergraue Haare und trug ein schwarzes Gewand. Seine Augen waren verquollen, als hätte er geweint. »Der Herr empfängt heute keine Besucher«, sagte er auf Toskanisch. »Ich möchte Euch bitten, wieder zu gehen.«

»Michele«, sagte Battista. »Erinnerst du dich an mich?«

Der Diener musterte ihn, und plötzlich weiteten sich seine Augen. »Cristoforo Battista! Euch schickt der Himmel. Rasch, ins Haus. Ich komme, sowie ich diese Meute losgeworden bin.«

Die aufgeregte Menge beachtete sie nicht, als sie an ihr vorbei ins Haus gingen. Raoul sah, dass die Tür aufgebrochen worden war. Auch der Eingangsraum wies Spuren von Gewalt auf: Eine Neptunstatue war umgestürzt und am Hals gebrochen; auf dem kostbaren Läufer waren Stiefelabdrücke zu sehen; ein Wandteppich lag heruntergerissen auf dem Marmorboden.

Gaspare sprach aus, was Raoul dachte: »Al-Munahid. Er ist uns zuvorgekommen.«

Raoul hörte Schluchzen: Eine schmale, junge Frau in einem schlichten Kleid sammelte Kleidungsstücke auf, die aus einem Schrank herausgerissen und auf den Boden geworfen worden waren. Sie sah auf, als sie Raoul bemerkte. Ihr schienen ihre Tränen peinlich zu sein, denn sie stopfte die Kleider in den Schrank und eilte davon.

Durch das Fenster sah Raoul, dass es Michele gelungen war, die Neugierigen abzuwimmeln. Der Diener stürzte herein, schlug die Tür zu und schob den Riegel vor. »Barmherziger Jesus!«, murmelte er.

»Was ist geschehen?«, fragte Battista.

»Nicht hier. Folgt mir.« Michele führte sie zu einem Zimmer an der Rückseite des Anwesens. Ein Vorhang trennte den Nebenraum ab, der, wie Raoul durch den Spalt sah, voller Bücher war. Trotz allem versuchte Michele die Formen zu wahren, bot ihnen Stühle an und fragte sie, ob sie Wein wünschten.

»Dafür haben wir keine Zeit«, sagte Battista. »Wo ist dein Herr?«

»Fort. Männer haben ihn mitgenommen. Sie kamen kurz vor Sonnenaufgang und haben uns in den Betten überrascht.«

»Es gab einen Kampf?«, fragte Raoul.

Michele schnaubte. »Antonio, dieser Narr, musste sich ihnen ja unbedingt entgegenstellen. Mit dem Fleischerbeil! Ein Wunder, dass ihn diese Barbaren nicht in Stücke gehauen haben.« Erschöpft, wie er war, gab er seine Förmlichkeit auf und sank auf einen lederbezogenen Sessel. Dann las er in den Gesichtern der Besucher. »Ihr wisst, wer die Männer sind?«

»Söldner des Sultans«, antwortete Battista. »Sie sind aus

dem gleichen Grund hergekommen wie wir. Sie suchen den Ort, an dem die Schriften aus den kaiserlichen Archiven vor der Plünderung versteckt wurden.«

Micheles Haltung veränderte sich. Er schien wachsamer zu sein. »Wozu?«

»Das spielt keine Rolle. Weiß Rovelli, wie man dorthin gelangt?«

Der Diener haderte mit sich. Schließlich sagte er: »Ihr habt meinem Herrn schon einmal das Leben gerettet. Würdet Ihr es wieder tun?«

»Das kann ich erst, wenn ich weiß, wohin sie ihn bringen werden«, entgegnete Battista unwirsch.

Micheles Blick blieb fest. »Ihr habt meine Frage nicht beantwortet.«

»Ja, bei Gott, ja!«

Michele nickte und stand auf. »Ich wusste, dass Verlass auf Euch ist.« Er schob den Vorhang zur Seite, nahm ein Buch aus einem der Schränke, griff nach einem dahinter verborgenen Schlüssel und schloss eine Truhe auf, der er ein Lederfutteral entnahm. »Der damalige Archivar hat den Vorfahren des Herrn eingeweiht. Das Wissen über das Versteck der Schriften wird seit hundert Jahren in der Familie Rovelli weitergegeben. Niemand sonst kennt es. Nicht einmal ich, und ich bin sein engster Vertrauter.«

»Wieso hat die Familie das Versteck überhaupt geheim gehalten?«, fragte Raoul.

»Hätte sie das nicht getan, hätte sich der Patriarch von Konstantinopel sämtliche Schriftstücke einverleibt. Und das Verhältnis der Rovellis zur Kirche ist seit jeher … schwierig.« Der Diener zog ein Stück Pergament aus dem Futteral und strich es auf dem Tisch glatt. Es war gefüllt mit engen Zeilen in einer gestochenen Schrift. »Da der Herr kinderlos geblieben ist, hat er beschlossen, mich einzuweihen. Ich sollte dieses Dokument eigentlich erst hervorholen, wenn er verstorben ist. Aber unter diesen Umständen ...« Michele verstummte.

»Lies«, befahl Battista.

Raoul und Battista brüteten den ganzen Nachmittag über ihrem Angriffsplan. Al-Munahid hatte fünfzehn Mann, und sie waren nur zu dritt – zu viert, wenn man Michele mitrechnete, der ihnen aber im Kampf kaum eine Hilfe sein würde. Um Erfolg gegen diese erdrückende Übermacht von kampferprobten Männern zu haben, mussten sie sich die Gegebenheiten des Ortes, an dem die Söldner nach der Schriftrolle suchten, zunutze machen. Raoul glaubte, dass ihr Plan gelingen könnte; allerdings machte er sich Sorgen wegen Gaspare. Der Toskaner versuchte, sich seine Furcht vor dem Gefecht nicht anmerken zu lassen, doch es war ihm anzusehen, wie er mit jeder Stunde unruhiger wurde. Raoul machte ihm Mut, in der Hoffnung, dass die Furcht seinen Freund nicht im entscheidenden Augenblick übermannte.

Bei einem Waffenschmied am Theodosius-Forum kaufte Battista die besten Waffen, die er finden konnte. So gerüstet, folgten sie am frühen Abend einem Straßenzug entlang der Theodosianischen Mauer. Die umstehenden Gebäude waren verlassen oder wurden von Bettlern bewohnt, die sich in die dunklen Torbögen und Mauerbreschen zurückzogen, als sich die Gruppe näherte.

Vor einem Hoftor mit weitem Rundbogen, unter dem von Büschen bewachsener Schutt lagerte, blieb Michele stehen und blickte auf das Pergament. »Dort, am Ende der Straße. Der Hundsturm.«

Die Theodosianische Mauer ragte vor ihnen sieben Mannslängen hoch; die Türme standen in einem Abstand von einem Steinwurf. Der Hundsturm war sechseckig und kleiner als die benachbarten, gedrungen in seiner Bauweise und an der Seite, die der Stadt zugewandt war, von einer lange zurückliegenden Feuersbrunst geschwärzt. Er war ein *toter* Turm – ohne Fenster, Schießscharten und erkennbare Eingänge, weshalb er von den kaiserlichen Truppen nicht benutzt wurde. Da die Wände ein Dutzend Ellen dick waren und nur wenige Menschen den verborgenen Eingang kannten, hatte er sich als Versteck für die Schriftstücke geeignet.

»Wieso heißt er so?«, fragte Gaspare.

Michele gab keine Antwort. Der grauhaarige Diener wirkte zerstreut und ängstlich. Er sah abermals auf die Aufzeichnungen seines Herrn und sagte: »Ich glaube, wir müssen da lang.«

Er führte sie zu einem Bauwerk aus schmutzigem, gesprungenem Marmor. Säulen, von denen eine umgestürzt war, säumten die breite Treppe zum Eingang. Ein Türflügel hing schief in den Angeln, der andere fehlte. Raouls Blick glitt über die angrenzenden Gebäude: über schwarze Fensterschlitze, baufällige Brüstungen vor dunklen Maueröffnungen, Schuttberge und Statuen, denen Zeit und Witterung die Gesichter abgeschliffen hatten. Er hatte das Gefühl, unsichtbare Augen belauerten ihn. Gerade wollte er es als Einbildung abtun, als er bemerkte, dass Battista ebenfalls die verlassenen Ruinen argwöhnisch beobachtete. Schließlich wandte sich der Venezianer ruckartig um, zog sein Schwert und ging mit blanker Klinge voraus in das Innere des Bauwerks. Raoul warf einen letzten Blick in Richtung des klaffenden Mauerrisses, wo er eine Bewegung vermutet hatte, dann zückte er ebenfalls seine Waffe und folgte Battista.

Das Gebäude musste einmal ein Badehaus gewesen sein, denn im ersten Hof befand sich ein großes Becken. Schräge Pfeile aus Sonnenlicht fielen durch kleine Fenster hoch oben in den Wänden und ein klaffendes Loch in der Decke. Die Trümmer waren ins Becken gefallen und bedeckten den Mosaikboden. Unter dem Schutt erkannte Raoul Bilder von Sirenen und Nymphen. Zahlreiche Durchgänge führten zu Entkleidekammern und Räumen mit kleineren Becken.

Es war niemand zu sehen oder zu hören.

Battista öffnete den Sack, den er bisher auf dem Rücken verschnürt getragen hatte, und verteilte die Waffen und Rüstungen. Raoul und der Venezianer schlüpften in Panzerhemden aus fein geschmiedeten, überlappenden Schuppen und setzten spitz zulaufende Helme mit Nasen- und Nackenschutz auf. Gaspare nahm nur einen Helm, denn er hielt nichts von Rüstungen. Danach spannten sie die vier Armbrüste und legten Bolzen ein.

Währenddessen sah Michele sich um. Ein Dolch war die einzige Waffe, die er bereit gewesen war anzunehmen. Er sollte dem kleinen Mann ermöglichen, sich im Notfall zu verteidigen – wenngleich sie alle wussten, dass in einem Kampf mit al-Munahids Männern ihm auch der Dolch nichts mehr nutzen würde. Daher hatte Raoul ihm eingeschärft, sich immer hinter ihnen zu halten.

Der Diener führte sie zu einer stickigen, fensterlosen Kammer, in der eine Treppe nach unten führte. Stiefelspuren in der dicken Staubschicht wiesen darauf hin, dass auch die Söldner diesen Weg genommen hatten. Eine Fackel in der einen, die Armbrust in der anderen Hand, übernahm Battista die Führung, und nach wenigen Stufen gelangten sie in die Unterwelt des Badehauses. Unter dem Becken lag ein Gewölbe, dessen Wände aus rotbraunen Ziegelsteinen brüchig und voller Risse waren. Rostige Halterungen verrieten, dass hier einst Fackeln gehangen hatten. Im Boden befand sich ein rundes Loch, etwa zwei Mannslängen im Durchmesser. Es roch nach feuchtem Mauerwerk.

»Es gibt keine Ausgänge«, stellte Battista fest.

»In der Zisterne.« Michele zeigte auf das Loch, und die anderen folgten ihm zum Rand der Öffnung. Sie war fünf Ellen tief. Am Boden befand sich Wasser, das schwarz glitzerte und nach Fäulnis stank.

Ein kühler Luftzug aus der Zisterne ließ ihre Fackel flackern, als sie die schmale Treppe an deren Innenwand nach unten stiegen. Dort begann ein Tunnel, der nicht völlig dunkel war; an seinem Ende sah Raoul schwaches, graues Licht.

Battista zog den Kopf ein und ging voran.

»Wohin führt er?«, fragte Raoul leise. Auch er konnte sich nicht aufrichten. Michele, der neben ihm ging, hatte wegen seiner geringen Größe keine derartigen Schwierigkeiten.

»Er ist ein Teil der alten Bewässerungsanlagen«, erklärte der Diener. »Manche der Tunnel und Zisternen sind neunhundert Jahre alt. Einige werden immer noch benutzt, aber der Großteil wurde von Erdbeben zerstört. Der Basileus hat kein Geld, die Anlagen instand setzen zu lassen.«

Etwa auf halber Länge des Tunnels presste Battista plötzlich die Fackel auf den feuchten Boden, um sie zu löschen. Raoul trat neben ihn – und entdeckte die beiden Männer.

Der Tunnel mündete in einen großen Raum, dessen Boden von stehendem Wasser bedeckt war. Auf einem Sims jenseits des künstlichen Teichs kauerten zwei Söldner. Sie schienen schon lange dort zu sitzen, denn sie waren alles andere als wachsam. Der eine lehnte mit hinter dem Kopf verschränkten Armen an einem Pfeiler und döste, der andere wienerte seinen Helm.

Battista ließ sich auf ein Knie nieder, legte die Armbrust an und forderte Raoul mit einer Geste auf, es ihm nachzutun. Als sie beide ihr Ziel vor Augen hatten, deutete Battista zuerst auf sich und dann auf den Schlafenden, wodurch Raoul wusste, dass er sich den anderen vornehmen sollte.

»Jetzt«, flüsterte Battista und zog den Abzug durch.

Sein Bolzen traf den Schlafenden im Hals, er umschloss

den Pfeilschaft aber noch mit beiden Händen, bevor er zur Seite umkippte. Der andere Söldner sprang keuchend auf, sein Helm fiel ins Wasser, und in diesem Augenblick zielte Raoul. Der Bolzen sirrte. Die Wucht des Einschlags hob den Söldner von den Füßen, schleuderte ihn gegen den Pfeiler. Er fiel aufs Gesicht und blieb reglos liegen.

»Schnell«, stieß Battista hervor und hastete geduckt den Tunnel entlang, gefolgt von Raoul. Der Tunnel endete einen Schritt über dem Wasser, das erstaunlich klar war. Die modrigen Überreste eines Ruderboots ragten daraus hervor, überall häuften sich von der Decke gefallene Trümmerbrocken. Die beiden Männer ließen ihre Armbrüste zurück und zückten ihre Schwerter, während sie auf dem Damm aus Trümmern das Wasser überquerten.

Beide Söldner waren tot. Andere schienen nicht in der Nähe zu sein, denn alles blieb still, abgesehen von einem Tropfen, das irgendwo in der Dunkelheit widerhallte. Erst jetzt begriff Raoul, dass sie sich in einer Zisterne von gewaltigen Ausmaßen befanden. Ein Wald aus kunstvoll gearbeiteten Säulen trug eine hohe Decke; durch eine Öffnung über ihnen – möglicherweise ein Brunnenschacht – fiel schwindendes Tageslicht auf die moosig schimmernde Wasseroberfläche. Die Helligkeit reichte bei Weitem nicht aus, um die unterirdische Halle vollständig auszuleuchten. Schon nach wenigen Ellen zu beiden Seiten verschwanden die Säulen in der Finsternis.

Gaspare kniete mit der Armbrust im Anschlag im Tunnelausgang. Da keine weitere Gefahr drohte, nahm er die Armbrüste auf, und er und Michele durchquerten die Zisterne. Raoul half dem Diener den Sims hinauf.

Michele strich die Falten seines Rockes glatt, eine Geste, die in Anbetracht ihrer Lage seltsam fehl am Platz wirkte. »Hier muss es irgendwo einen Ausgang geben. In den Aufzeichnungen ist von einem Schuttberg die Rede …«

Unter den Sachen der toten Söldner fand Raoul zwei Kienspäne und Feuerstein. Er entzündete eine der Fackeln und folgte den Säulen entlang des Simses. Kühle Luft lag auf seinem Gesicht. Nach wenigen Schritten erreichten er und seine Gefährten einen Schutthaufen, der sich vor ihm auftürmte. Die Trümmer quollen aus einem breiten Riss in der Wand hervor.

Oberhalb der Halde klaffte ein Loch.

»Das ist es!«, sagte Michele. »Der alte Versorgungstunnel unter der Straße!«

Vorsichtig, um das Geröll nicht ins Rutschen zu bringen, machte sich Raoul an den Aufstieg. Oben erwartete ihn ein weiterer Tunnel – ein altes Wasserrohr. Er nahm ihre Armbrüste entgegen, die Battista neu gespannt und geladen hatte, und wartete, bis die anderen zu ihm aufgeschlossen hatten.

Raoul hatte sich gefragt, warum niemand außer Rovelli den Weg zum Hundsturm kannte. Der Zugang lag zwar in einer verlassenen Gegend, aber er war nicht so gut versteckt, dass er nicht zufällig entdeckt werden könnte. Nach wenigen Schritten durch das gewaltige Rohr fand er die Antwort: Der Boden brach scharf ab, und eine schwarze Spalte tat sich vor ihm auf. Die Söldner hatten einen Balken herbeigeschafft und darübergelegt. Raoul prüfte ihn mit dem Fuß. Er lag fest auf. Die Spalte musste tief sein, denn als er mit der Fackel hineinleuchtete, blieb der Abgrund dunkel.

Er blickte in die Gesichter seiner Gefährten und sah unverminderte Entschlossenheit bei Battista, Skepsis bei Gaspare und mühsam unterdrücktes Entsetzen bei Michele. Dann setzte er einen Fuß auf den Balken, verbot sich jeden Gedanken an einen möglichen Absturz und schritt schwankend auf die andere Seite. Battista folgte ihm ohne zu zögern. Gaspare bekreuzigte sich, dann überquerte auch er die Kluft. Rovellis Diener haderte lange mit sich, bevor er den Mut aufbrachte, sein Leben dem Balken anzuvertrauen. Quälend langsam und mit ausgebreiteten Armen legte er Elle um Elle zurück, bis er schließlich mit schweißnassem Gesicht auf der anderen Seite ankam.

Battista war währenddessen weitergegangen, bis das Wasserrohr eine Biegung nach links machte. Raoul trat mit der Fackel zu ihm und schaute vorsichtig um die Kurve. Zehn Schritte vor ihnen befand sich ein seitlicher Durchbruch.

Rötliches Fackellicht war darin zu sehen – und der zuckende Schatten eines Dämons.

In dem Dominikanerkloster, in dem sich Matteo zwei Jahre lang redlich bemüht hatte, ein guter Novize zu sein, gab es ein Bild von der Hölle. Es zierte die Kuppeldecke eines kleinen Gebetsschreins und war vor achtzig Jahren von einem Pisaner Maler angefertigt worden, aus Dankbarkeit, dass die Mönche ihm Unterschlupf vor seinen Gläubigern gewährten. Die Mönche mieden den Schrein, denn das Bild jagte ihnen gehörig Angst ein; lediglich Bruder Alfredo, der Novizenmeister, hatte Verwendung für die düstere Kammer: Wenn er einen seiner Schützlinge einer Sünde überführte, zerrte er den Jungen am Ohr über den Klosterhof, zwang ihn unter dem Gemälde auf die Knie und führte aufs Genauste aus, welche Höllenpein dieses oder jenes Vergehen nach sich zog. Um seine Worte zu bekräftigen, nahm er das Bild zu Hilfe. Brotdiebe mussten damit rechnen, von einem froschgesichtigen Dämon in einem gewaltigen Kessel gekocht zu werden. Wer die Komplet durch sein Schwatzen störte, dem riss ein Fischmann mit der Zange die Zunge heraus. Am schlimmsten traf es jene, die des Nachts mit der Hand unter der Bettdecke erwischt wurden: Sie wurden aufs Rad geflochten und über einem lodernden Schlund von gehörnten und geflügelten Gestalten mit flammenden Peitschen gepeinigt.

Matteo kniete häufig unter dem Bild. Die Anlässe waren immer die gleichen: freche Bemerkungen, unerlaubtes Entfernen vom Klosterhof, Ungehorsam gegenüber dem Abt. Als Strafen sah die Hölle laut Bruder Alfredo dafür vor: ein Bad in einem schwefligen, kochenden Pfuhl, das Zerquetschen der Hand zwischen höllischen Mühlrädern oder das Aufschlitzen des Bauchs durch ein gezacktes Messer in den Klauen eines schrumpeligen alten Weibs mit Hühnerkopf. Die Aussicht auf diese Folterqualen hatte nicht dazu geführt, Matteo Demut und Respekt zu lehren, aber sie hatte ihm dennoch eine Furcht vor der Hölle eingeflößt, die bis in die dunkelsten Tiefen seiner Seele reichte und die er auch jetzt noch, viele Jahre später, verspürte. Als er die leuchtend rote Öffnung in der Tunnelwand und den lang gezogenen, gekrümmten Schatten sah, glaubte er für einen verstörenden Augenblick, das Tor der Hölle vor sich zu haben, hinter dem sich eine finstere Landschaft voller Dämonen, Lavaströme und gepeinigter Seelen erstreckte.

Aber der Schatten war nur der eines gewöhnlichen Mannes und das Flüstern der Verdammten nichts als menschliche Stimmen, die von fern an sein Ohr drangen. Matteo Gaspare schalt sich einen Narren und rief sich in Erinnerung, warum er hier war: um seine Seele zu retten. Es half, seine Furcht zu besänftigen. Aber er wünschte wieder einmal, nicht so eine beklagenswerte Memme zu sein.

Langsam näherten sie sich dem seitlichen Durchbruch. Dahinter erstreckte sich ein weiterer Tunnel, der erst durch massiven Fels, dann durch Mauerwerk führte und schließlich in einen großen Raum mündete, der zum Hundsturm gehören musste. Dort, keine zwanzig Ellen vor ihnen, hielten sich die anderen Söldner auf.

Raoul und der Venezianer postierten sich links und rechts vom Tunneleingang, ihre Armbrüste schussbereit. Matteo fiel die Aufgabe zu, die Waffen zu spannen und nachzuladen, während die anderen beiden leicht zeitversetzt abdrückten, sodass sie den Tunnel ohne Unterbrechung unter Beschuss halten konnten. Er war so schmal, dass die Söldner hintereinander gehen mussten, wenn sie den Turm verließen. Auf diese Weise konnten sie ihre Übermacht nicht ausnutzen. Battista und Raoul rechneten damit, zwischen fünf und acht Söldner zu töten, bevor es zum Nahkampf kam. Wie viele dann noch übrig sein würden, war schwer zu sagen. Anhand des Stimmengewirrs vermutete Matteo, dass ihre Schätzung von fünfzehn Männern ungefähr zutraf. Also lag die Übermacht selbst im besten Fall noch bei zwei zu eins. Nachdem er in Akkon wie durch ein Wunder mit halbwegs heiler Haut davongekommen war, hatte er gehofft, so etwas nie wieder erleben zu müssen.

Er blickte zu Raoul, der in den Tunnel spähte. Matteo bewunderte ihn für seine Gelassenheit und fragte sich, woher er sie nahm, wo er doch allen Grund hatte zu verzweifeln. *Nimm dir ein Beispiel an ihm,* dachte er verdrossen und rieb seine Hände aneinander, um sie in dem kühlen Tunnel warm und beweglich zu halten. Mit steifen Fingern konnte man weder eine Spannvorrichtung bedienen noch ein Schwert führen.

Eine halbe Stunde verstrich. Aus den Gesprächsfetzen, die aus dem Turm zu ihnen herunterdrangen, schloss Matteo, dass die Söldner die Schriftrolle noch nicht gefunden hatten. Der Drang, wegzulaufen, wurde immer mächtiger, und nicht zum ersten Mal erwog er, ihm einfach nachzugeben. Mit seinen Sprachkenntnissen konnte er sich überall in der Welt niederlassen, weit weg von Rom, sodass Morra ihn niemals finden würde. Der Gedanke war verlockend. Aber was hätte er gewonnen? Zwanzig, vielleicht dreißig Jahre Leben – und dann? Eine Unendlichkeit auf den Folterrädern des Fegefeuers.

Matteo blickte nicht oft auf sein Leben zurück. Aber wenn

er es tat, erschien es ihm, dass er bei jeder Weggabelung des Schicksals die falsche Richtung gewählt hatte. Er fragte sich, ob die Entscheidung, für Morra ins Heilige Land zu reisen, nicht die törichtste von allen gewesen war. Sicher, der Lohn war groß, doch leider sprach einiges dafür, dass es hier, in diesem von Gott vergessenen Tunnel, ein vorzeitiges Ende mit ihm nahm.

Und alles seinetwegen, dachte er mit finsterem Blick auf Battista. Der Hüne vereinte alles in sich, was Matteo zu hassen gelernt hatte. Am schlimmsten war, dass er ihm gehorchen musste, ganz gleich was geschah. So lautete Morras strikte Anweisung. Dass der Venezianer wahrscheinlich ebenfalls sterben würde, verschaffte Matteo keine Genugtuung, denn Männern wie ihm war das Himmelreich sicher. Wer so viele Heiden getötet hatte, musste ins Paradies kommen. Matteo hatte zwar auch einige Sarazenen erschlagen, aber ihre Zahl, so hatte man ihm gesagt, reiche nicht aus, um seine kleine, garstige Seele zu reinigen.

»Sie haben sie«, murmelte Battista. Er und Raoul legten die Armbrüste an.

Matteo war so sehr in Gedanken gewesen, dass er die Veränderung im Stimmengewirr nicht mitbekommen hatte. Sein Magen zog sich zusammen, als ein riesenhafter Schatten in den Tunnel wuchs und die Gestalt eines Söldners folgte: ein Mameluck mit Rundschild und Lanze. Die anderen Krieger kamen ihm nach.

Battista wartete, bis der Mann zwei Schritte im Tunnel war, dann schoss er. Der Bolzen traf den Krieger im Gesicht. In dem Moment, in dem er zusammenbrach, bohrte sich Raouls Bolzen in die Kehle des nachfolgenden Mannes.

Geschrei erfüllte den schmalen Gang; Schatten zuckten wie wahnsinnige Derwische über Wände, Boden und Decke, als die Söldner einander umstießen und niedertrampelten, um den Tunnel zu verlassen. Battista und Raoul schossen ihre Bolzen in das Durcheinander aus Leibern, während Matteo hastig die Spannkurbel betätigte, um die Waffen erneut zu laden. Es war Jahre her, dass er diese Gerätschaften bedient hatte, aber es war ihm so in Fleisch und Blut übergegangen, dass es ihm leicht von der Hand ging.

Battista und Raoul brüllten einander ihre Ziele zu, damit sie nicht gleichzeitig auf denselben Mann anlegten, bis sich die Söldner in den Turmraum zurückzogen. Wie viele Bolzen ihr Ziel gefunden hatten, ließ sich nicht genau feststellen, denn die Körper der Getroffenen lagen übereinander. Ein Mann, dem ein gefiederter Schaft aus dem Rücken ragte, kroch stöhnend den Gang hinauf.

»Ist al-Munahid dabei?«, fragte Raoul.

Jemand bellte einen Befehl, und die Söldner verstummten augenblicklich.

»Nein. Das war er.« Battista stützte seinen Ellbogen auf der Hüfte ab und richtete die Armbrust zur Tunneldecke. Seine Brust hob und senkte sich. »Sie werden einen Schildwall bilden und vorrücken. Für einen lückenlosen Schutz ist der Tunnel zu eng, aber zielt trotzdem genau. Bei einem Fehlschuss können sie durchbrechen.«

Ein Sirren, dann ein dumpfer Aufschlag. Battista stöhnte vor Schmerz, ließ die Armbrust fallen und umklammerte seinen Unterschenkel, den ein Pfeil durchschlagen hatte. Raoul zog sich blitzschnell hinter die Mauerkante zurück. Schon flog ein weiterer Pfeil heran, zersplitterte an der Tunnelwand.

Matteo hatte noch nie zuvor gesehen, dass ein Mann so geschickt seine eigene Wunde versorgte. Battista zückte seinen Dolch, schnitt die Pfeilspitze ab, packte den Schaft und zog ihn mit einem Ruck heraus, ohne dass ein Laut aus seinen zusammengebissenen Zähnen drang. Dann trennte er ein Stück seiner Hose ab und fertigte aus dem Stoff einen Verband, der die Blutung verlangsamte.

Der Beschuss hielt an, aber keiner der Pfeile traf sie mehr. Die Schützen – es mussten zwei sein – schienen sie nur behindern zu wollen. Was währenddessen im Turm geschah, konnte Matteo nicht sagen. Es war nichts zu hören und nichts zu sehen.

»Warum greifen sie nicht an?«, fragte Michele.

Wie eine Antwort darauf ertönte aus der Dunkelheit des Tunnels ein dumpfes Dröhnen.

»Allmächtiger Gott, was ist das?«, murmelte Raoul.

Battista hatte sich aufgerichtet. Seine harten Augen starrten Michele an. »Hat der Turm einen zweiten Ausgang?«

Der Diener holte die Aufzeichnungen hervor und starrte im Licht der Fackel darauf. »Ich weiß es nicht. Hier steht nichts dergleichen.«

Erneutes Dröhnen. Der Pfeilbeschuss hörte auf. Battista ließ sich von Michele die Fackel geben und schlich einige Schritte weiter in den Tunnel.

Das Dröhnen erklang zum dritten Mal, lauter als zuvor. Weit vor ihnen flutete rötliches Licht durch einen neuen Durchbruch. Im gleichen Moment stürmten brüllende Söldner mit erhobenen Schilden auf sie zu, sprangen über die Toten hinweg.

Raoul schrie: »Michele, lauf!«, dann riss er seine Armbrust hoch und schoss. Die Waffe fiel Matteo klappernd vor die Füße, und zitternd gab er Raoul die geladene. Er musste die andere spannen, doch er konnte den Blick nicht von den Männern nehmen, die immer näher kamen.

Battista feuerte seine Armbrust ab, doch der Bolzen prallte von einem Rundschild ab. Er zog sein Schwert aus der Scheide und brüllte »Für Jesus Christus!«, als er sich den Söldnern entgegenwarf.

Auch Raoul hatte seine Klinge gezogen und griff an.

Matteo hielt die Armbrust in klammen Fingern. Er blickte in die Dunkelheit, in der Michele verschwunden war. Ihr Locken war mächtig, schier unwiderstehlich.

Eiserne Folterräder. Ein kochender Säurepfuhl. Das Heulen der verdammten Seelen ...

Er hob einen Bolzen und die Spannkurbel auf, lud die Armbrust und setzte Raoul nach.

Der Bolzen in der Schulter machte dem Mann schwer zu schaffen, er wehrte Raouls Streiche immer ungelenker ab. Schließlich brachte Raoul den Mamelucken mit einem seitlichen Hieb aus dem Gleichgewicht und trieb ihm die Klinge in die Nierengegend. Als der Söldner zusammenbrach, sah sich Raoul Kadar al-Munahid gegenüber.

Langsam stieg der Söldnerführer über die Körper der Gefallenen. Zwei Männer wollten ihm folgen, doch er gab einen Befehl in seiner rauen Sprache, worauf sie sich in den Turm zurückzogen.

Raoul musste kein Arabisch können, um den Befehl zu verstehen: *Verschwindet, ich kümmere mich allein um ihn.*

Drei Schritte vor ihm blieb al-Munahid stehen. Er hielt Krummsäbel und Rundschild vor sich und trug ein Panzerhemd sowie einen Helm mit Nasenschutz. Wachsame Augen, grau wie Klingenstahl, musterten Raoul. »Ich erinnere mich an dich, Christ«, sagte er in gebrochenem Latein. »Du bist nicht leicht zu töten.«

Er will Zeit gewinnen, dachte Raoul. Noch hielt Battista gegen die anderen Söldner stand, aber er war verwundet. Wenn er fiel, waren Raoul und Gaspare eingekreist. »Wo ist Rovelli?«, fragte er barsch.

Al-Munahids Mundwinkel zuckten. »Seid ihr deswegen hier? Um einen alten Mann zu retten?«

»Lasst ihn gehen.«

»Rovelli geht nirgendwo mehr hin. Meine Männer hatten ihren Spaß mit ihm, nachdem er uns alles gesagt hat.«

Raoul wollte nicht noch mehr Zeit verlieren. Er sprang über einen toten Söldner und zwang al-Munahid mit einer geschickten Serie von Hieben zum Rückzug. Der Syrer hielt Raoul mit zwei Streichen, die ihm beinahe den Bauch aufgeschlitzt hätten, auf Abstand.

»Du kämpfst gut, Christ. Wie heißt du?«

Raoul setzte nicht sofort nach. Es war schwierig, zwischen den Leichen festen Stand zu bewahren. »Wieso willst du das wissen?«

»Du hast Mut. Ich mag mutige Männer.«

Raoul behielt al-Munahid im Auge und wartete auf eine verräterische Bewegung, die einen Angriff ankündigte. »Raoul von Bazerat«, sagte er. Den Namen zu nennen tat gut, es gab ihm Kraft.

»Bazerat.« Ein Lächeln umspielte die schmalen Lippen des Syrers, und er neigte den Kopf in einer spöttischen Verbeugung. »Es ist immer gut zu wissen, wen man tötet.« Mit einem Satz war er bei Raoul, griff schnell an und benutzte den Schild, um seinen Gegner in seiner Bewegungsfreiheit einzuschränken.

Raoul tauchte unter einem Streich weg, während er seine Klinge nach vorn stieß. Mit einem metallischen Schleifen glitt sie am Schild ab.

Raoul überlegte fieberhaft, wie er Matteo freies Schussfeld verschaffen konnte, denn der stand mit der Armbrust nicht weit hinter ihm. Der Toskaner schoss nicht, aus Angst, seinen Gefährten zu treffen.

Al-Munahid beobachtete ihn lauernd. »Warum bist du wirklich hier, Christ?«

»Das weißt du genau.«

»Der Stab. Warum setzt du dein Leben für eine alte Krücke aufs Spiel?«

Er weiß so wenig wie ich, was es mit dem Stab auf sich hat!, durchfuhr es Raoul. »Sag du es mir.«

Anerkennend nickte der Söldner. »Du bist klug. Noch etwas, das ich an einem Mann schätze.«

Als Raoul Battista vor Schmerz aufschreien hörte, griff er wieder an.

Al-Munahid fing den Schlag mit der Klinge auf, ließ Raouls Schwert bis zum Heft herunterrutschen und stieß ihn dann mit dem Schild zurück. »Du bist schnell und geschickt, deine Beinarbeit ist erstaunlich. Ich kenne wenige Männer, die so gut kämpfen wie du. Trotzdem wirst du wieder verlieren.«

»Warum?«, fragte Raoul schwer atmend.

»Weil du kämpfst wie ein Edelmann.« Der Syrer griff mit derselben Abfolge von Hieben und Stößen an, mit der er Raoul bei ihrem ersten Kampf beinahe getötet hätte.

Raoul wich Schritt um Schritt zurück. Diesmal würde ihn kein Sturz retten.

Al-Munahid rutschte auf einer Blutlache aus und strauchelte.

Raoul erkannte seinen Vorteil und ließ sich in die Hocke fallen. Doch der Syrer hatte ihn getäuscht. Er schnellte vor, und sein Knie traf Raouls Kiefer. Raoul prallte gegen Gaspare, der vor Schreck den Bolzen in die Decke abschoss und zu Boden fiel. Raoul wälzte sich von dem fluchenden Toskaner herunter und zückte seinen Dolch, um al-Munahids nächstem Angriff zu begegnen, doch der Söldner war verschwunden.

Raoul griff nach dem erstbesten Schwert, einem Krummsäbel, drehte sich zum Eingang des Tunnels um und konnte gerade noch verfolgen, wie Battista zu seinem letzten Schlag ausholte. Mit letzter Kraft kämpfte der Venezianer gegen einen Koloss von Mann. Es konnte nur ein Eunuch sein, denn sein Kopf und die nackten Arme waren völlig haarlos und seine Gliedmaßen unnatürlich lang. Er schwang ein zweihändiges Krummschwert, ein Ungetüm, wie es die Scharfrichter des Sultans zum Abschlagen von Köpfen gebrauchten. Battista riss seine Klinge hoch, um einen Streich zu abzuwehren, der ihm den Schädel gespalten hätte, aber es gelang ihm nicht, die Lücke in seiner Deckung zu schließen: Die Schlachtklinge des Eunuchen drang bis in seine Eingeweide. Ein Schweif aus Blut folgte dem Krummschwert, als der Eunuch die Waffe herauszog. Battista wankte einen Schritt nach hinten, einen zweiten, dann entglitt das Schwert seinen Fingern, und er brach zusammen.

Raoul zog sich einige Schritte zurück, damit der Eunuch sich zu ihm in den engen Gang zwängen musste. Doch der erwartete Angriff kam nicht. Ein anderer Söldner erschien hinter dem Koloss und schleuderte ein tönernes Gefäß und eine Fackel in den Tunnel. Das Gefäß zerbrach, eine Flammenwand schoss fauchend in die Höhe. Raoul schützte sein Gesicht mit dem Arm, wirbelte herum und lief den Gang hinauf.

Gaspare stand oben im Turm. Sein rundes Gesicht glühte im Widerschein der Flammen. »Griechisches Feuer!«, schrie er. »Einmal entzündet, ist es durch nichts mehr zu löschen.«

Es dauerte einige Augenblicke, bis Raoul wieder klar sehen konnte. Die jähe Helligkeit hatte ihn geblendet. Der Turm bestand aus einem einzigen hohen Raum, den zwei hölzerne Balustraden in sechs und zwölf Ellen Höhe umliefen, getragen von einem uralten Balkengerüst. Überall standen Kisten und Truhen voller Schriftrollen, Bücher und Pergamente. Jene, die die Söldner durchsucht hatten, stapelten sich in einer Ecke. Der Boden war mit Schriftstücken übersät. Den

Eingang des Tunnels, durch den al-Munahid und seine Männer entkommen waren, entdeckte Raoul in der gegenüberliegenden Ecke des Turms.

Zwei weitere Tongefäße flogen durch die Flammenwand und zersplitterten. Das Feuer fraß sich gierig den Gang hinauf, griff auf das Pergament über, leckte schon an den Gerüstbalken.

»Wir müssen hier raus«, stieß Raoul hervor und lief zum anderen Tunnel. Gaspare folgte ihm.

»Und die Söldner? Sie schlachten uns ab!«

»Willst du lieber hier drinnen verbrennen?« Raoul musste den Kopf einziehen, um den niedrigen Gang zu betreten, doch dann hörte er das Platzen von Ton, und der Ausgang verschwand in explodierenden Flammen. »Zurück!«, schrie er, fuhr herum und rannte hinter Gaspare zurück in den Turm.

Die Söldner nährten das neue Feuer mit weiteren Gefäßen, sodass es binnen weniger Herzschläge an den staubtrockenen Balken emporwuchs.

Raoul spürte, wie sich sein Magen vor Verzweiflung zusammenzog. Sie saßen in einem Raum fest, der sich bald in eine Feuerhölle verwandeln würde. Aber bevor sie verbrannten, würden sie ersticken. Wie lange würde die Luft noch ausreichen? Fünfzig Herzschläge? Hundert?

Als er fieberhaft nach einem Ausweg suchte, entdeckte er den ursprünglichen Eingang des Turms. Er war mit großen Steinblöcken vermauert. »Hilf mir!«, rief er Gaspare zu und wählte einen Gerüstbalken aus, der keine tragende Funktion hatte. Gemeinsam traten sie dagegen, bis sich die alten, rostigen Nägel lösten und der Balken herausbrach. Wie eine Ramme stießen sie ihn gegen den zugemauerten Eingang.

Die Steinblöcke saßen fest, gaben nicht nach.

»Das Pergament!«, schrie Gaspare.

Raoul wandte den Kopf. Das vordere Drittel des Raums brannte – ein kniehoher Teppich aus roten, gelben, orangefarbenen Flammen. Raoul half Gaspare, die Schriftstücke nach hinten zu schaufeln, um eine Gasse zu schaffen. Doch er wusste, dass die Zeit, die sie damit gewannen, verschwindend gering war, denn das Gerüst über den Tunnelöffnungen stand bereits in Flammen.

Erneut setzten sie die Ramme an, ließen den Balken mit all ihrer Kraft gegen die Mauer prallen, fünf Mal, zehn Mal. Ein Block lockerte sich, etwas Mörtel rieselte zu Boden. Doch das war alles.

Heiße Luft brannte Raoul in den Lungen. Das Feuer, die Wände, alles schien zu wanken und verschwamm vor seinen Augen. Gaspare ließ den Balken fallen, als ihn der Rauch husten ließ. Raoul lehnte sich mit dem Rücken an die Wand und schloss die Augen. Er war so erschöpft, dass er sich kaum noch auf den Beinen halten konnte.

Als er die Augen wieder öffnete, nahm er im wirbelnden Feuer eine Gestalt wahr. Anmutig durchschritt sie das Inferno, ein Schatten in dem Meer aus Rot und Orange: ein Engel, liebkost von den Flammen.

Kadar al-Munahid war der Letzte, der den Tunnel verließ und die Schachttreppe hinaufhastete. Ibn-Marzuq und seine Schakale warteten auf ihn im Gewölbe unter dem Badehaus, im Licht zweier Fackeln: der erbärmliche Rest, der noch von seiner Kriegerschar übrig war. Unardhu, Najib, Uthman, Bishr, Rafiq, Saad, Abdul-Jabar, Armin und Akif, der Eunuch – das waren alle. Neun von zwanzig, die mit ihm von Kairo aufgebrochen waren. Nicht einmal im Wadi al-Khazindas, wo er vor vier Jahren im Heer des Sultans gegen die gewaltige Streitmacht der Ilkhane gekämpft hatte, hatte er mehr Männer verloren. Battista war kein Mann – er war ein

Teufel! Kadar dankte Allah, dass Akif den Venezianer in die Hölle geschickt hatte. Aber zu welchem Preis …

Der beißende Rauch des Griechischen Feuers brannte ihm in Augen und Rachen. Der Zustand der Überlebenden ließ zu wünschen übrig; fast die Hälfte der Männer hatte leichte Verletzungen davongetragen. Aber schlimmer noch war das Entsetzen über den Hinterhalt, das ihnen in den Knochen saß. Sie alle waren hartgesottene Kämpfer, aber was gerade geschehen war, hatte keiner von ihnen je erlebt.

Nur ibn-Marzuqs Erscheinung war genauso ordentlich und sauber wie vor dem Kampf, keine Schnittverletzungen, keine Prellungen, nur etwas Atemlosigkeit von der Flucht durch die Tunnel. Wenigstens hatte er die Schriftrolle. Er presste das Lederfutteral an seine Brust wie ein Neugeborenes. Wenn er das Schriftstück verloren hätte und alles umsonst gewesen wäre, dann, so dachte Kadar, hätte er den Wesir an Ort und Stelle umgebracht.

Die Männer erwarteten seine Befehle.

»Wir gehen zurück zur Taverne«, sagte er und wandte sich an seine drei besten Kämpfer. »Unardhu, Armin und Najib, ihr bleibt hier. Ich will, dass niemand den Turm lebend verlässt, habt ihr verstanden?«

Armin und Unardhu, der Mongole, nickten. Nur in Najibs Gesicht regte sich Widerspruch.

»Warum, *aqid?*«, fragte der Söldner. Najib war der jüngste der Männer, siebzehn Jahre alt, mit schwarzem, gelocktem Haar und einem zarten, bartlosen Gesicht, das jeden, der ihn nicht kannte, über seine Grausamkeit hinwegtäuschte. »Battista ist tot, und die anderen sind im Turm. Sie können nicht entkommen.«

Kadar hatte beobachtet, wie das unlöschbare Feuer beide Zugänge versiegelte. Doch er wollte nichts dem Zufall überlassen. Nicht nach allem, was geschehen war. »Tut, was ich sage!«, erwiderte er harsch. »Ich erwarte euch bei Sonnenaufgang in der Taverne.«

Die Flammen erloschen, als Jada bint-Ghassan aus dem Tunnel trat.

»Beim Heiligen Kreuz!«, flüsterte Gaspare mit vor Entsetzen geweiteten Augen.

Hitze, Rauch und die Furcht vor dem verzehrenden Feuer hatten Raoul so sehr zugesetzt, dass er glaubte, seine Sinne spielten ihm einen Streich. Aber als er die Stimme hörte, wusste er, dass er sich die Gestalt nicht einbildete. Sie stand vor ihm in der Tunnelöffnung. Sie war *wirklich*.

»Vorsicht«, rief sie, »das Gerüst! Es hält nicht mehr lange.«

Raoul fürchtete, seine Beine würden unter ihm nachgeben, als er sich benommen in Bewegung setzte.

»Nein!«, rief Gaspare. »Bleib hier! Sie ist kein Mensch. Sie ist –«

Raoul packte ihn am Arm und zog ihn mit sich. Überrumpelt verstummte Gaspare und stolperte hinter ihm her. Jada bint-Ghassan war zurück in die Dunkelheit des Tunnels getaucht; Raoul sah sie nur noch schemenhaft.

Über ihnen knarrte und ächzte das brennende Gebälk. Raoul hatte gehofft, in dem Gang würde sie Kühle empfangen, aber dort war es sogar noch heißer als im Turm. Mauern, Boden und Decke strahlten Hitze von solcher Kraft ab, dass es kaum möglich war, zu atmen. Unter seinem Stiefel zerbrach etwas – der Arm einer verbrannten Leiche. Von Battista und den Söldnern waren nur noch schwarze, gekrümmte Überreste geblieben.

Endlich erreichten sie den Versorgungstunnel. Auch dort war es heiß und stickig, aber in einem erträglichen Maß, und Raouls Gedanken klärten sich etwas.

Jada bint-Ghassan war nach links, in Richtung der Zisterne, gegangen. Raoul hielt nach Michele Ausschau, entdeckte ihn jedoch nirgends. Richtig – er hatte dem Diener beim Angriff der Söldner zugerufen, zu fliehen.

Rovelli!, durchfuhr es ihn. Im Turm hatte er die Leiche des alten Mannes nicht entdeckt. Er blickte nach rechts, in die andere Richtung, und sah auf dem Boden einen Körper liegen.

»Wartet!«, rief er der Ägypterin zu. Raoul drehte den Körper auf den Rücken. Die Leiche war übel zugerichtet, aber das schlohweiße Haar, die runzlige Haut und die Fetzen eines kostbaren Tuches ließen keinen Zweifel daran, dass es sich um Gregorio Rovelli handelte. Obwohl Raoul den Genuesen nicht gekannt hatte, fühlte er sich ihm auf seltsame Weise verpflichtet. Er brachte den Körper in eine würdevolle Position und schloss ihm die Augen.

»Kommt!«, hörte er Jada bint-Ghassans Stimme. »Wir haben keine Zeit!«

Raoul lief zurück zu Gaspare, der einen sicheren Abstand zur Ägypterin hielt. Gemeinsam hasteten sie hinter ihrer Retterin durch den Tunnel. Bei ihrer überstürzten Flucht hatten es die Söldner versäumt, den Balken über der Spalte zu entfernen. Mit einer Behändigkeit, die außergewöhnlichen Gleichgewichtssinn voraussetzte, erreichte sie die andere Seite, gefolgt von Raoul und Gaspare. Als sie den Schuttberg zur Zisterne hinabkletterten, regte sich etwas in der Finsternis zwischen den Säulen.

Jada bint-Ghassan zückte einen gekrümmten Dolch, doch Raoul beruhigte sie: »Nein. Es ist ein Freund.« Trotz der Dunkelheit in der unterirdischen Zisterne, die kaum von dem schwachen Mondlicht, das durch den Brunnenschacht in der hohen Decke sickerte, aufgehellt wurde, erkannte er die Gestalt anhand ihrer unsicheren Bewegungen.

»Herr von Bazerat!«, rief Michele aufgeregt. »Wo ist Gregorio? Und Battista? Was, bei allen Heiligen, ist geschehen? Und wer ist das?«, fragte er mit Blick auf die Ägypterin.

»Dein Herr ist tot. Und Battista auch«, sagte Raoul.

Michele hatte seine Fragen mit fahrigen Gesten untermalt. Jetzt sanken seine Arme herab, und er stand reglos da. »Was? Das kann nicht sein. Wir sind doch rechtzeitig gekommen. Seid Ihr sicher, dass –«

»Wir haben keine Zeit für Fragen«, fuhr Jada bint-Ghassan ihn an. »Wir müssen fort. Vielleicht sind noch Söldner hier.«

»Später«, sagte Raoul zu Michele und wollte den Sims zu dem Damm aus Trümmern hinunterklettern.

»Nicht da entlang«, sagte die Ägypterin. »Möglich, dass al-Munahid das Badehaus bewachen lässt.« Erst jetzt bemerkte Raoul, dass sie ein Seil von einer Säule losband. Es führte hinauf zum Brunnenschacht. Jada bint-Ghassan musste diesen Weg genommen haben, als sie ihnen gefolgt war – aus Gründen, die nur sie allein kannte.

Michele blickte zur Öffnung in der hohen Decke hinauf, und in seiner Stimme schwang Angst mit. »Das schaffe ich nicht! Ich kann nicht klettern! Ich fürchte mich vor großen Höhen.«

»Wir ziehen dich hinauf«, schlug Raoul vor.

Jada bint-Ghassan machte den Anfang und erklomm das Seil so gekonnt, wie sie den schmalen Balken überquert hatte. Raoul sah ihr hinterher, und unzählige Fragen drängten mit Macht auf Antworten. Nach ihr kam Gaspare. Er und die Ägypterin zogen Michele hinauf, der sich das Seil um den Leib gebunden hatte und sich krampfhaft daran festklammerte.

Kampf und Hitze hatten Raouls Kräfte aufgezehrt. Jetzt, da die Anspannung langsam von ihm abfiel, spürte er Schwindel und eine zunehmende Schwere in den Gliedern. Zum ersten Mal seit dem Gewaltritt durch das Amanusgebirge schmerzte ihn wieder jeder Atemzug. Er war ein geübter Kletterer, aber jetzt kamen ihm Zweifel, ob er es hinauf zum Brunnen schaffte.

Als Michele die Hälfte der Strecke zurückgelegt hatte, wurde Raoul auf das Fackellicht im Gang zum Badehaus aufmerksam. Es kam rasch näher, genau wie die hallenden Schritte mehrerer Männer.

»Beeilt euch!«, rief er zum Brunnen hinauf und blickte wieder zum Tunnel. Jada bint-Ghassan und Gaspare waren zu langsam. Er würde kämpfen müssen. Allerdings würden die Söldner keine großen Schwierigkeiten mit ihm haben. Dieser Judas von Körper ließ ihn ausgerechnet jetzt im Stich. Wenn es wenigstens nur ein Gegner gewesen wäre und nicht mehrere ... Er verfluchte sich dafür, dass er seine Armbrust im Turm zurückgelassen hatte.

Ein Pfeil schwirrte heran, fiel platschend ins Wasser, und Raoul suchte hinter einer Säule Deckung. Michele verschwand oben im Brunnenschacht.

»Macht schon!«, schrie Raoul. Er spähte zum Tunnel: drei Söldner. Einer, ein Mongole, blieb mit dem Bogen in der Öffnung stehen und zog einen Pfeil aus seinem Köcher. Die anderen beiden kletterten den Sims hinunter und setzten vorsichtig ihre Füße auf den Damm aus Trümmern. Der vordere hielt in der Rechten ein Schwert, in der Linken eine Fackel ... und war zu Raouls Überraschung kein Sarazene, sondern ein Franzose vielleicht oder ein Mann aus dem Reich. Langes Haar quoll unter dem Helm hervor, ein verschlagenes Lächeln lag auf seinen Lippen. Raoul fragte sich unwillkürlich, welche Gottlosigkeit einen Christen dazu trieb, einem Mann wie Kadar al-Munahid zu dienen.

Das Seilende fiel aus dem Brunnenschacht, verfehlte den Sims und klatschte ins Wasser. Raoul musste seine Deckung aufgeben, um es zu erreichen. Er stürzte nach vorn, umschloss es mit beiden Händen und schwang über die Wasseroberfläche, was ihn vor dem Pfeil des Mongolen rettete. Das Geschoss sirrte weit an ihm vorbei.

»Zieht mich hoch!«, brüllte er. Der Schwung trug ihn fast bis zur gegenüberliegenden Wand. Raoul pendelte zum Sims zurück. Er musste in Bewegung bleiben, um dem Mongolen kein leichtes Ziel abzugeben. Mit den Füßen stieß er sich ab und ruckte dabei ein Stück in die Höhe, als Jada bint-Ghassan und Gaspare endlich zogen.

Die beiden Söldner kamen auf den vom feuchten Moos rutschigen Trümmern nur langsam voran. Als Raoul auf den christlichen Krieger zuschwang, hob dieser sein Schwert. Bevor er jedoch zuschlagen konnte, trat Raoul ihm mit beiden Stiefeln unter das Kinn. Der Mann wurde ins Wasser geschleudert. Sein Panzerhemd zog ihn wie einen Stein nach unten, die Fackel erlosch zischend. Der zweite Söldner, ein junger Bursche, warf sich auf den Bauch und packte die Hand des Christen.

Wieder ruckte das Seil nach oben, dann noch einmal. Raoul pendelte drei Mannslängen über dem Wasser. Der Mongole schoss und verfehlte ihn erneut, doch diesmal nur knapp. Raoul war noch niemandem begegnet, der in fast völliger Dunkelheit so genau zielen konnte. Der nächste Pfeil ging nur daneben, weil er sich im richtigen Moment um seine eigene Achse drehte.

Endlich umgaben ihn die rettenden Wände des Brunnens. Nach einem weiteren Zug seiner Gefährten konnte Raoul eine Hand vom Seil lösen, nach der Ummauerung fassen und sich hochziehen. Gaspare half ihm über den Rand. Raoul fühlte sich, als hätte er seine gesamte Kraft in der Zisterne zurückgelassen. Stacheln schienen seinen Brustkorb von innen zu durchbohren.

Doch ihre Flucht war noch nicht zu Ende.

Jada bedachte ihn mit einem Blick. Den Ausdruck in ihren smaragdgrünen Augen vermochte er nicht zu ergründen. War es Mitleid? Oder Verachtung für seine Schwäche? »Wir müssen weiter. Wenn wir hierbleiben, finden sie uns.«

Raouls Kehle brannte so sehr, dass er kein Wort herausbrachte. Er nickte.

Die Ägypterin eilte zum Ausgang des verlassenen Hofes, in dem sich der Brunnen befand. Michele folgte ihr, ohne zu zögern.

»Brauchst du Hilfe?«, fragte Gaspare besorgt.

»Es … geht schon«, flüsterte Raoul. Bei den ersten Schritten fürchtete er zusammenzubrechen, doch als er mehr von der kühlen, reinen Nachtluft einatmete, fand er in sich einen letzten Rest von Kraft.

Jada bint-Ghassan war schon weit vorausgelaufen. Michele, der keine körperliche Anstrengung gewohnt war, kam nicht hinterher. Gaspare hielt sich neben Raoul. Die Ägypterin blieb stehen, wartete, bis die Gruppe zu ihr aufgeschlossen hatte, und passte ihre Schritte denen der anderen an. Sie führte sie eine Straße entlang, die von halb zerfallenen Palästen und Amtsgebäuden gesäumt wurde. Raoul verwandte seine Kraft darauf, mit seinen Gefährten Schritt zu halten, und achtete kaum auf die Umgebung. Sie liefen durch Hinterhöfe und Gärten, in denen einst gepflegte Pflanzen Mosaikböden und Statuen überwucherten. Ihr Weg führte sie durch zerfallene Torbögen, enge Gassen, Tunnel, über Treppen hinauf und hinab, entlang des Schattens der gewaltigen Landmauer und dann wieder durch die gespenstische Ruhe aufgegebener Straßenzüge. Einmal blieb Jada bint-Ghassan stehen. Raoul hörte hastige Schritte und Stimmen hinter sich. Die Ägypterin änderte die Richtung, und als sie das nächste Mal hielten, umgab sie nichts als Dunkelheit und die Stille längst verlassener Ruinen.

»Hier sind wir sicher«, sagte Jada bint-Ghassan. Ihr war keine Erschöpfung anzumerken. Die anderen ließen sich dort zu Boden sinken, wo sie gerade standen. Raoul lehnte sich mit dem Rücken gegen einen aus dem Gras ragenden Steinblock und schloss die Augen. Sein Inneres war nichts als Schmerz. Langsam, zögernd fühlte er dumpfe Dankbarkeit. Sie waren in Sicherheit. Er konnte ausruhen.

Sie hasteten durch die dunklen Straßen, Harun ibn-Marzuq, al-Munahid und die verbliebenen sechs Männer der Söldnerschar. Sie liefen durch das verlassene Viertel, über still daliegende Plätze und unkrautüberwucherte Ruinen. Und immer waren sie auf der Hut vor Beobachtern, vor der Stadtwache. Al-Munahid trieb sie weiter, auch die Verwundeten, gönnte ihnen keine Atempause. Als sie endlich den zerstörten Hinterhof der alten Taverne erreichten, dachte ibn-Marzuq, dass er für all das viel zu alt war.

In den letzten dreißig Jahren hatte er sich vom einfachen Schreiber bis zum geachteten Hofbeamten hochgearbeitet, und die Machtkämpfe und Intrigen in der Schlangengrube des Sultanpalastes hatten seinen Durst nach neuen Erfahrungen schon vor langer Zeit gestillt. Dass er jetzt, da er endlich eine Position innehatte, die seinen Fähigkeiten und seinem Hang zur Bequemlichkeit gleichermaßen entgegenkam, noch einmal solchen Mühen und Gefahren ausgesetzt wurde, fand er nicht gerecht. *Ich sollte den Sultan bitten, mich aus seinen Diensten zu entlassen,* dachte er, als er sich erschöpft auf seinem Lager im oberen Geschoss der Taverne niederließ. *Ja, bei Allah, genau das sollte ich tun.*

Kerzen wurden entzündet, und in ihrem Schein begannen die Männer, ihre Wunden zu versorgen. Es gab Schnitte an Armen, Beinen und in Gesichtern, Prellungen, Abschürfungen, aber nichts Ernstes … wenn man davon absah, dass fast die Hälfte der Söldner tot in den Tunneln zurückgeblieben war. Ibn-Marzuq sah sich darin bestätigt, dass es klug gewesen war, Cristoforo Battista nicht zu unterschätzen. Aber dass es so schlimm enden würde, hatte selbst er nicht vorhersehen können. Er verstand nun, wie es Männern wie dem Venezianer gelungen war, die Länder Palästinas und Syriens zweihundert Jahre lang gegen eine zehnfache Übermacht zu behaupten. Und er war heilfroh, dass die furchtbare Klinge des Eunuchen Battistas Leben ein Ende gemacht hatte.

Al-Munahid hatte die alte Taverne als Versteck ausgewählt, weil es in dem verlassenen Straßenzug an der Mauer Konstantinopels weit und breit niemanden gab, der Fragen stellen oder sie anderweitig in Schwierigkeiten bringen konnte. Die Unterkünfte im oberen Geschoss mussten einst recht behaglich gewesen sein: Ibn-Marzuq sah gemalte Jagdszenen und Reste von Teppichen an den Wänden. Doch jetzt waren Mauern und Decke fleckig und rissig; Tische und Stühle gab es keine mehr.

Sie lagerten im großen Schlafsaal. Je zwei Fenster an den kurzen Wänden und vier an der langen Wand ließen das Mondlicht herein. Ibn-Marzuq war zu aufgewühlt, um schlafen zu können. Seine Kleider waren schmutzig und verschwitzt, der muffige Geruch der alten Tunnel haftete an ihnen. Er sehnte sich nach einem heißen Bad; doch ob er es bekommen würde, hing allein davon ab, was in der Schriftrolle stand.

Als er sie öffnete, dachte er an die vielen Tausend Schriftstücke, die im Hundsturm verbrannt waren. Ein großer Teil des Wissens einer ganzen Kultur war heute vernichtet worden. Das hatte viel mehr zu ibn-Marzuqs düsterer Stimmung beigetragen als das, was den sieben Söldnern zugestoßen war. Sie waren Schakale – Tiere; ihr Tod berührte ihn nicht.

Ginge es nach ihm, hätte er noch mehr Männer geopfert, wenn er damit die Schätze des Hundsturmes hätte retten können. Aber es war nun einmal nicht Harun ibn-Marzuq, der über solche Dinge entschied.

Mit höchster Vorsicht öffnete er die brüchigen Lederbänder und rollte das uralte Pergament auf. Es löste sich an den Rändern auf und brach. Ibn-Marzuq hatte damit gerechnet. Aber er wollte die Schriftrolle ohnehin nach dem Lesen vernichten.

Die Schrift war verblasst, aber noch einigermaßen lesbar. Er breitete die Bruchstücke vor sich aus und nahm sich eine Kerze.

Der dritte Teil der *Vita Antonii* war weitaus kürzer als die ersten beiden. Sein Herzschlag raste beim Lesen. Der Inhalt war erstaunlich. Wäre er ein Christ gewesen, hätte ihn das, was er da las, vermutlich zutiefst bestürzt. Denn der erste Teil der *Vita* – was die Christenheit für die Lebensgeschichte des heiligen Antonius hielt – bestand nur aus Lügen.

Er las das Pergament immer wieder, bis das erste Licht des Tages hereinkroch. Die Männer hatten sich erschöpft schlafen gelegt. Außer ihm war nur al-Munahid aufgeblieben. Schweigend saß der Söldnerführer da, blickte hin und wieder aus einem der Fenster und kehrte dann an seinen Platz zurück. Als schwere Schritte die Treppe heraufkamen, stand er ruckartig auf.

Der Mongole, Najib und Armin kamen herein. Der Deutsche war völlig durchnässt. In seinem Gesicht las ibn-Marzuq, dass die drei schlechte Nachrichten hatten und ihm die Aufgabe zugefallen war, sie al-Munahid zu überbringen.

»Was ist geschehen?«, wollte der Söldnerführer wissen.

Armin nahm seinen Helm ab. Das nasse Haar klebte an seinem Kopf. »Sie sind entkommen. Wir wissen nicht, wie. Offenbar hat ihnen jemand geholfen. Eine Frau.« Was der

Deutsche mit der Sprache des Heiligen Korans anstellte, tat ibn-Marzuq in der Seele weh.

Armin wollte noch etwas sagen, doch al-Munahids Faust schnellte vor. Der Schlag kam so heftig und überraschend, dass der Deutsche zu Boden geschleudert wurde. Das Scheppern seines Helms weckte einige der schlafenden Männer.

Al-Munahid öffnete seine Faust und schloss sie langsam wieder. Seine Stimme bebte. »Wer ist entkommen? Und was für eine Frau?«

Es war Najib, der antwortete. »Der Ritter, der andere Kerl und Rovellis Lakai. Wer die Frau ist, wissen wir nicht. Wir konnten ihr Gesicht nicht sehen.« Der Junge zuckte zusammen, als al-Munahid seine Haltung änderte, doch es kam kein weiterer Schlag. Der Söldnerführer wandte sich ab und ging zu einem Fenster. Reglos blickte er hinaus.

Inzwischen waren alle Männer wach. Armin rappelte sich auf und ging wie Najib und der Mongole zu seinem Platz. Niemand sprach, denn alle fürchteten, al-Munahids Zorn auf sich zu ziehen.

Narren, dachte ibn-Marzuq verächtlich und widmete sich wieder der Schriftrolle. Kurz darauf wusste er, wo das Zepter des Suleyman versteckt war.

Leider sprach alles dafür, dass er noch viele Wochen auf sein Bad warten musste.

Kapitel 12

Graues Dämmerlicht fiel durch Löcher in der Decke, als Raoul zu sich kam. Weiße, fleckige Wände umgaben ihn, Staub und Schutt lagen in den Ecken des geräumigen Zimmers. Er erinnerte sich an Flucht, an Angst und Schmerz. Schmerz, der jede Faser seines Körpers ausgefüllt hatte. Sie hatten in diesem verfallenen, einst herrschaftlichen Anwesen in einem der unbewohnten Viertel an der Landmauer Schutz gesucht. Ihr Nachtlager hatten sie sich im ersten Geschoss bereitet.

Jada bint-Ghassan … Sie hatte sie gerettet, war durch die Flammen gegangen wie durch Vorhänge aus Seide. Ja. Es war kein Traum gewesen. Cristoforo Battista war erschlagen worden, aber Michele, Gaspare und er selbst hatten überlebt. Dank ihr.

Als die Schlaftrunkenheit von ihm abfiel, erwachte auch der Drang, Antworten auf seine zahllosen Fragen zu bekommen.

Allerdings war die Ägypterin verschwunden. Michele schlief neben ihm, die Knie an den Körper gezogen, den Kopf auf den Armen. Jemand hatte eine Decke über ihn gebreitet. Raoul stand auf, bog Schulter und Rücken nach hinten, um die Schwere in den Gliedern abzuschütteln. Vom Schmerz in seiner Brust war nur noch ein leiser Nachhall übrig. Sein Atem fühlte sich rau an. Vor dem Einschlafen, erinnerte er sich, hatte er aus einem Wasserschlauch getrunken. Raoul suchte ihn und bemerkte dann, dass auch Gaspare wach war.

Eingehüllt in eine Decke, kauerte der Toskaner in einer

Ecke des Zimmers, die Augen von Schatten unterlegt. »Guten Morgen«, murmelte er.

»Wo ist unsere Retterin?«, fragte Raoul leise, aus Rücksicht auf Michele.

»Draußen. Frisches Wasser holen.« Gaspare unterdrückte ein Gähnen. Raoul sah ihm an, dass er die ganze Nacht wach gelegen war.

»Warum hast du nicht geschlafen?«

»Einer musste ja Wache halten.«

Der gereizte Unterton entging Raoul nicht. »Jada bint-Ghassan ist keine Gefahr für uns, Matteo.«

»Dafür, dass du sie nicht kennst, scheinst du dir ja ziemlich sicher zu sein.«

»Wenn sie uns schaden wollte, wieso hat sie uns dann gerettet?«

»Wer weiß schon, was in einer Hexe vorgeht«, sagte Gaspare gedehnt.

»Eine Hexe? Dafür hältst du sie?«

»Ja, genau dafür halte ich sie!« Matteo befreite sich aus der Decke, knüllte sie zusammen und warf sie beiseite. Er ging nah an Raoul heran. »Und weißt du, was ich außerdem denke? Wir sollten zusehen, dass wir sie schleunigst wieder loswerden.«

Nun stieg auch in Raoul Ärger auf. »Bedankst du dich so bei jemandem, der dir das Leben gerettet hat?«

Gaspare riss die Hände in die Luft. »Gütiger Himmel, na schön! Gib ihr etwas Silber, und dann jag sie zum Teufel, bevor sie ihre Hexenkünste noch an uns ausprobiert. Wir haben ohne sie schon genug Scherereien.«

Michele regte sich unter der Decke. Doch obwohl Raoul und Gaspare beinahe schrien, wachte er nicht auf. Die gestrigen Ereignisse mussten ihn zu Tode erschöpft haben.

»Scherereien – ja, die haben wir in der Tat! Gestern wurde

ich zum zweiten Mal in einem Monat fast getötet. Ich denke, es wird Zeit, dass du mir endlich verrätst, was es mit diesem geheimnisvollen Stab auf sich hat.«

Der Klang von Gaspares Stimme veränderte sich, wurde vorsichtig. »Ich habe dir alles gesagt, was ich weiß«, erwiderte er.

»Diesen Unsinn von Zauberkräften und ewigem Leben? Hältst du mich für einen Narren, Matteo?«

»Es spielt keine Rolle, ob es Unsinn ist oder nicht. Der Papst glaubt daran.«

»Und der Sultan? Was ist mit dem Sultan?«

Darauf wusste Gaspare keine Antwort. Im Amanusgebirge hatte Raoul gespürt, dass sein Gefährte ihm etwas verheimlichte. Nun wusste er, dass ihn sein Gefühl nicht getäuscht hatte. Seine Stimme wurde leise und schneidend. »Sag mir alles, Matteo. Ich werde dich kein zweites Mal darum bitten.«

Gaspare verstand, dass es ihm ernst war. Die Streitlust war von ihm gewichen, und seine Zungenspitze fuhr nervös über die Oberlippe. »Was wir suchen, ist kein Stab, sondern ein Zepter. Athanasios nannte es ›Stab‹, um zu verschleiern, was sich dahinter verbirgt. Salomo der Große hat es geschmiedet, vor über zweitausend Jahren. Und es hat wirklich Zauberkräfte. Es kann kein ewiges Leben schenken, aber es hat die Macht, Lahme wieder gehen und Blinde wieder sehen zu lassen. Es heilt gebrochene Knochen und tödliche Schwertwunden, Fieber, Cholera und jedes andere Leiden.«

In seiner Wut hatte Raoul die Arme gehoben. Jetzt sanken sie herab, als wäre jegliche Kraft aus ihnen gewichen. Er schluckte, bevor er mit brüchiger Stimme fragte: »Jedes Leiden? Auch meines?«.

»Auch deines«, sagte Gaspare. »Verstehst du jetzt, warum Papst und Sultan mit allen Mitteln versuchen, es in ihre Hände zu bekommen?«

Raouls Hände zitterten. *Das kann nicht sein, so etwas gibt es nicht,* war sein einziger Gedanke. *Matteo versucht wieder, dich zu täuschen …* Er packte ihn am Kragen und zog ihn zu sich heran. »Lüg mich nicht an«, flüsterte er.

Der schmächtige Mann strampelte und versuchte sich zu befreien, aber er konnte nichts gegen den Griff ausrichten. »Das ist nicht gelogen!«, schrie er. »Ich schwöre es!«

»Er spricht die Wahrheit«, sagte Jada bint-Ghassan.

Ihr plötzliches Erscheinen überraschte Raoul so sehr, dass er den Toskaner losließ. Sofort brachte Matteo einige Schritte Abstand zwischen sich und Raoul und zupfte sein Wams zurecht, während die Angst aus seinen Zügen wich. Michele war inzwischen aufgewacht und beobachtete verwirrt das Geschehen aus schlaftrunkenen Augen.

Jada bint-Ghassan trug einen weiten, sahnefarbenen Mantel aus schlichtem Tuch. Ihr schwarzes Haar hatte sie zu einem Zopf geflochten. Sie ging an Raoul und Matteo vorbei, legte die prall gefüllte Ziegenblase ab und öffnete ihren Beutel. Er enthielt Äpfel, zwei gebratene Kapaune und Brotfladen. »Für Euch«, sagte sie. »Esst.«

Beiläufig bemerkte Raoul, dass die Ägypterin einwandfreies Latein sprach. »Er hat die Wahrheit gesagt?«, fragte er scharf. Sein Zorn war noch nicht vollends erloschen.

»Die Heilkräfte des Zepters. Es ist genau so, wie er es Euch erklärt hat.«

Raoul fühlte sich wie damals in Blaises Gemach, als er von seiner Krankheit erfahren hatte. Die Wirklichkeit um ihn schien ihren Zusammenhalt zu verlieren. Nur seine Wut hinderte ihn daran, fortzulaufen, an einen Ort, wo er seine Gedanken ordnen konnte. Er blickte Matteo an. »Wieso hat mir Morra nichts davon gesagt? Er hätte mir als Lohn für meine Hilfe die Heilung anbieten können.«

»Er wollte, dass nur er, Battista und ich von den Kräften

des Zepters wissen. Ich musste ihm schwören, dir nichts zu verraten.«

»Und damit das Geheimnis gewahrt blieb, nahm er meinen Tod in Kauf?«

Gaspares Schweigen war Antwort genug.

»Er war ein guter Mann«, sagte Michele später am Morgen. Vor ihm lagen etwas Brot und ein halber Kapaun. Er rührte beides nicht an. »Der beste Herr, den sich ein Diener wünschen kann. Er hat ein anständiges Begräbnis verdient. Heute Abend hole ich mit Antonio die Leiche.«

»So lange wirst du nicht warten müssen«, sagte Matteo. »Ich habe mich beim Hundsturm umgesehen. Die Wachen, die heute Morgen auf der Mauer Dienst hatten, haben gesehen, dass Rauch aus dem Dach dringt. Sie schlagen gerade ein Loch in den Turm.«

Das Gesicht des Dieners war grau vor Müdigkeit und Trauer. »Ich sollte zu ihnen gehen und berichten, was geschehen ist.«

Raoul hing seinen eigenen Gedanken nach und hatte nur mit einem Ohr zugehört. In den letzten Stunden war er knapp dem Tod entronnen und hatte kurz darauf erfahren, dass er vielleicht – *vielleicht!* – sein Leben zurückgewinnen konnte. Das alles war so unvorstellbar, dass es ihm nicht gelang, etwas anderes als Verwirrung zu empfinden. »Sag ihnen, dass alle außer dir verbrannt sind. Das erspart uns Scherereien.«

Michele nickte stumm. Wenig später dankte er Raoul und Gaspare für das, was sie getan hatten, und sagte ihnen Lebewohl. Als er fort war, ging Raoul zu Jada bint-Ghassan, die abseits von ihnen saß und ihren Dolch reinigte. Dabei spürte er den Blick seines Gefährten im Rücken. Matteos Misstrauen hatte etwas nachgelassen, als er begriffen hatte, dass die

Ägypterin keine Anstalten machte, ihn zu verhexen. Aber gänzlich verschwunden war es nicht.

Raoul setzte sich zu ihr. Seit dem Verteilen der Vorräte hatte sie kein Wort mehr gesprochen. »Ich habe mich Euch noch nicht vorgestellt«, begann er. »Mein Name ist –«

»Ich kenne Euren Namen«, erwiderte sie. »Und auch die der anderen.«

Überrascht von dem abweisenden Ton, schaute er sie an. Sie bedachte ihn mit einem ihrer unergründlichen Blicke und fuhr dann fort, die restliche Verpflegung und ihre Decken einzupacken. Raoul nahm einen der Beutel und half ihr. Schließlich unternahm er einen neuen Versuch. »Wieso seid Ihr allein?«

»Wieso sollte ich es nicht sein?«

»Nun, ich hörte, Ihr seid eine Prinzessin. Da, wo ich herkomme, reisen Edelfrauen niemals allein.« *Und sind nicht in der Lage, durch Feuer zu gehen,* flüsterte eine Stimme in seinen Gedanken.

Jada bint-Ghassan verschloss einen Beutel und nahm sich den nächsten vor. »Ich bin keine Prinzessin mehr.«

»Warum nicht?«

»Weil diese Zeit vorbei ist.«

Ihr Gesicht, das in Jerusalem hinter einem Schleier verborgen gewesen war, war fein geschnitten, mit einem sinnlichen Mund und vorspringenden Wangenknochen. Der Hochmut in ihren grünen Augen fehlte, aber Raoul spürte wieder die Melancholie, die wie ein Schatten auf ihr lag. Seit dem Kampf in Battistas Haus hatte er nicht mehr an sie gedacht; bei dem anschließenden Gewaltritt war keine Zeit dafür gewesen. Doch jetzt fühlte er sich wieder zu ihr hingezogen – nicht nur, weil sie eine sehr schöne Frau war. Da war noch etwas anderes, ein Gefühl der Vertrautheit, das sie in ihm hervorrief. Dabei wusste er von ihr nichts als den Namen.

Er dachte daran, wie er am gestrigen Abend den Eindruck gehabt hatte, beobachtet zu werden. Da die Ägypterin ihre Namen kannte und offenbar noch viel mehr über sie wusste, musste sie sich seit Jerusalem mehr als einmal in ihrer unmittelbaren Nähe aufgehalten haben. Wer, bei allen Heiligen, war diese Frau? »Warum seid Ihr uns gefolgt? Habt Ihr gehofft, wir würden Euch zum Zepter führen?«

»Gut geraten«, sagte sie spöttisch, nahm ihre Beutel auf und schickte sich an, das Zimmer zu verlassen. Raoul folgte ihr. So leicht gab er nicht auf.

»Warum sucht Ihr nach dem Zepter? Wollt Ihr Euch seine Heilkräfte zunutze machen?«

»Die Heilkräfte interessieren mich nicht.« Vor dem Zimmer begann ein Säulengang, der den quadratischen Innenhof des Anwesens umlief. Der Garten darin war ein Urwald aus dornigen Büschen und Unkraut. Kletterpflanzen hingen an den Marmorsäulen und der heruntergekommenen Fassade. Ein Löwe aus Porphyr, dem die Schnauze fehlte, verschwand fast vollständig in dem Gestrüpp. Jada bint-Ghassan stieg die ausgetretenen Stufen der Treppe hinunter.

»Was ist es dann?«, hakte Raoul nach.

»Eure Fragen beginnen, mich zu langweilen«, erwiderte die Ägypterin, ohne sich umzudrehen. Sie durchquerte zügig den Garten und verschwand in einem Durchgang.

»Raoul!«, rief Matteo ihm nach. Der Toskaner hatte das Zimmer verlassen und eilte Raoul hinterher. »Hast du vergessen, was Morra gesagt hat? Zu keinem ein Wort über den Auftrag!«

»Morra soll zur Hölle fahren«, sagte Raoul barsch und trat in den Durchgang. Dahinter befand sich ein größerer Raum, der zum vorderen Hof des Anwesens offen war – ein großes Loch klaffte in der Mauer, Schutt bedeckte den Boden. Ein Pferd, ein stattlicher Araber, stand dort angebunden an einen Balken und fraß aus einem Futterbeutel. Sattel und Zaumzeug lagen auf dem Boden. Jada bint-Ghassan tätschelte den Hals des Hengstes und flüsterte ihm etwas ins Ohr.

»Was habt Ihr jetzt vor?«, fragte Raoul.

»Ich ziehe meiner Wege und Ihr Eurer. Das ist für uns alle das Beste, glaubt mir.«

Er sah zu, wie sie den Futterbeutel überprüfte, in einem angrenzenden Flur verschwand, mit den Händen voll Hafer zurückkam und den Beutel füllte. »Ohne die Schriftrolle könnt Ihr das Zepter nicht finden.«

»Al-Munahid wird mich zu ihm führen.«

»Und dann? Er wird es Euch kaum freiwillig überlassen.«

»Mir fällt schon etwas ein«, sagte sie knapp, band den Beutel zu und schob sich die Scheide mit dem Krummdolch hinter den Gürtel. Die Art, wie sie die Klinge hielt und benutzte, hatte ihm gezeigt, dass sie damit umzugehen verstand.

»Allein könnt Ihr gegen al-Munahid und seine Männer nichts ausrichten. Ich habe erlebt, wozu sie fähig sind.«

In den Smaragdaugen flackerte der Hochmut auf, den er in Jerusalem gesehen hatte. »Ihr habt auch erlebt, wozu ich fähig bin.«

Eine Erwiderung, die sich nicht von der Hand weisen ließ.

»Trotzdem werdet Ihr Hilfe brauchen«, sagte Raoul. »Ich begleite Euch.«

»Raoul!«, raunte Matteo hinter ihm bestürzt. Raoul beachtete ihn nicht. Er sah Jada bint-Ghassan an, die schweigend seinen Blick erwiderte.

»Wenn wir uns zusammentun, können wir vielleicht etwas gegen al-Munahid ausrichten«, fuhr er fort. »Alles, was ich will, ist, geheilt zu werden. Was danach mit dem Zepter geschieht, geht mich nichts an. Ihr könnt es haben.«

Die Ägypterin schwieg lange. Als Raoul schon glaubte, sie

würde seinen Vorschlag ablehnen, sagte sie: »Beschwört Ihr diese Abmachung?«

»Bei meiner Seele«, sagte Raoul.

Matteo stöhnte auf.

»Mein Geld reicht nicht für ein weiteres Pferd«, sagte Jada bint-Ghassan. »Ihr müsst Euch selbst darum kümmern. Und beeilt Euch. Zur Mittagsstunde brechen wir auf.«

Als Raoul und Matteo zur Pilgerherberge gingen, wo sie den Rest ihrer Ausrüstung und – weitaus wichtiger – Battista sein Geld zurückgelassen hatten, sagte der Toskaner: »Du kannst ihr das Zepter nicht überlassen. Wer weiß, was sie damit vorhat?«

»Schlimmer als das, was Papst und Sultan im Schilde führen, kann es nicht sein.« Raoul war nicht mehr zornig auf seinen Gefährten. Matteo traf keine Schuld. Er hatte nur das getan, was ihm befohlen worden war.

»Und was ist mit mir? An mich denkst du dabei überhaupt nicht! Ich kann ohne das Zepter nicht nach Rom zurückkehren. Morra handelt im Auftrag des Papstes. Er lässt mich ins Verlies werfen, wenn ich versage.«

»Niemand zwingt dich, zu Morra zurückzukehren. Willst du wirklich einem Mann wie ihm dienen? Du sprichst mehrere Sprachen. Du findest überall im Reich eine Anstellung.«

Matteos Stimme klang verzweifelt. »Und der Sündenablass, den Morra dir versprochen hat? Willst du den nicht mehr?«

Noch gestern hätte Raoul sich davon umstimmen lassen. Aber seit er wusste, dass ein viel größerer Lohn auf ihn wartete, wenn er das Zepter auf eigene Faust suchte, war der ursprüngliche Zweck seiner Reise bedeutungslos geworden. Er hatte ein besserer Mann werden wollen, doch Morra hatte ihn nur benutzt. Raoul kam sich deswegen wie ein leichtgläubiger Narr vor. »Wenn ich deinem Morra das nächste Mal begegne, spucke ich vor ihm aus.«

Der Toskaner verfiel in betrübtes Schweigen.

»Komm mit mir nach Bazerat, wenn alles vorbei ist«, schlug Raoul ihm vor. »Die Familie kann einen Mann wie dich gebrauchen.«

Gaspare sah ihn zweifelnd an. »Nach Bazerat – du meinst nach Oberlothringen?«

»Ja. Du kannst die Bücher führen und Blaise dabei helfen, Jean zu unterrichten.«

Sein Gefährte dachte darüber nach. »Das würdest du für mich tun?«

Raoul grinste. »Ohne dich hätte Battista mich im Gebirge zum Verdursten zurückgelassen.«

Ein wenig unsicher erwiderte Matteo das Lächeln. »Battista war ein verfluchter Hundesohn, nicht wahr? Ich bin froh, dass wir ihn los sind.«

»Heißt das, ja?«

Der Toskaner blieb auf der belebten Straße stehen und verneigte sich tief. »Matteo Gaspare, Schreiber, Übersetzer und Buchhalter, zu Euren Diensten.«

Lachend schlug Raoul ihm auf den Rücken.

In der Markthalle beim Blachernenpalast begann der Lärm des Feilschens und Verhandelns, der sich bis zur Mittagsstunde um ein Vielfaches steigern würde. Neben Fässern mit Wein aus der gesamten Ägäis türmten sich Tuchballen, Eisenbarren, Säcke und Amphoren voller Gewürze. Händler aus dem Umland priesen lautstark Obst, Fisch, Fleisch aller Art, Schmuck, Waffen und Werkzeuge an. Matteo stellte sein Verhandlungsgeschick unter Beweis und erstand günstig zwei Pferde, eine gescheckte Stute und einen braunen Wallach.

Anschließend erkundigte er sich bei den Wachposten am Tor unterhalb des Palastes, ob al-Munahid und seine Männer die Stadt verlassen hatten. Die Soldaten hatten niemand gesehen, auf den Matteos Beschreibung passte. Also stiegen sie auf die Pferde und ritten die Tore der Theodosianischen Mauer der Reihe nach ab. Die meisten Wächter gaben bereitwillig Auskunft, bei den wenigen Ausnahmen halfen sie mit einer Silbermünze nach. Doch keiner konnte sich an die Söldner erinnern. Dass sie übersehen worden waren, war unwahrscheinlich. Die Tore waren erst seit wenigen Stunden offen, und zu dieser Tageszeit kamen zwar viele Bauern und Händler von außerhalb nach Konstantinopel, aber nur wenige Menschen verließen die Stadt.

Gegen Mittag trafen sie Jada, die die Tore im südlichen Teil der Landmauer übernommen hatte. Auch sie hatte keine Spur von al-Munahid gefunden. Gemeinsam setzten sie die Suche in den Häfen fort und begannen am Julianshafen. Von einem bestechlichen Schreiber der Hafenverwaltung erfuhren sie, dass von den zwei Dutzend Schiffen, die seit Sonnenaufgang ausgelaufen waren, elf Reisende mitgenommen hatten. Sie ließen sich die Namen dieser Schiffe geben und befragten die Hafenarbeiter, die sie beladen hatten, nach den Söldnern. Nach zwei Stunden gerieten sie an einen Lastenträger, einen vierschrötigen Mann mit gebrochener Nase, der sich an einen riesenhaften Eunuchen inmitten einer Gruppe Mameluckenkrieger erinnern konnte. Er habe die Männer an Bord der »Daimónion« gesehen, einer byzantinischen Galeere, die beim ersten Licht des Tages nach Trapezunt ausgelaufen sei.

»Trapezunt? Wo liegt das?«, fragte Raoul, als der Arbeiter gegangen war und Matteo das Gespräch übersetzt hatte.

»An der Küste des Schwarzen Meeres, nicht weit von Armenien«, sagte Jada. Sie wirkte gedankenverloren und zeigte mit keiner Regung, dass sie sich über den Hinweis freute.

»Finden wir heute noch ein Schiff, das auch dorthin fährt?«

»Wenn nicht heute, dann morgen«, antwortete Matteo. »Trapezunt ist der bedeutendste Hafen im Osten.«

»Wartet hier. Ich kümmere mich darum«, sagte Jada harsch und ging davon.

Raoul blickte Matteo fragend an. Der Toskaner hatte jedoch keine Notiz von ihrem merkwürdigen Verhalten genommen, denn er beschäftigte sich mit dem Inhalt seiner Börse.

»Damit kommen wir nicht einmal mehr nach Pera. Wie viel hast du noch?«

»Noch weniger«, sagte Raoul geistesabwesend. Er beobachtete, wie Jada in der Hafenverwaltung verschwand. »Warte hier.« Er folgte der Ägypterin.

Jada fuhr zusammen, als der junge Ritter die Hafenmeisterei betrat. Sie hatte gehofft, die Schwierigkeiten, die sich am Hafen ergeben hatten, unauffällig beseitigen zu können. Doch mit seinem Auftauchen machte er alles zunichte. Dass er und sein Gefährte Zeuge gewesen waren, wie sie das Feuer ihrem Willen unterwarf, war schon weit mehr, als sie hätten sehen dürfen. Mehr durfte sie nicht von sich preisgeben. Es hing zu viel davon ab.

Er durchquerte das Amt, in dem acht Schreiber über Schiffe und Frachtzölle Buch führten. Jada überlegte, wie sie ihn fortschicken könnte, ohne dass er Verdacht schöpfte; doch dann erinnerte sie sich, dass er kein Griechisch verstand. Sie fasste sich wieder. Wenn sie es geschickt anstellte, merkte er vielleicht nichts.

Er trat zu ihr. »Geht es Euch gut?«

Sie fühlte sich ertappt, bis sie begriff, dass sich seine Frage nicht auf ihr Erschrecken bezog, sondern auf ihr Verhalten am Hafen. Sie setzte ein erschöpftes Lächeln auf, was ihr nicht schwerfiel. Jada trug schon so lange eine Maske, dass sie sich manchmal selbst nicht mehr erkannte. »Ich bin nur müde.«

Er sah sie forschend an, fragte aber nicht weiter nach. Jada hoffte, dass er auf die Lüge hereingefallen war, und wandte sich an den nächsten Schreiber. »Ich brauche eine Überfahrt nach Trapezunt«, sprach sie ihn auf Griechisch an.

Der Mann saß an einem Tisch voller Listen, Frachtbriefen und anderen Schriftstücken. Wie die anderen Schreiber hatte auch er Jada unverhohlen angegafft, als sie den Raum betreten hatte. Dass sie ihn jetzt anredete, schien ihn zu verunsichern.

»Nach Trapezunt?«, murmelte er.

»Ja.«

Er begann, in seinen Unterlagen zu wühlen. »Wann? Noch heute?«

»Der Zeitpunkt ist mir gleich.«

Der Schreiber zog eine seiner Listen hervor. »Nun gut. Da hätten wir die ›Phríxos‹. Ein Küstenfahrer. Sie läuft übermorgen aus. Soll ich Euch dem Kapitän melden?«

»Nein, das ist nicht nötig. Ich spreche selbst mit ihm. Ich danke Euch.« Sie wandte sich um und ging Richtung Ausgang, spürte, wie ihr der Blick des Schreibers folgte.

»Habt Ihr ein Schiff gefunden?«, fragte Bazerat.

»Die ›Daimónion‹ war das letzte.« Jadas Miene war düster, als sie ihn ansah. »Das nächste läuft erst in zwei Wochen aus. Wir müssen nach Trapezunt reiten.«

Kardinal Morra trug weder seine Soutane noch ein anderes Kleidungsstück, das ihn als Würdenträger der Kurie auswies, als er im Julianshafen von Bord ging. Seit der Besetzung Konstantinopels im vierten Kreuzzug hatte sich die Kluft zwischen der byzantinischen und der römischen Kirche vertieft, und Morra wollte jegliche Schwierigkeiten, die sein Amt möglicherweise mit sich brachte, vermeiden. Für seine Nachforschungen musste er unauffällig sein, deshalb hatte er beschlossen, sich als Kaufmann aus Florenz auszugeben. Er stammte von dort und glaubte, die Rolle überzeugend spielen zu können. Es würde ohnehin nur von Belang sein, wenn er mit einem Genuesen zu tun hatte. Die Byzantiner waren gewiss nicht in der Lage, seine genaue Herkunft zu erkennen.

Für sich und seine acht Waffenknechte wählte Morra eine Herberge in der Nähe der Hagia Sophia aus. Niemand dort würde sich über die Anwesenheit der Soldaten wundern. Dass ein wohlhabender Kaufmann zu seinem Schutz Söldner anheuerte, war nichts Ungewöhnliches. Ein Mann namens Simone war der neue Hauptmann der Waffenknechte. Er war ebenso unfähig wie Francesco, aber im Gegensatz zu diesem der Kirche und seinem Dienstherrn treu ergeben. Nach seiner Unterredung mit dem Papst hatte Morra zwei Diener, deren Zuverlässigkeit außer Frage stand, mit der Durchsuchung der Unterkünfte all seiner Bediensteten beauftragt. Und tatsächlich hatten sie in Francescos Kammer Dokumente gefunden, die ausschließlich für Morras Augen bestimmt waren. Auf der Streckbank hatte der Hauptmann gestanden, die Hinweise auf die *Vita Antonii* einem Spitzel des Sultans zugeleitet zu haben. Als Francesco dem Scharfrichter übergeben wurde, war Morra bereits auf dem Weg nach Konstantinopel.

Gleich nach seiner Ankunft mietete er eine Sänfte und ließ sich zum Blachernenpalast bringen. Nachdem er zu seiner Bestürzung in den Archiven erfahren hatte, dass der dritte Teil der *Vita* nicht dort war, machte er sich auf die Suche nach Battista und Gaspare. Sie mussten in der Stadt sein – der Archivar hatte gesagt, er habe vor zwei Tagen mit einem Mann gesprochen, auf den die Beschreibung Battistas genau zuträfe.

Den Venezianer zu finden erwies sich jedoch als ausgesprochen schwierig. Morra sah keinen anderen Weg, als jede einzelne Herberge abzusuchen. Seine Männer konnte er nicht ausschwärmen lassen, denn kein einziger von ihnen sprach Griechisch. Am späten Nachmittag kam er an einem Turm der Theodosianischen Landmauer vorbei, vor dem sich viele Menschen angesammelt hatten. Kaiserliche Soldaten drängten sich um ein Loch, das offenbar mit Hämmern und Spitzhacken in die sieben Ellen dicke Mauer getrieben worden war. Auf einer Bahre wurde eine verkohlte Leiche ins Freie gebracht.

Morra reckte den Kopf aus dem Fenster und befahl den Trägern, anzuhalten. Weiter vorne sah er noch mehr Leichen; sie lagen, mit Leinentüchern bedeckt, auf der Straße. Daneben türmten sich rußgeschwärzte und von großer Hitze verbogene Waffen und Rüstungen. Morra sah Säbel und spitz zulaufende Helme, wie Mamelucken sie trugen. Er stieg aus und winkte Simone, der mit den anderen Waffenknechten hinter der Sänfte hergegangen war, zu sich.

Sie näherten sich einem Mann, der neben einer der Leichen kniete und die Hände im Schoß gefaltet hielt.

»Was ist hier geschehen?«, fragte Morra.

Der Mann blickte auf. Er war schmächtig, etwa in Morras Alter und trug einen schwarzen, schmutzigen Rock. Seine Augen waren vom Weinen gerötet. »Im Turm ist ein Feuer ausgebrochen«, antwortete er und starrte wieder auf die Umrisse des Körpers, die sich unter dem Tuch abzeichneten.

»Wer sind diese Toten?«

»Das hier ist mein Herr. Gregorio Rovelli. Die anderen sind Mameluckensöldner.«

Morra dachte an die Söldnertruppe aus Battistas Nachricht. »Habt Ihr etwas von einem Venezianer namens Cristoforo Battista gehört?«

»Er liegt da drüben.« Der Diener wies mit einer Kopfbewegung auf eine der Leichen. Die Form unter dem Tuch glich denen der anderen; die hünenhafte Gestalt war geschrumpft, als die Hitze alle Körpersäfte verdampft und das Fleisch in Schlacke verwandelt hatte.

Jähe Wut packte Morra. Battista war ein treuer Diener gewesen, vielleicht der treuste, den er je gehabt hatte. Der Verlust für die Christenheit war unermesslich. Seine Stimme klang hart, als er sagte: »Battista hatte zwei Begleiter. Einen Schreiber namens Gaspare und einen jungen Ritter aus Oberlothringen. Was ist aus ihnen geworden?«

Der Diener zögerte. Morra schien es, als habe er die Frage nicht verstanden. Er stand offenbar unter Schock. »Tot«, sagte er schließlich. »Verbrannt.«

»Erzählt mir alles.«

Ein misstrauischer Blick traf Morra. »Ich weiß nicht einmal, wer Ihr seid.«

»Ein Freund von Cristoforo. Wir waren zusammen in Akkon.«

Das schien dem Diener zu genügen. Stockend berichtete er, was sich im Turm ereignet hatte. Er erzählte es verworren und umständlich, sodass Morra mehrmals schier die Geduld verlor. Schließlich ergab sich doch noch ein Bild der Ereignisse.

Kadar al-Munahid war am Leben und besaß die Schriftrolle, und Gott allein wusste, wo er jetzt steckte.

Morra dankte dem Diener und ging zu Simone, der mit verschränkten Armen am Rand der Menschenmenge wartete. »Teile die Männer in Zweiergruppen auf«, befahl er dem bärtigen Hauptmann. »Jede Gruppe heuert einen Übersetzer an. Fragt an jedem Tor und in den Häfen nach einer Gruppe Mameluckensöldner. Findet heraus, wohin diese gottverdammten Heiden verschwunden sind.«

Kapitel 13

Silberne Fische glitten wie pfeilschnelle Messer unter den Wellen dahin.

Harun ibn-Marzuq saß auf den Achternaufbauten, genoss die Sonne und war in den Anblick des Schwarms versunken, der die »Daimónion« seit dem Morgen begleitete. Ihn faszinierte, wie sich die Tiere, deren Zahl in die Tausende ging, aufeinander abgestimmt bewegten, wie sie gleichzeitig nach links oder rechts schwammen, als gehorchten sie einem einzigen Willen. Es waren Wolfsbarsche, hatte er sich sagen lassen, armlange Tiere mit silbrigen Schuppen, die vorzüglich schmeckten. Der Kapitän hatte vier Exemplare fangen lassen, sie eigenhändig in Olivenöl gebraten, Fenchel und Pfeffer dazugegeben und gemeinsam mit ibn-Marzuq in seiner geräumigen Kajüte verzehrt.

Ibn-Marzuqs Stimmung hatte sich gebessert, seit sie die sterbende Stadt hinter sich gelassen hatten. Kapitän Hephaistion war ein Mann nach seinem Geschmack. Er hatte Manieren, verstand etwas von Dichtkunst und war einem guten Wein nicht abgeneigt. Seine Gesellschaft ließ ibn-Marzuq sogar über den durchdringenden Gestank hinwegsehen. Es stank nach den Exkrementen, dem Erbrochenem und altem Schweiß sowie den schwärenden Wunden der Rudersklaven. Die »Daimónion« war eine mittelgroße Galeere mit etwa fünfzig Sklaven, bei denen es sich um Mörder, Vergewaltiger und Kriegsgefangene handelte, welche die erbarmungsloseste aller Strafen verbüßten. Ibn-Marzuq war froh, dass ihm das geschlossene Ruderdeck den Anblick der ausgemergelten, geschundenen Körper ersparte; alles, was er vom Geschehen im Galeerenrumpf mitbekam, war das Pochen der Trommel und gelegentliches Peitschenknallen.

Jetzt allerdings schwieg die Trommel, und die Sklaven hatten die Ruder eingezogen. Westwind blähte die beiden Segel auf und trieb die »Daimónion« schneller gen Osten, als es zweihundert Rudersklaven vermocht hätten. Wenn der Wind weiter so günstig stehe, hatte Hephaistion gesagt, erreichten sie Trapezunt in gut vier Tagen.

Vier Tage … Ibn-Marzuq hoffte insgeheim, dass es doppelt so lange dauern würde. In Trapezunt erwartete ihn nur ein mehrtägiger Ritt durch eine Gegend, die noch menschenfeindlicher war als der Sinai und außerdem von den Mongolen beherrscht wurde: das Hochland zwischen Kleinasien und Armenien. Entgegen der Aussage im ersten Teil der *Vita* war Antonius um 305 nach christlicher Zeitrechnung vor den Pogromen unter Maximinus Daia und Kaiser Diokletian geflohen und hatte in Armenien, dem ersten und damals einzigen christlichen Reich der Welt, Unterschlupf gefunden. Warum er nach dem Toleranzedikt von Nikomedia, das die Christenverfolgung wenige Jahre später beendete, nicht zu seinen Glaubensbrüdern in Ägypten zurückgekehrt war, darüber gab der dritte Teil der *Vita* keine Auskunft. Ibn-Marzuq vermutete, dass der Heilige nicht, wie die Chronisten behaupteten, bis 356 gelebt hatte, sondern bald nach seiner Flucht gestorben war. Hingegen war sicher, dass sich seine letzte Ruhestätte in Armenien befand, am Sewansee, zwei Tagesritte nordöstlich von Yerevan. Auf dem Sterbebett habe er, schrieb Athanasios, das Zepter Mönchen aus einem nahen Kloster überreicht und ihnen den Schwur abgenommen, es für alle Zeiten vor den Augen der Welt zu verbergen.

Nun gründeten sich ibn-Marzuqs Hoffnungen darauf, dass das Kloster nach tausend Jahren noch stand. Sollte das nicht der Fall sein, würde er nach Kairo zurückkehren, dem Sultan sein Versagen gestehen und hoffen, dass es an-Nasir genügte, dass das Zepter auch für die Christenheit verloren war.

Der Wind schwächte ab, sodass der Gestank der Rudersklaven zu ihm heraufstieg. Er erhob sich von der Bank, die er zu seinem Lieblingsplatz erkoren hatte, und stieg die Treppe zum Deck hinunter. Die Segel wurden schlaff. Kapitän Hephaistion rief dem Sklavenaufseher zu, den Rudertakt zu erhöhen. Aus dem Schiffsinnern drangen gebrüllte Befehle herauf, und aus den Klappen wurden fünfzig Ruder geschoben, die kurz darauf ins Wasser klatschten.

Ibn-Marzuq überlegte, sich zum Bug zu begeben, entschied sich dann aber für seine Kajüte, um vor dem Abendessen noch ein wenig zu schlafen. Hephaistion hatte thrakischen Roten angekündigt. Ibn-Marzuq wollte ausgeruht sein, um den Wein mit wachen Sinnen auskosten zu können.

Er öffnete die Tür und sah Kadar al-Munahid am Tisch stehen und in seinen Aufzeichnungen wühlen.

»Was macht Ihr da?«.

Der Söldner blickte auf das Pergament in seiner Hand. »*Das Lied der Brandung* von Harun ibn-Marzuq?« Er lächelte dünn.

»Gebt das her, bei allen Höllen!« Ibn-Marzuq riss ihm das Schriftstück aus der Hand. »Und jetzt verschwindet aus meiner Kajüte. Gnade Euch Allah, wenn ich Euch noch einmal beim Herumschnüffeln in meiner Habe erwische.«

Selbst in seinen eigenen Ohren klang die Drohung lahm. Umso mehr überraschte es ihn, dass al-Munahid ohne ein weiteres Wort zur Tür ging.

Doch anstatt die Kammer zu verlassen, schloss er die Tür. Leises Grauen kroch ibn-Marzuq den Nacken hinauf, als der Söldner den Riegel vorschob.

»Wo ist die Schriftrolle über den Stab?« Al-Munahids Stimme war scharf wie eine Messerklinge.

»Das geht Euch nichts an«, erwiderte ibn-Marzuq im schroffsten Amtston.

»Ich denke schon.« Die stahlgrauen Augen verengten sich. »Ich habe in Konstantinopel sieben Männer verloren. Ich habe das Recht, zu erfahren, was hier vor sich geht.«

Als ibn-Marzuq die Tischkante an seinem Gesäß spürte, wurde ihm bewusst, dass er unwillkürlich zurückgewichen war. Al-Munahid stand genau vor der Tür. Es gab kein Entkommen. Er musste auf sich aufmerksam machen und überlegte, gegen die Wand zu schlagen, die seine Kajüte von der des Kapitäns trennte. Doch dann fiel ihm ein, dass sich Hephaistion gerade auf Deck aufhielt.

Er durfte al-Munahid nicht spüren lassen, dass er sich vor ihm fürchtete. »Ihr habt zu tun, was ich Euch befehle. Ihr seid ein Lakai. Nicht viel mehr als ein Sklave. Vergesst das niemals, al-Munahid. Ein Wort von mir, und der Sultan lässt ein Tor der Zitadelle mit Eurem Kopf schmücken.«

»Der Sultan ist weit weg. Und Ihr seid ganz allein.« Al-Munahid griff hinter sich. Als die Hand wieder zum Vorschein kam, hielt sie ein Messer.

»Was Ihr da tut, ist Hochverrat«, flüsterte ibn-Marzuq mit erstickter Stimme.

»Die Schriftrolle.« Der Söldner kam ihm langsam näher. »Wo ist sie?«

»Fort. Verbrannt. Genau wie die andere.«

Die letzte Silbe war noch nicht verklungen, da schloss sich al-Munahids Hand um seine Kehle. Ibn-Marzuq schlug mit dem Rücken auf der Tischplatte auf, ruderte keuchend mit den Armen, dass die Pergamente zu Boden fielen.

Er spürte die Messerspitze an seinem Hals, genau unter dem Kieferknochen. Al-Munahids hagerer Schädel mit dem straff zurückgebundenen ölschwarzen Haar war über ihm, die Lippen ein dünner Strich.

»Es ist die Wahrheit«, krächzte ibn-Marzuq. »Ich schwöre es … bei allen Propheten. Ich habe sie verbrannt … bevor wir an Bord gegangen sind.«

Der Söldner packte ihn am Kragen, schleuderte ihn herum. Die Luft entwich aus ibn-Marzuqs Lunge, als er hart auf dem Boden aufprallte. Bohrender Schmerz pflanzte sich von seinem Hinterkopf bis in die Fingerspitzen fort.

Al-Munahids Stiefel ruhte auf seinem Schlüsselbein.

Ich ersticke. Allmächtiger … Ibn-Marzuq schloss die Augen. Sterne zerplatzten in der rot geäderten Finsternis.

»Was hat es mit dem Stab auf sich, ibn-Marzuq?«

Er rang so heftig um Atem, dass er unfähig war, zu sprechen. Als der Söldner den Stiefel von seiner Brust nahm, sog er die rettende Luft ein und rollte sich auf die Seite. Tränen verschleierten ihm die Sicht.

Al-Munahid ging neben ihm in die Hocke, das Messer in der Rechten. »Nun?«

»Er hat … heilende Kräfte«, flüsterte ibn-Marzuq.

Mit einer ruckartigen Bewegung zog ihn der Söldner am Kragen zu sich und presste ihm erneut die Klinge unter das Kinn. »Keine Lügen mehr«, sagte er schneidend.

Ibn-Marzuq sah in den grauen Augen, dass es bei einem falschen Wort nicht die geringste Aussicht auf Erbarmen gab. Er spürte ein würgendes Schluchzen in seiner Kehle aufsteigen und kämpfte mit aller Kraft dagegen an. Nicht auch noch das. War die Demütigung nicht schon groß genug? »Es ist keine Lüge. Ich schwöre es. Der Stab … er ist eigentlich ein Zepter. König Suleyman hat es vor zweitausend Jahren geschmiedet. Er hat ihm die Macht des Heilens verliehen.«

Eine Furche bildete sich zwischen al-Munahids Brauen,

und Ibn-Marzuq hätte all sein Gold dafür gegeben, zu erfahren, was hinter der Stirn des Söldners vor sich ging. Endlich ließ al-Munahid ihn los und stand auf.

»Wo ist Euer Tagebuch?«

Ibn-Marzuq setzte sich auf. Er fürchtete, sich übergeben zu müssen. »In der Seekiste.«

Al-Munahid wühlte darin herum und fischte schließlich einen Stapel Blätter, zusammengehalten von einem Faden, heraus. Er lehnte sich gegen den Tisch und las. Ibn-Marzuq kam mühsam auf die Füße. Es war vierzig Jahre her, dass er Gewalt erfahren hatte, das letzte Mal bei einer Rangelei mit seinem Bruder. Schlimmer als die Schmerzen in seinem Hals war die Erniedrigung. Sie brannte wie ein vergifteter Stachel, und er wusste, dass diese Wunde lange nicht verheilen würde.

Er wagte nicht zu sprechen, während der Söldner sein Tagebuch studierte. Al-Munahid war ein miserabler Leser und brauchte lange, bis er zur nächsten Seite blätterte. Er schien nach einer Bestätigung für ibn-Marzuqs Geschichte zu suchen. Er würde sie nicht finden. Ibn-Marzuq hatte befürchtet, einer der Söldner könnte sein Tagebuch lesen, deshalb hatte er keine Hinweise auf das Zepter einfließen lassen.

Als al-Munahid dies feststellte, warf er das Bündel Pergament auf den Boden. Das Messer war wieder in der Scheide verschwunden. »Wenn ich herausfinde, dass Ihr gelogen habt, töte ich Euch«, sagte er, entriegelte die Tür und ging.

Hastig schloss ibn-Marzuq sie hinter ihm und schob den Riegel vor. Niemand sollte sehen, wie er sich zitternd aufs Bett setzte. Lange saß er da und starrte vor sich hin.

Er hatte al-Munahid nicht angelogen.

Aber er hatte ihm nur einen Teil der Wahrheit erzählt.

Einen winzigen Teil.

Er lag neben Nadirah und lauschte ihrer Geschichte von Harun al-Rashid und dem tollpatschigen Dschinn. Es war eine Kindergeschichte, zu albern und zu wenig blutrünstig für einen Zwölfjährigen, der schon sein eigenes Messer besaß und mit dem Kurzbogen auf vierzig Schritt ein Kaninchen treffen konnte. Doch insgeheim liebte Kadar sie, und wenn er mit Nadirah allein war, lachte er sogar darüber.

Als sie zu der Stelle kam, an der sich der Dschinn in der Amphore versteckte, lachte er besonders laut und seine Schwester mit ihm. Es bestand keine Gefahr, dass sein Vater sie hörte, denn er saß draußen mit den anderen Männern des Stammes am Feuer und sah dem Schwerttänzer zu, der wie ein Dämon der Nacht durch die Flammen sprang und seine Klingen im Takt der *darbuka*-Trommeln wirbeln ließ. Auch ihre Mütter waren nicht da. Sie waren im Zelt von Kasim at-Tawil, dessen Weib heute Nacht ein Kind gebären würde. Einen Sohn, wie Kasim hoffte, denn Töchter hatte er schon zwei.

Kadar und Nadirah waren allein, und er konnte lachen wie ein Kind, ohne befürchten zu müssen, für eines gehalten zu werden.

Nach all den Jahren sah er seine Schwester noch genau vor sich. Unvergesslich ihr schwarzes Haar, das sie stets zu einem Zopf geflochten hatte, der ihr bis zur Hüfte fiel, ihr ovales kupferfarbenes Gesicht und ihre kleinen Hände, die vom Kämmen und Knüpfen der Kamelwolle rau waren. Nadirah war eine Schönheit, um die jeder Omar at-Tawil, dem sie versprochen war, beneidete. Sie kam ganz nach ihrer Mutter, der ersten Frau von Kadars Vater Abdul, während Kadar das schmale Gesicht und die hohlen Wangen seines Vaters geerbt hatte. Im Stamm spotteten manche, dass Abdul al-Munahids Samen nur für eine einzige Rose gereicht habe und er von da an nur noch Disteln zustande bringen würde. Aber es war gutmütiger Spott, denn Kadar war in den Tugenden des Kampfes allen Gleichaltrigen voraus und würde einmal einen fähigen Stammesführer abgeben. Wen scherte es da, dass er so mager und hässlich war wie sein Vater?

Rose und Distel – wenn er Jahre später daran zurückdachte, musste er lächeln. Einen treffenderen Vergleich hätte der Stamm nicht für die ungleichen Geschwister finden können.

Er sah sich wieder neben Nadirah auf der rauen Kamelhaardecke liegen, versunken in den Klang ihrer Stimme, als hätte er damals geahnt, dass er sie zum letzten Mal in seinem Leben hören würde. Als dann die *darbukas* verstummten und die Nacht von Schreien und dem Stampfen von Pferdehufen erfüllt war, sprang er auf und schlug die Plane zurück, sah brennende Zelte und im Feuerschein fremde Reiter heranpreschen. Der hoch erhobene Säbel des Anführers blitzte wie ein flammender Sichelmond, und er hörte, wie sein Vater etwas rief, doch die Worte ergaben keinen Sinn …

Er schlug die Augen auf. Eine fleckige Zimmerdecke. Graues Zwielicht. Die Pritsche neben ihm war leer, die Decke unberührt.

Nadirah war nicht da.

Natürlich nicht, du Narr.

Doch noch immer rief die Stimme aus seinem Traum. Er setzte sich auf und blickte aus dem Fensterschlitz. Ein Händler brüllte seinen Gehilfen an, der den Obstkarren umgeworfen hatte. Er gebrauchte unverständliche Worte. *Griechisch,* dachte Kadar, und dann fiel ihm wieder ein, wo er war.

Trapezunt.

Er murmelte einen Fluch, zog sich an und öffnete die Tür zum Flur. Alles war still. Im Vorbeigehen warf er einen Blick in den großen Schlafraum. Seine Männer schnarchten noch. Er war von ihrem Lärm erwacht, als sie spät in der Nacht vom Hurenhaus zurückkehrten. Dass es vermutlich Mittag werden würde, bis sie auf den Beinen waren, nahm er in Kauf, solange sie bei Laune blieben. Nach den Ereignissen in Konstantinopel war das wichtiger denn je. Er zweifelte nicht daran, dass er seine Schakale tagsüber im Griff hatte. Aber er wäre nicht der erste Anführer, dem nachts die Kehle durchgeschnitten wurde, weil seine Männer glaubten, er führe sie ins Verderben.

Der Hof der Herberge war von einer mannshohen Mauer umgeben. Außer einem Knecht, der mit einem Karren frisches Heu zu den Ställen brachte, war noch kein Bediensteter auf. Im Badehaus zog Kadar sich aus, kniete sich auf die Steinfliesen neben dem Becken und schöpfte Wasser heraus, mit dem er sich wusch. Die frühe Morgenluft war kalt, aber es machte ihm nichts aus. Wie alle Beduinen war er gegen Kälte ebenso unempfindlich wie gegen große Hitze. Das Leben in der Wüste mit seinem ständigen Wechsel von sengender Sonne und bitterkalten Nächten brachte dies mit sich.

Er schlief nie sehr tief, und gewöhnlich war er hellwach, sobald er die Augen aufschlug. Dass er so viel Zeit brauchte, zu sich zu kommen, lag an dem Traum. Es war ein alter Traum, der ihn seit jener Nacht im Wadi Shatnat al-Mityahah immer wieder besuchte. Manchmal einmal im Monat, aber nie öfter als sechs- oder siebenmal im Jahr. So war es bisher gewesen – bis Konstantinopel. Seitdem träumte er ihn jede Nacht.

Die Reiter waren Männer von Ashwaq al-Tufail gewesen, einem gefallenen Edlen aus Aleppo. Al-Tufail hatte den Emir verraten und war vor seiner Hinrichtung in die Wüste geflohen. Seitdem überfiel er von seiner Festung über dem Euphrat Beduinen und Karawanen. Seine Raubzüge hatten ihn reich an Gold und Gefolgsleuten gemacht. Die Wüstenstämme, die untereinander uneins waren, konnten jeder für sich nichts gegen ihn ausrichten. Auch der Emir griff nicht ein, denn dem Schicksal der Beduinen im dünn besiedelten Osten des Emirats schenkte er keine Beachtung. Kadars Vater hatte das Gebiet gemieden, über das al-Tufail herrschte. So weit im Süden hatte niemand mit einem Angriff gerechnet; entsprechend unvorbereitet war der Stamm gewesen, als die Reiter angriffen. Kadar war gleich zu Beginn von einem der Räuber aufs Pferd gezogen worden. Später, während man ihn mit anderen Sklaven nach Damaskus brachte, hatte er dann erfahren, dass sein Vater, seine Mutter und Nadirah tot waren. Seiner Schwester war die Kehle durchgeschnitten worden, nachdem drei Männer sie vergewaltigt hatten. Es gab nichts, was sie hätte dagegen tun können – so hatte er damals gedacht, in den Sklavenpferchen und auf dem Schiff nach Konstantinopel. Aber die Jahre danach hatten ihm seinen Irrtum aufgezeigt. Nadirah hätte sich verteidigen können, sie hätte fliehen können. Es gab immer etwas, das man tun konnte – und wenn es nur Warten auf die richtige Gelegenheit war. Doch Nadirah hatte gar nichts getan. Sie hatte den Weg der Schwachen gewählt: Erdulden. Ertragen. Leiden.

Sie war gestorben, weil sie schwach war.

So einfach war das.

Kadar trocknete sich ab, zog Hemd und Hose an und nahm sein Messer. Es war eine gute Klinge aus französischem Stahl, einst im Besitz eines christlichen Soldaten, den er in Akkon getötet hatte. Er hatte sie zuletzt vor mehreren Wochen geschliffen, aber sie war noch immer scharf wie gesplitterter Obsidian. Vorsichtig schabte er sich die Stoppeln an Kiefer und Hals fort. Er rasierte sich jeden zweiten Tag. Er hielt nichts von einem Bart, zu unpraktisch.

Im Gegensatz zu Basileios Lakapenos hatte er Ashwaq al-Tufail nie vergessen. Er hatte nicht *zugelassen,* dass er ihn vergaß. Immer wenn er in Nordsyrien war, hörte er sich um, sammelte Gerüchte und Neuigkeiten: über al-Tufails jüngste

Raubzüge, die Zahl seiner Männer, wann er seine Festung verließ und für wie lange – und jedes Mal gelangte er zu dem Schluss, dass es noch zu früh war. Al-Tufail war ein zu starker Gegner für ihn. Trotzdem gab er nicht auf. Er hatte gelernt, auf die richtige Gelegenheit zu warten.

Vor zwei Jahren hatte er dann erfahren, dass al-Tufail an der Gallischen Krankheit litt und der Wahnsinn mehr und mehr seinen Verstand vernebelte. Er zettelte keine Raubzüge mehr an, jagte den Großteil seiner Männer davon und umgab sich Tag und Nacht mit seinen treusten Kriegern, denn überall wähnte er Feinde. Auch seine Festung verließ er nicht mehr, was Kadars Pläne zerschlug, ihm in der Wüste aufzulauern. Die Festung anzugreifen war sinnlos. Sie lag auf einem Felsen hoch über dem Euphrattal, war nur über einen schmalen, unwegsamen Pfad zu erreichen und von wenigen Kriegern leicht zu verteidigen.

Kadar wartete weiter. Aber es fiel ihm nicht mehr so leicht wie früher. Mit der Krankheit hatte er einen Gegenspieler bekommen, den es ebenfalls nach al-Tufails Leben gierte und den jeder Tag seinem Ziel näher brachte.

Und jetzt träumte er Nacht für Nacht von al-Tufail, ausgelöst von seiner Rache an Lakapenos. Al-Munahid verstand die Botschaft des Traums: Warte nicht länger. Nimm al-Tufails Leben, bevor es zu spät ist. Obwohl die Voraussetzungen nicht besser waren als vor zwei Jahren, hatte er begonnen, sich einen Plan zurechtzulegen. Das Gold, das ihm dieser Auftrag einbrachte, ermöglichte ihm, Männer anzuheuern. Er dachte an hundertzwanzig bis hundertfünfzig voll bewaffnete und ausgerüstete Lanzenträger, Schwertkämpfer und Bogenschützen, denn er brauchte sie nur für wenige Tage.

Doch hatte er den Plan wieder verworfen. Es reichte nicht. Er hatte genug Belagerungen miterlebt, um zu wissen, dass die Übermacht der Angreifer erdrückend sein musste, um Aussicht auf schnellen Erfolg zu haben. Al-Tufails Männer konnten die Festung gegen fünfhundert Krieger halten.

Einen ganzen Tag hatte er sich den Kopf über eine bessere Vorgehensweise zerbrochen. Eine List kam bei al-Tufails krankhafter Wachsamkeit nicht infrage, Verrat auch nicht – er bezahlte seine verbliebenen Gefolgsleute zu gut, als dass sie bestechlich gewesen wären. Als sich Kadar schon mit dem Gedanken anfreundete, noch länger auf die richtige Gelegenheit warten zu müssen, bekam er Hilfe von unerwarteter Seite.

Von ibn-Marzuq.

Es fiel ihm schwer, zu glauben, was der Wesir über den Stab gesagt hatte; andererseits war er davon überzeugt, dass ibn-Marzuq ihn nicht angelogen hatte. Er mochte ein geborener Lügner sein, doch in diesem Moment hatte ihn Todesangst dazu getrieben, die Wahrheit zu sagen.

Ein Zepter mit Heilkräften ... Das erklärte, warum die Mächtigen alles daransetzten, es in die Hände zu bekommen. Die Möglichkeiten, die solch ein Gegenstand eröffnete, waren gewaltig – wenn es sich dabei nicht bloß um ein Hirngespinst handelte. Aber das würde sich zeigen.

Kadar betrachtete sein Spiegelbild im Wasserbecken und fuhr sich mit der Hand über das glatt rasierte Kinn. Zufrieden mit dem Ergebnis, verließ er das Badehaus und ging zum Haupthaus zurück.

Er musste Armin nicht wecken; er war als Einziger bereits aufgewacht. Er kauerte mit hochgelegten Beinen in der Fensternische und sah dem erwachenden Treiben auf der Straße zu, während er von einem Brotfladen abbiss. Obwohl er seit acht Jahren der Kriegerschar angehörte, war Kadar bis heute nicht klug aus ihm geworden. Armin war ein verschlossener Mann, ein Einzelgänger, der keine Freunde hatte. Die anderen achteten ihn, weil er jedem Einzelnen von ihnen schon einmal mit seiner Heilkunst das Leben gerettet hatte und mit dem Schwert umzugehen verstand wie kein Zweiter. Aber sie fürchteten ihn auch ein wenig. Kadar jedoch hatte nie einen Grund gehabt, an Armins Treue zu zweifeln.

Der ehemalige Ordensritter hörte auf zu essen und sah ihn an.

»Ich habe eine Aufgabe für dich«, sagte Kadar. »Du bleibst hier in Trapezunt und behältst den Hafen im Auge. Falls der Ritter und seine Leute auftauchen, tötest du sie.« In Konstantinopel hatte er es nach dem Misserfolg von Armin, Najib und Unardhu für das Beste gehalten, die Stadt ohne Verzögerung zu verlassen. Doch er ahnte, dass das nicht ausreichte.

»Du glaubst, dass sie immer noch nicht aufgegeben haben, *aqid?*«

Kadar hatte die Kraft gespürt, die in Bazerat wohnte, als sie miteinander kämpften. Und er konnte sich bis jetzt nicht erklären, wie es dem Ritter gelungen war, dem Feuer im Hundsturm zu entkommen. »Ich will keine weitere Überraschung erleben«, sagte er. »Also sieh zu, dass Bazerat dich nicht wieder zum Narren hält. Wenn wir zurückkehren, will ich seinen Kopf.«

Am frühen Nachmittag ritten sie auf Tieren durch das Stadttor, die kaum etwas mit den Pferden seiner Heimat gemein hatten. Es waren gedrungene Geschöpfe mit Stockmaßen von gerade einmal zweieinhalb Ellen, großen Köpfen, langen Schweifen und Mähnen. Anfangs war Kadar ihnen mit Skepsis begegnet. Zu langsam, zu wenig Feuer, hatte er gedacht, wenngleich sie den Pferden ähnelten, auf denen die Krieger der Ilkhane in die Schlacht zogen. Aber das Hinterland von Trapezunt war keine Steppe, sondern schroffes, bewaldetes

Hochland, durchzogen von Tälern und Schluchten. Die Männer hatten sich über die zu groß geratenen Hunde lustig gemacht, auch dann noch, als Unardhu zu erklären versuchte, dass es für das Land, das vor ihnen lag, keine besseren Reittiere gebe. Unardhu war Mongole und musste es wissen, also hatte Kadar beschlossen, es mit den Pferden zu versuchen.

Hinter Trapezunt verlief ein schmaler Küstenstreifen mit Äckern und Olivenhainen, dann erhob sich steil das Pontische Gebirge. Wälder aus Buchen und Schwarzkiefern bedeckten die graubraunen Hänge, Schafe weideten auf den Wiesen um die kleinen Bergdörfer. Sie folgten einer alten Römerstraße entlang eines kleinen Flusses, der irgendwo in der Gebirgskette entsprang und bei Trapezunt ins Schwarze Meer mündete. Für Kadar, der die meiste Zeit seines Lebens in ausgedörrten Wadis und Landstrichen verbracht hatte, in denen heißer Wind unaufhörlich Sand durch die Luft wirbelte, war dieses Land ebenso fremdartig wie das Pferd, auf dem er ritt. Regengraue Wolken hingen über den Bergrücken links und rechts der Klamm, die sie tiefer ins Hinterland führte. Einst von einem viel mächtigeren Wasserlauf in den Fels gegraben, brachte sie jede Windung des Weges den karstigen Bergen näher. Die Römerstraße endete jäh an einem gewaltigen, vom Bergrücken bis ins Tal reichenden Geröllfeld, sodass sie von da an die Hirtenpfade benutzen mussten. Kadar änderte seine Meinung über die Kleinpferde. Die unbeschlagenen Hufe fanden auf dem unebenen und steilen Untergrund mühelos Halt; was er für mangelndes Temperament gehalten hatte, war Genügsamkeit und Ausdauer – Eigenschaften, die sämtliche Pferde, die er je geritten hatte, nicht in dem Maß besaßen, wie es diese Gegend erforderte.

Lebenslangen Gewohnheiten folgend, hatten sie genügend Vorräte in den Satteltaschen verstaut, um notfalls tagelang überleben zu können. Eine Vorsichtsmaßnahme, die sich bald als überflüssig erwies, denn das Pontische Gebirge war bis in die höheren Regionen reich an Pflanzen und Tieren. Auf den Hochebenen wuchsen Haselnüsse, wilde Oliven, Feigen und Birnen. Wildkatzen mit buschigen Schwänzen machten Jagd auf Kaninchen; Bergziegen, deren Fell die Farbe des Bodens hatte, sodass sie nur zu sehen waren, wenn sie sich bewegten, fraßen von den stacheligen Büschen zwischen den Findlingen.

Unardhu schoss eine, als sie ihr Nachtlager unter einem überhängenden Felsen aufschlugen. Kadar half ihm beim Häuten und Ausnehmen, dann brieten sie große Stücke über dem Feuer und aßen es mit Salz, frisch gemahlenem Pfeffer, Oliven und Brot, das sie ins Bratfett tunkten. Unardhu spülte seine Pfanne in einem nahen Gebirgsbach aus, schlug die restlichen Fleischstücke in Tücher ein und verstaute sie in seinen Satteltaschen. Dann gesellte er sich wieder zu den anderen, die einen Schlauch mit feurigem, blutrotem Wein aus Trapezunt herumgehen ließen, während der Feuerschein auf ihren Gesichtern lag. Die Flammen knackten und zischten, denn sie nährten sich vom harzigen Holz der jungen Schwarzkiefern.

Es war ungewohnt, mit so wenigen Männern am Feuer zu sitzen. Kadar trauerte den Männern nicht nach, die er in Jerusalem und Konstantinopel verloren hatte – er schloss keine Freundschaften; so etwas behinderte nur. Obendrein hätten freundschaftliche Gefühle seine Stellung als Anführer geschwächt. Nichtsdestotrotz bedauerte er ihren Verlust. Es waren gute Kämpfer gewesen, die er nicht so leicht würde ersetzen können.

Doch auch der Rest der Truppe war noch immer schlagkräftig. Akif, der Eunuch, mochte nichts mehr zwischen den Beinen haben, dafür hatte er die Kraft eines Ochsen. Er war

Syrer wie al-Munahid und zwei andere Männer, Bishr und Uthman, zwei Brüder, die seit mehr als fünf Jahren für ihn kämpften. Sie hatten dunkle Gesichter, die man sofort wieder vergaß, und sprachen nur, wenn es sich nicht vermeiden ließ. Eine Eigenschaft, die er schätzte. Ihre Schweigsamkeit wurde allerdings von Najib mühelos ausgeglichen. Über alles und jeden riss der Jüngste von ihnen Witze. Die restlichen drei Männer waren Mamelucken: Saad, ein Hüne von einem Mann, dem das linke Auge fehlte; Rafiq, in dessen Adern nubisches Blut floss und dessen Haut fast schwarz war; und Abdul-Jabar, der einen dichten, schwarzen Vollbart trug und auch am Rest seines Körpers so behaart war, dass die anderen ihn »Bär« nannten.

Unardhu war außer Armin der Einzige, der nicht aus dem Sultanat stammte. Kadar hatte ihn bei einem Wettkampf im Bogenschießen in Damaskus kennengelernt und ihn anschließend, beeindruckt von seinen Fähigkeiten, angeworben. Woher er ursprünglich kam und warum er sein Volk verlassen hatte, wusste Kadar nicht, und er fragte auch nicht nach. Unardhu konnte gut kämpfen, und nur das zählte. Kadar war froh, ihn dabeizuhaben. Im Gebiet der Ilkhane, das sie bald erreichten, würde sich seine Muttersprache gewiss als nützlich erweisen.

Das zehnte Mitglied der Gruppe saß abseits von allen, mit eng um die Schultern gezogenem Mantel und abweisender Miene. Ibn-Marzuq schwieg die meiste Zeit und öffnete den Mund nur, um barsche Anweisungen zu geben. Er klammerte sich an die trügerische Hoffnung, dass er Autorität ausstrahlte, indem er die Männer wie seine Leibdiener behandelte. Kadar hatte noch nicht entschieden, was mit ihm geschehen sollte. Auf der »Daimónion« hatte er überlegt, ob es nicht am einfachsten wäre, sich seiner zu entledigen. Aber der Mann war immerhin Wesir. Wenn er nicht nach Kairo zurückkehrte, würden Fragen gestellt werden. Außerdem konnte es gut sein, dass ibn-Marzuq ihm Hinweise auf das Versteck des Zepters vorenthielt.

Abwarten, dachte Kadar.

Im Morgengrauen weckte sie der Regen. In dicken Tropfen prasselte er auf das Hochland. Der überhängende Felsen hätte sie geschützt, wenn der Wind nicht gewesen wäre, der den Regen von der Seite kommen ließ. Fluchend und schimpfend packten die Männer ihre Sachen, hüllten sich in ihre Mäntel und brachen auf.

Die Wolken hingen so tief, dass graue Schlieren die Berggrate verwischten. Kadar kannte Regen nur als kurze, heftige Schauer, die über einem durstigen Land niedergingen; noch nie hatte er solch andauernden Niederschlag erlebt. Die dem hiesigen Wetter angemessenen Mäntel, die sie in Trapezunt gekauft hatten, hielten die Nässe eine Weile fern. Gegen Mittag jedoch klebte seine Kleidung klamm am Körper, und er fror. Da der Boden aufweichte und den Pferden Schwierigkeiten bereitete, beschloss er, in einer heruntergekommenen Hirtenhütte das Ende des Regens abzuwarten. Doch als es am späten Nachmittag immer noch in Strömen goss, ritten sie weiter.

Im Osten traf das Pontische Gebirge auf den Kleinen Kaukasus und vereinte sich zum Ararathochland, einem Gebiet voller wolkenhoher Berge mit vereisten Gipfeln, erloschenen Vulkanen, zerklüfteten Hochebenen aus aschgrauem Fels, auf dem nichts wuchs, nahezu menschenleeren Tälern und engen Schluchten, durch die Flüsse aus Schmelzwasser rauschten. Die wenigen Bewohner dieses Landes hatten Gesichter und Hände wie altes Leder, trugen Kleidung aus schmutziger Wolle und beobachteten die berittene Gruppe von ihren Schafweiden an den Hängen, bis sie verschwunden war.

Der Regen begleitete sie noch zwei Tage, bis er endlich aufhörte. Sonne brach durch die Wolkendecke. Als Kadar sicher war, dass das gute Wetter anhielt, ordnete er eine Rast an, während der sie ihre Kleider am Feuer trockneten. Er wollte es nicht darauf ankommen lassen, einen oder mehrere Männer an das Fieber zu verlieren.

Sie lagerten in einem erloschenen Vulkan. An den Kraterrändern wuchsen graue Felswände wie die Zacken einer Krone empor. In der Sohle sprossen dichte Grasbüschel, die der Wind scheitelte. Richtung Westen fehlte ein gewaltiges Stück der Kraterwand, fortgerissen von dem letzten Ausbruch, und gab den Blick auf das lang gezogene Tal frei, durch das sie geritten waren.

Kadar entledigte sich seines Mantels, des Kettenhemds und der Lederweste und legte die Sachen neben dem Feuer aus, als er bemerkte, wie Unardhu von einer grasbewachsenen Anhöhe ins Tal hinunterblickte. Nur noch mit seinem Leinenhemd und der Hose bekleidet, ging er zu ihm.

»Was ist los?«

Unardhu hatte einen kahlen, narbigen Schädel und einen Schnurrbart, dessen spitze Enden zur Erde zeigten. Er trug weite Wollhosen und den Stepppanzer seines Volkes, der aus Lederplatten und vielen Lagen Rohseide bestand, verstärkt mit Eisenringen. »Ich glaube, jemand folgt uns. Reiter.«

Kadar nahm die Hände zu Hilfe, um die Anhöhe zu erklimmen. Von dort hatte er einen guten Blick ins Tal. Er sah niemanden, aber das hieß nichts. Felsen, Bodenwellen und Berghänge mochten die Sicht auf die Reiter versperren. »Wie viele?«

»Mehrere.«

Bazerat!, durchzuckte es Kadar, doch er schob den Gedanken beiseite. Unmöglich. Der Ritter konnte sie unmöglich eingeholt haben. Außerdem war da noch Armin.

»Bleib hier«, sagte er zu Unardhu. »Ruf mich, wenn du etwas siehst.«

Plötzlich drang durch den Wind Stimmengewirr zu ihm. Hastig sammelten die Männer ihre Ausrüstung ein. Rafiq, der auf der anderen Seite des Kessels Ausschau gehalten hatte, rannte den Hang hinunter. Als der Halbnubier näher kam, verstand Kadar, was er rief:

»Mongolen! Mongolen!«

Kapitel 14

Erst der Regen, und jetzt die Mongolen. Kardinal Morra bewegte die Lippen zu einem stummen Fluch, als er den Reitertrupp zwischen den Felsen ausmachte. Er hörte, wie ihr Anführer einen Befehl rief, worauf der Trupp zu einem weiten Bogen ausfächerte. Er hatte frühestens in zwei bis drei Tagen mit Mongolen gerechnet. Ihnen schon hier zu begegnen traf ihn unvorbereitet. Morgen wollte er in einem der Bergdörfer einen Führer anheuern, der die Hirtenpfade durch das Ararathochland kannte sowie Mongolisch und Armenisch sprach, bevor sie die Grenze überschritten. Doch offenbar hatten sie das bereits. Oder sie befanden sich irgendwo im Niemandsland, das weder Mongolen noch Osmanen oder Byzantinern gehörte. Wer vermochte das in dieser von Gott verlassenen Gegend schon zu sagen?

Zwanzig mongolische Lanzenreiter, und keine Möglichkeit der Verständigung. Allmächtiger, sei uns gnädig.

Morra zügelte sein Pferd. Die felsige Talsohle war von Sträuchern bewachsen, die sich im Wind krümmten. Er betrachtete flüchtig die Gesichter seiner Männer, die sich rechts und links neben ihm aufreihten. Niemand sprach. Augen verengten sich, Hände schoben Mäntel zurück, legten Schwertgriffe frei und langten nach Schilden. Morra konnte ihnen ihre Furcht vor den mongolischen Horden nicht verdenken. Die Geschichten ihrer Gräueltaten waren sogar in Rom zu hören. Vieles davon mochten die üblichen Schauermärchen sein, die Eroberern immer vorauseilten. Gleichwohl war es eine Tatsache, dass den Mongolen Menschen, die nicht ihrem Volk angehörten, so wenig bedeuteten wie

Küchenschaben. Hier, fernab von jeder Hilfe, würde Morra gut daran tun, sie mit äußerster Vorsicht und der größten Achtung zu behandeln.

»Hände weg von den Schwertern, ihr Narren!«, befahl er. »Wir sind Pilger, keine Krieger.«

Widerwillig gehorchten die Männer. Hauptmann Simone lenkte sein Pferd neben Morras. »Was machen wir, wenn sie uns angreifen?«, murmelte er, ohne den Blick von den herannahenden Reitern zu nehmen.

»Wir wären längst tot, wenn das ihre Absicht wäre.« Morra wusste, dass mongolische Krieger den Nahkampf vermieden, wenn sie die Gelegenheit hatten, den Feind mit ihren kurzen Reiterbögen niederzumachen. Doch die Reiter machten keine Anstalten, ihre Lanzen gegen die Bögen am Sattel einzutauschen.

Er ließ sein Pferd einige Schritte nach vorne gehen, um sich als Anführer zu erkennen zu geben. Die feine Kleidung eines florentinischen Kaufmanns befand sich seit Trapezunt in seinem Gepäck; jetzt trug er, genau wie seine Männer, ein Gewand aus grober Wolle. Sie gaben vor, auf einer Pilgerfahrt zu den Wirkstätten des heiligen Gregor zu sein, der das Wort Gottes in diesen Teil der Welt gebracht hatte. Berittene und schwer bewaffnete Pilger hätten jeden christlichen Soldaten misstrauisch gemacht, doch Morra hoffte, dass die Mongolen die abendländischen Gepflogenheiten nicht gut genug kannten, um die Verkleidung zu durchschauen.

Der Anführer zügelte sein Pferd, seine Männer ritten weiter, bis sie einen Kreis um die Eindringlinge geschlossen hatten. Er war ein Mann mit gelblicher Haut und mandelförmigen Augen, dessen Schnurbart die Form eines umgedrehten U hatte. Unter seiner Fellkappe lugten strohige, schwarze Haare hervor. Er musterte Morra feindselig und bellte eine knappe Wortfolge.

Angesichts der zwanzig Lanzen und der dunklen, fremdartigen Gesichter wurde nun auch Morra von Furcht ergriffen. Er rang sie nieder, indem er sich ins Gedächtnis rief, dass er im Auftrag Gottes handelte. Es war Gottes Wille, dass das Zepter von König Salomo in den Besitz der Heiligen Römischen Kirche gelangte, um seinem Stellvertreter auf Erden die Macht zu geben, sich gegen die Feinde Roms zu schützen. Dieser Gedanke half ihm, seiner Stimme einen festen Klang zu geben. »Wir sind Pilger«, sagte er auf Lateinisch und wiederholte es auf Griechisch. »Friedliche Reisende im Namen Jesu Christi.« Er holte das Kreuz hervor, das er um den Hals trug, und zeigte es den Mongolen. »Wir sind auf dem Weg nach Yerevan.«

Der Anführer betrachtete das Kreuz. Der argwöhnische Glanz in seinen Augen blieb. Dann rief er etwas und zeigte mit der Schwertspitze auf Morras Männer.

Morra begriff, was der Mongole wollte, und traf eine Entscheidung. Sie hatten keine andere Wahl. »Eure Waffen«, sagte er zu Simone. »Legt sie auf den Boden.«

Die Augen des bärtigen Hauptmanns weiteten sich. »Aber dann sind wir wehrlos, Eminenz.«

»Tut, was ich sage«, befahl Morra.

Die Waffenknechte zogen die Schwerter und warfen sie mit ihren Schilden auf die Erde. Zwei mongolische Krieger stiegen ab und sammelten die Waffen hastig ein.

Morra behielt unterdessen ihren Anführer im Auge und wartete, eine Falle vermutend, darauf, dass der Mongole den Befehl zum Angriff gab. Doch nichts dergleichen geschah. Der Anführer wendete sein Pferd und trabte an. Seine Krieger taten es ihm nach. Morra und den Männern blieb nichts anderes übrig, als mit ihnen zu reiten.

»Was soll das?«, fragte Simone. »Wo bringen sie uns hin?«

»Das werden wir sehen. Danke deinem Schöpfer, dass sie uns nicht an Ort und Stelle abgeschlachtet haben.«

Umzingelt von den Mongolen, ritten sie den Hang bis zu einer Bergkuppe, offenbar ein erloschener Vulkan, hinauf. Einerseits war Morra erleichtert, dass sie so glimpflich davongekommen waren. Vermutlich brachte man sie zu ihrem Lager, wo sich vielleicht die Möglichkeit ergab, alles aufzuklären. Andererseits ärgerte er sich über die zusätzlichen Schwierigkeiten. Bis zu der Begegnung mit den Mongolen war das Glück auf seiner Seite gewesen. Nachdem er herausgefunden hatte, dass die Sarazenen ein Schiff nach Trapezunt genommen hatten, war es ein Leichtes gewesen, sie zu verfolgen. Das nächste Schiff nach Trapezunt, die »Phríxos«, lief schon zwei Tage nach der »Daimónion« aus, und da der leichte Küstenfahrer schneller als die Galeere war, schrumpfte der Vorsprung der Söldner auf einen Tag.

In Trapezunt verzögerte sich jedoch die Verfolgung. Die Stadt war der wichtigste Handelsknoten am Schwarzen Meer. Jeden Tag durchschritten so viele Reisende die Tore, dass sich die Wächter schon nach einem Tag nicht mehr an jeden einzelnen erinnern konnten. Bei seiner Suche erfuhr Morra von einem genuesischen Handelsposten am Hafen. Der Kaufmann war als strenger Katholik bekannt und genoss den Ruf des am besten unterrichteten Mannes von ganz Trapezunt. Als Morra sich ihm als Kardinal zu erkennen gab, setzte der Genuese alles daran, ihm den gewünschten Hinweis zu erbringen. Keine zwei Tage später konnte er Morra berichten, dass die Sarazenen die Straße ins Landesinnere genommen hatten, in Richtung des Pontischen Gebirges. Daraufhin trieb Morra seine Männer unerbittlich zur Eile an. Im Landesinneren holten sie verlorene Zeit wieder ein. Wenn er nicht wusste, welchen Weg die Söldner eingeschlagen hatten, musste er nur die Schafshirten fragen; die Berge waren so dünn besiedelt, dass sich die Bewohner an nahezu jeden Reisenden der letzten Wochen erinnern konnten.

Ihre Verfolgungsjagd führte sie stetig Richtung Osten, und mit jeder Meile, die sie zurücklegten, verfestigte sich Morras Vermutung, wo das Ziel der Sarazenen lag: in Armenien, dem ersten christlichen Reich der Welt. Ein Hochgefühl ergriff ihn, als er sich einem tausend Jahre alten Geheimnis auf der Spur wusste. Es konnte nur Armenien sein! Wo sonst hätte man in Zeiten der Christenverfolgung ein Artefakt mit heiliger Macht verstecken sollen?

Drei Tage nach ihrem Aufbruch von Trapezunt hatten sie die Söldner schließlich eingeholt. Nach Einbruch der Dunkelheit, wenn sie lagerten, plante Morra, sie zu überfallen.

Und jetzt das. So kurz vor dem Ziel. Morra fürchtete nicht mehr um sein Leben, aber wenn es ihm nicht bald gelang, der Gewalt der Mongolen zu entkommen, entwischten die Söldner ihm erneut.

Sie ritten durch den Krater des erloschenen Vulkans bis zu einer Schlucht in der Kraterwand, die so schmal war, dass Morra mit ausgestreckten Armen die Felsen zu beiden Seiten hätte berühren können. Über ihm erstreckte sich ein Streifen bewölkten Himmels. Der kurze Hohlweg mündete in einen Pfad, der sich zwischen Felsen den sanft abfallenden Berghang ins Tal hinunterschlängelte. Die Wegesbreite bot lediglich für ein Pferd Platz, sodass sie alle hintereinander reiten mussten.

Morra fragte sich, wie es den Söldnern gelungen war, der Reitwache zu entgehen. Bestechung? Das war eine Möglichkeit. Auch Morra hatte schon darüber nachgedacht, aber um ihre Tarnung als Pilger nicht zu gefährden, wollte er damit warten, bis es keinen anderen Ausweg mehr gab. Außerdem hielt er es für klug, die prall gefüllte Geldkatze in seinem Gepäck so lange wie möglich geheim zu halten.

Er beschloss, nicht mehr an die Sarazenen zu denken, sondern sich mit den Mongolen zu befassen.

Wie es schien, lag ihr Ziel irgendwo im Herzen des Hochlandes. Als sie das Tal erreichten, folgten sie einem Ausläufer in südöstliche Richtung. Stundenlang ritten sie durch Schluchten, lang gezogene Senken zwischen scharfkantigen Gipfeln, über menschenleere Hochebenen und auf Berggraten, auf denen ein Fehltritt den Tod am Fuß einer turmhohen Felswand bedeutete. Gegen Abend klarte der Himmel auf und gewährte Morra einen Blick über das endlose Hochland. Eisbedeckte Gipfel am Horizont gleißten in der untergehenden Sonne wie geschliffene Diamanten. Ein Berg überragte alle anderen. Der heilige Ararat, vermutete Morra, jener Gipfel, auf dem in biblischen Zeiten Noahs Arche gestrandet war. Unter anderen Umständen hätte ihn der Anblick mit tiefer Ehrfurcht erfüllt, doch jetzt konnte er nur daran denken, dass die Wahrscheinlichkeit, die Spur der Söldner zu verlieren, mit jeder verstreichenden Stunde stieg.

Wer verzweifelt, wendet sich ab von Gott. So hatte er es bei den Dominikanern gelernt, in deren Obhut ihn sein Vater mit zehn gegeben hatte. Er rief sich diese Wahrheit ins Gedächtnis, biss die Zähne zusammen und trieb sein Pferd den von dürren, verkrüppelten Büschen bestandenen Hang hinauf. An seiner Seite ritt Simone, der vermutlich gerade den Tag verfluchte, an dem er in die Dienste des Kardinals getreten war.

In den letzten zwei Stunden hatten sie einen beträchtlichen Höhenunterschied überwunden. Die Luft war so kalt geworden, dass der Atem der Männer und Pferde Wölkchen bildete. Der Wind pfiff schneidend über den Bergrücken und trieb Morra Tränen in die Augen. Den Mongolen schienen Kälte und Wind nichts auszumachen. Wenn es der Weg zuließ, unterhielten sie sich in ihrer fremdartigen, heidnischen Sprache, lachten und scherzten miteinander. Morra fragte sich, welchem Glauben sie anhingen. Er hatte gehört, dass einige Mongolen den Götzen der Steppe abgeschworen und das Christentum angenommen hatten. Doch es wäre schon ein unerhörter Glücksfall, wenn diese Soldaten dazugehörten. Vermutlich waren sie Muslime, die so wenig von Christen hielten wie Mamelucken und Sarazenen.

Wer verzweifelt, wendet sich ab von Gott und verhöhnt die wahrhaft Unglücklichen. Vergiss das niemals!

Die Begegnung mit den Mongolen hatte ihn die einstündige Rast gekostet, die sie sich und den Tieren an den Tagen zuvor gegönnt hatten. Gegen Abend schmerzte sein Rücken, und das gleichmäßige Schritttempo machte ihn schläfrig. Glücklicherweise fand das Pferd auch ohne sein Zutun den Weg; es folgte einfach seinen Artgenossen.

Er musste eingenickt sein, denn plötzlich erhoben sich vor ihm die Mauern einer Festung. Fackeln auf den Wehrgängen hielten die Dunkelheit fern. Morra stellte fest, dass sie sich auf dem höchsten Punkt des Passes befanden, dem sie seit einiger Zeit gefolgt waren. Die Anlage vor dem steil aufragenden Berghang zu seiner Rechten bestand aus einem Wall, der zwei gedrungene Gebäude mit schwarzen Dächern umschloss. Zu seiner Linken klammerte sich ein runder Turm an eine Felswand. Er war mit einer aus großen Steinblöcken gemauerten Brücke mit der Festung verbunden. Zwischen Turm und Festung versperrte ein eisenbeschlagenes Tor den Weg zur anderen Seite des Passes.

Der Anführer der Reiter rief den Bogenschützen auf dem Wehrgang etwas zu, woraufhin das Tor geöffnet wurde und sie in die Festung hineinreiten konnten.

Morra war hellwach, als er aus dem Sattel stieg, obwohl seine Glieder bleischwer waren. Die Festung war größer, als es von außen den Anschein gehabt hatte, denn einen Steinwurf vor ihm verlief eine weitere Mauer, die den jenseitigen Zugang zum Pass verschloss. Zwischen den beiden Mauern befanden sich Stallungen, eine Schmiede, Lagerhäuser und eine überdachte Zisterne, in der sich das Wasser eines Gebirgsbachs sammelte. Die Bewohner, ausnahmslos Krieger, musterten Morra und die Seinen neugierig.

Ein Mann trat aus einer Pforte im Rundwall der inneren Festung. Er fiel Morra auf, weil er sich in seiner Robe aus fließender, indigofarbener Seide sehr von den anderen Mongolen unterschied. Sein Haar war zu einem kurzen Zopf geflochten, sein Bart sauber geschnitten. Mit einem knappen Satz befahl er den Anführer der Reitwache zu sich. *Der Befehlshaber,* dachte Morra und schöpfte Hoffnung, jemanden gefunden zu haben, mit dem er sich verständigen konnte.

Hinter ihm schlossen sich knarrend die Torflügel.

Kapitel 15

Matteo machte Feuer, während Raoul die Schläuche am Bach füllte und sich die Hexe um ihre Pferde kümmerte.

Er war allein; der Bach floss durch das Kiefernwäldchen, und die Pferde hatten sie in Sichtweite auf der anderen Seite der Hochebene gelassen, weil dort das Gras dichter wuchs. Jada bint-Ghassan konnte gut mit den Tieren umgehen, das musste man ihr lassen. Zwar hatte Matteo im Kloster gelernt, dass Pferde scheuten und Hunde anschlugen, wenn eine Hexe in der Nähe war, aber auch Mönche waren nicht allwissend. Außerdem bezweifelte er, dass die Männer, denen er zwei schreckliche Jugendjahre verdankte, je eine richtige Hexe gesehen hatten. Und was hieß das mit den Pferden schon? Sie war wie der Leibhaftige durchs Feuer gegangen. Einen stärkeren Beweis für ihre dunkle Zaubermacht konnte sich Matteo beim besten Willen nicht vorstellen.

Leider sah Raoul die Wahrheit nicht. Er *wollte* sie nicht sehen. Matteo wusste, warum. Die Blicke, die Raoul der Hexe zuwarf, waren ihm nicht entgangen. Einerseits konnte er es seinem Gefährten nicht verdenken; Jada bint-Ghassan war eine Frau, deren Schönheit jedem Mann den Atem verschlug. Andererseits schloss er nicht aus, dass sie den Ritter verhext hatte. Ihm blieb vorerst keine andere Wahl, als die beiden zu begleiten und sich seine Abneigung und Furcht so wenig wie möglich anmerken zu lassen.

Matteo kauerte mit dem Rücken am Felsbrocken, der ihr Lager gegen den Wind abschirmte, schürte das Feuer mit einem Zweig und blickte zur anderen Seite des weiten Tals, wo eine Schafherde weidete: kleine, schmutzig weiße Flecken auf einer grünen Hügelkuppe. Sie lagerten auf einer Hochebene, die einer Stufe im Berg glich. Im Süden stieg der Hang steil zum Gipfel auf, im Norden fiel er in einer Reihe zerklüfteter Klippen ab. Rhododendren klammerten sich an die wenigen Flecken Erdreich zwischen den vom ewigen Wind verwitterten roten Felsen. Der Bach stürzte über den Berghang in die Tiefe, sammelte sich in einem Tümpel und floss hinter dem Wäldchen kaskadenartig ins Tal. Matteo hatte keinen Blick für die Schönheit seiner Umgebung. Er dachte nur an die entbehrungsreichen Tage, die noch vor ihnen lagen, bis sie endlich Trapezunt erreichten – und er wieder unbeobachtet ein Bad nehmen konnte. Hier in der Wildnis wusch er sich nicht. Die Gefahr war zu groß, dass Raoul oder die Hexe ihn dabei sahen.

Seufzend legte er einige Äste nach und überließ das Feuer sich selbst, während er den kleinen Holzkäfig mit den zwei Hühnern auf den Schoß nahm. Sie hatten die Vögel bei einem Bauern auf der anderen Seite des Berges gekauft, als Abwechslung von den getrockneten Früchten und dem alten Brot. Die Hühner gackerten und schlugen mit den Flügeln, als er die Klappe öffnete, und er wurde mehrmals in die Hand gepickt, bevor er ein Tier herausholen konnte. Zügig schloss er den Käfig, packte das Huhn am Hals und presste es auf den Boden.

Mit der freien Hand griff er nach dem Beil. Er schlug nicht sofort zu. Es war ihm immer noch zuwider, Fleisch zu essen. Aber es wäre mit der Zeit zu auffällig geworden, wenn er ganz darauf verzichtete, also zwang er sich dazu.

Eine ganz andere Sache war es jedoch, das Tier eigenhändig zu töten.

Übelkeit stieg in ihm auf. *Es ist nur ein Huhn,* sagte er sich. *Nur ein verdammtes Huhn!* Er spielte mit dem Gedanken, die beiden Vögel freizulassen und später zu behaupten, sie wären beim Öffnen der Käfigtür davongeflogen. Aber dann würde er wie ein Tölpel dastehen.

Das Huhn versuchte sich zu befreien und schlug gackernd mit den Flügeln. Er klemmte es zwischen den Knien ein und spürte unter dem Gefieder das Herz wild pochen. Matteo schloss die Augen und murmelte ein Gebet, in dem er um Verzeihung bat, dass er dieses Leben nehmen musste.

Als er die Augen wieder öffnete, stand Raoul am Feuer.

Matteo schrak zusammen und hätte das Huhn beinahe losgelassen. *Er hat alles gesehen!*, durchfuhr es ihn. *Und jetzt weiß er es!*

Aber was hatte er denn schon gesehen? Ihn, dessen Lippen sich stumm bewegten, während er mit geschlossenen Augen ein Huhn festhielt. Merkwürdig, gewiss, aber mehr auch nicht.

»Alles in Ordnung?«, fragte Raoul.

»Gar nichts ist in Ordnung! Schau dir an, was das Vieh mit meiner Hand gemacht hat.« Matteo setzte eine mürrische Miene auf und saugte an den Kratzern. »Verdammtes Biest … Bleib hier!«, rief er, als das Tier erneut versuchte, zu entkommen.

Bazerat warf die prall gefüllten Wasserschläuche auf den Boden. »Beeil dich. Ich habe Hunger.« Seine Stimme klang müde vom langen Ritt. Er nahm seine Satteltaschen auf und suchte etwas darin.

Matteo wusste, dass er noch einmal davongekommen war. *Vergib mir*, dachte er, hob die Axt und schlug zu.

Als Matteo längst schlief, saß Raoul auf dem Felsen, trank gelegentlich von dem Wein und betrachtete die Sterne. Das Tal lag in vollkommener Dunkelheit unter ihm; die Lichter der kleinen Siedlung auf den Hügeln vor der Küste waren vor einer knappen Stunde verloschen. Warmer Wind, der nach Salz und Algen roch, kam vom Meer. Er hörte den Toskaner hinter sich im Schlaf murmeln und dachte, dass er sich ebenfalls hinlegen sollte. Wenn nur die Unruhe und Rastlosigkeit nicht gewesen wären … Raoul hatte in den vergangenen Wochen in keiner Nacht mehr als ein paar Stunden geschlafen, meist um den Albträumen zu entgehen; doch seit Konstantinopel war es noch schlimmer geworden. Der Grund dafür war das Zepter. Er dachte kaum noch an etwas anderes. Das Verlangen, es endlich in den Händen zu halten, war so machtvoll, der Gedanke, al-Munahid könnte ihm zuvorkommen, so unerträglich, dass er am liebsten Tag und Nacht geritten wäre. Er musste sich zwingen, dem Bedürfnis seines Körpers nach Ruhe nachzugeben. Er wollte kein zweites Mal vor Erschöpfung vom Pferd fallen. Denn anders als im Amanusgebirge würde er vielleicht nicht die Kraft finden, noch einmal aufzustehen.

Er nahm einen letzten Schluck und kostete den harzigen, schweren Geschmack aus, bevor er den Pfropfen in die Öffnung des Weinschlauchs schob und vom Felsen kletterte. Matteo lag allein am niedergebrannten Feuer. Jada bint-Ghassan war nach Einbruch der Dunkelheit fortgegangen – wohin, hatte sie nicht gesagt. An ihrer Verschlossenheit hatte sich nichts geändert, seit sie vor einer Woche aufgebrochen waren. Raoul wurde nicht klug aus ihr. Sie vermied jedes Gespräch, sodass er immer noch nicht mehr über sie wusste als das wenige, was er in Konstantinopel erfahren hatte. Wenn die Umstände sie zwangen, mit ihm oder Matteo zu reden, sagte sie nur das Nötigste und gab sich abweisend. Dann wieder waren da die verstohlenen Blicke, mit denen sie ihn bedachte und von denen sie anscheinend glaubte, er bemerke sie nicht.

Er ging zu seinem Nachtlager zwischen den knotigen Kiefernwurzeln. Jada … Ihr Gesicht sagte ihm, dass sie nicht viel älter sein konnte als er, doch wenn er in ihre Augen sah, war er sich nicht mehr sicher. Es waren Augen, die viel Leid gesehen hatten und aus denen ein Wissen sprach, das über die Zahl ihrer Jahre hinausging. Er verstand nicht, was er für sie empfand, nur dass es nicht mit der Begierde, die ihn zu den Mädchen des Dorfes hingezogen hatte, zu vergleichen war. Es war tiefer ... verwirrender. Raoul spürte, dass sie ihn besser verstand als jeder andere Mensch, sogar besser als sein Bruder. Er hätte gerne herausgefunden, warum das so war. Doch Jada ließ das nicht zu.

Er hustete. Zeit für seine Kräuter. Er holte den Beutel hervor, dessen Inhalt langsam zur Neige ging. In Trapezunt musste er einen Heiler finden, bei dem er seinen Vorrat wieder auffüllen konnte.

»Hier, versucht das.«

Ruckartig hob Raoul den Kopf; Jada stand vor ihm. Er war derart in Gedanken versunken gewesen, dass er sie nicht aus dem Wald hatte kommen hören.

In der Hand hielt sie eine weiße Knolle, an der noch etwas Erde klebte.

Er nahm das Gewächs und betrachtete es. »Was ist das?«

»Eine Wurzel, die hier in den Bergen wächst. Ihr müsst den Saft in Wasser auflösen und trinken. Er hilft gegen Husten und Fieber.«

Raoul war überrascht. Deswegen war sie also verschwunden. »Danke«, sagte er mit einem Lächeln.

Die Ägypterin gab etwas Wasser in ihre Schale und erhitzte es über der Glut, während er mit seinem Dolch die Erde von der Knolle schabte, sie der Länge nach viertelte und die Stücke zwischen zwei flachen Steinen auspresste. Den farblosen Saft goss er mit dem heißen Wasser auf. Mit untergeschlagenen Beinen saß er auf seiner Decke und trank in kleinen Schlucken. Es schmeckte bitter.

Jada saß mit dem Rücken am Felsen. Es war das erste Mal, dass sie sich längere Zeit in seiner Nähe aufhielt, während sie lagerten. In den Nächten zuvor hatte sie wortlos gegessen und sich dann vom Feuer zurückgezogen.

»Wieso kennt sich eine Prinzessin mit Kräutern aus?«, fragte er.

Sie überging die Bemerkung über ihre angebliche adlige Herkunft. »Ich bin früher häufig gereist. Allein. Wenn man in Gegenden wie dieser überleben will, lernt man solche Dinge.« Sie warf Matteo einen Blick zu. »Wenn Euer Freund von der Wurzel erfährt, wird er mich endgültig für eine Hexe halten.«

Es bestand keine Gefahr, dass Matteo ihr Gespräch mit anhörte oder davon aufwachte. Sein Schnarchen verriet, dass er tief und fest schlief. »Er ist ein wenig abergläubisch. Das vergeht.« Raoul pustete in die Schale, damit sich das heiße Wasser schneller abkühlte. »Was ist mit mir? Habt Ihr keine Angst, ich könnte Euch für eine Hexe halten?«

»Tut Ihr es?«, fragte sie mit leisem Spott.

Er lächelte. »Das entscheide ich, wenn Ihr mir erklärt habt, wie Ihr unbeschadet durch das Feuer im Hundsturm gehen konntet.«

Ein Schatten huschte über ihr Gesicht. »Wieso wollt Ihr das wissen? Reicht es nicht, dass Ihr gerettet wurdet?«

»Ich weiß gerne, mit wem ich es zu tun habe.«

»So? Wisst Ihr es denn bei Gaspare?«

Unwillkürlich blickte er zu dem Toskaner, der sich auf die Seite gedreht hatte und nicht mehr schnarchte. Raoul stellte die Schale ab. »Wie meint Ihr das?«

Jada gab keine Antwort. Sie blickte in die Flammen. Schließlich sagte sie: »Es ist eine Gabe, die alle in meiner Familie besitzen. Feuer kann uns nichts anhaben. Ein Geschenk Allahs. Genügt Euch das als Erklärung?«

»Wenn es eine göttliche Gnade ist, wieso dann diese Heimlichtuerei?«

»Nicht nur unter den Christen gibt es viele, die alles, was sie nicht verstehen, am liebsten vernichten würden.«

Raoul ließ es auf sich beruhen. Es hatte keinen Zweck, sie zu bedrängen. Er hatte geglaubt, endlich zu ihr durchgedrungen zu sein. Aber seine Fragen hatten nur bewirkt, dass sie noch verschlossener geworden war.

Nach einer Weile stand sie auf. »Trinkt das Wasser, solange es heiß ist. Sonst wirkt der Saft nicht.«

Dann ging sie zu ihrem Lager auf der anderen Seite des Felsens.

Am nächsten Morgen folgten sie weiter dem Tal, das neben der Küstenlinie verlief; zu ihrer Linken die Hügelkette, zu ihrer Rechten die Gipfel des Pontischen Gebirges, die mit jeder Meile höher wurden. Auf dem Papier war Paphlagonien, so der Name dieser Gegend, ein Teil des Byzantinischen Reiches, doch in Wahrheit gehörte es niemandem. Von Jada hatte Raoul erfahren, dass die Osmanen, ein kriegerisches Volk aus dem anatolischen Hochland, nach Norden vordrangen und dort die Bergdörfer überfielen. Der Basileus ließ es geschehen, weil ihn schon die Verteidigung der Hauptstadt an die Grenzen seiner Mittel brachte. Dementsprechend waren die Hirten und Bauern, die ihnen begegneten, Fremden gegenüber voller Misstrauen und verschwanden meist in ihren Hütten, wenn sie die drei Reiter kommen sahen.

Jadas Knolle half besser als seine eigenen Heilkräuter, und er ließ sich von ihr zeigen, wie er sie finden konnte. Doch so wirksam der Saft auch war, er konnte nicht verhindern, dass der Ritt allmählich seine Kräfte aufzehrte. Ein baldiges Ende der Mühen war nicht in Sicht: Ihre Hoffnung, in einer der Küstenstädte östlich von Konstantinopel ein Schiff nach Trapezunt zu finden, zerschlug sich bald. Jada erfuhr, dass die Städte Bithyniens und Paphlagoniens in einen Handelskrieg mit dem reichen Trapezunt verstrickt waren, der die ganze Schifffahrt dorthin zum Erliegen brachte. Raoul schlug vor, einen Kapitän zu bestechen, sich über die Sperre hinwegzusetzen, doch Jada hielt das für zu gefährlich. Sie berichtete von scharfen Überwachungen an den Häfen und harten Maßnahmen gegen Schmuggler und anderen, die die Sperre durchbrachen. Erneut blieb ihnen nur der Landweg.

Nach vielen entbehrungsreichen Tagen, die mit nichts als Reiten und Ausruhen ausgefüllt waren, erreichten sie endlich Trapezunt. Die Abenddämmerung lag über dem Meer und den grünen Hügeln des Pontischen Vorgebirges, als sie durch das Tor der mächtigen Mauer ritten. Die Stadt war zwar viel kleiner als Konstantinopel, strotzte aber nur so vor Wohlstand. Sie war der Sitz der Komnenen, jenes byzantinischen Herrschergeschlechts, das sich vor hundert Jahren nach seiner Flucht vor den Kreuzrittern hier niedergelassen hatte. Die Bewohner der Kaiserstadt waren mehrheitlich Griechen, doch auf den belebten Straßen sah Raoul Angehörige einer Vielzahl anderer Völker, meist Kaufleute mit ihren Trägern und Gehilfen: Georgier, Armenier, Seldschuken, Araber, Perser und kleine, zierliche Menschen, deren Gesichter und Hände wie mit Safran gefärbt erschienen – Seidenhändler aus den fernen Reichen des Ostens, erklärte ihm Matteo, der in Akkon viel über die Länder Asiens erfahren hatte.

In der ersten Herberge, auf die sie stießen, mieteten sie sich ein. Das turmähnliche Gebäude stand mitten auf einem Platz in der Nähe des Stadttores, war ganz aus Holz und verjüngte sich zur Spitze hin. Der Wirt, ein feister, ewig mürrischer Georgier, der einige Brocken Latein sprach, hatte kaum Gäste, sodass jeder eine Kammer für sich bekam. Nachdem die Pferde versorgt waren, trafen sie sich in der halbdunklen, nach saurem Wein riechenden Schankstube. Sie aßen und tranken nichts, denn sie wollten sofort mit der Suche nach einer Spur al-Munahids beginnen.

»Wir teilen uns auf wie in Konstantinopel«, sagte Jada zu Raoul. »Ihr und Euer Freund erkundigt Euch an den Toren. Ich übernehme den Hafen.«

Auch Raoul wollte nicht noch mehr Zeit verlieren, dennoch hielt er ihren Vorschlag für unklug. »Wir sollten zusammenbleiben. Al-Munahid rechnet damit, dass wir ihm gefolgt sind. Möglich, dass er uns eine Falle gestellt hat.«

»Nein«, widersprach die Ägypterin scharf. »Al-Munahid erwartet, dass wir mit dem Schiff kommen. Inzwischen ist so viel Zeit vergangen, dass er glauben wird, wir hätten aufgegeben. Bei Einbruch der Nacht treffen wir uns wieder hier.« Ohne seine Antwort abzuwarten, wandte sie sich ab und ging.

Matteo blickte ihr nach. »Ich nehme alles zurück. Sie ist keine Hexe. Sie ist eine Verrückte.«

Auch Raoul kam ihr Verhalten sonderbar vor, wie am Julianshafen in Konstantinopel. »Komm«, sagte er und trat ins Freie. Stimmengewirr in einem halben Dutzend Sprachen schlug ihm entgegen. Die Tür der Taverne von gegenüber flog auf und entließ laute Pfeifenmusik und einen Betrunkenen, der rückwärts torkelnd gegen mehrere Menschen prallte und dann in die Auslagen eines Obsthändlers fiel. Eine wutentbrannte Frau stob aus der Taverne und überschüttete den Betrunkenen mit Beschimpfungen, sehr zur Erheiterung einiger gut gekleideter junger Männer, die gerade des Weges kamen.

Matteo betrachtete bekümmert das Gedränge auf dem Platz. »Das ist noch gar nichts gegen das, was am Tor los sein wird. Ich frage mich, wie wir hier eine Spur von al-Munahid finden sollen.«

Raoul reckte den Kopf und sah Jadas weiße Gestalt in einer Gasse verschwinden. »Fang allein mit der Suche an. Ich stoße später dazu.« Er hörte noch, wie der Toskaner »Raoul, was –« rief, dann umgab ihn die lärmende Menschenmenge.

Raoul war so erschöpft von dem Ritt, dass es ihn danach verlangte, zwei Tage nur zu schlafen. Von seinem Tatendrang und seiner Zuversicht war kaum noch etwas übrig. Er hatte keine Geduld mehr mit Jada, mit ihrer Verschlossenheit, ihrer Heimlichtuerei. Sie hatten vereinbart, sich gegen Gefahren und Bedrohungen zusammenzuschließen, aber wie sollte er ihr vertrauen, wenn er nicht wusste, welches Spiel sie spielte?

Unsanft schob er sich an einem Kaufmann vorbei, dessen gelangweilte Frau ihm einen einladenden Blick zuwarf. Die Gasse, in die Jada verschwunden war, war weniger belebt, und er konnte ihr mühelos in einigem Abstand durch das bunte Gewirr aus Läden und Verkaufsständen folgen. Sie hielt sich von den Hauptstraßen fern, sodass er bald nicht mehr wusste, in welchem Viertel er sich befand. Doch dann entdeckte er über den Dächern einen Wald aus Mastspitzen; Jada war tatsächlich zum Hafen gegangen. Das beruhigte ihn ein wenig, denn er hatte geglaubt, dass sie ihn und Matteo täuschen wollte. Doch als er aus der Gasse auf den Hafendamm trat, spürte er augenblicklich, dass etwas falsch war.

Raoul blieb vor den heruntergekommenen Lagerhäusern stehen und beobachtete das Treiben: Zwei Dutzend Schiffe vertäut an den Anlegestegen, weitere ankerten draußen auf dem Meer, bereit zum Einlaufen. Mannshohe Stapel von Fässern, Kisten, Körben und Tuchballen warteten darauf, verladen zu werden oder die Reise zu ihren Käufern im Landesinneren anzutreten. Hafenarbeiter, Seemänner, Soldaten, Reisende, Geschrei, Streit, Abschieds- und Willkommensrufe, Gedränge, Gestank von Pech, nassem Holz, Bilgewasser und dem Elend der Rudersklaven. Kein Hafen konnte gewöhnlicher sein als dieser.

Aber sollte es im Hafen einer Stadt, die sich in einem Handelskrieg befand und von den Kaufleuten der gesamten Küste gemieden wurde, nicht etwas weniger geschäftig zugehen?

Was, wenn es gar keinen Handelskrieg gibt? Wenn sie uns von Anfang an belogen hat?

Er setzte Jada nach, die sich einen Weg durchs Gedränge bahnte. Stationen ihrer Reise kamen ihm in den Sinn. In der ersten Hafenstadt hatte die Ägypterin scheinbar beiläufig angeboten, sich allein nach einem Schiff zu erkundigen. Raoul und Matteo, müde vom Ritt und dankbar, in der Herberge bleiben zu können, hatten keine Einwände gehabt. In der nächsten Stadt hatte es sich wiederholt, auch in der übernächsten, bis es schließlich zur Gewohnheit geworden war, dass Jada ohne sie zum Hafen ging. Der Gedanke, sie könnte eine Überfahrt verhindern wollen, war Raoul gar nicht gekommen; schließlich war es auch Jadas Wunsch, so zügig wie möglich Trapezunt zu erreichen. Wenigstens hatte er das geglaubt.

Warum hast du nicht auf Matteo gehört? Er war von Anfang an misstrauisch. Aber du hattest wieder einmal nur Augen für ein schönes Gesicht und wohlgeformte Rundungen!

Raoul wusste nicht, was Jada mit alldem bezweckte. Doch er wusste, dass sie ihretwegen viele Tage verloren hatten – Zeit, die über sein Leben oder seinen Tod entscheiden konnte. Er fing an zu laufen und stieß beinahe mit einem Seemann zusammen, der ein Fass vor sich herrollte. *Antworten!* Er wollte endlich Antworten von Jada, und diesmal, schwor er sich, würde er sie sich holen.

Am Ende des Hafendamms blieb Jada stehen und sah sich um, offenbar unschlüssig, wohin sie gehen sollte. Raoul versuchte, sich hinter der Ecke einer Handelsstube zu verbergen, doch er war zu langsam. Jadas Augen weiteten sich, als sie ihn erblickte. Sie wirbelte herum und lief los.

Verdammte Hexe!, dachte Raoul und rannte ihr durch das Gedränge nach.

Es gab nichts an Trapezunt, das Armin nicht hasste. Er hasste die Byzantiner mit ihren geschminkten Gesichtern und ihrem überheblichen Geschwätz, er hasste die schwüle Hitze und den Gestank des Hafens. Der Wein war so ungenießbar wie das Essen und obendrein verteufelt teuer, und die Huren hielten sich allesamt für Prinzessinnen, die von ihm verlangten, dass er sich vorher wusch (nicht nur im Schritt, sondern von oben bis unten). Beim ersten Mal hatte ihn das Schicksal dazu verdammt, fast ein ganzes Jahr hierzubleiben, und als er nach Süden aufgebrochen war, um sich sein Silber mit dem Schwert zu verdienen, hatte er sich geschworen, niemals zurückzukehren. Aber wie so viele andere Versprechen hatte er schließlich auch dieses nicht eingehalten. Zur Strafe musste er nun bereits seit zwei Wochen hier ausharren. Es kam ihm doppelt so lange vor.

Nur weil es der aqid *ist,* dachte er verdrossen, während er das Menschengewimmel unter dem kleinen Fenster beobachtete. *Für einen anderen würde ich das nicht im Traum tun.* *Aqid* – so wurde al-Munahid von Najib und den anderen genannt. Armin hatte diese Anrede vor vielen Jahren übernommen, obwohl er bis heute nicht genau wusste, was sie bedeutete. Sie drückte Achtung und Treue aus, das genügte ihm.

Vor zehn Jahren hatte er sich im Kielraum eines Handelsschiffes versteckt und war so nach Trapezunt gekommen, ein ehemaliger Novize des »Ordens vom Spital des heiligen Johannes«, achtzehn Jahre alt, abgemagert bis auf die Knochen und ohne eine Vorstellung davon, wie sein Leben weitergehen sollte. Drei Jahre zuvor hatte er in einem ähnlichen Zustand Palästina betreten: Entweder der Galgen oder für den Rest des Lebens Waffendienst im Heiligen Land, hatte man ihm in Köln angeboten – eine Wahl, die ihm nicht schwerfiel. Also war er mit zwanzig anderen Dieben, Mördern und Frauenschändern nach Akkon gezogen.

Sarazenenpfeile und -schwerter, aber auch Krankheiten, die es am Rhein nicht gab, verringerten die Anzahl der Verurteilten stetig, aber Armin war zäh und wusste, wie man überlebte. Sein Talent mit dem Schwert und sein Geschick bei der Versorgung der Verletzten – das Einzige außer Fluchen, was ihm seine Mutter beigebracht hatte – blieben nicht unbemerkt. Ein französischer Johanniter namens Laurent von Blisacques machte ihn zu seinem Knappen und führte ihn schließlich in den Orden ein. Armin schwor, Gott zu dienen, die Pilger im Heiligen Land zu schützen und sein Leben in den Dienst der Krankenpflege zu stellen. Alles drei scherte ihn einen Dreck, aber zum ersten Mal seit vielen Jahren hatte er regelmäßig zu essen und ein Dach über dem Kopf.

Leider konnte er diese Annehmlichkeiten nicht lange genießen: Drei Monate später machten die Sarazenen Akkon dem Erdboden gleich. Der Dachbalken eines einstürzenden Wehrturms begrub Blisacques unter sich. Mit dem letzten Rest Luft in seiner Lunge flehte der alte Ritter seinen Schützling um Hilfe an, doch da war Armin schon auf dem Weg zu dem Schiff, das ihn und die anderen überlebenden Johanniter von der brennenden Stadt fortbrachte.

In der neuen Heimat Zypern verbrachte er ein geruhsames Jahr ohne Sarazenen und Kämpfe. Seine Brüder beschäftigten sich nur mit Beten und ihren seltsamen Ritualen. Armin gab sich so wenig wie möglich mit ihnen ab, achtete aber zugleich darauf, nicht aufzufallen. Ordensritter zu sein gefiel ihm. Er wollte es nicht aufs Spiel setzen.

Eines Tages entdeckte er auf den Feldern in der Nähe der Ordensburg eine Bäuerin, eine junge Griechin, drall und schön. Armin sah ihr an, dass sie heiß zwischen den Beinen war, zerrte sie in den Stall und nahm sie zwischen den Schafen. Obwohl er ihr den Mund zuhielt, um ihre Schreie etwas zu dämpfen, wurden zwei seiner Brüder angelockt. Der eine glotzte entsetzt, der andere geil. Armin erschlug sie beide, bevor sie auch nur ihre Schwerter ziehen konnten. Andere Brüder kamen, überwältigten ihn und schleiften ihn vor den Großmeister, der ihn dreier Vergehen schuldig sprach: Verletzung des Keuschheitsgelübdes, Schändung einer Frau und – am schlimmsten von allen – Erheben des Schwertes gegen andere Christen. Wieder einmal wartete der Tod auf ihn, und diesmal konnte er sich durch keinen Waffendienst seiner Strafe entziehen. Also floh er.

Der Ausbruch aus der Zelle war noch die kleinste Schwierigkeit. Während der Flucht aus der Festung tötete er zwei weitere Brüder, schlug sich zum Hafen durch und stahl sich an Bord eines Kauffahrers, der im Morgengrauen auslief. Armin schlief in der Bilge, wo er sich ein Fieber holte, das einen weniger zähen Mann umgebracht hätte. Nachts kletterte er an Deck, um Wasser und Essensreste zu stehlen. In Trapezunt ging er, mehr tot als lebendig und versteckt in einer Kiste mit Wetzsteinen, an Land.

Bald verdingte er sich wieder als Dieb und Messerstecher, der für einen Wochenvorrat an Wein und Brot den Feinden mächtiger Kaufleute die Kehle durchschnitt. Dafür hatte man ihn schon in Köln ins Verlies geworfen. Doch im Unterschied zu damals hasste er inzwischen das, was er tat, denn er hatte ein besseres Leben kennengelernt. Als Söldner von al-Munahid war es ihm in den Jahren darauf gelungen, sich dieses Leben zurückzuholen. Mehr noch: Der *aqid* bot ihm Abwechslung und die Aussicht auf Wohlstand. So betrachtet, war es nur ein geringer Preis, gelegentlich zu kämpfen oder in dieser erbärmlichen Herberge darauf zu warten, dass dieser Narr Bazerat aufkreuzte. Trapezunt mochte eine nach Duftwasser stinkende Stadt voller weibischer Krämerseelen sein, aber den Rest der Kriegerschar hatte es schlimmer getroffen: Wochen im Sattel, Mongolen und ein Kloster am Ende der Welt … dann lieber ungenießbaren Wein und hochmütige Huren.

Außerdem hatte er mit Bazerat noch eine Rechnung offen. Beim Kampf in der Zisterne wäre er beinahe ertrunken, weshalb er sich seither Najibs Hohn und Spott gefallen lassen musste. Und Bazerats Tritt hatte ihm den Kiefer angebrochen. Es war viele Jahre her, dass Armin im Kampf besiegt worden war, und er freute sich schon darauf, Bazerat diese Schmach zurückzuzahlen.

Wenn der Hurensohn nur endlich käme … Armin hatte mit dem Ritter und seinen Gefährten spätestens drei oder vier Tage nach seiner eigenen Ankunft gerechnet; schließlich liefen fast täglich Schiffe von Konstantinopel nach Trapezunt aus. Doch inzwischen waren zwei Wochen vergangen, ohne die kleinste Spur. Dass er den Ritter übersehen hatte, konnte nicht sein. Armin bezahlte vier Hafenarbeiter dafür, ihm sofort zu melden, sollte Bazerat von Bord gehen. Außerdem saß er selbst jeden Tag viele Stunden am Fenster und beobachtete die einlaufenden Schiffe. Bazerat musste aufgegeben haben. Das war einerseits enttäuschend, denn es brachte ihn um seine Rache. Andererseits hatte er das Warten satt. Wenn er schon in Trapezunt sitzen musste, bis der *aqid* zurückkam, wollte er seine Zeit mit etwas anderem verbringen, als aus dem Fenster zu starren. *Noch einen Tag,* nahm er sich vor. *Wenn Bazerat bis morgen nicht eingetroffen ist, wird er gar nicht mehr kommen.* Nach zwei Wochen konnte ihm der *aqid* nicht vorwerfen, er hätte sich keine Mühe gegeben.

Armin schob den Hocker zurück, hob den Krug vom Boden auf und trank etwas Wasser. Als er sich wieder dem Fenster zuwandte, bemerkte er in der Menge zufällig die Ägypterin.

Sie trug dasselbe sahnefarbene Gewand wie in Konstantinopel, deshalb erkannte er sie sofort. Sie eilte an der Hafenmauer entlang, als wäre sie auf der Flucht. Armin reckte den Kopf aus dem Fenster, alle Vorsicht vergessend. Bazerat folgte ihr, drängte sich durch die Menge.

Warum hatten ihn seine Leute nicht gewarnt? Wofür gab er ihnen Silber, wenn sie im entscheidenden Moment versagten? Doch Armin vergeudete keine Zeit damit, ihre Nachlässigkeit zu verfluchen. Er griff nach seinem Schwertgehänge und gürtete es sich um, während er polternd die enge, halbdunkle Treppe hinunterhastete. Seine Überraschung legte sich schnell, stattdessen wuchs die Vorfreude. Während der endlosen Stunden am Fenster hatte er sich Dutzende von Racheakten an Bazerat ausgemalt, dabei hatte er die Frau völlig vergessen. Sie gefiel ihm. Sie hatte etwas an sich, das seine Vorstellungskraft anregte. Gewiss würde sie schreien wie die junge Griechin und sich verdorben unter ihm winden, wenn er sie nahm. Ob es Bazerat gefiele, dabei zuzusehen, bevor er starb?

Später, dachte er, als er aus der Tür der Herberge stürzte und in das Treiben am Hafen eintauchte. Bevor er sich Gedanken über sein Vergnügen machte, musste er zusehen, dass Bazerat ihm nicht wieder entwischte.

Zwei seiner Leute lungerten vor einer Handelsstube herum und warteten auf Arbeit. Die anderen waren nicht zu sehen.

Zwei mussten genügen. Armin gab ihnen ein Zeichen, worauf sich die beiden breitschultrigen Georgier in Bewegung setzten. Armin drängte sich durch eine Meute Reisender in kostbaren Gewändern, bis er Bazerat und seine Hure wieder sehen konnte. Er fragte sich, warum sie rannten und ob noch jemand außer ihm sie verfolgte. Aber da war niemand. Er hatte sie ganz für sich allein.

Matteos Ärger, dass Raoul ihn stehen gelassen hatte, hielt nicht lange an. Da die Torwächter ausnahmslos Griechisch sprachen, wäre ihm sein Gefährte ohnehin keine Hilfe gewesen. Und es schadete sicher nicht, dass Raoul wütend auf die Hexe war; vielleicht erkannte er sie endlich als das, was sie war. Das mochte nichts an seiner Weigerung ändern, das Zepter nach Rom zu bringen, aber es war immerhin ein Anfang. Sorgen bereitete Matteo nur, ohne seinen Gefährten weitgehend schutzlos zu sein. Auch er hielt es für möglich, dass al-Munahid auf ihr Kommen vorbereitet war. Auf den überfüllten Hauptstraßen fühlte er sich einigermaßen sicher, doch noch wohler wäre ihm an Raouls Seite gewesen.

Er versuchte sein Glück zuerst an dem Tor, durch das sie selbst die Stadt betreten hatten. Die Torwächter durchsuchten gerade die Tragekörbe einer Gewürzkarawane aus Persien nach verbotenen Waren und waren entsprechend wortkarg. Aber als sie hörten, dass Matteo etwas über ein paar Mamelucken erfahren wollte, die vor zwei Wochen an diesem Tor vorbeigekommen sein mochten, lachten sie ihn aus. Was er schätze, wie viele Menschen jeden Tag durch dieses Tor ritten, fuhren und gingen, erwiderten sie – genau die Antwort, die er befürchtet hatte. Noch mutloser als zuvor machte er sich zum nächsten Stadttor auf.

Wäre er in einer anderen Stimmung gewesen, hätte Trapezunt ihm vielleicht gefallen. Die Vielzahl der Händler, die verwirrenden, fremdartigen, lockenden und manchmal auch abstoßenden Gerüche der Hafenstadt, das bunte, lebendige Treiben auf den Straßen – all das erinnerte ihn an seine Heimatstadt Pisa. Er war seit vielen Jahren nicht mehr dort gewesen, und an Tagen wie heute fragte er sich, ob er sie überhaupt jemals wiedersehen würde. *Nicht wenn es so weitergeht wie jetzt,* dachte er düster und fragte sich nicht zum ersten Mal, ob er Raouls Angebot, ihn nach Oberlothringen zu begleiten, nicht doch in Betracht ziehen und alles andere vergessen sollte. Aber er hatte gelernt, solche Gedanken nicht ernst zu nehmen. Sie kamen in Momenten der Hoffnungslosigkeit und bedeuteten nichts. Er hatte seine Entscheidung längst getroffen.

Er folgte dem Verlauf der Wehrmauer, die Trapezunt zum Land hin Schutz gewährte, und kam an einem Badehaus vorbei. Nach Seife riechender Dampf drang aus den Fensterschlitzen. Matteo erinnerte sich daran, dass er sich das letzte Mal in Konstantinopel gewaschen hatte. Plötzlich fühlte er sich sehr schmutzig und beschloss, dass es auf eine halbe Stunde nicht ankam.

Ein Eunuch, nur mit einem Lendenschurz bekleidet, erschien bei seinem Eintreten und verlangte eine Kupfermünze. Matteo gab sie ihm und ließ sich zu einem hölzernen Zuber führen, der gerade von zwei jungen Frauen mit dampfendem Wasser gefüllt wurde.

Er entkleidete sich vollständig und stieg in den Zuber. Das Wasser färbte sich augenblicklich dunkel. Von einem nahen Becken stieg Dampf auf, so dicht, als befände er sich in einer Nebelbank. Matteo war froh darüber, denn er wäre nur ungern von den anderen Gästen nackt gesehen worden. Nachdem er sich gründlich abgerieben und wieder angezogen hatte, kam er auf dem Weg nach draußen an einer durch einen Vorhang abgetrennten Nische vorbei. Dahinter erklangen Stimmen. Zwei Männer unterhielten sich in einer Sprache, die er schon viele Wochen nicht mehr gehört hatte: Genuesisch.

Neugierig schob er den Vorhang beiseite. Die beiden Männer saßen auf einer Steinbank und tranken Tee. Sie schienen gerade aus dem Bad gekommen zu sein, denn statt normaler Straßenkleidung trugen sie weite Seidenumhänge, und ihre Haare waren feucht.

Matteo grüßte sie, worauf die Genuesen dem Landsmann erfreut Tee anboten. Matteo stellte sich als Übersetzer im Dienste eines Edelmanns aus Oberlothringen vor, den wichtige Geschäfte nach Trapezunt geführt hatten. Er erfuhr, dass die beiden Männer, Fabio und Salvatore, als Schreiber in der größten genuesischen Handelsniederlassung der Stadt arbeiteten.

»Womit handelt ihr?«, fragte Matteo mit höflicher Neugier.

»Seide, Edelsteine, Silber, Gewürze.« Fabio lachte. »Aber manchmal glaube ich, unser Herr verdient am meisten mit Nachrichten.«

Als Salvatore Matteos fragenden Blick bemerkte, ergänzte er: »Es gibt niemanden, der mehr über das Geschehen in der Stadt weiß als unser Herr. Nicht einmal eine Küchenschabe könnte Trapezunt verlassen, ohne dass er es erführe.«

Matteo horchte auf. »Er weiß alles, was in Trapezunt geschieht?«

»Das und noch viel mehr«, antwortete Fabio. »Er hat Quellen in ganz Kleinasien. Sogar der Basileus lässt sich von ihm beraten.«

»Dann könnte er mit meinem Herrn ins Geschäft kommen«, sagte Matteo. »Er sucht eine Gruppe von Mamelucken, die Trapezunt vor zwei Wochen verlassen hat. Euer Herr könnte uns vielleicht helfen. Dürfte ich bei ihm vorsprechen?«

Die Genuesen schauten ihn von oben bis unten an, und peinlich berührt wurde er sich seiner schmutzigen, abgetragenen Kleidung bewusst.

»Ich denke, es wäre besser, dein Herr käme persönlich zu unserem«, erwiderte Salvatore höflich.

Matteo hatte die Sache falsch angefangen und verfluchte im Stillen seine Ungeduld. »Ja, du hast recht. Verzeih«, sagte er.

Fabios Miene wurde nachdenklich. »Eine Gruppe von Mamelucken, sagst du? Söldner?«

Sofort vergaß Matteo seinen Ärger. »Richtig, Söldner! Wisst ihr etwas über sie?«

»Das nicht. Aber du bist nicht der Erste, der nach ihnen fragt. Vor einigen Tagen sprach ein Florentiner bei unserem Herrn vor, der sie ebenfalls suchte. Ein Kardinal aus Rom, stellte sich später heraus.«

Es kostete Matteo große Mühe, sich seinen Schreck nicht anmerken zu lassen. »Wie sah er aus?«

»Groß. Stämmig. Kein Bart. Ein breites Gesicht und graue Haare bis hier.« Fabio hielt seine Hand an den Nacken.

Morra!, dachte Matteo. *Gütiger Gott, er ist hier.*

Als Raoul der Gasse folgte, in die Jada verschwunden war, begann er zu ahnen, dass er sich im schlimmsten Viertel Trapezunts befand. Sein Weg führte an einer aufgegebenen Gerberei vorbei, an Hintereingängen übler Seemannsspelunken und an leer stehenden Lagerhallen und Häusern, die aussahen, als würden sie beim kleinsten Windhauch in sich zusammenfallen. Es war der Zufluchtsort all jener, die Trapezunt ausgespuckt hatte, die nicht am Reichtum der Stadt teilhatten – die Heimat der Kranken, Krüppel, Ausgestoßenen und Ehrlosen. Zerlumpte Gestalten mit Gesichtern schwarz vor Schmutz hausten in den Hinterhöfen, drängten sich um Kochfeuer und beobachteten den Eindringling feindselig. Raoul war froh, dass er sein Schwert mitgenommen hatte. Vielleicht brauchte er es.

Als ob wir nicht schon genug Schwierigkeiten haben, dachte er wütend, während er die Kehre am Ende der Gasse erreichte. Dort verengte sich der Weg derart, dass die Dächer der angrenzenden Häuser sich beinahe berührten. Die Sonne war untergegangen, und das vergehende Tageslicht drang kaum noch durch.

Raoul verlangsamte seine Schritte. Er machte einen Bogen um einen Schacht, in dem Abfälle verrotteten, und wartete, bis sich seine Augen an das Halbdunkel gewöhnt hatten. Es fehlte noch, dass er sich bei dieser törichten Verfolgungsjagd die Glieder brach, weil er ein Hindernis übersah.

Wenige Schritte vor ihm bewegte sich etwas – ein heller Schemen. Raoul stellte sich ihm in den Weg und packte ihn am Arm.

»Lasst mich los!«, stieß Jada hervor und versuchte sich aus dem Griff herauszuwinden. Mit beiden Händen presste er sie gegen die Hauswand.

»Warum habt Ihr gelogen? Diese Geschichte mit dem Handelskrieg – was soll das?«

»Ich habe meine Gründe.« Sie gab ihre Gegenwehr auf, aber Raoul ließ sich davon nicht täuschen. Ihr Körper blieb angespannt. Sie wartete nur darauf, dass seine Wachsamkeit nachließ.

»Wollt Ihr verhindern, dass wir das Zepter bekommen?«, fragte er scharf. »In wessen Diensten steht Ihr?«

»Ich diene nur mir. Und es gibt niemanden, der das Zepter mehr begehrt als ich.«

»Wären wir mit dem Schiff gefahren, hätten wir al-Munahid vielleicht schon eingeholt. Dank Euch hat er jetzt einen Vorsprung von zwei Wochen. Ihr wisst, was geschieht, wenn ich das Zepter nicht bekomme. Ist es das, was Ihr wollt?«

Im Halbdunkel der Gasse konnte er den Ausdruck in ihren Augen nicht sehen, doch er hörte, wie Kälte und Herablassung aus ihrer Stimme schwanden. »Lass mich los, Raoul. Bitte. Ich erzähle dir alles.«

Vielleicht war diese plötzliche Vertrautheit nur eine weitere Täuschung, ein neuer Versuch, ihre wahren Absichten zu verschleiern. Doch Raoul war zu müde, den Streit fortzuführen. Er wollte endlich Antworten und ließ sie los.

Jada versuchte nicht, fortzulaufen. Sie kreuzte ihre Arme vor der Brust, und ihre Hände berührten die Stellen, wo er sie festgehalten hatte. »Ich kann nicht mit einem Schiff fahren«, sagte sie. »Es liegt an meiner Gabe. Feuer kann mir nichts anhaben, dafür aber Wasser. Es kann mir schaden.«

Schon wollte Raoul auflachen, wollte sie wieder eine Lügnerin nennen, da verstand er plötzlich, dass sie nicht log. Endlich ergab alles einen Sinn. »Deshalb also wolltest du dich in Konstantinopel allein um ein Schiff kümmern – um vorzutäuschen, dass keines fährt«, sagte er. »Was für ein Glück, dass ich kein Griechisch spreche.«

Die Ägypterin schwieg. Eine andere Antwort brauchte er nicht.

Raoul betrachtete sie eindringlich, und plötzlich kam sie ihm zart und zerbrechlich vor. »Du hast mir bis jetzt nicht gesagt, warum du das Zepter suchst.«

»Es gehört meinem Volk. Als Suleyman starb – Salomo, in deiner Sprache –, nahmen wir es an uns. Eine Edle aus meinem Dorf gab es Antonius. Als er sich in die Wüste zurückgezogen hatte, sprach man ihm Heilkräfte zu. Kranke und Verkrüppelte besuchten ihn scharenweise, und er litt darunter, ihnen nicht helfen zu können. Die Edle hatte Mitleid mit ihm und gab ihm das Zepter, wofür sie verbannt wurde. Unsere Ältesten wollten es zurückholen, doch Antonius war bereits vor den Römern geflohen. So ging das Zepter verloren.«

»Erzähl mir von deinem Volk«, bat er sie, doch da fuhr ihr Kopf zum anderen Ende der Gasse herum.

»Da ist jemand!«, sagte sie leise.

Jetzt hörte Raoul es auch: Schritte, die auf dem Unrat knirschten. Er spähte um die Kehre und konnte im Halbdunkel gerade noch die Umrisse von drei bewaffneten Männern ausmachen, die langsam die Gasse entlangkamen.

Der vordere rief etwas, als er Raoul bemerkte. Alle drei liefen los.

»Komm!«, stieß Raoul hervor, packte Jadas Hand und zog sie mit sich.

»Da geht es nicht weiter«, rief Jada, und kurz darauf begriff Raoul, warum sie vorhin kehrtgemacht hatte: Sie befanden sich in einer Sackgasse. Vor ihnen erhob sich eine Mauer, zu hoch und zu glatt, um an ihr hinaufzuklettern.

Fieberhaft blickte Raoul sich um. Da war eine Tür! Aber sie war verschlossen oder von innen vernagelt und ließ sich nicht öffnen. Er ging einen Schritt zurück und trat mit aller Kraft dagegen. Die alte Holztür brach fast aus den Angeln. Er ließ Jada vorgehen und warf einen Blick über die Schulter. Trotz der Dunkelheit erkannte er, dass die Verfolger keine Bewohner dieses Viertels waren.

Al-Munahids Leute!, dachte Raoul und folgte Jada ins Innere. Spärliches Licht fiel durch hohe, schmale Fenster in einen lang gezogenen Saal voller Schatten und Stille. Bettgestelle standen links und rechts des Ganges, die meisten kaum mehr als Haufen morscher, wurmzerfressener Bretter. Die Luft war staubig und trocken, aber Raoul nahm noch etwas anderes in dem Saal wahr: den fast unmerklichen Geruch von Krankheit und Tod, der über allem lag.

Sie befanden sich in einem alten Siechenhaus.

Jada verschwand in einem Rundbogendurchgang am Ende des Saals, dem sich ein zweites Krankenlager anschloss. Sie machte sich an einer Tür zu schaffen, schmetterte aber voller Enttäuschung die Faust gegen das Holz. »Verschlossen!«

Diese Tür war in einem besseren Zustand als die erste und würde sich nicht mit einem Tritt aufstoßen lassen. Raoul sah die Männer den Durchgang erreichen. Einen oder zwei konnte er bezwingen – aber nicht alle drei. Es musste einen anderen Weg geben; die Tür konnte doch nicht der einzige Ausgang sein!

In einer Nische erahnte er Stufen.

»Da entlang!«, rief er und rannte los, darauf hoffend, die Treppe würde sich nicht als Sackgasse erweisen.

Da die Nische sich an der Seitenwand des Saals befand, mussten sie ihren Verfolgern entgegenlaufen. Der schnellste der drei kam ihnen schon entgegen, um ihnen den Weg abzuschneiden. Mit einem schleifenden Geräusch zog Raoul sein Schwert aus der Scheide und stellte sich dem Mann entgegen. Genau in diesem Moment warf Jada ihren Dolch. Der Mann wich der wirbelnden Klinge aus, prallte gegen ein Bett und stürzte. Das verschaffte Raoul und Jada Zeit, die Nische zu erreichen. Raoul übernahm die Führung. Zu seiner Erleichterung endeten die Stufen nicht an einer Tür, sondern führten in einem engen Bogen nach oben, schwachem Licht entgegen.

Raoul nahm mit jedem Schritt zwei, drei Stufen, bis die Treppe in einen Flur mündete. Zu beiden Seiten befanden sich mehrere Durchgänge, Trümmer lagen auf dem Boden, in der Decke klaffte ein Loch.

Er wusste nicht, welchen Weg er nehmen sollte. Alle Durchlässe konnten in Kammern ohne Ausgänge führen und somit zur Falle werden. Er hörte, wie gefährlich nahe die Schritte ihrer Verfolger waren. Jada nahm ihm die Entscheidung ab und hastete zum ersten Durchgang zu ihrer Rechten.

Der angrenzende Raum war fast vollkommen dunkel. Kisten stapelten sich an den Wänden. Irgendetwas verströmte widerwärtigen Verwesungsgestank.

Es gab keine Fenster und keine Türen.

»Jada, zurück!«, keuchte Raoul. Im gleichen Moment polterte es, als ein Kistenstapel zusammenbrach. Ein Rechteck aus violettem Abendhimmel erschien in der Wand. Jada hatte ein Fenster freigelegt und kletterte bereits hindurch.

Die Verfolger stürmten in den Flur. Einer trug in der Hand einen massiven Knüppel und blickte sich suchend um. Hinter ihm drängte ein zweiter nach, den Raoul erkannte: Es war einer von al-Munahids Männern. Jener, den er in der Zisterne ins Wasser gestoßen hatte – den Christen mit dem vernarbten Kinn. Ein Lächeln ließ seine Lippen zucken, als er Raoul in die Augen blickte. Er rief etwas auf Griechisch, worauf der Mann mit dem Knüppel auf Raoul losging. Raoul drängte ihn mit einem Schwerthieb zurück, stieß einen Kistenstapel um und brachte den Angreifer damit zu Fall.

Während sich der Mann aufrappelte, schob Raoul sich mit dem Kopf voran durch das Fenster, blind darauf vertrauend, dass ihn kein Abgrund empfing. Er dankte Gott, als er keine Armlänge unter sich eine ebene Fläche sah.

Er ließ sich fallen, rollte sich ab und gelangte auf die Füße. Schwer atmend stand er auf dem flachen Dach eines angrenzenden Gebäudes. Jada war zur Dachkante vorausgelaufen. *Verschaff ihr Zeit*, dachte er und wandte sich mit dem Schwert in der Hand um. Ein Gefährte des Christen kletterte soeben durch das Fenster. Raoul trieb ihm das Schwert in die Schulter. Der Mann schrie auf, verlor den Halt und stürzte auf das Dach. Doch trotz der Wunde war er immer noch behände. Bevor Raoul dessen Leben mit einem zweiten Hieb beenden konnte, holte der Mann mit seinem Knüppel aus. Das Holz schmetterte gegen Raouls Knie, brachte ihn zu Fall.

Raoul glaubte, sich übergeben zu müssen, so bohrend war der Schmerz. Die Mauern des Siechenhauses dehnten sich aus, schoben sich ineinander. Bis er wieder klar sehen konnte, stand sein Gegner schon breitbeinig über ihm und hob den Knüppel über den Kopf. Raoul rollte sich zur Seite, das massive Holz krachte auf Stein. Er spürte sein Schwert unter sich, griff danach und reckte es blindlings in die Höhe. Ein fleischiges Geräusch, plötzlicher Widerstand: Die Klinge steckte im Bauch seines Gegners fest.

Mit einem Ruck wich er dem zusammenbrechenden Körper aus und richtete sich schwankend auf. Sein Knie war nicht gebrochen; er konnte stehen, wenn auch unter Schmerzen. Inzwischen war auch der Christ durch das Fenster geklettert und hatte sein Schwert gezogen. Raoul wusste, dass er seine Waffe nicht rechtzeitig unter der Leiche hervorzerren konnte. Hinkend lief er zur Dachkante.

Die Häuser des Viertels drängten sich dicht an dicht um das Siechenhaus, sodass die Dächer eine zusammenhängende Fläche bildeten. Das Dach des nächsten Hauses hätte etwa zwei Ellen tiefer gelegen … wenn es noch existiert hätte. Aber von dem Gebäude stand nur noch das Gerippe, und vom Dach waren bloß die Balken übrig. Drei oder vier Mannslängen unter sich sah er den mit Steinen und Ziegeln bedeckten Boden.

Jada wartete am anderen Ende eines Dachbalkens auf ihn. »Es trägt dich«, rief sie.

Raoul setzte beide Füße auf das Holz. Unter gewöhnlichen Umständen hätte es ihm keine Schwierigkeiten bereitet, über den Balken zur anderen Seite zu gelangen. Aber jetzt setzten ihm Schwindel und ein gefühllos werdendes Knie zu. Die Dunkelheit machte es nicht leichter.

Beweg dich!, befahl er sich. Einen Schritt. Noch einen. Einen dritten. Er wandte den Kopf, hielt Ausschau nach seinen Verfolgern. Ein Fehler. Er verlor das Gleichgewicht und ruderte mit den Armen, während die Finsternis unter ihm an ihm zog.

Der Christ hatte seinen verbliebenen Gefährten vorgeschickt und kletterte nach diesem den Dachsims hinab. Der Balken ächzte, als er das Gewicht von zwei weiteren Männern tragen musste. Staub rieselte in die Tiefe. Raoul erschien es, als würde das gesamte Gerippe schwanken. Aber vielleicht täuschte der Schwindel nur seine Sinne.

Er besann sich auf jeden Schritt, gab der Versuchung nicht nach, sich noch einmal umzudrehen. Er hatte etwa die Hälfte seines Wegs zurückgelegt, als sich der Dachstuhl plötzlich mit einem knirschenden Geräusch zur Seite neigte. Nur ein oder zwei Handbreit, aber alle drei Männer schrien gleichzeitig auf und rangen um ihr Gleichgewicht. Aus den Augenwinkeln sah Raoul, dass sein Gegner ihn fast eingeholt hatte. Noch einen Schritt, und er konnte ihn mit einem Streich seiner Axt vom Balken fegen.

Er musste das Wagnis eingehen. Es konnte sie alle drei das Leben kosten, aber wenn er nichts tat, war sein Tod sicher.

Er stampfte mit beiden Füßen auf, was das Stützwerk wieder zum Schwanken brachte. Sein Knie dankte es mit neuem Schmerz, und er konnte nur mit Mühe verhindern, abzurutschen. Doch seine Gegner hatten damit nicht gerechnet. Der Hüne ließ die Axt fallen, wankte und kippte zur Seite. Ein Schrei begleitete seinen Fall und endete jäh, als er auf den Trümmern aufschlug.

Der Christ jedoch war aus einem anderen Holz geschnitzt. Nach kurzem Schwanken hatte er wieder festen Stand gefunden. Das Entsetzen in seiner Miene wich Zorn. Er biss die Zähne zusammen und kam langsam näher.

Auch Raoul setzte sich wieder in Bewegung. In tiefen Zügen sog er Luft in seine Lungen, um des Schwindels Herr zu werden. Jada wartete noch immer an der Dachkante, bereit, ihm die Hand zu reichen.

Als er einige Ellen zurückgelegt hatte, entdeckte er, dass

sich der Mauerstein, der den Balken hielt, gelockert hatte. Mit jedem Schritt, den Raoul und sein Gegner machten, knirschte es, und kleine Stücke Mörtel bröckelten herab. Raoul drängte die aufkommende Furcht zurück und zwang sich, immer nur an den nächsten Schritt zu denken … und nicht daran, mit zerschmetterten Gliedern in der Dunkelheit das Leben auszuhauchen.

Er spürte die Gegenwart seines Verfolgers in seinem Rücken. Sowie der Mann auf Schwertlänge heran war, war er verloren. Eine Waffe, er brauchte eine Waffe!

»Jada!«, rief er. »Ich brauche einen Knüppel. Ein Stück Holz. Irgendetwas!«

Die Ägypterin sah sich suchend auf dem Dach um. »Hier ist nichts!«

»Versuch es am Gerüst. Mach schnell!«

Jada legte sich auf den Bauch und tastete die Überreste des Daches ab. Hinter sich hörte Raoul leises Lachen.

»Das hilft dir auch nicht mehr, mein Freund«, sagte sein Verfolger. »Du stirbst gleich, und dann nehme ich mir dein Liebchen vor.«

Raoul verzichtete auf eine Erwiderung. *Denk nur an das, was vor dir liegt!* Einen Schritt. Noch einen.

»Sie gefällt mir, dein Liebchen. Woher hast du sie, aus welchem Hurenhaus? Gewiss hat sie eine anständige Summe gekostet. Wie viel? Zehn Dirham? Fünfzehn?«

Der Balken hatte keinen festen Halt mehr, lag nur noch lose auf. Mit jedem Schritt spürte Raoul, wie das Holz unter seinen Sohlen wackelte.

»Du redest nicht mit mir. Na schön. Es ist mir gleich, wie viel sie gekostet hat, denn für mich wird sie es umsonst tun. Und so oft, wie es mir gefällt. Ich wollte dich am Leben lassen, damit du zusehen kannst, aber ich glaube, ich töte dich lieber. Du wirst mir lästig.«

Jada hatte endlich ein Brett lösen können und warf es Raoul zu. Er fing es mit beiden Händen auf und musste dann die Arme ausbreiten, um das Schwanken auszugleichen. Das Stück Holz war hart und eine Elle lang.

»Eine großartige Waffe hast du da«, höhnte der Söldner. »Gewiss kannst du damit viel gegen ein Schwert ausrichten.«

Raoul fuhr herum und schwang den Knüppel. Sein Gegner wehrte den Angriff mühelos mit dem Schwert ab. Doch beide mussten vor dem nächsten Hieb erst ihr Gleichgewicht wiederfinden. Der Söldner verhöhnte ihn nicht mehr. Selbst er benötigte seine ganze Aufmerksamkeit, um sich keinen Fehltritt zu erlauben.

Raoul wich langsam zurück und ließ seinen Gegner dabei nicht aus den Augen, achtete auf jede noch so kleine Bewegung. Der Söldner presste die Lippen zu einer schmalen Linie zusammen und stieß das Schwert nach vorn. Holz prallte auf Stahl, als Raoul den Schlag abwehrte. Die Augen seines Gegners blickten kurz an ihm vorbei und verrieten ihm, was in dem Mann vorging: Er wollte den Kampf entscheiden, bevor Raoul die Dachkante erreichte.

Sofort kam der nächste Angriff, eine erbarmungslose Abfolge von Hieben. Der letzte Streich spaltete das Holz fast in zwei Teile. Raoul schleuderte es dem Söldner entgegen, drehte sich um seine eigene Achse und sprang.

Gerade als seine Hände die Dachkante fanden, brach der Balken aus der Verankerung.

Raoul hörte Poltern, Bersten von Holz und Stein, einen Schrei. Der Aufprall gegen die Hauswand traf ihn wie ein Keulenschlag. Die Geräusche rückten in weite Ferne. Schwärze. *Nein!*, dachte Raoul und kämpfte dagegen an. Er holte scharf Luft und zog sich langsam hoch, bis er ein Bein über die Dachkante schwingen konnte.

Eine letzte Anstrengung, dann lag er auf dem Dach auf festem, sicherem Untergrund: ohne Verfolger, ohne die Gefahr, in die Tiefe zu stürzen. Er genoss den Moment und spürte, wie sich sein Herzschlag langsam beruhigte.

Eine kühle Hand legte sich auf seine Wange. »Geht es dir gut?«, fragte Jada leise.

Er öffnete die Augen und sah die Ägypterin neben sich sitzen. In ihren Augen spiegelte sich Sorge wider – die Sorge um ihn. Ächzend setzte er sich auf und lächelte. »Müssen deine Gefährten immer erst in Todesgefahr geraten, bevor du etwas Freundlichkeit für sie übrighast?«

Leichter Ärger flackerte in ihren Augen auf, und ihre Stimme wurde betont sachlich. »Bist du verletzt? Wie geht es deinem Knie?«

»Mir geht es gut, Jada.« Schwankend stand Raoul auf. Er brauchte Ruhe, dringend Ruhe. Aber noch konnten sie sich nicht in Sicherheit fühlen. Er blickte von der Dachkante in die Tiefe. Neben dem Körper des Hünen lag der Christ reglos auf dem Schutt.

»Komm«, sagte Raoul und ging hinkend zu einer Stelle, wo früher eine Dachluke gewesen sein musste, denn von dort führte eine Treppe nach unten. Sie folgten den Stufen und durchquerten vorsichtig das leere, baufällige Gebäude, einst ein mehrstöckiges Lagerhaus mit weiten, hohen Räumen.

Als der Balken weggebrochen war, hatte er einen Teil des Dachstuhls sowie Mauerreste mit sich gerissen; neue Trümmer waren auf die alten gefallen. Raoul fand das Schwert des Söldners und behielt es in der Hand, als er den Mann auf den Rücken drehte. Er lebte noch. Eine Gesichtshälfte war zerschmettert, Beine und Arme waren verdreht und schienen mehrfach gebrochen zu sein. Aber er war bei Bewusstsein und blinzelte, als sich Raoul über ihn beugte.

»Wohin ist al-Munahid geritten? Welchen Weg hat er genommen?«

Irgendwie brachte der Mann ein Lächeln zustande. »Du findest … ihn … niemals.«

Raouls Stimme wurde hart. »Du verlierst kein Blut. Wenn ich dich hier so liegen lasse, lebst du noch einen Tag, vielleicht auch zwei. Der Schmerz wird dich wahnsinnig machen. Morgen in der Sonne wird dich der Durst quälen. Ratten und Krähen werden kommen und sich an dir satt fressen. Das wird geschehen, wenn du schweigst.« Er beugte sich nach unten, damit der Mann jedes Wort verstand. »Wenn du redest, schenke ich dir einen schnellen Tod.«

Die Augen des Mannes wanderten unruhig von ihm zu Jada. Seine Hand öffnete und schloss sich, vielleicht der einzige Teil seines Körpers, den er noch bewegen konnte. Seine Zungenspitze befeuchtete die Lippen. »Er ist … ins Landesinnere geritten … die Handelsstraße. Immer nach … Südosten.« Die Stimme war so schwach, dass Raoul die Worte kaum verstand. Er hätte dem Söldner gerne Wasser gegeben, aber hier war keines zu finden. »Sein Ziel liegt … in Armenien … bei Yerevan …«

»Wo genau?«, fragte Jada scharf.

»Weiß nicht … Armenien.«

Raoul schaute Jada fragend an. Der Blick der Ägypterin ruhte auf dem Sterbenden. Sie nickte kaum merklich.

Raoul zog die Klinge durch.

Kapitel 16

Die Gehenkten schaukelten im Wind wie Gliederpuppen: zwei Männer, ein weißhaariger Alter und ein Junge von elf oder zwölf Jahren. Alle waren sie nackt, und die Krähen hatten sich bereits an ihren Gesichtern und Geschlechtsteilen gütlich getan. Sie hingen im Stützgebälk der Kornkammer, dem einzigen Gebäude des Bergdorfes, das nicht den Flammen zum Opfer gefallen war. Von den anderen Häusern waren nur noch geschwärzte, eingestürzte Mauern übrig.

Ibn-Marzuqs Pferd schnaubte, als sie über den Dorfplatz ritten. Der Geruch des Todes machte die Tiere nervös. Und nicht nur die Tiere. Ibn-Marzuq fröstelte, obwohl es nicht kühler als an den vergangenen Tagen war, und er zog seinen Mantel enger um die Schultern. Im ausgebrannten Gerippe einer Scheune hingen vom Gebälk noch mehr Leiber; ein Haufen aus Leichen, bis zur Unkenntlichkeit verbrannt, ragte am Ende des Platzes auf. Nichts lebte hier mehr, abgesehen von Aasvögeln und Würmern, die in dem Talkessel eine reich gedeckte Tafel vorfanden. Die Toten waren Hirten und Bauern gewesen. Möglich, dass sie sich an den Aufständen beteiligt hatten. Ibn-Marzuq erschien es jedoch wahrscheinlicher, dass die Mongolen das Dorf nur zur Abschreckung zerstört hatten. Angst war immer noch die wirkungsvollste Waffe gegen einen Aufstand.

Al-Munahid zügelte sein Pferd, worauf der ganze Trupp anhielt. »Das Dorf nach Vorräten durchsuchen«, befahl er und stieg aus dem Sattel. Die Männer pflockten ihre Pferde auf dem Platz an und schwärmten aus. Obwohl das Dorf mit Sicherheit geplündert worden war, ergab der Befehl durchaus einen Sinn: Mongolen nahmen nur das mit, was ihre Pferde tragen konnten; alles, was größer als ihre Satteltaschen war, ließen sie zurück.

Seit zwei Stunden plagte ibn-Marzuq der Hunger, doch beim Anblick der verbrannten Leichen war ihm jegliches Verlangen nach Essen vergangen. Sein Rücken tat weh. Er machte einen Bogen um al-Munahid, der am Ziehbrunnen stand und aus dem Eimer trank, und ging zur Wiese jenseits der Siedlung. Eine Furche im Erdreich führte einen schmalen Wasserlauf. Farne wiegten sich am Fuß des Hügels, und über den fernen, schwarzen Bergen im Osten glühte der Himmel. Es hätte ihm hier gefallen, wäre der Wind nicht voller Asche und Verwesungsgestank gewesen. Er durchsuchte die Innentaschen seines Umhangs und fand das gefaltete Tuch mit den Minzeblättern, von denen er jeden Abend drei mit heißem Wasser aufbrühte. Eines schob er sich in den Mund und zerkaute es sorgfältig. Der frische Geschmack machte den Gestank erträglicher.

Armenien war ein Land, über das er nur wenig wusste. Es war eines der ältesten Reiche der Welt und stand seit neunhundert Jahren fast dauerhaft unter der Herrschaft fremder Eroberer. Zuerst waren die Perser eingefallen, dann die Araber, die Byzantiner, die Seldschuken und vor achtzig Jahren schließlich die Mongolen, die den armenischen Fürsten immerhin eine gewisse Eigenständigkeit gewährten. Trotzdem lehnten sich die christlichen Armenier immer wieder gegen die muslimischen Besatzer auf. Der Aufruhr, in den ibn-Marzuq und die Söldner hineingeraten waren, war nur einer von vielen in den letzten fünfzig Jahren. Als Muslime standen sie glücklicherweise nicht in dem Verdacht, die Aufständischen zu unterstützen. Das und der Umstand, dass einer der Söldner Mongole war, hatten sie davor bewahrt, von einer der vielen Streifwachen festgenommen zu werden – bisher zumindest. Ibn-Marzuq befürchtete, dass sie das volle Ausmaß des Aufstandes erst dann zu spüren bekamen, wenn sie die Ausläufer des Ararathochlandes hinter sich ließen und die besiedelte Ebene um den Sewansee erreichten. Dort würde es Schwierigkeiten geben. Er ahnte es. Bisher war alles viel zu glattgegangen.

Oder ich werde allmählich zum Schwarzseher, dachte er mürrisch. Dabei war das nicht seine Art. Dieser Ort verdüsterte seine Gedanken. Es wurde Zeit, aufzubrechen. Er schob sich noch ein Minzeblatt in den Mund und ging zu dem von Hufen zerstampften Platz zurück.

Die Männer hatten Salz, Brote, einen Topf mit Schmalz und zwei fette Gänse zusammengetragen. Al-Munahid begutachtete die Funde und nickte zufrieden. »Es ist spät«, sagte er. »Suchen wir einen Platz zum Übernachten.«

»Hier?«, fragte Uthman, der einen brüchigen Käfig mit den Gänsen hielt. In seinen Augen schimmerte Furcht.

»Nein, Dummkopf«, schnarrte al-Munahid und schwang sich in den Sattel.

Allen außer al-Munahid stand die Erleichterung ins Gesicht geschrieben, als sie das Dorf hinter sich ließen. Ibn-Marzuq verachtete die Männer für ihren Aberglauben. Eine verstümmelte Leiche genügte, und sie sahen überall rachsüchtige Geister und Dämonen. Dabei waren sie schon auf unzähligen Schlachtfeldern gewesen und hatten selbst dutzendfach den Tod gebracht.

Doch auch er war froh, als die rußgeschwärzten Ruinen endlich außer Sichtweite waren und der Verwesungsgestank dem Duft des leuchtenden Feuermohns an den Hängen wich. Die Hügel waren voller Höhlen, sodass sie nicht lange nach einem geeigneten Lagerplatz suchen mussten. Bei der Grotte, die sie auswählten, handelte es sich um eine schmale, hohe Spalte, die einige Schritte bergauf führte und sich dann zu einer runden, geräumigen Kammer mit sandbedecktem Boden weitete. Durch einen natürlichen Kamin in der Decke konnte der Rauch ihres Feuers abziehen, über dem die Gänse brieten.

Nach dem Essen suchte sich ibn-Marzuq eine Ecke, in die er sich zurückziehen konnte. Er schlug die Beine unter, rollte eine Schriftrolle auf seinem Oberschenkel aus und notierte im Licht seines Kerzenstummels die Erlebnisse des Tages. Es war dreißig Jahre her, seit er zuletzt Tagebuch geführt hatte, und er wusste selbst nicht, warum er es jetzt wieder tat. Vermutlich, weil es besser war, als dazusitzen, stumm zu brüten und langsam, aber sicher in Verzweiflung zu versinken. Schreiben hatte ihm seit jeher geholfen, seine Gedanken zu ordnen und Niedergeschlagenheit abzuschütteln. Besonders Letzteres hatte er dringend nötig.

Seit dem Vorfall auf der Galeere hatte sich das Verhalten von al-Munahids Schakalen ihm gegenüber geändert. Es gab Anzeichen, dass sie wussten, was geschehen war: ein unfreundliches Wort hier, eine verächtliche Geste da. Meist mieden sie ihn einfach, doch die Frechheiten häuften sich. Noch in Konstantinopel war er sich sicher gewesen, dass sie ihm nichts angetan hätten, selbst wenn al-Munahid es befohlen hätte. Doch jetzt war seine Autorität endgültig dahin. Und damit auch seine Sicherheit.

Al-Munahid ahnte, dass ibn-Marzuq ihm etwas über das Zepter verschwieg. Das war der einzige Grund, warum der Söldner ihn am Leben ließ. Doch das spielte keine Rolle mehr, wenn er das Zepter erst in den Händen hielt.

Und das sollte in spätestens drei Tagen der Fall sein.

Harun ibn-Marzuq hatte mehrere Pläne geschmiedet, die sich gegenseitig an Unzulänglichkeiten überboten. Er hatte sogar darüber nachgedacht, al-Munahid im Schlaf zu ermorden und den Befehl über die Söldner an sich zu reißen.

Aber davon abgesehen, dass sich die Männer von ihm gewiss nicht sagen ließen, was sie zu tun hatten – er war dazu nicht fähig. Er konnte einen wehrlosen Mann nicht einfach töten. Selbst dann nicht, wenn es sich um Kadar al-Munahid handelte.

Er wägte seine Pläne ab und entschloss sich schließlich zu jenem, den er vor allen anderen gefasst hatte: dem naheliegendsten, der ihm am wenigsten abverlangte.

Als das Feuer niedergebrannt war und sich die Männer auf ihren Decken ausstreckten, blieb er in seiner Ecke und gab vor, im Sitzen eingenickt zu sein. In der Dunkelheit konnte niemand sehen, dass er die Augen noch offen hatte. Najib übernahm die erste Wache draußen bei den Pferden.

Zu gefährlich, Najib war zu wachsam.

Ibn-Marzuq wartete. Es fiel ihm nicht schwer, wach zu bleiben; die Aufregung vertrieb jeden Gedanken an Schlaf. Nach einer Stunde kam der junge Krieger mit dem zarten, fast mädchenhaften Gesicht herein und weckte Abdul-Jabar für die zweite Wache.

Sehr gut, Abdul-Jabar war seine erste Wahl.

Als ibn-Marzuq sicher war, dass Najib schlief, nahm er seinen Beutel in die Hand und schlich zum Ausgang. Die Überreste des Feuers glühten schwach, und das Schnarchen der Männer erfüllte die Höhle. Ibn-Marzuq setzte jeden Schritt vorsichtig, um keinen der dicht an dicht liegenden Körper zu berühren. Als er an dem Eunuchen vorbeischlich, gab dieser einen grunzenden Laut von sich und wälzte seine Fleischberge herum. Ibn-Marzuqs Herz blieb stehen. Doch der Koloss hatte sich nur im Schlaf bewegt.

Ibn-Marzuq presste seinen Beutel an die Brust, damit der Inhalt nicht klapperte, und stieg den kurzen Tunnel hinab. Die kühle Nachtluft war eine Wohltat nach dem Rauch und dem Gestank nach Schweiß. Unter der Spalte befand sich eine Böschung, aus der schwarze, scharfkantige Felsen ragten. Die Pferde waren auf der anderen Seite des schmalen Tals angepflockt, wo dichtes Gras wuchs.

Dort war auch Abdul-Jabar.

Der Söldner saß auf einem Felsen und trank aus seinem Schlauch. In der Dunkelheit sah seine korpulente, gedrungene Gestalt wie das Abbild einer Muttergöttin aus, die ein primitives Volk aus dem Felsen gehauen hatte. Ibn-Marzuq bückte sich und hob einen Stein auf, der gut in seiner Hand lag. *Hilf mir, Allah,* dachte er mit flauem Gefühl im Magen. Dann kletterte er die Böschung hinunter.

Das Tal war von Geröll übersät. Manche Felsbrocken waren groß genug, ihn zu verbergen. Er ging langsam, denn das Knirschen eines Steins oder das Knacken eines Zweigs konnte ihn in der Stille verraten.

Sein Weg beschrieb einen Bogen, bis er neben den Pferden und hinter Abdul-Jabar war. Der Söldner trug weder Rüstung noch Helm. Sein Schwert steckte in der Scheide und lehnte am Felsen. Er setzte den Schlauch an die Lippen und trank gluckernd.

Ibn-Marzuqs Finger schlossen sich um den Stein, dass ihm die Kanten ins Fleisch schnitten. Sein Herz pochte so heftig, dass er sich fragte, wann Abdul-Jabar es endlich hörte.

Er verließ sein Versteck hinter dem Felsen und ging über das weiche Gras. Bei dem Gedanken, dass der Stein in seiner Hand gleich auf Abdul-Jabars Hinterkopf aufschlagen würde, wurde ihm übel.

Doch wenn er es nicht tat, war sein Leben verwirkt.

Er wartete, bis der Söldner wieder trank, dann hob er den Stein hoch über dessen Kopf und ließ ihn herabsausen. Ein widerwärtiges, fleischiges Geräusch, und der Mann kippte mit einem keuchenden Laut zur Seite. Der Schlauch fiel ins Gras.

Ibn-Marzuq starrte den Körper an, der auf dem Bauch zum Liegen kam. Der Stein entglitt seiner Hand.

War er tot? Er konnte nicht tot sein. Ibn-Marzuq war sicher, nicht fest genug zugeschlagen zu haben. Gewiss schlief er nur.

Hoffentlich schlief er nur.

Er widerstand dem Drang, nachzuprüfen, ob Abdul-Jabar noch am Leben war, nahm stattdessen das Schwert an sich. Seine Gedanken waren so dunstig wie nach mehreren Bechern Wein.

Die Sättel! Natürlich, du Narr. Ohne Sattel kommst du nicht weit.

Er vergewisserte sich, dass aus der Höhle kein Laut drang. Gerade als er sich umwenden wollte, regte sich Abdul-Jabar. Der Söldner stöhnte leise und stemmte sich hoch, sodass er auf allen vieren kauerte.

Kalte Furcht rollte sich wie eine Schlange in ibn-Marzuqs Magen zusammen. Der Stein, Allmächtiger, wo war der Stein?

Zu spät. Abdul-Jabar kam auf die Knie, hob den Kopf und blickte ihn aus verschleierten Augen an.

Ibn-Marzuq stand wie angewurzelt neben dem Felsen, bis er begriff, dass der bärtige Söldner noch zu benommen war, um ihn zu erkennen. Ohne dass es ihm bewusst war, schloss sich seine Rechte um den Schwertgriff. Das von Leder umwickelte Stück Stahl schmiegte sich in seine Hand, und er zog die Klinge aus der Scheide. Er trieb die Waffe Abdul-Jabar in die Brust. Er musste eine Lücke zwischen den Rippen getroffen haben, denn das Schwert ging ganz leicht hindurch. Blut schoss dem Söldner aus Mund und Nase. Lautlos fiel er mit dem Gesicht voran ins Gras und begrub das Schwert unter sich.

Ein einzelner Gedanke schob sich ibn-Marzuq ins Bewusstsein: *Nicht denken! Denk nicht darüber nach, was du getan hast.*

Hol den Sattel!

Endlich saß er auf seinem Pferd, schlug ihm die Absätze in die Flanken und trieb es zu einem halsbrecherischen Galopp an, das Tal entlang, durch eine weite Senke mit dunklen Berghängen zu beiden Seiten.

Nur fort von der Leiche.

Er ritt vorbei an Hügeln, Schluchten, einem steinernen Bogen über unsichtbarem Wasserrauschen, vorbei an Hütten, die wie Schwalbennester am Hang hafteten, weit entfernten Türmen, die die Sterne auslöschten. Ihn umgab nur Stille und das rhythmische Trommeln der Hufe.

Als die Finsternis grauem Dämmerlicht wich, waren die zerklüfteten Hänge verschwunden. Ein weites Tal breitete sich vor ibn-Marzuq aus. Er war neben einem Bach geritten, der vom Hochgebirge kam und sich zwischen den Felsen seinen Weg ins Hügelland bahnte. Einen Steinwurf vor ihm drängten sich Schafe am Wasser.

Das Fell seines Pferds glänzte. Seine Kleidung klebte am Körper. Er hatte Durst.

Er brachte das Tier zum Stehen. Als seine Füße den Boden berührten, glaubte er, seine Beine würden nachgeben, so taub waren sie. Er taumelte zum Bach und ließ sich auf die Knie fallen. Das Wasser umspülte moosige Steine und bildete am Rand eine glatte Fläche, in der er sein Antlitz sah, klar und deutlich.

Ibn-Marzuq würgte und erbrach sich in heftigen Krämpfen.

Eine Weile saß er reglos da. Er schloss die Augen und atmete die Morgenluft ein, bis die Übelkeit verging. Dann spritzte er sich Wasser ins Gesicht und trank.

Langsam erhob er sich und blickte zu den Bergen, die hinter ihm lagen, zum fernen Gipfel des Ararat, der alles überragte. Kalt lag die Luft auf seinem feuchten Gesicht.

Er hatte es geschafft. Er war frei.

Harun ibn-Marzuq verspürte keinen Triumph, nur dumpfe Erleichterung, die von Schuldgefühlen überlagert wurde. Hätte er vermeiden können, Abdul-Jabar zu töten? Warum war dieser Narr nicht einfach liegen geblieben?

Er war ein Söldner. Ihn zu töten war das Vernünftigste, was du tun konntest. Wie viele Leben hat er auf dem Gewissen? Zwanzig? Fünfzig? Ohne ihn ist die Welt ein besserer Ort.

Es half … ein wenig.

Er würde sich dieser moralischen Frage später stellen; jetzt gab es drängendere Sorgen. Beispielsweise hatte er vergessen, Vorräte mitzunehmen.

Zwischen den Steinen am Ufer des Wasserlaufs fand er etwas Kresse. Es war viel zu wenig, ihn zu ernähren, aber immerhin etwas, auf dem er herumkauen konnte. Momentan bekam er keinen Bissen herunter, also stopfte er die Büschel in seine Manteltaschen. Er füllte auch seinen Wasserschlauch und ging zu seinem Pferd, das die Blätter eines niedrigen Buschs fraß.

Zwischenzeitlich war es heller geworden. Als er aufstieg, glaubte er in der Ferne die Türme einer Stadt zu sehen. Das musste Yerevan sein, wenn er Glück hatte.

Das Pferd fiel in einen zügigen Kanter. Ein höheres Tempo wollte er sich und dem Tier nicht zumuten, doch auch ein langsameres kam nicht infrage, obwohl sein Rücken und sein Gesäß danach schrien. Al-Munahid hatte gewiss schon die Verfolgung aufgenommen, und ibn-Marzuq wollte nicht Gefahr laufen, seinen Vorsprung vor den Söldnern zu verlieren.

Da er sich hauptsächlich mit den Einzelheiten der Flucht beschäftigt hatte, war sein Plan für die Zeit danach bestenfalls verschwommen. Er musste mit den Mongolen in Verbindung treten. Zwar waren sie Feinde an-Nasirs, doch seit ihrer Niederlage bei Schaqhab im Frühjahr bedrohten sie das Sultanat nicht länger. Wenn es ihm gelang, ein Bündnis mit Bilarghu auszuhandeln, dem Ilkhan der armenischen Mongolen, wäre es ein Leichtes, al-Munahid zu vernichten. Damit überschritt er seine Befugnisse weit, doch das war immer noch besser, als dem Sultan erklären zu müssen, dass das Zepter Suleymans einem abtrünnigen Söldner in die Hände gefallen war.

Alles, was er dazu brauchte, war der Ring an seiner Rechten. Der silberne Siegelring mit der Gravur des Halbmondes, der ihn als einflussreichen Mann am Hof von Kairo auswies. Er konnte nur hoffen, dass die Mongolen die Zeichen der Macht des Sultans kannten. Ohne seinen Ring war er nichts in diesem Land.

Nach einer halben Stunde verschwand die Aussicht auf die Stadt hinter den höher werdenden Hügeln. Ibn-Marzuq ritt an einem Fluss entlang, der sich reißend und schäumend durch die Täler schlängelte. Befestigte Dörfer krönten die Hügelkuppen, Schafe und Ziegen weideten an den grünen Hängen.

Als der Weg dem Flussverlauf folgend eine Biegung beschrieb, bemerkte er hinter sich Reiter. Sie waren noch weit weg, über eine Meile, doch ibn-Marzuq wusste, auch ohne Einzelheiten zu erkennen, um wen es sich handelte.

Die Söldner hatten ihn gefunden!

Er trieb sein Pferd an, sodass es in Galopp fiel.

Wie hatte er nur glauben können, so einfach davonzukommen? Die Söldner waren an Lager in der Wildnis gewöhnt. Wenn der Wachposten sie nicht nach einer Stunde weckte, schliefen sie nicht bis zum Morgen durch, sondern wachten wenig später auf und sahen nach dem Rechten. Wahrscheinlich hatten sie schon eine halbe Stunde nach seiner Flucht die

Verfolgung aufgenommen. Wenn er wenigstens nicht den offensichtlichsten Weg genommen hätte … Aber jetzt war es zu spät, das zu ändern.

»Schneller!«, brüllte er und schlug mit den Zügeln auf den Pferdehals ein. Donnernd wirbelten die Hufe Staub auf, als er die Anhöhe hinaufjagte, die Muskeln des Tiers hoben und senkten sich unter ihm. Er drehte sich nach hinten um. Die Entfernung zu den Söldnern war geschrumpft.

… weil sie die besseren Reiter sind.

Schneller, bei allen Höllen, schneller!

Ein Dorf, er musste zu einem Dorf. Vielleicht gewährten ihm die Bewohner Zuflucht, wenn er ihnen weismachte, er sei vor Räubern auf der Flucht. Nein, vor Mongolen! Wenn sie den Mongolen sahen, der mit al-Munahid ritt, würden sie ihm glauben.

Das nächste Dorf lag jenseits der Flusswindung, etwa eine halbe Meile entfernt, vielleicht weniger. Er konnte es schaffen. Er *musste* es schaffen.

Ibn-Marzuq biss die Zähne zusammen und kämpfte gegen den Schmerz an, der sich von seinem Steißbein in den Rücken fortpflanzte. Schweiß brannte ihm in den Augen. Er wandte den Kopf, doch der Schweif aus Staub verdeckte alles. *Durchhalten! Nur noch eine Viertelmeile.*

Ein steiler Pfad führte in Serpentinen zum Dorf hinauf. Er wollte keine Zeit vergeuden, deshalb riss er das Tier scharf herum und ritt die Böschung bergauf. Trotzdem musste er den Galopp verlangsamen. Der Weg war schmal und von tückischen Steinen übersät. Und bald kam die nächste Kurve. Diesmal musste er sie nehmen, denn die Böschung dort war fast senkrecht.

Bei der dritten Biegung sah er unter sich die Söldner. Mit al-Munahid an der Spitze hielten sie auf den Serpentinenweg zu.

Sein Inneres zog sich zusammen. Aber das Dorf war nah. Noch zwei Wegbiegungen, dann hatte er es geschafft.

Noch eine.

Eine Lawine aus Staub und Steinen rutschte den Hang hinab, als sein Pferd in der Kurve vom eigenen Schwung nach außen getragen wurde. Der hintere Huf trat ins Leere, und es geriet ins Straucheln. Ibn-Marzuq zog an den Zügeln. Das Tier trat nach, dann hatte es wieder festen Grund unter sich und galoppierte den Weg hinauf.

Das Dorf lag vor ihm. Zwanzig, dreißig Häuser, umgeben von einem soliden Wall aus ockerfarbenen Steinen und Balken, der Sicherheit verhieß.

Männer in groben Schafswollwämsern standen auf dem Weg. Sie riefen etwas und liefen in den Schutzwall.

Bei Idris' schwarzen Flammen, was machten sie da?

Die Männer schlossen das Tor. Sie sperrten ihn aus, überließen ihn den Schakalen.

Er zügelte sein Pferd. Sein Atem ging schwer. Auf den Mauern war niemand zu sehen. Das Dorf wirkte wie ausgestorben.

Die Söldner brachen durch die Staubschwaden am Hang. *Weiter,* dachte ibn-Marzuq verzweifelt. *Beweg dich!* Der Schmerz in seinem Rücken ließ ihn aufkeuchen, als er sein Pferd antrieb. Wo sollte er hin? Hinter dem Dorf war nichts, kein Pfad, nur der felsige Bergsattel.

Weiter, nur weiter, nicht aufgeben!

Er ritt rechts am Dorfwall vorbei und galoppierte den dahinterliegenden, sanft ansteigenden Hang hoch. Aus den Augenwinkeln sah er, dass al-Munahid und seine Schakale angehalten hatten. Was war los? Gaben sie auf? Ja, das musste es sein. Er hatte sie bezwungen, abgehängt, besiegt.

Ein Gefühl des Triumphes stieg in ihm auf, spülte Schmerz und Erschöpfung fort, und er lachte in sich hinein.

Der alte, dicke Harun ibn-Marzuq war zu zäh für sie.

Dann sah er die Schlucht.

Auf einer Länge von dreißig Ellen brach der Fels senkrecht ab, unsichtbar, wenn man sich nicht die Mühe machte, das Gelände genau zu betrachten.

Und er ritt geradewegs darauf zu.

Panisch riss er an den Zügeln, doch da war es schon zu spät. Sein Pferd wieherte, als es keinen Boden mehr unter sich hatte.

Dann raste ihm sandfarbener Fels entgegen.

Weißes, schmerzendes, alles ausfüllendes Licht.

Durst.

Und überall Taubheit.

Er blinzelte, schloss die Augen und sah die Nachbilder der Sonne in der Dunkelheit. Er versuchte sich zu bewegen, aber es ging nicht. Sein ganzer Körper war eingezwängt.

»Er ist wach, *aqid*«, sagte jemand.

Aqid … der Anführer von Beduinen auf einem Raubzug. Al-Munahid. So wurde er genannt.

Ein Schatten verdunkelte das Licht, und ibn-Marzuq wagte es, die Augen zu öffnen. Eine schwarze Gestalt stand über ihm.

»Mein lieber Harun«, sagte al-Munahid mit sanfter Stimme. »Was hast du dir nur dabei gedacht?«

Ibn-Marzuq öffnete den Mund, doch es kam kein Laut. Sand schien seinen Rachen auszufüllen. Etwas Hartes wurde ihm unsanft zwischen die Lippen geschoben, und ein kühler, wohltuender Strom ergoss sich in seine Kehle. Ibn-Marzuq spürte, wie der Sand fortgespült wurde. Er trank gierig.

»Es wäre doch schade, wenn du uns verdurstest. Nach all der Mühe, die wir mit dir hatten.«

Wasser geriet in seine Luftröhre, und er musste husten. Al-Munahid nahm den Schlauch fort.

»In den Schatten mit ihm.«

Hände packten ihn und schleiften ihn über Steine und Staub. Er schrie vor Schmerz auf. Sein Arm, was war mit seinem Arm?

Gebrochen, dachte er.

Danke Allah, wenn es nur der Arm ist.

Er hatte Glück gehabt. Als man ihn mit dem Rücken an einen Schatten spendenden Felsen setzte, begriff er, dass er gefesselt war – eingeschnürt wie eine Teppichrolle. Er konnte sich jedoch so weit bewegen, dass er den Zustand seiner anderen Gliedmaßen überprüfen konnte.

Nur der rechte Arm war gebrochen. Der Rest seines Körpers schien unversehrt zu sein, abgesehen von unzähligen Schürfwunden und Schmerzen überall.

Aber war das Glück? Vielleicht wäre es besser gewesen, wenn er sich bei dem Sturz das Genick gebrochen hätte: aus und vorbei, keine Mühen, keine Schmerzen mehr. Doch er musste weiterleben, und nur Allah allein wusste, was al-Munahid noch mit ihm vorhatte.

Das Dorf der Feiglinge vor Augen, die ihn im Stich gelassen hatten, dämmerte er in einem Zustand zwischen Ohnmacht und Schlaf vor sich hin. Als er die Augen wieder öffnete, schwankten Berge vor ihm. Vor sich sah er al-Munahid und den Mongolen reiten. Irgendwie war er auf ein Pferd gekommen. Er war nicht mehr gefesselt, warum auch? Er war so schwach, dass er bei einem weiteren Fluchtversuch keine zehn Ellen weit gekommen wäre. Behaarte, mit ledernen Schienen versehene Arme links und rechts hielten die Zügel und bewahrten ihn davor, aus dem Sattel zu rutschen. Er roch den stinkenden Atem des Mannes, der hinter ihm auf dem Pferderücken saß.

Der Dämmerzustand blieb. Mal rettete er sich in den Schlaf, mal nahm er alles durch einen Nebel dumpfer Hoffnungslosigkeit wahr, meist dann, wenn ihn die Schmerzen am Schlafen hinderten. Die Zeit wurde bedeutungslos. Wenn sie rasteten, warf man ihm Essensreste hin und einen schlaffen Schlauch mit schalem Wasser. Nachts banden sie ihn, morgens lösten sie die Fesseln und ließen ihn bei Bishr oder Uthman aufsteigen. In den Blicken der Männer las er Verachtung, Gleichgültigkeit und manchmal den Wunsch, ihn zu töten, damit sie keine Arbeit mehr mit ihm hatten. *Tut es!*, wollte er ihnen dann zurufen, doch al-Munahids Befehl lautete, ihn vorerst am Leben zu lassen.

Niemand schiente seinen Arm. Es kümmerte ihn nicht, dass sie ihn damit zum Krüppel machten. Bald war alles vorbei.

Irgendwann – nach Tagen, vielleicht auch nach Wochen – breitete sich unter ihnen eine saphirblaue Wasserfläche bis zu den schemenhaften Gipfeln am Horizont aus, über die die Schatten der Wolken zogen. *Das Meer,* dachte ibn-Marzuq dumpf, *wir sind wieder zu Hause.* Doch dann regte sich in ihm die Erinnerung, wo sie waren. Dies war der Sewansee, das gewaltige Gewässer im Herzen der armenischen Steppe.

Das Zepter war nicht mehr fern. Er hatte versagt, den jungen Sultan, der sich auf ihn verließ, enttäuscht.

Wenn er wenigstens das noch ändern könnte.

Am Abend steuerte der Reitertrupp eine kleine Stadt am Ufer des Sees an. Auf einem Hügel gelegen, glich sie mehr einer Festung als einer Siedlung. Hohe dunkle Mauern mit Bollwerken, Türmen und Bogenschützennestern umgaben die Häuser und Kirchen. Als sie durchs Tor ritten, sah ibn-Marzuq verwesende Leichen in eisernen Galgenkäfigen unter den Zinnen hängen: mongolische Edle, den Gewändern nach zu urteilen. In den Straßen nahm er eine unbestimmte Spannung wahr, die Erwartung von Gefahr, die über allem zu liegen schien. Die Bewohner waren ausnahmslos

Armenier, und fast alle trugen sie Waffen. Zwei gewaltige Katapulte standen auf dem Platz in der Stadtmitte, daneben türmten sich Steinkugeln und Amphoren mit unlöschbarem Feuer. Teilnahmslos bemerkte ibn-Marzuq die argwöhnischen Blicke, die man ihnen allerorts zuwarf.

»Wir sollten hier nicht bleiben«, murmelte der Mongole an al-Munahid gewandt. Wie die anderen hatte er schon vor Tagen Rüstung und Waffen im Gepäck verstaut und unauffällige Reisekleidung angelegt. Zusätzlich verhüllte er sein Gesicht mit einem Tuch wie ein Beduine.

Al-Munahid nickte. »Sowie wir Vorräte haben, reiten wir weiter.«

Die Händler weigerten sich, ihnen etwas zu verkaufen. Die Stadt schien sich auf eine Belagerung vorzubereiten, und niemand war bereit, etwas von seinen Vorräten an Fremde abzugeben. Erst der Wirt einer Herberge erklärte sich bereit, ihnen Brot, Wein, gepökeltes Fleisch und Hirse zu überlassen. Von dem Geld, das er dafür verlangte, hätte man in Kairo einen Sklaven von guter Qualität bekommen. Während al-Munahid mit dem Mann feilschte, stiefelte ibn-Marzuq zum Brunnen im Innenhof der Herberge, kniete sich neben das Steinbecken und begann sich zu waschen. Sein rechter Arm war von der Schulter bis zum Handgelenk steif, sodass er das Wasser mit der Linken herausschöpfen musste. Es war eine mühsame Angelegenheit, auf die er seine ganze Aufmerksamkeit lenken musste, sodass er den Tumult erst bemerkte, als der Mongole neben ihm stand.

»Los, aufstehen«, bellte der Söldner.

Ibn-Marzuq gehorchte und sah sich um. Leute rannten durch den Hof. »Was ist los?«

»Wir brechen auf.«

Kurz darauf saß er wieder vor dem Mongolen im Sattel. Ohne die Vorräte ritten sie durch das Tor der Herberge auf den großen Platz. Er war wie leer gefegt; lediglich eine Frau, die ein Kleinkind hinter sich herzerrte, und die Soldaten bei den Katapulten waren noch da. Sie betätigten die Winden und spannten die Wurfarme.

Mit al-Munahid an der Spitze jagten sie durch die menschenleeren Straßen. Als sie beim Stadttor ankamen, fanden sie es verschlossen vor. Lanzenträger hasteten die Treppen zu den Wehrgängen hinauf, Befehle wurden gebrüllt. Ein Soldatentrupp kam aus einer Gasse und versperrte ihnen den Weg.

Al-Munahid zügelte sein Pferd. »Lasst uns durch«, rief er.

Ein armenischer Wortschwall war die Antwort. Der Hauptmann des Trupps forderte sie dabei mit Gesten auf, sich von der Stadtmauer zu entfernen.

Fluchend und mit verzerrtem Gesicht wendete al-Munahid sein Pferd, und sie preschten zum Platz zurück.

Der Arm des vorderen Katapults schnellte in den Himmel und sandte einen Kometen über die Dächer.

Kapitel 17

Andranik wechselte einige Worte mit den beiden Hirten und kam zu den Pferden zurück. »Sie haben vor einer Woche eine Gruppe von Reitern gesehen«, sagte der Armenier mit leichtem Akzent. »Neun Männer. Acht trugen Rüstungen und Waffen. Der neunte war gekleidet wie ein Edler.«

»Das sind sie«, sagte Jada.

Andranik stieg auf. Er ritt ein stämmiges Kleinpferd mit einem mongolischen Sattel, der eine hohe hölzerne Lehne und ein Lederhalfter für seinen Kurzbogen aufwies. Seine Kleidung bestand aus mehreren Schichten Wolle und Leder, die die kleine, muskulöse Gestalt des Armeniers untersetzt wirken ließ; das schwarze, borstige Haar verschwand unter einer Fellkappe. Der Vollbart und die Messer am Gürtel verliehen ihm das Aussehen eines wilden Bergbewohners, doch dieser Eindruck verschwand sofort bei einem Blick in die sanften, dunklen Augen. Der Wirt in Trapezunt hatte ihnen Andranik als Führer durch das Hochland empfohlen, und Raoul hatte ihre Entscheidung, den schweigsamen Armenier anzuwerben, nicht bereut. Er sprach Griechisch, Latein und sämtliche Dialekte der Region und kannte die Berge wie seine Westentasche. Ihm allein war es zu verdanken, dass sie die Spur von al-Munahid nicht verloren hatten. Außerdem wusste er über die Routen der mongolischen Reiterwachen Bescheid und konnte dafür sorgen, dass sie diesen auswichen.

Raoul sah die Ägypterin an. »Wer ist der Edle?«

»Harun ibn-Marzuq, einer von an-Nasirs Lieblingswesiren. Al-Munahids Auftraggeber.«

»Was ist er für ein Mann?«

Jadas Blick wurde verächtlich. »Ein verweichlichter Beamter, wie es Dutzende am Hof gibt. Er ist nur dabei, um Probleme zu lösen, die sich mit dem Schwert nicht beseitigen lassen. Und um al-Munahid im Auge zu behalten.«

Matteo lenkte sein Pferd neben Andranik. »Haben die Hirten auch die Pilger gesehen?« Alle, bei denen sie sich in den vergangenen Tagen nach den Söldnern erkundigt hatten, hatten auch eine Gruppe von Pilgern gesehen, die in dieselbe Richtung ritt. Raoul tat es als Zufall ab. Den Toskaner dagegen ließ es nicht los.

»Sie sind immer noch einen Tag hinter den Söldnern«, antwortete der Armenier.

Matteo nickte und verfiel in Schweigen.

Raoul blickte zur Sonne, die langsam hinter den Berggipfeln versank. Bis zur Nacht wollte er noch mindestens eine Meile zurücklegen. »Reiten wir«, sagte er und trieb sein Pferd an.

Sie folgten einem breiten und recht dicht besiedelten Tal. Links von ihnen erhob sich eine Bergkette; rechts, vor der Eiskuppe des Ararat im Südosten, erstreckte sich endloses Hochland voller Schluchten, Felszacken und Geröll. Mehrmals kamen sie an Dörfern, Gehöften und uralten Klöstern, für die die Erbauer stets solch aberwitzige Standorte wie die Spitzen von Felsnadeln oder natürliche Erker über Abgründen ausgewählt hatten, vorbei. Von den Unruhen in Armenien war in diesem Teil des Grenzlandes nichts zu spüren, abgesehen von der hohen Präsenz mongolischer Reitertrupps. Raoul vermutete jedoch, dass sie nicht von den Auswirkungen des Aufstandes verschont bleiben würden, denn ihr Weg führte ins Landesinnere.

Der Vorsprung der Söldner hatte sich auf etwa sieben Tage verkürzt, aber das war immer noch zu viel. Von Tag zu Tag wurde Raoul ungeduldiger, und dass sie in dem unwegsamen Gelände nur langsam vorankamen, erfüllte ihn nicht selten mit Zorn. Jada hatte ihm ihr Wort gegeben, was die Heilkraft des Zepters betraf. Dennoch war ein nagender Zweifel geblieben, der dazu führte, dass er seine Hoffnung unterdrückte. Es gab nur einen Weg, Gewissheit zu erlangen: das Zepter selbst. Der Gedanke, al-Munahid könnte ihm zuvorkommen, war ihm unerträglich.

Um keine Aufmerksamkeit zu erregen, verbrachten sie die Nächte abseits der Siedlungen. Andranik kannte gute Lagerplätze im Hochland. Als es dunkel wurde, führte er sie einen Pfad hinauf, der zwischen den Felsen nahezu unsichtbar war. Oben erwartete sie die Ruine eines Grenzturmes, von dem nur noch die beiden unteren Geschosse standen. Unter der Wendeltreppe, die sich im Innern emporwand, breiteten sie ihre Decken aus. Während sich Jada und Raoul um die Pferde kümmerten, machten Andranik und Matteo Feuer und begannen, Hirse zu kochen. Der Armenier war ein ausgezeichneter Koch, der sogar aus Brei ein wohlschmeckendes Mahl zubereitete, indem er Mandeln, Feigen, geschnittene Äpfel und Honig hineintat.

Nach dem Essen erzählte Andranik von seiner Heimat, und sie ließen den Weinschlauch kreisen. Raoul wusste, dass Jada nur so tat, als trinke sie. Sie brauchte weder Wasser noch Wein noch eine andere Flüssigkeit zum Überleben. Den Wasserschlauch in ihrem Gepäck hatte sie nur zur Tarnung bei sich; zum Schein trank sie gelegentlich daraus und schüttete das Wasser heimlich weg. Als sie vor zwei Tagen in einen Wolkenbruch geraten waren, hatte sie die Kapuze ihres Ledermantels tief ins Gesicht gezogen und sich Handschuhe übergestreift, um sich vor der Nässe zu schützen. Aus Sorge um sie bot Raoul an, in einem Unterstand das Ende des Regens abzuwarten. Doch sie beruhigte ihn: So wie er längere

Zeit in großer Hitze und Trockenheit überleben könne, füge ihr Wasser nur in größeren Mengen Schaden zu. Regen fühle sich lediglich unangenehm an. Glücklicherweise war es bei dem kurzen Wolkenbruch geblieben. Im Sommer war Armenien ein trockenes Land.

Nach einer halben Stunde beendete Andranik seine Geschichte, und sie gesellten sich zu Matteo, der bereits schlief. Der Armenier wollte sich gerade hinlegen, als er plötzlich aufsprang. Er horchte in die Nacht. »Reiter«, sagte er. »Fünfzehn oder sechzehn. Sie sind auf dem Weg hierher.«

»Mongolen?«, fragte Jada alarmiert.

»Wer sonst? Wahrscheinlich haben sie das Feuer gesehen.« Andranik kehrte zu seinem Schlaflager zurück und begann, hastig seine Sachen zu packen. »Wir müssen verschwinden. Wenn sie unsere Waffen sehen, halten sie uns für Aufständische und töten uns auf der Stelle.«

Raoul goss Wasser ins Feuer und weckte Matteo, der bei der Erwähnung der Mongolen sofort hellwach war und hastig seine Ausrüstung in die Satteltaschen stopfte. Kurz darauf waren die Pferde gesattelt, und sie ritten den Berghang weiter hinauf, darauf bedacht, jeden unnötigen Laut zu vermeiden. Der Hufschlag der mongolischen Pferde war leise, kam aber bedrohlich näher. Raoul bewunderte Andranik dafür, dass er die Reiterwache bereits gehört hatte, als sie noch am Fuß des Berges gewesen war.

Als der Hang in eine steinige Ebene überging, ertönte von unten ein harscher Befehl, der eindeutig ihnen galt. Andranik trieb sein Pferd an und verschwand in der Finsternis. Pfeile sirrten, verfehlten sie jedoch.

Raoul bildete den Schluss ihrer Gruppe. Um die anderen nicht zu verlieren, trieb er sein Pferd noch mehr an. Plötzlich knickte seinem Wallach ein Vorderbein ein, und das Tier überschlug sich. Raoul wurde aus dem Sattel geschleudert, fühlte einen Schlag, der ihm die Luft aus den Lungen presste, und rollte über Gras und Steine. Er blieb auf dem Bauch liegen und hustete.

»Raoul!«

Benommen hob er den Kopf. Eine Gestalt schälte sich aus der Schwärze. Jada. Sie zügelte ihr Pferd.

»Steig bei mir auf!«, rief sie.

Raoul kam schwankend auf die Beine. Sein Wallach hatte sich wieder aufgerappelt, doch die Art, wie das Tier das Vorderbein anwinkelte, zeigte, dass es gebrochen war. Er musste es zurücklassen.

Rufe in der fremdartigen Sprache der Mongolen ertönten, Hufschlag näherte sich. Raoul ergriff Jadas Hand und schwang sich hinter ihr in den Sattel. Sie schlug ihrem Araber die Absätze in die Flanken und ritt los.

Bei dem Galopp, den Jada anschlug, grenzte es an ein Wunder, dass ihr Pferd nicht ebenfalls stürzte. Erde und Grasbüschel flogen von den Hufen, die Rufe der Mongolen wurden schwächer. Raoul schlang seine Arme um Jadas Taille. Ein Reiter tauchte vor ihnen auf: Matteo, der im gleichen Moment von schwarzem Buschwerk verschluckt wurde. Zweige peitschten Raoul über die Schultern, als Jada dem Toskaner nachsetzte, rissen wie Krallen an ihm. Es ging weiter bergauf. Das Geäst bildete einen Hohlweg, lichtete sich, entließ sie auf eine Ebene vor einer Felswand.

Andranik wartete neben einem Felsen, der das Gras durchbrach. Raoul glaubte eine Fratze im Stein zu sehen.

»Sind wir sie los?«, fragte Matteo.

Als ihre Pferde still standen, hörte Raoul unter ihnen donnernden Hufschlag vorbeiziehen.

»Hier oben finden sie uns nicht«, antwortete der Armenier und ritt gemächlich Richtung Felswand.

Die anderen folgten ihm. Jetzt, da die Anspannung von

Raoul abfiel, spürte er ein Brennen in seinem rechten Arm. Er betastete die Stelle und verzog vor Schmerz das Gesicht. Seine Fingerkuppen waren feucht von Blut. Er überwand sich, die Wunde zu untersuchen. Bei dem Sturz musste er sich an einem Stein verletzt haben. Die Blutung war nicht stark. Es genügte, sie später zu verbinden.

Raoul sah auf, als Jada hinter Matteo und Andranik in einen Einschnitt in der Felswand ritt. Haushohe Wände ragten auf, der Sternenhimmel war nur noch ein Streifen. Figuren waren in den Fels gehauen, feiste Geschöpfe mit hundeähnlichen Köpfen, die mit langen Zungen an den Leibern gefallener Krieger leckten.

Matteo blickte von links nach rechts. »Was ist das für ein Ort?«

»Ein alter Tempel«, sagte Andranik.

»Und das da? Diese … Gesichter?«

»Ich weiß es nicht. Tote Götter.«

Der Toskaner verstummte, sank unmerklich im Sattel zusammen und zog die Schultern zusammen, als friere er.

Die Spalte war nicht lang und öffnete sich in ein Tal, das nahezu rund zu sein schien und von hoch aufragenden Felsen und dichten Bäumen begrenzt wurde. Die Sterne glitzerten nicht nur über ihnen, sondern auch in der Talsohle. Raoul begriff, dass dort unten ein Teich oder See liegen musste.

Vor einigen Hohlräumen in der Felswand stiegen sie ab. Es waren keine richtigen Höhlen, nicht tiefer als vier Schritt, aber als Schlaflager bestens geeignet. Die Flucht schien Andranik erschöpft zu haben, denn er bereitete in einer der Mulden sein Lager, wünschte allen eine erholsame Nacht und legte sich hin. Matteo rieb die Pferde ab und führte sie zum See, um sie zu tränken. Währenddessen richtete Jada ihre Schlaflager her. Es waren genug Höhlungen vorhanden, dass jeder eine für sich bekam.

Raoul setzte sich auf den Fels und krempelte vorsichtig den Ärmel seines Waffenrocks hoch, bis die Wunde freigelegt war. Der Stein hatte ihm einen fingerlangen Schnitt über der Armbeuge zugefügt. Er war nicht tief, blutete aber immer noch. Raoul holte seinen Wasserschlauch, tränkte ein Tuch und reinigte die Ränder des Schnitts von verkrustetem Blut und Erde. Er ging gründlich vor, denn eine Entzündung konnte seinen Waffenarm für längere Zeit nutzlos machen. Verbandszeug hatten sie keines, also schnitt er mit seinem Dolch einen Streifen aus dem Hemd, das er im Heiligen Land getragen hatte. Den Fetzen mit nur einer Hand um den Muskel zu schlingen war mühsam.

»Warte«, sagte Jada. »Ich helfe dir.«

Sie holte den Tiegel mit der Hennasalbe aus ihrem Beutel und ging neben ihm auf die Knie. Die Salbe hatte die Farbe von hellem Blut und die Festigkeit von Honig. Jada trug etwas davon auf ein Tuch auf. »Das brennt jetzt etwas.«

Raoul zuckte zusammen, als sie die Salbe behutsam auf die Wunde auftrug. Er vertraute ihren Heilkünsten. Von Blaise wusste er, dass die Menschen des Morgenlandes viel davon verstanden. »Du hast mir zum zweiten Mal das Leben gerettet«, sagte er. »Wie soll ich diese Schuld je wieder abtragen?«

»Es gibt keine Schuld zwischen uns.« Sie legte das Tuch weg, nahm den Verband und stand auf.

»Doch, gibt es.«

»Nein, gibt es nicht.«

Sie sahen sich an und lächelten gleichzeitig.

Als Jada sich vorbeugte, um den Verband zu befestigen, war ihr Gesicht nah bei seinem, und eine Strähne ihres hochgesteckten Haars kitzelte ihn an der Wange. Ihre Finger fühlten sich auf seiner heißen Haut kühl an.

Er legte seine Rechte auf ihre Hüfte und zog sie zu sich. Ihre Haut war wie aus Alabaster, und ihre Augen schauten ihn fragend an. Sie versteifte sich, und bevor seine Lippen die ihren berührten, löste sie sich ruckartig von ihm. Der alte Schmerz glitzerte dunkel in ihrem Blick.

»Jada …«

»Nein, Raoul.« Ihre Stimme war leise. »Es geht nicht. Es wäre … falsch.« Sie drehte sich um und verließ die Höhlung, eilte davon.

Raoul sank mit dem Rücken gegen den Fels. »Du Narr«, murmelte er. »Du verdammter, ungeschickter Narr.«

Die Nacht war kalt gewesen, kalt und feucht, und auf seiner Decke lag Tau. Raoul schlug sie zurück und zog den Kopf ein, als er aus der Höhlung ins Freie trat. Ein Zwielicht herrschte, das Bäumen, Gras und Felsen alle Farbe nahm und nur Grau kannte. Raoul hatte nicht gut geschlafen und war noch früher als sonst erwacht. Allerdings war er heute nicht der Erste: Jada und Andranik schliefen noch, aber Matteos Lager war leer.

Er betrachtete die Ägypterin, ihr Gesicht, das im Schlaf frei von dem Schmerz, der Traurigkeit und dem Hochmut war, den sie stets wie eine Maske trug. Raoul wusste, dass er zum ersten Mal ihr wirkliches Wesen und die Sanftheit unter all der Zerrissenheit sah – eine Anmut, die er kaum ertrug. Er hasste sich für das, was er in der Nacht getan hatte. Er war wieder zu dem großspurigen Edlen geworden, der glaubte, sich jede Frau nehmen zu können, die er begehrte. Und damit hatte er das Vertrauen, das zwischen Jada und ihm seit Trapezunt zögerlich gewachsen war, zerstört.

Niedergeschlagen zog er seine Stiefel an und ging durch das taufeuchte Gras den Hang hinunter. In der Morgendämmerung war das Tal weit weniger unheimlich als bei Nacht. Es schien sich um einen Vulkankrater zu handeln, in dem sich, nachdem das Feuer in seinen Tiefen erloschen war, Regenwasser angesammelt hatte. In einige der schrundigen Felsauswüchse hatten die einstigen Bewohner des Landes Abbilder ihrer Götzen gehauen. Teilweise verdeckt von Flechten und Buschwerk, sah Raoul Menschen mit Tierköpfen, gewundene Schlangen, Frauen mit gewaltigen Brüsten. Was er zunächst für eine zufällige Anordnung von Steinplatten gehalten hatte, war in Wirklichkeit eine Treppe, die sich zum Teich hinunterwand. Als er an der letzten Reihe dorniger Sträucher vorbeischritt, sah er Matteo.

Er badete im See.

Überrascht blieb Raoul auf der Treppe stehen. Er konnte sich nicht erinnern, seinen Gefährten jemals dabei gesehen zu haben, wie er sich wusch. Der Toskaner tauchte unter, warf seinen Kopf nach hinten, sodass Tropfen von seinen Haaren flogen, und rieb sich das Gesicht. Dann wandte er sich um und zog sich die Uferböschung herauf … und Raoul verstand augenblicklich, warum Matteo es immer vermieden hatte, sich in seiner Gegenwart auszuziehen.

Seine Brust, sein Rücken, Schultern, Oberarme und Bauch waren von einem dichten Narbengeflecht bedeckt: knotige Linien, Halbmonde, gezackte Wulste und Kerben im Fleisch.

»Bei allen Heiligen!«, flüsterte Raoul.

Matteo richtete sich auf und erblickte ihn. Seine Lippen formten einen lautlosen Fluch, und hastig hob er sein Leinenhemd auf, um seinen geschundenen Oberkörper zu bedecken. »Raoul«, sagte er gedehnt. Seine Mundwinkel zuckten zum Ansatz eines Lächelns.

Raoul sprang von der gesplitterten Stufe und ging auf ihn zu. »Was ist mit deiner Haut?«, fragte er. »Diese Narben, was ist das?«

»Gar nichts«, sagte Matteo und wich einen Schritt zurück.

Der Toskaner schuldete ihm keine Rechenschaft; dennoch fühlte Raoul sich hintergangen. Und er war nicht in Stimmung für neue Geheimnisse. Er griff nach dem Hemd. Sein Gefährte wollte es festhalten, doch Raoul entriss es ihm. »Das ist ›gar nichts‹?«

Matteo starrte ihn an, und seine Zungenspitze fuhr über die Oberlippe. »Schlecht verheilte Kriegswunden. Ich habe sie aus dem Heiligen Land. Aus Akkon.«

»Das sind Foltermale, keine Kriegswunden!« Raoul warf ihm das Hemd vor die Füße. Matteo hob es auf und drehte das Knäuel in den Händen. Er suchte nach Worten.

»Wirst du es für dich behalten?«, sagte er schließlich. »Ich will nicht, dass jemand davon erfährt. Bei dir macht es mir nichts aus, du bist ein Freund. Aber bei den anderen …«

»Warum hast du dir dann so viel Mühe gegeben, es vor mir zu verheimlichen?«

»Wenn du so aussehen würdest, würdest du es der ganzen Welt auf die Nase binden? Außerdem ist es eine lange Geschichte.«

»Gut, Matteo. Ich höre.«

»Es ist kalt. Ich friere. Darf ich mich wenigstens vorher anziehen?«

»Nein. Zuerst die Geschichte.«

Matteo hob die Arme und ließ sie hilflos sinken. Er seufzte. »Na schön. Du bekommst deine Geschichte. Als ich aus dem Heiligen Land zurückkam, wusste ich nicht, wohin. Mein Herr war tot, in Akkon gefallen. Den Hof meines Vaters gab es nicht mehr. Ich zog eine Weile umher. In Mailand hörte ich einen Prediger. Er redete von einer neuen Kirche, der in Frankreich schon viele Tausend beigetreten seien. Was er sagte, gefiel mir, und ich schloss mich ihm an.«

Raoul brauchte einen Augenblick, bis er begriff. »Du wurdest ein Katharer«, sagte er langsam.

Zorn flackerte in Matteos Augen auf. »Beim heiligen Evangelium, ich war jung und dumm! Es dauerte Jahre, bis ich begriff, worauf ich mich eingelassen hatte. Als ich erfuhr, dass der Papst alle Katharer exkommuniziert hatte, verließ ich die Gemeinschaft und ging zu einem Priester, der mich schon als Kind gekannt hatte. Ich flehte ihn an, mich noch einmal zu taufen, aber dieser Hund hatte nichts Besseres zu tun, als zur Inquisition zu laufen. Unter der Folter zwangen sie mich, meine ehemaligen Brüder zu verraten. Sie wurden gefangen und verbrannt. Mir wäre es genauso ergangen, wenn Morra nicht gewesen wäre. Er suchte jemanden für eine Reise ins Heilige Land. Als er von meinen Sprachkenntnissen hörte, setzte er sich beim Inquisitor für meine Freilassung ein und verlangte als Gegenleistung, dass ich in seine Dienste trete. Das ist die ganze Geschichte. Bist du jetzt zufrieden? – Herrgott, ist das kalt!« Er hastete über die Uferwiese, hob seine Hose auf und stieg so hastig hinein, dass er fast das Gleichgewicht verlor.

»Wieso hat Morra dir vertraut?«, fragte Raoul.

Matteo schlüpfte in sein Hemd. »Was soll diese Frage?«, erwiderte er gereizt. »Warum sollte er mir misstrauen?«

»Er hielt dich für einen Ketzer. Jemandem wie dir vertraut kein Kardinal ein Schriftstück an, das über die Zukunft der Kirche entscheidet.«

»Du hast doch gehört, was er in Rom gesagt hat. Er hatte keinen anderen. Erst recht keinen, der Arabisch spricht.«

Raoul setzte sich auf die Stufen. Er wusste nicht mehr, was er von Matteo halten sollte. Sie waren Freunde geworden in den letzten Wochen. Seit Trapezunt hatte ihre Freundschaft allerdings Schaden genommen, denn der Toskaner fürchtete sich immer noch vor Jada und sah die wachsende Nähe zwischen ihr und Raoul nicht gern. Und nun diese Geschichte … Matteo hatte viel durchgemacht, nur weil er aus Leichtgläubigkeit und Unwissenheit einer neuen Kirche gefolgt war, die den machtvollen Heiligen Stuhl herausforderte. Raoul hatte Mitleid mit ihm und wusste gleichzeitig, dass seine Anteilnahme fehl am Platz war. Denn letztlich lief alles auf eine Frage hinaus: »Was hat Morra dir versprochen?«

»Versprochen? Was sollte er mir versprochen haben?«

»Damit du tust, was er verlangt hat, und nicht unterwegs das Weite suchst.« Die Antwort kam Raoul, als das letzte Wort ausgesprochen war. Natürlich, nur so ergab alles einen Sinn. »Er hat dir angeboten, dich wieder in die Kirche aufzunehmen, nicht wahr? Du musstest nur die *Vita* abliefern und mit Battista den Stab finden, und all deine Sünden sollten vergessen sein. So war es doch, richtig?«

Der Toskaner stand mit herabhängenden Armen auf der Wiese. Schließlich sagte er: »Du hast keine Ahnung von den Kerkern der Inquisition. Du weißt nicht, wie es dort zugeht. Es ist dunkel und kalt. Ratten und Schaben krabbeln auf dir herum, wenn du schläfst. Und dann die Folter. Die gleichen Fragen, immer wieder und wieder, während sie dir Nadeln und glühende Eisen ins Fleisch treiben. Aber am schlimmsten ist die Angst. Tagaus, tagein erzählen sie dir, dass die wahre Folter erst beginnt, wenn du tot bist. Auf einen Ketzer wartet der neunte Kreis der Hölle. Ein Priester kam jeden Tag in meine Zelle und beschrieb die Qualen, die mich dort erwarteten. Irgendwann glaubte ich ihm. Morras Angebot war der einzige Weg, der Angst zu entkommen. Verstehst du das?«

Nun schwiegen sie beide. Nach einer Weile fragte Raoul: »Und jetzt? Glaubst du immer noch, dass die Hölle auf dich wartet?«

»Ich glaube gar nichts mehr.«

Raoul sah den Toskaner lange an. »Kann ich dir noch vertrauen, Matteo?«

Eine Furche erschien zwischen Matteos Augenbrauen,

kurz nur, und verschwand wieder. »Natürlich!« Er zögerte. »Wie meinst du das?«

»Du hast dich in Konstantinopel von Morra losgesagt. Wie kann ich wissen, dass du es dir nicht anders überlegst?«

Ärger verdunkelte Matteos Augen. »Ich habe dir mein Wort gegeben!«, sagte er heftig. »Genügt das nicht?«

Raoul antwortete nicht. Ehe er sich abwandte und zum Lager zurückging, bedachte er seinen Gefährten mit einem letzten Blick und sah einen kleinen, furchtsamen Mann, der schon vielen sein Wort gegeben hatte.

Kapitel 18

Kardinal Morra kniete auf dem nackten Steinboden, hatte die Hände gefaltet und betete um Geduld und Demut, als die Tür seiner Kammer geöffnet wurde. Er hielt die Augen geschlossen. Es war nur Wartan, der Leibsklave des Befehlshabers Natsagiin, der jeden Morgen zur gleichen Zeit hereinkam. Morra brachte das Gebet in Ruhe zu Ende, dann stand er auf. Wartan, selbst Christ, hatte respektvoll an der Tür gewartet. Er murmelte eine Begrüßung auf Armenisch und bedeutete Morra, ihm zu folgen.

Zeit für unsere erste erbauliche Unterhaltung für heute, dachte Morra missmutig, als er das Gemach des Befehlshabers betrat. Es füllte fast das gesamte obere Geschoss des Hauptgebäudes aus und hatte Fenster auf den Hof der inneren Festung und den Pass. Schilde mit gekreuzten Säbeln und bunte Stickarbeiten hingen an den Wänden. Ein Vorhang aus goldenem Tuch trennte die Nische mit dem Schlaflager vom Rest des Raumes ab. Eine zierliche Gestalt mit langen schwarzen Haaren verschwand in einem Durchgang, Zhoa, Natsagiins Konkubine. Morra zog es vor, sie nicht zu beachten, wenn er ihr begegnete, denn meist war die blutjunge Perserin äußerst knapp bekleidet. Es sprach für Natsagiins Taktgefühl, dass er sie hinausgeschickt hatte, bevor er seinen »Gast« empfing.

Natsagiin saß mit untergeschlagenen Beinen vor einem purpurnen Tuch, dessen verschlungene Muster unter Schüsseln mit Früchten und Platten mit Brot und kaltem Fleisch verschwanden. »Morra«, sagte er mit einem Lächeln. »Hattet Ihr eine angenehme Nacht?« Der Mongole sprach Latein mit schwachem Akzent.

Morra verzichtete auf eine Antwort und ließ sich auf der anderen Seite des Tuchs nieder. Wartan füllte seinen Becher mit einer dampfenden Flüssigkeit, die Tee genannt wurde. Anfangs hatte Morra dem bitteren Getränk nichts abgewinnen können, doch inzwischen wusste er dessen belebende Wirkung zu schätzen. Besonders nach Nächten wie der letzten.

Natsagiin trug einen Morgenmantel aus grüner Seide, bei dem seine bronzefarbene, muskulöse Brust zu sehen war. Sein Haar war wie immer zurückgebunden, sein Gesicht bis auf den Bart an Kinn und zwischen Oberlippe und Nase sauber rasiert. Er tat Brot, Fleisch und säuerlich riechenden Ziegenkäse auf seine Platte. »Versucht die kandierten Orangen und Feigen. Sie kamen gestern aus Yerevan. Es hat ein kleines Vermögen gekostet, sie zu besorgen.«

»Danke«, sagte Morra steif. »Ich esse morgens nur Brot.«

»Ah. Eine Regel Eures Glaubens?«

»Eine Gewohnheit.«

Natsagiin stellte die Schüssel ab und machte sich über das Fleisch her. Als er den Knochen abgenagt hatte, wischte er das geronnene Bratenfett mit dem Brot auf. Morra kaute währenddessen auf einer Brotkante herum. Er konnte sich nicht daran gewöhnen, auf dem Boden zu essen.

Er sah seine Bibel, das handliche, in Leder eingeschlagene Neue Testament, neben Natsagiin auf dem Boden liegen. Der Mongole bemerkte seinen Blick, säuberte seine Finger mit einem Tuch und nahm die Bibel in die Hand.

»Ich habe Euer heiliges Buch gelesen«, sagte er. »Es ist … kurzweilig.«

Die Heilige Schrift »kurzweilig«. Was sollte man dazu sagen? Morra schwieg.

»Wusstet Ihr, dass es einige erstaunliche Entsprechungen zum heiligen Buch der Muslime aufweist?«

»Ich habe davon gehört.«

Natsagiin lächelte hintergründig, als er in den Seiten blätterte. Morra hatte sich oft gefragt, welcher Religion dieser Mann angehörte, aber bis jetzt konnte er nur mit Sicherheit sagen, dass er weder Christ noch Muslim war. Nicht dass es für seine Lage eine Rolle gespielt hätte.

»Man sollte meinen, dass es mithilfe der beiden Bücher möglich sein sollte, die Meinungsverschiedenheiten zwischen Christen und Muslimen auszuräumen. Aber genau das Gegenteil scheint der Fall zu sein, nicht wahr? Die zahllosen Gemeinsamkeiten werden zugunsten der kleinen Unterschiede übersehen.« Der Mongole sah ihn an. »Ihr seid so schweigsam. Langweile ich Euch?«

»Ich weiß nicht, worauf Ihr hinauswollt«, erwiderte Morra knapp.

»Muss man immer auf etwas hinauswollen?«, fragte Natsagiin lächelnd. Dann blätterte er wieder in der Schrift. »Ständig ist hier die Rede von ›Nächstenliebe‹. Ich kenne dieses Wort nicht. Würdet Ihr mir erklären, was es damit auf sich hat?«

Herr, sei mir gnädig, dachte Morra müde. Er nahm einen großen Schluck Tee. »Es ist die Pflicht jedes Christen, seinen Nächsten zu lieben wie sich selbst.«

»Auch wenn er ein Feind ist?«

»Besonders wenn er ein Feind ist.«

»Also liebt Ihr auch mich?«

Zorn stieg in Morra auf. Er zwang sich zur Ruhe. »Ja, ich liebe auch Euch.«

Der Kommandant klappte die Bibel zu und legte sie neben sich. »Ich habe den Eindruck, dass Ihr mich heute Morgen nicht besonders liebt.«

»Ich möchte wissen, wann Ihr mich endlich gehen lasst.«

»Ihr kennt meine Antwort. Wenn der Aufstand der Armenier niedergeschlagen ist.« Natsagiin füllte seine Platte mit kandierten Orangen und Äpfeln.

»Und wann wird das sein?«

»Ich weiß es nicht. In einigen Monaten. Vielleicht auch erst in zwei Jahren.« Der Mongole griff nach der Kanne und lächelte Morra an. »Noch etwas Tee?«

Nach dem Morgenbrot kehrte Morra in seine Kammer zurück. Er legte sich auf sein Schlaflager aus Fellen und groben Wolldecken und starrte an die Decke, die wie Boden und Wände aus rußfarbenem Stein bestand. Seine Stimmung war durch das Gespräch mit Natsagiin noch düsterer geworden. Zwei Jahre … Er war erst acht Tage hier und verabscheute diesen Ort am Ende der Welt schon jetzt. Nicht wegen der Eintönigkeit – er hatte viele Jahre seines Lebens in Klöstern verbracht und war an gleichförmige, ereignisarme Tage gewöhnt. Aber zur Untätigkeit verurteilt zu sein war unerträglich.

Er dachte an den Traum der letzten Nacht. Er war durch die dämmrigen Gänge und Zimmerfluchten des Lateranpalasts gewandert, ohne Ziel, Stunden, Tage. Wind wehte Staub und vertrocknetes Laub durch die Fenster. Der Porphyr war stumpf, die Statuen waren gesichtslos, die Wandteppiche zerbröckelten, wenn er sie berührte. Nirgends eine Menschenseele. *Sieh dich um,* flüsterte es aus den Schatten. *Das ist deine Schuld. Du hättest es verhindern können.*

Noch gestern hatte er geglaubt, dass er die Mamelucken-krieger einholen konnte, wenn ihn die Mongolen bald gehen ließen. Doch als er in der Morgendämmerung auf den kleinen Vorbau getreten war und die Berge um die Festung betrachtet hatte, war ihm klar geworden, dass er sich das einredete. Das Hochland war endlos. Selbst wenn er durch seine Gefangennahme nicht meilenweit vom eigentlichen Weg abgekommen wäre, selbst wenn es in den Tälern nicht von

Mongolen gewimmelt hätte, wäre es schwierig geworden, nach einer Woche die Spur der Mamelucken wiederzufinden. So wie die Umstände jetzt waren, hatte er nicht die geringste Aussicht auf Erfolg.

Es wurde Zeit, sich damit abzufinden, dass das Zepter verloren war – dass er versagt hatte.

Wenigstens wurden sie nicht wie Gefangene behandelt. Simone und die anderen Waffenknechte bewohnten Kammern im Keller des Hauptgebäudes, durften sich innerhalb der Festungsmauern frei bewegen und wurden von den Mongolen in Ruhe gelassen. Morra selbst hatte ein Zimmer neben den Gemächern des Natsagiins bekommen, dessen Sklaven dafür sorgten, dass es ihm an nichts mangelte. Natsagiin war ein Edler seines Volkes, ein gebildeter Mann, der hier oben in den menschenleeren Bergen, umgeben von einer Horde Dummköpfe, vor Langeweile schier zugrunde ging. Sein Befehl lautete, das Ausbreiten des Aufstands in den Westen zu verhindern. Ein anderer Befehlshaber hätte Morra und seine Leute für bewaffnete Aufrührer gehalten und kurzen Prozess mit ihnen gemacht; Natsagiin dagegen hatte erstens erkannt, dass seine Gefangenen zwar Christen waren, mit den Unruhen jedoch nichts zu tun hatten – und zweitens, dass der Kardinal der einzige Mann weit und breit war, mit dem er ein erbauliches Gespräch führen konnte.

Den Rest des Vormittages lenkte Morra sich von seinen düsteren Gedanken ab, indem er in der Bibel las. Gegen Mittag schreckte ihn das Klappern von Hufen auf – ein für diese Tageszeit ungewöhnlicher Lärm. Normalerweise war es in der Festung zur Mittagsstunde fast so still wie nachts, denn die Krieger durchstreiften die Berge und würden erst bei Einbruch der Dunkelheit zurückkehren.

Morra legte die Schrift beiseite und trat auf den Vorbau. Seine Augen, an die kleinen Buchstaben gewöhnt, schmerzten im hellen Licht. Ein mongolischer Reiter war soeben angekommen. Er stieg aus dem Sattel, ließ sein Pferd bei den Sklaven und eilte zu Natsagiin, der ihn an der Pforte zur inneren Festung erwartete. Der Befehlshaber nahm ein Schriftstück entgegen, das er an Ort und Stelle entrollte und las. Der Inhalt schien nicht umfangreich zu sein, denn nach wenigen Augenblicken rollte Natsagiin die Nachricht wieder zusammen, rief einen Wächter vom Torhaus zu sich und gab ihm knappe Anweisungen. Der Soldat lief zu einigen Männern, die im Giebelschatten dösten. Kurz darauf preschte ein halbes Dutzend Reiter aus dem Tor.

Boten für die Reiterwache, dachte Morra. Bevor Natsagiin ihn sehen konnte, ging er wieder hinein.

Seine Vermutung war richtig. Etwa anderthalb Stunden nach dem Eintreffen der Nachricht kam die erste Wache zurück, die anderen im Lauf des Nachmittags, bis der Lärm von hundertachtzig Kriegern von den Felswänden widerhallte. Morra rief Simone und die anderen zu sich. Etwas ging vor sich. Falls etwas passieren sollte, war es besser, wenn die Soldaten in seiner Nähe waren.

Die Mongolen stellten die gesamte Festung auf den Kopf und bepackten ihre Pferde mit Ausrüstung.

»Sie brechen auf«, stellte Simone fest, der neben Morra auf dem Vorbau stand.

»Und wir? Was geschieht mit uns?«, fragte ein anderer Soldat, der trotz seiner höchstens fünfundzwanzig Jahre schon schütteres Haar hatte. Sein Name war Alessandro.

Die Vorbereitungen zum Aufbruch wurden in Eile getroffen. Morra bezweifelte, dass sich die Mongolen bei dem Ritt, der vor ihnen lag, mit unwichtigen Gefangenen belasten würden. »Abwarten«, murmelte er.

Die Männer begannen, noch einmal sämtliche Fluchtpläne zu besprechen, die sie in der vergangenen Woche ent- und wieder verworfen hatten. Dabei stand fest: Flucht war aussichtslos, selbst wenn es ihnen gelänge, Wachen und Mauern zu überwinden. Ohne ihre Pferde, die sich für sie unerreichbar in den bewachten Ställen befanden, kamen sie keine Viertelmeile weit.

Der hitzige Wortwechsel verstummte jäh, als die Tür geöffnet wurde und Natsagiin hereintrat. Zum ersten Mal seit Morra ihn kannte, trug der Mongole etwas anderes als ein Seidengewand: einen Lamellenpanzer, eine spitze Stahlhaube mit ledernen Ohr- und Nackenschützern und beschlagene Arm- und Beinschienen. Am Gürtel hingen sein Säbel und zwei gekrümmte Dolche.

»Draußen stehen Eure Pferde«, sagte er. »Ich will, dass Ihr bis Sonnenuntergang von hier verschwunden seid.«

»Das heißt, wir sind frei?«, fragte Morra.

»Ja. Unter der Bedingung, dass Ihr das Land auf dem schnellsten Weg verlasst.«

Morra musterte Natsagiin, konnte aber keine Anzeichen entdecken, dass sich der Mongole einen Scherz mit ihm erlaubte. »Warum tut Ihr das?«

»Weil ich Euch mag, Morra.« Er lächelte flüchtig. »Aus Nächstenliebe.«

»Und wenn wir Armenien nicht verlassen? Was dann?«

Natsagiin lächelte weiter, doch in seine Augen trat ein wölfischer Glanz. »Reitet, Morra. Wenn Ihr Euch beeilt, könnt Ihr die Grenze noch heute erreichen.«

Andranik führte sie einen Kamm entlang, der links und rechts steil und zerklüftet abfiel. Das Gelände zwang sie, in einer lang gezogenen Reihe zu reiten; nach dem Armenier kamen erst Matteo, dann Jada und Raoul, der hinter der Ägypterin auf dem Araber saß. Das goldene Licht der Abendsonne zeichnete lange, scharfe Schatten.

Jada hatte den ganzen Tag über kaum ein Wort gesprochen, trotz – oder gerade wegen – der unfreiwilligen Nähe zu Raoul. Seit dem Vorfall in der vergangenen Nacht war sie wieder so abweisend wie zu Beginn der Reise. Raoul hatte versucht, mit ihr darüber zu sprechen, doch sie verschloss sich ihm. In der nächsten Siedlung, die sie erreichten, würde er sich ein neues Pferd kaufen. Einen weiteren Tag ihrem Schweigen ausgesetzt zu sein, ertrug er nicht.

Auch Matteo schwieg, seit sie aufgebrochen waren. Raoul hatte über die letzten Wochen mit ihm nachgedacht. Er war davon überzeugt, dass der Grund seiner Reise nicht darin lag, Matteo zu schützen; der Toskaner hatte mehrmals bewiesen, dass er nicht die geringste Hilfe brauchte, sich im Heiligen Land zurechtzufinden. Morra traute ihm nicht. Matteo hatte glauben sollen, er werde überwacht, damit er die Anweisungen des Kardinals buchstabengetreu befolgte. Raoul hätte viel dafür gegeben, wenn er gewusst hätte, was seit ihrer Begegnung am See im Morgengrauen in seinem Gefährten vorging.

Andranik und der Toskaner verschwanden hinter einigen Felsen, die aus dem Kamm wie Dornen aus dem Rücken eines urzeitlichen Ungeheuers ragten. Raoul presste seine Schenkel an den Leib des Pferdes, als der Pfad steil bergab ging und hinter den Felszacken wieder bergan stieg.

Matteo und Andranik hatten auf einer Hügelkuppe haltgemacht. Jada schloss zu ihnen auf.

»Was ist los?«, fragte Raoul.

»Da.« Andranik wies mit einer Kopfbewegung in die Richtung, aus der sie kamen. »Reiter.«

Jetzt sah Raoul sie auch. Sie durchquerten das westliche Ende des Tals, in das durch eine Lücke zwischen den Berggipfeln das Licht des Sonnenuntergangs floss. »Pilger«, stellte er fest.

»Dieselben wie vor ein paar Tagen?«, fragte Jada.

»Möglich. Kleidung und Anzahl stimmen überein.« Raoul kniff die Augen gegen die Sonne zusammen. »Aber sie reiten nicht mehr in unsere Richtung, sondern in die entgegengesetzte.«

»Es wird bald dunkel«, sagte Andranik. »Hier in der Nähe gibt es einen guten Lagerplatz.« Er ritt den Hügel hinunter ins Tal.

Gaspare blickte den fernen Reitern nach, dann folgte er den anderen.

Kapitel 19

Nachdem es den ganzen Tag ruhig gewesen war, klangen am frühen Abend Hörner von der Ebene herauf. Kadar al-Munahid stand von seinem Schlaflager aus Strohsäcken auf, öffnete die hintere Tür des Schuppens, der schief an der Stadtmauer stand, und ging die schmale Treppe zum Wehrgang hinauf. Es war bewölkt, und lauer Wind blies ihm ins Gesicht, als er an die Zinnen trat. Er kam von Nordwesten und brachte den Rauch der mongolischen Kochfeuer mit sich. Das Lager der Mongolen stand zu seiner Rechten: fünfzig braune Jurten, die von hier oben wie eine Ansammlung von Pilzen aussahen. In Bogenschussweite verlief der Belagerungsring aus hölzernen Stellwänden mit den drei Katapulten und dem turmhohen Tribok. Die Kriegsmaschinen ruhten. Von den Mongolen war nicht viel zu sehen.

Von den Hügeln im Westen näherte sich eine Staubwolke. Wieder ertönten die Hörner, und kurz darauf sah Kadar einen Reiterzug.

Die Verstärkung, dachte er.

Ein schnarrender Ruf drang an sein Ohr. Er wandte den Kopf und sah einen herrisch gestikulierenden Soldaten auf sich zukommen. Der Mann hielt ihn offenbar für einen Stadtbewohner, der sich verbotenerweise auf der Mauer aufhielt. Kadar fügte sich und stieg die Treppe hinunter. Er hatte genug gesehen.

Er schätzte die Zahl der frisch eingetroffenen Mongolen auf hundertachtzig bis zweihundert. Damit brachten es die Belagerer auf fünfhundert Krieger. Ein Heer dieser Stärke bedeutete keine ernsthafte Bedrohung für die Aufständischen in der Stadt. Zwar verfügten die Armenier über weitaus weniger Krieger, vielleicht insgesamt hundert, aber die wuchtigen Mauern und Türme machten dies mehr als wett. Es lief darauf hinaus, dass sie erst aufgeben mussten, wenn sie von Seuchen oder Hunger in die Knie gezwungen wurden.

Doch Kadar kannte die Logik des Krieges. Die Mongolen hatten ausgeruhte Truppen, also setzten sie sie ein.

Er schloss die wackelige Tür hinter sich und ging durch das Halbdunkel. Der geräumige Schuppen war voller Gerümpel – einem beschädigten Karren, rostigem Werkzeug, Feuerholz, altem Stroh – und gehörte zur Herberge. Die Söldner hatten, weil sie Fremde waren, ihre Zimmer zugunsten der Stadtbewohner räumen müssen, deren Häuser im massiven Beschuss der ersten Tage zerstört worden waren. Kadar hatte seinen Schakalen verboten, die Ruinen zu plündern. Sie durften den Schuppen nur verlassen, wenn es nicht anders ging, denn er wollte um keinen Preis auffallen oder in die Kämpfe hineingezogen werden. Den Männern fiel es nicht leicht, die Zeit totzuschlagen, wenn es weder Wein noch Huren gab, und mehrmals war es schon zu Schlägereien gekommen. Das letzte Mal, als Bishr im Stroh eine Natter gefangen hatte. Er wollte die Schlange abrichten, Ratten zu jagen, doch Najib hatte sie zur Zielscheibe für seine Wurfmesser gemacht. Bishr hätte den Jungen umgebracht, wenn er nicht plötzlich Kadars Messer an seiner Kehle gespürt hätte.

Jetzt dösten die meisten. Wach waren nur ibn-Marzuq, der in einer Ecke kauerte und vor sich hin brütete, und die Brüder. Sie würfelten um Kupfermünzen.

»Weck die anderen«, sagte Kadar zu Bishr. »Wenn es dunkel wird, sollen sie sich bereithalten.«

Der schweigsame Söldner nickte nur, sammelte seine

Münzen ein und ging. Uthman ließ das restliche Geld und die Knochenwürfel in seinem Rock verschwinden.

»Ein Angriff?«, fragte er.

Kadar griff nach einer getrockneten Pflaume auf der Kiste, die den Männern als Tisch diente, schob sie sich in den Mund und spuckte den Stein aus. »Es wird Zeit, dass wir uns eine bessere Unterkunft suchen.«

Eine Stunde nach Einbruch der Dunkelheit schmetterte der erste Felsbrocken gegen die Stadtmauer. Die Wände des Schuppens erzitterten, Staub rieselte von der Decke. *Das Tribok,* dachte Kadar. *Nur das Tribok schleudert solche Brocken.* Er saß mit den Männern auf Fässern, Kisten und Strohballen am Eingang des Schuppens. Sie trugen ihre unauffälligen Kleider über den Panzern und verbargen ihre Waffen in den Mantelfalten. Es war der erste Angriff seit zwei Tagen und kam für die Bewohner der Herberge überraschend, nach den Schreien im Hof zu schließen. Auch auf die Schakale blieben das Dröhnen der Einschläge und das Bersten von Stein nicht ohne Wirkung; er sah die Anspannung in ihren Gesichtern. Sie alle wussten, dass sie hier vor den mühlradgroßen Geschossen so sicher waren wie in einem Haus aus Pergament.

Kadar wartete, bis die Rufe verklungen waren, und öffnete die Tür einen Spalt. Fackeln erleuchteten den leeren Hof.

Er wandte sich an die Männer. »Das Haus neben der Markthalle«, wiederholte er. »Bishr und Uthman, ihr nehmt den Seiteneingang. Wir anderen gehen von vorn rein.«

»Was ist mit ihm?«, fragte Najib mit einer Kopfbewegung in ibn-Marzuqs Richtung. Der Gelehrte saß abseits auf einem Strohballen, hielt seinen steifen Arm angewinkelt vor dem Bauch und wirkte abwesend.

»Er kommt mit. Du sorgst dafür, dass er nicht zurückfällt.«

Der junge Söldner warf ibn-Marzuq einen angewiderten Blick zu und murrte leise.

Kadar schob die Tür auf. Er machte sich keine Sorgen, dass die Bewohner der Herberge sie sehen könnten. Vermutlich stürmten die Leute gerade Hals über Kopf zu den Gewölbekellern, ohne einen Gedanken an die Fremden im Schuppen zu verschwenden.

Der Beschuss zielte auf die Mauern, insbesondere auf das Torhaus; trotzdem war die Straße wie leer gefegt. Die Stadtbewohner versteckten sich in ihren Häusern, und die Soldaten erwarteten auf den Wehrgängen die Sturmleitern der Mongolen. Kadar und die Männer hasteten die Straße hinauf. Die Markthalle war ein lang gestrecktes Gebäude, das Platz für die Stände der Bauern und Händler aus dem Umland bot. Heute Morgen war sie noch unversehrt gewesen, aber jetzt hatte ein Treffer die Halle teilweise einstürzen lassen. Zersplitterte Balken ragten aus dem Schutt zerstörter Decken und Wände.

Dass seine Wahl auf das benachbarte Haus gefallen war, lag an dessen Bauweise: massive Mauern, Fenster wie Schießscharten, nur zwei Eingänge. Bei seinen seltenen Gängen durch die Stadt hatte er erfahren, dass es einem alten armenischen Ritter gehörte, der es nur mit seiner Tochter und einem Diener bewohnte.

Bishr und Uthman verschwanden in der Gasse zwischen dem Haus und der Markthalle. Kadar zählte bis dreißig, bevor er den Türknopf des Vordereingangs drehte. Die Tür war nicht verschlossen und öffnete sich in eine Halle, die sich über beide Geschosse des Hauses erstreckte. Treppen führten zu einer Empore, an der Decke prangte das Gemälde einer gewaltigen Schlacht. Schummriges Kerzenlicht füllte den Raum.

Najib blieb bei dem Gelehrten, während Saad und Rafiq

zu den Treppen liefen. Akif nahm sich den Eingang auf der linken Seite vor, Kadar und Unardhu den auf der rechten.

Kohlgeruch schlug ihnen in dem kahlen, halbdunklen Gang entgegen. Ein schlaksiger Mann in einem einfachen Wollumhang und mit abstehenden grauen Haaren erschien im Durchgang zur Küche und starrte die Eindringlinge an. Sein Gesichtsausdruck änderte sich nicht, als Kadars Schwert erst seine Brust durchstieß und dann in einem weiten Schwung seine Kehle aufschlitzte. Mit einem leisen Seufzen brach er zusammen.

In der Küche und dem angrenzenden Vorratsraum war niemand. Als Kadar Unardhu in den Keller folgte, hörte er Schreie und das Klirren von Stahl. »Durchsuch den Keller!«, befahl er, wirbelte herum und lief die Stufen hinauf.

Saad kämpfte auf der Treppe in der Eingangshalle gegen einen untersetzten, glatzköpfigen Mann mit Backenbart, der ihn mit armenischen Flüchen bedachte. Obwohl der Mann etwa doppelt so alt wie Saad war, führte er sein Breitschwert so gekonnt, dass der Hüne Stufe um Stufe zurückweichen musste. Akif hatte seine Henkersklinge gezogen, konnte jedoch nicht in den Kampf eingreifen, weil die Treppe zu schmal für zwei Männer war. Rafiq stand auf der anderen Treppe und rang mit einer schwarzhaarigen, kreischenden Frau. Najib hielt ein Wurfmesser in der Hand; aus Angst, Saad zu treffen, warf er es nicht.

Kadar rannte die Treppe hinauf, packte Saad am Arm und riss ihn herum, sodass der größere Mann mehrere Stufen hinuntertaumelte. Der alte Ritter zögerte kurz, als er sich dem neuen Gegner gegenübersah, dann griff er mit unverminderter Wucht an. Er kämpfte wahrlich gut. Einmal zischte sein Schwert knapp an Kadars Wange vorbei, bevor ihm der Säbel eine Handbreit tief in die Schulter fuhr und sein Schlüsselbein spaltete. Blut quoll aus Mund und Nase, als er auf der Treppe zusammenbrach.

Kadar zog seine Klinge heraus, wischte sie am Wams des Toten ab und rammte sie in die Scheide. »Vier Krieger lassen sich von einem alten Mann zum Narren halten!«, herrschte er Saad, Akif und Najib an, die betreten zu ihm aufsahen. Ohne eine Antwort abzuwarten, ging er zu Rafiq, der immer noch die Frau festhielt. Sie wand sich in seinem Griff, schrie und fluchte.

»Bei allen Höllen, bring das Weib zum Schweigen, bevor es die ganze Stadt zusammenschreit!«

Der Söldner mit der ebenholzfarbenen Haut schlug ihr hart ins Gesicht, sodass sie zu Boden geschleudert wurde. Sie fing an zu schluchzen. »Wir haben Glück, *aqid*«, sagte Rafiq grinsend und riss ihren Kopf an den Haaren nach hinten. »Sie ist nicht mal hässlich. Sieh sie dir an.«

Kadar beachtete weder ihn noch die Frau. Bishr und Uthman kamen aus dem Eingang zur Linken. »Was habt ihr gefunden?«, fragte er.

»Nichts«, sagte Uthman. »Nur die Ställe.«

»Pferde?«

»Nein.«

Damit hatte Kadar gerechnet. In den ersten Tagen der Belagerung waren alle Tiere in der Stadt beschlagnahmt worden, um einer Hungersnot vorzubeugen, darunter auch ihre Pferde. Den höhergestellten Bewohnern war es offenbar nicht besser ergangen. »Verriegelt die Eingänge und durchsucht das Haus«, befahl er. »Alles von Wert kommt hier in die Halle. Die Leichen versteckt ihr in der Markthalle. Es soll so aussehen, dass sie von den Trümmern erschlagen wurden.«

Während die Männer ausschwärmten, stieg er die Treppe hinauf. Er hatte keine Bedenken, sie unbeaufsichtigt nach

Beute suchen zu lassen. Die Männer kannten seine Großzügigkeit bei der Aufteilung. Außerdem schien das Haus genug für alle zu enthalten. Bei seinem Weg nach oben sah er kupferne Leuchter und hochwertige Waffen an den Wänden.

Das Haus gefiel ihm. Es war geräumig und leicht zu verteidigen, wenn man nicht so leichtsinnig wie die früheren Bewohner war und die Türen offen ließ. Das oberste Geschoss wurde vollständig vom Gemach des Ritters eingenommen, ein Zimmer mit einem Bett unter einem grünen Baldachin, mehreren Truhen, zwei großen geschnitzten Schränken und einem Kamin, in dem kein Feuer brannte. Kadar ging zu einem Erker mit schmalen Fenstern. Der Katapultbeschuss hatte aufgehört. Ein kleiner Turm am Torhaus stand in Flammen, und im Feuerschein wurde gekämpft. Die Mongolen versuchten den Wehrgang über Sturmleitern zu erreichen, während ihnen Pfeile, Steinbrocken und kochendes Wasser zusetzten.

Kadar war der Fortgang des Gefechts gleichgültig. Er blickte zu der schwarzen Fläche jenseits des Mongolenlagers, die über viele Meilen hinweg von keinem Licht unterbrochen wurde: der Sewansee. Er vermutete, dass er das Kloster am Ufer des gewaltigen Sees bei Tag und gutem Wetter hätte sehen können. Einen halben Tagesritt war es entfernt, und doch unerreichbar.

Er warf seinen Schwertgürtel aufs Bett, setzte sich und dachte nach, während an der Decke die Schatten kämpften.

Raoul schob die dornigen Zweige mit seinem Schwert zur Seite. Durch die Lücke in der dichten Brombeerhecke sah er einen Ausschnitt der Stadtmauer. Hinter den beschädigten Zinnen gleißten die Helme der Verteidiger in der Mittagssonne. Fernes Geschrei erklang, als ein Schleuderstein gegen die Brüstung schmetterte. Ein Katapult im Innern der Stadt erwiderte den Beschuss, und ein Hagelschauer aus kleinen Steinen flog über die Wehrmauer.

»Bist du sicher, dass sie da drin sind?«, fragte er Andranik.

»Ganz sicher.« Der Armenier rieb sich die Nase, während er die Stadt auf der Anhöhe betrachtete. Selbst bei dieser Hitze setzte er seine Fellkappe nicht ab. »Die Bauern haben sie gesehen, als sie hineingeritten sind.«

»Und wenn sie die Stadt wieder verlassen haben?«

»Kurz nach ihnen kamen die Mongolen. Keine zwei Stunden später. Seitdem hat niemand mehr die Stadt verlassen.«

Raoul ging einige Schritte an Andranik vorbei und teilte dort die Hecke. Er sah einen Mauerabschnitt, der nicht beschossen wurde. Obwohl die Stadt nicht groß war, verfügte sie über massive Befestigungsanlagen. Die Mauer war an einigen Stellen in Mitleidenschaft gezogen, aber nicht ernsthaft beschädigt; offenbar richteten die Katapulte der Mongolen nicht genug Schaden an. Hier oben verdeckte das Gestrüpp das Jurtenlager, doch Raoul hatte es vom Kamm aus gesehen, hinter dem die Ebene des Sewansees begann. Das Heer war nicht groß; zudem gab es wegen der erhöhten Lage der Stadt nur wenige Stellen, an denen Angreifer mit Leitern und Sturmböcken vorrücken konnten; die beiden Tore waren durch turmbewehrte Vorwerke geschützt. Raoul vermutete, dass sich die Mongolen an den Mauern die Köpfe blutig gerannt hatten und sich nun darauf beschränkten, sie Tag und Nacht zu beschießen.

Wenn Verstärkung kam, wurde die Stadt gestürmt, und die *Vita* ging möglicherweise verloren oder fiel den Mongolen in die Hände. Wenn keine Verstärkung eintraf, ging die Belagerung weiter, wochenlang, monatelang, bis die Aufständischen vor Hunger aufgeben mussten. Der Ausgang war derselbe – mit dem Unterschied, dass Raoul ihn vielleicht nicht mehr erlebte.

Wir waren so nah dran, dachte er. *Und jetzt das.*

Er schob sein Schwert in die Scheide und machte sich auf den Weg zu den anderen.

Jada und Matteo warteten am Fuß des steilen, von Sträuchern und jungen Birken bestandenen Abhangs. Ihre Pferde tranken aus einem Wasserlauf, der über sonnengebleichte Steine plätscherte. Jada rieb die Tiere ab. Sie wandte sich um, als sie das Knacken von Zweigen unter Raouls Stiefeln hörte.

»Sie sind in der Stadt eingeschlossen«, berichtete er. »Andranik sagt, dass sie sie nicht verlassen haben können.«

Sie warf dem Armenier, der hinter ihm aus dem Gebüsch kam, einen flüchtigen Blick zu. »Er kennt al-Munahid nicht. Al-Munahid findet sich nicht damit ab, in der Stadt festzusitzen.«

»Er wird es müssen«, sagte Andranik. »Die ganze Gegend wird von Mongolen durchkämmt. Sie nehmen jeden fest, der sich in der Nähe der Stadt aufhält. Selbst wenn ihm die Flucht gelingt, kommt er nicht weit.«

Jadas Augen verdunkelten sich. »Wir können Allah danken, wenn er nicht längst über alle Berge ist. Such die Umgebung ab«, sagte sie zu Andranik. »Vielleicht hat ihn jemand gesehen.«

»Das ist zu gefährlich«, sagte Raoul. »Die Wachen –«

Andranik legte ihm beschwichtigend die Hand auf den Arm. »Die Wachen kümmern mich nicht. Aber ich glaube nicht, dass ich eine Spur von al-Munahid finde.«

»Versuch es«, beharrte die Ägypterin.

Der Armenier legte seinem Pferd Sattel und Zaumzeug an und stieg auf. Um das Tal zu verlassen, musste er einen Umweg reiten. Er hatte sie mit Absicht durch diese unwegsame, unbewohnte Hügelkette geführt, denn hierher kamen die Mongolen nicht.

Als Andranik fort war, übernahm Matteo die Beobachtung der belagerten Stadt. Raoul setzte sich mit dem Wasserschlauch in den Schatten der mannshohen Büsche. Nach einer Weile brachte Jada ihm Beeren und setzte sich zu ihm. Jeder hing seinen Gedanken nach, und sie sprachen nicht viel. Jadas Verschlossenheit hatte sich etwas gelegt. Doch die Nacht im alten Tempel hatte sie nicht vergessen. Wenn sie mit ihm sprach, war etwas an ihr, das vorher nicht da gewesen war … Vorsicht.

Ihm fiel auf, dass ihre Haut noch genauso hell wie bei ihrer ersten Begegnung war; die Tage und Wochen in der glühenden Sonne hatten daran nichts geändert. *Ich weiß nichts über sie,* dachte er. *Gar nichts.*

Sie spürte seinen Blick auf sich und schaute ihn an. Ihre Schönheit strich mit brennenden Fingern über seine Seele. Der Ausdruck in ihren Augen war der einer Frau, die gelernt hatte, ihre Gefühle sorgsam zu verbergen; trotzdem sah er ihren Schmerz und fragte sich zum tausendsten Mal, woher er kam.

»Erzähl mir von deinem Volk«, sagte er.

»Das kann ich nicht.«

»Warum nicht?«

»Ich habe es geschworen.« Zögernd fügte sie hinzu: »Es gibt nur noch wenige von uns. Wir leben im Verborgenen und halten unsere Existenz geheim.«

»Dann erzähl mir von dir.«

Jada schwieg lange. Schließlich sagte sie leise: »Du musst aufhören, diese Fragen zu stellen, Raoul.«

Er wollte seinen Fehler nicht wiederholen, dennoch konnte er nicht verhindern, dass seine Stimme ungeduldig klang. »Aber ich weiß nichts über dich.«

»Du weißt schon zu viel. Was du für mich empfindest, darf ich nicht erwidern. Es würde Leid über dich bringen.«

»Aber du tust es, nicht wahr?«

»Meine Gefühle sind unwichtig. Es ist für uns beide am besten, wenn ich nicht auf sie höre.« Sie wollte gehen, doch Raoul stand auf und hielt ihre Hand fest.

»Vielleicht kannst du das«, sagte er harscher, als ihm lieb war. »Ich kann es nicht.«

Ein Schatten legte sich über ihr Gesicht, dann entzog sie ihm ihre Hand und ging davon.

Andranik kam am frühen Abend zurück. Er brachte sein Pferd am Bachlauf zum Stehen und schwang sich aus dem Sattel. Jada, die Reisig für das Feuer aufgeschichtet hatte, richtete sich auf.

»Nichts«, sagte der Armenier. »Keine Spur von al-Munahid und den Söldnern. Sie müssen noch in der Stadt sein.«

»Er wartet nicht, bis sie gefallen ist«, sagte Jada. »Er wird versuchen, vorher zu fliehen. Wir müssen die Stadt im Auge behalten.«

Raoul zerschnitt das restliche Ziegenfleisch und spießte die Stücke auf Andraniks Bratspieß. Er stand auf und wischte sich die Hände an der Hose ab. »Ich mache den Anfang.« Er wandte sich an Matteo. »Löse mich bei Sonnenaufgang ab. Und bring mir etwas von dem Fleisch.«

Als er den Hang hinaufstieg, spürte er Jadas Blick im Rücken. Er war froh, ihr aus dem Weg gehen zu können. Er musste nachdenken, und das konnte er am besten, wenn er allein war.

Er suchte sich eine Stelle auf der Hügelkuppe, von der er einen guten Blick auf die Stadt hatte, und schlug mit dem Schwert eine Lücke in die Brombeerbüsche. Aufständische und Belagerer beschossen sich noch immer. Er konnte nur die Süd- und Westmauer und die beiden Tore sehen. Sollten die Söldner versuchen, die Stadt im Norden oder Osten zu verlassen, würde er es nicht bemerken. Doch er konnte es nicht ändern. Sie waren zu wenige, um die Stadt auch von der anderen Seite zu beobachten.

Raoul stapelte einige Steine aufeinander, sodass sie eine Stütze für den Rücken ergaben, setzte sich und begann zu warten.

Kadar blieb in der Tür stehen. »Wo ist Unardhu?«

Uthman und Bishr lungerten in einem Zimmer herum, in dem der vorherige Besitzer des Anwesens Gäste von Rang und Namen empfangen haben musste. Wildkatzenfelle und andere Jagdtrophäen zierten die Wände; ein mit Schnitzereien verzierter Schrank enthielt kostbares Geschirr, von dem das meiste jedoch in die Beutel seiner Männer gewandert war. Drei hohe Fenster zeichneten Rechtecke aus Sonnenlicht auf den Boden. Die Brüder saßen auf Lehnstühlen, zu ihren Füßen ein halbes Dutzend Weinflaschen, und tranken aus kupfernen Kelchen.

»Bei der Hure«, sagte Uthman.

Kadar nahm ihnen die Kelche aus den Händen und schüttete den Inhalt auf den Boden. »Genug Wein für heute«, sagte er barsch.

Die beiden Männer glotzten ihn an, widersprachen aber nicht.

Es wird Zeit, dass sie wieder etwas zu tun bekommen, dachte er, als er auf der Empore zur anderen Seite der Halle ging. *Das Herumsitzen tut ihnen nicht gut.*

Es dröhnte durchs ganze Haus, als ein Schleuderstein das oberste Geschoss traf. Es war klug gewesen, sich hierher zurückzuziehen. Seit die Mongolen den aussichtslosen Angriff abgebrochen und sich zurückgezogen hatten, beschossen sie die Stadt ohne Unterlass. Mehrmals schon hatte ein verirrter Felsbrocken das Anwesen getroffen; die dicken Mauern hatten jedoch kaum Schäden davongetragen. Dagegen waren vom Schuppen der Herberge, wie er heute Morgen festgestellt hatte, nur noch Trümmer übrig.

Er riss die Tür zum Schlafgemach auf und sah Unardhu, der sich gerade die Hose öffnete. Die Tochter des Ritters lag im Bett, die Decke bis zum Hals, und starrte an die Zimmerdecke. Kadar war froh, dass sie da war. Sie vertrieb den Männern die Zeit und sorgte dafür, dass sie nicht auf dumme Gedanken kamen. Er selbst verschwendete keinen Gedanken an sie. Es war selten genug, dass sich Begehren in ihm regte; und jetzt musste er Pläne für die Zukunft machen. Eine Frau hätte ihn nur abgelenkt.

Unardhu fuhr herum und wollte den Störenfried fortjagen, als er sah, wer die Tür geöffnet hatte. »*Aqid*«, murmelte er und nestelte an seiner Hose.

»Komm her«, sagte Kadar. »Wir müssen reden.«

Draußen auf der Empore erklärte er dem Mongolen den Plan. Als er geendet hatte, trat ibn-Marzuq aus dem benachbarten Lesezimmer, in der Hand ein altes Buch. Der Wesir war bleich und bebte vor Zorn. Kadar verfluchte sich dafür, keinen anderen Ort zum Reden ausgewählt zu haben. »Was habt Ihr gehört?«, fragte er scharf.

»Jedes Wort«, erwiderte ibn-Marzuq. »Ihr seid wahnsinnig.«

»Ich versuche, uns hier herauszubringen. Oder wäre es Euch lieber, hier drin zu verrotten, während Ihr auf das Ende der Belagerung wartet?«

Der Gelehrte starrte ihn an. »Bei allen Dämonen, wisst Ihr, was Ihr damit anrichtet? Es wird ein Blutbad geben!«

Kadar entschied, keine weitere Zeit an diesen Mann zu verschwenden. »Hast du alles verstanden?«, fragte er Unardhu.

Der Mongole nickte.

»Dann halte dich bei Einbruch der Dunkelheit bereit.« Kadar wollte zur Treppe gehen, als ibn-Marzuq ihn von hinten am Arm packte.

»Al-Munahid! Ich lasse nicht zu, dass Ihr das tut. Ich habe viel erduldet, aber jetzt –«

Der Wesir verstummte und zog hastig seine Hand zurück, als Kadar sich zu ihm umdrehte.

»Noch ein Wort, und ich lasse Euch hier zurück«, sagte der Söldnerführer leise. Es war eine leere Drohung, denn ibn-Marzuq wusste selbst am besten, dass Kadar ihn noch brauchte. Trotzdem verfehlte sie ihre Wirkung nicht. Der Wesir verschwand ohne ein weiteres Wort im Bücherzimmer.

Kadar wartete bis zwei Stunden nach Einbruch der Nacht, bevor er mit Unardhu und zwei anderen Männern das Haus verließ. Seine Wahl war auf Najib und Uthman gefallen, weil sie sich am wenigsten von den Einheimischen unterschieden. Bei der Herberge trennten sie sich; al-Munahid und Unardhu gingen zur Treppe hinter dem zerstörten Schuppen, die anderen eilten die Straße hinunter.

In der Gasse zwischen Herberge und Stadtmauer war es stockdunkel. Auf beiden Seiten ruhten die Katapulte, sodass kaum ein Laut die nächtliche Stille störte. Kadar und der Mongole warteten am Fuß der Treppe. Auf dem Wehrgang über ihnen ging ein Soldat langsam auf und ab. Er war jung, höchstens achtzehn Jahre alt, und der etwas zu große Waffenrock hing wie ein Sack an seiner mageren Gestalt. Als Geschrei und der Lärm einer Prügelei erklangen, lehnte er sich über die Wehrmauer und rief etwas zu Najib und Uthman herunter. Als sie nicht aufhörten, sich auf der Straße zu schlagen, wurde seine Miene ratlos.

Außer ihm waren keine Soldaten zu sehen. Kadar hastete die Treppe hinauf und warf das Seil über die Brüstung. Leise schlug das Ende auf den Felsen unterhalb der Mauer auf. Unardhu schwang sich über die Zinnen und kletterte in die Tiefe. Anderthalb Mannslängen über dem Boden ließ er sich fallen, federte ab und verschmolz mit der Dunkelheit. Kadar warf das Seil hinterher. Als sich vom Turm ein zweiter Soldat näherte, war er schon wieder auf dem Weg zurück zum Haus des Ritters.

Er wartete am Seiteneingang. Kurz darauf kamen ihm Najib und Uthman im Laufschritt entgegen. Sie hatten einen Umweg durch die Gassen gemacht.

»Ist euch jemand gefolgt?«, fragte er.

Najib grinste. An seinem Kieferknochen war die Haut abgeschürft. »Wir sind geflohen, als der Posten Hilfe geholt hat.«

Kadar nickte zufrieden.

Es war zwanzig Jahre her, seit er das letzte Mal gebetet hatte. An die Stelle seines Kinderglaubens an einen gütigen Schöpfer war der Glaube an Eisen, Gold, Stärke und Furcht getreten – Dinge, die ihre Wirksamkeit im Gegensatz zu Allah jeden Tag aufs Neue bewiesen. Auch jetzt betete er nicht für das Gelingen seines Vorhabens. Er vertraute auf die Ungeduld der Mongolen. Sie mochten die gefürchtetsten Krieger der Welt sein, doch bei Belagerungen waren ihre Reiterheere, die ihre Stärke aus der Beweglichkeit gewannen, oft machtlos. Diese Erfahrung hatte sich in den vergangenen Tagen bestätigt.

Sein Angebot kostete sie nichts. Sie würden es annehmen.

Als er meinte, dass ausreichend Zeit verstrichen war, rief er die Männer zusammen. Rafiq blieb bei ibn-Marzuq. Mit den anderen verließ er das Haus.

Die Stadt hatte zwei Tore, die durch Vorwerke, bestehend aus einem Viereck fester Mauern mit Türmen, geschützt wurden. Als sie sich der Stadt von der Ebene genähert hatten, war ihm noch ein weiterer Zugang aufgefallen; er war schon zu lang Soldat, dass ihm solche Einzelheiten entgingen. Es handelte sich um eine Ausfallpforte in der Südmauer, von der ein gewundener Pfad über die Anhöhe ins Tal führte. Die Mongolen hatten aus guten Gründen darauf verzichtet, die Tür anzugreifen: Auf dem Pfad konnten keine zwei Männer nebeneinandergehen, er war zu steil für Rammböcke, und das Gelände bot kaum Schutz vor den Bogenschützen auf den Mauern. Heute Morgen hatte Kadar sich an die Pforte erinnert, sich auf die Suche nach ihr gemacht und sie in einem halbrunden Bollwerk gefunden. Besonnen, wie die Armenier waren, ließen sie sie bewachen.

Allerdings war die Aufmerksamkeit der beiden Wachposten auf Feinde außerhalb der Mauern gerichtet. Mit einem Angriff von innen rechneten sie nicht.

Najibs Wurfmesser durchbohrte den Hals des ersten. Als der Mann mitsamt seinem Hocker umkippte, sprang der andere auf und griff nach seinem Schwert. Doch Akif war schon bei ihm. Die Schlachtklinge fuhr herab und trennte ihm den Kopf vom Hals.

Der Angriff war fast lautlos vonstattengegangen. Trotzdem hielt Kadar nach herbeieilenden Soldaten Ausschau, ehe er mit dem Rest seiner Männer den Hof des zerstörten Hauses verließ und die Gasse überquerte. Alles war still. Der Boden bestand aus gestampfter Erde, sodass Kettenhemden und Helme der Armenier nicht laut geklappert hatten, als die Soldaten zusammenbrachen. Er ließ die Leichen in den hinteren Teil der Wachkammer schaffen. Eine Luke in der Decke führte zum Wehrgang. Kadar schloss sie und schob den Riegel vor; dasselbe tat er mit den beiden Torflügeln, mit denen sich die Wachkammer verschließen ließ.

Die Männer warteten mit blanken Waffen und angespannten Mienen, während er die Fackel aus der Wandhalterung nahm und den eingerosteten Riegel der Pforte aufzog. Auch die Türangeln waren verrostet. Er öffnete eine Lampe, goss das gesamte Öl auf die Bolzen und öffnete die Tür.

Frische Nachtluft drang in die Kammer. Unter ihnen brannten die letzten Feuer der Mongolen. Kadar schwenkte die Fackel über dem Kopf.

Nach einer Weile bewegten sich Schatten zwischen den Felsen, und eine Reihe dunkler Gestalten kam den Hang herauf.

Raoul schreckte aus dem Schlaf, als ihn eine Hand an der Schulter rüttelte. Jemand beugte sich über ihn.

»Es tut sich etwas«, sagte Andranik.

Raoul war sofort hellwach und stand auf. Das Feuer war niedergebrannt, und die Nacht wich der Morgendämmerung. Auch Jada und Matteo waren schon auf.

Gemeinsam stiegen sie zur Hügelkuppe. Raoul schaute durch die Lücke in der Brombeerhecke zur Stadt. Es war zu dunkel, um Einzelheiten zu erkennen, doch fest stand, dass gekämpft wurde; er hörte leise Schreie und das Klirren von Stahl auf Stahl.

»Wie lange geht das schon?«, fragte er.

»Es hat gerade angefangen.« Der Armenier hatte den Rest der Nacht gewacht, trotzdem schien er nicht müde zu sein. Er hatte Brombeeren gesammelt und auf ein Stück Rinde getan. Jetzt schob er sich eine Handvoll in den Mund.

Raoul beobachtete angestrengt das Vorwerk zur Seeseite, das im Gegensatz zum Rest der Stadt nicht vollkommen dunkel war. Doch mehr als huschende Schemen im Fackelschein waren nicht zu sehen. »Die Katapulte schießen nicht. Warum greifen die Mongolen mitten in der Nacht ohne Katapulte an?«

»Sie sind schon in der Stadt«, sagte Jada. »Al-Munahid hat sie hereingelassen.«

Raoul wandte sich zu der Ägypterin um. *Nicht einmal er wäre dazu fähig*, wollte er erwidern, doch es kam nicht über seine Lippen. Er wusste, dass sie recht hatte.

Andranik ging wieder zu ihrem Lagerplatz; die anderen beobachteten weiter die Stadt. Die Morgendämmerung kam rasch und erhellte das Geschehen in der Stadt. Mongolische Soldaten standen auf den Mauern und Türmen des Vorwerks, erkennbar an ihren Fellkappen, den Wämsen aus graubrauner Rohseide und ihren Reiterbögen. Das Tor stand offen, und weitere Krieger strömten in die Stadt, viele zu Pferd. Flammen leckten aus den Fensterschlitzen des Stadtherrenpalasts, kurz darauf brannten noch mehr Gebäude. Der Wind wehte Rauch und die Klagerufe der Verletzten und Sterbenden heran.

Zwei Stunden später waren die Kämpfe zu Ende. Schwarzer Rauch von mehr als einem Dutzend Feuern stieg zum Himmel auf. Die Mongolen holten die Leichen ihrer Edelleute aus den Galgenkäfigen am Tor und ersetzten sie durch die toten Anführer der Aufständischen. Mit Karren transportierten sie die Körper erschlagener Armenier aus der Stadt und häuften sie links und rechts neben der Straße auf. Raoul hatte gehört, die Mongolen errichteten vor eroberten Städten Türme aus den Gebeinen ihrer Feinde. Nun sah er, dass es kein Gerücht war.

»Da«, sagte Jada und deutete auf eine Gruppe von Reitern, die sich von dem Pulk Mongolen am Stadttor löste und die Straße zur Ebene hinunterritt.

»Das sind sie«, sagte Raoul.

Jada war schon auf dem Weg den Hang hinunter zum Lager. Raoul und Gaspare setzten ihr nach. Andranik kauerte an der erkalteten Feuerstelle und sprang auf, als er sie aus dem Gebüsch kommen sah.

»Al-Munahid hat die Stadt verlassen«, rief die Ägypterin. »Er reitet am Seeufer nach Norden.«

Andranik hatte vorausgedacht, ihre Ausrüstung gepackt und die Pferde gesattelt, sodass sie sofort aufsteigen konnten.

Die Söldner unbehelligt aus dem Tor reiten zu sehen hatte die letzten Zweifel beseitigt, dass sie die Stadt den Mongolen preisgegeben hatten, um sich freien Abzug zu erkaufen. Raoul fragte sich, ob es Kadar al-Munahids oder Harun ibn-Marzuqs Plan gewesen war. Den Wesir kannte er nicht. Das wenige, das Jada über ihn erzählt hatte, genügte nicht, ihn einzuschätzen. Doch die Grausamkeit des Verrats sprach für al-Munahid. Raoul erkannte, dass er den Söldnerführer unterschätzt hatte. Ein Fehler, der ihm nicht noch einmal unterlaufen würde.

Andranik führte sie aus dem Tal in die Hügel. Er stand vor der schwierigen Aufgabe, sie durch ein Gebiet zu geleiten, in dem es vor Mongolen wimmelte, und gleichzeitig die Spur der Söldner nicht zu verlieren, ohne ihnen jedoch so nahe zu kommen, dass sie die Verfolger bemerkten. Raoul vertraute den Fähigkeiten des Armeniers voll und ganz. Dass es ihm gelungen war, al-Munahid durch das gesamte Ararathochland nachzuspüren, war eine Leistung, die ihresgleichen suchte.

Der Weg, den Andranik wählte, bewies erneut, wie gut er dieses Land kannte: Sie ritten auf einem Kamm, der in weitem Abstand neben der Küstenlinie des Sewansees verlief; Laubbäume und dichtes Buschwerk verbargen sie vor den Söldnern, die auf dem schmalen Uferstreifen ritten. Mit Mongolen war hier in den Hügeln nicht zu rechnen, denn die Siedlungen befanden sich allesamt am See. Das Hügelland aus erloschenen Vulkanen war weitgehend unbewohnt.

Raoul war froh über die zwei Tage Ruhe, die hinter ihm lagen, denn der Ritt verlangte ihnen einiges ab. Es gab keine Straße, nicht einmal einen Pfad, nur unwegsamen Boden, der immer wieder steil abfiel und anstieg. Auf der ebenen

Uferstraße kamen die Söldner gut voran, daher hetzte Andranik sie in einem halsbrecherischen Tempo den Kamm entlang. Trotzdem vergrößerte sich al-Munahids Vorsprung. Gegen Mittag betrug er bereits eine halbe Meile, und die Söldner waren nur noch als Staubwolke zu sehen. Dass sie ihre Pferde antrieben und sich keine Pausen gönnten, konnte nur bedeuten, dass das Versteck des Zepters nicht mehr fern war.

Je weiter sie nach Norden kamen, desto breiter wurde das Flachland am Ufer. Um die Söldner nicht aus den Augen zu verlieren, mussten sie die Hügel verlassen und ritten im Schutz der Schilfwälder und Baumgruppen. Die Unruhen hatten auch hier ihre Spuren hinterlassen: Ein Fischerdorf war niedergebrannt und zerstört, in einem anderen hatten die Mongolen im Gebälk eines Glockenturms weithin sichtbar drei Aufständische aufgehängt. Auf einer Wiese am Wegesrand lagen zwei Dutzend Leichen, Bauern mit Sensen, Dreschflegeln, rostigen Schwertern und anderen einfachen Waffen, die höchstens zwei Tage tot waren. Die Körper waren bleich und aufgedunsen, von Pfeilen gespickt und Schwertwunden verstümmelt, das Gras um sie herum von Pferdehufen zerstampft. Mongolen trafen sie trotzdem nur wenige an. Vor der ersten Gruppe, bestehend aus etwa fünfundzwanzig Reitern, versteckten sie sich im Schilf und warteten, bis sie Richtung Süden verschwunden waren. Die zweite Gruppe bemerkten sie zu spät, um noch auszuweichen; doch die zehn Mongolen, die am Rand eines Bauerndorfs lagerten und sich von den Bewohnern mit Eiern, Käse und Brot versorgen ließen, nahmen keine Notiz von ihnen, sodass sie unbehelligt weiterreiten konnten.

Am frühen Nachmittag hielt Andranik in einem Birkenwäldchen an. Eine Wiese aus hohem, gelblichem Gras, das vom Wind zerfurcht wurde, erstreckte sich von den Bäumen bis zum See. Raoul wollte sich bei dem Armenier nach dem Grund dafür erkundigen, als er feststellte, dass auch die Söldner haltgemacht hatten. Sie waren abgestiegen und standen in Bogenschussweite auf der Uferböschung.

Raoul und seine Gefährten banden ihre Pferde an den Birken fest. Es war heiß geworden, der Himmel war wolkenlos. Mit der gelben Wiese im Vordergrund wirkte der See unnatürlich blau, Mückenschwärme hingen wie dunkle Wolken über den schlammigen Tümpeln in Ufernähe.

Sie verbargen sich am Rand des Wäldchens hinter den Mauern eines vor langer Zeit verfallenen Gehöfts. Die Söldner hatten ihre Pferde angepflockt. Al-Munahid stapfte über die Wiese und blieb auf einer erhöhten Bodenwelle stehen.

Raoul zog unwillkürlich den Kopf ein, als der Blick des Söldners über die Gegend schweifte und auf dem Birkenwäldchen verharrte. Doch es war Zufall, dass al-Munahid in ihre Richtung geschaut hatte; schon einen Herzschlag später wandte er sich ab und ging zu einem seiner Männer.

Dort, wo die Söldner haltgemacht hatten, erstreckte sich eine felsige Landzunge in den See, die wie ein ausgestreckter Finger auf eine winzige Insel wies.

Auf dem Eiland erhob sich die Ruine eines Klosters.

Kadar blickte über die Hügel, die erloschenen Vulkane, das Schilf und die Birkengruppe und dachte an die Reiter, die ihnen im Ararathochland gefolgt waren. Seit der Begegnung mit der ersten mongolischen Reitwache hatte er sie nicht mehr gesehen, und er war sicher, dass die Mongolen sie entweder gefangen genommen, zur Umkehr gezwungen oder niedergemacht hatten.

Warum hatte er dann das Gefühl, dass man sie beobachtete?

Er sah niemanden, aber das hieß nichts; in dieser Gegend

gab es unzählige Verstecke. Es war ein Gefühl des Ausgeliefertseins – als ob ein Pfeil auf die Stelle zwischen seinen Schulterblättern gerichtet war. In den Jahren als Soldat hatte er gelernt, seinem Gespür zu vertrauen, doch es war nicht auszuschließen, dass er so kurz vor dem Ziel übervorsichtig wurde.

Der Wind wehte ihm ins Gesicht, und er kniff die Augen zu Schlitzen zusammen, als er zu dem alten Gehöft am Waldrand blickte. Da war nichts, nichts und niemand. *Du siehst Geister,* dachte er und verwarf die Überlegung, zwei Männer dorthin zu schicken. Er kehrte zu seinen Schakalen zurück, die bei den Pferden auf seine Anweisungen warteten. Sie hatten die Tiere von den Mongolen bekommen, die dankbar gewesen waren, dass ihnen eine langwierige Belagerung erspart geblieben war. Alles war nach Plan verlaufen. Die fünfzig Krieger, die sie durch die Ausfallpforte hereingelassen hatten, hatten das Vorwerk im Handstreich genommen und das Tor für den Rest des Heeres geöffnet. Wenige Stunden später war die Stadt gefallen, und der Befehlshaber der Mongolen, ein Mann namens Natsagiin, hatte al-Munahid und seine Männer zu sich gerufen, um sich für die unerwartete Hilfe erkenntlich zu zeigen. Dabei war es einmal mehr von Vorteil gewesen, dass einer der Schakale Mongole war. Unardhu hatte lange mit Natsagiin gesprochen und erreicht, dass dieser ihnen einen Wegeschein ausstellen ließ. Mongolische Krieger, die Natsagiins Siegel sahen, ließen sie weiterziehen.

Dennoch triumphierte Kadar nicht. Noch hielt er das Zepter nicht in den Händen. Er mochte knapp davor sein, doch auf dieser Reise hatte es schon zu viele unangenehme Überraschungen gegeben. Außerdem war da immer noch dieses *Gefühl.*

Er ging zu ibn-Marzuq, der abseits der Söldner stand und

mit abweisender Miene das Kloster betrachtete. Der Mann klammerte sich an seinen Hochmut wie ein Ertrinkender an eine Schiffsplanke. Dabei sah er mit seinem schmutzigen Mantel, dem steifen Arm und dem verfilzten Bart nicht mehr wie ein Wesir aus, sondern wie ein Bettler.

»Seid Ihr sicher, dass wir hier richtig sind?«, fragte Kadar ihn.

»Ein Kloster auf einem Eiland«, erwiderte ibn-Marzuq mürrisch. »So stand es in der *Vita*.«

»Wir sind an drei oder vier Inseln mit Klöstern vorbeigekommen.«

»Athanasios hat auch die Landzunge erwähnt. Es *ist* das richtige Kloster.«

Kadar blickte zu der Insel. Das Bauwerk war bis auf die Grundmauern zerfallen, was dafür sprach, dass es sehr alt war – jedenfalls älter als die anderen Klöster, die noch von Mönchen bewohnt wurden.

Er versuchte die Entfernung zu dem Eiland zu schätzen. Sie betrug eine Viertelmeile, mindestens. Zu weit zum Schwimmen. Kadar hatte in Konstantinopel gelernt, sich über Wasser zu halten, doch eine längere Strecke schwimmend zurückzulegen traute er sich nicht zu. Außerdem waren ihm größere Gewässer ein wenig unheimlich; etwas, das er seinem beduinischen Blut verdankte. Auf dem Weg hierher hatte er kaum einen Gedanken daran verschwendet, wie sie zur Insel gelangen wollten, da er davon ausgegangen war, dass es genug Fischerdörfer und somit auch Boote in der Nähe gab. Doch dem war nicht so. Die Gegend war dünn besiedelt, das nächste Fischerdorf gut eine Meile entfernt. Dort ein Boot zu besorgen und hierherzurudern war zu mühsam. Ein Segelboot kam nicht infrage, da keiner von ihnen wusste, wie es zu steuern wäre, und er sich keinem armenischen Fischer anvertrauen wollte.

Er ging zu seinen Männern, die im Gras saßen, von ihren Vorräten aßen und sich über die Mücken beschwerten. Bishr und Uthman sammelten in der Nähe Feuerholz. »Akif, Saad und Rafiq«, sagte er, »geht Bäume fällen. Wir brauchen mindestens sechs dicke Stämme.«

Saad und der Eunuch standen wortlos auf und stapften zu den Pferden, um die Äxte aus den Satteltaschen zu holen. Rafiq blickte Kadar fragend an. »Wofür?«

»Ein Floß, Dummkopf. Jetzt hilf den anderen.«

Die Axt des Eunuchen grub sich tief in den Stamm der Ulme. Die anderen Söldner – ein einäugiger Hüne und ein Mann mit ebenholzfarbener Haut – begannen, zwei weitere Bäume zu fällen. Als Raoul beobachtet hatte, wie sie sich mit Äxten von ihrem Trupp entfernten, hatte er befürchtet, sie würden zum Birkenwäldchen kommen. Doch die Söldner waren zu einer kleinen Baumgruppe am Ufer gegangen.

»Sie bauen ein Floß«, murmelte er. Damit stand fest, dass sie zur Klosterruine wollten. Und es gab nur einen Grund, warum sie das wollten.

»Wir müssen vor ihnen auf der Insel sein«, sagte Jada, die neben ihm stand. Er konnte ihre Anspannung spüren. Sie blickte Andranik an. »Wo bekommen wir ein Boot?«

»Ich kenne einen Bauern hier in der Nähe«, sagte der Armenier. »Vielleicht kann er uns helfen.«

»Und du bist sicher, dass er ein Boot hat?«, fragte Raoul.

»Jeder, der am Sewansee lebt, hat ein Boot.« Damit wandte sich Andranik ab und lief zu den Pferden.

Kurz darauf waren sie aufgestiegen, ritten durch das Birkenwäldchen und verließen es an der den Hügeln zugewandten Seite. Als sie die Uferwiese erreichten, waren die Söldner nicht mehr zu sehen; Bäume und dichtes Schilf verdeckten sie. Schließlich erreichten sie einen Acker mit einer gedrungenen Steinhütte, aus deren Schornstein Rauch aufstieg. Das Dach war mit braunen Bündeln getrockneten Schilfs gedeckt. In einem Koben drängten sich Schweine an einem Futtertrog. Auf dem Acker hatten vier Männer gearbeitet, die, als sie die Reiter bemerkten, ins Haus gerannt waren. Auch die Frau, die die Schweine gefüttert hatte, war dorthin geeilt, dann hatten sie die Tür verschlossen. *Sie halten uns für Mongolen,* dachte Raoul.

Andranik schwang sich aus dem Sattel, bevor das Pferd zum Stehen gekommen war, und rannte zur Hütte. Er klopfte an und rief etwas auf Armenisch, worauf die Tür geöffnet wurde. Ein vierschrötiger Mann mit braunem Kittel und vernarbter Glatze stand vor Andranik, in der Hand eine gespannte Armbrust. Hinter ihm sah Raoul die drei anderen Männer stehen, offenbar seine Söhne. Jeder von ihnen hielt eine schwere Axt.

Der ältere Mann erkannte Andranik, ließ die Armbrust sinken, lächelte und drückte den kleinen Bergführer mit seinem linken Arm an die Brust. Auch die anderen Männer lächelten erleichtert und kamen ins Freie. Eine Unterhaltung entspann sich, bei der Andranik mehrmals mit der Hand auf Raoul, Jada und Gaspare wies, die abgestiegen waren und am Rand des Ackers warteten. Irgendwann winkte Andranik sie her. Als sie zu der Gruppe vor dem Haus gegangen waren, schaute sie der stämmige Bauer forschend an und nickte dann. Mit seinen Narben auf der Glatze und den muskulösen Armen sah er mehr wie ein Krieger aus, und es hätte Raoul nicht überrascht, zu erfahren, dass er mit den Aufständischen zusammenarbeitete.

»Er gibt uns sein Boot«, sagte Andranik.

Raoul lächelte zum Dank. Jada holte eine Goldmünze hervor, doch der Mann brummte etwas und schüttelte energisch den Kopf.

»Es ist ihm Lohn genug, uns zu helfen«, erklärte der Bergführer. »Ihn zu bezahlen würde ihn beleidigen.«

Jada steckte die Münze wieder ein, und sie gingen zu einem windschiefen Schuppen an der Rückseite des Hauses. Davor lag ein Ruderboot mit dem Rumpf nach oben, damit es bei Regen nicht volllief. Die beiden älteren Söhne des Bauern, zwei junge Männer von etwa zwanzig Jahren mit der Statur ihres Vaters, drehten das Boot um, warfen die Ruder hinein und hoben es hoch. Während Raoul, Matteo und Jada den Armeniern folgten, brummte der Bauer etwas.

»Er fragt, ob ihr rudern könnt«, übersetzte Andranik.

»Ich kann rudern«, sagte Raoul.

Von der Hütte führte ein mit Steinplatten befestigter Pfad durch eine Wiese zum Ufer. Die Schritte der Bauernsöhne pochten dumpf auf den Bohlen eines einfachen Stegs, wo sie das Boot zu Wasser ließen. Raoul hielt nach den Söldnern Ausschau, konnte sie aber aufgrund der Entfernung und der Bäume und Büsche am Ufer nicht entdecken. Das Eiland mit der Klosterruine war, da die Küstenlinie in einer Krümmung verlief, etwa so weit weg wie von al-Munahids Standort. Raoul schätzte, dass ihnen noch eine knappe Stunde blieb, bis die Söldner ihr Floß fertiggestellt hatten. Währenddessen konnte er die Insel mühelos erreichen. Wie lange er brauchte, um das Zepter zu finden, konnte er nicht wissen, aber momentan war seine größte Sorge eine andere.

»Spätestens wenn wir auf der Insel an Land gehen, sieht uns al-Munahid«, sagte er. »Er wird warten, bis wir das Zepter haben, und uns am Festland abfangen.«

Andranik und Jada blickten über den See. Vermutlich machten sie sich ähnliche Gedanken. Im Südteil des Sees waren viele Fischerboote unterwegs gewesen; dort wäre Raoul nicht aufgefallen. Hier jedoch waren so gut wie keine Boote zu sehen, lediglich zwei größere Schiffe weit draußen. Selbst wenn Raoul sich der Insel von der dem Festland abgewandten Seite annäherte, war die Gefahr groß, dass einer der Söldner ihn entdeckte.

Andranik wandte sich an den Bauern, und die beiden Männer unterhielten sich in ihrer Sprache. Schließlich nickte der Bauer grimmig. Andranik sah Raoul an. »Oskanjan und ich legen al-Munahid einen Hinterhalt. Das verschafft dir die Zeit, an Land zu gehen.«

Raoul war überrascht. »Das Angebot kann ich nicht annehmen«, sagte er. »Wir bezahlen dich nicht dafür, dass du für uns kämpfst.«

Ein seltsames Lächeln umspielte Andraniks Lippen. »Al-Munahid hat den Mongolen geholfen. Da ist es nur gerecht, dass wir euch helfen.«

»Und Oskanjan? Er soll sich nicht für uns in Gefahr begeben.«

Oskanjan grinste, als er seinen Namen hörte. Andranik sagte: »Er hat einen Onkel in Yeramos. Als er hörte, dass die Mongolen dort eingefallen sind, hat er Rache geschworen an denen, die dafür verantwortlich sind.«

Raoul erinnerte sich, dass Yeramos der Name der belagerten Stadt war. »Also gut. Aber erkläre ihm, mit wem er es zu tun hat. Er soll vorsichtig sein.«

»Mach dir keine Sorgen um Oskanjan. Sein Schädel hat schon so manchen Axthieb überstanden.«

Daran zweifelte Raoul nicht. »Matteo, du bleibst bei ihnen«, sagte er.

»Was?«, rief Matteo. »Auf keinen Fall! Ich komme mit dir zum Kloster.«

»Nein. Ich kann das Zepter allein holen. Aber Andranik braucht für den Hinterhalt jeden Mann.«

»Dann lass mich das Zepter holen«, schlug Matteo vor. »Du kannst besser kämpfen als ich.«

Raoul hatte diesen Vorschlag erwartet; es war ihm nicht entgangen, dass die Nähe der Söldner Matteo nervös zu machen begann … oder aber der Toskaner hatte ganz andere Absichten, die nichts mit seiner Furcht vor al-Munahid zu tun hatten.

»Du traust mir nicht«, sagte Matteo gedehnt.

»Wir haben keine Zeit, darüber zu streiten. Tu, was ich dir sage.« Raoul ließ seinen zornigen Gefährten stehen und stieg die niedrige Böschung zum Steg hinunter, wo Jada ihn erwartete. Gedankenverloren blickte sie zum Kloster. Er fragte sich, ob sie das Gespräch mitbekommen hatte.

Sie wandte sich zu ihm um. Der nachtschwarze Zopf lag auf ihrer Schulter und fiel ihr auf die Brust. Ihre Augen waren von einem seltsamen Glühen erfüllt. »Ich fahre mit dir«, sagte sie.

»Und das Wasser?«, fragte er verblüfft und machte eine Geste, die den gesamten See einschloss.

»Es wird schon nichts geschehen.«

Er sah sie an und wartete vergeblich auf eine Erklärung. Schließlich stieg er ins Boot, stellte die Beine weit auseinander, um des Schaukelns Herr zu werden, und reichte ihr seine rechte Hand. Sie ergriff sie, setzte einen Fuß in das Boot, zog hastig den anderen nach und ließ sich auf der Bank nieder. Furcht huschte über ihr Gesicht, dann war ihre Miene wieder beherrscht.

»Viel Glück!«, rief Andranik, als Oskanjans Söhne das Boot mit langen Stangen vom Steg wegstießen. Raoul legte die Ruder ein und zog sie gleichmäßig durch. Die Armenier gingen zum Haus zurück. Matteo warf Raoul einen langen Blick zu, ehe er den Männern folgte.

Es war mehr als ein Jahr her, dass er das letzte Mal in einem Ruderboot gesessen hatte, aber als sie einen Steinwurf vom Ufer entfernt waren, hatte er einen gleichmäßigen Takt gefunden. Zügig bewegten sie sich zur Mitte des Sees, unterstützt vom Wind, der von den Hügeln kam. Jadas Gesicht war unbewegt, und sie schwieg.

Seit Raoul wusste, dass das Zepter zum Greifen nah war, erfüllte ihn eine nagende, schier unerträgliche Rastlosigkeit. Durch die gleichmäßige Bewegung von Armen und Rücken kam er zur Ruhe. Die Anstrengung des Ruderns ließ ihn mehrmals husten, doch dieses Mal verspürte er dabei keine Abscheu vor sich selbst. *Nur noch bis zur Insel,* dachte er, *dann ist es vorbei. Endlich vorbei.*

Schließlich konnte er die Söldner sehen. Sie hatten drei oder vier Ulmen gefällt, die Äste entfernt, die Stämme zerteilt und mehrere ähnlich dicke Stücke aneinandergelegt, sodass sie eine Fläche ergaben. Mit Seilen banden sie die Stämme zusammen und festigten sie mit Querverstrebungen. Bald war das Floß fertig.

Viel schneller konnte Raoul nicht mehr rudern. Seine Muskeln zeichneten sich unter dem Wams ab, als er den Schlag dennoch erhöhte.

Kadar überließ den Floßbau Rafiq und Najib, die am Nil unter Fischern aufgewachsen waren und am meisten von solchen Dingen verstanden. Er hatte sich auf einen von allen Ästen befreiten Stamm einer Ulme gesetzt und dachte darüber nach, was mit ibn-Marzuq geschehen sollte. Er hatte immer noch keine endgültige Entscheidung getroffen. Einerseits widerstrebte es ihm, ihn zu töten, denn auf eine seltsame Weise mochte er den Gelehrten. Ibn-Marzuq war vom Leben am Hof verweichlicht und blickte mit Verachtung auf alle herab, die nicht seine Bildung besaßen. Aber er beklagte sich nie, obwohl er allen Grund dazu hatte. Das verriet eine Härte, die man ihm nicht ansah. Außerdem war sein Verstand von einer außergewöhnlichen Schärfe. Es war der Verstand eines Hofbeamten und Dichters, dennoch wünschte Kadar manchmal, auch der eine oder andere seiner Männer wäre mit solchen Geistesgaben gesegnet.

Andererseits blieb ihm keine andere Wahl, als ibn-Marzuq zu töten. Er konnte nicht zulassen, dass der Wesir nach Kairo zurückkehrte und dem Sultan berichtete, was geschehen war. Kadar rieb die verstümmelten Reste seines Ohrs. *Wenn ich das Zepter habe, stirbt er,* dachte er. Es war nicht zu vermeiden. Der Erfolg all seiner Pläne hing davon ab.

Obwohl er nicht zu Tagträumereien neigte, hatte er sich in den letzten Tagen immer wieder die Einzelheiten seiner Rache an Ashwaq al-Tufail ausgemalt. Er hatte sich gesehen, wie er den Männern al-Tufails mit dem Zepter vorgaukelte, ein Wunderheiler zu sein, um zu dem Mann vorgelassen zu werden, der ihm seine Schwester und seine Familie genommen und ihn zum Sklaven gemacht hatte. Merkwürdigerweise hatte ihn die Vorstellung von al-Tufails Tod durch seine Hand nicht mit Vorfreude erfüllt. Jetzt erkannte er, was an dem Bild falsch war. Al-Tufail litt an der Gallischen Krankheit, wodurch ihm ein qualvolles Sterben bevorstand. Ihn zu ermorden, selbst wenn es noch so grausam geschah, würde seine Leiden nur verkürzen. Er würde den Tod nicht fürchten, aber genau das war es, was al-Munahid wollte. Ashwaq al-Tufail sollte wimmern und um Gnade flehen, so wie es Basileios Lakapenos in Konstantinopel getan hatte, bevor er sein Leben ausgehaucht hatte.

Kadar schaute über die Wellen des Sewansees in Richtung des Klosters, als ihm plötzlich etwas einfiel. Er hatte das Zepter bisher nur als Schlüssel zur Festung seines alten Feindes betrachtet, dabei bot es so viel mehr Möglichkeiten. Mit ihm konnte er al-Tufail das Leben zurückgeben, um es ihm dann, wenn sein Glück über die wundersame Genesung am größten war, endgültig zu nehmen. Kadar musste unwillkürlich lächeln. Diese Rache war nicht nur von einer köstlichen Grausamkeit – sie war eine ironische Spiegelung dessen, was ihm selbst widerfahren war: An einem der glücklichsten Tage seines Lebens war al-Tufail gekommen und hatte ihm alles genommen. Nun würde es umgekehrt sein.

Zufrieden lehnte er sich zurück. Jetzt fühlte es sich *richtig* an. Er würde al-Tufails Tod auskosten, ihn genießen wie den süßesten Wein, das festlichste Mahl, die lieblichste Hure. Wenn es nur endlich so weit wäre!

Der Bau des Floßes kam gut voran. Noch höchstens zwei oder drei Stunden, und er konnte beginnen, seinen Plan in die Tat umzusetzen. Als er sich wieder dem See zuwandte, bemerkte er ein Ruderboot zwischen Ufer und Insel. Wieder regte sich sein Misstrauen. Es war das einzige Boot weit und breit, und es kam ihm merkwürdig vor, dass es ausgerechnet jetzt hier auftauchte.

Kadar stand auf und beschattete seine Augen mit der Hand. Zwei Leute saßen in dem Boot. *Nur das Ruderboot eines Bauern oder Fischers,* sagte er sich. *Was soll das schon bedeuten?*

Dann erkannte er, dass es sich in Richtung des Eilands bewegte. Seine Augen formten Schlitze. Ja, zweifellos steuerte es die Klosterruine an.

Von einer dunklen Ahnung ergriffen, stieg er die sandige Uferböschung hinab, setzte einen Fuß auf die Landzunge und kletterte über die ausgewaschenen, glitschigen Steine zum Ende des Riffs. Dort erklomm er einen mächtigen Felsbrocken, von dem aus er das Boot klar und deutlich sehen konnte.

Die vordere Gestalt – eine Frau, dem Zopf nach zu schließen – konnte er nicht erkennen, denn sie hatte ihm den Rücken zugewandt. Der Mann an den Rudern trug einen blauen Waffenrock, der Kadar bekannt vorkam.

Er spürte ein Würgen in der Kehle. *Das ist nicht möglich!*, dachte er. Doch ein Irrtum war ausgeschlossen.

Der Mann war kein anderer als Bazerat.

»Er hat uns entdeckt«, sagte Raoul, während er die Ruder ins Wasser tauchte und durchzog.

Jada sah zu al-Munahid, der zum Ufer zurückkehrte und etwas rief, das vom Wind übertönt wurde; dann wandte sie sich wieder zu Raoul um. Sie sagte kein Wort und versank wieder in ihren Gedanken.

Unter den Söldnern brach Unruhe aus. Die Männer, die mit dem Floßbau beschäftigt waren, arbeiteten noch eifriger. Einer der Krieger spannte seinen Bogen und sandte einen Pfeil in Richtung des Bootes. Raoul machte sich keine Sorgen, getroffen zu werden; auf diese Entfernung hätte ihnen höchstens ein Langbogen gefährlich werden können. Die Reichweite des Reiterbogens war zu kurz, und der Pfeil versank im Wasser.

Raoul verbannte die drohende Gefahr aus seinen Gedanken und lenkte seine ganze Aufmerksamkeit erneut dem Rudern zu. Um Kräfte zu sparen, atmete er im Takt des Ruderschlags. Trotzdem spürte er einen leichten Schmerz in den Armen, und das Boot glitt langsamer als am Anfang durch das Wasser.

Jetzt, da al-Munahid sie entdeckt hatte, machte er sich nicht mehr die Mühe, die dem Ufer abgewandte Seite der Insel anzusteuern, sondern hielt geradewegs auf die Westseite zu, wo das Ufer flach war. Riffe umgaben die Insel, und als Raoul an mehreren Felsen vorbeiruderte, stoppte er für einen Moment, um ihre Richtung zu korrigieren.

Der Schwung des Bootes reichte dennoch aus, sie bis zum Strand zu tragen. Als der Rumpf knirschend auf dem feinen Sand auflief, sprang Raoul ins knöcheltiefe Wasser und zog das Boot auf festen Grund, bevor er Jada beim Aussteigen half. Vom alten Anlegesteg des Klosters waren nur noch im Wasser und Sand versunkene Steine übrig. Ein Pfad aus Steinplatten führte über den Strand zu Stufen, die in den mannshohen Felsen gehauen waren, auf dem die Ruine stand.

Raoul blickte zum Festland, wo die Söldner das Floß fertiggestellt hatten. Am Ende der Landzunge ließen sie es zu Wasser. Al-Munahid und ein anderer Krieger bestiegen es und begannen, mit kurzstieligen Paddeln zu rudern.

Raoul wandte sich ab und hastete über den Pfad. Jada war schon vorausgelaufen; oben an der Treppe sah er sie verschwinden. Er hatte das Gefühl, dass ihre Eile nur wenig mit den nahenden Söldnern zu tun hatte. Etwas anderes trieb sie an.

Im Klosterhof holte er sie ein. Unkraut und Sträucher wuchsen auf dem geglätteten Felsboden. Die Anlage war nicht größer als hundert auf hundert Schritt und füllte fast die gesamte Insel aus; einst hatte eine Mauer, von der nur noch Reste übrig waren, die Gebäude umfasst. Der achteckige Kirchturm musste, dem Umfang nach zu urteilen, recht hoch gewesen sein; jetzt stand nur noch das erste Geschoss. Die Grundmauern eines länglichen Hauses schlossen sich ihm an – das Dormitorium, vermutete Raoul. Von den übrigen Gebäuden waren nur noch verstreute, flechtenbewachsene Steine übrig. Raoul vermochte nicht zu sagen, ob das Kloster im Lauf der Zeit verfallen oder von einem lange zurückliegenden Angriff oder Feuer zerstört worden war. Sicher war nur, dass hier seit vielen Jahrzehnten, möglicherweise Jahrhunderten, kein Mönch mehr lebte. Unwillkürlich fragte sich Raoul, ob das Zepter nach so langer Zeit überhaupt noch da war.

Jada stand in der Mitte des Hofes, ließ ihren Blick über die

Gemäuer schweifen und wirkte auf eine Art und Weise verloren, die sein Herz rührte. Ein heftiger Husten packte ihn, die Nachwirkung der Anstrengung. Er fing die Blutstropfen mit seinem Tuch auf. Als der Anfall vorüber war und er sich in der Ruine umsah, verließ ihn die Zuversicht. Das Zepter konnte überall sein. Sie würden jeden Stein umdrehen müssen, während al-Munahid näher und näher kam.

»Wo sind in solch einem Gebäude die Gräber?«, fragte Jada unvermittelt.

Die Frage verwirrte Raoul, bis ihm klar wurde, dass Jada vermutlich noch nie zuvor ein christliches Kloster gesehen hatte. »Die meisten Klöster haben einen Friedhof«, sagte er. »Aber hier ist dafür kein Platz. Möglich, dass er irgendwo am Ufer ist. Oder es gibt eine Krypta.« Er ging durch die Überreste des Dormitoriums. In Ritzen im Boden wuchs das gleiche gelbliche Gras wie am Festland. *Es hat keinen Zweck,* dachte er. *Wir müssten tagelang suchen.*

»Das Zepter ist in Antonius' Grab«, sagte Jada. Sie hatte sich gebückt und legte mit der Hand etwas frei.

»Wieso glaubst du, dass er hier begraben liegt?«

»Er hat dieses Kloster gegründet und starb hier wenige Jahre nach seiner Ankunft in Armenien.«

Er stieg über die Mauer, ging zu ihr und sah, dass die Steinplatte, die sie von Moos und Flechten befreit hatte, eine T-förmige Einkerbung trug – das Antoniuskreuz. Ein Hinweis, dass sie mit ihrer Annahme, der Heilige sei der Gründer des Klosters, recht haben könnte. Raoul rief sich ins Gedächtnis, was er in Morras Bibliothek über Antonius gelesen hatte. »Antonius wurde in Konstantinopel begraben. Seine Gebeine liegen seit zweihundert Jahren in Frankreich.«

»Das ist gelogen«, erwiderte sie in unerwartet scharfem Ton. »Eure Chronisten haben nichts als Lügen über ihn verbreitet. Über sein Leben und über seinen Tod. Alles, was nicht zur christlichen Lehre gepasst hat, haben sie verdreht und entstellt.« Jada stand auf. Ihre Stimme wurde etwas weicher. »Antonius floh vor der Christenverfolgung nach Armenien. Aber keine zehn Jahre später erließ Kaiser Konstantin das Mailänder Toleranzedikt, und er hätte zurückkehren können. Dass er es nicht getan hat, bedeutet, dass er vorher gestorben ist.«

Was ist nur mit ihr los?, fragte sich Raoul. Jada wandte sich ab und begann, die Ruine abzusuchen. Raoul schaute noch einmal zum Floß der Söldner, bevor er ihr half. Es war wesentlich langsamer als ein Ruderboot und schien sich kaum vom Fleck bewegt zu haben. Aber auf diese Entfernung konnte das täuschen. Selbst wenn al-Munahid nur halb so schnell vorankam wie sie, blieb ihnen höchstens eine Stunde, bis er die Insel erreichte.

»Hier ist eine Treppe!«, rief Jada von der Turmruine her. Raoul lief zu ihr, und tatsächlich befanden sich in einer Mauernische Stufen; steil und eng führten sie in einem Bogen nach unten.

»Die Treppe zur Krypta«, sagte er.

Jada ging voraus, und er folgte ihr. Dank der Nische waren die Stufen frei von Trümmern. Allerdings war der niedrige Gang, der am Ende der Treppe begann und unter dem einstigen Kirchenschiff verlief, nach wenigen Ellen eingestürzt. Felsbrocken türmten sich bis zur Decke.

»Wir müssen ihn freiräumen«, sagte Jada und begann, den Schutthaufen an der Spitze abzutragen. Raoul hatte Zweifel, ob das, was sie tat, etwas brachte; trotzdem half er ihr. Irgendwo mussten sie schließlich mit der Suche beginnen.

Binnen kurzer Zeit stellte sich heraus, dass das Gewölbe nur am Eingang eingestürzt war: Nachdem sie einige Brocken weggeräumt hatten, klaffte vor ihnen eine dunkle Öffnung. Raoul hatte Sorge, dass von oben Trümmer nachrutschen könnten, doch das Felsengewölbe schien stabil zu sein. Jada arbeitete fieberhaft. Kaum war das Loch groß genug für sie, kroch sie hindurch.

»Warte!«, sagte Raoul. »Wir brauchen Licht.«

Ohne ein Wort verschwand sie auf der anderen Seite. In dem Gewölbe war es stockdunkel. Feuerstein und Fackeln hatten sie am Ufer zurückgelassen, und Raoul wusste nicht, wie er ohne Hilfsmittel für Licht sorgen sollte. Mit einem leisen Fluch auf den Lippen kletterte er den Schuttberg hinauf, kroch durch die Öffnung und ließ sich auf der anderen Seite hinunter, bis er ebenen Boden unter den Füßen spürte.

Er wartete, bis sich seine Augen an die Finsternis gewöhnt hatten. Schließlich konnte er erkennen, dass das Gewölbe nach wenigen Schritten in eine Kammer mündete. Jadas weiße Gestalt kauerte auf dem Boden.

Langsam ging er zu ihr. Die Kammer war achteckig wie der Kirchturm; in den Felsboden waren sechs steinerne Sarkophage eingelassen, deren Deckel mit den Abbildern jener versehen waren, die hier ruhten. Jada kniete neben einem Sarkophag, ihre Finger berührten das steinerne Gesicht des Toten. Trotz der Dunkelheit sah Raoul, dass der Sargdeckel mit großer Kunstfertigkeit gemacht worden war: Der dargestellte Mönch trug eine Kutte, sein bärtiges Gesicht strahlte Ruhe und Frieden aus, und seine Hände hielten das steinerne Zepter auf der Brust. Sein steinernes Antlitz glich der Abbildung im zweiten Teil der *Vita Antonii,* über die Raoul sich so gewundert hatte.

Jadas Hand lag auf der Wange des Steingesichts, behutsam und zärtlich. Er spürte ihren Schmerz und ahnte, dass er Zeuge von etwas war, das seine Vorstellungskraft weit überstieg.

»Du hast ihn gekannt, nicht wahr?«, hörte er sich sagen.

Jadas Stimme war leise und gefasst. »Wir haben uns geliebt.«

Allmächtiger, er ist seit tausend Jahren tot!, dachte er verwirrt. *Wie kann sie ihn da geliebt haben?* Dennoch sagte sie die Wahrheit. Plötzlich passte alles zusammen, ergab einen Sinn, auch wenn er ihn noch nicht vollends erfasste. »Erzähl mir, was damals geschehen ist«, bat er sie.

»Nein.« Sie richtete sich auf und sah ihn an. Sie hatte sich verändert. Der Schmerz und die Trauer waren zwar noch da, doch eine unbändige Stärke kam nun zum Vorschein, die er immer schon an ihr erahnt hatte. Plötzlich wurde ihm bewusst, wie unvorstellbar alt Jada sein musste. »Wir haben keine Zeit. Wir müssen das Zepter in Sicherheit bringen.« Sie umrundete den Sarkophag und suchte nach einer Möglichkeit, ihn zu öffnen.

Raoul zog sein Schwert. »Wir müssen ihn aufhebeln«, sagte er und versuchte, die Spitze der Waffe unter den Deckel zu schieben. Der Stein war so fein verarbeitet, dass der Deckel fast lückenlos auf dem Sarg auflag. Jada zückte ihren Dolch und half ihm, indem sie die schmale Klinge an einer Stelle in die Spalte zwängte, wo der Stein abgesplittert war. Dann drückte sie mit ihrem ganzen Gewicht das Heft nach unten. Der Deckel wurde gerade so viel angehoben, dass Raoul mit dem Schwert ansetzen konnte. Er ruinierte damit die Klinge, sah aber keine andere Möglichkeit. Das Schwert als Hebel benutzend, stemmte er den Deckel mit seiner ganzen Kraft auf. Jada schob gleichzeitig, und schließlich polterte die mühlradschwere Steinplatte auf den Boden.

Schwer atmend warf Raoul die verbogene und nutzlos gewordene Waffe fort und blickte in den Sarg. Von dem Toten war nach tausend Jahren kaum noch etwas übrig: Staub, Knochensplitter, die Reste eines braunen Gewands, der Schädel. Neuerlicher Schmerz ergriff Jada, und sie murmelte etwas in einer Sprache, die er nicht verstand, dessen Bedeutung ihm aber dennoch klar wurde: *Vergib mir.*

Das Zepter lag inmitten der Knochen. Raoul fühlte das Verlangen, es zu berühren, es in der Hand zu halten, doch das wäre nicht richtig gewesen. Er wartete, bis Jada es vorsichtig an sich nahm.

Die Erregung ließ seine Stimme zittern. »Heile mich«, flüsterte er.

In ihren Augen zeigte sich Bedauern. »Erst wenn wir in Sicherheit sind«, sagte sie. »Eine Krankheit zu heilen dauert lange und kostet all deine Kraft. Du wärst nicht mehr in der Lage, uns von der Insel fortzubringen.«

Raoul schluckte seine Enttäuschung herunter. »Gut«, sagte er. »Komm.« Er wandte sich zum Gehen. Erst vor dem Schutthaufen stellte er fest, dass Jada ihm nicht gefolgt war. Sie stand noch neben dem offenen Sarkophag, um Abschied zu nehmen.

Raoul kletterte durch die Öffnung und wartete an der Treppe auf sie. Alles in ihm schrie nach Eile, doch da er ahnte, was gerade in Jada vorging, zwang er sich zur Geduld. Kurz darauf kam auch sie durch das Loch gekrochen, und er half ihr die Schutthalde herunter.

Im Sonnenlicht sah er das Zepter erstmals in seiner ganzen Pracht. Es glich dem Bild in der *Vita* bis ins letzte Detail: Es war eine Elle lang und schien ganz aus Gold gefertigt zu sein. Der Stab trug uralte, fremdartige Schriftzeichen, der Kopf hatte Ähnlichkeit mit einer Krone und war mit sieben geschliffenen Rubinen besetzt, die in der Sonne funkelten. Die Jahrhunderte im Sarkophag hatten dem Zepter nichts anhaben können. Es sah so neu aus, als hätte der Goldschmied es erst gestern fertiggestellt. Raoul erinnerte sich, wie Jada ihm zum ersten Mal von den Heilkräften des Zepters erzählt hatte: *Eine Edle von meinem Volk gab es Antonius,* hatte sie gesagt. *Als er sich in die Wüste zurückgezogen hatte, sprach man ihm Heilkräfte zu. Kranke und Verkrüppelte besuchten ihn scharenweise, und er litt darunter, ihnen nicht helfen zu können. Die Edle hatte Mitleid mit ihm und gab ihm das Zepter, wofür sie verbannt wurde. Unsere Ältesten wollten es zurückholen, doch Antonius war bereits vor den Römern geflohen. So ging das Zepter verloren …*

Die Edle war Jada selbst, begriff er.

Jada schob das Zepter hinter ihren Gürtel, dann liefen sie über den Klosterhof Richtung Boot los. An der Treppe blieb die Ägypterin stehen. Als Raoul zu ihr aufholte, erkannte er den Grund: Al-Munahids Floß war bis auf einen Steinwurf an die Insel herangekommen. Die Züge des Söldners verhärteten sich, als er sie entdeckte. Mit ruhigen Bewegungen legte er das Paddel zur Seite, griff stattdessen nach Pfeil und Bogen.

»Zum Boot!«, stieß Raoul hervor und hastete die Treppe hinab. Ein Pfeil schwirrte über seinen Kopf hinweg. Auf dem schwankenden Floß konnte al-Munahid nur schlecht zielen. Als Raoul das Boot erreichte, wandte er sich zu Jada um. Sie stand immer noch oben auf der Treppe und hielt eine Lederschlaufe in der Hand, in die sie einen Stein legte. *Eine Schleuder!,* dachte Raoul. Ein weiterer Pfeil sirrte heran, und er musste den Kopf einziehen.

Jada schleuderte einen Stein in Richtung des Floßes. Raoul staunte über ihre Treffsicherheit. Al-Munahid musste ausweichen und verlor dabei das Gleichgewicht. Um nicht ins Wasser zu stürzen, sank er auf alle viere und fluchte laut, weil seine Pfeile dabei aus dem Köcher in den See rutschten.

Mit der Schleuder in der Hand rannte Jada zu Raoul, der ihr ins Boot half, es ins Wasser schob und hinterhersprang. Hastig legte er die Ruder ein und steuerte das Boot von der Insel und al-Munahid weg. Der Söldner hatte eine Handvoll Pfeile aus dem Wasser gerettet und spannte den Bogen. Doch er kam nicht zum Schießen, denn Jada hatte sich aufgerichtet und deckte ihn mit Steinen ein. Die Geschosse trafen ihn nicht, zwangen ihn jedoch, auszuweichen, bis das Ruderboot außer Reichweite seines Bogens war. Al-Munahids Gesicht war vor Zorn verzerrt, und er brüllte etwas, worauf der andere Söldner eilig zu paddeln anfing. Doch das sperrige Floß war zu schwerfällig für ihr Boot.

Obwohl al-Munahids Niederlage Raoul mit wildem Triumph erfüllte, brach er nicht in Jubel aus. Die Gefahr war noch längst nicht überwunden; er hatte gesehen, dass die anderen Söldner ihn bereits am Ufer erwarteten. Jada verstaute ihre Schleuder. Sie hatte sämtliche Steine, die sie an der Klostermauer gesammelt hatte, verschossen. *Hoffentlich ist auf Andranik und Oskanjan Verlass,* dachte Raoul und zog die Ruder durch.

Das Floß wurde immer kleiner, während das Ufer näher rückte. Die sechs Söldner, darunter der riesenhafte Eunuch, brachen in Gebrüll aus, und obwohl das Boot noch nicht innerhalb der Reichweite ihrer Bögen war, konnten einige es nicht abwarten und schossen. Klatschend trafen die Pfeile die Wasseroberfläche. Raoul zog die Ruder ein und ließ das Boot treiben. Er hielt nach einem Zeichen der Armenier Ausschau.

Lange musste er nicht warten. Einer der Söldner, ein Mameluck, zog gerade einen Pfeil aus seinem Köcher, als er mit schreckgeweiteten Augen nach vorne taumelte und die Böschung herunterstürzte. Aus dem Schilfwald flogen Armbrustbolzen. Langsam begriffen die Söldner, was geschah, liefen auseinander und suchten hinter Bäumen, Felsen oder in Bodenmulden Deckung. Ihre Verwirrung legte sich rasch, und sie beschossen das Schilfdickicht, obwohl ihre Gegner darin nicht zu sehen waren. Niemand achtete mehr auf das Boot.

Raoul nahm all seine Kraft zusammen und ruderte, so schnell er konnte. In einiger Entfernung von den Söldnern erreichten sie das Ufer, sprangen an Land und rannten durch das gelbe Gras. Der Eunuch und ein weiterer Krieger hatten ihre Deckung aufgegeben und stürmten mit blanken Schwertern auf den Schilfwald zu. Als sie Raoul und Jada entdeckten, änderten sie ihre Richtung. Doch da brach ein brüllender Oskanjan mit einem seiner Söhne aus dem Schilf. Mit ihren Äxten warfen sie sich den Söldnern entgegen, Stahl klirrte auf Stahl.

Raoul und Jada schlugen den Weg zu Oskanjans Haus ein, Andranik rannte mit dem Kurzbogen in der Hand auf sie zu. »Die Pferde sind da drüben!«, rief er, und sie folgten dem Armenier zu einem Ulmenwäldchen.

»Wo ist Matteo?«, fragte Raoul atemlos.

»Ich weiß es nicht«, sagte Andranik. »Verschwunden.«

Raoul blieb stehen. Eine böse Ahnung keimte in ihm auf. »Was heißt das, verschwunden?«

»Er war die ganze Zeit bei mir. Erst als der Kampf begann, war er plötzlich fort.« Der Armenier warf einen gehetzten Blick zum Seeufer. »Wir müssen weiter!«, drängte er und lief voraus.

»Was ist mit Gaspare?«, fragte Jada alarmiert.

»Ich hoffe, dass ihn nur der Mut verlassen hat«, sagte Raoul und setzte sich wieder in Bewegung.

Andranik brach aus dem Unterholz des Wäldchens hervor. »Die Pferde! Jemand hat sie losgebunden!«

O nein, Matteo, dachte Raoul bitter. Die ganze Zeit hatte er gegen sein Misstrauen angekämpft, hatte versucht, den Beteuerungen seines Freundes Glauben zu schenken … aber etwas in ihm war immer klüger gewesen. Und jetzt gab es keinen Zweifel mehr.

»Gaspare!«, sagte Jada scharf und fuhr zu Raoul herum. »Was bezweckt er damit? Du weißt doch etwas.«

Raoul hatte ihr nichts von Matteos Geheimnis und ihrem Gespräch am Vulkansee erzählt. Und jetzt war dafür keine Zeit. »Später«, erwiderte er. »Wir müssen die Pferde einfangen!«

Andraniks Kleinpferd hatte sich nicht weit von der Lichtung entfernt; Jadas Araber jedoch war nirgends zu sehen. Andranik blieb auf der Lichtung zurück, Raoul und Jada suchten in verschiedenen Richtungen. Raoul verfluchte sich dafür, nicht auf seine Ahnungen gehört zu haben, als er durch das Unterholz hetzte und Äste und Gestrüpp an seinem Wams rissen. Matteo hatte niemals beabsichtigt, sich von Morra loszusagen. Seit Konstantinopel hatte er gute Miene zum bösen Spiel gemacht, da er genau wusste, dass er ohne Raouls Hilfe das Zepter niemals finden würde. Er scherte sich nur um die Rettung seiner Seele. Die Freundschaft zu Raoul war nur Mittel zum Zweck gewesen.

Ich hätte ihn im Hochland zurücklassen sollen, dachte Raoul voller Zorn auf sich selbst. *Ich hätte ihn fortschicken sollen, sowie ich von seinem Handel mit Morra erfuhr. Wer weiß, was er jetzt anrichtet …*

Am Waldrand angekommen, ließ er seinen Blick über die Wiese schweifen: weit und breit keine Spur des Araberhengstes.

Plötzlich hörte er einen Schrei.

Jada!

Raoul rannte los, ohne auf den Schmerz, den peitschende Äste ihm im Gesicht zufügten, zu achten. *Er hält sie für eine Hexe, er wird nicht zögern, sie umzubringen!,* durchfuhr es ihn. Er brach durch mannshohe Farne und stolperte auf eine kleine Lichtung zwischen alten, moosbewachsenen Bäumen.

Dort lag Jada auf dem Boden. Sie bewegte sich. *Dem Himmel sei Dank, sie lebt!*

Raoul stürzte zu ihr, half ihr in eine kauernde Position. Sie schien unverletzt zu sein, war jedoch benommen.

»Was ist geschehen?«, fragte er.

»Gaspare. Er hat mich niedergeschlagen …« Ihr Blick klärte sich schlagartig, und ihre Hand fuhr zum Gürtel. »Das Zepter! Er hat das Zepter genommen!« Sie sprang auf, verlor das Gleichgewicht und griff nach seinem Arm, um sich abzustützen.

»Wo ist er hin?«, fragte Raoul.

»Ich weiß es nicht.«

»Raoul! Jada!«, ertönte Andraniks Stimme aus dem Wald. »Der Hengst ist hier!«

Sie liefen in die Richtung, aus der die Stimme gekommen war. Kurz darauf fanden sie Andranik, der beide Pferde an den Zügeln hielt.

»Ich habe einen Reiter gesehen«, sagte der Armenier. »Gerade eben. Er ist nach Westen geritten, zu den Hügeln.«

»Das ist Matteo!«, sagte Raoul. »Wir müssen ihn einholen. Er hat das Zepter.«

Wenig später galoppierten sie aus dem Hain heraus. Jada saß hinter Raoul auf dem Araber, denn die Nachwirkungen des Hiebes waren noch nicht völlig abgeklungen. Am Waldrand zügelte er das Pferd. Al-Munahids Floß war immer noch weit draußen auf dem See. Vom Schilf kam Kampflärm, aber zu sehen war niemand. »Was ist mit Oskanjan?«

»Er kommt zurecht«, sagte Andranik. »Er lockt die Söldner ins Schilf, wo sie sich verirren werden.«

Raoul hoffte, dass der Armenier recht hatte. Weder Oskanjan noch einer seiner Söhne sollte ihretwegen sein Leben verlieren. Andranik schlug die Richtung ein, in der Matteo verschwunden war, und fand wenig später Hufspuren. Sie führten in ein Tal, durch das ein von Schmelzwasser angeschwollener Bach rauschte. Bald schon verschwand der

Sewansee hinter den zerklüfteten Kuppen der erloschenen Vulkane aus ihrer Sicht. Die Söldner schienen ihnen nicht zu folgen. Raoul legte einen Jagdgalopp vor, mit dem Andranik auf seinem Kleinpferd kaum mithalten konnte. Jada schlang die Arme um seinen Torso und hielt sich an ihm fest.

Das Tal war unbewohnt. Die einzige Siedlung auf ihrem Weg war ein Dorf aus niedergebrannten Hütten, deren Bewohner geflohen oder in den Flammen umgekommen waren. Als Raoul die Ruinen hinter sich gelassen hatte, erspähte er Gaspare. Der Toskaner galoppierte ein gutes Stück vor ihnen und trieb sein Pferd an, als er seine Verfolger entdeckte.

Raoul peitschte den Araber mit den Zügeln, und das Donnern des Hufschlags hallte von den Steilhängen wider. Er hörte hinter sich einen Ruf, drehte den Kopf und sah Andranik, der wie ein Mongole im vollen Galopp einen Pfeil in den Bogen einlegte. Raoul bedeutete ihm mit einem Wink, nicht zu schießen. Es war nicht nötig, den Toskaner zu töten. Sein Vorsprung schrumpfte rasant. Und Raoul wollte ihn selbst zur Rechenschaft ziehen.

Matteo tat das aus seiner Sicht einzig Vernünftige: Er verließ die Talsohle und trieb sein Pferd den Hang hinauf. Auf dem unwegsamen Untergrund war der flinke Araberhengst nicht mehr im Vorteil. Doch er hatte mit dieser Entscheidung zu lange gewartet. Als Raoul ihm nachsetzte, lagen zwischen ihnen nur noch drei Pferdelängen.

Der Toskaner warf Raoul einen Blick zu, in dem pure Verzweiflung lag, und trat sein Pferd heftig in die Flanken. Das Tier gab sein Bestes, aber der Araber konnte mithalten.

»Gib auf, Matteo!«, rief er.

»Das verstehst du nicht!«, schrie Gaspare. »Es tut mir leid.« Er riss sein Pferd herum, doch das Tier rutschte auf den Steinen aus. Es wieherte, seine Beine knickten ein. Matteo wurde aus dem Sattel geschleudert und um ein Haar von dem zusammenbrechenden Pferd begraben. Sich mehrmals überschlagend, rollte er den Hang herab.

Raoul brachte den Araber zum Stehen, schwang sich aus dem Sattel und schlitterte die Schräge hinab. Sein Zorn löschte jede andere Empfindung aus, seine Erschöpfung, seine Schmerzen in der Brust. Er packte den Toskaner an der Schulter und drehte ihn auf den Rücken. »Was tut dir leid?«, schrie er. »Dass du uns hintergangen hast? Dass du mich sterben lassen wolltest?«

Matteo stöhnte auf, als Raouls Faust ihn im Gesicht traf und zurück auf den Boden schleuderte. Benommen blieb er liegen. Seine Lippe blutete. Raoul griff nach dem Zepter, das er sich hinter den Gürtel geschoben hatte, und riss es heraus. »Andranik, fessele ihn.«

»Da sind Mongolen!«, rief Jada.

Raoul hob den Kopf und erblickte eine Gruppe von Reitern an der Biegung des Tals: etwa dreißig schwer bewaffnete Krieger. Sie kamen näher.

»Wir sind keine Gefahr für sie. Vielleicht lassen sie uns weiterziehen.«

»Nein. Sie dürfen das Zepter nicht sehen«, sagte Jada scharf.

»In die Hügel!«, rief Andranik und ritt weiter den Hang hinauf.

Raoul blickte zu den Mongolen, dann wieder zu Matteo. *Sollen sich die Mongolen um ihn kümmern,* entschied er und schwang sich auf den Rücken des Arabers, während Jada hart an den Zügeln riss, um dem Armenier zu folgen.

Matteo war wieder zu sich gekommen. Mit einem Blick erfasste er seine Lage und hastete geduckt zwischen den Felsen entlang, bis er eine Stelle erreichte, die zu steil für Pferde war. Dann verlor Raoul ihn aus den Augen.

Die Mongolen hatten sie entdeckt und trieben ihre Pferde an. Dass die drei Reiter vor ihnen flohen, war, wie Raoul befürchtet hatte, Grund genug für sie, die Verfolgung aufzunehmen. Jada trat den Araber heftig in die Flanken und trieb ihn trotz des steilen Hangs zum Galopp an, sodass sie an Andranik vorbei Richtung Kamm jagten.

Raoul beobachtete, wie die Mongolen, deren Pferde für das unwegsame Land besser geeignet waren, rasch näher kamen; dann musste er sich von ihnen abwenden und an Jada festhalten. Sie ritt durch eine breite Lücke zwischen den Felsen und jagte durch den Talkessel hinter dem Grat. Raoul spürte den Luftzug eines Pfeils an seiner Schläfe, und sein Magen krampfte sich zusammen. *Nicht jetzt noch,* dachte er verzweifelt, *nicht so kurz vor dem Ziel …*

Andranik hatte zu ihnen aufgeschlossen und galoppierte neben Jadas Araber. Er rief etwas, das vom Trommeln der Hufe übertönt wurde, und wies mit ausgestreckter Hand auf eine Schlucht weit vor ihnen. Dort konnten sie versuchen, die Mongolen abzuschütteln.

Doch plötzlich stürzte Andraniks Pferd, überschlug sich, begrub den Reiter unter sich. Pfeile schwirrten durch die Luft. Jada keuchte vor Schmerz auf, und auf ihrem linken Ärmel war deutlich ein Blutfleck zu sehen. Ein Pfeil hatte sie gestreift. Die Mongolen ritten in einem weiten Halbkreis hinter ihnen, und es war nur eine Frage der Zeit, bis einem von ihnen ein tödlicher Schuss gelang. Jada kam zum gleichen Schluss und zügelte ihr Pferd.

Die Mongolen umringten sie.

Der Anführer maß sie mit stechendem Blick, rief etwas und machte mit dem Schwert eine Geste, die »Absteigen!« hieß. Jada und Raoul gehorchten, worauf ein Krieger in die Mitte des Kreises ritt und den Araber am Zügel wegführte. Ein zweiter Krieger stieg ab und wies auf Raouls Schwertgürtel. Raoul hob die Scheide, um ihn darauf aufmerksam zu machen, dass kein Schwert drinsteckte. Darauf verzog der Mongole vor Wut den Mund und schlug ihm mit der behandschuhten Faust ins Gesicht. Raoul taumelte zurück und berührte seine Lippen. Blut lief aus seiner Nase, und von plötzlichem Zorn gepackt, erwog er, den Mongolen anzugreifen. Jada, die die Hand auf ihre Wunde presste, schüttelte unmerklich den Kopf. Raoul kämpfte seinen Zorn nieder, löste die Schnalle und ließ Gürtel und Schwertscheide zu Boden fallen. Mit einem höhnischen Lächeln nickte der Krieger, dann riss er das Zepter hinter seinem Gürtel hervor. Raoul sah die Goldgier in den Augen des Anführers, als der Krieger ihm die Beute zeigte. Der Anführer begutachtete sie ausgiebig, bevor er sie in seiner Satteltasche verstaute.

Raoul rechnete damit, dass die Mongolen sie jetzt töteten, doch stattdessen befahl man ihnen, bei zwei Kriegern aufzusteigen. Der Mongole, dem Raoul zugewiesen wurde, hatte einen Schnurbart, dessen Enden bis zum Kinn fielen, und roch nach ranziger Milch und ungewaschenen Füßen. Der Mann, mit dem Jada reiten sollte, umschlang ihre Hüfte mit dem Arm und grinste lüstern in die Runde.

Während des Aufbruchs sah sich Raoul nach Andranik um. Er war tot. Der Armenier lag mit verrenkten Gliedern und leblosen Augen, die zum Himmel starrten, neben seinem Pferd, aus dessen Flanke ein gefiederter Schaft ragte. Raoul schloss seine Augen, übermannt von Gefühlen der Schuld. *Er ist unseretwegen gestorben,* dachte er. *Und wie sinnlos sein Tod ist …*

In seiner Verzweiflung nahm er kaum Notiz von der Gegend, durch die sie ritten, bis sie zu einem Lager aus Jurten gelangten. Sie waren wieder in der Nähe des Sees; jenseits des Hügels glitzerte die weite Wasserfläche im Licht der Abendsonne.

Die Mongolen stiegen ab und begannen, ihre Pferde zu versorgen. Von einem halben Dutzend Kochfeuern stieg Rauch auf. Der Reitertrupp gehörte zu einer größeren Einheit, die hier lagerte. Mit den Neuankömmlingen schätzte Raoul die Zahl der Krieger auf hundert. Die beiden Mongolen, mit denen sie geritten waren, führten sie unsanft zu einem hölzernen Verschlag, stießen sie hinein und warfen die Tür zu; von außen wurde ein Balken vorgelegt. Raouls Zorn flammte von Neuem auf. »Ihr Hunde!«, schrie er und trat mehrmals gegen die Tür, dass die ganze Hütte erbebte. Die Tür wurde wieder aufgerissen, und einer der Mongolen rammte ihm den Speerschaft in den Magen. Raoul brach zusammen und krümmte sich auf dem Boden.

Die Hütte musste früher ein Stall gewesen sein. Vieh gab es keines mehr, aber der Gestank nach Mist hing noch in der Luft. Ein Felsen bildete die Rückwand des halbdunklen Raums, der zu einem Drittel von Bündeln aus frischem Stroh ausgefüllt wurde. Lichtstreifen fielen durch die zahllosen Spalten zwischen den Brettern. Jada kauerte an einer Wand, hatte die Knie an die Brust gezogen und starrte vor sich hin.

Sie saßen in einem jämmerlichen Gefängnis. Das Holz war so alt, dass Raoul ohne größere Mühe eine Wand hätte zerstören können. Doch die Hütte war umgeben von Jurten, sodass an eine Flucht nicht zu denken war. Bleierne Müdigkeit überkam Raoul, als forderten die Anstrengungen der letzten Stunden auf einen Schlag ihren Tribut. Er setzte sich. Sein Kopf sank wenig später auf die Knie, und er nickte ein.

Als er hochschreckte, war es merklich dunkler in der Hütte. Jada stand neben ihm und rüttelte ihn an der Schulter.

»Was ist los?«

»Al-Munahid ist hier.«

Raoul war schlagartig hellwach und sprang auf. Jada deutete auf eine Lücke in der Wand. Er spähte hindurch und sah den von Jurten gesäumten Platz vor dem Verschlag. Es dämmerte; er musste ein bis zwei Stunden geschlafen haben. Das flackernde, rote Licht der Feuer warf tanzende Schatten auf die Zeltwände. Ibn-Marzuq und die Söldner warteten bei ihren Pferden. Raoul zählte nur noch fünf Krieger. Offenbar hatte al-Munahid im Kampf gegen Oskanjan und dessen Söhne zwei Mann verloren.

Der Söldnerführer nahm von einem hochgewachsenen Mongolen, dem Anführer der Reiterschar, einen Beutel entgegen. Raouls Mund wurde trocken, als er die Form des Zepters unter dem Leder erkannte. Al-Munahid öffnete den Beutel, nahm das Zepter heraus und betrachtete es prüfend von allen Seiten; dann nickte er dem Mongolen zu und ließ es wieder im Beutel verschwinden. Als er zu seinen Männern zurückging, wandte er den Kopf zur Hütte, und Raoul wusste, dass der Söldner ihn anblickte.

Ein dünnes Lächeln erschien auf al-Munahids Lippen.

Kapitel 20

Seit er es zum ersten Mal berührt hatte, ahnte Kadar al-Munahid, dass es sich um kein gewöhnliches Zepter handelte. Als er es nun aus dem Beutel nahm, fühlte er erneut die unerklärliche Kraft, die in dem goldenen Stab und den Rubinen wohnte. Sie richtete die Haare an seinen Armen auf, durchströmte seinen ganzen Körper, und sein Blut reagierte darauf – ein Gefühl von Macht.

Aber welchen Preis hatte er dafür bezahlt … Von der Kriegerschar, die von Kairo aufgebrochen war, waren nur noch Unardhu, Akif, Bishr, Najib und Rafiq übrig. Uthman und Saad lagen tot im Schilfwald am Sewansee, erschlagen von den Bauern. Entsprechend fand heute Abend auch keine Siegesfeier statt. Die Männer saßen am Feuer, über dem ein Hammel briet, und ließen schweigend einen Weinschlauch kreisen. Der eine oder andere würde sich bis zur Besinnungslosigkeit betrinken, was er gewöhnlich nicht duldete, wenn sie umherzogen. Doch heute ließ er sie. Sie mussten ihren Zorn abschütteln, bevor er ihnen einen entbehrungsreichen Ritt durch Hunderte Meilen Gebirge zumutete. Der Hinterhalt der Armenier setzte ihnen immer noch zu. Nicht nur, dass sie zwei Gefährten verloren hatten; es war seinen Schakalen nicht einmal gelungen, auch nur einen Gegner zur Strecke zu bringen. Die Armenier hatten sich im undurchdringlichen Schilf versteckt, nachdem Bazerat geflohen war, und Kadar hatte die Suche nach ihnen abgebrochen, um den Ritter zu verfolgen. Er konnte von Glück sagen, dass Bazerat einer mongolischen Reitwache in die Arme gefallen war. Sonst hätten sie dessen Spur in den menschenleeren Bergen mit Sicherheit verloren.

Bazerat … Seine Anwesenheit bedeutete nichts anderes, als dass Armin in Trapezunt versagt hatte und vermutlich tot war. Bei allem Zorn, den Kadar wegen des Verlusts eines weiteren fähigen Mannes verspürte, empfand er gegen seinen Willen Achtung vor Bazerat. Er kannte nicht viele, die Armins Gerissenheit und Kampfgeschick gewachsen waren. Bazerat war es offensichtlich.

Wer war die Frau bei ihm? Unardhu und Najib hatten bestätigt, dass sie dieselbe sei, die Bazerat schon in Konstantinopel geholfen hatte. Kadar erinnerte sich, sie schon einmal gesehen zu haben. Sie war eine Edle vom Hof des Sultans, wenn ihn nicht alles täuschte. Was sie hier zu suchen hatte, war ein Rätsel, das er wohl niemals lösen würde. Und es spielte auch keine Rolle mehr. Die Mongolen würden sie und den Ritter töten; für dieses Versprechen hatte Kadar dem Anführer der Reiterschar einen Batzen Gold gegeben – Münzen und Schmuck aus dem Anwesen des Ritters in Yeramos. Das Zepter gab der Mann nicht einmal für die doppelte Summe heraus; offenbar spürte auch er die Kraft darin. Daraufhin drohte Kadar mit Natsagiin und zeigte dem Mongolen das Schriftstück mit dem Siegel des Edlen – ein gefährliches Spiel, schließlich wusste er nicht, wie weit Natsagiins Einfluss reichte. Es stellte sich heraus, dass der Hauptmann Natsagiin fürchtete. Stärker jedoch war sein Widerwille, einen Gegenstand von solchem Wert einfach aus der Hand zu geben. Er schickte einen berittenen Boten nach Yeramos; Natsagiin sollte selbst entscheiden, was mit dem Zepter zu geschehen hatte. Viele Stunden später kam der Kurier zurück. Die Nachricht, die er überbrachte, enthielt die Aufforderung, Kadar das Zepter auszuhändigen. Erst da hatte sich der Hauptmann gefügt, und spät in der Nacht konnten sie endlich das Jurtenlager verlassen.

Nun war es an der Zeit, herauszufinden, ob ibn-Marzuq die Wahrheit gesagt hatte.

Der Gelehrte saß in der Ecke eines verfallenen Gehöfts, wo die Mauerreste höher waren und ihn vor dem kühlen Wind schützten, der über die Hügel pfiff. Er hatte sich seinen Mantel um die Schultern geschlungen und aß etwas Brot und Hammelfleisch. Er hatte Gewicht verloren; die Kleider waren ihm zu weit, und sein einst rundliches Gesicht war inzwischen fast hager.

Ibn-Marzuq hörte auf zu essen und musterte Kadar mit einem misstrauischen Funkeln in den Augen, dann fiel sein Blick auf das Zepter.

Kadar setzte sich auf eine umgestürzte Mauer. »Es ist wunderschön, nicht wahr?«

»Gewöhnt Euch nicht daran, es in der Hand zu halten«, erwiderte der Gelehrte barsch. »Das Zepter gehört niemandem als dem Sultan.«

»Ach Harun, wieso hört Ihr nicht endlich damit auf? Euer geliebter Sultan kann Euch nicht helfen. Oder seht Ihr ihn hier irgendwo?«

»An-Nasir Muhammad duldet es nicht, dass man ihn hintergeht. Er wird Euch zur Rechenschaft ziehen, ganz gleich wo Ihr Euch versteckt.«

»Er wird nie erfahren, was geschehen ist.«

Ibn-Marzuq setzte zu einer Erwiderung an, verkniff sie sich jedoch. Sein Adamsapfel bewegte sich. Er hatte die Andeutung genau verstanden.

»Sagt mir, wie man mit dem Zepter heilt«, forderte Kadar ihn auf.

»Erst wenn Ihr mich zu einer Stadt gebracht habt, in der ich in Sicherheit bin«, sagte der Gelehrte. »Nach Antiochia oder Aleppo.«

Kadar lachte leise. »Ihr seid ein gerissener alter Fuchs, Harun. Eure Feinde bei Hof haben es sicher nicht leicht mit Euch.«

Ibn-Marzuqs Blick wurde hart, und die Furcht in seinen Augen verschwand. »Ich habe die *Vita* vernichtet. Niemand außer mir kennt die Geheimnisse des Zepters. Ihr braucht mich, vergesst das nicht.«

»Wie könnte ich?«, sagte Kadar samtweich. Seine Hand schnellte zum Dolch, riss ihn aus der Scheide und stieß ihn dem Gelehrten in die Seite, alles in einer einzigen fließenden Bewegung. Ibn-Marzuqs Mund öffnete sich zu einem schmerzvollen Keuchen, dann sank er nach hinten und prallte mit dem Kopf gegen die Mauer. Er presste beide Hände auf die Wunde; dunkles Blut quoll zwischen den Fingern hervor. Sein Körper wurde schlaff, sein Gesicht verlor jegliche Farbe.

Aus den Augenwinkeln sah Kadar, dass die Männer aufgesprungen waren und das Geschehen stumm beobachteten. Er beugte sich über ibn-Marzuq. »Die Niere«, sagte er. »Verletzungen dort sind scheußlich und fast immer tödlich. Wenn ich bis fünfzig gezählt habe, seid Ihr verblutet. Sagt Ihr mir jetzt, wie man das Zepter benutzt?«

Der Blick des Gelehrten flackerte, und seine Lippen bewegten sich, als er versuchte, Worte zu formen. Kadar wartete geduldig. Ibn-Marzuq hatte keine Lungen- oder Bauchverletzung; er konnte noch sprechen. Es war nur der Schmerz, der ihn daran hinderte.

»Berührt mich … damit«, flüsterte er schließlich.

»Die Wunde?«, fragte Kadar.

»Irgend…wo.«

Er legte den Kopf des Zepters auf ibn-Marzuqs Brust, die sich unregelmäßig hob und senkte.

»Jetzt … müsst Ihr … es *wollen*. Ihr müsst wollen … dass sich die Wunde … schließt.«

»So einfach ist das?«

»Es ist … ganz leicht.«

Die Männer murmelten aufgeregt durcheinander. Kadar betrachtete die Wunde und stellte sich vor, wie sie sich schloss. Ihm wurde heiß, so heiß, dass er glaubte, ein plötzliches Fieber habe von ihm Besitz ergriffen. Sein Herz pochte immer wilder und pumpte das Blut durch seinen Körper. Er hörte das Flüstern der Männer und verstand jede Silbe, er spürte den Wind in seinem Gesicht und roch die Brombeeren am Fuß des Hügels, roch den Rauch des Feuers, den Saft des Hammels und ibn-Marzuqs Schweiß. Er sah jeden einzelnen Riss in den Lippen des Gelehrten und die Falten des Mantels, eine Landschaft aus winzigen Schluchten und Tälern. Eine Kraft bahnte sich ihren Weg durch seinen Arm, floss durch Muskeln, Knochen und Adern, und schlagartig, wie beim Höhepunkt des Liebesakts, erschlaffte jede Faser seines Körpers. Das Zepter entglitt seinen Fingern, und seine Beine gaben unter ihm nach.

Seine Wange lag auf rauer Erde. Er hielt die Augen geschlossen und sog die kühle Luft ein, bis das Wirbeln im Kopf verschwunden war und sich seine Gedanken klärten. Mühsam kam er auf die Füße und wehrte Bishr und Unardhu ab, die ihm zu Hilfe gekommen waren. Die anderen standen reglos da, mit vor Schreck geweiteten Augen.

Ibn-Marzuq bewegte sich nicht. Sein Kopf war zur Seite gefallen, die Augen waren geschlossen.

Der Blutstrom war versiegt.

Mit bleischweren Gliedern hob Kadar seinen Dolch auf, ging schwankend zu dem Gelehrten und trennte den blutgetränkten Stoff um den Einstich auf.

Die Wunde war fort, als hätte es sie nie gegeben.

Ibn-Marzuq atmete regelmäßig. Er schlief.

Schlafen, dachte Kadar, *ja* … Er ließ den Dolch fallen, griff nach dem Zepter und schleppte sich zum Feuer. Die Männer wichen vor ihm zurück, als fürchteten sie seine Berührung.

Ihm schien alles seltsam schal – der Wind, das Knacken des Holzes in den Flammen, der Duft des gebratenen Fleisches.

Er war müde.

Ibn-Marzuq fror, als er aufwachte. Graue Dämmerung lag über den Hügeln und auf den Mauerresten. Das Feuer war niedergebrannt.

Er setzte sich auf. Gewöhnlich brauchte er nach dem Aufstehen mindestens eine halbe Stunde und einen Becher starken Tee, um wach zu werden. Doch heute Morgen fühlte er sich so klar und erfrischt wie schon lange nicht mehr.

Dann fiel ihm ein, was geschehen war, und seine Rechte fuhr zu seiner Wunde. Er zuckte zusammen, als die Hand den Stoff teilte, aber es war nur die Erinnerung an den Schmerz. Wirklicher Schmerz war nicht mehr da.

Auch die Wunde war nicht mehr da.

Und sein Arm – er war nicht mehr steif. Ibn-Marzuq konnte ihn wieder ohne Einschränkung und ohne Schmerz bewegen. Hastig untersuchte er andere Stellen seines Körpers. Sämtliche Schürfwunden, Kratzer und Prellungen, die er sich in den letzten Tagen und Wochen zugezogen hatte, waren verschwunden.

Allmächtiger Herr der Welten, dachte er, *also ist es wahr!* Ein Gefühl des Glücks durchströmte ihn. Obwohl er der *Vita* Glauben geschenkt hatte, waren ihm bis zuletzt Zweifel geblieben. Dass das Zepter über solche Macht verfügen sollte, war ihm so … unfassbar erschienen.

Aber es war wahr. Das Zepter hatte ihn geheilt.

Dann ist auch alles andere wahr, was in der Vita *geschrieben stand …*

Er zwang sich, den Gedanken beiseitezuschieben. Für den Augenblick war er zu groß, zu unbegreiflich.

Er musste fort von hier.

Ibn-Marzuq stand auf und sah sich im Lager um. Die Männer schliefen. Aus den herumliegenden Weinschläuchen und dem Fehlen einer Wache schloss er, dass sie sich betrunken hatten. Das erleichterte seine Flucht; dennoch widerten ihn die Ausdünstungen der Männer und der Anblick der verquollenen Gesichter an. *Tiere,* dachte er. *Nichts mehr als Tiere. Ich sollte ihnen allen die Kehle durchschneiden.* Doch er hatte noch gut in Erinnerung, wie ihn Abdul-Jabars Tod mitgenommen hatte. Einen Menschen zu töten war eine Erfahrung, die er um keinen Preis wiederholen wollte, und er hatte sich geschworen, nie mehr eine Waffe gegen einen anderen zu erheben, es sei denn, sein Leben wäre in Gefahr.

Es sah al-Munahid nicht ähnlich, den Männern zu erlauben, jegliche Zucht und Ordnung fahren zu lassen. Aber wenn die Heilung so verlaufen war, wie es die *Vita* beschrieb, war er gar nicht mehr in der Lage gewesen, Befehle zu geben. Je schwerer das Leiden war, desto mehr Kraft raubte das Zepter dem, der es benutzte, und dem, den es heilte. Und ibn-Marzuqs Verletzung war tödlich gewesen.

Er fand den Söldnerführer zwischen seinen Männern liegen. Es sah so aus, als wäre er zusammengebrochen und hätte sich seither nicht mehr bewegt. Er trug noch immer seine Rüstung. Einer seiner Männer hatte eine Decke über ihm ausgebreitet; das Zepter hatte er unter seinem Torso begraben. Al-Munahid hatte einen sehr leichten Schlaf. Dass er nicht aufwachte, als ibn-Marzuq neben ihn trat, sprach dafür, dass ihn die Heilung zu Tode erschöpft haben musste. Ibn-Marzuq fragte sich, warum bei ihm selbst die Erschöpfung geringer ausgefallen war. Vermutlich, weil er fast den ganzen Tag nichts getan hatte – von dem Spurt zu einem schützenden Felsen während des Angriffs der Armenier abgesehen –, während al-Munahid das Floß gerudert und gekämpft hatte.

Er ging neben dem Söldner in die Hocke. Der goldene Knauf des Zepters schaute unter al-Munahids Schulter hervor. Langsam und vorsichtig schlossen sich ibn-Marzuqs Finger darum. Als er daran zog, gab der Söldner einen seufzenden Laut von sich und bewegte sich im Schlaf. Hastig zog ibn-Marzuq die Hand zurück. Nein. In den Besitz des Zepters zu gelangen mochte unerhört verlockend sein, doch die Gefahr, al-Munahid aufzuwecken, war zu groß. Dass die Söldner allesamt schliefen und er sich unbemerkt davonmachen konnte, war schon mehr Glück, als er sich hatte erhoffen können. Er wollte es nicht herausfordern.

Ibn-Marzuq richtete sich wieder auf und ging leise durch die Ruine. Er schob sich den Dolch, mit dem al-Munahid ihn verletzt hatte, hinter den Gürtel, nahm den Beutel mit dem restlichen Brot und einen halb vollen Wasserschlauch. Am Tor des alten Gehöfts schulterte er einen der Sättel. Dabei stieß er an eine der Satteltaschen, und es klimperte. Sein Kopf fuhr herum. Keiner der Männer rührte sich. Das Geräusch war zu leise gewesen, um jemanden aufzuwecken.

Das Gold, dachte er. Er legte den Sattel ab, öffnete die Ledertasche und holte den Beutel vorsichtig hervor. Er war merklich dünner geworden durch die Begegnung mit den Mongolen, doch er enthielt immer noch genug, um einen gewöhnlichen Händler oder Handwerker zu einem reichen Mann zu machen. Wenn seine Flucht glückte, konnte ihm das Gold später hilfreich sein.

Er verstaute den Beutel wieder in die Satteltasche, stopfte die Vorräte dazu und ging mit Tasche und Sattel zu den Pferden. Sie waren am Hang unterhalb des Gehöfts angepflockt, auf einer Wiese aus kniehohem Gras. Die Tiere schliefen nicht mehr. Er sattelte eines, löste die Fesseln der anderen und schnitt von einem Strauch einen dünnen Ast. Die Fehler von seinem letzten Fluchtversuch würde er nicht wiederholen. Als er aufgestiegen war, schlug er mit dem Ast nach Rücken und Hinterhand der anderen Pferde, sodass sie erschreckt auseinanderliefen. Die Wahrscheinlichkeit war groß, dass sich die gehorsamen Kleinpferde nicht weit vom Lager entfernten. Aber wenn es al-Munahid nur eine halbe Stunde kostete, sie wieder einzufangen, war schon etwas gewonnen.

Er lenkte sein Pferd den Hügel hinunter und galoppierte den Weg zurück, den sie gekommen waren.

Kapitel 21

Ein Tritt in die Seite weckte Raoul. Der Schmerz und das Halbdunkel ließen ihn glauben, in seinem Gemach in Bazerat zu sein, am Morgen vor seinem Aufbruch nach Rom, bis er ein rundes Gesicht mit gebrochener Nase, schmalen Augen und straff nach hinten gebundenen Haaren über sich sah. Der Mongole brüllte etwas und trat noch einmal zu, heftiger diesmal. Raoul wurde zornig und packte den Fellstiefel. Der Mann hatte nicht mit einem Angriff gerechnet und stürzte zu Boden, als Raoul seinen Fuß nach oben riss und wegstieß.

Eine behandschuhte Faust traf ihn ins Gesicht und warf ihn aufs Strohlager zurück. Er wollte auf die Füße kommen, doch da richteten sich zwei scharfe Speerspitzen auf seine Brust. Raoul gab seine Gegenwehr auf. Ein Gedanke an Jada durchfuhr ihn. Sein Magen zog sich zusammen, und er drehte den Kopf. Ein Speerträger hatte sie am Arm gepackt, doch sie war wohlauf.

Der Mongole, den er angegriffen hatte, baute sich neben ihm auf, die Augen wütend zu Schlitzen verengt, und knurrte einen Befehl, worauf die beiden Speerträger Raoul an den Armen auf die Füße zogen. Sie folgten dem anderen Krieger, der Jada nach draußen führte. Es war früh am Morgen; das Lager erwachte gerade. Verschlafene Mongolen kamen aus den Jurten oder schürten die Kochfeuer und bedachten die beiden Gefangenen mit gleichgültigen Blicken.

Vor dem Verschlag schlossen sich ihnen zwei weitere Krieger an, sodass es insgesamt sechs Mongolen waren, die Raoul und Jada aus dem Lager führten.

»Wohin bringen sie uns?«, fragte Raoul.

»Dahin, wo sie uns die Köpfe abschlagen«, erwiderte Jada mit harter Stimme.

»Warum? Wir haben nichts mit ihrem verdammten Krieg zu tun!«

»Al-Munahid hat dafür gesorgt, dass wir hier nicht lebend herauskommen. Er hat dem Anführer –«

Der Krieger brachte sie zum Verstummen, indem er an ihrem Arm riss. Den Rest des Weges gingen sie schweigend.

Die dem See abgewandte Seite des Hügels war ein mit scharfkantigen Felsbrocken bedeckter Hang, auf dem lediglich vertrocknete Grasbüschel wuchsen. Am Fuß des Hangs, wo der Boden erdiger war, standen einige Birken. Den Großteil des Wäldchens hatten die Mongolen gerodet, um Feuerholz zu gewinnen, und es lagen mehrere Stämme ohne Äste und Wurzeln auf dem Boden.

Raouls Gedanken rasten auf der Suche nach einem Ausweg. Er überlegte, einen Speerträger mit einem geschickten Schlag zu überrumpeln und zu entwaffnen, aber sechs Mann waren einfach zu viel. Es gab nichts, was er tun konnte.

Die Mongolen vergeudeten keine Zeit. Die beiden Krieger an seiner Seite hielten ihn in eisernem Griff, und der Anführer, der Mann mit dem Stummelzopf, trat ihm von hinten die Beine weg, sodass er auf die Knie ging. Dann zwangen die Männer seinen Kopf auf einen Baumstamm.

Ein Zittern durchlief seinen Körper, Schweiß brach aus allen Poren aus. Die Angst, die ihn überfiel, war mehr als bloßes Entsetzen. Sie war körperlich. Todesangst. Noch vor wenigen Wochen hätte er dem, was jetzt geschah, mit Gelassenheit entgegengesehen – warum einen schnellen, schmerzlosen Tod fürchten, der ihm ein qualvolles Sterben ersparte? Doch dann hatte es Hoffnung gegeben, Hoffnung auf Heilung.

Sein Atem ging stoßweise.

Ein metallisches Schleifen erklang, als ein breiter Säbel aus der Scheide glitt. Raoul warf sich hin und her. Die Männer drehten ihm ruckartig die Arme nach hinten, und der Schmerz machte ihn bewegungsunfähig.

Er sah den Säbel nicht, nur seinen Schatten, sah, wie der Schatten des Mongolen die Klinge über den Kopf hob.

Jada blickte ihn an. Sie rief nicht und wehrte sich nicht – sie blickte ihn nur an. Raoul konnte alles, was sie so sorgsam vor ihm verborgen hatte, in ihrem Gesicht lesen.

Er wurde ruhig und versank in ihren smaragdfarbenen Augen.

Als die Mongolen Raouls Kopf auf den Baumstamm zwangen, dachte Jada erst an ihren Schwur und dann an Alexandria. Alte Bilder stiegen hoch, Erinnerungen, die sie tausend Jahre lang versucht hatte, zu vergessen.

Sie begleitete Antonius zu einer Grabanlage am Rand der Wüste, in der Nähe der Stadt. Es waren Gräber der Ptolemäer, in den Fels gehauene, vor langer Zeit geplünderte Kammern, in denen achtzig Männer und Frauen lebten – Christen, die vor den Soldaten Kaiser Diokletians geflohen waren. Ihr Anführer hatte Antonius gerufen, damit er ihnen Mut zusprach.

Jada erfuhr nie, ob die Legionäre ihnen gefolgt waren oder ob sie den Schlupfwinkel bereits gekannt und mit dem Angriff gewartet hatten, bis Antonius bei den Christen war. Sie kamen nach Einbruch der Dunkelheit, während seiner Predigt, machten die Christen nieder und trieben die Überlebenden zusammen, um sie zu den Arenen zu schaffen, wo hungrige Löwen auf sie warteten. In dem furchtbaren Durcheinander wurde Jada von Antonius getrennt. In Alexandria warf man sie in den Kerker. Was mit Antonius geschehen war, wusste sie nicht. Er konnte in der Zelle neben ihr sitzen. Er konnte tot sein.

Die Aufseher trieben mit den Gefangenen heimlich Sklavenhandel. Nach mehreren Monaten fand ein reicher Tuchhändler Gefallen an Jada und kaufte sie. Auf seinen zahlreichen Orgien sollte sie für die Gäste tanzen. Bei der ersten Gelegenheit floh sie und machte sich auf die Suche nach Antonius. Von dem Gold, das sie aus dem Palast des Tuchhändlers gestohlen hatte, bestach sie einen Wachposten des Gefängnisses und erfuhr, dass Antonius nicht unter den Eingesperrten war. Wochen später fand sie einen Überlebenden des Blutbades bei der Grabstätte, der ihr erzählte, Antonius sei bei den wenigen gewesen, die hatten entkommen können. Wohin er geflohen war, wusste der Mann nicht.

Jada ging zu den geheimen Treffen der Christen Alexandrias. Sie fand heraus, Antonius habe sie für tot gehalten und sei in seinem Schmerz allein in die Wüste gewandert. Sie suchte alle Orte auf, an denen sie in den letzten drei Jahrzehnten gelebt hatten: Höhlen, Grabstätten, verfallene Kastelle, verborgene Einsiedeleien seiner Anhänger. Nirgendwo war Antonius zu finden. Dass der römische Kaiser immer härter gegen die Christen vorging, erschwerte ihre Suche. Viele der früheren Freunde, die ihr vielleicht hätten helfen können, waren tot oder gefangen.

Nach zwei Jahren hörte sie von einem ehemaligen Schüler Antonius', der sich aus Furcht vor den Römern vom Christentum losgesagt hatte, dass ihr Geliebter einige Anhänger um sich geschart und Ägypten verlassen hatte. Jada folgte seiner Spur zum Sinai und von dort aus nach Jerusalem, Nazareth und Sidon. In Damaskus verlor sie sich.

Trotzdem gab Jada nicht auf. Vier Jahre lang reiste sie durch ganz Palästina und Syrien und spürte die christlichen Gemeinschaften auf. Meist hielt man sie für einen Spitzel der Römer und gab ihr keine Auskunft. Die wenigen Christen, die bereit waren, mit ihr zu sprechen, hatten Antonius nicht gesehen. Jada kam zu dem Schluss, dass er das Römische Reich verlassen hatte, um vor der Verfolgung sicher zu sein.

Sie wanderte nach Osten, zu den Ländern an Euphrat und Tigris, und ein weiteres Jahr verstrich.

Währenddessen erließen die römischen Kaiser Toleranzedikte zum Schutz der Christen und beendeten die Verfolgung. Jada hörte davon, als sie einer Gruppe syrischer Christen begegnete, die nach Jahren des Exils heimkehrten. Augenblicklich machte sie sich auf den Rückweg nach Ägypten. Antonius liebte sein Heimatland. Jada war sicher, dass er dorthin zurückkehrte, sowie er vom Ende der Christenverfolgung erfuhr. Wo immer er sich auch aufhielt.

Sie erwartete ihn in Alexandria, obwohl jeder andere Ort genauso gut gewesen wäre. Die christlichen Gemeinden Ägyptens feierten ihre neue Freiheit, indem sie offen Gottesdienste abhielten, Kirchen bauten und neue Mönchsgemeinschaften gründeten. In diesem Freudenrausch hätte die Rückkehr eines bedeutenden Mannes wie Antonius so viel Aufsehen erregt, dass Jada selbst dann davon erfahren hätte, wenn er im entlegensten Winkel des Landes gesehen worden wäre.

Aber er kam nicht. Es gab nicht den kleinsten Hinweis, dass er sich wieder in Ägypten aufhielt. Jada versuchte, sich in ihn hineinzuversetzen. Antonius hielt sie für tot. Die meisten seiner früheren Freunde und Weggefährten waren verschwunden oder nicht mehr am Leben. Möglich, dass er sich wieder in die Wüste zurückgezogen hatte, um den Rest seines Lebens in Einsamkeit zu verbringen.

Wieder machte sich Jada auf die Suche nach ihm, reiste zu den Einsiedeleien am Roten Meer, zu den Orten, an denen sie mit ihm gelebt hatte. Nichts. Antonius blieb verschwunden. Niemand hatte ihn gesehen oder etwas von ihm gehört.

Sie kehrte nach Alexandria zurück und wartete: Ein Jahr verging, ein zweites. Jada redete sich ein, dass er sehr weit entfernt von Ägypten lebte und vielleicht erst jetzt vom Ende der Christenverfolgung erfahren hatte, sodass es noch zu früh war, mit ihm zu rechnen.

Sie wartete noch ein Jahr. In einem Jahr konnte man alle Orte der bekannten Welt erreichen, selbst wenn man zu Fuß ging oder unterwegs durch Krankheit aufgehalten wurde. Sie musste nur Geduld haben. Ja, Geduld.

Nach zwei Jahren gestand Jada sich ein, dass er tot war. Wäre er noch am Leben gewesen, hätte er alles darangesetzt, nach Ägypten zurückzukehren, zu seinen Freunden, seinen Schülern und Anhängern, zu den Orten, die er liebte. Dass er es nicht getan hatte, ließ nur diesen einen Schluss zu. Jada war sich im Klaren darüber, dass ihn etwas an seiner Rückkehr gehindert haben könnte; Gefangenschaft etwa, oder eine Verletzung. Doch da war eine Gewissheit, die nichts mit Vernunft zu tun hatte. Jada spürte, dass das Band zwischen ihnen zerrissen war. Es war schon vor Jahren zerrissen, aber sie hatte es nicht sehen wollen.

Sie hatte immer geahnt, dass es eines Tages so kommen würde. Ihre Lebensspanne war so viel länger als die eines Menschen. Sie hatte gewusst, eines Tages würde er grau und gebrechlich werden und sterben, während sie für menschliche Begriffe nicht alterte. Sie hatte sich damit abgefunden, schon vor langer Zeit. Es war der Preis, den sie für ihre Liebe zu ihm zahlen musste. Und sie hätte ihn mit Freuden gezahlt, wenn sie von ihm Abschied hätte nehmen können. Aber einen Abschied gab es nicht, würde es nie geben.

Sie lebte in der Höhle, in der sie sich zum ersten Mal geliebt hatten, bis die Erinnerungen, die dort wohnten, sie zu zerbrechen drohten. Sie wanderte durch die Wüste, floh vor ihrer Vergangenheit, vor sich selbst. Als ihr klar wurde, dass der Schmerz niemals verschwinden würde, schloss sie ihn tief in sich ein.

Jada versuchte, zu vergessen.

Irgendwann kehrte sie in die Welt der Menschen zurück. Sie sah ein Imperium zerbrechen und neue Reiche aufsteigen. Sie erlebte den Feuersturm der arabischen Eroberungszüge und den langsamen Zerfall von Byzanz. Sie vergaß die Sprache ihres Volkes und hatte tausend Namen. Wenn die Menschen in ihrer Nähe zu ahnen begannen, dass die Zeit ihr nichts anhaben konnte, zog sie weiter, immer rastlos, immer auf der Flucht.

Sie war die Geliebte von Kaufleuten und die Konkubine von Fürsten. Sie teilte ihr Bett mit Kriegern und Priestern, mit Dichtern und Händlern. Die meisten waren nur Zerstreuung, einige ihre Freunde, doch keinen liebte sie. Jada hatte sich geschworen, nie mehr einen menschlichen Mann zu lieben.

Sie hielt ihren Schwur, als der Emir von Damaskus versprach, ihr ganz Syrien zu Füßen zu legen. Sie hielt ihn, als Lieder für sie geschrieben und Kunstwerke für sie geschaffen wurden, als Männer ihr Leben für sie aufs Spiel setzten und schworen, noch viel mehr zu tun, um ihr Herz zu gewinnen. Der Schwur war ihr Schild; er bewahrte sie davor, noch einmal den Schmerz zu erfahren, den sie nach Antonius' Tod erlebt hatte. An seinem Grab, mit dem Zepter in der Hand, wollte sie ihn erneuern – doch es gelang ihr nicht.

Und jetzt, hier, in dem Birkenhain im Hochland Armeniens, während ein mongolischer Krieger sein Schwert über Raouls Kopf hielt, verstand sie, warum.

Sie hatte ihren Schwur längst gebrochen.

Ein Ruf erklang, und der Schatten senkte den Säbel.

Jadas Kopf fuhr herum, und sie blickte zu den zwei Männern, die den Hang herunterkamen. Der größere schwenkte den Arm und rief noch einmal, worauf die Mongolen ihren Griff lockerten. Raoul nutzte die Gelegenheit und riss sich los. Als er sich aufrichtete, gaben seine Knie unter ihm nach. Seine Hände gruben sich in den taufeuchten Boden, und er glaubte, sich übergeben zu müssen.

Stimmengewirr, ein schleifender Laut – das Schwert wurde in die Scheide geschoben. Die Mongolen rührten ihn nicht mehr an. Raoul konnte keinen klaren Gedanken fassen. Waren sie gerettet?

Eine weiße Gestalt erschien vor ihm.

»Raoul«, sagte Jada leise. Sie nahm seinen Kopf in die Hände, strich ihm über die Wangen und das Haar. Er schaute in ihre Smaragdaugen und sah das sanfte Licht darin, roch ihren Duft, als sie seine Taille umfasste und ihren Kopf auf seine Brust legte. Raoul vergrub sein Gesicht in ihrem Haar, vergaß den Schmerz und die Furcht.

Lange knieten sie dort auf dem Waldboden und gaben sich gegenseitig Trost. Als sie sich voneinander lösten, waren die Mongolen fort. Raoul sah den letzten, den Krieger mit dem Stummelzopf, hinter der Hügelkuppe verschwinden.

»Was ist geschehen?«, fragte er, während er aufstand. Die Kraft war in seine Beine zurückgekehrt.

»Er hat uns gerettet«, sagte Jada und wies mit einer Kopfbewegung zu den Bäumen. Ihre Stimme hatte einen schneidenden Klang.

Am Rand des Wäldchens, als wage er sich nicht in ihre Nähe, stand ein Mann in einem einst kostbaren, jetzt schmutzigen und zerschlissenen roten Gewand. Raoul erkannte Harun ibn-Marzuq. »Was hat er hier zu suchen? Ist das eine Falle?«

Statt einer Antwort ging Jada auf ibn-Marzuq zu. Raoul folgte ihr und behielt dabei die Gegend im Auge. Hatte al-Munahid beschlossen, ihn und Jada besser eigenhändig aus dem Weg zu räumen? Doch wie es schien, war der Wesir allein.

Ibn-Marzuq hielt einen Lederbeutel in den Händen und schaute sie forschend an. Er trug keine sichtbaren Waffen bei sich, trotzdem wahrte Jada einen Abstand von einigen Schritten. Sie sprach ihn auf Arabisch an, worauf sich ein kurzes Gespräch entspann. Offenbar um eine Behauptung zu untermauern, öffnete ibn-Marzuq seinen Beutel und zeigte Jada den Inhalt. Er bestand aus einigen Münzen und Schmuck.

»Er sagt, al-Munahid wollte ihn töten, um das Zepter für sich zu behalten«, erklärte Jada. »Heute Morgen ist er geflohen. Er hat uns von den Mongolen freigekauft, damit wir ihm helfen, al-Munahid aufzuhalten.«

»Und das sollen wir glauben?«, rief Raoul. »Er hat den Angriff auf Battistas Haus befohlen! Er war dabei, als wir in Konstantinopel fast getötet wurden. Wahrscheinlich ist er auch für das Blutbad in Yeramos verantwortlich.«

»Nein«, sagte ibn-Marzuq in einwandfreiem Latein. »Was in Yeramos geschehen ist, war allein al-Munahids Werk.«

Raoul dachte an die Leichenberge vor den Toren der belagerten Stadt, und seine Stimme bebte vor Zorn, als er weitersprach. »Ihr seid al-Munahids Auftraggeber. Er führt nur Eure Befehle aus.«

»So war es, als wir von Kairo aufbrachen, ja. Aber der Sultan und ich haben diesen Mann unterschätzt. Seit wir die Grenzen des Sultanats hinter uns gelassen haben, hat er mir nicht mehr gehorcht. Am Ende war ich sein Gefangener.«

»Wieso hat er Euch dann nicht schon früher getötet?«

»Er wollte warten, bis er das Zepter hat. Er fürchtete, ich könnte ihm etwas Wissenswertes verschweigen.«

Was ibn-Marzuq sagte, klang überzeugend. Dennoch traute Raoul ihm keinen Fingerbreit. Der Mann war ein hochrangiger Hofbeamter – er wusste, wie man log.

Jada fragte: »Wo ist al-Munahid jetzt?«

»Vermutlich auf dem Weg nach Syrien«, antwortete der Wesir. »Ich habe gehört, wie er sich mit einem seiner Männer über seine Pläne unterhalten hat. Er will das Zepter benutzen, um sich an einem alten Feind zu rächen.«

»Also könnt Ihr uns helfen, ihn zu finden?«

»Deshalb bin ich hier.«

Jadas letzte Frage war mehr eine Feststellung gewesen. Offenbar war sie bereit, auf ibn-Marzuqs Angebot einzugehen. Raoul war das zu voreilig. »Angenommen, es gelingt uns, al-Munahid das Zepter abzunehmen – was wollt Ihr dann tun? Es einfach uns überlassen? Was gewinnt Ihr dabei?«

»Ich habe am eigenen Leib erfahren, wozu al-Munahid fähig ist«, sagte ibn-Marzuq. »Mit dem Zepter in der Hand wäre er tausend Mal gefährlicher. Der Sultan hat schon genug Feinde. Er braucht keinen weiteren.«

Es konnte nicht ibn-Marzuqs Wunsch sein, dass der Heilige Stuhl – seit zweihundert Jahren der erbittertste Feind der Sultane – das Zepter bekam. Also wusste er, dass Raoul nicht mehr im Auftrag der Kirche das Zepter suchte. »Heißt das, al-Munahid ist in Euren Augen gefährlicher als der Papst?«

Der Wesir lächelte. »Wenn es Eure Absicht wäre, das Zepter dem Papst zu überlassen, hättet Ihr Euch nicht mit ihr zusammengetan.« Mit einem amüsierten Glitzern in den Augen blickte er Jada an. »Oder stellt sich etwa hier und jetzt heraus, dass Ihr in den Diensten Roms steht, meine Liebe?«

»Macht Euch nicht lächerlich«, erwiderte Jada barsch.

»Wäre das lächerlicher, als ganz Kairo fünf Jahre lang vorzugaukeln, Ihr wärt die letzte fatimidische Prinzessin?« Ibn-Marzuq zuckte mit den Schultern. »Wie dem auch sei, es kümmert mich nicht, wer Ihr seid. Nehmt Ihr mein Angebot an?«

Jada schien ihn mit den Augen festhalten zu wollen. »Wir halten al-Munahid auf und bekommen dafür das Zepter?«

Ibn-Marzuq nickte schweigend.

Raoul legte ihr die Hand auf den Rücken und führte sie einige Schritte von ibn-Marzuq fort. »Er lügt«, flüsterte er. »Das Zepter ist viel zu wichtig. Bei der ersten Gelegenheit wird er versuchen, uns zu betrügen.«

»Natürlich«, erwiderte Jada ebenso leise. »Aber wir haben keine Wahl. Ohne seine Hilfe verlieren wir al-Munahid.«

»Wir haben ihn auch im Ararathochland nicht verloren. Und damals war sein Vorsprung viel größer.«

»Das war etwas anderes. Im Hochland gibt es nur wenige Täler, die für Reiter passierbar sind. Aber wenn er erst die Berge verlassen hat, kann er überallhin reiten. Syrien ist groß.«

Raoul dachte darüber nach. Schließlich sah er ein, dass Jada recht hatte. »Also gut.«

Jada wandte sich zu ibn-Marzuq um. »Wir nehmen an«, sagte sie. »Aber ich warne Euch – wenn Ihr uns hintergeht, schneide ich Euch eigenhändig die Kehle durch.«

Najib brachte das letzte Pferd zurück. Der Junge saß auf dem ungesattelten Rücken des Tiers und preschte durch das hohe Gras.

»Wo warst du so lange?«, fuhr Kadar ihn an, als Najib das Pferd zum Stehen brachte.

»Es war ganz hinten in der Schlucht, *aqid*. Irgendwas hat es eingeschüchtert. Es ließ sich nicht anfassen.«

»Hol deine Sachen. Und mach schnell, bei allen Höllen!«

Najib überschlug sich fast dabei, dem Befehl nachzukommen. Wie die anderen Männer wahrte er einen sicheren Abstand zu Kadar. Der Söldnerführer war heute Morgen so erschöpft wie nach einem dreitägigen Gewaltmarsch aufgewacht – die Macht des Zepters war groß, aber sie verlangte auch ihren Preis. Ibn-Marzuq zu heilen hatte ihn nicht nur körperlich angeschlagen; er war so reizbar, als hätte er tagelang nicht geschlafen. Der Zustand des Lagers hatte nicht dazu beigetragen, seine Stimmung zu heben: Die Männer lagen kreuz und quer um die kalte Feuerstelle, stinkend und mit verquollenen Gesichtern; Bishr hielt den schlaffen Weinschlauch im Arm, als wäre er eine Hure, während ihm roter Speichel aus dem Mundwinkel rann. Wache hielt niemand. Und natürlich fehlte ibn-Marzuq. Kadar hatte sie mit Tritten geweckt und gebrüllt, ihnen die Schädel einzuschlagen, falls sie nicht bald auf den Beinen wären. Dann die Pferde … Ibn-Marzuq hatte sie losgebunden und auseinandergetrieben, und es hatte sie zwei Stunden gekostet, sie wieder einzufangen. Der Gelehrte hatte dazugelernt. Möglich, dass sein Vorsprung jetzt viele Stunden betrug.

Mit schweren Gliedern stieg Kadar in den Sattel und ritt los. Das Zepter befand sich in seiner Satteltasche, eingeschlagen in seine Decke. Die Männer konnten ihrem Schöpfer danken, dass ibn-Marzuq es nicht mitgenommen hatte.

Auf halbem Weg Richtung des Tals kam ihnen Unardhu entgegen. Der Mongole hatte als Erster sein Pferd eingefangen und ibn-Marzuqs Spur verfolgt. Aus gestrecktem Galopp heraus zügelte er sein Pferd neben Kadars.

»Er ist zurück Richtung See geritten. Dann verliert sich seine Spur, weil eine große Gruppe Reiter nach ihm dort entlanggeritten ist.«

»Hat jemand ihn gesehen?«, fragte Kadar.

»In den Hügeln lebt niemand, *aqid*.«

Keiner der Männer wagte zu sprechen. Kadar mahlte mit den Kiefern, während er seinen Blick über die schroffen Hügelkämme schweifen ließ. Ibn-Marzuq hatte sich eine bessere Gegend für seine Flucht ausgesucht als beim letzten Mal. Damals hatte es nur den Weg am Fluss entlang gegeben, ohne die Möglichkeit, in ein Seitental auszuweichen. Hier aber gab es mehrere Wege. Er konnte dem Tal zum See gefolgt und dort nach Norden oder Süden geritten sein. Oder er versteckte sich in den Hügeln und wartete, bis sie fort waren, um wieder den ursprünglichen Weg nach Westen einzuschlagen – Kadars Weg. Das erschien dem Söldnerführer am wahrscheinlichsten, denn ibn-Marzuq würde das Zepter nicht so leicht aufgeben – schon gar nicht, nachdem er am eigenen Leib erfahren hatte, zu welchen Wundern es fähig war. Aber wie konnte der Gelehrte hoffen, es an sich zu bringen, allein und ohne Hilfe? Hatte er das Gold gestohlen, um neue Männer anzuheuern?

Das hätte Kadar an seiner Stelle getan. Aber ibn-Marzuq dachte anders. Er war ein Mann, für den Feindschaft lediglich eine Frage von gegensätzlichen Interessen war. Überwogen aber plötzlich die Gemeinsamkeiten, konnte daraus von heute auf morgen ein Bündnis werden.

Er will Bazerat freikaufen!

Kadar jagte im Galopp dem Tal entgegen. Zu seiner Linken erhob sich der Rücken eines Bergausläufers, ein schieferfarbener Keil, an dessen Ende die Hügel einen weiten Kessel bildeten. Ein Bach stürzte schäumend über die schräg geschichteten Felsen in die Tiefe und floss dann durch einen Wald aus Schwarzkiefern. Kadar hielt sich rechts von den turmhohen Bäumen und galoppierte weiter Richtung Norden. Er entdeckte die Spuren der Reiterschar, von der Unardhu gesprochen hatte: eine breite Schneise von zertrampeltem Gras und aufgewühlter Erde.

Sie führte zu der Stelle, an der die Mongolen gelagert hatten. Die Jurten waren fort, von den Feuerstellen stiegen noch

Rauchfahnen gen Himmel. Kadar schwang sich aus dem Sattel, lief zu dem Schuppen und riss die Tür auf.

Er war leer.

Währenddessen hatten seine Männer zu ihm aufgeholt. »Sucht die Gegend nach der Leiche von Bazerat ab«, befahl er ihnen harsch. Die Männer stiegen ab. »Du nicht«, sagte er zu Unardhu. »Du reitest den Mongolen nach. Finde heraus, was sie mit Bazerat gemacht haben.«

Unardhu schwang sich wieder in den Sattel und galoppierte davon, während die restlichen Männer ausschwärmten. Kadar betrat noch einmal den Schuppen und suchte den Boden ab. Auf der trockenen, steinharten Erde war kein Blut zu sehen. Wenn Bazerat gestorben war, dann nicht hier drinnen.

Nach und nach kamen die Männer zu den Pferden zurück. »Wir haben nichts gefunden, *aqid*«, meldete Najib mit entschuldigendem Tonfall, als fürchtete er, zum Ziel von Kadars Zorn zu werden.

»Frische Gräber?«

»Auch nicht, *aqid*.«

Der Söldnerführer betrachtete aus schmalen Augen die Berggipfel, die in der Morgensonne wie Eisen, Gold und Rost schimmerten, während er sein verstümmeltes Ohr berührte. Er brauchte Gewissheit. Er würde nicht noch einmal den Fehler begehen, Bazerat voreilig für tot zu halten.

Eine gute Stunde verging, bis trommelnder Hufschlag Unardhu ankündigte. Sein Pferd war schweißnass. Hohes Tempo, auch nur für kurze Zeit, erschöpfte die Kleinpferde mehr als lange Ritte durch unwegsames Gelände. Kadar stand von einem Baumstumpf auf, als der Mongole zu ihm kam. »Hast du sie eingeholt?«

Unardhu nickte. »Sie waren noch nicht weit. Der Christ ist am Leben, *aqid*. Zwei Krieger haben gesehen, dass ihr Anführer ihn und die Frau begnadigte. Ibn-Marzuq hat ihm dafür Gold gegeben.«

»Bist du sicher, dass sie die Wahrheit gesagt haben?«

»Ganz sicher.«

Kadars Blick kehrte zu den Hügeln zurück, den gezackten Kuppen der erloschenen Vulkane, den Bergkämmen. Irgendwo dort war Bazerat.

Wie viele Leben hatte dieser Mann?

Kapitel 22

Das Dorf lag auf einer natürlichen Stufe im Berg, die gerade breit genug war für zwei Reihen Häuser. Links der Gasse schmiegten sich die Gebäude an den schier senkrecht aufsteigenden Hang, rechts standen sie bis scharf an die Kante der Schlucht oder ragten darüber hinaus, getragen von waghalsigen Konstruktionen aus schräg in die Felswand getriebenen Balken. Es gab nur einen Weg vom Tal, einen Pfad mit hohen Böschungen, der sich die grasbewachsene Schräge bis zur kurzen Seite der Stufe hinaufschlängelte. Auf dem letzten Stück mündete er in einer Treppe, die an einem Schanzwerk endete. Die nicht einmal zwanzig Ellen breite Wand aus Baumstämmen mit einer einfachen Aussichtsplattform auf vier Pfosten gab dem Dorf allen Schutz, den es brauchte. Die Felswand auf der einen und die Schlucht auf der anderen Seite machten es nahezu uneinnehmbar.

Obwohl die Sonne bereits hinter den Bergen verschwunden war, herrschte noch Leben auf der Gasse. Kinder in Überwürfen aus Schafswolle versuchten eine Katze von einem Haufen Heuballen zu locken. Frauen sammelten Kleider von den Leinen zwischen den Dachgeschossen, während sich ihre Männer an dampfenden Bottichen den Schmutz des Tages abwuschen. Der Schmied schüttete einen Eimer Wasser in die Esse, worauf nach Schlacke riechende Dampfwolken ins Freie quollen. Sein Haus war das einzige Gebäude aus Stein. Sogar der Glockenturm der kleinen Kirche mit dem Lazaruskreuz auf dem Giebel bestand ganz aus dem dunklen Holz der Granatapfelbäume, die den Pfad bis ins Tal hinunter säumten.

Raoul, Jada und ibn-Marzuq waren am Tor abgestiegen und führten ihre Pferde an den Zügeln durchs Dorf. Den Araber hatten sie nicht zurückbekommen, aber ibn-Marzuq hatte den Mongolen zwei Kleinpferde abgekauft, ähnlich dem, das er selbst ritt. Im Jurtenlager hatte der Wesir außerdem ein Schwert für Raoul, Dolche für sich und Jada sowie getrocknetes Pferdefleisch, Brot und Hirse für drei Tage erstanden.

Aprikosenbäume wuchsen auf den Terrassen jenseits des Dorfs und umstanden den Platz vor der Kirche. Der Pfarrer, ein gebeugter Mann mit haarlosem Schädel und gegabeltem weißen Bart, beaufsichtigte zwei Jungen beim Ernten der Früchte. Jada unterhielt sich mit ihm auf Griechisch und erfuhr, dass eines der Häuser bei der Kirche leer stand. Der Besitzer sei beim Hüten seiner Ziegen in eine Schlucht gestürzt, worauf seine Frau vor Kummer gestorben sei und man die Kinder in die Obhut einer Tante gegeben habe. Gestützt auf seinen Stock, schlurfte der Geistliche voraus und führte sie zu einer Hütte am Rand des Abgrundes. Das hintere Viertel hing, getragen von nur zwei Balken, in der Luft und wirkte auf Raoul wenig vertrauenerweckend. Doch als sie dem Alten ins Innere folgten, spürte er, dass die Bohlen unter seinen Füßen stabil waren.

Die beiden Halbwüchsigen brachten ihnen Decken, einen Korb mit reifen Aprikosen, Bier, Brot, Ziegenkäse und Honig. Wegen ihres fremdländischen Aussehens hoffte der Pfarrer auf eine abenteuerliche Geschichte und bestand darauf, mit ihnen zu essen. Jada erzählte ihm etwas, das nichts mit der Wahrheit zu tun hatte, ihn aber offenbar zufriedenstellte. Nach dem Essen ließ er sie allein.

Raoul hatte im Herd ein Feuer entfacht. Rotes Licht lag auf ihren Gesichtern. Scharf duftende Artemisiaranken, von den Gehilfen des Pfarrers über den Fenstern angebracht, hielten die Mücken fern.

»Was wird al-Munahid Euretwegen unternehmen?«, fragte Jada unvermittelt in die Stille. Sie hatte weder das Bier noch das Quellwasser angerührt. Raoul fragte sich, ob das auch ibn-Marzuq aufgefallen war.

Der Wesir hatte die Beine untergeschlagen und tunkte ein Stück Brot in den Honig. »Mich verfolgen. Wenn der Sultan erfährt, was er getan hat, ist er so gut wie tot. Er weiß das.«

»Dann findet er auch heraus, dass Jada und ich noch am Leben sind«, sagte Raoul, der mit dem Rücken an einem Fass voller Haselnüsse kauerte. Das Haus wurde vom Pfarrer als Vorratslager benutzt.

»Und wenn schon. Hier findet er uns nicht.« Ibn-Marzuq biss ab, und Honig troff in seinen Bart.

Das Dorf befand sich in einem schwer zugänglichen Tal abseits der Straße. Wer Armenien verlassen wollte, hatte keinen Grund, das Tal zu betreten. Nicht einmal die Mongolen kamen hierher, weshalb sie diesen Weg eingeschlagen hatten. Vermutlich hatte ibn-Marzuq recht. Trotzdem konnte Raoul dessen Unbekümmertheit nicht teilen. Er sah noch immer al-Munahids Lächeln vor sich, als sie in dem Schuppen eingesperrt gewesen waren. Der Söldnerführer wollte ihren Tod und würde nicht zulassen, dass man ihn darum betrog.

Raoul stand auf und ging einige Schritte auf dem knarrenden Boden auf und ab. Sein Rücken schmerzte. Es würde noch eine Weile dauern, bis er sich an den mongolischen Sattel gewöhnt hatte. Vor einem Fenster blieb er stehen. Weit unter ihm, unsichtbar in der Dunkelheit, rauschte ein Bach durch die enge Schlucht: ein fernes Flüstern, das beinahe vom Zirpen der Zikaden übertönt wurde. Zum ersten Mal seit ihrer Flucht vor al-Munahid dachte er an Matteo. Raoul konnte nicht einschätzen, ob der Toskaner noch eine Gefahr für sie bedeutete. Da er nicht wie sie zum Jurtenlager gebracht worden war, hatten die Mongolen ihn entweder an Ort und Stelle getötet, oder er war ihnen entkommen. In diesem Fall hatte er es gewiss nicht aufgegeben, für Morra das Zepter zu beschaffen. Zwar war es wahrscheinlich, dass er ihre Spur inzwischen verloren hatte, doch Raoul unterschätzte Matteo nicht mehr so wie früher. *Wir haben keine Wahl, als weiter wachsam zu sein,* dachte er.

Raoul wandte den Kopf, als hinter ihm ibn-Marzuq Jada fragte: »Was habt Ihr mit dem Zepter zu tun?«

»Das geht Euch nichts an«, entgegnete Jada abweisend.

Der beiläufige Ton des Wesirs wich einem schärferen. »Wir sind aufeinander angewiesen. Ein wenig mehr Vertrauen würde unsere Lage beträchtlich erleichtern.«

»Dann beweist mir, dass ich *Euch* vertrauen kann.«

»Bei Allah, ich habe Euch vor dem Henkersschwert gerettet! Genügt das nicht?«

Jadas Blick verriet, dass es nicht genügte, doch sie verzichtete auf eine zornige Erwiderung. Ruhig sagte sie: »Es ist eine persönliche Angelegenheit. Ich möchte nicht darüber sprechen.«

Ibn-Marzuq schien sich damit abzufinden, dass er nicht mehr aus ihr herausbrachte. Er blickte Raoul an. »Und Ihr? Warum sucht Ihr das Zepter?«

Raoul kehrte zu seinem Platz zurück, schlug die Beine unter und trank einen Schluck von dem bitteren, nahrhaften Bier. Er sah keinen Grund, ibn-Marzuq die Wahrheit zu verschweigen. »Wegen seiner Heilkräfte.«

»Ihr seid krank?«, fragte der Wesir mit der üblichen Mischung aus Neugierde und Angst.

»Ein Geschwür in der Lunge.«

Ibn-Marzuq entspannte sich. Er lehnte sich zurück, und seine Stimme bekam einen ehrfürchtigen Klang. »Sorgt Euch nicht. Es gibt kein Leiden, dass das Zepter nicht zu heilen vermag. Wenn es seine Macht entfaltet, wird Euch sein, als berühre Euch Allahs Hand.«

Bei diesen Worten kehrte Raouls Unruhe zurück. »Ihr habt gesehen, wie es heilt?«

»Ich habe es am eigenen Leib erfahren. Al-Munahid hat mir den Dolch in die Seite gestoßen, um die Wirkung des Zepters zu erproben. Sie hätte größer nicht sein können. Die Wunde ist verschwunden, als wäre nie etwas geschehen.«

»Zeigt sie mir«, forderte Raoul ihn auf.

Der Wesir zog sein Gewand in der Nierengegend straff, sodass ein klaffender Schnitt im Tuch zum Vorschein kam, dessen Ränder dunkel von getrocknetem Blut waren. Darunter sah Raoul helle Haut, unversehrt, ohne die kleinste Narbe.

Schweigend setzte er sich wieder. Eben noch war er müde gewesen, doch der Anblick der geheilten Wunde hatte die Erschöpfung schlagartig vertrieben.

Als ibn-Marzuq sein Gewand ordnete, fragte Jada in schneidendem Ton: »Weiß al-Munahid auch über die anderen Kräfte Bescheid?«

Ibn-Marzuqs Blick ruhte lange auf ihr. »Nein«, sagte er schließlich. »Er ahnt nicht einmal etwas davon.«

»Seid Ihr ganz sicher?«

»Ja. Als er mich zwang, ihm die Wahrheit über das Zepter zu enthüllen, erzählte ich ihm nur von den Heilkräften. Er war so verwundert, dass er sich damit zufriedengab.«

Raoul blickte von Jada, deren Gesicht nichts preisgab, zu ibn-Marzuq. »Welche anderen Kräfte?«

Zu seiner Überraschung war es Jada, die die Frage beantwortete. »Das Zepter gewährt dem, der es trägt, die Herrschaft über die Dschinn«, sagte sie leise.

Die Dschinn … Raoul erinnerte sich, dieses Wort schon einmal gehört zu haben. Es war im Amanusgebirge gewesen, in der Syrischen Pforte, als er, Battista und Matteo die Fata

Morgana gesehen hatten. *Die Träume der Dschinn,* hatte Gaspare gesagt. »Was ist das, die *Dschinn*?«

Ibn-Marzuq blickte ins Herdfeuer, in die Flammen, die knisternd und gierig vom harzigen Aprikosenbaumholz fraßen. »*Wir haben den Menschen erschaffen aus trockenem, tönendem Lehm, aus schwarzem, zu Gestalt gebildetem Schlamm*«, flüsterte er, »*und die Dschinn erschufen Wir zuvor aus dem Feuer der sengenden Glut.* So steht es geschrieben im heiligsten aller Bücher. Sie sind Geister der Wüste, Dämonen, weder lebendig noch tot. Wer ihren Namen kennt, kann sie rufen. Aber sie bringen Unheil und Seuchen, und ein Weib, das einen Dschinn berührt, gebiert ein totes Kind.«

Jada legte die Hände in den Schoß. Der Feuerschein spiegelte sich in ihren Augen und schien ihr Gesicht zu liebkosen.

»Salomo schuf das Zepter, um die Dschinn zu unterjochen«, sagte sie. »Er ließ sie den Tempel von Jerusalem errichten und für ihn die Zukunft schauen. Sie vernichteten seine Feinde, ihre Heilkräfte verlängerten sein Leben. Als er starb, nahmen die Dschinn das Zepter an sich und versteckten es tief in der Wüste, damit nie wieder einer von Gottes Zweitgeborenen Macht über sie erlangen konnte. Wer es besitzt, ist mächtiger als jeder Sultan und jeder Papst.«

»Wieso wurde seine Existenz verschwiegen?«, fragte Raoul.

»Nach Antonius' Tod gewannen seine Schüler an Einfluss«, erwiderte Jada. »Um die Heiligkeit ihres Lehrers zu betonen, verfälschten sie die Wahrheit. Antonius sollte seine Wunder allein durch die Macht Gottes vollbracht haben, nicht mithilfe eines Zepters. Athanasios, der damals Bischof von Alexandria war, zwangen sie, die *Vita Antonii* so zu verändern, dass sie nichts enthielt, was Antonius' Reinheit trüben könnte.« Raoul hörte die Bitterkeit in ihrer Stimme und erinnerte sich, dass das, was sie sagte, kein Wissen aus alten Büchern und Schriftrollen war, sondern etwas, das sie erlebt hatte – so unvorstellbar es auch sein mochte. »Athanasios widersetzte sich nicht; Antonius' Jünger waren selbst für einen Bischof zu mächtig«, fuhr Jada fort. »So wurde aus dem Zepter Salomos ein hölzerner Gehstock. Heimlich schrieb Athanasios eine geheime Fortsetzung der *Vita,* um die Wahrheit für eine Nachwelt zu erhalten, in der die Christen weniger dogmatisch waren. Er trennte sie in zwei Teile. Im ersten beschrieb er das Zepter, im zweiten nannte er den Ort, an dem es versteckt war. Denn er war der Einzige, der wusste, wohin Antonius vor der Christenverfolgung geflohen war.«

Ibn-Marzuq zog eine Braue hoch. »Wie habt Ihr erfahren, dass der zweite Teil der *Vita* in Rom aufgetaucht ist?«

»Von Euch«, antwortete Jada mit leisem Hohn.

»Von *mir?*«

»Gefällt Euch Eure neue Tänzerin?«

»Sabeth? Was hat sie –« Der Wesir stockte. Langsam sprach er weiter. »Sie steht in Euren Diensten.« Es war eine Feststellung, keine Frage.

»Sie hat mir eine Kopie der Nachricht aus Rom besorgt, keinen halben Tag nachdem Ihr damit zum Sultan gelaufen seid.«

Ibn-Marzuq war so erstaunt, dass er kein Wort herausbrachte. Schließlich lachte er leise. »Sehr gut«, sagte er, »ich sehe, dass Ihr die Spielregeln der Zitadelle besser beherrscht als mancher altgediente Hofbeamte. Aber bitte verratet mir eines: Bin ich der Einzige, bei dem es Euch gelungen ist, einen Spitzel einzuschleusen?«

»Ich habe ein halbes Dutzend Quellen im Palast«, sagte Jada. »Auch bei Eurem Freund Abdul ed-Din.«

»Abdul ed-Din«, wiederholte ibn-Marzuq, als besäße der Name einen köstlichen Geschmack. Zufrieden lehnte er sich zurück.

Schweigen legte sich über die drei wie die Nacht über das Dorf. Das Feuer sank zusammen, bis es kaum noch genügend Kraft hatte, die Scheite zu entflammen, die Raoul nachlegte. Ibn-Marzuqs Lider wurden schwer, und sein Kopf fiel nach vorn. Schließlich stand er auf, murmelte einen Segenswunsch für die Nacht und ging zu seinem Schlaflager im hinteren Teil des Hauses.

Raoul verspürte keine Müdigkeit. Lange musterte er Jada, die, verloren in ihren eigenen Gedanken, ins Feuer blickte. »Wer bist du?«, fragte er schließlich.

Sie sah ihn an. Jada wirkte anders, seit ibn-Marzuq den Raum verlassen hatte: Ihre Schilde, mit denen sie sich umgab, waren verschwunden. »Das hast du mich schon einmal gefragt.«

»Bekomme ich heute eine Antwort?«

Jada wandte ihr Gesicht wieder den Flammen zu. »Ich bin eine Dschinn«, sagte sie. Ihre Stimme bekam einen verächtlichen Klang, als sie ibn-Marzuqs Worte wiederholte: »Ein Geist der Wüste. Ein Dämon.«

Raoul erinnerte sich, wie sie von »ihrem Volk« gesprochen hatte. Jetzt verstand er ihre Worte. »Warum nennt man euch so?«

»Wir waren lange vor euch da. Wir sind Gottes Erstgeborene, gesegnet mit einer Lebensspanne, die eure weit übersteigt. Dafür ist unsere Zahl gering. Wir leben im Innern der großen Wüsten. Seit Salomo uns versklavt hat, meiden wir euch. Dennoch geschieht es manchmal, dass ihr uns begegnet. Dann gehen wir als Geschöpfe in eure Legenden ein, die Kinder holen und Krankheiten bringen. Ihr fürchtet uns, denn alles, was ihr nicht versteht, haltet ihr für böse.«

»Warum hast du ibn-Marzuq nicht erklärt, dass er irrt?«

»Es ist besser, wenn er so wenig wie möglich über mich weiß.« Raoul zuckte unwillkürlich zusammen, als Jada ihre Hand ins Feuer tauchte. Als sie wieder hervorkam, lag darin ein brennendes Stück Holz. In ihrer Hand schienen die Flammen kraftvoller zu lodern. »Nur bei einem irrt ibn-Marzuq nicht: Gott schuf uns aus Feuer, wie er euch aus Erde und Wasser schuf.«

Raoul betrachtete den brennenden Span. »Also ist nicht nur deine Familie mit dieser Gabe gesegnet.«

»Alle Dschinn haben sie. Feuer kann uns nichts anhaben.« Wie um es zu beweisen, schloss Jada die Hand um das Holzstück. Flammen züngelten zwischen ihren Fingern hervor und erstarben. Dann warf sie es zurück ins Herdfeuer.

Gottes Erstgeborene, dachte Raoul, *Dschinn.* War die Jada, die vor ihm saß und deren Umarmung er heute Morgen gespürt hatte, wirklich dieselbe Frau wie die Jada aus ihrer Geschichte, das tausend Jahre alte Geschöpf? Er würde lange brauchen, das zu begreifen. Vielleicht konnte er es niemals. »Erzähl mir von dir und Antonius«, bat er sie.

Jada brauchte lange, bis sie die Worte fand. »Er war so alt wie du, als er sein Dorf verließ«, begann sie. »Seine Eltern waren Christen gewesen und hatten ihn taufen lassen, doch als er erwachsen war, zweifelte er an den Worten der Bischöfe und Priester. Er verschenkte sein Erbe und zog hinaus in die Wüste, um selbst zu Gott zu finden. Als ich ihm dort begegnete, war ich vierhundert Jahre alt – jung, in den Augen meines Volkes. Ich verliebte mich in ihn, wagte aber nicht, mich ihm zu nähern. Er war der erste Mensch, den ich aus der Nähe sah. Monatelang beobachtete ich ihn heimlich.

In den Dörfern am Rand der Wüste sprach sich herum, dass ein heiliger Mann, zu dem Gott sprach, in den Hügeln lebte. Man sagte ihm Wunderkräfte nach. Kranke und Verkrüppelte suchten ihn auf und baten um Heilung. Antonius schickte sie wieder fort, aber er litt darunter, nichts für sie tun zu können. Er fragte sich, welchen Sinn all die Gebete, die Entsagungen und die immerwährende Suche nach Gott hatten, wenn er nicht einmal einem Kranken helfen konnte. Er stieg in der größten Mittagshitze auf den Hügel, riss sein Kreuz vom Hals und verfluchte Gott, dass er ihm diese Last aufgebürdet hatte, bis er vor Erschöpfung zusammenbrach. Da beschloss ich, ihm zu helfen.«

»Du hast ihm das Zepter gebracht«, sagte Raoul.

Jada nickte. »Es wurde seit über tausend Jahren in einer Höhle in der Nähe meines Dorfes aufbewahrt, bewacht und verborgen für menschliche Augen. Ich wusste nicht, welche Macht es über mein Volk haben konnte. Mein Vater hatte mir nur erzählt, es trage die Heilkräfte der Dschinn in sich. Deshalb verstand ich nicht, warum so viel Aufhebens darum gemacht wurde.«

»Die Heilkräfte der Dschinn?«

»Unsere zweite Gabe. Die dritte ist das Zweite Gesicht. Ich habe beides nicht mehr.«

»Warum nicht?«

»Warte«, sagte Jada und nahm die Geschichte wieder auf. »Ich hielt es für falsch, dass Antonius Dutzende von Kranken abweisen musste, während das Zepter in der Höhle verstaubte. Nach so langer Zeit rechneten die Wachen nicht mehr mit einer Gefahr für das Zepter, deshalb fiel es mir nicht schwer, es zu stehlen. Sie bemerkten den Verlust nicht einmal. Es kostete mich mehr Mut, es Antonius zu geben. Ich glaube, er hielt mich für einen Engel, als ich seine Hütte betrat und mit dem Zepter die Kopfwunde heilte, die er sich beim Sturz in den Hügeln zugezogen hatte.« Sie lächelte bei der Erinnerung. »Er sprach mich an, doch damals konnte ich die Sprache der Menschen noch nicht und bekam Angst. Als er erschöpft von der Heilung einschlief, ließ ich das Zepter bei ihm und floh zu meinem Dorf.

Doch seit dieser Begegnung reichte es mir nicht mehr, ihn nur zu beobachten. Ich wollte ihm nahe sein. Also nahm ich all meinen Mut zusammen und kehrte zu seiner Hütte zurück. Antonius erwartete mich bereits. Er hatte mich nicht für einen Fiebertraum gehalten, wie ich befürchtete, sondern sich so sehr nach einem Wiedersehen gesehnt wie ich. Meine Lehrer hatten erzählt, die Menschen seien grausam, dumm und zügellos. Nach meiner ersten Begegnung mit Antonius hatte ich gespürt, dass er anders war, doch meine letzten Reste von Furcht verschwanden erst, als ich vor ihm stand. Obwohl er mit seinen fünfundzwanzig Jahren so unbegreiflich jung war, wohnten eine Milde und Weisheit in ihm, die ich noch bei keinem Dschinn erlebt hatte.

Von da an sahen wir uns jeden Tag. Er brachte mir seine Sprache bei, und ich lehrte ihn, mit dem Zepter zu heilen. Er glaubte, Gott habe seine Gebete erhört und mich mit dem Zepter gesandt. Er wurde zu dem Wunderheiler, für den man ihn immer gehalten hatte, und die Kranken und Verletzten suchten ihn scharenweise auf. Anfangs versteckte ich mich vor ihnen, doch bald hörte ich damit auf. Schließlich wussten die Bittsteller von Antonius nicht, wer ich war; sie hielten mich einfach für seine Gefährtin. Obwohl die meisten es aus Dankbarkeit für seine Hilfe nicht offen aussprachen, nahmen sie Anstoß an mir. Ein Mann, der Enthaltsamkeit geschworen hatte, sollte keine Frau an seiner Seite haben. Antonius kümmerte sich nicht darum, was seine Glaubensbrüder dachten. Für ihn war unsere Liebe nie etwas gewesen, das seiner Suche nach Gott im Weg stand.

Mir erging es ähnlich. Die Gesetze meines Volkes verbieten es, auch nur in die Nähe von Menschen zu kommen. Außerdem war ich eine Edle in meinem Dorf, eine Prinzessin, die ein Vorbild für andere sein musste. Mein Vater hätte mich hart bestraft, wenn er von Antonius erfahren hätte. Dass er meine täglichen Wanderungen in die Hügel nicht bemerkte, lag daran, dass seine Aufmerksamkeit allein den Büchern galt. Von morgens bis abends dachte er über philosophische Fragen nach und überließ meine Erziehung zwei Lehrern, bei denen ich tun und lassen konnte, was ich wollte. Eine Mutter hatte ich nicht. Sie war kurz nach meiner Geburt von Beduinen getötet worden.

Doch ich dachte nicht an die Strafen, die mich erwarteten, wenn mein Vater herausfand, was ich tat. Ich wollte bei Antonius sein und vergeudete keinen Gedanken an die Zukunft.«

Jada verstummte und strich sich eine Haarsträhne aus der Stirn. Ein Schatten hatte sich über ihr Gesicht gelegt. Raoul bedrängte sie nicht mit Fragen. Er wartete geduldig, bis sie weitersprach.

»Ein halbes Jahr später stellten sie fest, dass das Zepter fehlte. Als die Wachen es meinem Vater berichteten, sah ich zum ersten Mal Angst in seinen Augen. Die Ältesten aller Dschinn hatten das Zepter in seine Obhut gegeben, und er war dafür verantwortlich, dass es für alle Zeiten in der Höhle blieb. Er ließ das ganze Dorf danach suchen. Ich verstand die Aufregung nicht und fragte ihn nach dem Grund. Da erzählte er mir zum ersten Mal von der wahren Macht des Zepters, und ich begriff, was ich angerichtet hatte. Trotzdem verriet ich keinem, wo es sich befand. Ich war davon überzeugt, dass es bei Antonius in guten Händen war.«

»Wenn das Zepter so gefährlich ist, wieso hatte dein Volk es nicht längst zerstört?«, fragte Raoul.

»Niemand weiß, wie Salomo das Zepter schuf«, antwortete Jada. »Vermutlich bekam er Hilfe von abtrünnigen Dschinn, die es mit der kunstvollsten und mächtigsten Magie meines

Volkes füllten. Als die Ältesten das Zepter an sich brachten, erkannten sie, dass es einzigartig war. Sie fürchteten es, aber sie bewunderten es auch und brachten es nicht über sich, ein solches Meisterwerk zu zerstören.«

Ihr Blick wandte sich wieder dem Feuer zu, als sie fortfuhr. »Ich habe dir erzählt, dass die Dschinn über das Zweite Gesicht verfügen. Unsere besten Seher machten sich ihre Gabe zunutze und fanden bald heraus, dass ich das Zepter genommen hatte. Das Zepter selbst konnten sie nicht aufspüren, denn Salomo hatte es vor meinen Vorfahren verbergen wollen und mit einem Bann versehen, der es unauffindbar für unsere Seher machte. Mein Vater war außer sich vor Zorn und drohte mir die schlimmsten Strafen an, falls ich ihm nicht verriet, wo es sich befand. Ich sagte ihm, es sei in Sicherheit. Ich fürchtete mich vor ihm, aber noch schlimmer war die Vorstellung, Antonius das Zepter wieder wegzunehmen. Menschen heilen zu können hatte ihn so glücklich gemacht, dass er aufgehört hatte, an Gott zu zweifeln. Außerdem befürchtete ich, mein Vater könnte ihm etwas antun, wenn er erst begriff, dass Antonius und ich uns liebten.

Mein Vater beschwor mich, und schließlich flehte er mich sogar an, ihm das Versteck des Zepters preiszugeben. Als ich weiter schwieg, ließ er mich in meinen Gemächern einsperren. Die Ältesten waren zusammengekommen und berieten, was zu tun war. Sie entschieden sich für die härteste Strafe, die unser Gesetz kennt: Mir sollten die Gaben der Heilkunst und des Zweiten Gesichts genommen werden, was mich zu einem Krüppel machen würde. Dann sollte ich verbannt werden.

Die beiden Gaben waren bei mir erst schwach entwickelt; der Verlust kümmerte mich nicht. Vor der drohenden Verbannung dagegen fürchtete ich mich, und ich war kurz davor, Antonius zu verraten. Doch als man mich aus dem Dorf führte, rief mir mein Vater hinterher, dass ich Schande über die Familie gebracht habe und er mich verstoße. Hass erwachte in mir. Hass auf meinen Vater, dem sein Ansehen wichtiger war als ich. Hass auf mein Volk, das für die Menschen nur Verachtung übrighatte. Hass auf unsere Ältesten, die um unserer Sicherheit willen das Zepter tausend Jahre lang versteckt hatten, während die Menschen Krankheiten erleiden mussten. Ich ging in die Wüste und schwor, nie mehr zurückzukehren.

Wochenlang wanderte ich ziellos umher. Ich sehnte mich nach Antonius, doch ich wagte mich nicht in seine Nähe. Ich wusste, dass ich von Männern meines Vaters verfolgt wurde, die hofften, ich würde sie zum Zepter führen. Erst Monate später, als ich sicher war, sie abgeschüttelt zu haben, ging ich zu ihm. Er hatte geglaubt, ich wäre tot, und bestürmte mich mit Fragen. Ich erzählte ihm, was geschehen war, und überzeugte ihn, die Gegend zu verlassen. Seine Einsiedelei war zu nah bei meinem Dorf. Er war einverstanden, und so zogen wir durch Ägypten. Dreißig Jahre lang. Nirgendwo blieben wir lange, denn immer fürchtete ich, mein Volk könnte uns finden.«

Dreißig Jahre … Antonius wurde alt, aber du bliebst jung, dachte Raoul. Ein Schauder lief ihm über den Rücken. Das Feuer war wieder schwächer geworden, doch er legte kein neues Holz nach. »Wie wurdet ihr getrennt?«, fragte er nach einer Weile des Schweigens.

Jadas Blick verdunkelte sich. »Es geschah während der Christenverfolgung, bei einem Blutbad von römischen Legionären an Anhängern von Antonius. Er hielt mich für tot und verließ das Land, ohne dass ich etwas davon erfuhr. Ich suchte ihn jahrelang. Ich konnte ja nicht ahnen, dass er nach Armenien gegangen war.«

»Wieso hast du Athanasios nicht gefragt? Du hast ihn doch sicher gekannt.«

»Ich habe ihn gefragt. Er sagte, er wisse es so wenig wie ich. Er hat gelogen; das ahnte ich schon damals. Er war nie damit einverstanden, dass sein Freund eine Gefährtin hatte. Es muss ihm ganz recht gewesen sein, dass Antonius mich für tot hielt.« Er hörte den Zorn in ihrer Stimme. »Seine Nachfolger waren noch schlimmer. In ihren Augen war Antonius der erste Mönch der Christenheit. Alles, was an seinem Leben nicht zu ihrem Bild des reinen, enthaltsamen Einsiedlers passte, verdrehten oder verschwiegen sie. Sie verboten, mich in Geschichten über Antonius zu erwähnen. Beweise unserer Liebe – Briefe, Tagebücher – wurden vernichtet. Es sollte mich nie gegeben haben. Eine Zeit lang wehrte ich mich dagegen, aber irgendwann gab ich auf.«

Der Feuerschein lag auf ihrem Gesicht wie eine heidnische Maske. Raoul dachte an die Bilder, die er in Kardinal Morras Bücherzimmer gesehen hatte. Auf fast allen war Antonius dargestellt, wie ihm Luzifer in Gestalt einer begehrenswerten Frau erschien, um ihn von Gott zu entfernen. Das war alles, was noch an Jada erinnerte: eine gewaltige Lüge, die so oft wiederholt worden war, bis niemand mehr die Wahrheit kannte.

Den Rest der Geschichte musste er nicht hören; er ahnte, was geschehen war. Als die verstrichenen Jahre keinen Zweifel mehr an Antonius' Tod gelassen hatten, war Jada durch die Welt gewandert, heimatlos, eine Verlorene, die nirgendwo hingehörte. Vielleicht hatte es Menschen gegeben, die sie geliebt hatte, aber Menschen wurden alt und starben, während für Jada ein paar Jahrzehnte nur ein Seufzer in der Zeit waren. Wenn es auffiel, dass ihr Haar nicht grau und ihr Gesicht nicht faltig wurde, zog sie weiter, in eine andere Stadt, ein anderes Reich, wo niemand sie kannte … bis alles von vorne begann.

Und jetzt, tausend Jahre später, saß sie hier, bei ihm.

Raoul rückte näher ans Feuer. Er fror. »Hast du je bereut, was du getan hast?«

»Niemals«, sagte sie, ohne den Blick von den Flammen zu nehmen.

»Aber jetzt willst du zurück zu deinem Volk, nicht wahr? Du hoffst, dass sie dich wieder aufnehmen, wenn du ihnen das Zepter bringst.«

»Tausend Jahre sind selbst für uns Dschinn eine lange Zeit. Ich ertrage die Einsamkeit nicht mehr.«

Natürlich, darauf lief alles hinaus. »Du hast mich«, sagte er mit brüchiger Stimme.

Schweigend sah sie ihn an.

»Aber wie lange?«, flüsterte sie. »Dreißig Jahre? Vierzig? Willst du, dass ich mit ansehe, wie du als alter Mann stirbst? Was soll ich tun, wenn auch du fort bist?«

Er griff nach ihrer Hand. »Du liebst mich. Ich habe es in deinen Augen gesehen. Im Lager der Mongolen.«

»Das hat damit nichts zu tun. Das weißt du, Raoul.« Jada stockte. Als sie weitersprach, war ihre Stimme voller Schmerz. »Es gibt keine Zukunft für uns.« Ruckartig entzog sie sich ihm und stand auf.

Das Feuer war fast erstorben. Raoul sah zu ihr auf, schaute in ihr ebenmäßiges Gesicht, auf das hochgesteckte nachtschwarze Haar, das ihr immerzu in Strähnen auf die Wange fiel, und in die rätselhaften Augen, die im Dunklen lagen. »Das ist alles?«, erwiderte er leise. »So endet es, nach allem, was geschehen ist?«

»Es muss enden, bevor es anfängt.« Dann wandte sie sich ab und ging zur Tür.

Raoul erhob sich. Alles um ihn herum schien sich aufzulösen.

»Jada!«

Die weiße Gestalt blieb stehen.

»Bleib bei mir. Wenigstens heute Nacht.«

Lange Zeit stand sie da, schweigend und reglos, und die Dunkelheit verbarg die Regungen ihres Gesichts. Dann trat sie zu ihm, legte die Hand auf seine Wange, berührte seine Haut, sein Haar, während ihre Linke die Silberbrosche an ihrem Schlüsselbein öffnete und das Gewand abstreifte, sodass es mit einem Flüstern zu Boden glitt.

Kapitel 23

Matteo Gaspare schlang die Decke enger um die Schultern, hauchte in die Hände und murmelte ein lautloses Gebet, wie immer, wenn er versuchte, Gedanken an die Hölle abzuschütteln. Kein Katharergebet, denn das hätte alles nur noch verschlimmert, sondern eines, das er im Noviziat gelernt hatte. Diese unvermittelte Furcht vor dem Fegefeuer suchte ihn fast täglich heim, seit Kardinal Morra ihn aus den Kerkern der römischen Inquisition geholt hatte. Matteo hatte sich beinahe daran gewöhnt, aber in den letzten Tagen war es unerträglich geworden.

Vielleicht weil die Rettung genau vor meiner Nase liegt und ich nur zugreifen müsste, dachte er missmutig und rutschte auf dem harten, unebenen Erdboden herum, bis er eine Stelle fand, auf der er es wieder eine Weile aushielt. Sobald die Sonne unterging, wurde es empfindlich kalt im Hochland, und er sehnte sich nach einem Feuer. Es war jedoch völlig ausgeschlossen, dass er eines entzündete; der Schein hätte ihn sofort verraten. Matteo erwog nicht zum ersten Mal, seinen Beobachtungsposten auf dem Felsen hinter den stinkenden Distelbüschen aufzugeben, in eine Senke hinunterzusteigen und dort Feuer zu machen. Doch er wagte nicht, al-Munahids Lager auch nur für kurze Zeit aus den Augen zu lassen. Zu oft schon hatte er die Spur der Söldner um ein Haar verloren.

Die Sarazenen lagerten keine Bogenschussweite entfernt in einer geräumigen Höhle in der Felswand, kauerten um ein Feuer, für das er sie mit ganzer Seele beneidete, und brieten Spieße aus wilden Zwiebeln, Apfelstücken und Fleisch. Das verdammte Zepter lag in al-Munahids Schoß, eingeschlagen in eine Decke, als wäre es ein Neugeborenes, das der Söldner mit Leib und Leben zu schützen geschworen hatte. Auch während er schlief, behielt er es nah am Körper – doch nicht so nah, dass ein geschickter Dieb nicht hätte versuchen können, es zu stehlen. In den vergangenen Nächten hatte es einige Gelegenheiten gegeben. Wie so oft in seinem Leben hatte Matteo gewartet, bis eine bessere kam … und am Ende keine einzige genutzt.

Vielleicht wollen sie keine Feiglinge in der Hölle, dachte er, während er sehnsüchtig zu den Flammen auf der anderen Seite der Schlucht starrte. *Memmen wie ich widern gewiss sogar den Teufel an …*

Zu allem Überfluss war die Nacht sternklar. In seiner Heimat, in der Toskana, liebte er Nächte wie diese; hier verabscheute er sie. Über den wolkenhohen Bergen Armeniens war der Himmel so … *nah.* Matteo wurde unentwegt daran erinnert, wie klein, wie nichtig und schwach er war. Er konnte es gar nicht abwarten, dieses seltsame Land bald zu verlassen.

Die Grenze, wenn schon nicht das Ende des Gebirges, konnte nicht mehr fern sein. Seit zwei Tagen schon folgte er den Sarazenen Richtung Südwesten. Nachdem er den Mongolen entkommen war, hatte er sich in den vulkanischen Felsen versteckt und war dem Reitertrupp zu Fuß und in sicherer Entfernung zu dessen Lager gefolgt. Dort kletterte er auf einen dicht belaubten Baum in Sichtweite. Das Zepter glaubte er schon verloren, bis al-Munahid auftauchte. Matteo hätte nie gedacht, dass er diesem Teufel von einem Mann einmal dankbar sein würde. Gott allein wusste, wie der Söldner die Mongolen überredet hatte, das Zepter herzugeben. Als es abermals den Besitzer wechselte, schöpfte Matteo neue Hoffnung.

Eine Zeit lang erwog er, Bazerat und die Hexe zu befreien, um ihnen die gefährliche Aufgabe zu überlassen, al-Munahid das Zepter abzujagen. Doch dann entschied er, die Sarazenen selbst zu verfolgen. Zum einen hatte er nicht die geringste Vorstellung davon, wie er unbemerkt in das Jurtenlager gelangen könnte; zum anderen war es wohl das Beste, wenn die Mongolen Bazerat den Kopf abschlugen. Zwar tat ihm der junge Ritter leid, aber Matteo konnte sich keinen weiteren Gegner leisten. Allein die Sarazenen stellten schon ein nahezu unüberwindliches Hindernis dar. Und es ging um nichts Geringeres als sein Seelenheil.

Er stahl ein Pferd, blieb den Söldnern hart auf den Fersen und entging mehr als einmal im letzten Moment der Entdeckung. Am ersten Tag kehrten sie zum verlassenen Lagerplatz der Mongolen zurück und durchsuchten dort die Gegend. Matteo begriff erst spät, was der Grund dafür war: Der gefangene Wesir war geflohen, und al-Munahid schien Schwierigkeiten zu befürchten. Matteo hatte alle Hände voll zu tun, den Reitern auszuweichen. Er dankte den Heiligen, als al-Munahid die Suche nach vielen Stunden abbrach und wieder den ursprünglichen Weg aufnahm.

Nun kauerte er frierend hinter einer Dornenhecke und betete um den Mut, endlich das Zepter zu stehlen.

Noch war es dafür zu früh; die Sarazenen würden frühestens in einer halben Stunde schlafen. Matteo zog die Satteltasche zu sich und suchte die Reste seiner Vorräte zusammen. Groß war seine Ausbeute nicht: ein harter Kanten Brot, eine Hand voll Brombeeren und Nüsse, zwei Streifen getrocknetes Hammelfleisch. Mehr hatte die Satteltasche nicht enthalten, als er geflohen war, und in den vergangenen Tagen hatte er noch keine Gelegenheit gehabt, seine Vorräte aufzufüllen. Er aß die Nüsse und Beeren auf und die Hälfte des Brots, wobei er jeden Bissen gründlich kaute, bevor er ihn herunterschluckte. Das Fleisch rührte er nicht an; Matteo wollte es erst essen, wenn ihm nichts anderes übrig blieb. Die Katharer glaubten, die Seelen Verstorbener suchten in Tierkörpern Zuflucht, weshalb sie es ablehnten, Tiere zu schlachten und zu verzehren. Die Knechte der Inquisition mit ihren Brandeisen und Dornenpeitschen hatten ihn dazu gebracht, der Lehre, der er zehn Jahre gefolgt war, abzuschwören, wieder und wieder, bis schon der bloße Gedanke an ein katharisches Gebet genügte, dass ihm vor Entsetzen der Schweiß ausbrach und seine Narben zu schmerzen begannen. Matteo hatte das Kruzifix und den Ring des Inquisitors geküsst und versucht, ein ganzes Jahrzehnt seines Lebens zu vergessen. Es erstaunte ihn selbst, wie gut ihm das gelang. Doch seine Achtung vor Tieren und die Abneigung gegen Fleisch saßen so tief, dass er nichts dagegen ausrichten konnte.

Wenigstens musste er jetzt niemandem mehr etwas vormachen und sich zwingen, Fleisch zu essen. Er schlug die Streifen wieder in das Tuch ein und verstaute es in der Satteltasche. Einige Nüsse hatte er aufgehoben. Matteo schob sich eine in den Mund, zählte auf Griechisch bis zweihundert und aß dann die nächste. Danach zählte er auf Arabisch bis zweihundert. Es war eine stumpfsinnige Art, sich die Zeit zu vertreiben, aber sie hatte schon in Akkon beim Wacheschieben geholfen.

Nach und nach legten sich die Söldner nah ans Feuer und wickelten sich in ihre Decken ein. Schließlich wachte nur noch der Mongole, der aufmerksamste von ihnen. Eine gute Stunde später wurde er von dem Krieger mit der ebenholzfarbenen Haut abgelöst. Dessen Augen und Ohren waren ebenfalls scharf, doch Matteo waren die Nüsse ausgegangen, und er würde sich nicht mehr lange wach halten können.

Lautlos streifte er die Decke ab und schob sich das kurze Messer hinter den Gürtel, seine einzige Waffe. »Herr, sei mein Schild«, flüsterte er, dann schlich er sich den Hügel hinunter.

In einem weiten Bogen umrundete er das Lager, bis schließlich die Felswand vor ihm aufragte. Er presste sich mit dem Rücken dagegen und blickte zu dem Sarazenen. Der hatte sich einige Schritte vom Feuer entfernt, offenbar um die Müdigkeit zu vertreiben, und betrachtete die Sterne. Matteo nutzte die Gelegenheit und hastete zu einem Geröllhaufen, der sich vor der Felswand auftürmte, duckte sich dahinter, davon überzeugt, dass das Klopfen seines Herzens bis nach Yerevan zu hören war.

Der Sarazene sah nach den Pferden, strich einem der Tiere über die Mähne, was diesem ein leises Schnauben entlockte. Matteo reckte den Kopf. Von hier aus konnte er die Höhle einsehen. Al-Munahid hatte ihm den Rücken zugewandt. Er schlief auf der Seite, das Zepter unter der Decke verborgen.

Matteo verließ der Mut. So konnte er das Zepter unmöglich an sich bringen. Ein seltsamer Gedanke kam ihm: *Was, wenn ich ihm einfach die Kehle durchschneide? Er hat so viele Christen gemordet, dass der Lohn im Himmel für seinen Tod unermesslich groß sein muss. Vielleicht sogar groß genug, meine Sünden aufzuwiegen, ohne dass ich Morra das Zepter bringen muss …*

Doch er würde seine Furcht vor al-Munahid niemals genug bezwingen können, um ihm ein Messer an den Hals zu setzen.

Als hätte der Gedanke einen Weg in al-Munahids Träume gefunden, regte der Sarazene sich und wälzte sich auf die andere Seite.

Seine Augen waren offen und blickten Matteo an.

Sein Inneres erstarrte zu Eis. Matteo war unfähig, auch nur einen Finger zu bewegen. Er erwiderte den Blick und wartete darauf, dass al-Munahid brüllend aufsprang … Doch der

Söldner starrte ihn nur weiter an. *Warum schlägt er keinen Alarm?*, dachte Matteo – und da begriff er, dass der Söldnerführer nach wie vor schlief. Die offenen Augen waren eine willkürliche Regung des Körpers, so wie andere Männer im Schlaf redeten.

Matteo sank auf die Steine. Er zitterte so sehr, dass es ihm kaum gelang, Atem zu holen. Als er wieder einigermaßen klar denken konnte, spähte er über den Fels. Der dunkelhäutige Sarazene war zur Höhle zurückgekehrt und saß mit untergeschlagenen Beinen am Feuer, legte Holz nach und reinigte sein Schwert – die günstige Gelegenheit war vertan. Und nicht nur das; Matteo spürte, wie ihm etwas Warmes am Schenkel herabblief.

Er hatte sich nass gemacht wie ein Knappe vor seiner ersten Schlacht.

Du Narr, du unfähiger Tölpel, du toskanischer Nichtsnutz!, schalt er sich. *Allein für deine Dummheit hast du es verdient, in der Hölle zu braten!* Langsam, um nur keinen Laut zu verursachen, zog er sich zurück. Es hatte keinen Zweck; er war nicht aus dem Holz geschnitzt, es mit al-Munahid aufzunehmen.

Oben auf dem Hügel entledigte er sich seiner Hose, hing sie zum Trocknen über den Busch und hüllte sich hastig in die Decke. Selbsthass machte ihm zu schaffen, und er war gottfroh, dass niemand Zeuge dieser erbärmlichen Darbietung geworden war. *Sei nicht so streng mit dir*, sagte er sich. *Nicht jeder kann den Mut eines wild gewordenen Ochsen wie Battista haben. Und al-Munahid hat schon ganz anderen Männern weiche Knie beschert.* Nach einer Weile ging es ihm besser. Gleichwohl wusste er, dass er es nicht noch einmal wagen würde, sich den Sarazenen zu nähern – nicht in dieser Nacht, nicht in der nächsten. Er musste anders vorgehen. Sein Plan, dem überraschten Morra mit großer Geste das

Zepter zu überreichen, war von Anfang an unvernünftig gewesen. Es war einfacher – und ungefährlicher –, Morra das Ziel der Sarazenen wissen und ihn entscheiden zu lassen, was zu tun war.

Matteo beschloss, keine Zeit zu vergeuden. Widerwillig zog er seine feuchte Hose an, warf sich die Satteltaschen über die Schulter und stieg zur Senke hinunter, wo er sein Pferd gelassen hatte. Während er das Tier sattelte und ihm das Zaumzeug anlegte, durchdachte er die Schwächen seines neuen Plans. Eine war die Gefahr, die Spur der Söldner zu verlieren. Gestern hatte er zufällig gehört, dass al-Munahid zur Festung eines Mannes namens Ashwaq al-Tufail bei Aleppo wollte. Vermutlich genügte dieser Hinweis, die Festung zu finden. Doch wenn al-Munahid seine Pläne änderte, bevor sie ihn eingeholt hatten – aus, vorbei. Ihn in den Bergen Kilikiens oder der syrischen Steppe aufzuspüren wäre nahezu unmöglich.

Auch Morra bereitete Matteo Sorgen. Er hatte seinen Herrn das letzte Mal vor einigen Tagen gesehen, im Ararathochland. Da waren der Kardinal und seine Männer nicht weiter nach Armenien geritten, sondern zurück Richtung Westen. Hatte er aufgegeben? Falls ja, war er möglicherweise wieder in Trapezunt, uneinholbar.

Es gab sehr viele Unwägbarkeiten, doch er hatte keine andere Wahl.

Matteo führte sein Pferd durch das Tal. Als er weit genug vom Lager entfernt war, dass ihn der Hufschlag nicht mehr verraten konnte, stieg er auf und galoppierte in die Nacht.

Kapitel 24

Kadar hockte auf den Stufen im Schatten des kleinen Kuppelbaus, in der Hand einen Becher Tee, den er nicht austrinken würde, und beobachtete Najib auf der anderen Seite des viereckigen Hofs: Der Junge machte seine Sache gut. Scheinbar zufällig war er an den Reittieren der Karawane vorbeigeschlendert und hatte Bewunderung für den Araber des Kaufmanns geheuchelt. Der Gehilfe, der sich um die Pferde kümmerte, hatte sich schnell in ein Gespräch verwickeln lassen. Najib unterhielt sich jetzt schon eine ganze Weile mit dem schlaksigen Halbwüchsigen, und es hatte den Anschein, als würde dieser bereitwillig Auskünfte erteilen.

Kadar kannte Najibs Gabe, Freundschaften zu schließen, und versuchte nicht zum ersten Mal vergeblich, sie mit der Lust des Jungen an Grausamkeiten und Demütigungen in Einklang zu bringen. Wie einfach die Leute Vertrauen zu ihm fassten … *Es ist sein Gesicht,* dachte der Söldnerführer. *Ohne den Bartschatten könnte er als Mädchen durchgehen. Von so einem Gesicht erwartet niemand, dass er betrogen wird.* Er fragte sich, was der Gehilfe des Kaufmanns wohl am Ende des Tages von Najib halten mochte.

Kadar ließ den Becher auf der Treppe stehen und ging ins Haus hinein. Es war wie der Rest der schäbigen Karawanserei aus dem grauschwarzen Stein der hiesigen Berge erbaut und, abgesehen von den Ställen, das einzige Gebäude. Er betrat den leeren Schlafsaal. Die beiden Kaufleute, ihre Gehilfen und Söldner hielten sich im Nebenraum auf und nahmen das Morgenbrot ein. Andere Gäste gab es nicht. Bewirtet wurden sie von einem Alten, einem fast tauben Kurden, der Tee kochte, der nach Asche schmeckte, und jede Münze, die man ihm gab, argwöhnisch untersuchte.

Er ließ sich in einer Fensternische nieder, legte die Beine hoch und blickte nach draußen. Najib verabschiedete sich gerade von dem Halbwüchsigen und ging über den Hof. Es war Zufall gewesen, dass sie auf die Karawane gestoßen waren, und sie hatten einen Umweg von zwei Tagen auf sich genommen, ihr zu folgen. Jetzt würde sich zeigen, ob sich der Aufwand gelohnt hatte.

Najib entdeckte ihn in der Nische und kam auf ihn zu. Kadar schien es, als ob die hellen Augen des Jungen vor Vorfreude leuchteten.

»Es sind Kaufleute aus Mosul. Sie kommen von Trapezunt zurück, wo sie Edelsteine verkauft haben. Lapislazuli. Die Geschäfte müssen gut gewesen sein. Der Kaufmann hat sich den Zuchthengst gekauft, obwohl er als Geizkragen bekannt ist.«

Das klang vielversprechend. Kadar beugte sich vor. »Wieso haben sie dann nur vier Mann Geleitschutz?«, fragte er leise.

»Als sie von Mosul aufbrachen, hatten sie zehn«, sagte Najib. »Sechs fielen, als sie unterwegs von einem Bergstamm angegriffen wurden. Neue konnten sie keine anwerben; Söldner sind gerade selten in Kleinasien. Fast alle kämpfen für die Mongolen.«

»Sie hätten sich einem großen Karawanenverband anschließen können.«

Najib nickte. Offenbar hatte er diese Frage auch gestellt. »Wie gesagt, der Anführer ist ein Geizkragen. Er wollte sich die Beteiligung sparen und zügig vorwärtskommen.«

Der Junge schien an alles gedacht zu haben. Kadar blickte erneut aus dem Fenster. Zwei Pferde, sechs Maultiere, zwei Kaufleute, drei Gehilfen, vier Bewaffnete … Er traf eine Entscheidung. »Gehen wir.«

Außer dem Gehilfen des Kaufmanns, der Najib einen fröhlichen Abschiedsgruß zurief, hielt sich niemand im Hof auf. Trotzdem schlug Kadar den Weg nach Norden ein, die entgegengesetzte Richtung, in die die Karawane ziehen würde. Nach einer halben Wegstunde, als die Karawanserei außer Sicht war, verließen sie die Handelsstraße und nahmen stattdessen einen Hirtenpfad, der durch die kargen, verbrannten Hügel führte. Auf dem Kamm beobachtete al-Munahid die braunen, von grünen Tupfern gesprenkelten Berge im Norden. Er rechnete jeden Moment damit, Bazerat am Horizont auftauchen zu sehen; seine Vorsicht war fast schon zu einer Besessenheit geworden. Er hatte die Suche nach dem Ritter, ibn-Marzuq und der Frau abgebrochen, weil das Gebiet zu groß und zu unübersichtlich gewesen war. Die drei waren verschwunden. Auch während der letzten Tage hatte er nicht den kleinsten Hinweis entdeckt, dass sie ihm folgten. Kadar glaubte jedoch keinen Herzschlag lang, dass Bazerat aufgegeben hatte.

Auch jetzt war niemand zu sehen.

Auf einer von Felsen gesäumten Steigung, wo sie nur langsam vorankamen, lenkte Najib sein Pferd neben ihn. »Nehmen wir sie uns vor, *aqid?*«, fragte er.

Kadar warf ihm einen kurzen Blick zu. »Du kannst es gar nicht abwarten, was?«

Der Junge grinste. »Ich bin auf Mohammeds Gesicht gespannt, wenn ich seinem Herrn die Kehle durchschneide – wenn er begreift, was sein loses Maul angerichtet hat.« Mohammed war der Bursche bei den Pferden, derselbe, mit dem Najib noch vor einer halben Stunde gelacht und gescherzt hatte.

Kadar hatte nur ein einziges Mal Freude daran gefunden, einen Mann zu quälen: bei Basileios Lakapenos. Aber der Byzantiner war ein besonderer Fall gewesen. Gewöhnlich war

Töten eine Notwendigkeit für ihn; etwas, das er weder genoss noch verabscheute. Wie Najib jetzt redete, gefiel ihm nicht. Der Junge war sich seiner Sache zu sicher. »Du tust nur das, was ich dir sage«, erwiderte er barsch.

Najib sah sich schon in Grausamkeiten schwelgen und verstummte eingeschüchtert. Kadar beschloss, ihn im Auge zu behalten. Wenn ein Mann in Blutrausch verfallen war, gehorchte er keinem Befehl mehr.

Den Rest des Weges legten sie schweigend zurück. Die übrigen Männer erwarteten sie in einem unbewohnten Tal, nicht weit von der Handelsstraße entfernt. Als jeder wusste, was er zu tun hatte, stiegen sie auf ihre Pferde auf und ritten zu einer Stelle, die Kadar gestern Abend ausgesucht hatte: Das Tal der Handelsstraße verengte sich, bis es nur noch einen Steinwurf breit war. Felsen ragten aus den Hängen. Das nächste Gehöft war eine halbe Meile entfernt, das nächste Dorf noch weiter.

Kadar postierte sich mit Akif und Unardhu am Ende der Engstelle, verborgen hinter einer natürlichen Wand aus aufgetürmten Felsbrocken. Bishr und Rafiq versteckten sich zu beiden Seiten der Straße auf den Hängen. Najib ließ er nach Süden reiten. Nach einer Weile kam der Junge zurück und meldete, dass sich aus dieser Richtung niemand näherte.

Eine Stunde verging, bis Kadar die Karawane sichtete. Gemächlich kam sie um die Wegbiegung. So früh am Morgen war ihre Marschordnung noch vorbildlich: Zwei Bewaffnete – Lanzenträger mit Rundschilden, blau-weißen Waffenröcken und spitzen Helmen unter den Turbanen – gingen voraus, dann kamen die beiden Kaufleute auf ihren Pferden, gefolgt von dem kurzen Tross aus sechs Packtieren, die von den Gehilfen geführt wurden. Den Schluss bildeten die zwei anderen Krieger.

Durch eine Spalte zwischen den Felsblöcken beobachtete

Kadar die Karawane. Als sie die Mitte der Talverengung erreicht hatte, schob er Daumen und Zeigefinger in den Mund und stieß einen Pfiff aus. Rafiq und Bishr kamen hinter den Felsen vor und ließen ihre Bögen sirren. Kadar lenkte sein Pferd um die Felsen herum und jagte die Straße entlang, gefolgt von seinen brüllenden Schakalen.

Ein Lanzenträger lag bereits reglos im Staub, der andere taumelte über die Straße, einen Pfeil in der Schulter, das Schild zum Schutz erhoben. Ein zweiter Pfeil traf ihn in den Rücken, und er fiel aufs Gesicht. Der Araber gehorchte seinem neuen Reiter nicht mehr und ging seitlich durch, trotzdem bewahrten die anderen Ruhe. Die zwei verbliebenen Krieger stellten sich den vier Reitern entgegen. Der andere Kaufmann schwang sich behände aus dem Sattel und benutzte sein Pferd als Deckung, während er einen Säbel zog. Auch die Gehilfen brachten Waffen zum Vorschein. Der Schlaksige, Mohammed, zerrte eine alte Armbrust aus den Lastensäcken seines Maultiers und begann hastig, die Spannkurbel zu betätigen.

Trotz der Gegenwehr war der Kampf schnell vorbei. Kadar trennte die Speerspitze des vorderen Kriegers mit einem Schwerthieb ab und zog ihm mit dem Gegenschwung die Klinge durchs Gesicht. Den anderen erschoss Unardhu aus vollem Galopp. Zwei der Gehilfen, unter ihnen Mohammed, fielen Rafiqs und Bishrs Pfeilen zum Opfer. Der dritte machte den Fehler, sich mit hoch über den Kopf gereckter Axt Akif entgegenzuwerfen. Der Eunuch war abgestiegen, weil er wegen seines gewaltigen Leibesumfangs nicht gern zu Pferd kämpfte. Seine Henkersklinge hieb den Gehilfen fast in zwei Teile. Najib übte sich in Zurückhaltung. Der säbelschwingende Kaufmann war ihm nicht gewachsen, trotzdem nutzte der Junge seine Überlegenheit nicht, um sich zu vergnügen. Geschickt entwaffnete er den Mann und trieb ihm das

Schwert in die Brust. Der andere Händler hatte seinen Araber gezügelt und versuchte, zu fliehen. Unardhu schoss ihm auf hundert Schritt durch den Nacken.

Unterdessen fingen Rafiq und Bishr die Packtiere ein, die im Getümmel auseinandergelaufen waren. Najib durchsuchte den Kaufmann, den er erschlagen hatte, und zog ihm einen Goldring vom Finger. Die anderen Männer durchwühlten die Körbe, Säcke und Kisten, die die Maultiere trugen. Akif begutachtete ein Kupferdiadem. Unardhu riss einen Korb auf und fluchte, als er darin nur gefärbtes Tuch vorfand.

Kadar schob sein Schwert in die Scheide. »Um die Beute kümmern wir uns später«, befahl er. »Sehen wir zu, dass wir von hier verschwinden.«

»Und die Leichen?«, fragte Najib.

»Lasst sie, wo sie sind.« Als alle auf ihren Pferden saßen, bemerkte Kadar, dass Bishr blass war und sich leicht schief im Sattel hielt. »Was ist los, Bishr? Bist du verletzt?«

»Es ist nichts Ernstes, *aqid*«, antwortete der Söldner, aber seine Stimme klang nicht so kraftvoll wie sonst. »Der Bursche hat mich mit seiner Armbrust erwischt. Ein Streifschuss.« Er hob den Arm. Der Bolzen hatte das Panzerhemd an einer Seite aufgerissen, Blut tränkte den Rock. Eine Handbreit weiter rechts, und Bishr wäre tot gewesen.

»Schaffst du es bis zur Rast?«

»Ja.«

Kadar vertraute Bishrs Einschätzung und wendete sein Pferd. Die Maultiere nahmen sie in die Mitte. Die Pferde der Händler hatte Unardhu getötet. Zwar war es schade um das Geld, das sie eingebracht hätten, aber in dem Gelände, das vor ihnen lag, hätten die nur an Straßen gewöhnten Tiere sie behindert.

Bei der nächsten Gelegenheit verließ der Trupp die Handelsstraße und ritt durch ein menschenleeres Tal. Die Verfolgung der Karawane hatte sie weit von ihrem ursprünglichen Weg abgebracht, und Kadar hoffte, spätestens morgen Abend wieder auf der Straße nach Aleppo zu sein.

Nach zwei Stunden machten sie auf einem Vorsprung unter einem haushohen, karstigen Felsen halt. Kadar befahl Unardhu, die anderen beim Verteilen der Beute zu beaufsichtigen, holte das Zepter aus der Satteltasche und rief Bishr zu sich.

Der Söldner war unter Mühen abgestiegen. Er schien einiges an Blut verloren zu haben, denn er war sichtlich schwach auf den Beinen. Trotzdem wandte er sich nur widerwillig von der Beute ab. Er befürchtete, um seinen Anteil betrogen zu werden, wenn er nicht aufpasste.

»Zieh die Rüstung aus und setz dich«, sagte Kadar.

Bishr löste seinen Gürtel und streifte zuerst den Waffenrock und dann das Panzerhemd über den Kopf. Frisches Blut quoll aus der fingerlangen Wunde an den Rippen. Er setzte sich in den Schatten.

Nach der Heilung von ibn-Marzuq hatte Kadar beschlossen, mit den Kräften des Zepters zu experimentieren. Dies war eine gute Gelegenheit, herauszufinden, ob ihn das Heilen von leichteren Wunden genauso schwächte. Bishr zuckte unmerklich zusammen, als der kronenförmige Kopf die Verletzung berührte. Kadar spürte, wie ihm heiß wurde und wie die Macht des Zepters seine Sinne schärfte – doch es war nicht so ausgeprägt wie beim letzten Mal. Bishrs Wunde schloss sich; zurück blieb nur das verkrustete Blut auf der Haut. Erschöpft sank der Söldner gegen den Felsen.

Auch Kadar war geschwächt, als wäre ein Teil seiner Kraft durch das Zepter in Bishrs Verletzung geflossen, um zerfetzte Haut, Muskeln und Adern wieder zusammenzufügen. Aber er war weit davon entfernt, vor Müdigkeit zusammenzubrechen. Seine Erwartung hatte sich bestätigt: Das Heilen leichter Wunden kostete nicht so viel Kraft wie das schwerer – was seine Pläne deutlich vereinfachte.

Mit schweren Gliedern ging er zu seinem Pferd und verstaute das Zepter in der Satteltasche, als Unardhu ihn rief. Die Männer hatten die Beute auf dem Boden ausgebreitet. Das meiste war Plunder, Waren, die nur dann Geld einbrachten, wenn man sich die Zeit nahm, sie tagelang auf einem großen Basar feilzubieten. Kadar schritt an Ballen gefärbter Wolle vorbei, an Säcken mit Salz, Nüssen und Aprikosensteinen, einem Fass Tinte und zwei Kisten mit Wetzsteinen. Nur die Kiste mit dem Kupferschmuck war wertvoll. Die Stücke ließen sich leicht transportieren und würden in Syrien, wo diese Form der Schmiedekunst unbekannt war, einen anständigen Preis erzielen.

Unardhu und Najib stellten eine Truhe vor ihm ab, deren Schloss sie mit einem Axthieb zerstört hatten. Kadar klappte den Deckel auf. Sie war voller Silber, Kupfer und Gold: byzantinische Folles und Bézants, Dirhams und Tankahs aus dem Sultanat, Münzen und Prägungen, die er nie zuvor gesehen hatte. Er tauchte seine Rechte hinein, nahm eine Handvoll. Kadar lächelte, und eine nach der anderen fielen die Münzen mit einem hellen Klimpern wie von einer Narrenschelle zurück in die Truhe.

Kapitel 25

Kardinal Morra nahm den Bergführer in Augenschein. Der Mann war klein, unrasiert und hatte ein rundes, gutmütiges Gesicht. Seine Mütze wie seine Kleidung bestanden aus grober, schmutziger Schafswolle, hinter seinem Gürtel steckte ein breiter Dolch. Wie fast alle Bewohner des Hochlandes war er ein Mischling, in dessen Adern armenisches, byzantinisches und seldschukisches Blut floss. Morra hielt dieses Volk für Barbaren. Einige waren Christen, aber sie gehörten der oströmischen Kirche an, was sie nicht besser als die Sarazenen machte. Aber darauf kam es ihm jetzt nicht an. »Taugt er etwas?«, fragte er Simone. Der Hauptmann war mit dem Hirten, bei dem sie seit sechs Tagen wohnten, ins Nachbardorf gewandert, um den Führer zu holen.

»Ich weiß es nicht, Eminenz. Er spricht nur Griechisch.«

Morra wandte sich an den Bergführer. »Verstehst du mich?«, fragte er auf Griechisch.

Der Mann nickte.

»Wir wollen nach Armenien und würden es vorziehen, keinen Mongolen zu begegnen.«

»Schwierig«, sagte der Bergführer. »Die Mongolen überwachen alle wichtigen Pässe und Handelsstraßen. Wir müssten die alten Hirtenpfade benutzen.«

»Wie weit ist es bis ins Landesinnere?«

»Sechs Tagesritte. Sieben oder acht, wenn das Wetter umschlägt. Bei Sturm oder Schnee sind manche Wege zu gefährlich.«

Acht Tage … Damit hatten die Mamelucken einen Vorsprung von fast zwei Wochen. *Wenn wir Armenien erreichen, ist das Zepter vermutlich schon auf dem Weg nach Kairo,* dachte Morra niedergeschlagen. Auch nach der Freilassung durch die Mongolen hatte er kein Glück gehabt. Sie waren nach Westen geritten und hatten hinter der Grenze des Mongolenreichs, im Niemandsland des Ararathochlandes, im Schuppen eines einsamen Gehöfts ihr Lager aufgeschlagen. Nach zwei Tagen rang er sich durch, doch nicht nach Trapezunt zurückzukehren. Zu viel hing vom Erfolg seiner Aufgabe ab. Bei ihrem Gastgeber erkundigte er sich nach einem Führer, der sie unbemerkt nach Armenien bringen konnte, worauf Simone mit dem Hirten zum Nachbardorf aufbrach. Der Marktflecken lag auf der anderen Seite des Berges, was einen Weg von zwei Tagen bedeutete. Simone war erst nach vier Tagen zurückgekommen. Wegen eines Erdrutsches, der den Pass versperrte, hatten sie einen Umweg machen müssen. Kardinal Morra sah kaum noch eine Möglichkeit, das Zepter vor den Sarazenen zu finden – zumal er ohne die geheimen Aufzeichnungen von Athanasios nicht einen Hinweis darauf hatte, wo er suchen sollte. Doch er wäre nicht Kardinal geworden, wenn er sich leicht entmutigen ließ. Er musste es versuchen.

»Was verlangst du für deine Dienste?«, fragte er den Bergführer.

Der Mann nannte einen anständigen Preis. Morra beschloss, ihm zu vertrauen. Was blieb ihm auch anderes übrig? Einen anderen Führer aufzutreiben hätte ihn noch mehr Zeit gekostet. Er ließ sich von Simone seine Geldkatze bringen und gab dem Armenier die erste Hälfte der vereinbarten Summe. Wenigstens was ihre Ausrüstung anbelangte, hatten sie Glück gehabt: Die Mongolen hatten ihnen nicht nur ihre Pferde, sondern auch ihr Habe sowie ihre Waffen und Rüstungen zurückgegeben. In Morras Geldkatze hatte keine Kupfermünze gefehlt.

Wenig später brachen sie auf. Ihr Führer ritt auf seinem Kleinpferd an der Spitze und führte sie durch das Tal, aus dem sie vor sechs Tagen gekommen waren. Einst war diese Gegend eine Provinz von Byzanz gewesen, dann waren Seldschuken und Mongolen gekommen und mit ihnen Barbarei, Rechtlosigkeit und die islamische Pest. Die Ursachen für diesen Niedergang sah Morra nicht in der kriegerischen Stärke der Nomadenvölker, sondern im geistigen Verfall, der nach der Abspaltung der Kirche Konstantinopels eingesetzt hatte. Ein Reich, das sich nicht zur wahren Kirche Roms bekannte, verfaulte von innen heraus, wurde kraftlos und blutleer und war, wie ein krankes Gewächs, bald anfällig für allerlei Schädlinge. Morra hatte kein Mitleid mit dem Hirten und seiner Familie und den anderen Bewohnern des Tals, die in ständiger Furcht vor Räubern und Missernten lebten. Die dauernden Kriege und Hungersnöte in Kleinasien waren Gottes Strafe für die Abkehr von der Wahrheit.

Als nur noch ein flammender Streifen über dem Bergmassiv für einen Rest Tageslicht sorgte, kam der erloschene Vulkan in Sicht, wo sie den Mongolen begegnet waren. Sie verließen das Tal und folgten einem Pfad, der, verborgen zwischen gewaltigen Felsen, zum Hügelkamm führte. Dort hielt ihr Führer an. Morra holte zu ihm auf und erkannte den Grund für die Pause: Ein einzelner Reiter preschte über die Wiese im Vulkankrater, verfiel in einen Trab, als er den Hang erreichte, nur um dann mit halsbrecherischem Galopp ins Tal herabzujagen.

»Das ist kein Mongole«, murmelte der Bergführer.

Nein, dachte Morra und nahm den Reiter genauer in Augenschein. Er war gekleidet wie ein Einheimischer, aber mit den dichten schwarzen Locken sah er nicht aus wie ein Bewohner des Hochlandes. Sein Gesicht war auf die Entfernung nicht zu erkennen, doch etwas an dem Mann kam

Morra bekannt vor. Die Art, auf dem Pferd zu sitzen, diese Locken …

»Beim Heiligen Kreuz, das ist Gaspare, Matteo Gaspare!«, rief er und wandte den Kopf ruckartig zu seinen Männern um. »Simone, Alessandro, bringt ihn her!«

Die beiden Soldaten rissen ihre Pferde herum und galoppierten zurück. Morra blickte wieder zu Gaspare. *Das kann nicht sein,* dachte er. *Er ist tot, in Konstantinopel verbrannt, genau wie Battista. Ich muss mich täuschen.*

Als Simone und Alessandro am Fuß des Hangs zwischen den Felsbrocken hervorschossen, ritt Matteo gerade an ihnen vorbei. Der Toskaner warf den Männern einen flüchtigen Blick zu und trieb sein Pferd mit Rufen weiter an. Er schien anzunehmen, er sei in einen Hinterhalt geraten. Die Soldaten holten auf und nahmen ihn in die Mitte; Simone rief ihm etwas zu. Schließlich wurden alle drei Männer langsamer, wendeten und ritten zum verborgenen Pfad zurück.

Kurz bevor sie den Hügelkamm erreichten, erkannte Morra, dass es sich ohne jeden Zweifel um Matteo handelte. Der Toskaner war schmutzig, erschöpft und übermüdet, aber er strahlte über das ganze Gesicht. »Eminenz!«, schrie er und sprang aus dem Sattel. Morra war abgestiegen, und Matteo fiel vor ihm auf die Knie, küsste seinen Ring.

»Ich danke allen Heiligen, dass sie mich zu Euch geführt haben, Eminenz.«

»Steh auf«, befahl Morra. »Was machst du hier? Ich hielt dich für tot.«

»Ich weiß, wo das Zepter ist!«, sprudelte es aus Matteo heraus. »Drei oder vier Tagesritte südlich von hier. Eine Gruppe von Mameluckensöldnern hat es. Sie wollen zum Euphrat. Wenn wir uns beeilen, holen wir sie vorher ein und –«

Morra hob die Hand, unterbrach den Redefluss. »Alles der Reihe nach. Ich will genau wissen, was seit Konstantinopel geschehen ist. Und um Gottes willen, Matteo, wasch dich. Du stinkst wie ein Nachttopf!«

Simone gab dem Toskaner einen Wasserschlauch und eine saubere Pilgerkutte. Während Matteo sich hinter einem Felsen den Uringestank abwusch und umzog, legten die Männer den Pferden Fußfesseln an, und der Bergführer machte Feuer. Inzwischen war es zu dunkel zum Weiterreiten, sodass sie an Ort und Stelle ihr Nachtlager aufschlugen.

Im Gehöft des Hirten hatten sie sich großzügig mit Schafskäse, Hammelfleisch, Fladenbrot und getrockneten Aprikosen eingedeckt. Matteo, der seit fast zwei Tagen nichts gegessen hatte, schlang seine Portion heißhungrig herunter. Anschließend erzählte er seine Geschichte. Sie war wirr, doch nach einer Weile bekam Morra eine ungefähre Vorstellung, was geschehen war. Am meisten überraschte ihn Bazerats Verrat. Er hatte den Ritter Matteo zur Seite gestellt, damit der Toskaner nicht auf die Idee kam, sich seinen Pflichten zu entziehen. Doch letztlich hatte sich Matteo als zuverlässig erwiesen. Seine Furcht vor der Hölle und sein Wunsch nach Vergebung waren offenbar stärker, als Morra immer angenommen hatte.

Sie hatten sich einen Steinwurf vom Lager entfernt. Simone und die anderen brauchten die Einzelheiten der Suche nicht zu erfahren. Zu viel Wissen verwirrte einfache Männer wie sie nur.

Morra blickte über die schwarzen Berggipfel, über denen die Sterne viel klarer leuchteten als in seiner Heimat. Matteos unerwartetes Auftauchen war der himmlische Fingerzeig, auf den er in den letzten Tagen gewartet hatte. Die Ironie dabei belustigte ihn. Der Herr fand sogar für Ketzer Verwendung.

Nach einer Weile sagte er: »Erzähl mir von der Ägypterin. Was hat sie mit dem Zepter zu schaffen?«

»Ich weiß es nicht, Eminenz.« Matteo verstummte. Als er weitersprach, lag ein Anflug von Zorn in seiner Stimme. »Einer Satanshure genügt es, Zwietracht und Unheil zu säen. Welchen Grund braucht sie noch?«

Morra bezweifelte, dass die Ägypterin eine Hexe war. Matteo schwor Stein und Bein, gesehen zu haben, wie sie durch eine Feuersbrunst ging. Doch Morra kannte solche Geschichten. Mit dem Tod vor Augen sah ein Mann alles Mögliche. »Vielleicht steht sie in den Diensten einer dritten Macht. Ich will wissen, mit wem wir es zu tun haben.«

»Es spielt keine Rolle mehr, wer sie ist. Die Mongolen haben ihr und Bazerat längst die Köpfe abgeschlagen.«

»Hast du ihre Köpfe gesehen?«, erwiderte der Kardinal. »Ihre Leichen?«

»Nein«, gab Gaspare zu. »Aber al-Munahid wird dafür gesorgt haben, dass sie ihm nicht mehr in die Quere kommen.«

Ja, das wird er, dachte Morra, *so wie in Konstantinopel. Und was hat er dort erreicht?* Doch er sprach seine Vorahnungen nicht aus. Je älter er wurde, desto mehr neigte er zu Schwarzseherei. Dabei hatte er allen Grund, sich von Matteos Nachrichten hoffnungsvoll stimmen zu lassen.

Es war schon spät, und sie beide waren müde. Mit raschelnden Kutten gingen sie zum Lager zurück. Die Waffenknechte schliefen bereits; nur der Bergführer war noch wach. Die Beine untergeschlagen, saß er am Feuer und schnitzte. Die Spitze des Astes hatte sich unter seinem Messer in die vordere Hälfte eines springenden Berglöwen verwandelt.

Um die Männer nicht zu wecken, senkte Morra die Stimme, als er den Armenier ansprach.

»Unser Ziel hat sich geändert. Bring uns nach Süden, zum Euphrat.«

Kapitel 26

Nach Süden, zum Euphrat. Mehr hatte ibn-Marzuq nicht gesagt, denn er fürchtete, entbehrlich zu werden, wenn er al-Munahids Ziel preisgab.

Narek genügte diese knappe Angabe. Wie fast alle Bewohner des Dorfes war er Schmuggler und kannte sämtliche Bergpfade, verborgenen Pässe und geheimen Lagerplätze fernab der großen Handelsrouten. Mit seinen stämmigen Packpferden belieferte er Trapezunt mit mesopotamischem Silber und Yerewan mit Perlen aus dem Schwarzen Meer, Edessa mit Eis aus dem Hochland und entlegene Bergdörfer mit Werkzeug, Tuch und Wein von der Küste – und niemals zahlte er den mongolischen, seldschukischen, byzantinischen oder mameluckischen Herren auch nur eine Kupfermünze Zoll.

Zurzeit verdiente er sein Geld, indem er einen ägyptischen Wesir, einen jungen Ritter und eine Dschinn von Armenien ins Zweistromland geleitete. Die Schmugglerpfade führten sie durch menschenleere Täler, über Bergkämme und Hochebenen, auf denen noch im Hochsommer Schnee lag. Jada konnte Hitze ertragen, die einen Menschen tötete, aber die Kälte in diesen Regionen machte ihr zu schaffen. In mehrere Decken gehüllt saß sie auf ihrem Pferd; nachts schlief sie so nahe am Lagerfeuer, dass sich jeder andere aus ihrer Gruppe Verbrennungen zugezogen hätte.

Um Städte machten sie einen Bogen, in einsamen Gehöften und Siedlungen füllten sie ihren Proviant auf. Nareks Begabung, mongolischen Reitwachen auszuweichen, glich der Andraniks. Kein einziges Mal kreuzten sie den Weg eines

Reitertrupps. Wenn sie Mongolen in der Ferne sahen, verfinsterte sich die Miene ihres ansonsten so fröhlichen Führers, und er murmelte Flüche in seiner Sprache, bis die fremden Krieger außer Sicht waren.

Es war eine Erlösung für Jada, als sie endlich die tiefer gelegenen und wärmeren Täler Ostanatoliens erreichten. Kurz darauf verließen sie das Reich der Ilkhane. Die Täler, durch die sie von da an ritten, standen unter der Herrschaft eines Seldschukenfürsten, dessen Krieger Reisende in Ruhe ließen, solange sie das Gesetz achteten. Sie brauchten Nareks Hilfe nicht mehr, doch der Armenier bestand darauf, sie bis nach Edessa an der Grenze des Zweistromlandes zu begleiten. Jada vermutete, dass er dort Schmuggelware aufnehmen wollte, um sie auf dem Rückweg zu verkaufen.

Zwei Tagesritte nach dem Abschied von Narek überquerten sie den Euphrat, die Ostgrenze des Sultanats. Jada hielt sich vom Rand der Fähre fern, während sich diese, gezogen von zwei Ochsen an einer Kette, quälend langsam über den grünbraunen Strom bewegte. Bei der Vorstellung, dass nur ein dünner Holzboden sie von diesen unvorstellbaren Wassermengen trennte, wurde ihr übel, bei jedem Schlingern fuhr sie zusammen. Raoul legte einen Arm um ihre Hüfte. Was er tat, war nutzlos, denn wäre die Fähre tatsächlich gekentert, hätte das Wasser ihr trotz seiner Hilfe großen Schaden zugefügt. Doch allein dass er sie berührte, gab ihr Halt und verminderte ihre Furcht.

Seit jener Nacht im Bergdorf hatte es viele solcher zärtlichen Gesten gegeben. Er hatte ihre Hand genommen, als sie am Feuer saß und dennoch fror. Er hatte ihr eine Haarsträhne aus dem Gesicht gestrichen, als sie von ihrem Dorf in der ägyptischen Wüste erzählte. Immer wieder berührte er sie, warf ihr Blicke zu, lächelte sie an. Seine Nähe tat gut, vertrieb für einen Augenblick ihre Einsamkeit, dennoch wies sie ihn jedes Mal aufs Neue zurück. Die gemeinsamen Nachtstunden im Bergdorf waren ein Fehler gewesen, und sie wollte nicht alles noch schlimmer machen. Bald kehrte sie zu ihrem Volk zurück. Vielleicht würde sein Schmerz über den Abschied nicht so groß sein, wenn sie ihm jetzt schon Leid zufügte. Vielleicht würde dann *ihr* Schmerz nicht so groß sein.

Zum ersten Mal überlegte Jada, ob es besser gewesen wäre, wenn sie ihn in Konstantinopel nicht aus dem Feuer gerettet hätte. Sie hätte ihn sterben lassen und gleich al-Munahid verfolgen sollen. Alles wäre jetzt so viel einfacher. Aber sie hätte das niemals gekonnt, schon damals nicht, als sie noch nicht einmal seinen Namen wusste. Er war Antonius so ähnlich: die gleichen Zweifel, die gleiche Entschlossenheit, die gleiche Liebe zum Leben. Antonius hatte nach Gott gesucht, Raoul suchte nach Gott – auch wenn es ihm noch nicht bewusst war. Nein, sie hätte ihn nicht im Feuer zurücklassen können. Aber das war vorbei. Jetzt musste sie anfangen, ihn zu vergessen.

Denk an die tausend Jahre, die hinter dir liegen!, sagte sie sich, zornig auf sich selbst.

Endlich legte die Fähre an. Jada löste sich aus Raouls Umarmung, führte ihr Pferd ans Ufer und galoppierte los, ohne sich nach ihm umzusehen.

Von ibn-Marzuq wusste Raoul, dass die Söldner ein Schriftstück mit dem Siegel eines mongolischen Fürsten besaßen, mit dem sie sich freies Geleit durch das ganze Hochland verschaffen konnten. Auf den Talstraßen waren die Mamelucken wesentlich besser vorangekommen als ihre Verfolger auf den unwegsamen Bergpfaden, sodass sie nun einen beträchtlichen Vorsprung hatten. Um aufzuholen, verkauften Raoul und seine Gefährten am Ende eines Tages ihre Pferde und erwarben am nächsten Morgen vom Erlös und dem restlichen Geld des Wesirs neue, ausgeruhte Tiere.

Seit ihrem Aufbruch von Edessa hatten sie einmal die Pferde gewechselt. Mit den frischen Tieren schafften sie das Anderthalbfache dessen, wozu erschöpfte Pferde in der Lage gewesen wären. Als jenseits des Euphrat die Hügel in eine Ebene ausliefen, legten sie noch weitere Strecken zurück, doch ab und zu mussten sie rasten. In der glühenden Mittagshitze machten sie in einem Wadi halt. Überhängende, von plötzlichen Regenfällen ausgewaschene Felswände spendeten Schatten; durch das Trockental führte nur ein Rinnsal, das bald im Sand versickerte.

Ibn-Marzuq tränkte die Tiere. Raoul füllte seinen Schlauch und zog sich in den Schatten zurück. Er hustete und schmeckte Blut; die Hitze und der allgegenwärtige Flugstaub setzten ihm zu. Er zerschnitt eine von Jadas Wurzeln, von denen er sich im Hochland einen Vorrat angelegt hatte, presste den Saft aus und vermischte ihn in seinem Kochgeschirr mit Wasser. Da es weit und breit kein Brennholz gab, konnte er den Sud nicht erhitzen, doch er würde auch so seine Wirkung entfalten. Schluck für Schluck trank er ihn aus.

Er sah zu Jada herüber, die in der Mitte des Wadis stand und ihre Kapuze zurückschlug. Der Wind spielte mit ihrem Haar, während sie ihren Blick über die Ebene schweifen ließ. Raoul bemerkte den Wandel, der mit ihr vorging, seit sie das Hochland verlassen hatten. Dort war sie schwach und müde gewesen, doch mit jeder Meile, die sie sich der Syrischen Wüste näherten, nahm ihre Kraft zu. Es lag an der Sonne, hatte sie ihm erklärt. Dschinn brauchten die Sonne zum Überleben, so wie Menschen Wasser und Nahrung benötigten.

Raoul hatte sie gefragt, wie alt Dschinn würden.

Die ältesten Dschinn könnten sich an die Gründung von Uruk im Zweistromland erinnern, hatte Jada geantwortet.

»Kann ein Schwert euch töten?«

Sie hatte über seine Frage gelächelt. »Natürlich. In unseren Adern fließt Blut wie in euren. Wenn es vergossen wird, sterben wir. Wir sind nicht so verschieden, wie du glaubst.«

»Aber verschieden genug, dass es für dich und mich keine Zukunft gibt.«

In diesem Augenblick war ihr Lächeln erstorben. »Hör damit auf, Raoul. Bitte.«

Doch er konnte damit nicht aufhören. Er verstand, warum sie nie wieder einen menschlichen Mann lieben wollte, auch, warum sie von ihm verlangte, sie zu vergessen – aber er war dazu nicht fähig.

Raoul beobachtete Jada, wie sie zu den Pferden am Wasserlauf ging und ihre Stute abrieb. Das hatte zwar ibn-Marzuq bereits getan, aber offenbar brauchte sie einen Vorwand, nicht in seiner Nähe sein zu müssen. Er dachte daran, wie er sie auf der Fähre in den Arm genommen hatte. In Momenten wie diesem erschien es ihm unvorstellbar, dass sie in wenigen Tagen zu ihrem Volk zurückkehren und er sie nie wieder sehen würde. Dennoch war ihm bewusst, dass ihr Entschluss feststand, denn sie war wieder so unnahbar wie zu Beginn ihrer gemeinsamen Reise.

Ich zermartere mir den Kopf über Dinge, die vielleicht nie geschehen, dachte er düster. *Als ob es die einfachste Sache der Welt wäre, das Zepter zurückzuholen … Wir wissen nicht einmal, was wir tun werden, wenn wir al-Munahid eingeholt haben. Gegen ihn zu kämpfen ist aussichtslos. Wir sind nur zu dritt, und ibn-Marzuq dürfte in einem Kampf so viel wert sein wie ein Einbeiniger …*

Er hustete und trank von dem bitteren Sud.

Er hörte Schritte auf dem steinigen Boden knirschen und sah auf. Der Wesir setzte sich zu ihm.

»Die Hitze scheint ihr nicht das Geringste anzuhaben«, sagte er mit verstohlenem Blick auf Jada. »Sie hat seit heute Morgen noch keinen einzigen Schluck Wasser getrunken. Seltsam, nicht wahr? Sie müsste doch vor Durst fast verrückt sein.«

Jada hatte Raoul den Schwur abgenommen, ibn-Marzuq kein Wort von den Dschinn zu erzählen. »Sie hat getrunken. Es ist Euch bloß nicht aufgefallen.«

»Nein, ich habe darauf geachtet. Schon gestern habe ich mich gewundert, warum sie so selten trinkt.«

In Wahrheit trank Jada überhaupt nie. Sie tat nur so, indem sie den Schlauch an ihre Lippen setzte. Doch kein einziger Tropfen berührte ihre Zunge. »Sie hat lange in der Wüste gelebt«, sagte Raoul. »Sie kann Hitze leichter ertragen als Ihr und ich.«

Ibn-Marzuqs Blick verriet, dass er Raouls Erklärung für unsinnig hielt. Er sah wieder zu Jada und sagte: »Eine merkwürdige Frau. Habt Ihr Euch nie gefragt, ob sie etwas vor uns verbirgt?«

Die Frage klang harmlos, doch Raoul kannte die Durchtriebenheit des Wesirs. Wollte er einen Keil zwischen sie treiben? »Der Einzige, der etwas vor den anderen verbirgt, seid Ihr, ibn-Marzuq.«

Ein Lächeln umspielte ibn-Marzuqs Lippen. »Ihr vertraut mir noch immer nicht.«

»Nennt mir einen Grund, warum ich das sollte.«

»Nun, wir haben das gleiche Ziel. Es wäre leichter, wenn wir –« Ibn-Marzuq verstummte, weil Jada sich ihnen näherte.

»Die Rast war lang genug«, sagte sie. »Wir müssen weiter.«

Der Wesir machte keine Anstalten, sich zu rühren. »Es ist zu heiß. Wenn wir jetzt reiten, bringen wir die Pferde in Gefahr. Wir warten bis zum Abend.«

»Wir haben im Hochland schon zu viel Zeit verloren«, erwiderte Jada heftig. »Noch einen halben Tag können wir uns nicht erlauben.«

Ibn-Marzuq sagte betont gelassen: »Al-Munahid wird uns schon nicht entwischen. Dort, wo er hinwill, wird er einige Tage bleiben.«

Raoul mischte sich ein. »Und wo ist das? Wie wäre es, wenn Ihr uns endlich in Euer kleines Geheimnis einweihen würdet?«

Wieder lächelte ibn-Marzuq, aber es lag keine Freude darin. »Welchen Nutzen hätte ich dann noch für Euch? Wer garantiert mir, dass Ihr nicht bei der nächsten Gelegenheit versucht, den lästigen, alten Harun loszuwerden? Oder mir einen Dolch in den Rücken zu stoßen?«

»Haltet Ihr mich wirklich für einen Mann, der zu so etwas fähig wäre?«, erwiderte Raoul ruhig.

»Ihr vielleicht nicht …« Der Blick des Wesirs wanderte zu Jada, und der Rest blieb unausgesprochen.

Das Feuer in ihren Augen war kalt wie ein Leuchten in tiefer See. »Wohin will al-Munahid?«, fragte sie leise und schneidend.

Ibn-Marzuqs Gesicht zeigte keine Regung, während er ihrem Blick standhielt. Schließlich sagte er: »Zur Festung eines Mannes namens Ashwaq al-Tufail. Sie liegt über dem Euphrat, anderthalb Tagesritte östlich von Aleppo. Dort ist ein Gebirge, das …«

»Ich weiß, wo das ist«, sagte Jada und ging zu den Pferden.

Sie stieg ohne ein weiteres Wort auf und ritt los, sodass den beiden Männern nichts anderes übrig blieb, als ihr zu folgen. Raoul konnte mit ihrem scharfen Ritt mithalten, doch ibn-Marzuq, der sehr erschöpft war, fiel mehr und mehr zurück. Als sich das Wadi verbreiterte und sich wie ein gewaltiger Felstrichter zur Ebene hin öffnete, war von ihm nur noch eine Staubwolke zu sehen.

Die Gegend war zu trocken für menschliche Siedlungen. Keine Spuren von Leben, so weit das Auge reichte, nicht einmal Rauch, der auf ein Dorf hingedeutet hätte. Zwischen kargen, lang gezogenen Hügeln erstreckten sich sandige Flächen, von Steinen übersät. Unter der glühenden Sonne gediehen lediglich gelbliche Grasbüschel und magere Sträucher.

Über den Hügeln flimmerte die Luft. In der Ferne sah Raoul ein Dromedar über dem Erdboden schweben, darauf einen Krieger mit einer blitzenden Lanze, an der ein Wimpel flatterte. Noch mehr Reiter erschienen aus dem Nichts, verharrten reglos auf dem Kamm, als warteten sie auf ein Zeichen zum Angriff. Sie waren durchscheinend, Luftspiegelungen, eine Sinnestäuschung wie das Geisterheer im Amanusgebirge. Als Raoul darauf zuritt, begannen sie bereits zu verblassen. *Die Träume der Dschinn,* so hatte Matteo sie genannt, und von Jada wusste Raoul, dass der Toskaner damit gar nicht so falschlag: Dschinn lösten die Erscheinungen aus, unwillentlich und nur wenn bestimmte Umstände zusammentrafen. Es waren Bilder, die nur Menschen sehen konnten; für die Beduinen ein Zeichen, dass Dschinn in der Nähe waren. Im Amanusgebirge war Jada keinen Steinwurf von ihnen entfernt gewesen, als sie das Geisterheer gesehen hatten.

Jada hielt auf eine Schlucht in der Hügelkette zu, und der letzte Dromedarreiter verschwand.

Auf der anderen Seite der Hügel eine Meile weiter südlich beobachtete Kadar al-Munahid ungeduldig, wie sich die geisterhaften Krieger in der Ferne langsam auflösten. Als nur noch flirrende Luft zu sehen war, fragte er die Männer ungehalten: »Können wir weiterreiten?«

Alle bis auf Unardhu, der am wenigsten abergläubisch war, hatten die Erscheinung ehrfürchtig angestarrt. Jetzt wendeten sie ihre Pferde. Doch bevor sie losreiten konnten, sagte

Bishr: »Es wäre besser, einen Bogen um diese Gegend zu machen.«

Neuer Ärger regte sich in Kadar. »Das kostet uns nur Zeit. Die Ebene ist der kürzeste Weg zu al-Tufail.«

»Bishr hat recht, *aqid*«, mischte Rafiq sich ein. »Es ist nicht gut, durch Dschinnland zu reiten. Die Fata Morgana ist eine Warnung. Wer weiß, was sie tun, wenn wir nicht verschwinden. Vielleicht schicken sie einen Sandsturm.«

»Ammenmärchen! Es gibt keine Dschinn. Weder hier noch anderswo.«

»Man kann sie nicht sehen«, erwiderte der Nubier. »Aber das heißt nicht, dass sie nicht da sind.«

Viele seiner Männer nahmen die alten Geschichten für bare Münze. Allerdings hätte Kadar nicht gedacht, dass ihr Aberglaube so stark ausgeprägt war. Langsam ritt er zu dem schwarzhäutigen Krieger. »Vor wem hast du mehr Angst: vor den Dschinn – oder vor mir?«

Rafiq entging nicht, dass Kadars Hand auf dem Schwertknauf lag. Er senkte den Blick und schwieg.

Kadar sah in die Runde. »Wir bleiben auf diesem Weg. Und ich dulde keine weiteren Verzögerungen.« Er trieb sein Pferd an. Die Drohung hatte ihre Wirkung nicht verfehlt: Die Männer folgten ihm, und niemand redete mehr von den Dschinn.

Der Vorfall war ein Zeichen für die zunehmende Gereiztheit und Unruhe der Männer, die Kadar seit zwei Wochen beobachtete. Es lag an dem Zepter. Sie alle waren Zeugen seiner Heilkraft gewesen, dennoch fürchteten sie es. Er konnte es ihnen nicht verdenken. Sosehr er die Macht des Zepters genoss, so sehr spürte er auch, dass dessen Kräfte fremd und dunkel waren … und weitaus mehr bewirken konnten, als Wunden und Krankheiten zu heilen. Sein Gefühl auf der Überfahrt nach Trapezunt hatte ihn also nicht getäuscht:

Ibn-Marzuq hatte ihm wirklich etwas verschwiegen. Vielleicht war die eigentliche Bestimmung des Zepters eine ganz andere. Sowie die Angelegenheit mit al-Tufail erledigt war, musste er mehr darüber herausfinden.

Außerdem war da noch die Sache mit Bazerat … Wie konnte er den Männern ihre Beunruhigung vorwerfen, wenn er selbst sich ständig im Sattel umdrehte und den Horizont nach Verfolgern absuchte? Sie kannten ihn als einen Mann, der nur wenige Dinge fürchtete, und ihn so vorsichtig zu sehen verunsicherte sie. Zumal sie immer noch kein Lebenszeichen von dem Ritter und seinen Begleitern entdeckt hatten. Aber immer wenn er sich fragte, ob seine Wachsamkeit nicht übertrieben war, sagte ihm eine Ahnung, dass er Bazerat nicht zum letzten Mal gesehen hatte.

Ich hätte dabeibleiben sollen, bis die Mongolen ihm den Kopf abgeschlagen haben, dachte er voller Zorn auf sich selbst. *Dann könnte ich jetzt meine ganze Aufmerksamkeit auf al-Tufail richten. Alles wegen meiner verdammten Ungeduld!*

Kadar zwang sich, Bazerat für eine Weile zu vergessen und seine nächsten Schritte zu durchdenken.

Sie hatten den Euphrat nördlich von Samosata überquert und waren seinem Verlauf mehrere Tage gefolgt. Seit heute Morgen war der Strom außer Sicht geraten, denn er floss in weiten Windungen ostwärts, während sie nach Süden ritten. Gegen Abend änderte Kadar die Richtung und führte seine Schakale zu einer Oase, bei der er als Kind einige Male mit seinem Stamm gewesen war. Damals hatten immer einige Beduinen dort gelagert. Daran hatte sich auch nach zwanzig Jahren nichts geändert: Obwohl einer der zwei Ziehbrunnen inzwischen versandet und der Bestand der Feigenbäume und Dattelpalmen merklich geschrumpft war, säumten Kamelhaarzelte den zwischen niedrigen Hügeln gelegenen Hain.

Während seine Männer an den Bewässerungsgräben die

Pferde tränkten und ihre Schläuche füllten, näherte sich Kadar dem Lager der Beduinen. Es handelte sich um einen kleineren Stamm, dem etwa vierzig Menschen angehörten. Kinder tollten bei den Ziegen herum, die auf einer kargen Wiese weideten. Frauen saßen vor den Zelten, bürsteten Kamelhaar aus und buken Brot auf heißen Steinen. Als Kadar den Duft der frischen Laibe roch, stiegen unwillkommene Erinnerungen in ihm auf, und er sah sich wieder neben seiner Schwester liegen und ihrer Geschichte von Harun al-Rashid lauschen, während draußen in der Dunkelheit Trommeln den Takt für einen wilden Schwerttanz schlugen … kurz bevor Ashwaq al-Tufails Reiter kamen und alles endete. *Wenn dein Vater sie zurückgeschlagen hätte, würdest du heute leben wie diese Menschen,* flüsterte eine Stimme in seinem Innern. Sein Zorn erwachte, und er rief sich ins Gedächtnis, warum er hergekommen war.

Er begrüßte einen jungen Beduinen, der im Schatten einer Palme seinen Sattel flickte, und erkundigte sich nach dem Scheich des Stammes. Der Krieger wies auf ein Zelt in der Mitte des Lagers.

Der Mann, den er suchte, hatte ein schlankes Gesicht mit harten Augen, lange, sehnige Arme und einen von weißen Haaren durchsetzten kurzen Kinnbart. Er hatte den Turban abgenommen, sein Schädel war blank. Als Kadar die Zeltplane zur Seite schlug und geduckt das Innere betrat, schälte der Scheich mit einem gekrümmten Messer eine Orange. Im Schatten bemerkte er zwei weitere Männer, die sich leise unterhielten. Ihr Gespräch verstummte, und drei Augenpaare fixierten ihn.

»Wer bist du?«, fragte der Scheich.

»Kadar al-Munahid, Abduls Sohn.«

Abdul al-Munahid war vor zwanzig Jahren ein Name gewesen, den in der Wüste viele gekannt hatten. Die Miene des Scheichs verriet nicht, ob er sich an ihn erinnerte.

»Er ist der *aqid* der Reiterschar, die von Nordwesten gekommen ist«, sagte einer der beiden Männer. Er war jünger als der Scheich, dem Aussehen nach ein naher Verwandter.

Die dunklen Augen des Scheichs ruhten auf Kadar. Er legte Orange und Messer auf ein Tuch und sagte: »Ein Mongole reitet mit dir.«

Kadar bewunderte die Wachsamkeit der Nomaden. Seine Männer und er waren genau beobachtet worden, ohne dass er es bemerkt hatte. »Er ist ein Söldner wie wir alle.«

Bei einem Volk, das die Mongolen wegen ihrer ständigen Überfälle noch mehr hasste als den Sultan und seine Emire, konnte sich Unardhus Gegenwart als Problem erweisen. Doch der Scheich ging nicht darauf ein. »Für wen kämpft ihr?«

»Für niemanden.«

»Ich habe dich nicht eingeladen. Wieso hast du mein Zelt betreten?«

»Ich will mit dir über ein Geschäft reden«, sagte Kadar.

Der Scheich war noch immer misstrauisch und forderte ihn nicht auf, sich zu setzen. »Was ist das für ein Geschäft?«

Kadar hielt es für das Klügste, ohne Umschweife zu antworten. »Ich brauche Männer, die mir helfen, Ashwaq al-Tufails Festung anzugreifen.«

Der Scheich schwieg, und der Mann, den Kadar für dessen Bruder hielt, verzog den Mund zu einem höhnischen Grinsen.

»Warum? Al-Tufail ist für niemanden mehr eine Gefahr«, sagte der Scheich schließlich.

»Ich suche Rache.«

Das Misstrauen in den dunklen Augen wich einer Regung, die nicht so recht zu dem harten Gesicht passen wollte: Überraschung. *Er erinnert sich,* dachte Kadar. »Abdul al-Munahids Sohn«, wiederholte der Scheich langsam. »Al-Tufail hat deinen Stamm vernichtet. Vor zwanzig Jahren.«

Kadar nickte.

Der dritte Mann meldete sich zu Wort. Er war etwa so alt wie der Scheich, ein Beduine mit Bart, ausladendem Turban und zerknittertem Gesicht, in dem zwei leuchtend blaue Augen saßen. »Es ist unmöglich, al-Tufails Festung einzunehmen. Viele haben das schon versucht und sind gescheitert. Zum Tor führt nur ein schmaler Pfad. Wer sich darauf sehen lässt, wird von den Bogenschützen erschossen.«

»Ich weiß eine List, wie ich in seine Festung eindringen und nachts das Tor öffnen kann. Dann ist es ein Leichtes, seine Männer niederzumachen. Aber dafür brauche ich mehr Krieger.«

»Ashwaq al-Tufail ist zu schlau für eine List«, bemerkte der jüngere Beduine, doch der Scheich achtete nicht auf ihn. Kadars Geschichte schien ihn zu fesseln.

»Meine Männer sind gute Krieger. Kannst du dir ihre Dienste leisten?«

Kadar zog einen Beutel hinter seinem Gürtel hervor und warf ihn auf den Boden. Die Lederschnüre öffneten sich, und geraubtes Gold, Silber und Kupfer rollten über die Decken. Wieder schwiegen die drei Männer. Der herablassende Ausdruck im Gesicht des jüngsten war verschwunden. Der Scheich griff nach einer Goldmünze, betrachtete sie mit zusammengekniffenen Augen, als wolle er ihre Echtheit prüfen. »Hast du davon noch mehr?«

»Viel mehr«, sagte Kadar.

Wie bei Beduinen üblich, waren alle elf erwachsenen Männer von Mohammed Dhakirs Stamm Krieger, geübt mit Schwert, Bogen und Lanze. Drei von ihnen, darunter Dhakirs Bruder Gamal, blieben in der Oase, die übrigen schlossen sich unter der Führung ihres Scheichs Kadar an. Am frühen Abend, als die Hitze etwas zurückgegangen war, setzte die um acht Dromedarreiter angewachsene Kriegerschar ihren Weg nach Süden fort.

Sie brauchten zwei Tage, bis sie das Gebiet erreichten, in dem einst keine Karawane, kein Beduinenstamm vor al-Tufail sicher gewesen war. Der Euphrat floss träge zwischen Hügeln dahin, deren Farbe dem grünbraunen Wasser ähnelte. Raqqa im Osten war weit entfernt, Aleppo im Westen noch weiter, und die Fischerdörfer hatten entweder die Mongolen oder al-Tufails Räuber geplündert und zerstört. Die einzigen Menschen in dieser Gegend waren vereinzelte Beduinenstämme. Dass die Nomaden es wagten, mit ihren Herden am Flussufer zu lagern, bestätigte, was Kadar in den letzten zwei Jahren immer wieder gehört hatte: Sein alter Feind hatte seine Macht verloren und versteckte sich in der Einöde wie eine verwundete Ratte in ihrem Loch.

Als die Festung in Sicht kam, trennte Kadar sich von den anderen. Nur Najib begleitete ihn. Sie waren gekleidet wie Beduinen und mit nichts als ihren Dolchen bewaffnet. Kadar war nie in der Nähe der Festung gewesen, doch bei seinen Erkundigungen hatte er mit ehemaligen Kriegern al-Tufails gesprochen, sodass er den Weg mühelos fand. Hinter einem bis auf die Grundmauern zerstörten und schon viele Jahre verlassenen Dorf führte der Pfad durch ein ausgetrocknetes Bachbett, stieg steil an und wurde schmaler und gefährlicher, je höher es die Hügel hinaufging. Hier oben wuchs nichts; Felsen warfen scharf umrissene Schatten in der Abendsonne; Nattern und Skorpione verschwanden im Geröll, aufgeschreckt vom Klappern der Pferdehufe.

Nach einer Wegbiegung ragte plötzlich die Festung vor den beiden Männern in die Höhe: ein kleiner Bau mit einem kuppelförmigen Haupthaus, drei Türmen und zinnenbewehrten Mauern mit Bogenschützennestern, die jederzeit Pfeile und kochendes Pech ausspeien konnten. Errichtet aus ockerfarbenem Stein und teilweise in den Fels gehauen, sah die Festung wie eine Wucherung der Hügelspitze aus. Kein Banner, kein Rauch und kein Soldat auf den Wehrgängen deuteten auf Bewohner hin, doch dann bemerkte Kadar ein Blitzen zwischen den Zinnen, das von einem Helm stammen musste.

Sie haben uns gesehen, dachte er.

Nach einer weiteren Kurve verlief der Pfad gerade und gesäumt von hohen, sandfarbenen Felsen auf die Festung zu.

Das Tor befand sich im wehrhaftesten der drei Türme und war geschlossen.

Kadar kniff die Augen gegen die niedrige Sonne zusammen und ritt langsam weiter, bis er vor dem Turm sein Pferd zügelte. Zwanzig Jahre hatte er auf diesen Moment gewartet, zwanzig Jahre, in denen er unzählige Pläne erdacht und wieder verworfen hatte. Er zügelte sein Hochgefühl, indem er sich daran erinnerte, dass das Schwierigste noch vor ihm lag.

Najib blickte ehrfürchtig zu dem stillen Gemäuer auf. Er schwieg, so wie Kadar es ihm befohlen hatte.

Sie stiegen ab.

Ein behelmter Kopf erschien zwischen den Turmzinnen. »Wer seid ihr?«, rief der Mann.

»Abdul al-Safi«, stellte Kadar sich vor, »Arzt und Heiler. Ich hörte, dein Herr braucht Hilfe.«

»Wer sagt das?«

»Jeder auf der Straße von Aleppo nach Raqqa. Ich bin gekommen, um ihm meine Dienste anzubieten.«

»Mein Herr hält nichts von Ärzten«, erwiderte der Soldat.

Kadar hatte davon gehört. »Weil ihm keiner helfen konnte. Aber meine Kunst ist die beste im ganzen Sultanat. Es gibt kein Leiden, das ich nicht in kurzer Zeit kurieren kann.«

Die Stimme des Kriegers klang ungeduldig. »Von Schwindlern hält er noch weniger. Dem letzten Wunderheiler, der hier aufkreuzte, schnitt er als Lohn für seine leeren Versprechungen die Männlichkeit ab und verfütterte sie an die Ratten.«

Kadar lächelte herausfordernd. »Öffne das Tor, und ich gebe dir eine Kostprobe meiner Kunst.«

Der argwöhnische Blick blieb bestehen, dann verschwand der Kopf des Mannes. Wieder lag Stille über der Festung. Es bestand die Gefahr, dass al-Tufails Krieger die beiden Besucher stehen ließen, bis diese von selbst den Rückzug antraten. Doch Kadar verließ sich darauf, dass sie sich nach all den Jahren in der Einsamkeit nach Abwechslung sehnten – besonders wenn diese in der Aussicht bestand, einen Quacksalber zu Tode zu quälen.

Er schätzte die Männer richtig ein. Nach einer Weile erklang das Rumpeln eines schweren Riegels, der entfernt wurde, und ein Torflügel schwang nach innen auf. Der Soldat von der Turmspitze trat ins Freie, gefolgt von einem zweiten. Beide trugen eiserne Kappen und knielange Panzerhemden und hatten Schwert und Dolch umgegürtet. Der zweite musterte Kadar und Najib mit dem herrischen Blick eines Hauptmanns.

»Wer ist der da?«, fragte er mit Blick auf Kadars Begleiter.

»Najib, mein Schüler.« Der junge Söldner neigte unterwürfig den Kopf, und Kadar breitete als Geste der Begrüßung lächelnd die Arme aus. »Allah segne dich hundertfach für deine Bereitschaft, Abdul al-Safi zu empfangen. Die Dankbarkeit deines Herrn ist dir gewiss. Ich habe meine Heilkunst von den größten Meistern Persiens und –«

»Ja, ja«, unterbrach ihn der Hauptmann. Nachdem er mit einem Blick festgestellt hatte, dass sich zwischen den Felsen keine Feinde verbargen, wandte er sich zum Tor um und sagte: »Omar! Komm her!«

Die Vorsicht der Krieger war größer, als Kadar erwartet

hatte. Gewöhnlich ließ die Aufmerksamkeit von Männern rasch nach, wenn keine Feinde zu erkennen waren. Al-Tufails aus dem Wahnsinn geborene Wachsamkeit, die überall Bedrohungen witterte, musste sie mit den Jahren angesteckt haben. Aber das vergrößerte die Gefahren seines Plans nur geringfügig.

Ein dritter Krieger schlurfte aus dem Tor heraus, die Haltung gekrümmt, das Gesicht fahl, der Waffenrock verschwitzt. Kadar wollte Najib eine leichte Messerwunde zufügen und diese vor aller Augen heilen. Aber dass die Söldner einen Kranken in den eigenen Reihen hatten, war noch viel besser.

»Zeig, was du kannst, Abdul al-Safi«, forderte der Hauptmann ihn auf.

Kadar sah Omar mitfühlend an. »Was hast du?«

»Meine Gedärme quälen mich«, murmelte er.

Nach fünfzehn Jahren in Heerlagern wusste er so viel über Darmkrankheiten wie jeder Wundarzt. »Am Tag ist dir kalt, in der Nacht heiß?«

»Ja.«

»Deine Träume sind wirr, und du speist schwarzen Saft?«

»Ja.«

Kadar nickte, als sei ihm nun klar geworden, woran der Mann litt. Er öffnete seinen Beutel, den er in der letzten großen Stadt mit Zangen, Trankfläschchen und Messern gefüllt hatte, und nahm bedächtig das Zepter heraus. Inzwischen hatten sich drei weitere Söldner eingefunden. Ihre Mienen verrieten Wissbegier, Misstrauen und Belustigung; sie gingen davon aus, Zeuge eines Schwindels zu werden.

Najib öffnete eine Phiole und verstreute rötliches Pulver auf dem Pfad – Rost. Kadar hob das Zepter gen Himmel und schloss die Augen, während seine Lippen stumm unsinnige Worte formten. Er kam sich ein wenig albern dabei vor, aber die geheimnisvolle Zeremonie war ebenso nötig wie die Fragen an Omar. Die Söldner mussten glauben, dass all dies Teil der Heilkunst war. Wenn sie durchschauten, dass allein das Zepter den Kranken heilte, würden sie dem Arzt und seinem Schüler die Kehle aufschlitzen und das Zepter behalten.

Kadar öffnete die Augen und berührte mit dem goldenen Kopf Omars Bauch, immerzu die Lippen bewegend, als flüstere er geheime Zauberworte. Die Haare an seinen Armen richteten sich auf, und sein Mund wurde trocken wie bei der Berührung einer Frau. Omars Augen weiteten sich, seine Knie gaben nach, und er brach auf dem Weg zusammen. Der Hauptmann stürzte zu ihm, doch Omar wehrte die Hilfe ab und stand auf. In sein Gesicht war die Farbe zurückgekehrt.

»Was ist los, Omar?«, fragte der Hauptmann argwöhnisch. »Was hat er getan?«

»Es geht mir gut«, antwortete der Soldat, und seine Augen strahlten, als begreife er erst jetzt, was geschehen war. »Er hat mich geheilt.«

Die anderen Männer umringten ihn sofort und bestürmten ihn mit Fragen. Kadar zog sich zurück und verstaute das Zepter im Beutel, solange niemand auf ihn achtete. Seine Erschöpfung war nicht größer als nach einem längeren Ritt. Omars Krankheit war nichts Ernstes gewesen; eine Vergiftung durch schlechtes Essen oder schmutziges Wasser.

Als sich die Männer wieder ihm zuwandten, war die Belustigung in ihren Blicken Ehrfurcht gewichen. Nur der Hauptmann war unverändert mürrisch, vielleicht weil er sich um die Hinrichtung der beiden Besucher betrogen fühlte. »Dein Können ist erstaunlich, Abdul al-Safi«, gab er widerwillig zu. »Bete, dass es dich nicht verlässt, wenn du dem Herrn gegenübertrittst.«

Kadar verbarg seine Erleichterung mit einer demütigen Verneigung, und er und Najib folgten den Männern ins Innere der Festung. Ein Soldat brachte ihre Pferde zu den Ställen. Das Tor wurde hinter ihnen geschlossen und ein schwerer Balken vorgelegt, und an der Seite des Hauptmannes gingen sie über den felsigen Boden des Hofs. Angelockt von den aufgeregten Stimmen ihrer Gefährten, kamen weitere Krieger von den Wehrgängen und den Unterkünften. Sie versammelten sich um Omar, um sich mit eigenen Augen von seiner Genesung zu überzeugen.

Kadar warf einen unauffälligen Blick über die Schulter. *Neun Männer, den Hauptmann eingeschlossen. Vielleicht noch weitere schlafend in den Unterkünften. Keine anderen Bediensteten oder Sklaven.* Seine Zuversicht wuchs.

Jede Kleinigkeit prägte er sich ein. Der Hof war eng und verwinkelt und lag, bedingt durch die hohen Mauern, Türme und Felszacken, wohl außer zur Mittagsstunde immer im Schatten. Vom zweiten Turm zu seiner Rechten ließ sich das Flussland überblicken; an ihn grenzten die Unterkünfte für die Krieger und ein niedriges, schlichtes Haus an, das nach Küche, Lager und Wäscherei aussah. Der dritte Turm war der höchste und gewährte einen guten Blick über Hügel und Ebene im Westen. Er war Teil des Haupthauses, eines runden Gebäudes mit rissigem Kuppeldach, zu dem der Hauptmann Kadar und Najib geleitete. Es war, wie auch die anderen Gebäude, in einem schäbigen Zustand. Eine geschwungene, aus dem Fels gehauene Rampe führte zum Eingang. Davor befand sich eine rechteckige Zisterne zum Auffangen von kostbarem Regenwasser. Sie war mehr als halb voll, und jener Teil von Kadars Verstand, der sich unaufhörlich mit Kriegskunst beschäftigte, sagte ihm, dass die Festung dank der Wasservorräte einer Belagerung lange standhalten konnte.

Vor der Rampe hielt der Hauptmann an. »Die Messer«, sagte er und hielt die Hand auf. Kadar und Najib reichten ihm ihre Dolche, doch damit war er noch nicht zufrieden. Er befahl Najib, den Beutel zu öffnen, und nahm auch das scharfe Arztbesteck an sich. Kadar entging nicht, dass er vermied, das Zepter zu berühren.

Erst dann betraten sie das Haupthaus. Am Ende eines halbdunklen Flurs, von dem mehrere Türen abzweigten, hing ein Vorhang aus purpurnem Tuch, das ausgebleicht und fadenscheinig war. Schmutz hatte sich in den Ecken des Ganges angesammelt, Risse durchzogen die Wände wie feine Adern. Kadar kam in den Sinn, dass sich der langsame Verfall von al-Tufail auf dessen Umgebung auszuweiten begann.

Der Hauptmann teilte den Vorhang, und sie gelangten in einen Saal, der bis zur Kuppeldecke reichte. Nach dem letzten Feldzug gegen die Mongolen war Kadar mit den anderen Söldnerführern vom Sultan im großen Wohnturm der Zitadelle empfangen worden. Jetzt sah er, dass er sich in einer Nachbildung der Sultansgemächer befand – einer schäbigen, verfallenden Nachbildung. Die Balustraden, die den Raum umliefen, bestanden nicht aus Zedernholz, sondern aus gewöhnlichen Kiefernbalken; der Boden war stumpf, verkratzt und von Flugsand bedeckt, der durch die hohen Fenster hereingeweht worden war; Vorhänge und Wandbehänge waren verschlissen, Schilfwände, Stühle und Truhen beschädigt, möglicherweise durch einen Wutausbruch des Bewohners. Kissen mit purpurnen und goldenen Bezügen bildeten ein Sitzlager – und dort sah Kadar seinen ältesten Feind stehen.

In der Nacht des Überfalls auf seinen Stamm und den darauffolgenden Tagen, als sie zu den Sklavenmärkten von Damaskus gezogen waren, hatte er Ashwaq al-Tufail nur wenige Male zu Gesicht bekommen, und er konnte sich nur dann an dessen Antlitz erinnern, wenn er es in der Nacht zuvor im Traum gesehen hatte. Der letzte Traum war gestern gewesen, dennoch war der Mann, der vor den Kissen stand, für ihn ein Fremder.

Kadar hatte die schrecklichsten Wunden gesehen, die man Menschen zufügen konnte, er kannte den Anblick von eiternden Geschwüren und von verstümmelten Körpern Aussätziger, doch als dieses … *Geschöpf* auf ihn zukam, stockte ihm der Atem.

Al-Tufails einst prächtige Gewänder waren Lumpen, und er selbst hatte kaum noch Ähnlichkeit mit einem menschlichen Wesen. Seine früher schlanke Gestalt war verkrümmt, seine Hände waren Krallen mit langen, gelblichen Fingernägeln. Knoten und nässende Geschwüre bedeckten die Haut, besonders im Gesicht; eine Hälfte wirkte wie verbrannt. Wirre, schlohweiße Haare klebten schweißnass an einem Schädel, dem jegliche Form fehlte. Das Licht in den Augen war das Feuer des Wahnsinns. Zum ersten Mal dachte Kadar, dass die Krankheit, die an al-Tufails Körper und Seele fraß, vielleicht schlimmer war als alles, was er mit ihm vorhatte. Doch Kadar erinnerte sich an Nadirah und seinen Vater, an die Sklavenpferche und Basileios Lakapenos, und seine Entschlossenheit kehrte zurück.

»Wer ist das, Mustafa?« Al-Tufails Stimme war noch immer kraftvoll, aber sie klang schwer und belegt. Kadar hatte gehört, dass die Lustseuche irgendwann Gaumen und Rachen angriff.

»Der Heiler, Herr«, erklärte der Hauptmann geduldig, daran gewöhnt, dass al-Tufail Dinge schnell wieder vergaß. »Ich stellte ihn auf die Probe, wie Ihr befohlen habt. Er hat Omar geheilt. Er versteht etwas von seiner Kunst.«

Kadar wollte schon innerlich über diese Untertreibung lächeln, als ihn der Blick aus den tief liegenden Augen traf.

»Ich kenne dich«, flüsterte der gefallene Edelmann. »Was hast du hier zu suchen, du Hundesohn?«

Kann es wirklich sein?, durchfuhr es Kadar. *Kann es wirklich sein, dass er sich nach all den Jahren noch an mich erin-*

nert? Das ist unmöglich. Ich war noch ein Kind. Er blickte zu Mustafa. Dessen Miene war ausdruckslos, nicht wie die eines Kriegers, der sich bereit machte, einen Feind seines Herrn anzugreifen.

Al-Tufail kam näher, und der Gestank ungewaschener Haut und offener Wunden kroch Kadar in die Nase. »Der Emir hat dich geschickt, nicht wahr? Bei Allah und allen Propheten, nach so vielen Jahren dürstet es ihn also immer noch nach Rache. Hast du ihn nach Waffen durchsucht, Mustafa?«

»Er ist kein Mörder, Herr. Er ist Arzt und Heiler. Er kommt, Euch zu helfen. Sein Name ist Abdul al-Safi. Der Junge ist sein Gehilfe.«

Natürlich!, dachte Kadar und entspannte sich. Al-Tufail war ein Gefolgsmann des Emirs von Aleppo gewesen, bis er seinen Herrn verraten hatte und vor dem Tod durch das Henkersbeil in die Wüste geflohen war. Sein verdrehter Verstand schien nur noch um seinen Verrat zu kreisen, und er hielt jeden Fremden für einen gedungenen Mörder seines Feindes.

»Ein Arzt und Heiler«, wiederholte al-Tufail gedehnt. »Ein Wunderheiler wie der letzte, der versucht hat, mir sein Gift einzuflößen?«

»Nein, Herr«, erklärte Mustafa aufs Neue. »Er hat bewiesen, dass er mehr von Heilkunst versteht als jeder andere Arzt, dem ich je begegnet bin.«

Al-Tufails fiebriger Blick ruhte auf Kadar, huschte zu Najib, kehrte ruckartig zu Kadar zurück. »Niemand kann mir helfen«, sagte er schließlich. »Das Gift des Emirs arbeitet schon zu lange in mir. Sieh, was es aus mir gemacht hat.« Er hob seine Krallenhände. »Allah allein kann mich davon befreien.«

Kadar kannte kein Gift, das wie die Lustseuche wirkte. Es

war eine Erklärung, die al-Tufail sich in vielen Jahren eingeredet hatte, die sich schlüssig in seinen Wahnsinn einfügte. Vermutlich hatte er sich bei einer Sklavin angesteckt, oder in einem christlichen Hurenhaus an der Küste.

Kadar trat einen Schritt vor und verneigte sich. »Auch ich kann es, Herr. Ich kann Euer Blut von dem Gift des Emirs reinigen und Euch wieder zu dem machen, der Ihr wart.«

Al-Tufail wandte den Kopf zum Hauptmann. »Hast du gehört, Mustafa? Er sagt es auch. Ein guter Arzt weiß, wann ein Gift am Werk ist.«

Hauptmann Mustafa neigte nur demütig den Kopf. Offenbar hatte er schon vor langer Zeit aufgegeben, seinem Herrn ausreden zu wollen, dass der Emir die Schuld an der Krankheit trug.

»Eine Substanz der tückischsten Sorte«, sagte Kadar. »Sie wird über die Nahrung aufgenommen. Gewiss hat Eure Speise gelegentlich einen merkwürdigen Beigeschmack.«

Das Feuer in den kleinen Augen flackerte auf. »Ja! Ein Geschmack wie nach Kreuzkümmel?«

»Nach Kreuzkümmel«, bestätigte Kadar und fragte sich, wie viele Speisen in dieser Festung mit Kreuzkümmel gewürzt wurden.

»Allmächtiger, Mustafa, endlich habe ich die Antwort!«, rief al-Tufail. »Wer bereitet mir jeden Tag das Essen?«

»Rashid«, sagte der Hauptmann und wurde unruhig. »Aber das hat doch nichts –«

»Er ist der Mörder des Emirs! Richte ihn, Mustafa. Schlag ihm auf der Stelle den Kopf ab!«

»Herr«, begann Mustafa und schien sich jedes Wort genau zu überlegen. »Omar hat jede Speise gemäß Eurer Anweisung sorgfältig vorgekostet. Wie kann es da sein, dass er keine Geschwüre bekommen hat?«

»Er steckt mit Rashid unter einer Decke!«, kreischte al-Tufail. »Schlag beiden die Köpfe ab! Worauf wartest du noch, du treuloser Hurensohn?«

Mustafa verneigte sich und marschierte hinaus. Kadar glaubte nicht, dass er Rashid und Omar die Köpfe abschlug – vermutlich hatte al-Tufail in spätestens einer Stunde wieder alles vergessen. »Eine weise Entscheidung«, lobte er den gefallenen Edlen.

Al-Tufails Atem ging schwer vor Erregung. »Es wird nicht genügen. Der Feind ist eine Hydra. Für jeden abgetrennten Kopf wachsen zehn nach. Ich kann niemals sicher sein.«

»Lasst mich Euch behandeln. Geheilt von Euren Leiden, könnt Ihr gestärkt gegen Eure Feinde vorgehen.« Kadar nahm das Zepter aus dem Beutel, worauf al-Tufail erstarrte.

»Was ist das?«

»Ein altes Werkzeug der Heilkunst, erschaffen von Suleyman dem Großen, gesegnet vom Propheten. In geschulter Hand vermag es jede Krankheit zu besiegen. Najib, beginne die Zeremonie der Reinigung.«

Der Junge hatte al-Tufail mit einer Mischung aus Abscheu und Faszination angeglotzt. Jetzt öffnete er die Phiole mit dem pulverisierten Rost und begann, ihn wie vor dem Tor zu verstreuen.

Al-Tufail wich zurück. »Was macht er da? Ich will nicht, dass er das tut.«

»Es ist nötig für Eure Heilung«, sagte Kadar besänftigend.

»Nein! Er soll sofort damit aufhören!«

Najib sah ratlos zu seinem Anführer, der ihm mit einem Wink zu verstehen gab, al-Tufail zu gehorchen. Daraufhin verneigte sich Kadar erneut. »Wir verkürzen die Zeremonie, Herr. Es dient ohnehin nur der Vertreibung des Bösen – das Ihr bereits mit der Hinrichtung von Omar und Rashid ausgemerzt habt. Gestattet Ihr mir, Euch mit dem Zepter zu berühren?«

»Ist es für die Heilung erforderlich?«

»Unbedingt.«

»Also gut«, sagte al-Tufail, doch seine Augen waren voller Misstrauen.

Kadar hob das Zepter, als ihn der Gedanke durchzuckte, die Krankheit seines Feindes könnte so weit fortgeschritten sein, dass ihre Heilung ihn das Leben kostete. *Unsinn!*, sagte er sich, *ibn-Marzuq war so gut wie tot, als du ihn geheilt hast. Und es hat dich lediglich so viel Kraft gekostet, dass du auf der Stelle eingeschlafen bist.*

Der kronenförmige Aufsatz berührte den entstellten Edlen an der Brust, und das Letzte, was Kadar vor der Schwärze sah, war ein alter Mann, der in die Kissen sank, weißhaarig, faltig, aber frei von Wahnsinn und Geschwüren.

»Aqid!«

Eine leise, drängende Stimme, Schatten und graues Licht, eine Gestalt – dann siegte wieder die Finsternis.

»*Aqid*, wach auf!«

Er kannte die Stimme: Najib. Widerwillig öffnete er die Augen. Mondlicht fiel durch Fensterschlitze in der Decke.

Kadar blinzelte und setzte sich auf. Er hatte auf mehreren Fellen gelegen. Als er sich umsah, sagte Najib: »Ein Schlafplatz der Diener. Der Hauptmann hat mir geholfen, dich herzubringen.«

»Was ist mit al-Tufail?«, fragte Kadar mit rauer Stimme. Najib reichte ihm einen Krug mit Wasser.

»Schläft immer noch. Ich habe dem Hauptmann weisgemacht, dass es für die Heilung nötig ist, ihn in Ruhe zu lassen.«

Kadar trank, dann stellte er den Krug ab und stand auf. Seine Beine waren taub, sein ganzer Körper war kraftlos, ausgesaugt von der Macht des Zepters.

Das Zepter!

»Wo ist es?«, murmelte er und sah sich beunruhigt um. Die Kammer enthielt nichts als die Felle und den Krug.

»Hier.« Najib hielt es ihm hin, eingeschlagen in den Beutel. »Ich habe es versteckt, bevor Mustafa zurückgekommen ist.«

Kadar schlug den Beutel zurück und beruhigte sich, als er den goldenen Schaft und die edelsteinbesetzte Krone sah. Seine Gedanken bewegten sich nur träge. Die Heilung hatte ihn mehr mitgenommen als alle anderen zuvor. »Wie lange habe ich geschlafen?«

»Vier Stunden.«

»Hast du unsere Waffen?«

»Nein, aber das hier.« Trotz der Dunkelheit sah er, dass Najib grinste, als er zwei Schwertgehänge von der Schulter streifte. »Es war ein Kinderspiel, sie zu stehlen. Die Männer sind so aus dem Häuschen, dass sie vergessen haben, überall Feinde zu sehen.«

Kadar nahm eines der Schwerter und gürtete es sich um. Ganz allmählich kehrten Beweglichkeit und Kraft in seine Glieder zurück. Den letzten Rest Schlaftrunkenheit schüttelte er ab, als sie aus der stickigen Kammer ins Freie traten und er die kühle Nachtluft einatmete. Kadar dachte an seinen Blutrausch, den er beim Tod von Basileios Lakapenos empfunden hatte, und seine Vorfreude erwachte.

Der Hof der Festung lag fast völlig im Dunkeln; Licht brannte nur in einem Fenster. »Wo sind die Männer?«, fragte Kadar leise.

»Dort.« Najib wies mit einer Kopfbewegung auf die Unterkünfte. »Der Hauptmann hat sie schlafen geschickt, damit sie ausgeruht sind, wenn al-Tufail zu sich kommt. Es sind nur noch die Nachtwachen auf. Einer für jeden Turm.«

Kadar blickte zum Turm hinter ihnen und zu dem des Haupthauses. Auf beiden stand ein Soldat, ein schwarzer

Umriss im Sternenhimmel. Er machte sich keine Sorgen um sie, denn ihre Aufmerksamkeit galt allein möglichen Gefahren außerhalb der Festung.

Leise eilten sie über den Hof. Auf dem Turm, der Aussicht auf den Pfad ermöglichte, konnte Kadar keinen Wächter ausmachen. Mit einer Geste gab er Najib zu verstehen, an der Treppe zu warten, dann schlich er die Stufen hinauf. Es war eine enge Treppe, nur wenig breiter als seine Schultern, und sie folgte der Rundung des Gebäudes. Rötliches Licht, das kaum die Dunkelheit durchdrang, erwartete ihn oben.

Das Schwert glitt ohne ein Geräusch aus der Lederscheide, und Kadar blieb am Eingang stehen. Kerzenschein erhellte die Kammer, in der ein Söldner am Tisch saß. Er hatte Kadar den Rücken zugewandt und schrieb etwas. Die Kerzenflamme spiegelte sich im Helm, der als Beschwerer auf den Pergamentseiten lag.

Kadar setzte behutsam einen Fuß vor den anderen. Trotzdem bemerkte der Mann etwas und fuhr so heftig auf, dass er beinahe den Hocker umwarf. »Oh, du bist es!«, sagte er, als er Kadar erkannte. Dann bemerkte er das Schwert, und sein Lächeln erstarrte. Kadar schwang die Klinge in einem weiten Bogen. Im Hals des Mannes klaffte ein rotes Loch auf, ein Blutschwall quoll hervor. Er fiel nach hinten, gegen den Hocker, gegen den Tisch und schließlich zu Boden.

Kadar überzeugte sich davon, dass er tot war, dann wischte er sein Schwert am Rock des Mannes ab und schob es in die Scheide. Er nahm das Pergament und stellte fest, dass der Söldner nicht geschrieben, sondern die Zeichnung einer Rose angefertigt hatte. Auch die anderen Blätter auf dem Tisch waren mit Rosen versehen, dutzendfach das immer gleiche Bild. Kadar warf das Pergament zu den anderen und stieg die Treppe hinunter.

Najib hatte währenddessen den Hof im Auge behalten.

Gemeinsam hoben sie den Balken heraus, der das Tor verriegelte. Worte waren nicht notwendig; sie hatten alles vorher durchgesprochen. Die Angeln knarrten, als Kadar einen Torflügel öffnete, aber das Geräusch war so leise, dass es auf der anderen Seite des Hofs, bei den Unterkünften der Söldner, nicht mehr zu hören war. Zum Abschied schlug er Najib auf die Schulter. Der Junge grinste und lief durch das Tor, verschwand in der Finsternis, um die anderen zu holen, die im verlassenen Dorf lagerten.

Kadar zog sein Schwert. Nun musste er nur noch warten.

Die Festung gefiel ihm. *Vielleicht sollte ich mich hier niederlassen,* dachte er. *Sie ist abgeschieden und leicht zu verteidigen. Der perfekte Schlupfwinkel. Wenn sie nur nicht innerhalb der Grenzen des Sultanats liegen würde …* Kadar gab sich keiner Illusion hin, dass an-Nasir die Hände in den Schoß legen würde, wenn er erfuhr, wie nah das Zepter an den Grenzen seines Reichs aufgetaucht war.

Nein. Ich muss weiter weg. Nach Kleinasien oder Armenien. Wo niemand je von dem Zepter gehört hat.

Der Laut einer Tür, die sich öffnete und wieder schloss, riss ihn aus seinen Gedanken. Eine Gestalt war kurz im erhellten Fenster der Unterkünfte zu sehen, dann hörte Kadar Schritte näher kommen.

Er zog sich in das Dunkel des Treppenaufgangs zurück und beobachtete die hochgewachsene Gestalt auf dem Hof. *Mustafa,* dachte er und erwog, sich oben im Turm zu verstecken. Doch das Tor stand immer noch offen, und es war zu spät, es unbemerkt zu schließen.

In dem Moment bemerkte Mustafa, dass ein Torflügel geöffnet war. Leise fluchend zog er sein Schwert. Kadar wartete nicht, bis der Hauptmann ihn entdeckte. Mit einem Sprung griff er ihn an.

Mustafa schien damit gerechnet zu haben, denn er wehrte

die beiden Hiebe gekonnt ab, wich zurück, bis er sicheren Stand hatte, und ging zum Gegenangriff über. Kadar wusste augenblicklich, dass er es mit einem außergewöhnlichen Fechter zu tun hatte. Mustafa vergeudete keine Zeit damit, sich zu wundern, dass sich der Arzt in einen Schwertkämpfer verwandelt hatte; er konzentrierte sich ganz auf seinen Gegner.

Das Klirren der Schwerter erfüllte den Hof. Es konnte nicht lange dauern, bis Mustafas Untergebene in den Kampf eingriffen. Kadar wollte vermeiden, sich in dem breiten Tordurchgang gegen mehrere Gegner behaupten zu müssen, und zog sich Schritt für Schritt zurück, um sich die Enge des Treppenaufgangs zunutze zu machen. Mustafa durchschaute seine Absicht und versuchte, ihn in den Hof zu drängen. Mehrere Streiche auf Bauchhöhe hielten ihn auf Abstand und verschafften Kadar die Zeit, zu den Stufen zu gelangen.

Mustafa war ein starker Mann, der es verstand, seine Körperkraft geschickt einzusetzen. Auf der Treppe jedoch hatte er zu wenig Platz, sodass Kadar im Vorteil war. Er fügte dem Hauptmann einen Schnitt an der Wange zu und verletzte ihn leicht an der Schulter. Der Stich wäre tödlich gewesen, hätte Mustafa die Wucht des Hiebes nicht im letzten Moment mit seiner Klinge gemindert.

Kadar nahm Rufe und eilige Schritte wahr, dann sah er auch schon drei weitere Männer auftauchen.

»Schließt das Tor!«, brüllte Mustafa. Doch der erste Soldat, der sich am Flügel zu schaffen machte, stolperte rückwärts und fiel nach hinten um. Ein Pfeil ragte aus seiner Brust.

Unardhu!, dachte Kadar und griff heftiger an. Was weiter draußen im Hof geschah, wurde von Mustafas stämmigem Körper verdeckt. Er hörte Schreie und das Klirren von Stahl auf Stahl und erblickte Männer in weißen Beduinengewändern durchs Tor drängen.

Mustafa verteidigte sich nur noch. Als er nach einem seitlichen Streich Kadars den Fuß auf die untere Stufe setzte, um sein Gleichgewicht zurückzuerlangen, durchlief ihn ein Schauer, und er stieß ein scharfes Keuchen aus. Kadar nutzte die Gelegenheit, schlug Mustafas Säbel zur Seite und trieb ihm die Klinge in den Hals. Der Hauptmann taumelte nach hinten, seine Knie gaben nach, und er ließ seine Waffe fallen, als er mit den Armen Halt an den Wänden suchte. Dann fiel er mit dem Gesicht nach vorn auf die Stufen und blieb reglos liegen. Hinter ihm stand Najib, der vor Mordlust lachte. Er hatte dem Hünen einen Dolch in den Rücken gestoßen.

Kadar sprang über die Leiche und lief in den Hof. Der Kampf hatte sich verlagert. Die Beduinen und seine Schakale hatten al-Tufails Männer zurückgedrängt. Beim Überraschungsangriff waren mehrere Soldaten getötet worden, sodass die Verteidiger der Festung zahlenmäßig unterlegen waren, trotz der Verstärkung, die von den Unterkünften herbeigerannt kam.

Najib wollte sich in das Kampfgetümmel stürzen, doch Kadar hielt ihn am Arm fest. »Bleib beim Tor. Keiner darf entkommen. Wenn ihr hier fertig seid, durchsucht jedes Gebäude. Ich will, dass alle getötet werden.«

Najib nickte widerwillig, enttäuscht, weil er vom Blutvergießen ausgeschlossen wurde. Kadar kehrte ihm den Rücken zu und rannte mit dem Schwert in der Hand über den Hof. Seine Männer hatten ihre Gegner nahezu eingekreist, sodass sich ihm niemand entgegenstellte, als er zum Haupthaus eilte. Langsam trat er ein, schloss die Tür hinter sich und legte den Riegel vor.

Der große Saal war dunkel und still, Geschrei und Kampflärm drangen nur gedämpft herein. Kadar fand al-Tufail nicht auf dem Lager aus Kissen, sondern in einem angrenzenden Zimmer. Mustafa hatte ihn auf ein Bett unter einem Baldachin gelegt und mit einer dünnen Decke zugedeckt.

Die Kammer war die Behausung eines Wahnsinnigen. Es stank nach ungewaschenem Körper, Krankheit, Exkrementen und verdorbenem Essen. Schmutzige Kleider bedeckten den Boden, quollen aus offenen Truhen. Die Türen eines kostbar geschnitzten Glasschrankes waren zersplittert, ihr Inhalt – Kupferkelche, Teller, Schalen – lag verstreut herum, zwischen zerfetzten und zerfledderten Kladden und Pergamenten. Mondlicht schien durch vier schmale, lilienförmige Fenster herein.

Die Spitze einer lang gezogenen weißen Lilie lag auf Ashwaq al-Tufails Gesicht – und jetzt erkannte Kadar ihn wieder.

Das Zepter hatte seinen alten Feind in den Mann verwandelt, an den er sich in seinen Träumen erinnerte; nur das Alter hatte es ihm nicht nehmen können. Kadar warf einen zerschlissenen Umhang von einem Hocker, setzte sich neben das Bett und betrachtete das Gesicht. Auch mit seinen sechzig Jahren war al-Tufail noch immer gut aussehend: Er hatte ebenmäßige Züge, eine gerade Nase und einen kurzen weißen Bart, der Mund und Kinn einrahmte. Die wirren Haare lagen wie ein Strahlenkranz auf dem Kissen, eine letzte Erinnerung an den Wahnsinn, der ihn jahrelang beherrscht hatte. Unmerklich hob und senkte sich seine Brust.

Als sich Stille über den Hof gelegt hatte, durchsuchte Kadar die Schränke und Truhen, bis er eine Fackel fand. Er entzündete sie mit seinem Feuerstein und schob sie in eine Wandhalterung. Auf einem dreibeinigen Ebenholztischchen lag ein Spiegel. Kadar wischte den Staub von dem polierten Silber, kehrte zum Bett zurück und schlug al-Tufail sachte gegen die Wange, bis dieser sich regte und die Augen aufschlug.

Der alte Mann brauchte lange, bis er zu sich kam. Er setzte sich auf und blickte sich im Zimmer um, als sehe er es zum ersten Mal. Dann erst bemerkte er den Mann neben seinem Bett. Bei Kadars Anblick schien er sich zu erinnern, was geschehen war, denn er betrachtete seine Hände von allen Seiten, schob das Gewand an den Armen hoch und stellte fest, dass auch dort die Male der Krankheit verschwunden waren.

»Ihr seid vollständig geheilt«, sagte Kadar.

Mit zitternden Fingern betastete al-Tufail sein Gesicht. Als er sich Kadar wieder zuwandte, bebte seine Unterlippe. »Den Spiegel«, sagte er mit brüchiger Stimme.

Kadar kam der Aufforderung nach. Al-Tufail betrachtete sich im Spiegel und berührte mehrmals seine Wangen, als müsse er sich vergewissern, dass er selbst es war, den er da sah.

Tränen rannen über sein Gesicht.

Vorsichtig stand er auf und ging langsam durch das Gemach. Bewegungen, die ihm wegen Taubheit und Lähmung der Glieder große Mühe bereitet hatten, führte er mit Bedacht aus. In einer Obstschale fand er getrocknete Feigen und schob sich eine in den Mund. Er kaute mit geschlossenen Augen, überwältigt vom Geschmack der Frucht, den sein schwärender Gaumen so viele Jahre nicht hatte genießen können. Dann ging er zum Fenster und sog die kühle Luft ein, ohne dass ihm die Schmerzen im Rachen jeden Atemzug zur Qual machten. Kadar schaute zu, wie al-Tufail weinte, weil er sein Leben zurückbekommen hatte, und empfand nur Verachtung für die magere Gestalt in den schmutzstarren Lumpen.

Der alte Mann wandte sich um, schleppte sich zu Kadar und fiel auf die Knie. Seine knochigen Finger fanden Kadars Hände, und er sah zu ihm auf. »Ich danke dir«, flüsterte er. »Nenne mir deinen Lohn. Du sollst alles bekommen, was du willst.«

»Ich habe schon alles, was du besitzt«, erwiderte Kadar sanft.

Verwirrung erschien in al-Tufails Augen. »Wie meinst du das?«

Kadar dachte an Nadirah und ihre Geschichte in dem dunklen Kamelhaarzelt, er dachte an die Trommeln, die Feuer und seinen Vater, der über die Kunst des Schwerttänzers staunte. Von plötzlichem Ekel ergriffen, rammte er al-Tufail das Knie unter das Kinn, sodass der Edle in die Lumpen auf dem Boden fiel. Stöhnend blieb er liegen. Kadar griff sich das Obstmesser neben der Schale mit den Feigen und stellte dem alten Mann einen Fuß auf die Brust, bevor dieser sich wieder aufrichten konnte.

Al-Tufail hustete, und Blutströpfchen verfingen sich in seinem Bart. Als er den Kopf hob und sprach, war seine Stimme schwach von den Nachwirkungen des Schlages, aber frei von Furcht. Er war immer noch ein Krieger. »Was willst du?«

Der alte Mann hatte zu große Schmerzen, um aufzustehen. Kadar gab ihn frei und kniete sich neben ihn. »An meinem glücklichsten Tag bist du zu mir gekommen«, sagte er leise. »An deinem glücklichsten Tag bin ich bei dir.«

»Ich … erinnere mich nicht an dich.«

»Das wirst du bald«, versprach Kadar.

Es dauerte nicht lange, da wimmerte al-Tufail einen vergessen geglaubten Namen.

Kapitel 27

Sie waren die Nacht durchgeritten, immer entlang des Euphrat und so zügig, wie es die Dunkelheit und die holprigen Pfade zuließen. Jada kannte die Lage von Ashwaq al-Tufails Festung, sodass es nicht nötig gewesen war, die Söldner, die sie vor zwei Tagen eingeholt hatten, über die Ebene zu verfolgen und Gefahr zu laufen, entdeckt zu werden.

Beim ersten Licht des Tages kam die Festung in Sicht: Drei Türme umstanden einen Kuppelbau und waren unauffällig in die Hügel eingebettet. Sie umrundeten die Anhöhe, die vom Fluss aus zu steil anstieg, und folgten auf der anderen Seite einem engen Tal, dessen Boden von Pferdehufen zertrampelt war. Wagengroße Felsbrocken auf dem Pfad zwangen sie, Schritt zu reiten. Das Strauchwerk, das sich an der Felswand festklammerte, war vertrocknet und tot, und Raoul konnte weder Vögel noch andere Tiere entdecken. Er fragte sich, was für ein Mann al-Tufail sein mochte, dass er sich in diese Gegend zurückgezogen hatte.

Vor einer Wegbiegung zügelte er jäh sein Pferd.

Jada hielt neben ihm an. »Was ist?«

»Da war ein Geräusch – ein Wiehern, glaube ich.« Raoul stieg ab. »Wartet hier.« Er lief zur Wegbiegung, nach der sich die Schlucht in ein kesselförmiges Tal öffnete. In Bogenschussweite stand ein Dutzend Häuser, Ruinen, denen die Dächer fehlten. Auf dem Dorfplatz waren Pferde angepflockt, aber im Dämmerlicht konnte er keine Einzelheiten erkennen.

Im Schutz der Felsen hastete er zur Talsohle und verbarg sich hinter den Resten einer Mauer.

Raoul hatte sechs Pferde und einen Söldner erwartet, der sie bewachte. Stattdessen sah er sechs Pferde, acht Tiere, die Dromedare genannt wurden, und einen jungen Beduinen, der an einer Mauer hockte und eine Reitdecke flickte. Raoul stieß einen leisen Fluch aus. Er wartete eine Weile, und als sich nichts weiter rührte, schlich er sich leise zu den anderen zurück.

»Dromedare«, wiederholte Jada. »Das kann nur bedeuten, dass al-Munahid zur Verstärkung Beduinen angeworben hat.«

Sie und ibn-Marzuq waren abgestiegen. Haltung und Mienenspiel des Wesirs deuteten auf seine Schmerzen vom langen Ritt hin. »Gibt es eine Möglichkeit, den Wachposten zu umgehen?«, fragte er.

»Nur wenn wir die Pferde zurücklassen«, sagte Raoul. »Das Tal ist nicht groß. Der Hufschlag würde uns verraten.«

»Das kostet zu viel Zeit«, erwiderte Jada. »Wir müssen ihn überwältigen.« Sie öffnete ihre Satteltasche und holte ein Seil heraus.

Raoul folgte ihr. Seit zwei Tagen sprach sie nur das Nötigste mit ihm und mied seine Nähe. Er wollte sich nicht damit abfinden, dass es mit ihnen auf diese Weise endete. Aber was sollte er noch tun? Gegen das, was sie erlebt hatte, kam er nicht an. Jada war die erste Frau, die er wirklich liebte – und in wenigen Stunden würde sie aus seinem Leben verschwinden. *Jetzt weißt du, wie sich all die Mädchen gefühlt haben, die du benutzt hast,* dachte er. *Gibt es dafür einen gerechteren Lohn?*

Auf dem Weg ins Tal gab es kein aufmunterndes Zulächeln, kein gegenseitiges Bitten, vorsichtig zu sein. Sie waren wie zwei Kundschafter, die zum gleichen Heer gehörten, voneinander aber nicht mehr wussten als den Namen.

Raoul ging voraus; Jada blieb dicht hinter ihm. Nicht zum

ersten Mal fiel ihm auf, wie geschickt sie darin war, nicht gesehen zu werden. Das beherrschten alle Dschinn, hatte sie ihm in ihrer kurzen glücklichen Zeit erklärt. Ihr Volk hatte schmerzhaft lernen müssen, dass es besser war, niemals einem Menschen zu begegnen.

Hinter der niedrigen Mauer blieb Jada zurück. Raoul lief geduckt von Versteck zu Versteck, bis er sich im Rücken des Beduinen befand. Auf sein Zeichen hin stand Jada auf und ging auf den Dorfplatz zu. Mit einem erschrockenen Keuchen fuhr der Beduine auf, ließ die Reitdecke fallen und zog sein Messer. Doch Raoul presste ihm schon von hinten die Hand auf den Mund und warf ihn zu Boden. Eine kurze Rangelei, dann hatte er den schmächtigen Mann unter sich begraben und hieb dessen Hand so lange auf den Boden, bis sie das Messer freigab. Erst als er sich mit gespreizten Knien auf den Beduinen setzte, bemerkte er, dass sein Gegner ein Junge von höchstens sechzehn Jahren war, der ihn voller Entsetzen anstarrte.

Jada kam mit dem Seil und half Raoul, ihn zu fesseln. Der Junge wehrte sich nicht und gab stockend Antwort, als Jada ihm auf Arabisch Fragen stellte.

»Was sagt er?«, fragte Raoul.

»Ich hatte recht. Al-Munahid hat sich bei einem Beduinenstamm Hilfe geholt. Acht Männer insgesamt. Sie haben sich vor gut einer Stunde zur Festung aufgemacht.« Jada knebelte den Beduinen mit einem Tuch und half Raoul, ihn in eine der Ruinen zu tragen; dann schnitt sie die Pferde und Dromedare von den Pflöcken, damit al-Munahid aufgehalten wurde, falls es zu einer Verfolgungsjagd kam.

Kurz darauf saßen sie alle drei wieder auf ihren Pferden und galoppierten durch das trockene Bachbett bergauf. Als sie die Festung wenig später erreichten, stellte Raoul fest, dass sie so klein war, wie es vom Euphrattal aus den Anschein gehabt hatte. Das Tor war verschlossen.

Sie stiegen ab. Ihr Plan reichte nur bis zu diesem Moment, da weder Raoul noch Jada noch der Wesir wussten, was sie von da an erwartete. Jetzt konnten sie nur noch darauf hoffen, dass das Glück ihnen gewogen war.

Ibn-Marzuq trat neben Raoul, die Zügel seines Pferdes in der Hand. Bekümmert blickte er zu den Zinnen hinauf. »Die Beduinen kämpfen sicher nur so lange für al-Munahid, bis die Festung genommen ist. Wir sollten warten, bis sie wieder fort sind. Gegen ein Dutzend oder mehr Krieger können wir nichts ausrichten.«

Jada legte ihren Zeigefinger auf die Lippen und beobachtete den Turm, der vor ihnen aufragte. Raoul hörte es auch: leise Kampfgeräusche, Geschrei und Waffengeklirr, die aus einem höheren Geschoss kamen. Der Rest der Festung schien vollkommen still zu sein; nirgendwo war eine Menschenseele zu sehen.

»Solange sie kämpfen, sind sie abgelenkt«, erwiderte Raoul und öffnete seine Satteltasche. Nachdem ibn-Marzuq das Ziel ihrer Reise preisgegeben hatte, hatte Raoul sich bei einem Schmied in einem der wenigen Dörfer unterwegs ein Eisen machen lassen, das an einem Ende wie ein Ring und am anderen wie eine Kralle geformt war. Er befestigte das Eisen an seinem Seil, ließ es seitlich in der Luft kreisen und warf es zur Mauer hinauf, wo es sich zwischen den Zinnen verkeilte. Dann prüfte er die Festigkeit des Seils mit einem kräftigen Ruck. Als es nicht nachgab, kletterte er hinauf. Es war mühsam, da er in den Fugen kaum mit den Stiefelsohlen Halt fand. Oben angekommen, zog er sich zwischen den Zinnen hoch und schwang ein Bein über die Wehrmauer. Raoul machte sich auf einen Angriff gefasst, doch weit und breit war kein Wächter zu sehen.

Der dräuende Geruch von Blut und Tod hing in der Luft wie ein geflüsterter Fluch. Raoul warf den Wurfanker zu seinen Gefährten herunter und stieg die Treppe vom Wehrgang hinab. Leichen lagen im Tordurchgang und auf dem Hof – erschlagene Söldner der Festungsbesatzung und zwei Beduinen. Sie konnten noch nicht lange tot sein, trotzdem labten sich bereits ganze Fliegenschwärme an den Blutlachen und Wunden. Ein Schrei voller Schmerz erklang gedämpft vom anderen Turm herüber, während er den Torbalken aus der Verankerung hob. Er öffnete den Flügel einen Spalt, und Jada und ibn-Marzuq schlüpften herein.

Der Wesir presste sich ein Tuch auf Mund und Nase, was ihm einen verächtlichen Blick von Jada einbrachte. Raoul zog sein Schwert. »Durchsuchen wir alles«, sagte er. »Vielleicht kommen wir an das Zepter heran, ohne al-Munahid zu begegnen.«

Sie alle wussten, wie unwahrscheinlich das war, aber niemand widersprach dem Vorschlag. Keiner der drei war erpicht darauf, sich dem Kampfgetümmel im Turm zu nähern, bevor es unausweichlich wurde.

Jada und ibn-Marzuq zogen ihre Dolche. Jada konnte sich in einem Kampf behaupten; von ibn-Marzuq dagegen erhoffte Raoul sich keine Hilfe. Schon die Art, wie er den Dolch hielt, verriet, dass er noch nicht oft eine Waffe geführt hatte.

Sie begannen mit den Ställen, in denen sie nichts fanden als Pferde. In der Küche und der Wäscherei war ihre Suche ebenso fruchtlos. Als Nächstes nahmen sie sich das Haupthaus vor. Das Gebäude mit dem kuppelförmigen Dach war so angelegt, dass es noch lange gehalten werden konnte, wenn der Rest der Festung schon gefallen war. Es hatte dicke Wände, und die Fenster waren für Angreifer ohne Leitern unerreichbar, weil es auf einem mannshohen Sockel aus geglättetem Fels stand. Zum Eingang führte eine Rampe, die von den Fensterschlitzen beschossen werden konnte.

Fackelschein erhellte vier schmale Fenster über ihnen, die

oben in drei Spitzen ausliefen wie französische Lilien. Das Licht war schwach, so kraftlos wie ersterbende Glut, aber für einen Augenblick war darin der schwarze Schatten eines Mannes zu sehen.

»Das ist er!«, murmelte Jada. Sie lief die Rampe hinauf und versuchte, die Tür zu öffnen. Sie war verschlossen.

Ibn-Marzuq blickte immer noch zu den Fenstern hoch. Raoul packte ihn am Arm und zog ihn unsanft zum Felssockel, damit niemand sie vom Zimmer aus sehen konnte. Nein, der Wesir würde ihnen gewiss keine große Hilfe sein.

Jada kam zu ihnen zurück.

»Bist du sicher, dass er es ist?«, flüsterte Raoul.

Sie nickte nur und lief dicht am Felssockel entlang Richtung Turm. Raoul begriff ihre Absicht: Der dritte Turm war mit dem Haupthaus verbunden, sodass es wahrscheinlich einen Zugang zu den Räumen unter der Kuppel gab. Die Möglichkeit, al-Munahid ohne seine Männer zu stellen, erfüllte Raoul mit neuer Zuversicht. Mit dem Schwert in der Hand folgte er Jada.

Es würde das dritte Mal sein, dass er dem Söldner begegnete. Er versuchte nicht daran zu denken, wie die ersten beiden Male ausgegangen waren.

Najib fühlte sich ungerecht behandelt. Während die anderen kämpfen durften, musste er das verdammte Tor bewachen. Vor wem, bei allen Höllen? Al-Tufails Männer hatten sich doch allesamt wie die Schafe in den Turm zurückgezogen, falls sie nicht längst tot auf dem Hof lagen. Es war immer dasselbe mit dem *aqid*. Er dachte nur an eine möglichst genaue Durchführung seiner Pläne; für das Vergnügen seiner Männer interessierte er sich überhaupt nicht. Aber das war noch nicht alles. Najib glaubte, dass die langweiligsten Aufgaben immer ihm gegeben wurden, nur weil er der Jüngste war. *Dabei hätte doch mal der fette Akif das Tor bewachen können,* dachte er, als er plötzlich auf der anderen Seite des Hofs eine Bewegung wahrnahm. Eine Gestalt löste sich vom Turm, in dem der Kampf tobte. Im Zwielicht der Morgendämmerung hielt Najib sie zuerst für einen seiner Gefährten, der ihn holen wollte, weil sie Verstärkung benötigten. Doch als der Mann näher kam, erkannte er, dass es sich um einen Krieger der Festungsbesatzung handelte. Ihm war die Flucht aus dem Turm geglückt, und nun suchte er das Weite. Najib zog sich in den dunklen Durchgang zurück und zückte sein Schwert, um dem Fliehenden einen überraschenden Empfang zu bereiten. Aber der Soldat bemerkte ihn rechtzeitig und rannte stattdessen zum Turm neben dem Haupthaus.

Najib verschwendete keinen Gedanken mehr an seinen Befehl und setzte ihm nach. Er hatte bemerkt, dass der Mann unbewaffnet war und sich die Hand auf den Arm presste – er war verletzt! Also würde er ein leichtes Spiel mit ihm haben. Seine Mordlust stieg. Najib hatte keine Angst vor einem Zweikampf; er konnte gut kämpfen. Aber letztlich war es ihm lästig, einen Gegner erst überwältigen zu müssen, bevor er seinen Spaß mit ihm haben konnte. Najib genoss es, bei einer Hure zu liegen oder beim Würfeln Akif Münze für Münze aus der Tasche zu ziehen und dabei über das verkniffene Gesicht des Eunuchen zu lachen. Doch das waren armselige Freuden verglichen mit dem Blutrausch, den er empfand, wenn ein Mann unter seinen Händen vor Schmerzen schrie, um Gnade flehte und irgendwann nach seiner Mutter rief.

Der Söldner war vom Blutverlust derart geschwächt, dass Najib ihn bereits in der untersten Turmkammer einholte. Mit einem Hieb streckte er ihn nieder und fesselte ihn mit seiner eigenen Hose ans Tischbein. Najib eröffnete sein

Spiel, wie er es immer tat: harmlose Messerstiche in Arme und Beine, um sein Opfer darauf einzustimmen, was ihn erwartete. Dann steigerte er die Schmerzen, indem er ihm tiefere Schnitte beibrachte, Finger abtrennte, Augen ausstach. Das gefiel ihm am besten: wenn der Mann nicht mehr sehen konnte, was ihn als Nächstes erwartete. Der Turm hatte dicke Wände und massive Türen und im untersten Stock keine Fenster, sodass er sich keine Sorgen machen musste, ob der *aqid* im Haupthaus etwas mitbekam. Ungestört konnte er die Schreie auskosten. Als der Soldat ohnmächtig wurde, schlug Najib ihm so lange ins Gesicht, bis er wieder zu sich kam. »Pfui«, sagte er. »Es ist gegen die Regeln, sich einfach davonzustehlen. Mach das nie wieder, hörst du?«

Hinter ihm öffnete sich knarrend die Tür. Zornig über die Störung, fuhr er herum. Eine Frau, die er irgendwo schon einmal gesehen hatte, trat ein … das Weib, das dem Ritter geholfen hatte! Najib schnellte hoch, stach mit dem Messer nach ihrem Hals. Sie war flinker als erwartet und wich aus, und der Dolch in ihrer Hand verfehlte nur knapp sein Gesicht. *Was, bei den Eiern des Propheten, hat sie hier zu suchen?*, dachte er, doch da entdeckte er den Ritter, der nach ihr hereinstürmte. Das Schwert bemerkte er zu spät. Er spürte einen Ruck in seinem Handgelenk, einen kurzen, scharfen Schmerz – dann sah er etwas durch die Luft fliegen.

Meine Hand, dachte er seltsam teilnahmslos und hob den Stumpf hoch. Blut quoll hervor, und glühende Schlangen schienen in seinem Arm heraufzukriechen.

Nein! So geht das nicht. Das ist gegen die Regeln. Die anderen *erleiden den Schmerz, die* anderen, *nicht ich …*

Während er noch den Stumpf anstarrte, rammte ihm die Frau den Dolch in seinen Hals.

Matteo Gaspare ging bei den Pflöcken auf dem Dorfplatz in die Hocke, nahm eines der Lederbänder in die Hand, die daran festgebunden waren, und sah zu Morra auf. »Abgeschnitten.«

Mit gerunzelter Stirn blickte der Kardinal zu den Pferden und Dromedaren, die verstreut im Tal grasten, und schien sich das Gleiche zu fragen wie Matteo: *Was ist hier geschehen?* Sein Pferd tänzelte; er brachte es mit einem festen Ruck an den Zügeln zur Ruhe. »Durchsucht das Dorf«, befahl er, worauf Hauptmann Simone und die anderen Waffenknechte abstiegen und paarweise durch die Ruinen schwärmten.

In Matteo schrie alles nach Schlaf, aber er hütete sich davor, um eine Pause zu bitten. Auf ihrem Ritt von Armenien zum Euphrat war Morra von Tag zu Tag ungeduldiger und reizbarer geworden, und Matteo wollte nicht mit einem falschen Wort alles, was er erreicht hatte, aufs Spiel setzen. Die Reise hatte ungute Erinnerungen an ihren Ritt von Jerusalem nach Norden in ihm geweckt, als Battista sie erbarmungslos angetrieben hatte. Die letzten Tage waren nur deshalb nicht ganz so schlimm gewesen, weil Morras Kräfte bei Weitem nicht an die des Kreuzritters heranreichten. Trotzdem hatte er sein Bestes gegeben, die verlorene Zeit aufzuholen. Dank häufiger Pferdewechsel und kurzer Nächte schien es ihm gelungen zu sein; jedenfalls deuteten die Reittiere in dem Ruinendorf darauf hin, dass al-Munahid noch in der Nähe war.

Matteo zog den Kopf ein, als er unter einem baufälligen Türsturz hindurchtrat, und malte sich seine Heimkehr nach Rom aus. *Vom Hafen gehe ich direkt in die nächste Taverne und esse bergeweise frisches Olivenbrot. Ich habe diesen Sarazenenfraß so satt. Dazu einen toskanischen Weißen. Und danach … vielleicht ein Mädchen. Ja. Ja, das könnte mir gefallen …* In den vergangenen Monaten hatte er kaum an Frauen gedacht, geschweige denn das Bett mit welchen geteilt. Beim Liebesakt ergaben sich gewisse Schwierigkeiten, wenn man sich ständig vor der Hölle fürchtete. Aber damit sollte es bald vorbei sein. Allerdings war ihm die Furcht vor dem Fegefeuer inzwischen zu einer zweiten Natur geworden, sodass er es sich nicht vorstellen konnte, ohne sie zu leben. Verschwand sie schlagartig, sowie die Exkommunikation aufgehoben war und er die Absolution bekam? Oder verhielt es sich damit wie mit einem Fieber, das allmählich zurückging?

Du tust so, als wärst du schon zu Hause; zuerst müsst ihr das verdammte Zepter finden, rief er sich ins Gedächtnis, verließ das Haus durch eine Mauerbresche und hastete zum nächsten.

Das Zepter ... Matteo war es nicht geheuer. Allein der Gedanke an die Heerscharen von Geistern, die es angeblich herbeirufen konnte, jagte ihm Schauder über den Rücken. Und was die Heilkräfte anging ... Die Sache konnte nicht gottgefällig sein. *Wer krank wird, wird eben krank,* dachte er, *und der Herr allein entscheidet, ob er wieder gesund wird, niemand sonst ... allmächtiger Gott!*

Vor Schreck taumelte er zurück, als er den Beduinen erblickte, und stolperte rückwärts aus der Tür heraus. Er wollte schon seinen Dolch zücken, doch dann sah er, dass es sich um einen Jungen handelte, der obendrein gefesselt war. Der Beduine keuchte dank eines Knebels und starrte ihn mit angsterfüllten Augen an.

»Hierher! Zu mir!«, rief Matteo und dachte: *Was ist das für eine hinterhältige Falle?,* als die anderen zu ihm eilten.

Morra stieg vom Pferd ab. »Entfernt den Knebel. Du verhörst ihn, Matteo.«

Mit den Bewaffneten an seiner Seite fühlte sich Matteo bedeutend wohler, und er öffnete den Knoten im Nacken des Beduinen und entfernte das Tuch.

Tränen liefen über das junge Gesicht. »Erbarmen!«, stieß der Beduine hervor.

Matteo fragte auf Arabisch: »Bist du mit einem Mann namens Kadar al-Munahid gekommen?«

»Ja.«

»Wo ist er jetzt?«

»In der Festung. Bitte tötet mich nicht!«

Matteo war erleichtert. Seine Befürchtung, al-Munahid könnte sein Vorhaben geändert haben, hatte sich nicht erfüllt. »Wer hat dich gefesselt?«

»Ein Ungläubiger und eine Frau«, schluchzte der Beduine. »Sie haben mich überfallen und die Tiere losgeschnitten.«

»Ein Ungläubiger und eine Frau«, wiederholte Matteo gedehnt, und die Worte schienen einen üblen Geschmack in seinem Mund zu hinterlassen. Obwohl niemand außer ihm das Gespräch verstand, senkte er die Stimme. »Wie sahen sie aus?«

Die Worte, die der Junge gebrauchte, waren knapp, aber sie ließen keinen Zweifel zu. *Dieser gerissene Hund ist tatsächlich davongekommen,* dachte Matteo mit widerwilliger Bewunderung. Dass die Hexe auch noch am Leben war, gefiel ihm allerdings noch weniger.

Kardinal Morra trat neben ihn, und seine Stimme war hart. »Was sagt er?«

Den Anfang des Gesprächs gab Matteo wahrheitsgemäß wieder; bei der Frage, wer den Jungen überwältigt hatte, erlaubte er sich jedoch einige Freiheiten. Morra musste nicht wissen, dass Bazerat lebte. Matteo wollte nicht als Lügner dastehen. Nicht solange er nicht einschätzen konnte, wie sehr sein Herr ihm vertraute. Es seien Männer al-Tufails gewesen, die von einem nahen Dorf zurückgekommen waren, berichtete er und war froh, dass niemand wissen wollte, warum sie den Beduinen nicht umgebracht hatten.

Morra stellte einige Fragen – zur Anzahl von al-Munahids Männern, zu seinem Vorhaben in der Festung –, die Matteo übersetzen musste. Als der Kardinal die Antworten bekommen hatte, ging er zu seinem Pferd. »Reiten wir!«

»Und er?« Matteo wies mit ausgestrecktem Arm auf den Gefesselten. »Was ist mit ihm?«

Morra nickte Simone zu, der sein Schwert zog und es dem Jungen ins Herz stieß.

Raoul hätte es nicht für möglich gehalten, dass in dem so zugerichteten Körper des Söldners noch Leben steckte, bis der Mann den Kopf hob. Blut floss in zwei schmalen Rinnsalen aus seinen zerstörten Augen, und seine Lippen formten geflüsterte Worte, so leise, dass nur Jada sie verstand, die neben ihm kniete.

»Er bittet uns um seinen Tod«, sagte sie.

Raoul hörte die unausgesprochene Frage. *Es muss einen anderen Weg geben!*, dachte er und überlegte, den Mann hierzulassen und später mit dem Zepter zurückzukehren. Aber wenn sie ihn heilten, würde einer von ihnen so erschöpft sein, dass er die Festung womöglich nicht mehr aus eigener Kraft verlassen konnte. Das war ein zu großes Wagnis.

Raoul nickte langsam.

Jada nahm ihren Dolch.

Ibn-Marzuq wandte sich ab, ehe sie dem Mann seinen Wunsch erfüllte.

Sie alle verspürten den Drang, die Turmkammer mit den beiden Leichen so rasch wie möglich zu verlassen, und so öffnete Raoul die Tür zum Haupthaus. Ein schmaler, gebogener Gang innerhalb der Festungsmauer erstreckte sich vor ihm; Dämmerlicht fiel durch die Schießscharten, die auf einen felsigen Steilhang wiesen. Es folgte noch eine Tür, ein weiterer Flur, dann betraten sie den Saal unter der hohen Kuppel.

Ibn-Marzuq runzelte die Stirn, als er zu den Balustraden und Seidenvorhängen aufsah. »Ich weiß nicht, was sich dieser al-Tufail hat zuschulden kommen lassen«, murmelte er. »Aber allein für dieses billige Nachbildung sollte man ihm den Kopf abschlagen.«

Raoul trat in die Mitte des Saales und entdeckte zwischen den Schleiern und Schilfwänden eine halb offene Tür, die zu dem Zimmer mit den Lilienfenstern führen musste. Als er darauf zuging, bemerkte er schwachen Fackelschein – und einen Geruch, der ihn an seinen eigenen Atem erinnerte, wenn er nach einer Nacht voller Albträume aufwachte, nur tausend Mal stärker. Es war der Gestank eines Mannes, der verfiel, der starb. Aber da war noch etwas anderes, schwach nur, aber klar zu unterscheiden: der Geruch von Blut.

Er schob die Tür ganz auf – und erblickte al-Munahid.

Der Söldner kauerte neben einem länglichen Bündel, das Raoul wegen all des Unrats auf dem Boden erst auf den zweiten Blick erkannte: ein regloser Körper. Al-Munahid kniete dort, wo sich Dämmerlicht und Fackelschein mischten, eine dunkle Form mit hängendem Kopf und durchgebogenem Rücken, der leicht zitterte.

Er drehte den Kopf ins Licht. Seine Wangen glänzten feucht.

»Noch nie hat mich ein Mann weinen sehen. Seltsam, dass ausgerechnet du der Erste bist, Christ.« Keine Überraschung, nicht einmal Verwunderung, kein Hass, keine Furcht – nur dieser eine Satz.

Raoul blickte kurz über die Schulter. Jada war verschwunden. Er wusste, dass sie sich versteckt hatte – nicht aus Feigheit, sondern um ihnen einen Vorteil zu verschaffen. »Gib mir das Zepter«, sagte er.

»Es ist hier.« Al-Munahid stand auf. Blut tränkte seinen Waffenrock in Form einer vielfingrigen Hand. Das Zepter steckte hinter seinem Gürtel, verhüllt von einem Beutel.

»Gib es mir.«

Der Söldner bewegte sich nicht von der Stelle. Seine Schultern hingen herab. Er wirkte müde. »Wozu, Christ? Was hat man dir dafür versprochen? Gold? Hier ist mehr Gold, als du tragen kannst. Nimm alles. Oder suchst du seine heilende Kraft? Ein Wort von dir genügt, und ich heile dich von allen Leiden.«

»Ich will es nicht für mich«, sagte Raoul.

»Dann müssen wir wohl darum kämpfen.« Al-Munahid zog sein Schwert und kam näher. Raoul machte keine Anstalten, den Zweikampf zu eröffnen, denn er wollte, dass der Söldner aus dem Gemach heraustrat. Langsam ging er rückwärts.

Al-Munahid schien seine Absicht zu durchschauen, denn er blieb im Türbogen stehen und suchte den Saal nach verborgenen Gegnern ab. Schließlich entdeckte er den Wesir, der immer noch an der gegenüberliegenden Tür stand, und seine Mundwinkel zuckten. »Harun«, sagte er, »wie schön, Euch wiederzusehen.«

Raoul hörte nicht, ob der Wesir etwas erwiderte, denn der Angriff kam plötzlich und heftig. Er riss seine Klinge hoch und wehrte drei, vier Hiebe ab, die auf sein Gesicht zielten. Falls al-Munahid wirklich müde und voller Trauer war, so wirkte es sich nicht auf seine Stärke und Schnelligkeit aus. Raoul riss einen Wandbehang herunter. Al-Munahid verhedderte sich darin, und Raoul gelang es, sich in die Mitte des Saals zurückzuziehen.

Ihm kamen die Worte in den Sinn, die der Söldner bei ihrem Kampf in Konstantinopel zu ihm gesagt und über die er seitdem hundert Mal nachgedacht hatte: *Ich kenne wenig Männer, die so gut kämpfen wie du. Trotzdem wirst du wieder verlieren. – Weil du kämpfst wie ein Edelmann.*

Diesmal nicht, sagte er sich. *Diesmal kämpfe ich wie er.*

Unardhu war sich nicht sicher, ob er wirklich etwas gesehen hatte; das Turmfenster in seinem Rücken wies auf den Hof, aber der Winkel war ungünstig: zwei oder drei Gestalten, die am Kuppelbau entlang zum hinteren Turm liefen. Waren ihnen einige Krieger der Festungsbesatzung durch die Lappen gegangen? Falls ja, so wäre es jetzt Najibs Aufgabe gewesen, den *aqid* zu warnen. Aber Unardhu wusste, wie unzuverlässig der Bengel war. Leider konnte er das Tor von hier oben aus nicht sehen. Möglich, dass Najib sich wieder irgendwo herumtrieb und eine Ratte quälte, anstatt das zu tun, was der *aqid* ihm befohlen hatte.

Akif, Bishr und zwei Beduinen schwangen eine schwere Bank und ließen sie gegen die Tür krachen. Die Männer, die sich auf der anderen Seite gegen das Holz stemmten, stöhnten auf. Sie waren nur noch zu zweit. Die übrigen hatten sie schon weiter unten erwischt, und der, der sich in die Turmkammer zurückgezogen hatte, blutete wie ein angestochenes Kalb, unfähig, noch ein Schwert zu schwingen.

Unardhu entschied, dass die anderen ihn nicht brauchten, schob sein Schwert in die Scheide und griff nach seinem Bogen. Als er sich zur Treppe umwandte, fragte Rafiq: »Was machst du?«

»Der *aqid* braucht Hilfe.« Dem Nubier reichte die Erklärung, und er drehte sich wieder zur Tür um, die gerade unter einem neuerlichen Stoß erbebte. Er wusste, dass sich Unardhu nur aus einem Gefecht zurückzog, wenn es gute Gründe gab.

Hinkend legte der Mongole die ersten Stufen zurück. Einer der Hurensöhne hatte ihn am Unterschenkel erwischt. Er glaubte nicht, dass eine Sehne oder gar der Knochen verletzt war, aber die Schmerzen machten ihm doch zu schaffen.

Auf dem Treppenabsatz im nächsten Geschoss musste er eine kurze Pause einlegen. Unardhu nutzte die Gelegenheit, aus dem Fenster zum Haupthaus zu blicken: niemand zu sehen, alles still. Doch sein Gefühl sagte ihm, dass der *aqid* in Gefahr war.

Vielleicht wäre es besser gewesen, Rafiq zu schicken, dachte er; aber jetzt wollte er nicht mehr umkehren. Er biss die Zähne zusammen und setzte seinen Weg fort.

Schritt für Schritt, Stufe für Stufe.

Jada verbarg sich hinter einem geschnitzten Wandschirm und wartete auf eine Gelegenheit, al-Munahid anzugreifen. Doch der Söldner kehrte ihr nie den Rücken zu – als spüre er ihre Anwesenheit.

Seit mehreren Minuten schon erfüllte das Klirren der Schwerter den Saal. Keiner der beiden Kämpfer hatte dem anderen auch nur eine Schramme zufügen können. Raoul war nach einer Reihe von beherzten, aber fruchtlosen Angriffen ins Hintertreffen geraten. Jetzt versuchte er einen seitlichen Hieb gegen al-Munahids linken Arm, aber er erreichte nur, dass der Söldner ihn beinahe entwaffnete. Er nahm sein Schwert in beide Hände und wehrte einen Stoß gegen seinen Kopf ab.

Er schafft es nicht allein; ich muss etwas unternehmen!, dachte Jada. Geduckt hastete sie hinter den Schilfwänden zum anderen Ende des Saals, wo sich ibn-Marzuq aufhielt. Der stand immer noch wie angewurzelt neben dem Eingang. Al-Munahid schien erkannt zu haben, dass keine Gefahr von dem Wesir ausging, denn er machte sich nicht einmal die Mühe, ihn im Auge zu behalten.

Jada duckte sich hinter eine große Zedernholztruhe und winkte, bis ibn-Marzuq endlich zu ihr blickte. *Hilf ihm!*, formte sie stumm mit den Lippen. *Lenk al-Munahid ab. Nimm die Amphore neben dir und wirf sie ihm zwischen die Beine!*

Der Gelehrte antwortete mit verständnislosem Blick.

Die Amphore, du Narr! Sie untermalte ihren lautlosen Hilferuf mit Gesten, doch ibn-Marzuq runzelte nur die Stirn. Sie gab es auf und sank hinter der Truhe zusammen.

Dschinn konnten nicht weinen; aber wäre Jada ein Mensch gewesen, so hätte sie es jetzt getan. Sie war unehrlich und grausam zu Raoul gewesen, und jetzt starb er vielleicht. Ihn zurückzuweisen war ihr der einzige Ausweg aus einem Labyrinth erschienen, das sie selbst geschaffen hatte, dennoch hasste sie sich dafür. Sie konnte das Vergangene nicht mehr ungeschehen machen – aber sie konnte dafür sorgen, dass er nicht allein kämpfte.

Jada zog ihren Dolch und rannte auf die Kämpfenden zu.

Ihr Erscheinen überraschte al-Munahid. Er fuhr zu ihr herum, und seine freie Hand hielt das Zepter fest, das locker hinter seinem Gürtel saß. Raoul nutzte die Gelegenheit für eine Serie von ungenauen, aber heftigen Streichen. Der Söldner bewältigte sie mühelos, musste jedoch einige Schritte zurückweichen, stolperte über eine umgestürzte Stellwand und fiel zu Boden. Dabei rutschte das Zepter hinter seinem Gürtel hervor. Al-Munahid griff danach, bekam jedoch nur den Beutel zu fassen, sodass es herausglitt und über den Boden rollte.

»Nimm es!«, schrie Raoul.

Jada hatte vorgehabt, den Söldner anzugreifen, bevor er sich wieder aufgerappelt hatte, und zögerte nun.

»Nimm es und lauf«, rief Raoul noch einmal, und seine Worte lösten den Bann. Schnell hob Jada das Zepter auf und hastete zum Ausgang.

»Nein!«, schrie al-Munahid. Er war auf die Füße gekommen und setzte ihr nach.

Sie riss einen Vorhang beiseite, lief durch den Flur zur Vordertür. *Sie ist verschlossen,* erinnerte sie sich und verfluchte ihre Gedankenlosigkeit. *Warum bist du nicht in die andere Richtung gelaufen?* Doch sie konnte nicht mehr umkehren.

Dann sah sie, dass die schwere Holztür kein Schloss hatte, nur einen Riegel. Sie zog ihn zurück, öffnete die Tür und stürzte ins Freie. Schwerter klirrten hinter ihr, doch Jada blickte sich nicht um. Als die Rampe einen Bogen machte, konnte sie aus den Augenwinkeln erkennen, dass Raoul den Söldner eingeholt hatte. Die beiden kämpften an der Tür.

Die Sonne ging auf. Der Hof der Festung lag so verlassen da wie bei ihrer Ankunft.

Das offene Tor war einladend, rief nach ihr.

Jada wusste, dass sie nicht länger warten sollte. Trotzdem wandte sie sich am Ende der Rampe um … gerade als Raoul strauchelte und beinahe in die Zisterne gestürzt wäre. *Nein!*, dachte sie. Al-Munahid nutzte den Moment und holte zu einem Hieb aus, den Raoul unmöglich würde abwehren können. Doch im selben Augenblick stieß Raoul seine Schwerthand nach oben und traf den Söldner mit der Parierstange am Kiefer. Sein Straucheln war eine Finte gewesen! Jada atmete auf. Al-Munahids Schwäche dagegen war nicht gespielt. Er schwankte zurück, für einen Herzschlag blind von Schmerz und Tränen, die ihm in die Augen schossen. Als er noch um sein Gleichgewicht rang, fuhr Raouls Schwert ihm in die Seite, schlitzte das Panzerhemd auf, durchtrennte Muskeln, zersplitterte Knochen. Blut quoll hervor und spritzte auf den Boden. Viel zu spät hob er seine Klinge, um den Schlag abzuwehren; dann entglitt die Waffe seinen Fingern und fiel in die Zisterne. Seine Beine gaben nach, er taumelte gegen die Hauswand, suchte vergeblich nach Halt und brach zusammen.

Kein Triumphschrei kam über Raouls Lippen. Schwer atmend stand er da, mit hängenden Armen, und blickte auf den sterbenden Söldner herab. Jada war zu aufgewühlt, um etwas anderes als dumpfe Erleichterung zu empfinden. Ihre Gedanken galten allein dem Zepter. Sie musste es in Sicherheit bringen, fort von diesem Ort, fort von den anderen Söldnern.

Sie wartete nicht auf Raoul und hetzte Richtung Tor. Als er etwas hinterherrief, wirbelte sie herum. Der Mongole stand vor dem Turm, in dem noch immer gekämpft wurde, in den Händen den gespannten Reiterbogen. Er zielte auf sie, doch bevor er schießen konnte, sprang Raoul von der Rampe und stürmte auf ihn zu. Der Mongole schwenkte den Bogen herum. Mit einem sirrenden Laut flog der Pfeil von der Sehne. Raoul schlug einen Haken, aber der Mongole war ein geübter Schütze und hatte die Bewegung vorausgesehen. Der Ritter wurde in die Brust getroffen. Die Wucht riss ihn herum, und er stürzte zu Boden.

»Raoul!«, schrie Jada.

Seine Hand umklammerte den gefiederten Schaft und erschlaffte.

Ich muss zu ihm!, war ihr einziger Gedanke, *ihn heilen!*

Der Mongole zog keinen weiteren Pfeil aus dem Köcher. Al-Munahid hatte ihn mit schwacher Stimme gerufen, und er humpelte zu ihm auf die Rampe.

Gerade als Jada loslaufen wollte, nahm sie eine Bewegung in den Augenwinkeln wahr: Reiter kamen den Pfad zum Festungstor herauf, Bewaffnete. An ihrer Spitze ritt ein stämmiger Mann, dessen Gesicht im Schatten einer Kapuze verborgen war. Der Mann neben ihm war klein und schmächtig, und sein krauses, kohlschwarzes Haar wippte auf und ab.

Gaspare, dachte Jada. *Also hat er uns gefunden.* Nun bereute sie, dass sie ihn nicht getötet hatten, als sich ihnen die Gelegenheit dazu geboten hatte.

Sie schaute zu Raoul, dann wieder zu den Reitern. Die Männer befanden sich auf der Hälfte des Wegs und hatten noch einige Kurven vor sich. Bis sie das Tor erreichten, blieb Jada ausreichend Zeit, Raoul zu heilen. Aber dann war es für eine Flucht zu spät.

Ihr Blick wanderte über die Felsen jenseits der Wehrmauer. Noch konnte sie die Festung verlassen und sich draußen verstecken, abwarten, bis die Männer an ihr vorbeiritten – und fliehen. Zweifellos würde es zwischen Gaspares Leuten und den Söldnern zum Kampf kommen. Bis eine Seite bezwungen war und die Suche nach dem Zepter begann, war sie längst über alle Berge.

Geh, raunten hundert Stimmen in ihr. *Deswegen bist du doch hergekommen. Du wolltest das Zepter – du hast es. Jetzt flieh und kehr heim, solange du noch kannst. Tausend Jahre hast du auf diesen Tag gewartet.*

Aber wenn sie jetzt ging, gab es für Raoul keine Rettung mehr.

Zögernd, Schritt für Schritt, dann immer schneller, immer entschlossener, lief sie schließlich zu ihm.

Der Mongole kniete neben al-Munahid, zerriss dessen Waffenrock und versuchte, mit den Stoffstreifen die Blutung zu stillen. Unbemerkt von ihm hatte ibn-Marzuq das Haupthaus verlassen und sich zu Raoul gesellt. Er kauerte neben ihm und war genauso ratlos wie vorhin beim Kampf.

»Tut einmal in Eurem Leben etwas Nützliches und zieht den Pfeil heraus«, fuhr Jada ihn an.

Raoul lag auf dem Rücken und war noch bei Bewusstsein. Als sie sich über ihn beugte, blinzelte er. Sein Gesicht wirkte teigig, aber es zeigte keinen Schmerz, nur Verwunderung. »Warum … bist du … noch da?«, flüsterte er.

»Nicht sprechen«, befahl sie ihm und blickte den Wesir wütend an, worauf dieser den Schaft in die Hand nahm und den Pfeil aus der Wunde herauszog. Er glitt fast ohne Widerstand aus der Brust, auch die Spitze blieb nicht stecken.

Als ibn-Marzuq erkannte, was Jada vorhatte, sagte er: »Wenn Ihr ihn heilt, kostet Euch das die letzte Kraft. Wie wollt Ihr dann von hier fliehen?«

Jada gab keine Antwort. Das Zepter zehrte von der Lebenskraft der Menschen; in den Händen eines Dschinn jedoch brauchte es keine Quelle. Die Fähigkeiten der Dschinn genügten, es zu nähren. Jada hatte man die Gaben vor tausend Jahren genommen, aber es war noch genug von der Magie ihres Volkes in ihr, dass sie die Macht des Zepters wecken konnte.

»Wenn ich ihn geheilt habe, müsst Ihr mit ihm in der Zisterne untertauchen«, sagte sie.

Ibn-Marzuq blickte sie verwirrt an. »Wozu?«

»Wasser schützt vor Dschinnzauber.«

»Dschinnzauber? Ich verstehe nicht –«

»Tut einfach, was ich sage!«, fauchte Jada ihn an. Sie legte den Kopf des Zepters auf Raouls Brust. Seine Augen hatten sich verschleiert. Er wollte etwas sagen, doch seine Lippen bewegten sich ohne einen Laut. Hitze durchfloss Jada, die Hitze des Feuers, aus dem ihr Volk lange vor den Menschen erschaffen worden war und in dem Salomo das Zepter geschmiedet hatte. Die Pfeilwunde schloss sich, verheilte … und Raoul keuchte auf, als Krämpfe seinen geschwächten Leib erschauern ließen.

Das Zepter trocknete die Geschwüre in seiner Lunge aus, vernichtete ihren Samen in seinem Blut, entzog seinem Körper restlos das Gift der Krankheit. Kraft kehrte in die Muskeln zurück, die von Tag zu Tag schwächer geworden waren, die hohlen Wangen und der matte Glanz in den Augen verschwanden.

Raoul drückte Jadas Hand und lächelte, dann schlief er auf der Stelle ein.

»Jetzt«, sagte sie.

Dieses Mal zögerte ibn-Marzuq nicht; er hatte begriffen,

dass es ihr ernst war. Er packte Raoul unter den Achseln, zerrte ihn zur Zisterne und stieg hinein. Das Wasser reichte ihm bis zur Brust. Er rollte den bewusstlosen Ritter herum, sodass er über den Rand rutschte. Mit einer Hand hielt der Wesir ihm Mund und Nase zu und tauchte mit ihm unter.

Jada stand auf. Sie betrachtete den goldenen Stab in ihren Händen und drehte ihn, sodass das Licht der Morgensonne die Rubine funkeln ließ wie zu Stein erstarrte Glut. Sie dachte an den Tag, als sie Antonius das Zepter gebracht hatte, an seine Freude, und musste lächeln. Es war geschaffen worden, ihr Volk zu versklaven, aber die meiste Zeit hatte es Gutes bewirkt.

Jada blickte über den Hof, vom Tor zum Portal des Haupthauses. Gaspare und die Reiter ritten gerade in die Festung ein. Der Mann mit der Kapuze blieb vor dem Tor zurück. Er rief etwas, worauf zwei Bewaffnete ihre Pferde antrieben und die Schwerter zogen. Al-Munahid ahnte, was Jada vorhatte, zog den Mongolen am Arm zu sich und flüsterte ihm etwas ins Ohr. Der Krieger nahm seinen Bogen und griff nach einem Pfeil.

Jada hob das Zepter hoch in die Luft und schmetterte es auf den Felsenboden.

Mit dem ersten Schlag platzten die Rubine ab.

Mit dem zweiten verformten sich Stab und Kopf.

Mit dem dritten zerbarst es und gab seine Last frei.

Antonius allein wusste, wie viele Krankheiten, Schmerzen und Wunden das Zepter in sich aufgenommen hatte. In seinen Händen hatte es hundertfachen Aussatz geheilt und ganze Dörfer von Seuchen befreit, verletzte Soldaten vor dem Tod durch Wundbrand bewahrt, gebrochene Knochen zusammengefügt, Blutungen gestillt und Menschen das Augenlicht zurückgegeben, Pestbeulen ausgedörrt und Dämonen aus dem Verstand Geisteskranker vertrieben. Jedes Mal wenn das Zepter einen kranken, fiebrigen, verwundeten Körper berührte, nahm es die zersetzende Kraft der Leiden in sich auf, verwahrte sie tief in seinem Innern ... bis es nach seinem tausendjährigen Schlaf auf dem Hof einer Bergfestung zerstört wurde. Es war wie eine dunkle Wolke, die sich von Jada ausbreitete, unsichtbar, unhörbar, aber mit dem üblen Geruch von Krankenlagern, Lazaretten und Pesthäusern. Jadas Lebenskraft war anders beschaffen als die von Menschen, Tieren und Pflanzen; das, was so lange im Zepter gefangen gewesen war, konnte ihr nichts anhaben. Aber alles andere Leben wurde vernichtet, sowie es mit der Wolke in Berührung kam.

Harun ibn-Marzuq spürte, wie das Wasser der Zisterne faulig wurde. Er schloss die Augen und betete stumm, als er zu ahnen begann, was außerhalb der Zisterne geschah.

Unardhu kam nicht dazu, den Bogen zu spannen. Geschwüre brachen an seinen Armen und Beinen auf, sein Mund füllte sich mit Blut, und er fiel tot auf die Rampe.

Kadar al-Munahid war müde. Die Suche nach Erlösung und Frieden hatte ihn hierhergeführt, aber gefunden hatte er nur Trauer für so viele vergeudete Jahre, für ein vergeudetes Leben. Er dachte an den Kampf gegen den Ritter. *Er hat dazugelernt. Ich bin wirklich ein Narr, auf so eine alte List hereinzufallen. Das habe ich jetzt von meiner Gefühlsduselei ...* Die Wunde in seiner Seite war tief und sein Herz schwach. Als der Schatten über ihn hinwegstrich, hörte es auf zu schlagen.

Hunderte von Ratten verendeten in ihren Tunneln unter der Festung, die Vorräte in den Kellern verdarben und verrotteten binnen weniger Augenblicke. Akif, Bishr, Rafiq und die Beduinen brachen die Tür zur Turmkammer auf, stürmten brüllend und mit blanken Waffen herein, doch sie erreichten ihre Feinde nicht. Der Nubier brach auf der Schwelle zusammen, von Krämpfen geschüttelt. Er erstickte an seiner Zunge. Bishr erblindete, und an seiner Brust klaffte eine Wunde auf, die ein römischer Legionär vor tausend Jahren einem christlichen Mönch zugefügt hatte. Akif, der Eunuch, hatte am meisten Glück. Seine Leber, Niere und Lunge versagten gleichzeitig, und er war tot, bevor er auf dem Boden aufschlug. Auch den restlichen Kriegern der Festung, Mohammed Dhakir und seinen Stammesbrüdern erging es schlecht: An ihren Körpern öffneten sich Pfeil-, Schwert- und Speerwunden, Verletzungen aus einem lange zurückliegenden Aufstand in den Straßen Alexandrias.

Es wäre ziemlich dumm, so kurz vor dem Ende zu sterben, dachte Matteo Gaspare, der als Letzter in die Festung ritt. Er hatte beschlossen, es Morras Männern zu überlassen, sich mit der Hexe, Bazerat und al-Munahids Söldnern anzulegen, und hielt Ausschau nach einem geeigneten Versteck, in dem er das Ende der Kämpfe abwarten wollte. Doch in dem Augenblick brachen vor ihm die Pferde zusammen, und die Waffenknechte blieben mit Eiterbeulen am ganzen Körper, fahler Haut und eingefallenen Gesichtern auf dem Hof liegen und regten sich nicht mehr. *Bei allen Kreisen der Hölle, was ist das wieder für eine Teufelei?,* durchfuhr es Matteo. Er wollte sein Pferd herumreißen, aber schon knickten alle vier Beine des Tiers ein, und als es stürzte, wurde er darunter begraben. Sein Schlüsselbein brach. Den Schmerz bekam er kaum mehr mit, denn die Krankheit, die eben noch in Raouls Lunge gewohnt hatte, ging auf ihn über und verrichtete in wenigen Herzschlägen das Werk von Monaten. So erfuhr Matteo Gaspare, dass ein Mann die Hölle schon im Diesseits erleben konnte, ehe er mit Blut auf den Lippen starb.

Eine Minute nachdem Harun ibn-Marzuq in der Zisterne untergetaucht war, durchstieß sein Kopf die Wasseroberfläche, und er rang nach Atem. Er hielt Raoul in den Armen. Es machte ihm zu schaffen, dass er im Kampf gegen al-Munahid so nutzlos gewesen war, deshalb hatte er sich bemüht, den jungen Ritter wenigstens vor dem Ertrinken zu bewahren. Er wischte das ölige Wasser aus dessen Gesicht, stellte fest, dass dieser noch atmete, und dankte Allah dafür.

Jada bint-Ghassan – oder wie auch immer ihr wahrer Name war – kniete auf dem Hof, in den Händen das in Kopf und Stab zerbrochene Zepter. Das Gold war geschwärzt und angelaufen. Insgeheim hatte ibn-Marzuq gehofft, ihm würde sich vielleicht doch noch eine Möglichkeit bieten, es an sich zu bringen und seinem Sultan zu überreichen. Aber nun würde das Zepter niemandem mehr etwas nützen. Sein Auftrag war unwiderruflich zu Ende. Er hatte versagt.

Herr aller Himmel, was ist hier geschehen?, dachte er, als er sich zum Rand der Zisterne bewegte und den Kopf reckte.

Verendete Pferde, tote Männer, sogar der Stein wirkte stumpf und alt, als seien die Keime der Krankheiten in ihn eingesickert.

Allah hatte diesen Ort verflucht.

Die Wehrmauern der Festung retteten Kardinal Morras Leben. Wie eine stürmische Woge schlug die befreite Last des Zepters gegen die drei Ellen dicken Wälle und wurde dahinter schwächer. Heftiges Fieber, das ihm binnen weniger Minuten alle Kräfte raubte, erfasste Morra. Er rutschte aus dem Sattel und schlug neben seinem sterbenden Pferd auf. Als die Sonne höher stieg und heiß auf Pfad und Felsen brannte, versuchte er, in den Schatten zu kriechen. Doch er war zu schwach, sich auch nur einen Schritt zu bewegen.

Die Hölle, dachte er. *Sie haben ein Tor zur Hölle aufgestoßen und Wahnsinn, Tod und Verderben in die Welt gelassen. Diese Hitze … ich verbrenne.* Er wurde ohnmächtig. Während er von Dämonen, hohnlachenden Aussätzigen und einem schwarzen Zepter in der Klauenhand Luzifers träumte, versengte die Sonne seine Haut, trocknete sein Innerstes aus und fachte die Fieberglut weiter an.

Ihm erschien ein Teufel, ein an den Rändern ausgefranster Schatten vor einem roten Glutball. Er sprach mit der Stimme Bazerats, auch wenn sie anders klang als in Rom, kraftvoller, entschlossener. »Er lebt noch.«

Wie kann das sein?, dachte Morra. *Sind auch die Toten auferstanden?*

Zwei weitere Schatten tauchten vor ihm auf. Einer ging neben ihm in die Hocke und murmelte erstaunt: »Das ist also Kardinal Morra. Ich wünsche mir schon viele Jahre, ihn einmal kennenzulernen. Wie kommt er hierher?«

»Ich weiß es nicht«, hörte er wieder Bazerats Stimme. »Vermutlich ist er uns seit Konstantinopel gefolgt, und Matteo hat ihn hergeführt.«

»Was machen wir mit ihm?« Der dritte Schatten klang wie eine Frau.

Kälte lag in Bazerats Stimme. »Sagt Ihr es mir, Eminenz. Sagt mir, warum wir Euch nicht sterben lassen sollen, so wie Ihr mich sterben lassen wolltet.«

Mit einer Hand berührte Morra Bazerat an der Wange. Er war wirklich, nicht durchlässig wie ein Geist. *Du hast mich betrogen,* wollte er sagen, doch seine Lippen, seine Zunge waren zu ausgedorrt, um Worte zu formen. Dann schüttelte ihn wieder das Fieber, in einem heftigen Wechsel aus heiß und kalt.

Lange Zeit schwieg Bazerat. Schließlich sagte er: »Es sind schon zu viele gestorben. Wir bringen ihn in die nächste Stadt zu einem Arzt. Sucht etwas, das wir als Trage verwenden können.«

»Hier ist etwas Wasser; es ist sauber«, sagte die Frau. Sie hatte die Satteltasche des toten Pferdes geöffnet und setzte

Morra den Schlauch an die Lippen. Flüssigkeit rann seine Kehle herab. Zu warm und zu wenig, um das Fieber zu lindern; trotzdem trank er gierig.

Stunden später fand er sich auf einer Trage wieder. Ihr Fußende schleifte über einen Pfad, das Kopfende wippte im Schritttakt des Mannes, der sie zog, leicht auf und ab. Die Landschaft glitt an ihm vorüber: Aus Felsen wurde flaches Land, aus dem Glutball der Sonne die silberne Sichel des Mondes. Als er die Augen erneut öffnete, ruhte er auf einem Karren, der über eine belebte Straße rumpelte. In regelmäßigen Abständen flößte ihm jemand kaltes Wasser ein, dennoch wurde das Fieber schlimmer.

Schließlich erwachte er in einem weichen Bett unter einem grünen, durchscheinenden Schleier. Der Duft von Sandelholz und Rosenwasser lag in der Luft, überlagerte wohltuend den Geruch von Schweiß und Fieber. Ein Mann, ein Sarazene mit warmen Augen, tupfte ihm die Stirn.

»Wo bin ich?«, fragte Morra nach einer Weile. Seine Stimme klang, als hätte er sie nie zuvor benutzt.

»In Aleppo. Eure Freunde haben Euch in meine Obhut gegeben«, erwiderte der Mann auf Latein. Er wrang das Tuch über einer Schüssel aus, tauchte es hinein.

Meine Freunde, hallte es in Morra nach. »Sind sie noch da?«

»Sie sind heute Morgen abgereist. Aber sorgt Euch nicht, sie haben genügend Silber für Eure Behandlung dagelassen.«

Morra stemmte sich in den Kissen hoch. Seine Arme zitterten und waren kaum in der Lage, sein Gewicht zu tragen. »Ich muss sofort nach Rom!«

Der Sarazene drückte ihn mühelos aufs Bett zurück. Morra war so erschöpft, dass er keine Kraft für einen zweiten Versuch aufbrachte. »In einem Monat vielleicht. Aber auf keinen Fall jetzt. Allah hätte Euch fast zu sich geholt.«

Beim Heiligen Kreuz, in einem Monat! Was in einem Monat alles geschehen kann. Der Heilige Vater braucht mich. So lange kann ich nicht warten!, waren Morras Gedanken. Doch er blieb liegen. Er wusste, dass er es niemals aus dem Haus schaffen würde, geschweige denn bis zum nächsten Hafen.

Als der Arzt gegangen war, starrte er auf den hellgrünen Baldachin, in der Hoffnung, zu begreifen, was in der Bergfestung am Ende der Welt geschehen war.

Kapitel 28

Aus einem Monat wurden sechs Wochen. Abdul-Muhaimin Hayyan behandelte das Fieber mit allen Mitteln der hoch entwickelten arabischen Heilkunst, doch es erwies sich als äußerst hartnäckig. Kardinal Morra erlitt mehrere Rückfälle, von denen ihn einer beinahe das Leben kostete. Als er schließlich in Sankt Simeon, dem Hafen der Stadt Antiochia, ein Schiff bestieg, war er so ausgezehrt, dass ihn seine Bediensteten erst auf den zweiten Blick erkannt hätten.

Die Überfahrt nach Ostia verlief ruhig und tat ihm gut, und drei Wochen später erreichte er seine Heimat. Er war nur drei Monate fort gewesen, doch es erschien ihm wie ein halbes Leben, als die vertraute Küste in Sicht kam. Ohne jeglichen Prunk, zu Fuß und mit einer einfachen Kutte bekleidet, gelangte er nach Rom.

Eine eigenartige Stimmung lag über der herbstlichen Stadt; er sah es in den Gesichtern, die ihm auf der Via Appia begegneten, er hörte es in den Stimmen der Händler, die am Straßenrand ihre Waren anpriesen. Anspannung, Unruhe, Ungewissheit. *Gibt es Schwierigkeiten im Feldzug gegen die Katharer?*, fragte er sich auf dem Weg zu seinem Palast. *Haben sie einen entscheidenden Sieg errungen?* Morra konnte es sich nicht vorstellen, schließlich waren die Ketzer bei seinem Aufbruch nach Konstantinopel schon so gut wie besiegt gewesen. Gewiss bildete er sich alles nur ein, weil er die Mienen der einfachen Römer nicht lesen konnte. Wer sich wie er immer nur in einem Wagen durch die Heilige Stadt bewegte, dem wurde das Leben auf der Straße irgendwann fremd.

Als er seinen Palast erreichte, sah er etwas, das ihn in Zorn versetzte: Zwei Ochsenkarren standen vor dem Tor, und seine Diener beluden sie mit Truhen, Büchern und Gemälden … *seinen Truhen, seinen* Büchern und *seinen* Gemälden. *Sie halten mich für tot,* dachte er und schritt schneller voran. *Ja, das ist die einzige Erklärung.* Und jetzt räumten sie sein Anwesen für einen seiner Feinde in der Kurie, der nur auf eine solche Gelegenheit gewartet hatte. Dabei hatte er ausdrücklich darauf hingewiesen, dass er möglicherweise längere Zeit fort war.

Zwei Bedienstete verschwanden durch das Tor in den Innenhof. Zurück blieb Marco, sein junger Leibdiener, der eine Liste abhakte.

»Was geht hier vor?«, fragte Morra scharf.

Marco sah von dem Pergament auf. Seine Augen weiteten sich, als er den Mann in der grauen Robe erkannte. »Eminenz! Bei Jesus am Kreuz, wo kommt Ihr auf einmal … Ich meine … Lieber Himmel!« Er unterbrach sein Gestammel, seine Miene wurde steif, er fiel vor Morra auf die Knie und küsste den dargebotenen Ring. »Eure Heiligkeit, welch ein Glück, dass Ihr wieder in Rom seid!«

Als er sich erhob, riss Morra ihm die Liste aus der Hand. »Das ist mein gesamter Besitz! Was hat das zu bedeuten? Rede, du Tölpel!« Die Leute auf der Straße warfen neugierige Blicke herüber. Morra packte den Jungen am Oberarm und zog ihn ins Zwielicht des Tordurchganges.

»Der Heilige Vater hat es so angeordnet, Eminenz«, erwiderte Marco furchtsam.

»Was angeordnet?«

»Die Räumung Eures Hauses. Er gab uns zwei Wochen Zeit, deshalb mussten wir heute beginnen.«

Die beiden anderen Bediensteten kehrten mit einer kleinen Sitzbank zurück. Jetzt erkannten auch sie Morra und blieben ratlos stehen.

»Tragt das wieder hinein! Auch den Rest! Sofort, ihr Narren!« Ohne ein Wort machten die beiden Männer kehrt. Morra wandte sich wieder Marco zu. »Wieso sollte Bonifatius so etwas anordnen? Glaubt er, ich sei tot?«

Marco blickte ihn schweigend an und sagte schließlich: »Ihr wisst es noch nicht.«

Morra sah ein, dass er noch länger auf eine Erklärung warten musste, wenn er den Jungen einschüchterte. Er zwang sich zur Geduld und wartete, bis Marco weiterredete.

»Bonifatius ist nicht mehr Papst«, sagte der Diener und bekreuzigte sich. »Er ist tot, Eminenz.«

Der Heilige Vater, das Oberhaupt der römischen Kirche, der unbeugsame Benedetto Caetani … tot. Morra fühlte sich wieder so schwach wie auf dem Krankenlager in Aleppo. Er dachte an seinen Traum in der mongolischen Festung in Armenien, in dem er durch die menschenleeren Gänge des Lateranpalasts gewandert war und nur Verfall und Tod gesehen hatte. *Das ist deine Schuld,* hatten die Geister gewispert, *du hättest es verhindern können.* »Wann?«, fragte er mit brüchiger Stimme. »Wann ist es geschehen?«

»Vor zwei Wochen. Er hatte sich nach Anagni zurückgezogen, wo er sich sicher vor weiteren Anschlägen fühlte. Aber es half nichts. Die Männer von König Philipp fanden ihn.«

Der Boden schien zu schwanken. *Du hättest es verhindern können!,* flüsterte es in ihm, *du, du, du allein!* Er durfte sich seine Schwäche nicht anmerken lassen. Nicht hier draußen vor den Dienern und halb Rom. Morra hob sein Kinn. »Wer ist sein Nachfolger?«

»Benedikt XI., Eminenz.«

»Der weltliche Name, Dummkopf!«

Marco zuckte zusammen. »Nikolaus Boccasini«, murmelte er.

Der Kardinalbischof von Ostia – ein Günstling Philipps, na-

türlich. Morra wandte sich zum Gehen. »Ich bin in meinen Gemächern. Richte mir Unterkleider und meine Soutane.«

Als er auf dem Innenhof war, rief der Junge zögerlich: »Eminenz!«

Morra wandte sich zu ihm um. Marco hatte sich nicht von der Stelle bewegt.

»Was ist damit?« Er wies auf die Ochsenkarren.

»Ich habe dir doch eine Anweisung erteilt«, erwiderte Morra.

Marco rührte sich noch immer nicht. »Gewiss«, sagte er schließlich, lief zu dem Eingang, in dem die Männer mit der Bank verschwunden waren.

Morra erwartete den Boten in seinem Arbeitszimmer, an dem mächtigen Schreibtisch, an dem er so viele Jahre gesessen, in der Soutane, die er so viele Jahre getragen hatte. Er ließ nicht lange auf sich warten – Morras Rückkehr war trotz seines unauffälligen Aufzugs nicht lange unbemerkt geblieben, und auf die schnelle Verbreitung von Neuigkeiten war in der Heiligen Stadt stets Verlass. Marco begleitete den Boten herein, als sich der Abend über Rom senkte.

Der Mann verneigte sich. »Der Heilige Vater, Benedikt XI., erwartet Euch im Lateranpalast, Herr.«

Morra entging weder die ausdrückliche Erwähnung des päpstlichen Namens noch der Verzicht auf seinen Titel bei der Anrede. Er stand auf. »Marco, lass den Wagen bereit machen.«

Der Bote verneigte sich erneut. »Das ist nicht nötig. Der Heilige Vater hat Euch seinen eigenen Zweispänner gesandt.«

Ein weiteres Zeichen, wer die Fäden in der Hand hielt. »Der Heilige Vater ist sehr zuvorkommend«, sagte Morra nur und ging mit dem Boten in den Hof.

Während der Fahrt schwieg der Bote gelangweilt – vermutlich entsprach auch das den Anweisungen, die er bekommen hatte. Morra stieg aus und ging allein, ohne die Begleitung von Bediensteten, durch den Palast … beinahe wie in seinem Traum. Er begab sich zum großen Saal, wo Besucher des Lateranpalasts üblicherweise empfangen wurden. Denn nichts anderes war er jetzt: ein Besucher.

Auf dem Thron, den Bonifatius mit seinem massigen Leib gänzlich ausgefüllt hatte, saß ein mittelgroßer, dürrer Mann von etwa sechzig Jahren, dessen Gesicht man sofort wieder vergessen hätte, wenn die stechenden Augen nicht gewesen wären: Nikolaus Boccasini, der Kardinalbischof von Ostia … *das neue Oberhaupt der Kurie,* rief Morra sich ins Gedächtnis. Er verneigte sich tief und blieb jenseits der erdachten Linie, die die beiden Lanzenträger vor dem Thron bildeten, stehen.

»Morra«, sagte Papst Benedikt. »Ihr wart der Vertraute meines Vorgängers und habt Euch im Kampf gegen die Pest der Häresie hervorgetan. Dafür gebühren Euch Dank und Respekt der Kurie. Gleichwohl habt Ihr Bonifatius' unselige Politik mitgetragen, die Unsere Heilige Kirche vom bedeutendsten Herrscher der Christenheit entfernt hat. Eine Politik, die Wir nicht fortzusetzen gedenken.«

Morra hatte keine Zeit gehabt, sich mit den Umständen von Benedikts Wahl vertraut zu machen. Jetzt bestätigte sich, was er befürchtet hatte: Boccasini war nicht nur ein Anhänger König Philipps, er war dessen Werkzeug. *Das kann nicht der Wille des Herrn sein,* dachte er und versuchte, seine Verbitterung zu verbergen. »Bonifatius war bestrebt, die Eigenständigkeit unserer Kirche zu wahren und sie vor den gierigen Händen weltlicher Mächte zu schützen«, erwiderte er schärfer als gewollt.

Boccasini beugte sich nach vorne, und in seinen Augen blitzte der Jähzorn auf, für den dieser Mann berüchtigt war. »Wollt Ihr Unsere Weisheit infrage stellen, Morra?«

Morra hatte die Lanzenträger in den dunklen Bogengängen des Saals bemerkt. Zu Bonifatius' Zeiten hatten sich nie so viele Bewaffnete hier aufgehalten. Er fragte sich, wie viele Anhänger des verstorbenen Papstes, die in den letzten Tagen vor diesen Thron getreten waren, sich kurz darauf in den Verliesen der Inquisition wiedergefunden hatten. Er war zu weit gegangen. Erneut verneigte er sich. »Ich bitte um Verzeihung, Heiliger Vater. Es stand mir nicht zu, so zu sprechen.«

Der Papst nickte nur und lehnte sich zurück. »Wegen Eurer Verdienste haben Wir beschlossen, Milde mit Euch walten zu lassen. Wir haben mit dem Abt eines Dominikanerklosters bei Lugano gesprochen. Er wäre bereit, Euch aufzunehmen.«

Morras Laufbahn in der Kirche hatte in einem Dominikanerkloster begonnen. Er hatte mit einer Demütigung gerechnet, mit einem niedrigen Posten im Lateranpalast etwa. Aber dass der Papst ihn zu seinem eigenen Orden zurückschickte, war ein Entgegenkommen. Möglicherweise fürchtete Boccasini Morras Einfluss in der Kurie und wollte ihn nicht mehr gegen sich aufbringen als unbedingt notwendig. Lugano lag am Rand der Alpen; der Papst wollte lediglich, dass ein möglicher Gegner weit von Rom fort war und ihm nicht mehr in die Quere kam.

Morra war über die Entscheidung weder zornig noch erleichtert; er fühlte gar nichts. Er brauchte Zeit. Zeit zum Gebet und zum Nachdenken. »Ich danke Euch, Heiliger Vater«, sagte er leise.

Boccasini musterte ihn mit ausdrucksloser Miene, als versuche er zu ergründen, was für ein Mann das war, der das Vertrauen seines verhassten Vorgängers genossen hatte. Schließlich sagte er: »Du darfst dich zurückziehen, Bruder Giuseppe.«

Und Bruder Giuseppe verließ den Lateranpalast. Er betrat ihn nie wieder.

»… sodass nun niemand das Zepter besitzt, weder Rom noch al-Munahid noch wir«, beendete Harun ibn-Marzuq seinen Bericht.

Sultan an-Nasir Muhammad schwieg lange Zeit. Er saß mit untergeschlagenen Beinen in den Kissen des großen Wohnturms der Kairoer Zitadelle, durch dessen hohe Fenster das Abendlicht schien, und betrachtete den goldenen Klumpen in seiner Hand: der verformte Kopf des Zepters. Nach mehreren Minuten hob er den Kopf und sah den Wesir aus seinen jungen und doch so alten Augen an. »Ich bin ratlos, alter Freund. Ich weiß nicht, ob du für diese Geschichte das Beil des Henkers oder einen fürstlichen Lohn verdient hast.«

Ibn-Marzuq spürte, wie seine Handflächen feucht wurden, und das nicht nur wegen der Hitze. Er wägte jedes Wort sorgfältig ab und holte tief Luft. »Erlaubt Ihr mir einen Vorschlag, mein Gebieter?«

Der Sultan nickte.

»Entlasst mich aus Euren Diensten. Es gibt genügend Männer, die Euch besser dienen können. Gebt meinen Posten Abdul ed-Din.«

Bei der Erwähnung von ibn-Marzuqs altem Feind hob der Sultan eine Augenbraue. »Bist du sicher, dass du das willst?«

»Niemand ist besser geeignet, in Rom Geheimnisse zu lüften«, sagte ibn-Marzuq und dachte: *Soll der alte Hurensohn in Zukunft um die halbe Welt reisen und sich mit wahnsinnigen Söldnern und verfluchten Zeptern herumschlagen.*

»Und du? Was wird aus dir?«

»Ich ziehe mich auf mein Sommerhaus im Nildelta zurück und werde meinen Leidenschaften nachgehen.«

»Lesen und Dichten, nicht wahr?«

»Ja.« *Lesen und Dichten, genau das – und niemals wieder etwas anderes.*

Sultan an-Nasir dachte nach. »Du hast dir dein Versagen eingestanden und wählst als Lohn die Einsamkeit. So soll es sein.« Der erste Teil des Satzes war nicht für ibn-Marzuq bestimmt; er würde in der nächsten Zusammenkunft des Rates fallen und den anderen Wesiren zeigen, dass der Sultan mild war, Fehler aber nicht duldete und von den Verantwortlichen ein entsprechendes Handeln erwartete. Wieder einmal bewunderte ibn-Marzuq die Weisheit des jungen Herrschers.

»Ich danke Euch, mein Gebieter. Eure Großzügigkeit wird nur noch von Eurer Güte übertroffen.«

Ibn-Marzuq warf sich vor dem Sohn des Himmels nieder und entfernte sich. Draußen ging er mit beschwingten Schritten durch den blühenden Garten der Zitadelle zu seiner Sänfte, die am Tor des inneren Hofs wartete. Als sich die vier Träger in Bewegung setzten, kam ihm die Idee zu einem neuen Gedicht, einem Versepos über die Suche nach dem Zepter Suleymans, eine Suche bis ans Ende der Welt. Hastig holte er Pergament und Kohlestift hervor und begann mit den ersten Notizen.

Es würde gut werden, wusste er, doch glauben würde ihm niemand.

Aber was spielte das schon für eine Rolle?

Epilog

Ägypten, Herbst 1303

Die letzten Menschen hatten sie vor zwei Tagen gesehen, Fischer auf dem Nil, die den beiden Reitern am Ufer fröhlich zuriefen. Das letzte Grün war vor einem Tag verschwunden. An der letzten Wasserstelle, einem ummauerten, halb versandeten Brunnen, waren sie am Morgen vorbeigekommen. Nun lagen nur noch Sand und Felsen vor ihnen: endloses, ockerfarbenes Land ohne Gras, Büsche und Tiere, in dem der einzige Laut das Heulen des Windes war, der unaufhörlich an ihren Umhängen zerrte.

Es war Oktober, aber die Sonne brannte heißer als am heißesten Tag in seiner Heimat, an den Raoul sich erinnern konnte. Noch vor wenigen Monaten hätte er nicht gedacht, dass in solch einer Gegend Leben möglich war. Doch jetzt wusste er es besser. Er zog die Kapuze des Beduinengewands nach vorn, damit sein Gesicht im Schatten lag, und lenkte sein Pferd die Anhöhe hinauf, wo Jada angehalten hatte. In den letzten Stunden war sie immer schneller geritten, als würde eine Kraft, die nur sie spürte, sie zum Mittelpunkt der Wüste ziehen.

Raoul zügelte sein Pferd neben ihrem. »Wie weit ist es noch?«

»Nicht mehr weit«, antwortete sie. »Mein Dorf ist ganz in der Nähe.«

Er blickte über die Dünen und die rostfarbenen Felsen, die sich lang gezogen am Horizont auftürmten wie ein natürlicher Grenzwall. »Ich sehe gar nichts.«

Jada lächelte. »Das sollst du auch nicht.« Ihr Lächeln

schwand, und als sie den Blick senkte, bemerkte er den Gegenstand in ihren Händen: den Schaft des Zepters, die Überreste des Wunderdings, dem Raoul sein Leben verdankte.

»Wie wird dein Volk reagieren, wenn es von der Zerstörung des Zepters erfährt?« Er stellte ihr diese Frage zum ersten Mal. Während der letzten Wochen hatte die stillschweigende Vereinbarung bestanden, nicht über das zu sprechen, was sie am Ende ihrer Reise erwartete. Raoul hatte gespürt, dass sie sich vor diesem Augenblick fürchtete.

»Sie haben es bereits erfahren. Es kann unseren Sehern nicht entgangen sein.« Jada machte eine Pause und blickte über das Dünenmeer. »Ich weiß es nicht. Vielleicht sind sie dankbar, dass ich den Mut hatte, das zu tun, was sie nie gewagt haben.«

Und wenn nicht?, dachte Raoul. *Was, wenn sie dich dafür hassen?* Das Zepter war der Fluch der Dschinn, aber auch ihr größter Schatz. Warum sonst hatten sie es über tausend Jahre aufbewahrt, anstatt es zu zerstören? Doch er sprach seine Befürchtung nicht aus. Jada wusste selbst, dass vielleicht eine Strafe auf sie wartete, die noch härter war als das, was man ihr vor tausend Jahren angetan hatte.

»Den Rest gehe ich zu Fuß«, sagte sie und stieg ab.

Das war das Zeichen, dass er nicht weiterdurfte. Die Dschinn würden nicht zulassen, dass ein Mensch in die Nähe eines ihrer Dörfer kam. Er stieg aus dem Sattel und nahm das Pferd an den Zügeln. Jada strich ihrem Tier über die Mähne, den Hals.

»Kümmere dich um ihn«, sagte sie. »Ein besseres Pferd wirst du nicht finden.«

»Das werde ich.«

Sie standen sich gegenüber. Jada hob die Hand und berührte mit den Fingerkuppen seine Wange, und das Licht in ihren Smaragdaugen flackerte. Worte waren nicht nötig. Die letzten Wochen waren ihr Abschied gewesen, jeder Tag ein bisschen mehr als der vorherige. Dann wandte sie sich von Raoul ab und durchquerte das weite Dünental.

Er blickte ihr nach und beobachtete, wie sie immer kleiner wurde. Auf der Düne vor ihr erschienen Gestalten, die in der heißen Luft flimmerten. Raoul hielt sie für eine Erscheinung wie im Amanusgebirge und in Nordsyrien, doch dann erkannte er, dass er sich getäuscht hatte.

Es waren Dschinn. Sie hatten Jadas Rückkehr vorausgesehen.

Die beiden Pferde wurden unruhig. Raoul befestigte das Zaumzeug von Jadas Hengst an seinem Sattel. »Kommt. Das geht uns nichts mehr an.« Er nahm die Zügel und führte die Tiere von der Anhöhe in die Talsohle. Dort stieg er auf und ritt den Weg zurück, den sie gekommen waren.

Bei Einbruch der Dunkelheit erreichte er den alten Brunnen. Er versorgte die Pferde, entzündete ein Feuer, aß und legte sich, als es immer kälter wurde, dicht neben die glühenden Scheite. Er versuchte, einzuschlafen, aber es wollte ihm nicht gelingen. Um sich von seinen Gedanken abzulenken, legte er Holz nach und begann, im Licht des aufflackernden Feuers seine Satteltaschen auszuräumen und den Inhalt zu ordnen.

Wie viel sich auf so einer Reise ansammelt, dachte er und warf alles, was er nicht mehr brauchte, in die Flammen. Von den Wurzeln, die seinen Husten und die Erschöpfung gelindert hatten, war noch eine übrig: ein runzelig gewordenes Gebilde, das schon viel zu trocken war, um Saft daraus zu gewinnen. Raoul vergrub sie nahe dem Brunnen und begoss die Stelle mit Wasser. Vielleicht steckte noch genug Leben in der Knolle, dass eine Pflanze daraus gedeihen konnte. Ein Reisender, der sich in der gleichen Lage befand wie Raoul vor nicht allzu langer Zeit, würde eines Tages dankbar dafür sein.

Die Kleidung, in der er von Bazerat aufgebrochen war und

die er in Kleinasien und Armenien getragen hatte – die Hose und der blaue Waffenrock mit dem silbernen Hirschen seiner Familie –, war schmutzig und zerschlissen. Als er sie ins Feuer werfen wollte, fiel ein Beutel heraus.

Seine alte Geldbörse, gefüllt mit Erde vom Boden der Heiligen Stadt. Irgendwie hatte sie die lange Reise unbeschadet überstanden und war auch nicht verloren gegangen.

Raoul öffnete sie und ließ etwas von ihrem Inhalt auf seinen Handteller rieseln – Sand für das Grab seines Vaters. Plötzlich wurde ihm bewusst, wie sehr ihn die letzten Monate verändert hatten. Als er den Sand am Straßenrand aufklaubte, war er ein anderer gewesen: verwirrt, voller Zweifel und von der Hoffnung erfüllt, sein Auftrag würde einen besseren Mann aus ihm machen. Das war geschehen – nicht in der Art, wie er es erhofft hatte, aber der Wunsch hatte sich erfüllt.

Er dachte an seinen letzten Kampf gegen Kadar al-Munahid, als er Jada zugerufen hatte, sie solle das Zepter nehmen und fliehen. Hätte sie es getan, wäre er verblutet oder bald darauf seiner Krankheit erlegen, trotzdem hatte er die Worte ausgerufen: Denn Jadas Schicksal war ihm wichtiger als sein eigenes Leben.

Er verstaute das Säckchen, schlug die Beine unter und blickte in die Flammen. Er freute sich auf seine Heimkehr und versuchte sich die Wiedersehensfreude seines Bruders und all der anderen auszumalen, die bei seinem Aufbruch nicht damit gerechnet hatten, ihn je wiederzusehen. Doch immer wieder überlagerte Jada die Bilder seiner Vorstellung, ihr Gesicht, ihr Lachen, der Ausdruck in ihren Augen, als sie sich abwandte und zu ihrem Volk zurückkehrte. Raoul kämpfte nicht gegen die Bilder an. Der Schmerz war alles, was ihm von ihr geblieben war, und er wollte nicht, dass er so schnell nachließ und mit ihm die Erinnerung an sie.

Auch den Rest der Nacht fand er keinen Schlaf. Er saß am

Feuer, legte Holz nach und wartete auf den Morgen. In der Dämmerung packte er seine Sachen und belud die Pferde. Gerade als er aufsteigen wollte, sah er jemanden auf der anderen Seite des Brunnens stehen.

»Jada.« Er zog seinen Fuß aus dem Steigbügel und schaute sie an: Sie war wirklich, keine Täuschung seines übermüdeten Verstandes. »Was machst du hier? Was ist geschehen?«

Sie kam auf ihn zu. »Die Ältesten haben meine Verbannung aufgehoben. Ich hatte recht. Sie sind froh, dass das Zepter endlich zerstört ist.«

»Also das, was du wolltest.«

»Ja.«

»Warum bist du dann zurückgekommen? Du solltest in deinem Dorf sein. Bei deiner Familie.«

Jada verzog den Mund. »Das ist alles, was du zu sagen hast? Keine Wiedersehensfreude? Keine Erleichterung, dass ich es mir anders überlegt habe? Du enttäuschst mich, Raoul.«

Hinter seinen Schläfen pochte es. *Ich hätte schlafen sollen,* dachte er. »Mach dich nicht über mich lustig, Jada. Bitte. Es ist so schon schwer genug.«

Das spöttische Glitzern in ihren Augen verschwand. »Ich mache mich nicht lustig. Ich meine es ernst.«

Er drehte die Hand, sodass sich der Zügel darum schlang. Er brauchte etwas, woran er sich festhalten konnte. »Du hast es dir anders überlegt?«

Ein Nicken.

»Und was ist mit deinem Dorf … deinem Volk? Du hast dich doch so nach deiner Heimat gesehnt. Ist das plötzlich nicht mehr wichtig?«

»Es genügt mir, zu wissen, dass ich jederzeit zurückkehren kann. Oder erst in vierzig oder fünfzig Jahren, wenn …« Sie verstummte.

»Wenn ich tot bin«, beendete er den Satz.

Wieder nickte sie.

»Du hast dir das gut überlegt?«

»Da gab es nichts zu überlegen. Ich habe diese Entscheidung schon vor vielen Wochen getroffen. Ich wollte es nur nicht wahrhaben.«

»Ich gehe zurück nach Bazerat. Dort regnet es ständig, und im Winter ist es kalt. Du kannst dort nicht leben.«

»Willst *du* dort leben?«

Raoul hatte sich diese Frage nicht mehr gestellt, seit er vor Monaten nach Rom aufgebrochen war. Doch als Jada es jetzt tat, wusste er die Antwort sofort. Er sehnte sich nach seinem Bruder und dem vertrauten Anwesen inmitten der Wiesen, Hügel und Wälder, doch ihm wurde klar, dass er nicht für immer dort bleiben würde. Er konnte sein altes Leben nicht wieder aufnehmen. Zu viel war geschehen.

»Nein.« Er musste lächeln. »Jacques wird mich umbringen, wenn er das hört.«

»Stell mich ihm vor. Es wird ihn besänftigen, dass du endlich eine Frau gefunden hast, die dir überlegen ist.«

»Du mir überlegen? Ein guter Scherz, wirklich. Weiter so. Ich weiß es zu schätzen, wenn mich eine Frau zum Lachen bringt.«

Sie legte ihm die Hände auf die Wangen. »Soll ich es dir beweisen, schwächlicher Mensch?«

»Ich gebe mich geschlagen. Gewährt mir die Prinzessin der Dschinn Gnade?«

»Ein letztes Mal, Unwürdiger.«

Raoul nahm ihre Hände in seine. »Also gut, wir besuchen meinen Bruder. Und dann? Wohin gehen wir dann?«

»Rom, Jerusalem, Kleinasien – wo hat es dir gefallen?«

»Lass mich nachdenken … Trapezunt. Ja, dort könnte ich mich wohlfühlen.«

»Zu viel Wasser«, gab Jada zu bedenken. »Und zu viele Mongolen.«

»Die Mongolen, Allmächtiger, wie konnte ich sie vergessen? … Konstantinopel?«, schlug er vor.

»Einverstanden. Aber im Hinterland, wo man das Meer nicht sieht.«

»Also Konstantinopel.« Raoul ging zu ihrem Araber, dessen Zügel noch am Sattel seines Pferdes befestigt waren. Als er bemerkte, dass Jada nicht zu ihm kam, drehte er sich zu ihr um. »Worauf wartest du?«

Sie bewegte sich nicht von der Stelle. »Du musst mir etwas versprechen.«

»Was denn?«

Ihre Augen hatten sich verdunkelt. Er kannte diesen Blick: Eine alte Erinnerung suchte sie heim. Es fiel ihm nicht schwer, zu erraten, welche. »Falls wir getrennt werden, lass nicht zu, dass es ohne Abschied geschieht«, sagte sie. »Ich will dich nicht suchen müssen wie Antonius. Versprich mir das, Raoul.«

Versprich mir das, Raoul. Wie oft hatte er diese Bitte aus dem Mund einer Frau gehört, und wie oft hatte er leichtfertig Ja gesagt, obwohl er schon im selben Augenblick wusste, dass er sein Wort nicht halten würde. *Diesmal nicht,* dachte er.

Diesmal nicht.

Er nickte. »Ich lasse dich nicht allein, Jada. Niemals.«

Sie blickte ihn lange an, und schließlich sagte sie: »Bis zu deiner Heimat ist es ein langer Weg.«

Sie stiegen auf die Pferde und ritten zurück in Richtung Nil.

Atmosphärisch, sprachgewaltig, fesselnd:
die düstere Neuinterpretation von »Dornröschen«

BORIS KOCH

DORNENTHRON

ROMAN

Das Königreich Lathien, einst Teil eines mächtigen Kaiserreichs, wird von Dürre und König Tiban beherrscht, einem grausamen Tyrannen. Die Menschen hungern, Räuberbanden ziehen durch das Land, Kinder werden verstoßen und Rebellion liegt in der Luft.

Ukalion, der illegitime Bastard des Königs, möchte seinen verhassten Vater stürzen und begibt sich in die ehemalige Kaiserstadt Ycena. Einst war sie prunkvoll und voller Leben, nun stehen nur von alter Hexerei verseuchte Ruinen – und der albtraumhafte Palast, in dem noch immer die Kaisertochter schlafen soll. Den Legenden zufolge wird ihr Retter die dreizehn Königreiche wieder vereinen und Kaiser werden.

Auch Tyra, die ehemalige Duftfinderin, hat die Fährte aufgenommen. Sie jagt den rätselhaften Mann, der ihren Sohn entführt hat und allem Anschein nach ein Hexer ist – oder etwas noch Schlimmeres. Welche Pläne hat er mit dem kleinen Jungen? Und Tyras Kind ist nicht das einzige, das er in seine Gewalt bringt …

KNAUR

Der Roman zum erfolgreichen Audible-Hörspiel

MARKUS HEITZ

DIE MEISTERIN

DER BEGINN

Seit Jahrhunderten bemüht sich die Heilerin Geneve Cornelius um Neutralität in der ewigen Fehde ihrer Familie mit der Scharfrichter-Dynastie der Bugattis. Doch dann wird ihr Bruder im Hinterhof eines Londoner Pubs brutal enthauptet. Ein Racheakt, der den uralten Zwist zwischen den Scharfrichter-Familien Bugatti und Cornelius anfachen soll – so scheint es zumindest.

Denn zur gleichen Zeit häufen sich in Geneves Heimatstadt Leipzig unheimliche Vorfälle. Die Anderswelt mit ihren mystischen Kreaturen ist in Aufruhr. Die unsterbliche Heilerin ahnt, dass ihr eine Entscheidung bevorsteht: Behält sie ihre Neutralität bei oder nimmt sie gegen all ihre Überzeugungen den Kampf gegen die unbekannte Bedrohung auf und findet dabei vielleicht den Tod?

Eine unwiderstehliche Mischung aus Mystery und History für alle Fans von »Des Teufels Gebetbuch«

KNAUR